成田ハーレム王
Narita HaremKing
illust: かゆ
生産スキルを極めた俺の異世界創造ハーレムライフ！
上手に現代巣作りできました
KiNG novels

心優しき爆乳神官
テレサ・テレーナ
異世界万能クリエイター
大神 大吾

クールなダークエルフ
フィロメナ
好奇心旺盛な姫
ララ
少しオタクな転移少女
椿咲 羽澄

「安心してください、ここにあなたを害するような者はいません」

綺麗な金色の髪が、ゆったりと長く伸ばされているお姉さんだ。

俺より少し年上に見えるから、二十代後半くらいだろう。

「あぁ、良かった！　無事に来ていただけて嬉しいです」

どこかホッとした様子の彼女は、そのまま俺に近づいて手を差し出してくる。

「こんにちは、私は神官のテレサ・テレーナです。

あなたの名前を聞かせていただけますか？」

生産スキルを極めた俺の異世界創造ハーレムライフ!
～上手に現代巣作りできました！～

成田ハーレム王
illust：かゆ

KiNG novels

contents

プロローグ　異世界には女神がいました

俺が覚えている最後の記憶。

それはバイト先から帰る途中、雨の中を自転車で走っていたときのものだ。

視界が真っ白になった次の瞬間、意識があやふやになってしまった。

そう遠くない場所でゴロゴロと雷が鳴っていたので、たぶん落雷を食らったんだろう。とてつもなく運が悪いな。


だが、とりあえず俺はまだ、死んではいないようだった。


しかしな……ようやく落ち着いて働けそうな長期のバイト先が見つかったところだぞ。

新卒での就職に失敗してから不運続きの中で、何とか暮らしてきたっていうのにこの仕打ちだ。

神様仏様を盛大に罵《ののし》りたくなったが、もう死ぬんだから仕方ないと考える。

だが、いつまで経っても俺の意識は残ったままで、そのうち徐々に目の前が明るくなった。そして目が覚めたときの視界に入ったのは、石造りの部屋と——ひとりの女性だった。

まったく訳の分からない状況に、どうしたらよいのか戸惑っていると、目の前の女性が笑顔で近づいてくる。

綺麗な金色の髪が、ゆったりと長く伸ばされているお姉さんだ。

俺より少し年上に見えるから、二十代後半くらいだろう。

「あぁ、良かった！　無事に来ていただけて嬉しいです」

どこかホッとした様子の彼女は、そのまま俺に近づいて手を差し出してくる。

「こんにちは、私は神官のテレサ・テレーナです。あなたの名前を聞かせていただけますか？」

その柔和な表情と害意を感じさせない雰囲気に、俺も自然と手を取って答えた。

「俺は大神大吾《おおがみだいご》です。あの、ここはどこなんですか？」

まるでテレポートでもしてしまったような状況に、俺は困惑していた。

いきなり雨の街中から、知らない部屋の中に来てしまったのだ。

「ダイゴ様ですね、まずはこの部屋から出ましょうか？　少し息苦しいですし」

周りが石造りで、いかにも閉塞感《へいそくかん》のあるところがまた、俺の不安を煽ってくる。

不安な俺の心を読み取ったかのように、そう提案してくるテレーナさん。

とりあえずは、この部屋から出られるということにホッとして頷く。

目の前の綺麗なお姉さんだけが頼りだった。

「安心してくださいダイゴ様、ここにあなたを害するような者はいません」

「いや、テレーナさんに会えたから、もう十分に本望かも」

普段は絶対にこんなことは口に出さない。

だが、混乱しているのを加味しても、そう言葉にしてしまうほど彼女は美しかった。

「ふふふ、お世辞がお上手ですね。それだけ言えるなら安心でしょうか？」

確かに彼女と会話しているうちに、俺のパニックも治まってきた。神官だというし、不安を抱える相手と話すことに慣れているのかも知れない。まあそれ以上に、ボリュームたっぷりな胸元とかが俺を癒やしてくれているのだが、好意的に対応してくれたおかげもあると思う。

「さあ、狭いところですがこちらへどうぞ」

窓のある明るい部屋へと通され、椅子に案内される。

といっても石造りなのは変わらないし、恐らく窓だろう部分は素材がむき出しで窓枠すらはめられていない。椅子もあまり出来が良くないのか、少しガタガタとする。

「まずですが、ここは……ダイゴ様から見れば異世界ということになります」

「異世界……いや、え？　本当に？」

にわかに信じられず聞き返してしまう。だが、造りの荒いこの建物や間に合わせのような家具はとても現代とは思えない。机にしても釘の一本すら使われていないようだ。

「はい。ダイゴ様が元の世界で亡くなった瞬間に、こちらへお呼びしました」

「呼んだってことは、召喚とかそのあたりで？」

「その通りです。神に祈ることで、助けになっていただける方を探していただきました」

「助けって……俺はただの一般人ですけど」

死んだというのは何となく予想していたから、そこまでショックではない。

だが、別の方面で俺は嫌な予感がした。

本はあまり読まなかったが、漫画や小説なんかでは、勇者が召喚されて魔王と戦うなんていうのはよくある話だったような気がする。

「大丈夫です、何かと戦っていただくという訳ではないのです」

あくまで俺を怖がらせないようにだろうが、ゆっくり話を続けていくテレーナさん。

「ダイゴ様の世界は、ここよりも技術が発達しているとお告げをいただきました。どうかその知識を貸していただけないでしょうか？」

「俺が知っていることなら喜んで。危うく死ぬところを助けてもらったみたいですし」

再びホッとした様子のテレーナさん。なんだが気を遣わせすぎてしまっている気もするな。

「とりあえずは、安全みたいですしね。でも、俺は何をすればいいんですか？」

自分で言うのもなんだが、俺は楽観的な性格だ。

安全だというなら、それでいい。さっそく課題に取り掛かるつもりになった。

あれこれ考えるよりも手を動かしているほうが、ずっと冷静でいられるからだ。

「……本当に協力していただけるのですか？　疑ってしまってごめんなさい。でも、異世界の方とのお話しが、ここまで順調に進むとは思わなくて……」

俺の答えに目を丸くした後、彼女は申し訳なさそうにそう言葉にする。

「いや、そんな顔しないでください。来ちゃったものは仕方ないですし」

「本当に前向きな方なんですね。ダイゴ様を召喚してくださった神に、感謝しなくては……」

そう言うと、何やら見たことのない形に手を組んで、目を瞑りながら礼をするテレーナさん。

たぶん俺ではなく、神様にお祈りを捧げているんだろう。

「では、詳しいことをお話ししたいので、私の家まで来ていただけますか？　ここは神殿内で、お客様へのおもてなしはあまりできないのです」

「わかりました。でも気を遣っていただかなくても、大丈夫ですよ」

それから俺は彼女に連れられ神殿を後にする。外から見た建物は大きな石の板を並べただけのような形でデコボコだった。あまり建築技術も高くないみたいだ。神殿の近くにあった彼女の家も、素人が手探りで挑戦した物置小屋といった感じで、美女が住むにしては実によろしくない。

定職にもつけずフラフラとしてはいたが、俺は手先だけは器用で、日曜大工や裁縫が趣味だ。

その創作者としての血が騒いだ。

そして、テレーナさんから聞かされた話も、そういったことに関する内容だった。

どうやらこの世界は、まだ技術体系があまり出来上がっていないらしい。

そこで、進んだ世界から人を呼び寄せて発展させたいというのが、彼女の願いだった。

「簡単な物なら、作れる自信はあります。でも、元の世界にあった高度なことは……」

「……ダイゴ様。異世界から神が呼び寄せた方には、特別な能力が備えられると聞きます」

テレーナさんが、急に神妙な顔で言い出した。そんな真面目な表情も、すごくいい。

「能力？　といっても、そんなものは俺には……な、なんだ!?」

そう答えたところで、俺の目の前に、ＰＣの画面のようなものが浮かび出る。

「きっと、それが神の恩寵《おんちょう》です！　その事典にはダイゴ様の世界の技術が記されているはずです」

「事典というか……ここにそんなものが？　……いや、これは少し違うな」

冷静になってよく見てみると、事典というよりゲームのステータス画面のように俺には思える。

試しに『攻撃系』と書かれているところを指でクリックすると、ページが開き、剣術や格闘術、弓術などの情報が表示された。さらに下へと目を移すと、『魔法』という項目があることに驚く。

「魔法って、こんなものは創作物の中にしかないだろうに……」

神というのは、こんなものまで現実にしてしまうのかな？

それなら俺を送り込むのではなく、直接テレーナさんに知識を教えたほうが良いと思うんだが……まあいいか。元の画面に戻ってから、『生産系』というページを開いてみる。

するとそこには、様々な技術の発展情報が、木の根のように系統立てて配置されていた。

「基本的には、原料によって説明が違うみたいだな。土、鉱物、木材、繊維とか、ある程度まとまっているけど……、それにしても多すぎるだろう」

いかに人類が、様々な積み重ねで技術を開発してきたかがわかる、見事な資料だった。

そしてさらには、検索欄のようなものを見つけたので、さっそく使ってみる。

「ダイゴ様、どうでしょうか……？」

「うん、すごくいいですね。とりあえず、石と木材があれば、家くらいなら何とかなりそうです」

この能力には他にもいろいろ仕掛けがあるような予感がするが、とりあえずこれほどの技術資料があるなら十分だ。元の世界のクオリティを、少しは再現できるだろう。

「いや、どうにかなりそうな気がしてきました。俺も後で、神様に感謝しないと」

俺の心はこの先の不安よりも、好きなだけいろいろな物が作れるという喜びに満ちていた。

不思議なもので、この事典とやらを見ていると、なんでも出来るような気がしてくるのだ。

このサポートがあれば、ドレスから、豪邸だって作れるような気がする。

「それじゃあ、まずは……そこから手を付けますか」

柄にもなく興奮してしまった俺は、そう言ってテレーナさん自身を指さすのだった。

第一章　衣食住の完備は基本です

一話　新しい服と能力の発見

「わ、私に何か問題が……？」

突然、俺に指を差されて困惑した様子のテレーナさん。

「あなたの服です。ボロボロじゃないですか。俺が直してみますよ」

事典の効果なのか、俺はもう、何でもいいから作りたくてたまらなくなっている。

彼女は神官だと言っていた。元は純白だったのだろう服は汚れ、あちこち薄くなって穴まで開いてしまっている。服のデザインそのものも、現代人からすれば簡素だ。

サイズ的にも少し大きいようで身体に合っていないようだし、見ていて我慢できなかった。

「生活の基本は衣食住です。まずはテレーナさんの服を作らせてください！」

「で、ですが、私はこれしか服を持っていなくて……それにこれは、神官になったときに神から与えられたものですし……」

「大丈夫です。俺の能力もその神様に与えられた力ですからね。ピッタリの服を作ってみます」

重ねて言うが、俺は普段、わりと物静かなタイプだ。

こんな大胆なことは言わないし、ひとりでゆっくり作業しているほうが性《しょう》に合っている。

だが、このときばかりは異世界召喚などというファンタジックな展開に平常心を失っていた。

せっかく一度は、テレーナさんが落ち着かせてくれたというのに情けない。

でも、いきなり異世界に召喚されるなんてことがあったのだから、大目に見てほしい。

「とりあえずは、代わりにこれを着ていてください」

俺はポケットからソーイングセットを取り出してから、その上着をテレーナさんに押し付ける。

男の上着にそんなものが入っているのはおかしいかもしれないが、俺は細かい作業は大抵得意だ。

よく自分で繕《つくろ》うこともある。

テレーナさんに着替えを頼んだ俺は、一度、部屋から退出した。

「……ふふ、どんなものにするかな？」

再び能力の画面を開き、『繊維』のページに移動する。

手元にある貧弱なソーイングセットで、どこまでできるだろうか。

こうしてあれこれ考えているときが、一番楽しいのかもしれない。

いったん作業に入ってしまうと、集中してしまうからな。

「さて、服は……」

見た感じだと、あの神官服は麻でできたものだと思う。

該当する項目を探し、そこをタップする。

するといろいろな地方の衣服の例や、その作り方が書いてあった。

「これはすごいな……でも、なんだか露出度の高い服が多くないか？」

例に挙げられている服はどれも腕や足、お腹なんかが露出したものだった。

簡単に言えばセクシーな服だ。

「確かにあの状態の服から布をとって作り直すと、面積が減ってしまうだろうけど……」

それを見越してこの例を挙げたなら、さすがは神様の事典といったところだろう。

だが、俺にはどこか助平な下心が透けて見えるような気がするのだ。

「選べる能力の中に魔法なんてのもあったし、神様も案外オタクなのかな？」

そう思っていると、部屋の中からテレーナさんの声が聞こえる。

「ダイゴ様、着替えました」

「それじゃあ、失礼します」

中に入ると、俺の上着を着たテレーナさんがいた。

男物で少しダブダブとはいえ、しっかり足元まで隠せるほどではない。彼女の綺麗な足に見とれてしまいそうになるのを必死に自制しつつ、机の上に置かれた服に向き直る。

これはこれで、さっきまでテレーナさんが着ていたと思うと……ちょっと興奮するな。

「じゃ、じゃあ、これから仕立て直しを始めますね。ちょっと時間がかかっちゃうと思うんですけど、テレーナさんはどうしますか？」

「私もここで見させてください。ダイゴ様がどうするのか、しっかり勉強したいんです」

「分かりました。でも、今回は手持ちの道具を使うので、テレーナさんが同じように作れるようになるのは、少し先かもしれませんよ」

携帯用の裁縫道具とはいえ、現代の工作技術の賜物で精度も高い。

糸はともかく、針やハサミは大事に使おうと改めて思った。

「それでも、見学はさせていただけますか？」

「ええ、そこに座っていてください」

テレーナさんが向かい側の席に座ると、俺も作業に取り掛かる。

着替えた薄着の彼女を見たせいで、服の上からでも分かる豊かな胸元に意識が奪われる。

この世界の下着はどうなってるんだろうとか、そんな雑念がいろいろ湧いていた。

だけど、それも一度作業を始めると吹っ飛んでしまう。

神様謹製の服をジョキジョキと切り刻み、針を通して縫い合わせる。

「ふむ、ここはこの布を使って……」

表示された資料を見ながら、黙々と手を動かす。

ゼロから服なんか作ったことのない俺にも分かりやすく書いてあり、どんどん作業が進む。

「すごいです……ダイゴ様、あのボロボロだった服が……」

徐々に形作られていく服に、テレーナさんが感銘を受けたようにつぶやいた。

俺はそれに返事することもなく、ひたすら手を動かした。

美女とふたりだけの部屋。普通なら盛り上がるか冷ややかな空気になるかのどっちかだろうが、今は静かながらも熱気に満ちている。自分でも信じられないほどの手際で、作業は進んだ。

説明を読むだけで、すいすい手が動く。これは……やっぱりなんかおかしいな。

疑問を感じながらも黙々と作業を進める俺と、それを熱心に見つめるテレーナさん。

時間は飛ぶように過ぎ去ってしまい、天高く昇っていた太陽が沈みそうになっていた。

そして……。

「よし、できた！」

最後にしっかりと留め縫いをして、新しい神官服がやっと完成した。

「テレーナさん、さっそく着てみてください。サイズが合わなかったら直しますから」

「わかりました」

俺は席を立ち、もう一度外に出る。しばらくすると呼ばれたので、再び部屋に入った。

「あの、どうでしょうか？」

「とても良く似合ってますよ」

露出が高いので少し過激だが、それ以外のデザインは素晴らしかった。

彼女の理想的なスタイルを強調するようになっていて、良く似合っている。さすが神様仕様だ。

「それで、どこか合わないところはありますか？」

工作好きのおかげか、俺は目測《もくそく》でも大体のサイズは計れるようになっていた。

それでも着心地は重要なので、できるだけ彼女の体型に合わせたい。

すると、テレーナさんが恥ずかしそうに顔を赤くして一言。

「す、少し胸が窮屈で……す」

そう言われて、思わず彼女の胸を見てしまう。

普段女性の胸元など見る機会がなかったからか、目測を誤ってしまったようだ。

テレーナさんの胸は、俺の予想より大きかったのだ。

「あっ、いや、すみません。すぐに直しますね！」

微妙な空気になりそうだったところを慌ててとりなし、道具を持って彼女の後ろに回る。

「そのまま、じっとしててくださいね」

「はっ、はい！」

糸をほぐし、布の位置を調節していく。

「これくらいで、どうですか？」

「そうですね、それくらいで……」

テレーナさんからOKを貰って、再び縫い直す。

ここからは見えないが、声が少し上ずっていたので顔もまだ赤いかもしれない。

恥ずかしい思いをさせてしまったと反省しつつ、きっちり最後まで仕上げることを優先する。

10分もすると直しも終わり、今度こそぴったりのサイズで服が出来上がった。

「これで完成です。付き合っていただいて、ありがとうございました」

「いえ、私のほうこそ素晴らしいものを見せていただきました。こんなに精密で着心地の良い服は初めてです」

少々問題は起こったが、無事に完成させられて良かった。

よく似合っているし、改めてみても、テレーナさんはほんとうに可愛い。神様、ありがとう。

でも、このままだと寒い時期になってしまったら辛いだろう。

それまでには、上着も作ってあげたいな。

そう思っていると、表示されっぱなしになっている画面から突然ファンファーレが聞こえた。

「いったい、今度はなんだ？」

怪しく思いながらも、開いていた『繊維』のページが光っていたのでタップしてみる。

すると画面一杯に、【レベルアップ！】という文字が飛び出てきた。

「これは、もしかして……」

俺は横にある注釈らしき部分を、さらにタップする。

そこには、生産レベルが一つ上がったということが書いてあった。

どうやらその分野にあるものを開発したり、連続で作り続けたりするとレベルが上がるようだ。

そして、レベルアップごとに、能力への特典があるらしい。

「生産分野の特典は、精度の向上や手順の簡略化、それに資材の消費量減少……か、すごいな」

つまり作れば作るほど、次の物作りが楽になっていくのだ。

これから作れる物のことを思うと、思わず顔がにやけてしまう。

「ダイゴ様、どうかされましたか？」

ひとり喜ぶ俺に、テレーナさんが聞いてきた。

「改めて神様に感謝したくなったんですよ。お祈りの方法、俺にも教えてもらえますか？」

「ええ、もちろんです！　でもその前に、お食事にしませんか？」

そう言われると、急に空腹を感じてきてお腹が鳴ってしまう。

「ふふ、必要みたいですね。すぐに準備いたします」

彼女はそう言うと、嬉しそうに部屋を出ていった。

それを見送りながら、俺はもう次のことを考える。

「衣食住……次はどうするかと思ってたけど。この能力があれば、ほんとうに出来そうだな。よし、やっぱり家を造ろう！」

そう、テレーナさんとの家を……いやいや。

二話　資材集め

結局テレーナさんの家で一泊した俺は翌日、教えてもらったとおりに神殿で祈りを捧げる。

(きっとむっつりな神様……ほんとうに、ありがとうございます！)

それが終わった後、家に帰り食事をとったところで話を持ち掛けた。

「テレーナさん、俺が昨日衣食住は大事だって話したこと、覚えてますか？」

「はい、もちろんですよ、ダイゴ様」

テレーナさんは、いつでも俺の話を真剣に聞いてくれている。

それに感謝しながら、説明を続けていく。

「実は、今度は住居のほうを改善してみようと思うんです」

「家ですか？　すると、やはりダイゴ様の世界と比べるとこの家は……」

「そうですね、せめて隙間風がなくて、外が寒くなっても室内は暖かい家にしたいです」

今の家は木材を斧か何かで乱雑に板にし、それを適当に立てて並べることで壁にしている。もちろん隙間風が入ってくるうえ、天井も同じようなものなので、雨が降れば雨漏りは避けられない。

「でも家を建てるとなると、ダイゴ様だけでは大変なのでは？」

不安そうにこっちを見る、テレーナさん。

「心配要りません、時間もそれほど取らせませんよ」

俺はそう言うと、能力を使って「検索」する。

呼び出したのは、レンガのページだ。

「これを大量に使って快適な家を造ります。神様からもらった能力とも、相性抜群の作業ですよ」

作れば作るほど、作業が楽になる能力だ。

大量のレンガを積んで家を造る方法との相性は、言うまでもないだろう。

ただ、それをするには一つだけ確認しておかなければならないことがあった。

「テレーナさん、このあたりで地震が起きることはありますか？」

そう、レンガ造りの建物は地震に弱いからだ。

しかし、テレーナさんは地震自体を、あまり知らないようだった。

「いえ、そういった話は聞いたことがありません。地面が揺れることなど、あるのでしょうか？」

「場所によってはあるので、それを確認したかったんです」

地震が無いのなら安心だ。このままレンガで家を建てよう。

「そうと決まったら、まずは計画を立てましょう」

俺は椅子にかけてあった上着から、ペンとメモ帳を取り出す。

「これに見取り図を描いていきます。とりあえず何部屋くらい必要ですかね？」

能力のおかげで、レンガの生産数には余裕を持てるはずだ。

「そうですね、まずは……」

それからテレーナさんと話し合い、家の間取りを決めていった。

最初は遠慮することも多かった彼女だが、次第にいろいろと要望も出してくるようになる。

俺としても作り甲斐があるほうが楽しいので、どんどん意見を取り入れていった。

「とりあえず、こんなものですかね」

全てが決まった後、メモに記されている規模は、今の家の数倍になっていた。

「遠慮なく言ってしまいましたが、本当にこれを……おひとりで作れるのでしょうか？」

「大丈夫です、なんとかなりますよ」

「ふふ、ダイゴ様は頼りになりますね。不可能に見えることでも、あなたなら成し遂げてしまいそうな気がします」

「ははっ。周りからは、ただ楽観的なだけだとか言われてましたけどね」

俺はそう言いながら、改めて見取り図を検討する。

リビングと台所に、いくつかの寝室。ふたりで暮らすには、十分な設備が整っていた。

というか、いつの間にか俺の妄想どおりになっていて、これからはテレーナさんと同居していくんだなと、改めて認識する。テレーナさんも、まったく疑問に思っていなそうだし。

少し前まで、女性と話す機会すらほとんどなかった俺からすると想像もできないな。

だけど、生きるのに多大な労力を使う未発展の世界じゃ、この程度でドキドキしている余裕はない。早く、しっかりとした家を造って貢献しなければ。

「それじゃあ、さっそく始めますか」

「まず、何からすればよいのでしょうか？」

「そうですね、とりあえず木材を伐りに行きますか」

レンガを量産するには、型枠を作らなければならない。

そこそこ頑丈で簡単に調達できるのは、木材くらいだ。

俺はテレーナさんと一緒に、近くの森へと向かった。

「うーん、これくらいが加工しやすいかな」

俺は直径五センチ弱ほどの木を選ぶと、それに体重をかけてへし折った。

バリッと音が鳴って木が倒れ、三メートルほどのそれを引きずっていく。

そして、大きな石を二つ用意してから、テレーナさんに協力をお願いした。

「まず石を一つ木の下に置きます。テレーナさんは木の端を片方、地面に押さえつけるようにしてください」

「はい、こうですね」

彼女が俺の指示したとおりに木を押さえ、シーソーのような形にする。

「もう少し先のほうを踏みつけるようにして足で押さえてください、安全ですから」

ちょうど石を中央にして半々の長さだったが、テレーナさんのほうを少し長くする。

このほうが、非力な彼女でも石をぶつけたときの衝撃が弱まって押さえやすいだろう。

安全を確保すると、俺は石の台座を挟んで、テレーナさんとは逆側に移動する。

そして、もう一つの大ぶりな石を両手で持つと、木の端の部分に叩きつけた。

テコの原理で力を加えた木が折れたので、まだ繋がっていた部分もグリグリと動かして切り離す。

本来は長いほうに力を加えたほうが効率はいいが、今回は石の大きさが十分だったので、テレーナさんの安全を優先した。

「こんなに簡単に、木が折れるものなんですね」

その様子を見て、彼女は感心したようにつぶやく。

「いやいや、本番はここからですよ。これを使って、上手く木枠を作らないと」

俺はテレーナさんからナイフを借りる。

このあたりでは鉄を作っていないようなので、なかなかの貴重品だ。

細かい作業を選んで使っていかないとな。

「もっと大きな木を使いたかったけど、斧が無いんじゃ仕方ない」

火を起こすのに使う薪も、枯れ木を拾って使っていたようだし、いずれは鉄製品も作ってあげたいな。

それから俺は木を削って組み合わせていく。大きな木を使えないなら、こうするしかないからだ。

なんとか、レンガの型枠となりそうなものを作り上げた。

「よし、これで大丈夫かな」

少しナイフの刃を潰してしまったので、また後で研いでおかないといけない。

だが、肝心の木枠のほうは完成した。

次は建物の形の仮組と、天井を作るのに使う木材も確保しないとな。

さすがにそれは、さっきと同じ方法じゃ無理だ。

「よし、まずは石斧でも作るか」

そう考えた俺は、テレーナさんに建設予定地の掃除を頼み、さっそく作業に取り掛かった。

俺は余っていた木を手ごろな大きさに折る。

そして、手に持つほうとは逆の先端に、ナイフで縫い針の糸穴のような形の穴を開ける。

次ぎには平べったい石を拾ってきてそれを濡らし、別の硬い石にこすりつけて研磨していった。

形を整え、それを先ほど穴を開けた木にはめ込む。

あとはそのあたりの植物の蔓で固定すれば……いかにも大昔の人間が使っていそうな斧が出来上がった。俺はそれを持つと、再び森に向かっていった。

「この石斧で切れそうな木は……と」

あまり太すぎると加工も大変なので、直径20センチほどの木を選ぶ。

そして、それに向かって思い切り石斧を叩きつけた。

「くっ、さすがに硬いな」

その手応えに苦笑いしながら、何度も何度も石斧を振る。

すると予想より早く切れ込みが入っていき、しばらくするとついに傾き始める。

バキバキバキという音と共に木が倒れた。

「ははは、これは持って帰るのも大変だ」

召喚される前は加工済みの板ばかりを使っていたが、自分で切り倒すと充実感が違うな。

木こりにでも、なったような気分だ。

そして、持ち運びのためにさらに細かく切っていると、あのファンファーレが聞こえた。

「今度はなんだ？」

不思議に思いながら事典を呼びだすと、自動的に『木材』のページが現れる。

そこをクリックすると、予想どおりレベルアップだった。

どうやら木を伐採して木材を生産したから、ということらしい。

「完成のときではなく、作業でもレベルアップするのか。どんどん楽しくなってきたぞ」

どうやら予想よりも生木が切りやすかったのも、この能力のサポートがあったおかげらしい。

俺は能力の成長を実感し、さらに伐採に精を出すのだった。


そして数時間後、10本近い木を切り倒して加工した俺は、それを建設予定地に次々運んでいく。

それを見たテレーナさんは、たいそう驚いた様子だった。

「ダイゴ様ひとりで、こんなに切り倒されたんですか？」

どうやら、休憩の用意をしながら待っていてくれたようだ。

テレーナさんは、そんなところもとっても優しい。召喚したからといって、俺をこき使ったりはしない人なんだ。そう思うと、ますます気持ちが張り切ってくる。

「ええ、神様に与えられた力のおかげですよ」

あれからの作業で、俺はすでに二回もレベルアップしていた。

今なら伐採以外の作業もやりやすくなっているので、レンガ作りも上手くいきそうだ。

俺は目的のレンガを作るため、次は近くの川へと向かった。

三話　新居の完成

テレーナさんを連れた俺は、傍《そば》にある小川まで来ると、土壌を調べ始めた。

能力には各資材を見分ける能力もあるので、目的の「粘土」を見つけるのは簡単だった。

「川からも近いし、ここが良さそうだな」

まずは、余った木の棒を使ってふたりで地面を掘り起こす。テレーナさんとの共同作業は、とっても楽しい。決して目の前のおっぱいが揺れるから……ではないけれど。

少しふたりで掘っていると、目的の粘土層に行きついた。

持ってきた桶に水を入れて、掘り起こした粘土と混ぜていく。

最初こそドロドロだったが、こねていくうちにだんだんいい具合の粘り気が出てきた。

適当に混ぜているだけなのだが、これも能力補正のおかげらしい。

説明どおりに作業すると、必ず上手くいくようだ。

「こんなことをするのは、子供のころ以来です。少し懐かしいですね」

横で一緒になってレンガの元を作っているテレーナさんが、嬉しそうにそう言った。

「はたから見れば、良い大人がふたりして泥遊びしてるようなもんですからね」

そう言うが、俺も彼女と一緒で懐かしさを感じていた。

こうやって土いじりするのは、小学生以来かもしれない。

昔、レンガを使って簡単なかまどを造ったことはあったけど、まさかレンガそのものを作ることになるとは思わなかったな。

「とりあえず、材料はこんなもんで試してみましょう」

「分かりました、入れ物を持ってきますね」

桶に粘土を入れ、それを持って近くの日当たりのいい場所に。

そこに置いてから、木枠を使って形を整えた。後はしっかり乾燥させて、焼こう。

能力補正でかなり綺麗に成形されているし、これならいい出来になりそうだ。

「これが、レンガになるんですね」

「上手くいけばいいんですけど。その間にもう一つ進めておきましょう」

レンガが乾燥するには時間がかかる。その間に、用意した木材を使って仮の骨組みを作っていく。

それが完成するころにまた、例のファンファーレが聞こえた。

「どうやら、レンガができたみたいですね」

これも能力補正のおかげなのか、かなり早く完成したようだ。

さっそく干していた場所に向かってみると、薄茶色に固まったレンガの列が見えてきた。

試しに軽く叩いてみても、石のように硬い。

「すごいですね、これが、元は土とは思えません」

「俺も一回でここまで上手くいくとは……」

改めて神様に感謝しつつ、日干ししたレンガを運んでいく。

もうこの状態でも十分使えそうだが、やるからにはしっかりと焼いて固めておきたい。

俺は深い穴を掘り、その中にレンガをタワーのように並べていく。

その上から燃料の木材を大量に放り込み、上着に持っていたライターを使って着火した。

後は上から、土をかけて蓋をする。

土の所々から煙が上がりはじめて、中が高温になっていることがわかった。

しばらく時間が経ち、完全に鎮火して温度が下がったところでレンガを取り出す。試しに指ではじいてみるとキンッと高い音が鳴り、先ほどの日干しレンガよりはるかに硬くなっていた。

「さすがに向こうで売ってたものより出来は悪いかもしれないが、十分だな」

俺は満足し、レンガを運んで家の外壁となるように並べていった。

「いい具合に形になってきたな」

このレンガはテレーナさんとの共同製作なのだから、家の外壁に相応しい。

少し積み上がったレンガを見て俺は頷く。だが、こんなものでは満足していられない。

もっと大量のレンガを作るために、作業に戻った。

「ダイゴ様、少し休まれたほうが……」

「大丈夫です。手応えのあるうちにもっと作っておきたいので」

テレーナさんが心配してくれるが、今の俺の頭の中にはレンガのことしか無かった。

粘土を掘り起こし、こね、乾かし、焼き、積む。

最低限の休息を入れながら、この作業をまるでゲームのように、延々と繰り返していった。

そして一週間後、建物に使うすべてのレンガを積み終わった。

代償として川沿いに大穴がいくつか空き、燃料として木をかなり切り倒してしまった。

だが、これからの快適さを考えればこの程度は、なんてことはない。

「ダイゴ様！　いよいよ形になってきましたね」

「そうですね。あとは屋根だけだと思います」

俺たちは、積み上げたレンガから頭を出す柱に目を向ける。

今度はあれを使って、屋根を作る行程だった。

「テレーナさん、最後にまた協力してください」

「ええ、もちろんです」

ふたりで力を合わせて柱を壁の上に引っ張り上げ、三角形の屋根の形に組み上げる。

そして、そこにハシゴ状に木の柱を括り付けていった。

さらにその隙間を埋めるようにして、瓦を上に乗せていく。

この瓦は、レンガ造りのときに余った粘土を使って作ったものだ。

レンガと同じく焼いてあるので雨にも強い。

「よし、最後の一枚だ」

テレーナさんから受け取った瓦を屋根に敷き、ついに家がおおむね完成した。

あとは細々とした内装だが、それは後で良いだろう。

最低限の設備としては、木製の雨戸を設置してみた。

これが無いと、前の家と同じで寒いままだからな。

最後に、加工しておいた木の板を玄関のドアとして取りつける。

これである程度、家として見られるようになっただろう。

椅子と机や、ベッドも運び込んで一息つく。

設置してあった暖炉に火を灯すと、部屋全体が一気に明るくなった。

「暖かいですね、前とは大違いです」

目の前に座っているテレーナさんが、暖炉の火を見てそう言った。

暖炉周辺のレンガは、いちばん最後に作った優良品を使っているので、その耐久度は耐火レンガ並みだ。ぱちぱちと燃える火が部屋を暖かくしていくのを、安心して見ていられる。

「まだここに来てから二週間も経っていないのに、ここまでできたことは俺も驚いてます」

あれからさらにレベルが20近くも上がり、その能力の有用さにも拍車がかかってきた。

例えばレンガを作るにしても、桶一杯分の粘土と水で、百個以上は作れるようになっている。

他にも色々と世界の法則をぶっちぎっている補正があるが、全て神様のおかげだと思えば気が楽だ。

さすがにこのころになると、大抵のことでは驚かなくなっていた。

「でも、まだ内装がこれからです。暮らしやすさはそれに掛かってますから」

ガタつく椅子と机を修理し、他にも色々な器具を作る。

以前は楽天的に大抵のことはできると思っていたが、今はもう確信に変わっていた。

この能力があればきっと、地球上にあったもの全てを再現できるだろう。

「いずれは車や船や飛行機も……夢が広がるな」

レンガでの家造りが終わった段階では早いかもしれないが、夢くらい大きくても良いだろう。

そう思いながら、ふたりの新居でテレーナさんの夕食をご馳走になる。

「ご馳走様でした、今日も美味しかったです」

「お粗末様でした。でも、ダイゴ様の故郷からすると貧相でごめんなさい」

「とんでもないですよ。テレーナさんの料理は旨いですから」

彼女にそう言って手を振る。

衣食住の二つは片付いたから、あとは食事かなと考える余裕も出てきた。

どうやらしっかり安心できる家で休むのは、心に余裕を生むらしい。

「今日はお疲れ様でしたテレーナさん。俺は先に休ませてもらいますね」

「ええ、本当にお疲れ様でした。私も片付けを終えたら休みます」

そう言って微笑む彼女に見送られ、自分の寝室に向かう。

新居になってからの変化で、一番大きいのは自分の部屋を持てたことだ。

これまではテレーナさんのプライベートな空間に居座ってしまっていたので申し訳なかった。

そういう意味でも安心できる。彼女の家ではベッドを二つ置くスペースが無かったので、俺が大きめに作り直したベッドでふたりとも寝ていた。

最初の内は、彼女から聞こえてくる寝息や漂ってくるいい匂いでドキドキして眠れなかった。

テレーナさんが元々すごいスタイルをしている上に、神様が推してきた露出度高めの服を着ているので、理性がはち切れそうなときも何度かあったほどだ。

あんな凶器とも言える服を、簡単に作ってしまった過去の自分を責めたいくらいだ。

「その苦悩も今日で終わりだ。ぐっすり眠れそうだな」

そう言って布団に入った俺はすぐに眠りについた。

だから気が付かなかったのだ。そのすぐ後に部屋の扉がゆっくり開き始めたことに。

四話　テレサとの夜

深い眠りに落ちていた俺だが、何か近くでモゾモゾと動く音に気づいて目が覚める。

「ん……なんだ？」

以前の隙間だらけの家なら、ネズミでも迷い込んだのかと考えただろう。

だが、今の新居にいきなりそんなものが入れるような隙間は無いはずだ。

警戒して起き上がろうとしたところで、横から手がのびてきた。

それは俺を優しく抑えて再び寝床に戻す。何者かが、俺の布団の中に潜り込んでいたのだ。

そして、今の状況でこんなことができる人を、俺はひとりしか知らない。

「まさか、テレーナさん？」

俺がそう口にすると、横にいた誰かの体がビクッと震えた。やはり予想通りのようだ。

「いったい……どうしたんですか。な、なにか問題でも？」

俺は内心ドキドキしつつも、平静を装ってそう問いかける。

すると、少し間が空いた後、彼女から返事があった。

「いえ、そうではないんです」

「それならなんでこんな時間に……」

そう考えたとき、俺の頭に夜這いという言葉がよぎる。

だが、神官である彼女に限って……。

俺が迷っていると、今度はテレーナさんのほうから話しかけてきた。

「ダイゴ様には、ここに来ていただいてから、いろいろなことを助けてもらいました。でも、それに対して私は何一つお返しが出来ていません」

そう言う彼女の声は、どこか申し訳なさそうだ。

「そんなことありません。俺は、この世界に召喚されなかったら落雷で死んでたんですから」

実際そう思っているし、こんないい環境を与えてくれたテレーナさんと神様には感謝している。

好きな工作が自由にできて、生産力を何倍にも上げる能力も貰ったのだ。

毎日食事も用意してもらっているし、正直いうことなしだ。

確かに日本より不便なことは多いが、それは与えられた能力で俺がこれからなんとかすることだ。

感謝こそすれ、お返しを要求しようと思ったことは一度もなかった。

そのことを丁寧にテレーナさんへ伝えるが、彼女は首を横に振る。

「私自身で考えたことです。今の私にできることはこれくらいしか……」

そう言うと彼女は俺の手を握る。

「それに、いくらダイゴ様の心が強くても、おひとりでは限界があると思うんです。もし何かあったときになんでも相談できる相手が近くにいれば、ずっと楽になりますから。それに、私も全て打算で体を任せることができるほど、非情ではありませんよ？」

「それは……」

「ダイゴ様を好きでいたい、好きになってもらいたいと思わなければ、こんなこと出来ません」

彼女は顔を赤くしてそう言うと、そのまま自分の胸のほうへ手を持っていった。

本当は止めなきゃいけないはずだが、俺の体はまったく動かなかったのだ。

俺の寝床に彼女が入ってきたと分かった瞬間から、そういう期待をしてしまっていたから。

その期待が現実になろうとしている状況に、本能と理性がせめぎ合っていた。

だが、俺が葛藤している間にもテレーナさんは手をゆっくり自分の胸元に近づける。

そして、俺はそのままの勢いでテレーナさんを抱きかかえてしまっていた。

「あ、あの……私でよければご奉仕させてもらえませんか？」

「テレーナさん……」

正直に言えば思い切り頷きたい。召喚される前も女性とそんな関係になったことは無かったし、彼女と出会ってから内心期待もしていた。

こんな辺鄙なところで男女が一緒に暮らしてるんだから、何かあっても不思議じゃないよなと。

でも、毎日テレーナさんが祈ったり、俺を手伝ったりしてくれるのを見るうちにどこか諦めていた。

この人は神様に与えられた役目が一番で、それを大切にしてるんだと実感したからだ。

「これも……神様のお告げだったりしますか？」

「いえ、違います。そうだったら、もう少し勇気が持てたのかもしれないですね」

ふふふ、と苦笑いしながら顔を赤くしているテレーナさん。

「私の胸もドキドキしてるのが分かりますか？　男の人のベッドに忍び込むのなんて初めてで」

たしかに、胸元に抱えられた手からは心臓の鼓動が感じ取れた。

俺はこれが、本当に彼女の意志で始めたことなんだと理解する。

誰かに促されたならまだしも、彼女個人の好意なら受けてもいいんじゃないか？

そう思った俺は、急に気持ちが楽になったような気がした。

「分かりました、お願いします」

まだ緊張が取れないながらも、そう言って頷く。

するとテレーナさんのほうも安心したように微笑んだ。

そして、彼女は自分の服に手をかけつつ問いかけてくる。

「ダイゴ様は、こういったことをするのは初めてですか？」

「はい、あんまり機会がなかったので……」

生活するのと趣味を楽しむことで手いっぱいで、そっちのほうまで目を向ける余裕はなかった。

後悔はないけれど、今初めて、もっと経験しておけばよかったと感じている。

もう一週間以上も一緒に暮らしてる女の人に、自分の情けない姿を見せてしまうかも……と思うと恥ずかしい。

だが、その心配も次の彼女の一言で吹き飛んでしまう。

「ああ、良かったです。実は私も初めてで、経験豊富な方相手だと、どう頑張っても満足させられないのではと……」

「テ、テレーナさんも初めてなんですか？」

「はい。神官が純潔でなければいけない理由はありませんが、無節操な姦淫は好まれていなかったので」

そう言われると確かに、と思う。

でも、俺の能力の「服飾」ページにセクシーな衣装ばかり載せている神様なら、むしろエロいことを推奨しそうだけどな。

「それで、俺が初めての相手で良いんですか？」

「それはお互い様じゃありませんか？　なので、ちょっと下手でも大目に見てもらえると……嬉しいのです」

俺の心配をよそに、彼女はさっそく動き始めた。

まずは自分の服に手をかけ、それを下にずらす。

元々露出度が高めだったので、少し手を加えただけでテレーナさんの大きな胸が零れてしまい、俺は息を飲んだ。

いつも間近で見ていたけど、やはり手のひらからこぼれ落ちそうなくらい大きい。

「ふふ、ダイゴ様がチラチラと見ていたのは知っていますよ」

「……バレてましたか」

「案外そういう視線は分かりやすいものですからね。大きすぎて不格好ではないかと思うのですが、これで興奮してもらえるなら……」

「不格好なんて、そんなことないですよ。大きいのに形も綺麗で、すごくエロいです」

目の前で重たく揺れる胸を見て、俺の肉棒も硬くなってしまっていた。

そして、ちょうどそれにテレーナさんが触れる。

「これが、男性の……なんて熱くて硬いのでしょう……」

服の上からでもわかるそれに、目を丸くしてしまっていた。

だが、すぐに気を取り直すと動き始める。

「大丈夫、続けますね」

彼女は俺のズボンの中に手を入れ、直に肉棒へ触れる。

柔らかくしっとりとしたテレーナさんの肌の感触だけで、思わず昇天してしまいそうだった。

自分でするときより何倍も気持ちいい感覚に、めまいがする。

「あっ、どんどん大きく……」

俺の反応にビックリした様子のテレーナさんだったが、すぐに嬉しそうな顔になって動きを再開する。そのまま続けると、たいして時間もかからずに俺のほうは準備万端になってしまった。

「ふぅ、これで大丈夫でしょうか……」

少し火照った様子で彼女は俺を見ながら言う。

彼女も初めての性行為に、驚きと興奮が入り混じっているらしかった。

「俺のほうはもう準備できてますよ。今度はテレーナさんの番ですね」

「えっ、きゃっ！」

俺を押さえる力が弱まったところを見て、一気に体を起こす。

そして、そのまま彼女の体をベッドへ押し倒した。

「あ、あの、ダイゴ様？」

「してもらってばかりじゃ情けないですからね。俺のほうもお返ししないと」

そう言って、彼女の秘部を覆う布の中に手を入れた。

「やっ、ダイゴ様ぁ……」

最初はギュッと股を閉じていたテレーナさんだけど、俺が優しく愛撫すると躊躇《ためら》いがちに足を開く。

俺は彼女に許されて、初めて女性のアソコに手で触れた。

「はう、私、大事なところを触られちゃってます……」

「大丈夫、精一杯優しくしますから。しっかり準備しないと上手くいかないかもしれないですし」

俺も初めてで不安があったので、できる限り濡らそうと愛撫を開始する。

「はぁ、はぁ……んっ」

秘部を撫でるたびに間近からテレーナさんの熱い息が漏れ、興奮で指の動きが激しくなってしまいそうになるのを必死に抑える。すると俺の自制の甲斐があったのか、徐々に彼女の中が濡れてきた。

それでも俺は愛撫を止めず、指にたっぷりと愛液が纏わりつくようになるまで責めを続けた。

「ダ、ダイゴ様……もう私っ」

とうとう我慢できなくなったのか、甘くなった声で俺を求めるテレーナさん。

正直いって、俺のほうも限界だった。

さっき触れられてから一度も刺激されていないのに、俺のものもまったく萎えていない。

「テレーナさん、いいんですね？」

「……はい」

覚悟を決めて頷いた彼女に俺は覆いかぶさった。そして、そのまま自分のものを秘部に近づける。

「あくっ、熱い……！」

互いが触れた瞬間に、テレーナさんが表情を歪ませる。だが、それは苦痛でも嫌悪でもなく、快楽によるものだった。その証拠に彼女の呼吸が一層荒く熱くなっている。

「入れますよ。このまま一番奥までっ」

俺は彼女の秘部に肉棒を押し当てたまま、徐々に腰を進めていく。

予想通り中はかなりキツかったが、事前に濡らしていたおかげで抵抗は少なかった。

愛液がよい潤滑剤となり、俺をより深くまで迎え入れてくれる。

「はぁん！　んっ、くふっ！　どんどん入ってきてる」

自分の中が侵略されている感覚に、心地よさを感じてしまったらしいテレーナさんから嬌声が聞こえた。彼女がちゃんと感じていると悟った俺は、そこから一息に腰を突き出す。

途中で何か突き破った感覚があり、俺はテレーナさんの純潔を奪ったことを実感した。

「あっ、ひうぅ！　ダイゴ様の、奥まで入ってしまいました」

熱の籠った表情で、ふたりが繋がっているところを見下ろすテレーナさん。

そのいつもの優しい彼女とは違う、妖艶な雰囲気に俺の理性が途切れてしまう。

「くっ、テレサッ！」

咄嗟に彼女の名前を呼びながら、腰を激しく使う。

今までのゆっくりとした動きから一変した刺激に、彼女も目を見開いた。

「ひゃうっ!?　ダメ、いきなりこんなに激しくしては……！　ダイゴ様っ！」

「止めないよ、このままテレサもイカせるから！」

興奮に身を任せるままに、テレサを犯していく。

彼女を逃がさないように肩を抱き、処女を散らせたばかりの場所を責めたてる。

「んあっ、初めてなのにこんなに気持ちいいなんて……！」

「テレサ、気持ちいいか？　もっとするからな？」

「すごい……どんどん気持ちよくなってる」

彼女も俺に応えるように、背中へ手を回してくれた。

欲望の赴くまま犯す俺を、受け入れてくれるような優しさに感激した。

「テレサ、こっちに顔を向けて」

「何を……んんっ!?」

興奮で注意力も落ちていた彼女が気づくより早く、その唇を奪う。

俺の行動に目を見張ったテレサだが、すぐに体の力を抜いてキスに優しく応えてくれた。

下では激しく腰が打ちつけられているのに、上のほうでは恋人のように仲睦まじいキスをしている。

そのギャップにお互いが興奮してしまったのか、体はさらに熱を持った。

「はむっ、ちゅっ、ちゅう……んはぁ」

「テレサ、もうキミと離れられないよ」

「私もダイゴ様と一緒にいたい……」

まだ始めてから一時間にも満たないが、俺たちの心の距離はぐっと縮まっていた。

お互いに相手のことを憎からず思っていたのが、体を許し合ったことでタガが外れたようだ。

「召喚でどんな方が現れるのか、とても不安でした。最初にダイゴ様と会ったとき、隠してはいましたけど……足が震えていたんです」

「そっか、それはたしかに……怖いですよね」

彼女は敬虔な信徒だけど、力の無いただの女性だ。

護衛もなく、見ず知らずの異世界人とふたりきりになるのは怖かっただろう。

だとしたら、最初に服を作るからといってテレサを脱がせた俺は、とんでもない野郎だな。

今さらながら死にたくなってきた。

「あのときは、すみませんでした」

「いえ、謝らないでください。神の力の一端を目撃できたんですから」

そう言ってもらえると安心する。だけど彼女の好意に甘えてばかりだと悪い。

これからはもっと力をうまく使って、生活を楽にしていこうと心に誓った。

「俺、もっと頑張って色々ものづくりします」

「それじゃあ、私も頑張って家事をしないといけませんね」

クスッと笑いながら言ったテレサの表情は、どこか少女っぽさがあって可愛かった。

このままお互いに体が繋がっていると、どんなことでも話せるような気がしてくる。

「これからずっと……テレサって呼んでいいかな？」

「ふたりきりですもの、どんな呼び方でも」

「もし村のほうに行ったら？」

そう言って問いかけながら、彼女の目を見つめる。

神殿の近くにはこの家しかないが、近くには百人以上が住んでいる村があるという。

これからこの世界の開発を進めるならば、そこにも行く必要があるだろう。

「そのままテレサとお呼びください。ここまでしてしまって、今さら関係を取り繕うおつもりですか？」

「まさか、しっかり責任はとるよ」

そう言ってもう一度キスすると、再び腰を動かすスピードを上げた。

「んっ、くふっ！　また強く……！」

「テレサ、もうイクよ」

「はっ、はいっ！　私もダイゴ様と一緒に！」

俺の言葉に応えて、彼女が腰に足を絡みつけてくる。

同時に中がキュッと締まり、それが引き金となって俺は決壊した。

「ひゃっ、あっ、熱い！　中にダイゴ様のが入ってきてる!?」

ギュッとテレサの体を抱きしめたまま、奥へ奥へと射精する。

「くふっ、んんんんっ！　はっ、はぁはぁ！」

中がじんわり温かいもので満たされていき、その熱さに当てられたのか、テレサの腰もビクッと震えた。テレサも絶頂したことに満足し、俺は力の抜けた肉棒を引き抜く。

ぽっかりと空いた穴からは、出したばかりの白濁液が漏れ、淫らな行為をこれでもかと見せつける形になってしまった。

「ごめんなさい、私もう腰が抜けてしまって」

「いいよ、俺も今日はこのままテレサといたいから」

倒れて動けない彼女の体を優しく抱きしめ、そのままいたわるように毛布を掛ける。

もう何年も使っているのかボロボロなものだったが、彼女と一緒に包《くる》まっていると、裸でも寒さは感じない。そして、その温かさを感じながら俺たちは眠りに落ちるのだった。

五話　製鉄

テレサと初めて交わった翌日。

俺は起きると、身支度を整えてリビングに向かった。

まあ、リビングといっても机と椅子があるだけで殺風景だが、以前よりは各段に良いだろう。

どうやら彼女は、先に起きて朝食を作ってくれているようだった。

「おはようございます、ダイゴ様」

「おはようテレサ、いい匂いだ」

「すぐに支度ができるので、待っていてくださいね」

いつもと変わらない態度に少し安心しつつ、彼女が出してくれた食事をとる。

こちらもいつもと変わらず、豆のスープと黒パンだ。

テレサが丁寧に調理してくれているのか、温かいスープは豆の風味もあり美味しい。

だが、現代人だった俺としては少し物足りないのも事実だった。

「ご馳走でした。テレサ、少し台所を見せてもらってもいい？」

「ええ、いいですよ。でもどうして？」

「どんな風に料理をしているのか、現状を見ておきたくてね」

家は新しく作ったものの、家具や食器は前の家から持ち越しだ。

台所を見てみると、案の定ほとんど調理器具もなかった。

小ぶりな包丁と同じく小ぶりな鍋が一つ。鉄製品はそれだけだ。

それ以外で火にかけられそうなのは、俺がレベル上げで練習に作った土鍋程度。

食器のほうも、ふたりで一組を使いまわしている状態だった。

「せっかくテレサは料理が上手いんだから、もう少し充実させたほうが良いよな」

幸い食料のほうは、近くの村からいろいろ分けてもらっているとかで、余裕がある。

テレサが神様に祈ると凶作が起こらないらしく、そのお礼らしい。

俺が来るまでは、余ったものは祭壇に捧げていたぐらいなので、同居人がひとり増えても、まだ余裕で賄《まかな》える程度はあるそうだ。

「木と石ばかりじゃ限界もあるし……。このあたりに、鉄鉱石の取れる場所があるとか聞いたことはありますか？」

「鉄……ですか？　いえ、耳にしたことは……」

テレサがそう言って首を横に振るが、まあ当たり前か。鉄鉱石が無理なら砂鉄を見つけたほうが早いな。山を掘るよりも、川沿いに探すほうが範囲は狭くて済むだろう。

「分かった。じゃあ今日は川に……できれば山沿いにある川に連れていってほしいです」

「川ですね、それならいくつか心当たりがあります」

今度はしっかり頷いた。そうしてテレサに連れられ、俺は山に入った。

一応、作業用兼護身用に石斧を持っているが、大きな動物とかが出たら一目散に逃げないとな。

特に川は、そういう動物の水飲み場になっている可能性も高い。

「ダイゴ様、ここがこのあたりで一番大きな川です」

「こんなに綺麗な川があったのか。ただ、渡るのはちょっと厳しいレベルだな」

目の前の川を見ながらそうつぶやく。

川底まで水が澄んだ清流で、作業をするには見通しが良くありがたい。

しかし川幅がそこそこあるので、楽に行き来しようと思うなら、橋を渡さないといけないだろう。

「よし、試しに川底をすくってみるか」

俺は家から持ってきた陶器の壺を持ち、川岸に行くと土をすくう。

「うおっ、さすがに重いな……」

サッカーボールくらい入りそうな壺いっぱいの土は、かなりの重さで持ち上げるのも一苦労だった。

それを近くの大きな岩の上にぶちまける。

「よいしょっと、後は砂鉄があるか確認だな」

俺が能力を使うと、ちょうど良く、「鉱物」が材料となる製作ページが光った。

そこを開いてみると、生産可能になっているのは鉄関連のものだ。

つまり俺は今まさに、鉄を手に入れたのだ。やはりこの砂には、砂鉄が含まれていたようだ。

「よし、鉄が見つかったぞ。これでいろいろと生産できるようになる！」

「これが鉄の素に？　ただの土にしか見えませんね」

横から覗いていたテレサは、そう言って怪しそうな顔をする。

包丁や鍋がある以上、この世界でも誰かが鉄を作っているはずだ。しかし、テレサにはまったく製鉄の知識はないらしい。

「まあ見ていれば分かりますよ。能力を使えばすぐに生成できそうだ」

そう言うと、俺は近くから土を持ってきて、それに水を加えて練りはじめる。

小分けにして適当に四角く形を整えると、そのあたりに置いてから、木を伐りに行った。

細めの木を何本か切って戻って来ると、先ほどの土の塊がもう、レンガになっている。

普通はあり得ないことだが、能力の補正によって足りない材料の補てんと、生産スピードの高速化がされているからだった。

あらかじめ作るものを指定しておけば、その辺の土でもレンガになる。しかも品質がよくて、耐火レンガとしても使えるほどだ。ほんとうに、チート能力様々だった。

細い生木であっても、「燃料」としてカウントすれば良質の炭に勝る働きをする。

「ほとんど錬金術まがいというか……さすが神様ですよ」

俺は神様に感謝しながらレンガで窯を組み、薪を置き、その上に川底の土の入った壺を置く。

もちろんこの壺も俺が焼いた特別製なので、二千度近くまで耐えられることが分かっていた。

本当は磁石でもあれば、ある程度純度を高めることもできたんだが、今回は仕方ない。

砂鉄は重いので下に沈むことを利用して、上側の土をすくい取ることで仮の選別とする。

「さあ、火にかけるぞ」

燃料が半分を切ってきたライターを取り出し、枯葉に火をつける。

すると瞬く間に木に燃え移って、ごうごうと燃えだした。

「火があんなに一瞬で回るなんて……」

驚愕し、畏怖するような視線で炎を見るテレサ。確かに見ようによっては恐ろしい火の勢いだ。

俺としては鉄を溶かしたいので、頼もしい限りだが。

「あっ、炎がだんだん黄色くなってきましたね」

「ああ、これからもっと色が薄くなっていくぞ。ガンガン熱して……そろそろ溶け始めたかな？」

そっと壺の中を覗くと赤く光るものが見えた。砂鉄が溶け始めたんだ。

ジュウジュウと焼ける音が聞こえ、不純物が蒸発していく。

そこからしばらく様子を見る間に、俺は近くの地面を掘り始めた。

フライパンをひっくり返したような形にして、ここに溶けた鉄を流し込んで鋳造するつもりだった。

「だいぶ溶けたかな。テレサさん、危ないので少し下がっていてください」

俺は手ごろな木の枝を二本取り出し、中では溶けた鉄が燃えたままの壺の取っ手に通す。

「耐えてくれよ……」

ジュウジュウと木が焼けていく音を聞きながら、壺を持ち上げて中の鉄を型に流し込んだ。

ジュバアアアアア！　という音が聞こえ、赤く溶けた鉄が型に流し込まれていく。

俺は土が崩れないように祈りながら、鉄が冷えて固まるのを待つ。

レベルの上がってきた能力のおかげか、10分もすると、もうかなり温度が下がっているようだ。

やがてほとんど熱さも感じなくなり、近づくと地面がほんのり温かい程度になっている。

意を決して掘ってみると、そこには少し黒っぽい形のフライパンがあった。

細い持ち手の部分が崩れたのか少しいびつな形になってしまったが、まごうことなきフライパンだ。

「これは……すごい！　新しい鍋ですか？」

「あの鍋一つじゃつらそうでしたから。これなら、焼いたり炒めたりするのも楽かなと思って」

「ありがとうございます。贈り物をもらうなんて何年ぶりでしょうか……大切にしますね」

そう言って、ほんとうに大切そうにフライパンを抱えるテレサ。

ギュッと抱きしめるようにしているところが、かなり可愛い。

またこんなふうに喜んでくれるなら、調理器具ばかり作ってしまいそうだ。

「持ち手のところは後で木製の覆いをつけますね。そのままじゃ握りづらそうですし」

「分かりました、それじゃあ早速、今晩はこれで何か作りましょう。この前ダイゴさんに作っていただいた土鍋と合わせて、三品は一気に作れますからね」

なんだか結構楽しそうだ。これは俺も手伝ったほうが良さそうだな。

俺はそう思いながら、手ごろな木を見繕って新たな加工を始めた。

三十分もすると持ち手を覆う部分も完成し、ふたりで帰路に就く。

「今度からは鉄製品の生産が主になるかな。ハンマーや金床なんかも作ってみたいし……ん？」

今後のことを考えながら歩いていると、目の前からフラフラとひとりの女性が歩いてくる。

しかも、その女の子は俺と同じように、現代日本風の服を着ていたのだ。

俺は思わず、テレサと見つめ合う。

「あ、あなたは……うっ……」

向こうも俺の気づいたのか目を見開くが、次の瞬間には倒れてしまった。

一瞬呆然としたものの、すぐにその人の元へと、ふたりで駆け寄るのだった。

六話　椿咲羽澄

俺たちの前に現れ、突然倒れてしまった女性。

傍らで呆然とするテレサをよそに、俺は彼女を助け起こした。

「つと、意識を失っているだけみたいだな……テレサ、少し手伝ってくれませんか？」

俺の声で正気を取り戻したテレサといっしょに、彼女を運びながら家に戻る。

倉庫代わりに使っていた空き部屋に、急造のベッドを置いてそこに寝かせることにした。

そして、横になるとすぐに眠り始めた女性は、数時間した今になってようやく意識を取り戻した。

「んぐっ、んぐっ……はぁ。ありがとうございます、死ぬかと思ったぁ」

そんな彼女が今、俺の目の前でテレサから受け取った水を一気飲みしたところだ。

「ご馳走様でした。久しぶりに美味しい水を飲んだ気がします」

安心したようにホッと息をつくと、空になったコップをテレサに返した。

「少し落ち着いたのなら、話を聞かせてもらえるか？　俺の名前は大神大吾で、こっちは神官のテレサ・テレーナさん。俺は見てのとおり日本人だよ」

俺がそう言うと、彼女もハッと息を飲む。

「やっぱり日本人なんですね。わたしは椿咲《つばさき》羽澄《はすみ》といって、二十一歳の大学生です。気軽に羽澄って呼んで下さい」

「へえ、学生だったのか。ひとりで災難だったね」

女の子が山の中を彷徨っていては、なかなか大変だっただろうと頷く。

だが、彼女の次の言葉は予想外だった。

「そ、それより……一つ聞きたいことがあるんですけど」

「なんだい？　俺に答えられることなら協力するよ」

そう言うと、羽澄は意を決したように質問してきた。

「もしかして、ここって異世界ですか？」

ずばり聞いてきたのだ。俺とは違い、彼女には自然と思い当たることだったらしい。

「……そうだね、地球とはずいぶんと違うかな。羽澄も、誰かに召喚されたのかい？」

「いえ、どちらかというと転移のような……とにかく気が付いたらあたりが森だったので驚きました」

それを聞いて、俺は表情を難しくする。

「召喚以外の方法で、異世界から人が訪れることもあるんですか？」

テレサのほうを向きながらそう問いかける。すると、彼女も戸惑い顔で頷いた。

「そういう話も聞いたことがあるような気はしますが……。すみません、私は召喚も大部分を神の御業に頼っていたので詳しくないんです」

「そんな、謝らないでください！　無事にここまでたどり着けただけでもラッキーだったんですから」

頭を下げようとするテレサを羽澄が止める。どうやら、出会う前にもっと危ない目にでも遭っていたのだろうか？

「羽澄、ここまでに何があったのか、聞かせてもらえるかい？」

「はい。実は森の中に放り込まれて慌ててたところで、変な生き物に襲われそうになって。そしたら、目の前に訳の分からないウィンドウが出たので、触ったら手のひらから炎が出るしで……」

「手のひらから炎？　まさかそれって……」

俺は一つ心当たりがあった。俺が選んだ「生産系」とは別の、「攻撃魔法」のページにあった魔法だ。

「もしかして、大吾さんも何か見覚えがあるんですか？」

「ああ、魔法ほど派手なものじゃないけどね。それより、異世界と知っても羽澄はあんまり慌てていないようだな」

普通ならもっと、混乱したり取り乱したりするはずだ。

俺もテレサが丁寧に対応してくれなかったら、醜態を晒していた可能性が高い。

「あっ、そのことですか。実は子供のころからファンタジーとかのお話が大好きで、アニメや漫画やゲームなんかも……」

そう言いながら、少し恥ずかしそうにする羽澄。

「なるほど、異世界ファンの君にとっては、お決まりの展開だったという訳か」

羽澄がここまで落ち着いていることも、なんとなく納得できた。予習が出来ていたわけだ。

「それで、君を襲った動物というのはどんな？」

ここの近くに危険な動物が出るとなれば、むやみに出かけられないだろう。

「ええと、毛が赤と緑の斑模様で……頭に巻き角の生えた熊でした。たぶん……」

「たぶん？」

「すぐに、わたしの魔法で黒焦げになっちゃって……」

そう言って複雑な表情で自分の手を見る羽澄。現実では見たこともないような動物に襲われ、それを自分が魔法で焼き殺したのだ。オタク知識はあっても、実感としては複雑なんだろう。

「そうか、たいへんだったな。ただ、熊か……また襲われるかもしれないと考えるとマズいな」

俺は日用品の生産能力こそあるものの、武器を作った経験はない。

能力で槍くらい作ろうと思えば作れるかもしれないが、それを扱える自信はなかった。

「テレサは、その動物のことについて何か知ってますか？」

「少しだけ聞いたことがあります。山で食料が不足すると、凶暴な熊が村の近くまで降りてくることがあると」

「そうか、餓えて暴れるとなると、俺じゃ対処できないな。万が一のときは神殿に引きこもるか」

神殿は大きな石を並べて作った建物で、居住性は最悪だが頑丈さはかなりのものだ。

具体的には、全速力で大型トラックが突っ込んできても耐えられるくらいの強度はあると思う。

だが、そうなると一歩も外に出られずに、いずれは参ってしまう。

「あの、もし良かったら、わたしを使って貰えませんか？」

「君を？　しかし、女の子に危険な仕事をお願いするのは……」

一度撃退できたとはいえ、羽澄はきっと、魔法以外は普通の女性だ。猛獣の前に出すような真似はしたくない。

「助けたことに恩を感じているのなら、気にしたくていいんだ。当たり前のことだよ」

思いとどまらせようとするが、羽澄は首を横に振る。

「それもありますけど、一番は、私が役に立つってことを知ってほしいからです」

彼女は自分の膝に手を乗せ、真剣な目でこっちを見る。

「見た限り、大吾さんたちはここでしっかり生活されてますよね。わたしもその仲間に入れてほしいんです」

「それは構わないけど、なぜ？」

「もう山の中をサバイバルして生活するのは嫌なんです。特にその……トイレとか……」

話す羽澄の目は、どんより沈んだ色になっていた。

どうやらここにたどり着く前に、猛獣以外にも色々とひどい目に遭ったらしい。

「家事とかはあんまり得意じゃないんですけど、魔法が使えますから警備員の真似事はできますよ！」

そう、猛烈に自分をアピールしてくる。

どうやら原始的な野外生活を強制的に味わわされて、文明生活に飢えているようだ。

そして俺としても、同郷の女の子を見ず知らずの世界に放り出すのは気が引ける。

「テレサ、俺はしばらく羽澄の面倒を見てもいいと思うんだけど」

俺のその言葉に、一瞬で羽澄の目が輝いた。

そして、そのまま期待するような目をテレサのほうに向ける。

「は、はい。女性ひとりなら、必要なものも何とか足りると思います」

羽澄の期待に少し気圧されながら、テレサが答えた。

「あっ、ありがとうございます！　精一杯頑張りますのでお願いします」

パッと明るい表情になった後、椅子から立ち上がってきっちりと礼をする羽澄。

学生だとはいえ、妙に硬いときがあるのが気になるな。もっとリラックスしてほしい。

羽澄はテレサに許されたことで、力が抜けたように椅子へ座り込んだ。

「うぅ、ようやく安心できます。屋根や壁がある建物がこんなに尊いものだったなんて……」

「そう言ってくれると、俺も造った甲斐があったよ」

羽澄が気を抜いて、机に突っ伏す様子が微笑ましい。

やはり女の子は、これぐらいのほうが年相応で可愛いと思う。

「造ったって、大吾さんがですか？　元は建設業者とか？」

「いや、羽澄と同じように『能力』だよ。俺のは生産系のほうに進歩が進んでて、レベルが上がるとレンガや瓦も簡単に作れるんだ」

「それは便利ですね！　わたしの魔法よりよっぽど役に立ちそうです」

「そんなことはないさ。手持ちのライターのオイルが切れれば、後は火打石を使わなきゃいけないぐらいだし」

「じゃあ、わたしの魔法はライター代わりですか。まあ、それくらいならいつでも言ってください」

彼女は苦笑いしながら言うが、こういうことは意外と重要だ。

ライターも、火を点けるという目的は火打石と同じだが、使いやすさは雲泥の差があるしな。

「それで、次は何を作るつもりなんですか？」

「いや、まだ決めてないな」

「それなら、わたしにいい考えがあるんです」

ニコニコ笑う羽澄に、俺とテレサは顔を見合わせて首を傾げるのだった。

七話　水道の開通

羽澄から提案されたこと、それは早急な上水道と下水道の構築だった。

今まで飲み水は神殿近くの井戸から汲み上げていたし、下水は適当に人気の無いところで捨てていた。だが、やはり羽澄からすると不便極まりないものだという。

テレサは元からこの暮らしだし、俺も割と適応力は高いほうなので普通に使っていた。

だが、都会暮らしに慣れていて、それなりにデリカシーのある羽澄には早く解決したいことだろう。彼女に熱心に説得され、俺も本格的に動き出すことにした。

何より、羽澄に水道の魅力を伝えられたテレサも、同じぐらい乗り気になったからだ。

「水道とは、すばらしいですね。それが完成すれば、暮らしもずっと楽になるに違いありません」

彼女がそう言っているのを聞いてしまうと、さらに期待に応えたくなってくる。

こうして、俺たちの水道敷設が幕を開けた。

「とりあえずは下水のほうから始めようか。飲み水は一応井戸があるしね」

俺の判断で、まずは排水のほうをどこに持っていくか決めることに。

「絶対に上水と下水が、かち合わないようにしないとな」

病気のもとになりかねないので、これは徹底した。まずは羽澄が魔法で溝を掘る。

そこへ俺が土で土管を作り、それを連結してどんどん伸ばしていく。

最終的には海まで持っていくつもりだが、これが問題だった。俺たちの住んでいる場所から海までは二十キロほどあるらしい。ゆっくりやっていては、何年かかるか分からない作業だ。

そこで俺は、とりあえず地下に大きな貯水槽を造って一時的に溜めてしまうことにした。

ひとまずは、水道の運転を行うことを優先したのだ。

「よし、一発デカいのを頼むぞ」

「はいっ！　しっかり耳を塞いでおいてくださいね！」

貯水槽の予定地で、俺とテレサが羽澄を見守る。彼女は余裕の雰囲気で地面を見つめていた。

「さて、大吾さん言われたのは深くえぐるように……か」

そう説明を受けていた羽澄はウィンドウを開くと、それにピッタリの魔法を探し出す。

熊を倒してレベルアップした羽澄でも、ようやく使用できるレベルの魔法のようだ。

「よし、やっちゃいますか……お願い、上手く発動して！」

彼女は片手をおおきく振りかぶって、そこから一気に振り下ろすと地面を叩く。

すると次の瞬間、地震かと思うような地響きがした。

「じ、地面が揺れている？」

隣のテレサが不安そうに俺の服を掴んできた。せいぜい震度3程度の揺れだったので、日本生まれで慣れている俺は動じない。だが、初めてこの揺れを体験するテレサはたいそう怖がっていた。

「大丈夫、穴が空けば止まると思います」

俺の言葉通り、十秒もしないうちに揺れは収まった。そのまま羽澄のほうに行くと、広さはテニスコートほどで、深さが十メートルもある穴が空いていた。

「ずいぶん大きいな、これは」

「えへへ、頑張りましたからね」

どうだとばかりに胸を張る。意外と豊かなそこに目が行ってしまいそうなのを抑え、苦笑いする。

「ちょっと頑張り過ぎだ、俺もこれに見合うくらいの槽を造らないとな」

一度に作るのは困難なので、パーツごとに作ったものを組み合わせることになるだろう。

だが、これくらいの大きさなら、しばらくは海までつなげなくても大丈夫そうだ。

「よし、こっちも取り掛かるか。羽澄は土管を埋める他の場所も土を掘っておいてくれ」

「了解です。早くしないと上水用の穴も掘っちゃいますからね？」

「ああ。だが、家の周りを穴だらけにするのはやめてくれよ」

「大丈夫ですよ、そこまで考えなしじゃないですから」

基本は快活な性格のようだが、一度熊に襲われた経験から、大抵のことでは動じない冷静さも得たようだ。その快活な雰囲気から想像するよりも、細かく仕事をしてくれるだろう。

「さて、それじゃあ俺たちのほうも行きましょうか」

「そうですね、ハスミさんに負けていられません」

テレサを連れ、俺は以前レンガを作った焼き場に向かった。

今度はレンガより大きなものを焼くので、窯を大規模なものに変更する。

「要領はレンガと同じだ。粘土を練って、固めて、焼く。羽澄に生産系能力の力を思い知らせてやるか」

女の子に負けてはいられないと、気合いが入る。

ふたりで協力して窯を作り直し、粘土を掘っては土管の形に成形していった。

慣れているからか土管第一号を作るのに一時間もかからず、それからどんどん量産していった。

いくら能力の補正があるといっても、所詮は俺はひとりなのでテレサが大いに助けになってくれた。

窯の温度を見たり土管を転がして移動させたりといった作業なら、彼女でも十分に行える。

「すみません、地味な仕事を押し付けてしまって」

「そんなことないです、これも必要なことですから。それに、大事なことはダイゴ様がしたほうが効率はいいですし」

そう言って嫌な顔一つせず手伝ってくれるテレサには、いくら感謝しても足りないくらいだ。

それから数日かけて何度も粘土を掘り起こし、百を超える下水槽の部品や数百の土管を生産した。

全てつなげれば余裕で、上水と下水、別々に管理できそうだ。

作っている間にレベルも上がり、徐々に生産スピードが上がっていくのは我ながら楽しかったな。

「さあ、今度は槽の組み立てと土管の配置だ」

俺はテレサと共に即席の大八車を作って、その上に部品を乗せる。

それを牽いて例の大穴に向かうと、すでに羽澄が待っていた。

「あっ、やっと来ましたね。こっちもようやく終わりましたよ」

「そうか、なら手伝ってくれるのか？」

「もちろんです。早く完成させて使いたいですからね」

彼女のやる気に、俺もテレサも笑みがこぼれた。

「ふふ、それじゃあ早速始めましょうか。私とハスミさんは組み立てをしますね」

ふたりの女性陣は梯子を使って穴の底に下り、俺が降ろしていくパーツを組み合わせる。

万が一にも水漏れを起こさないよう、丁寧に作った部品同士はうまく噛み合っているようだ。

パズルを組み立てるように床や壁にはめていくと、大きな槽が出来上がった。

これには下水が流し込むための穴と、そのうち海のほうまでつなげる予定のもう一つの穴がある。

今回は入れるための片方だけを開け、そこから家のほうに向かって、羽澄が掘った溝に土管を並べていった。こちらも、水が漏れないようにピッタリと連結させてから埋め直していく。

そして、一日がかりで土管を埋めていき、ようやく家までたどり着く。

「さあ、家の土管に接続だ。これで台所やトイレから流れるはず」

家の中から伸びていた細めの土管を、ここまで連結させてきた太い土管につなぐ。本当はもっと区分けしたほうが良いんだろうが、今はこれで限界だ。仕上げにガス抜き用の穴も開ける。

同じように上水も、水源の清流に設けた取水口から家まで土管を通して繋げた。

地下の水道管から蛇口まで水を持っていくのに苦労したが、これも羽澄の魔法でなんとかなった。

日本のように直接飲み水には使えないが、洗い物をするには十分だ。

すべての水道を作り終わると、羽澄はもちろんテレサも喜んでいた。彼女も実際に水道を使ってみて、便利さに感銘を受けたようだ。そして、肝心の羽澄はというと……。

「さあ、今日は水が使い放題になった素晴らしい日です。是非お祝いしましょう」

「それは良いが、なぜここなんだ？」

俺と彼女がいるのは、なんと浴室の前だった。

「日本人たるもの、湯船に浸かってこそ安心できるというものです。さあさあ！」

彼女はそう言うとグイグイ俺を押し、脱衣所に押し込んでしまうのだった。

八話　お風呂で初めて

現在、家の浴室には俺と羽澄のふたりがいる。

もちろん浴室内なので服を着ているわけがなく、お互いに大きめの手ぬぐいで体を隠していた。

「羽澄、やっぱりこういうことは……」

俺は一度冷静になって、そう言葉を発しようとする。

だが、その言葉を止めるように後ろから羽澄が抱きついてきた。

背中で彼女のよく実った胸が潰れ、その柔らかさを嫌でも味わわされてしまう。

「まあまあ、良いじゃないですか。テレサさんのことが気になりますか？　それとも、私をまだ子供だと思ってます？」

「いや、そんなことはないが……」

俺は、ここに至るまでの経緯を思い出した。

事の始まりは、水道の使い方をテレサに説明しているときに羽澄が言った一言だ。

「せっかく水が好きなだけ使えるようになったんですから、お風呂に入りましょう！」

実に風呂好きな日本人らしい言葉だが、それは俺も考えていたことだ。

いつかお湯が使えるようになったときのことを考えて、家の浴室にそれなりの大きさの浴槽まで作ってしまっている。今までは、ぬるま湯で温めた手ぬぐいで体を拭う程度のことしかしていなかったが、ようやくその真価が発揮されるときが来たというわけだ。

そこまでは俺も良かったのだが、なんと羽澄は俺を誘ってきた。

テレサの前でそんなことを言われて固まってしまった俺だが、羽澄は彼女と事前に話をつけていたらしい。俺は行ってらっしゃいとばかりに、テレサから背中を押されてしまった。

そのままズルズルと浴室まで連れてこられ、結局一緒に入ることになってしまったのだ。

「いったいいつ、テレサと示し合わせたんだ？」

「それは秘密です。最初はテレサさんも渋ったんですが、話をして納得してもらいましたから」

テレサが易々と許したわけではないということには喜びつつも、襲われそうな状況は変わらない。

「それで、こんなことをするのはどういう理由なんだ。まさか、一目惚れってわけじゃないだろう？」

「残念ながら違いますね。一番の狙いは、体の関係を持てば大吾さんも少しは私に贔屓してくれるかなぁと思って」

声はいつものように明るく感じられるが、言葉の端々に震えているような違和感があった。

「そうか……なかなか強《したた》かだな。確かに、放っておけなくなりそうだ」

「でしょう？　私も自分がこんなことをする性格だとは思ってなかったんですけど、異世界に来て頼れるものが全部なくなっちゃって……」

いつもは、物語のような異世界だと明るく振る舞っているが、まだ学生の身だった彼女にはかなりのストレスもあっただろう。

俺は自分の楽観的な性格やテレサに救われたが、羽澄はここに来るまでひとりだったからな。

「だから、安心して頼れる人が欲しかったんです。それに、打算だけじゃなくて本当に大吾さんのことも好きになっちゃってるかも」

吊り橋効果かもしれませんけどね、と自嘲しながら言う彼女だが、後ろから回された腕にはさらに力が入っていた。

俺は自分のことを鈍いと思っているが、ここまでされるとさすがに羽澄の気持ちが良くわかる。

この子をこのまま放っておけないし、テレサが容認しているなら良いかと思ってしまった。

自分でも節操がないと思う。ただ、せっかく異世界に来ているんだから、しがらみを気にせずやっても良いだろう。心を決めた俺は、後ろから回されていた彼女の手を取った。

「……それで、羽澄は俺に何をしてくれるんだ。それとも、俺のほうからしたほうがいいか？」

「っ!! わ、わたしがやりますから、大吾さんはそのままで！」

一気に弾んだ声になった彼女が、そう言って一度手を離す。

今まで不安そうに力を込めていた手を彼女のほうから緩めたことに安心しつつ、同時にこれからのことに期待もしていた。何せ相手は現役の大学生で、そのうえ美人ときている。

テレサに怒られる心配もないので、俺の思考は羽澄とのことに全力で振り向けられた。

「うぅ、ちょっと恥ずかしいですけど……」

彼女は俺の後ろでゴソゴソ動くと、手を伸ばして石鹸を取る。

これも以前、レンガを作っているときにレベル上げがてら作ったものだ。今も暇を見つけてはいろいろ作っているが、これはそのなかでも、テレサがかなり喜んでくれたのが記憶に残っている。

「それじゃあ洗っていきますね」

彼女は手ぬぐいで石鹸を泡立て、それで背中を擦っていく。

「気持ちいいよ、誰かに背中を洗ってもらうなんて、何年ぶりかな」

少し強めの力が、垢を落とされている感じがして良い具合だった。

だが、すぐにそんな気楽なことも言ってられなくなった。

「それなら、今度はもっと気持ちいいと思いますよ、それっ！」

桶のお湯で汚れを一度流すと、羽澄は再び泡を立てる。

だが、今度は手ぬぐいではなく、自分の体を使って俺の背中を擦り始めたのだ。

「だ、大胆だな……」

グニグニと背中で暴れている二つの柔らかいものが、さっきより明確に感じられる。

テレサほどではないが、十分に大きいといえるものだった。

「テレサさんから大きい胸が好きなんじゃないかって聞いて試してみたんですけど、どうですか？」

「本当に、いつそんなことまで話したんだ……ああ、すごく気持ちいよ」

若干呆れつつも、背中に与えられる快感にため息を漏らしてしまう。

「テレサさん、凄く綺麗でスタイルも良いから、私じゃ相手にならないと思って。それに、これも聞きかじっただけで上手くできるか不安だったんですよ……んっ、ふう」

背中に密着されているからか、至近距離で羽澄の吐息を感じられる。彼女の息も徐々に上がってきているようだった。背中に押し当てられている胸の中央で一部が硬くなっているのにも気づいた。

「はぁはぁ……やだ、どんどん硬くなっちゃう……」

自分でもそれを感じたのか、そう声が出てしまったらしい。

だが、それでも動きは止まらず俺の体に手を伸ばしてきた。

「大吾さん、前のほうも洗いますね？」

彼女はそう言うと、俺が答えるのも待たずに腰に手を伸ばしてきた。

そして、躊躇することなく泡だらけの手で肉棒を包み込む。

「これが男の人の……想像してたより大きいかも、大丈夫かな？」

いよいよ直接的な行動に出たからか、羽澄のほうも興奮が高まっているようだ。

耳元で聞こえる彼女の声がどんどん熱っぽく、艶っぽくなっているのが分かる。

「あんまり強く握らないでくれよ、優しくな」

「それくらい分かってます……って、硬くなってきた!?」

「羽澄みたいな綺麗な娘に、裸で抱きつかれて反応しないのは無理だよ」

「そ、それは嬉しいんですけど。うぅ……これ、どこまで大きくなるんですか？」

肉棒は彼女が体を押し付けるたび、手を動かすたびに脈動して硬くなってしまう。

当初よりかなり肥大化したそれに、覚悟を決めていたはずの羽澄も揺らいでしまうようだ。

「でも、ここまできて引き下がるわけには……！」

羽澄は一旦俺から身体を離すと、正面にやって来た。

ここで初めて彼女の肢体を見た俺は、改めて感心してしまう。

胸こそテレサより小ぶりだが、肌も瑞々しくて思わず手を出してしまいたくなる。

「そ、そんなにじっくり眺めないでくださいよ！　すごく恥ずかしいんですから……」

「ああ、悪い。ちょっと見とれてしまってな」

「褒めてもすごいことかできませんからね？　そうやって真っ直ぐ言えちゃうのはズルいですよ」

羽澄は少し顔を赤くしつつ、再び俺に手を伸ばしてきた。

「もう大吾さんの準備は出来てますよね。だったらお願い出来ますか？」

「ああ、分かったよ」

こんな状況で言われれば、さすがに何を求められているかくらい想像がついた。

そして、俺は椅子から腰を上げて羽澄の腕をつかむ。

「しかし、ここでいいのか？　ベッドとかに移動したほうが……」

「野外じゃないだけで、十分です。それに、血で汚したくないですし」

彼女はそう言って、俺に引っ張り上げられるように立ち上がる。

やはりというか、彼女は処女だったらしい。

「じゃあ壁に手をついてくれ。床に寝転がるのは痛そうだ」

風呂用のマットでもあれば良かったんだが、生憎現状では生産できない。

羽澄は俺の言うとおりに壁に手をついて、こっちに尻を向けた。

「うん……、これでいいですか？」

「ちょうどいいよ、羽澄の綺麗なお尻もよく見える」

「うっ……あんまりジロジロ見られると恥ずかしいですよぉ」

そんなことより早く始めてほしいのか、彼女は俺のほうに手を伸ばしてきた。

「わたしはもう大丈夫ですから……きてくださいっ」

「もう後戻りできないからな」

「ここまできて、なに言ってるんですかもう……ふぁっ」

俺の手が秘部に触れると、羽澄の口から力の抜けたような声が聞こえた。

「言ってたとおり、それなりに濡れてるな。このままいくぞ」

硬くなった肉棒を押し当てると、徐々に挿入していく。

「うむぅ……！　や、やっぱり大きい。ふっ、んんっ」

まだ狭い内部に、硬くなったものを力づくで入れようとしているのだ。押し広げられる段階で痛みが生まれているらしい。今は前を向いているので見えないが、声から察するとかなり辛そうだ。

俺はそれを少しでも誤魔化せないかと思い、手を動かしていく。

向かった先は羽澄の胸だ。まずは下からすくい上げるようにして軽く揉む。

「あんっ！　待って、今、入れられてる最中なのにっ」

「こうすれば少しは気がまぎれるんじゃないかと思ってな」

「それはそうかもしれませんけど……！」

上下二ヶ所からの刺激に耐え切れなかったのか、羽澄の体から力が抜けそうになる。俺はそれを支えてやりながらさらに奥まで挿入していき、胸への愛撫も続けた。

そして、ついに羽澄の一番奥まで到達する。

「はぅん、くうっ、んっ！　奥まで入っちゃったぁ……」

「ああ、全部余さず咥えこんでるぞ」

「ううっ、説明しなくていいですから！　おっぱいもいつまで揉んでるんですか！」

「それは、羽澄がちゃんと気持ちよくなれるまでだよ」

まだ彼女の中はひどく強い締め付けで、腰を動かすのも難しい。

なので体全体の興奮を高めようと、愛撫を強めていく。

秘部以外では一番感じるだろう胸を中心に、腰やお腹、首筋なんかも責めていく。

「はぁはぁ……さ、先っぽいじらないでくださいっ」

「そうは言っても、さっきからどんどん硬くなってきてるぞ」

「やだ、見ないで……」

彼女の体を俺のほうに引き付けると、肩越しに豊かな胸の頂点が硬くなっているのが見える。

さっきとは逆の位置関係になったからか、今度は俺が彼女の耳元で声をかけるような形になった。

「中もさっきよりは楽になってきたな。そろそろ動かしてよさそうだ」

「んっ……待って、今、動かさないで、もうちょっと落ち着いてから……」

そう言って俺を止めようとするが、それは実力の伴わない言葉だけだ。

俺はそのまま余裕の出てきた羽澄の中で、腰を動かして責める。

「最初はゆっくりだ。少しずつ速くしていくからな」

ギュウギュウに締め付けていた中も、愛撫でほぐれたらしくいい具合だ。

俺は初めて異物を受け入れたそこを気遣うように腰を動かしていく。

「あっ、ああっ！　これダメ、どんどん気持ちよくなっちゃうからぁ」

羽澄の声もどんどん甘くなっていき、中もかなり濡れてきた。

彼女を抱きかかえている腕からは、興奮で高くなっていく体温と快感からくる震えが感じ取れる。

「初めてなのに、こんなに気持ちいいの味わっちゃったらダメになるっ！」

感じたことのない快感の連続に自分の感覚を制御できていないようだ。一度ほぐれたと思っていた中も時折強く締め付けてくる。予想の出来ない刺激に俺の興奮も高まり始めていた。

「俺だってこのままじゃ、いくらも持ちそうにない。一緒に気持ちよくなろう」

「大吾さんも……？　わたしの体、気持ちいいんだ？」

俺の言葉にまた羽澄が反応する。

今までされるがままだったが、もう一度壁に手をつくと、こっちに振り返った。

「なら、このまま夢中にさせちゃうから、覚悟しててくださいね」

「そうだな、気をしっかり持っておかないと……うっ」

彼女が腰に力を入れたのか、よく解れた内部が一斉に襲い掛かってきた。

さっきまで、でたらめに締め付けるだけだった場所と同じとは思えない化けっぷりだ。

その気持ちよさに思わずうめき声が出てしまった。

「ははっ、大吾さんも気持ちいいんだ。ならもっと……あひぃっ!?」

興奮した様子でさらに責めてこようとする羽澄。だが、そう簡単に主導権を渡してなるものか。

俺は彼女の腰を掴み直し、さらに積極的に腰を動かし始めた。

「は、激しっ……さっきまでと全然違うっ！」

容赦のない責めで、僅かばかり余裕が再び崩れる。

必死に壁に縋り付いて崩れ落ちないようにしている羽澄に、快楽の波が襲い掛かった。

「これっ、気持ちよすぎるっ！　も、もうダメぇ……！」

それまで感じていた羽澄の体の震えがさらに大きくなってきた。もう絶頂にも近づいているらしい。

「もう体の震えが止まらないな、イキそうか？」

「わ、分かんないです。でも、体の中から熱いのがあふれ出そうっ」

これまでよりさらに大きな衝撃の予感に不安そうな羽澄。俺はそれを安心させるように頭を撫でた。

「大丈夫、気持ちよくなるだけだ。他のことは全部忘れて、自分と俺にだけ集中しろ」

彼女の体を抱き寄せながら腰を動かし、さらに愛撫も再開した。多重に襲ってくる快楽に羽澄がとうとう限界を迎える。

「あっ、これくる、きちゃうっ！　イクッ、イクッ……！」

きゅんきゅん締め付けてくる中の動きに合わせ、俺も奥まで肉棒を打ち込んだ。

そして、最奥にある子宮を刺激した瞬間、彼女の全身が強張る。

「ひゃっ、あっ、あっ、あああああっ‼」

絶頂する羽澄の中に俺も濃厚な白濁液をぶちまける。俺は深く彼女と繋がったまま絶頂の快感を共有した。長い快楽の波の後、数分もするとようやくお互いに落ち着いてくる。

すでに立っていられないらしい羽澄を、ゆっくり壁にもたれかかれるよう座らせた。

力が入らないのか、だらんとしている足の間から白いものが漏れているのがたまらなく官能的だ。

「ははは、しちゃいましたね……これで正式に大吾さんの女になっちゃいました」

羽澄の表情はどこか嬉しそうだ。不自然な硬さもなく、心の底から安心しているように見える。

「俺の女か……それより、そのままだと風邪を引くぞ。今度はちゃんと体を洗って湯船に入ろう」

「でも、ちょっと立てそうにないんです。おねがいできますか？」

俺は頷き、もう一度彼女が体を洗うのを手伝う。

こうして俺たちの家にひとり、新しい住人が増えることになったのだった。

九話　初めての交流

水道を整備してから数日後、三人での生活にも慣れてきたところで、俺はテレサからある提案を受ける。

「村のほうの発展にも、俺の手を貸してほしい？」

「はい、そうなんです。是非ダイゴ様の力で彼らを助けてくださいませんか？」

「それは別に構いませんよ。というか、むしろやらせてください」

この近くに村が一つあるのは、前から聞いていた。

何しろ、今、俺たちが食べている食材はその村から持ってきてくれたものだ。

テレサとは持ちつ持たれつの関係なようだが、食料の供給元である以上、より良い関係を築きたい。

それに、技術の発展で村が大きくなってくれれば、俺たちも助かる。

俺の能力は、物を生産することに関してはかなりのチートだと思う。

ただ、大きな工事には人手が必要だということが、水道のときにもわかっていた。

「今後のためにもなりそうだ。衣食住はとりあえず確保できたし、少し外に目を向けてもいいだろう」

羽澄も加えた三人暮らしにも慣れ、気持ちが明るくなっていた俺は、さっそく村へ向かうことにした。美女との暮らしは楽しいが、そろそろまた、大きな物作りがしたくなってきたのだ。

家から村までは、歩いて30分ほどだから、それなりに交通の便は良さそうだ。

これなら上手くすれば、交流も盛んになるかもしれない。

テレサについて行き、村で一番大きな家に入ると、村長らしき男性が迎えてくれた。

彼を見て初めて、この世界の文明レベルが改めてわかった。テレサだけではそこまでは判断出来なかったけど、どうやらここは、地球史で言えば帝政の始まった頃のローマ帝国程度らしい。

都会に行けばもう少し発展しているかもしれないが、このレベルでは生活も辛そうだ。

彼は俺たちを疑いもせず部屋に通してくれたので、テレサがどれだけ信頼されているかが伺える。

「よくいらっしゃいました神官様。そちらのおふたりは、初めてですな」

「彼はダイゴ様、少し話をしましたが、神が遣わして下さった技術者です。女性のほうはダイゴ様と同じ故郷から秘術を持ってやって来たハスミ様です」

神様が遣わしたなんて言っても通じるか怪しいと思ったが、どうやらこの世界の人々は、かなり信心深いようだ。村長もすぐに納得してくれた。

テレサのような敬虔な神官が祈りを捧げると、小さな奇跡くらいなら実際に起こしてくれるからなのだそうだ。彼女が神殿で祈りを捧げているおかげで、この村は凶作知らずらしい。

「おふたりも神が遣わすとは、これはありがたや……。して、今日はどんなご用件なので？　このおふたりのために、お渡ししている食料をいくらか増やしますかな？」

「それはとても有り難いことです。でも今日は、ダイゴ様にこの村の発展を手助けしていただこうと思ってお連れしたのです」

テレサがそう言うと、村長が驚いた表情になる。

「そ、それはもしや……我々にも技術や秘術を伝えていただけるので!?」

「秘術のほうは難しいかもしれませんが、ダイゴ様の技術は、学べば普通の方でも再現できます」

「おぉ、それはありがたい。ダイゴ様、よろしくお願いいたします」

村長は嬉しそうな表情で、俺に頭を下げてきた。

こやって喜んで貰えると、ますますやる気も湧いてくる。

「こちらこそ、いつもご馳走になっていますから、精一杯頑張らせていただきます」

俺のほうも礼をして、さっそく村長から要望を聞く。

「実は村の衆で使っていた鉄製の農具が、もうボロボロになってしまいましてな。木や石のものでは効率が悪く、どうにかならないかと……」

「それなら新しい農具と整備の方法をお教えしましょう。鉄ならすでに、心当たりがあります」

俺はさっそく村長に連れられて、村の納屋に向かった。

中には鉄でできたクワや鎌が、十数本並べてあった。

だが、どれも刃が欠けていたり、錆が浮いていたりと、だいぶボロボロだ。

これでは、本来の力を発揮できないだろう。

「なんとか使えるものはこれだけです。完全に使えなくなったものも合わせるともっとあります」

村長が納屋の奥から木箱を持ってきて、中を見せてくる。

そこには、完全に折れた鎌の刃などが積み重なっていた。

「これだけあれば、かなりの数が作り直せますよ」

「本当ですか！　いやぁ、本当にありがたいですダイゴ様。村の衆も喜びます」

それから村長は村人たちを呼び集め、俺を紹介してくれた。

全体で百人ちょっとの村は、この時代としてはそこそこの大きさじゃないだろうか。

「村長さんから紹介があったとおり、今から農具を修復します。見学も歓迎するので是非ついてきてください」

俺がそう言うと村人たちは顔を見合わせていたが、次第に見せてくれと集まってきた。

そんな希望者を連れて、前回フライパンを作った、砂鉄用の窯がある場所まで行く。

「自分の方法は神様からの恩恵があるので少々特殊ですが、方法としては似たようなものなので見ていてください」

俺は壊れた農具の鉄製の部分を集めると、大きめの壺に入れる。

そして薪を用意すると、さっそく窯に火をつけた。

能力のお陰で数分もするとかなり火力が上がり、火の色が変わってくる。

「こうなるとどんどん鉄が溶けてくるので、次は形を固定するための型を作ります。そして、そうして溶けた鉄を型に流し込んで、あとは冷えて固まればおおむね完成です」

すごく大雑把だが、溶かして型に流し込んで冷やせば、新しい鉄製品が出来上がる。

本職の職人さんならもっと分かりやすく教えてあげられるんだろうが、手先の器用さ以外を能力に頼っている状態ではそれは無理だ。

後は現地の人が、技術を研磨していくのに任せるしかない。

まず耐火レンガを作るのも一苦労かもしれないが、そこは俺の作ったレンガを使えばいい。

スタートの滑り出しが順調なら、おのずと発展していくと思う。

それから俺は持ち前の器用さで土を使って農具の型を作り、説明したとおりに、そこに溶けた鉄を流し込んだ。

緊張した様子の村人たちの中で土を崩すと、鈍い輝きを放つ金属が現れる。

周りからの歓声を浴びながら、一安心した俺は次々に農具を修復していった。

日が暮れる前にはすべての農具が復活し、彼らと一緒に村に帰る。

村で待っていた村長は再生された農具に感激し、これからも色々と助けてほしいとお願いしてきた。

人手が必要な俺は、もちろんそれを快諾して村との協力関係を築いていく。

「いや、本当に助かりました。それで、村の人手が欲しいとのことでしたが……収穫が終わった後でも大丈夫でしょうか？」

「時期的にあと半月くらいですね。じゃあそれでお願いします」

第一に手伝ってもらうのは、下水道の延長だ。

現在は一時的に溜めているが、いつかこの水道を海までつなげなければならない。

垂れ流しにしてもマズいので、ある程度処理する施設も必要だ。

「今、俺たちのほうで水道を作っているんですが、それを手伝ってもらおうかと思いまして」

「ほう、水道……ですか。水をわざわざ汲みに行かなくてよいというのは、楽になりますな」

新しく便利なものができると聞いて、村長も乗り気のようだ。

それからは、歓迎として村長の家で食事会が開かれた。

異世界に来てからずっとテレサの料理しか食べたことがなかったが、この村の料理もなかなか美味しい。

郷土料理のようで、地元の食材を生かしたものばかりだ。

そこで俺は、ふとあることが気になった。

料理上手だが、この村の料理にはない味付けのスープや煮物を作るテレサのことだ。となると彼女は、この村出身という訳ではないのだろうし、どこかから、神殿を守るために派遣されてきた神官だという感じなんだろうか？

あまり詳しく聞いていなかったが、いずれ話をしたほうがよいかもしれない。

そんなことを考えていると、横からふわりと良い香りがして、ちょんちょんと肩を叩かれる。

「大吾さん、村の人たちも協力的で良かったね」

話しかけてきたのは、羽澄だった。俺が作った石鹸の匂いだったようだ。

手には酒の入ったコップを持っていて、ほんのりと頬も赤い。

「そうだな、橋渡ししてくれたテレサに感謝しないと」

ここの人たちと、あらかじめ信頼関係を築いていた彼女がいたからこそスムーズに事が運んだ。

交流する人も増えて、これからは能力を使う機会がさらに多くなるだろう。

「よし、水道工事までの間に、もっとレベルを上げまくってやるか」

「私も魔法のレベル上げを頑張りますね。大吾さんに負けていられません」

羽澄も、ぐっと腕に力を込めている。

魔法の協力があれば、きっとはかどることだろう。頼もしいかぎりだ。

こうして村との初交流は成功裏に終わり、発展への希望が見えてきたのだった。

十話　徐々に現代へ

初めてテレサ以外の異世界人と交流してから、一ヶ月が経った。

新調した農具のおかげで収穫が早く終わったとかで、人手をこっちに振り分けてもらっている。

十人以上の力自慢の男たちが協力してくれたおかげで、水道工事も着々と進んでいた。

俺が材料の土管を作り、羽澄が溝を掘り、男たちが土管を並べて羽澄がまた埋める。

テレサがチェックしてくれているので水漏れもなく、下水道は海まであと少しというところまできていた。

土管自体の製造は俺のチートがあるし、土の移動は羽澄の魔法で楽にできる。

そもそもため、必要な人力が土管を並べることぐらいなので、とても効率がいい。

「さて、今日は休工日だ。だが、俺たちには重要な役目がある」

俺はテレサと羽澄を前にそう言った。

「それは、新しい家を建てることだ」

今、住んでいるレンガの家。俺がこっちに来て初めて生産した大物だ。

能力を使った作成で補正が効いているため、ただレンガを組んだだけなのに、それなりに住み心地が良い。

だが、現代日本に慣れていた俺からすると、やはりもの足りなかった。

「羽澄もきたことだし、今度はさらに余裕を持たせて建てようと思ってる」

「またレンガを組むのですか？」

俺の横に座っているテレサが、そう聞いてきた。

確かにレンガは作りやすく自在に組むことができるが、補正があっても少し強度が心配だ。

「いいや、今度はこれを使おうと思う」

そう言いながら取り出したのは、各辺が十センチほどの大きさの立方体だ。

レンガよりも少し冷たい感じのする白っぽいこの色は、現代人なら誰もが見たことがあるはず。

「それって、もしかしてコンクリート？　もうできてたんだ！」

やはり羽澄は、すぐに気づいたようだった。

「ああ、材料集めに苦戦したが、なんとか第一号を完成させられたよ」

昔からコンクリートジャングルとかいう言葉まであるように、現代日本の建造物に欠かせないものになっている。

家の基礎から柱、壁まで何でもござれだ。

多少足りない素材はあったものの、主成分さえ調達できていれば、あとは能力の補正でゴリ押しできることが分かったのだ。

「とにかくこれで、今までより快適な家を作れる。さっそく作業に掛かろう」

俺の声でみんなが一斉に動き出す。

まずは設計だが、俺と羽澄の希望で二階建てにすることにした。

テレサも俺たちの話を聞いて納得してくれたようだ。

大きな建造物は、この世界では石材が主な材料なので、階層があるような建物は見たことがないらしい。

木造建築なら材料的にも作れるかもしれないが、そこまでの建築技術がないようだしな。

「設計へのアドバイスもしてくれるんだから、この能力は本当に役立つよな」

能力のウィンドウ上に設計図を描けば、危険な部分は赤く指摘してくれるのだ。

もちろん最初は赤だらけだったが、だいたいの内容が決まるころには、安全性の高い壁や柱の配置になっていた。

「後は設計書通りに、コンクリートを流し込んでいくぞ」

今まで住んでいたレンガの家から少し離れた地面を掘り、木枠をいくつも埋める。

この底にコンクリートを流し込んで、基礎にするのだ。

それが固まった後は、同じように木枠に流し込んで作っておいたコンクリートの柱を立てる。

こっちは中にいくつか鉄棒が入っている、鉄筋コンクリートだ。ただのコンクリートより、だいぶ強度に優れる。

今回の建築は木枠を大量に使用するので、羽澄に魔法で木を切ってきてもらった。

元々伸び放題だった木を伐るのにちょうどいいと、大きめのものを数十本ほど倒していた。

この世界の手付かずの大自然にとっては、毛先が切れたくらいのものだろう。

「とにかく木枠を組んで、それにコンクリートを流し込む。今回の家造りはこれに限る」

俺は薪の加工を手伝うという約束の代わりに村の男衆の力も借り、どんどん木枠を組み立てていった。

一階部分の木枠が完成したのでコンクリートを入れて固める。

そして十分に固まったのを確認すると、枠を取り外して今度は二階部分だ。

当然、もっと時間が掛かるものなんだが、能力補正で仕上がりも早い。

それでも、安全な足場を組むには時間が掛かったが、手伝ってくれる村人たちも俺との共同作業に慣れてきたのか、作業が速くなっている。

能力の補正のお陰もあって、結局二週間ほどで大体の形ができてしまった。

見たことのない灰色の建築物に、テレサや村人たちは驚いているようだ。

「まるで大きな岩から削りだしたようですね。これが短期間で出来たなんて信じられません」

「まあ、今の段階では本当にコンクリートの塊で、内装はこれからだけどね」

今回の家造りの手間の大部分は、内装にかけると言ってもいいだろう。

外はともかく内側まで打ちっぱなしのコンクリートでは殺風景なので、フローリングを敷いたり、壁紙を貼ったりして工夫を加えていく。

洗面台や浴槽も新しく作った塗料でコーティングして、焼き直していった。

「土管ばかり何百個も作っていたら、いつの間にかこの手の作業のレベルが限界まで上がってたからな。材料さえあれば、なんでも作れそうだ」

羽澄のほうもかなり魔法のレベルが上がっているらしく、最近では嵐も起こせるとか豪語していたな。

俺としては魔法でゴーレムとか、その辺のものを作ってほしいけど。

だが、彼女の使える魔法は攻撃魔法だけのようだ。

何とも不思議なことだが、本人は他の魔法の才能がないのかもとガックリしていた。

俺は試したことがないが、もしかしたら初めに決めたもの以外の能力は使えないのかもしれない。

そう思うと、うっかり格闘技とかにしなくて、ほんとうによかった。

あとは床をフローリングにして、元の家から家具を運び込んでから水道を繋げる。

試しに蛇口をひねってみると、無事に繋がっているようで綺麗な水が出た。

トイレのほうも無事に流れ、配管の間違いもないことを確認したことで、やっと一安心。

最後に窓や扉をはめ込むが、まだガラスは作れないから木製だ。

外から見ると微妙に合ってなくて変な感じだが、まあ住むには問題ないのでいいだろう。

元々暖房用に暖炉を備え付けているので、煙突があって奇妙な形をしているしな。

これでまた少し、良い生活が送れるようになった。

「あとは生活しながら少しずつ改装していこう。新しく生産できたものを使っていけるしな」

テレサは現状でも十分満足なようだが、羽澄はこれからどこまで便利になっていくのか、さらに期待しているようだ。現代風の家になったことで、気持ちが盛り上がっているように見える。

俺の目標も日本での暮らしに可能な限り近づけることなので、まだまだこれからだ。

「ふたりともお疲れさま。疲れただろう？」

「いいえ、興味深いものを見せていただきましたから。やはりダイゴ様の世界は、技術が進んでいたのだと実感しました」

テレサは連日作業を手伝ってくれた疲れも見せず、微笑んでそう言ってくれる。

「わたしも久しぶりに見慣れた家になって、感動しちゃいました。こうなったら電気とガスも欲しいですね！」

羽澄のほうはテンションがますます上がって、ご機嫌な様子だ。

レンガの家では必要最低限の部屋割りだったので、あまり余裕がなかったが、今回は広々としたひとり部屋があるからな。

室内に俺の作業場も作ったので、これからは雨の日でも集中して作業することができる。

木造のあばら家から、レンガ造りの小さな家ときて、ようやく現代風の家を建てられて、俺も十分に満足だった。

「まだ水道工事は続けるし、いろいろと作りたいものはあるが、ひとまず完成を祝いたい」

俺の提案にふたりも賛同してくれて、その日の夜はちょっとしたパーティのようになった。

羽澄が山でとってきた鹿の肉や、俺が海で入手した魚介類を使ったバーベキューだ。

もちろん材料を刺す鉄串や、レンガで作った即席コンロ、燃料の炭まで自作だ。

ワイワイと話をしながら楽しんでいると、あっという間に日が暮れ、夜になってしまった。

俺は外でコンロを片付けながら、窓を覗いて台所で仲良く洗い物をしているテレサと羽澄を見る。

思いがけず手に入れた、楽しい工作生活と、可愛いふたりの同居人。

こんな生活がいつまでも、ずっと続けば良いなと思いつつ、作業に戻るのだった。

十一話　初めての3P

新居の完成祝いに豪勢な夕食を楽しんだ後、片付けを終えた俺たちはリビングで休んでいた。

さすがにソファーとかはないが、ローテーブルの周りに座布団を敷いて囲んでいる。

村とのつながりも強くなったので、布などの素材をいくつか仕入れてもらったのだ。

能力の恩恵で普通に加工するよりも消費量が抑えられるので、余った布はこうして利用している。

家も変わったことだし、今度はタペストリーでも作ってみるかな。

そんなことを考えていると羽澄が一つ質問してきた。

「そう言えば、どこの部屋を誰が使うんですか？　来客用を含めて、形はみんな同じですけど」

「確かに決めていなかったな。正直、俺はどこでもいいんだが……」

コスト面を考えて、部屋の作りはかなりシンプルにした。

寝室にはベッドと机、それから押し入れとクローゼットが一つずつ。必要な物があれば後で補充していこうという考えだ。誰がどこを使っても問題ないが、一応決めておかなければいけないな。

「それじゃあ、誰がどこを使うかはくじ引きで……いや、待てよ」

そこで俺は一つの考えを思いついた。我ながら俗な提案だが、テレサたちは頷いてくれるだろう。

「せっかくだから、今日は三人で寝ないか？　これからはそれぞれ広い部屋を持つことになったしさ」

以前は寒い夜でも掛け布団が足りず、三人で温め合って眠ったこともあった。

もちろん布製品の物資が足りている今は、そんな必要もない。

それにもちろん、寝ることだけを考えた提案ではなかった。俺はこれまで、テレサと羽澄をひとりずつ相手に抱いたことはあったが、ふたり同時の経験がないからだ。

贅沢な話だが、これだけの美女がふたりも一緒にいるのだから、同時に抱いてみたくなってしまうのも仕方ないと思う。

「本当に一緒に寝るだけですか？　絶対怪しいですよねえ」

俺のそんな狙いに勘付いたらしい羽澄が、ジトッとした目で見る。

「ああ、そういうことでしたか。確かにダイゴ様の精力はすごいですから」

羽澄の反応を見たテレサも気づいたようだ。こっちは少し顔を赤くしながら目を反らしている。

「大吾さん、家を建てただけじゃ満足せずに、ハーレムまで建設するつもりですか？」

「いや、そういうわけじゃ……ないというか、なんというか」

シンプルな欲望が絡んでいただけに、はっきり言われると辛い。

だが、俺が羽澄に弄られている間にテレサが立ち上がった。

「少し恥ずかしいですけど、ダイゴ様がお望みなら……」

そう言うと、彼女は羽澄に問いかけるように視線を向ける。

そして、一足先にリビングから出て二階に向かった。

「わたしも別に嫌じゃないですよ。それに、刺激がある生活は楽しいですし」

羽澄はそう言うと立ち上がって俺の手を取る。

「何時まで座ってるつもりですか。女性を待たせちゃダメですよ」

「ああ、分かった。そのとおりだな」

苦笑しつつも彼女に連れられて階段を上がる。二階ではテレサが扉を開けて俺たちを待っていた。

部屋の中に入ると、俺はベッドに座って目の前のふたりを見る。

「ふたりともこっちに座ってくれ、せっかくだから一緒にしたいんだ」

そう言うと彼女たちは、言うとおりに俺の両隣に腰かけてくれた。

まさに両手に花状態で、すでにかなり満足なんだが、ふたりにも気持ちよくなってほしいし頑張らないとな。さっそく彼女たちの体に手を回して愛撫を始める。

テレサのほうは胸へ、羽澄のほうは腰へ、それぞれ差し向けた。

「やっぱり最初は胸なんですね……でも、夢中になってもらえるのは悪い気分ではありません」

俺に胸を鷲掴みにされながら、テレサがそうつぶやく。

彼女の一番のアピールポイントでもある柔肉を味わうのは最高に気持ちいい。

テレサもそれを嫌がらず、俺の好きにさせてくれるから遠慮せず愛撫できる。

「あんっ、わたしのお尻とテレサさんの胸を同時になんて贅沢ですね」

一方の羽澄のも、俺の愛撫に甘い息を漏らしていた。

尻を揉まれながらも俺と目線を合わせ、じっと見つめてくる。

さらに彼女は、お返しとばかりに俺の腰のあたりに手を伸ばしてきた。

「大吾さんばかりに、好き放題させませんよ」

もう慣れた動きでズボンから俺のものを取り出して、愛撫を始める。

テレサはこうした行為のときも奥ゆかしさがあるが、羽澄のほうはかなり積極的だ。

俺に自分の存在を主張するように身体を押し付けてくる。

「ハスミさん、もうそんなに……」

初めての三人での行為にどうしていいか分からず、俺にされるがままだったテレサ。

だが、羽澄の積極的な動きを見てこのままではダメだと思ったのだろう。負けじと自分の存在をアピールし始める。

「ダイゴ様、こちらも見てください。んっ、はむぅ、ちゅうっ！」

彼女は自分のほうに顔を向けさせると、すかさずキスをしてきた。胸を揉んでいる俺の手の上に自分の手を重ね、さらに強い動きを求めるようにしながら唇を押し付けてくる。

俺は両側からこれでもかと向けられる愛情に晒されながら、徐々に興奮を高めていった。

だが、このまま終わってしまうのはあまりにもったいない。

せっかくふたりが一緒にいるのだから、やってほしいと思っていることがあるんだ。

「なあ、実はテレサと羽澄にお願いがあるんだが……」

俺の話を聞いたふたりは、さっそく動き始めてくれた。

一旦ベッドから降り、俺の前に跪《ひざまず》くと揃って自分の胸を露出させる。

彼女たちはそのまま俺の腰のあたりまでやってきて、その大きな胸で両側から肉棒を挟み込んでしまった。

「んっ、胸がハスミさんとも擦れて少しくすぐったいです。これで気持ちいいんですか？」

「大丈夫、大吾さんすごく気持ちよさそうですよ。ほら、胸の中で暴れてるみたいですし」

初めてのことで困惑しているらしいテレサと、俺の反応を楽しんでいるかのような羽澄。

ふたりはそれぞれ反応が違うものの、精一杯、俺の期待に応えてくれている。

「うっ、すごい圧力だな……でも気持ちいいぞ」

そう、俺が頼んだのはふたり同時でのパイズリだった。

平均以上に大きな乳房が四つも押し付けられ、俺のものは完全に埋もれてしまう。

まるでそこだけ女体の海に溺れてしまったかのような、不思議な感覚だった。

「大吾さん、気持ちよさそうな顔してる。大きなおっぱい大好きだし、気に入ってくれました？」

「普段は大きくて邪魔ですが、こうしてご奉仕にも使えると思えば、報われた気持ちになれます」

俺が興奮していると見抜いた彼女たちは、そのまま胸を上下に動かしてしごき始めた。

タイミングを合わせてズリズリと刺激される感触はセックスやフェラとはまるで違う快感を提供してくれる。テレサと羽澄も三人でする状況に慣れてきたのか、息を合わせて一斉に責めてくるから余計に刺激が大きい。

「ダメだこれ、気持ちよすぎるぞ。手加減してくれないからもう……ぐっ」

びゅるっ、びゅるるるるっ！

美女ふたりにパイズリされて興奮を急激に高めてしまった俺は、そのまま胸の中で果ててしまう。

ビクビクと震えながら精を吐き出す肉棒を感じて、ふたりは満面の笑みを浮かべた。

自分たちの奉仕で俺をイかせたことが、余程嬉しいらしい。

「こんなにいっぱい……胸の中が燃えてしまいそうです。たくさん気持ちよくなっていただけたんですね」

「うわっ、勢いがよすぎて溢れ出てますよ！　そんなにこれが好きなら、またしてあげますから」

射精した後も胸での奉仕を続けてくれたおかげで、全然萎える様子がない。

俺はそのままベッドに横になると、彼女たちを近くに呼ぶ。

「テレサは腰の上に乗ってくれ、やり方は分かるよな？」

「はい、もう何度も体で覚えさせられてしまいましたから」

少し恥ずかし気に言うと、テレサは騎乗位の体勢で腰を降ろしていく。

下着を脱いだ秘部に俺のものが直に当たって、彼女の体が熱くなっているのが分かる。

「はぁはぁ……入れますね？　んっ……」

テレサはそのままゆっくりと挿入していき、よく解れた膣内で俺を迎え入れる。

大きなものを挿入したことで微妙に歪む彼女の表情や、むき出しのままたぷんと揺れる胸を見てますます興奮してしまった。

「大吾さん、わたしはどうするんですか。まさか、このまま見ていろなんて酷いですよ？」

俺とテレサが先に始めてしまったのを見て、待ちきれなくなったのだろう。

羽澄が俺の頭のほうに寄ってきて、そう囁く。

いつもの快活な声に少し甘いものが混じっていることから、彼女も刺激を待ちわびているらしい。

「それならテレサと向かい合うようにして、俺の頭を跨ぐんだ。もちろんふたりとも気持ちよくしてやるさ」

「そ、それって……少し恥ずかしいですけど、うぅ……」

自分のオマンコを見せつけるような体勢になってしまうので抵抗はあるようだが、疼く体は、このままでは満足できないと理解しているようだ。

顔を少し赤くしながらも、騎乗位のテレサと向かい合うようにして、羽澄が俺の顔を跨ぐ。

目の前に現れた無防備なピンクの秘裂に、俺はさっそく手を出した。

すでに興奮で蜜が垂れそうになっているそこに指を挿入し、中を愛撫する。

「ひゃっ、ああん！　いきなり入れちゃダメッ、んあっ！」

可愛らしい声を出しながら、羽澄が喘ぐ。

もちろんその間にも、テレサが動き始めていた。

俺の体に手を置きながら、ゆっくりと腰を上下に動かしてピストンしていく。

「んくっ、いつもより硬い……ハスミさんも一緒だから興奮してるんですね。私も体が熱くなってしまいます」

その言葉通り、彼女の膣内は肉棒をキツく締め付けていた。

貞淑な見た目とは裏腹に、膣のほうは積極的で、すぐにでも俺から搾り取ろうと動いている。

行為が激しくなっていくにつれ、寝室の中がいやらしい音で満たされていく。

誰も邪魔するものがいない中、俺たちは次第にセックスに没頭していった。

テレサは徐々に腰の動きを速くしていき、俺もそれに応えるよう腰を突き上げる。羽澄も恥じらいをなくして積極的に声を上げるので、反応してくれるたびに興奮してさらに激しく愛撫してしまう。

「一番奥まで突かれてますっ……あっ、はぁぁん。ダイゴ様まで動かしてしまうから、もう頭がおかしくなってしまいそうです」

「その割には、しっかり会話ができてるじゃないか」

「これでも必死で、自分を保とうとしているんですよっ！」

確かに言葉遣いこそいつものままだが、声のトーンは明らかに高くなっていた。

言葉の端々に喘ぐような音が混じっていて、快感を抑えきれていないのがうかがえる。

敬虔な神官の彼女がここまで乱れていて、それを独り占めできていると思うと俺も興奮が治まらない。彼女の動きに合わせるように腰を動かしながら、さらに快感を与えていく。

そして、乱れ具合ではテレサより羽澄のほうが上だった。

「ひゃうっ、んっ、くふ……！　こんな一方的なの、ズルいですよ……あんっ！」

彼女のほうは、完全に俺が責める体勢だ。

ある程度集中できるので、羽澄の性感帯を上手く責められる。

我慢できずに顔に乗ってしまった時点で、俺にイかされてしまうのは確定していた。

「ちょ、ちょっとだけ休ませて……」

休みなく続く愛撫にいよいよ危なくなったのか、腰を上げて逃げようとする。

だが、それを黙って見逃すほど甘くはない。

俺は羽澄の太ももに手を回すと、がっしり掴んで離さなかった。

「えっ、これ動けない……そんなっ、やっ、ああっ！」

逃げ場をなくした羽澄を、俺は舌で責めた。

指で解されていたところにザラザラした舌で舐められ、彼女の腰がガクガクと震える。

「腰に電気が走ったみたいに……痺れちゃうのっ！」

俺の体に手を置いて必死に崩れないようにしているが、その手のほうまで震えだしてしまうほど感じているらしい。

俺は愛撫だけで羽澄をここまで感じさせられたことに満足しつつ、さらに責め続けた。

こうしてお互いに高め合っていた俺たちだが、いつまでも堪えられるわけがない。

徐々に全員に、限界が近づいてきたのだった。

「はうっ、はぁ……大吾さん、わたしもう無理だよっ！」

最初に声を上げたのは羽澄だった。

彼女は初めから一方的に責められていたし、無理もないか。

「それなら、目の前のテレサをいじめてやれば少しは気が紛れるんじゃないか？」

「そ、それもそうかな……」

快感で思考力も低下している羽澄は、とにかく気を反らそうとさっそく手を出してしまう。

「ハスミさん待ってください、今、他の場所を責められる余裕なんて……あひっ⁉」

ここまで必死に耐えていたテレサから、大きな嬌声が聞こえた。

羽澄が彼女の胸に手を伸ばし、大きな乳房を鷲掴みにしたからだ。

普段ならそれくらいでは崩れないテレサも、興奮している今は触られるだけで気持ちよくなってしまうらしい。同時に与えられた新たな快感に体が震え、挿入している膣内もキツく締まる。

「私ももう……ダメです、これ以上は……い……イきそう……っ！」

羽澄に続いてテレサも限界を訴えてきた。ふたりともこれ以上は我慢できないようだ。

「なら、最後にふたり纏めて……」

ここまで来たのだからふたりとも俺の手で絶頂させたいという気持ちがあった。

自分自身の限界が近いことも承知で責めを強める。

「ま、まだ激しくなるなんて……！」

「無理、こんなの無理だよぉ！　もうイっちゃう！」

「私も、我慢できません！」

絶頂直前の彼女たちに、俺はトドメを刺す。

羽澄には一番敏感な陰核に触れ、テレサには膣奥にまで勢いよく突き込んだ。

次の瞬間、ふたりが全身を硬直させて絶頂した。

「ああっ、ひぅぅぅ！　イっちゃうのぉ！」

「イクッ、イクッ……！　あぁぁん！」

俺もふたりの絶頂を感じながら精を吐き出し、テレサの中をいっぱいにしていく。

そして、そのまま崩れるように俺たちはベッドに横になった。

「はぁはぁ、おかしくなってしまうかと思いました」

「大吾さん、最後飛ばしすぎだよぉ……」

未だに絶頂の余韻で息を荒くしながら、体を寄せてくるふたり。

俺は彼女たちの体に腕を回すと、もっと引き寄せた。

「たまにはこういうのも良いかもしれないけど、さすがに全力でやり過ぎた。もう動けそうにないよ」

ははは、と苦笑いしながら言う。

そのままふたりの体を抱いていると、いつの間にか寝息が聞こえてくる。

彼女たちも疲れ切ってしまったらしい。新居での初夜は、これでお開きだな。

そんなふたりに挟まれながら、俺も眠気に身を任せて意識を手放すのだった。

第二章　技術の拡大を目指します！

一話　大吾の日常

俺たちの新居が完成してから、さらに一ヶ月が経った。

この頃は村のほうにも上下水道が伸びていて、俺たちのところと合わせて生活が各段に楽になっている。いままで水汲みに使っていた労力を他のことに向けられるので、生産力も上がっているらしい。

そんな浮いた人手から何人か協力してもらい、俺はいろいろなものを作ってみた。

特に好評だったのが、物を運ぶ大八車や一輪車で、今では村のあちこちで使われている。

今のところすべて木製だが、いずれは金属製のものも作ってみたい。

そして肝心の「鉄」だが、こちらは主に、道具に加工していた。

ハンマー、ノコギリ、ナイフや斧といったものがあれば、他の加工がぐっと楽になるからだ。

「ふう、これで終わりか……」

俺は今、数人の若者と一緒にレンガで作った炉の前にいる。

目の前には金床と槌があって、金床の上には成形された鉄がある。

今は砂鉄を使って、武器づくりをしていたのだ。

「あとは用意した木製の柄を付けよう、持ってきてくれ」

「はい、こちらにあります」

若者のひとりが長さ二メートルと少しの木の棒を持ってくる。俺はその先に加工を施し、先ほど作った鉄製の刃を取りつけた。俺が今まで作っていたのは自衛用の槍だったのだ。

「うん、これと前に作った矢があれば、熊くらいは狩れるだろう」

村長によると、最近山のほうでの熊の目撃情報が多くなっているらしい。

しかも、以前に羽澄が襲われたという角の生えた凶暴な熊だ。

前から村にあった石と木を材料とする武器では、その熊の頑丈な毛皮を貫通できないらしい。

そこで俺が鉄製の矢じりと、同じく鉄の穂先を取りつけた槍を作っていたのだ。

あと何本か作れば、村を守るのには十分だろう。

「よし、次からは君たちだけでもやってみてくれ」

炉の前から腰を上げると、俺は振り返って見学していた数人にそう言う。

男女数人で、年齢は大体十代半ばほどだろう。

現代ではまだ子供だが、この世界ではもう成人として扱われる年齢だ。

俺は村長から彼らを預かって、出来る範囲の技術を教えているところだった。

彼らは俺の言葉を聞いて驚いている様子だった。

「えっ、俺たちがやるんですか？」

「そうだ、いつまでも見ているだけじゃ、覚えられないだろう？」

少なくとも説明書を読んだだけでは立派なものは作れない。俺はレベルを限界まで上げた能力の補助があるおかげで、ほぼ失敗しない。だが、彼らはそうはいかないだろう。

「でも村長から、先生は神様から与えられた力があるからいろんなものが作れるって聞きました」

「大丈夫だ、その証拠に、みんなもいくつか同じものは作れただろう？」

彼らは俺の指導で、すでに物置小屋や大八車まで制作済みだった。

俺が作った鉄製の道具を使うことで、今までの村人では不可能だった複雑ものを綺麗に仕上げることができるようになったのだ。

最近では「先生」などと呼ばれているが、正直こそばゆい。

召喚前は、人にここまで褒められることはなかったからな。

「高温の火を使うから、今までより注意は必要だが、俺が見てるから大丈夫だ」

そう言うと決心がついたのか、彼らも炉の前に出てくる。

こうして、砂鉄から生成した鉄を使った、槍づくりが始まった。

最初は作業も順調に進んでいたが、火の温度調節のところで問題が起きた。

俺の場合は能力の補助で火力が自動調節されていたが、彼らにはまだ難しく、鉄を焼くには温度が足らなかったらしいのだ。

「今のはちょっと失敗したな。心配することはない、一緒にちょうどいい火加減を探していこう」

そう言って彼らを励ますと、俺も一緒になって作業に没頭していた。

元が職人気質なので、能力を使わなくても、物作りをするのは楽しい。

結局その日は誰も上手くいかなかったが、俺としてはずいぶん楽しめた。こうした行為自体が、ほんとうに好きなのだと実感する。

失敗続きで肩を落とした彼らを励ますと、いつも通り家に戻る。

ちょうど日が暮れるころで、家の外に突き出している煙突からは煙が出ていた。

「ただいま、帰ったよ」

リビングに入ると、続きになっている台所にテレサの姿が見えた。

夕食の準備をしてくれていたらしい。

「お帰りなさい、ダイゴ様。ハスミさんは先に帰ってきて、着替えているところですよ」

「そうか、じゃあ先に待ってるかな」

俺は食卓の椅子に座り、ゆったりしながら体を休める。すると部屋の扉が開いて羽澄が入ってきた。

「あっ、大吾さん帰ってきてたんだ。ねえ、聞いてくださいよ、今日は泥だらけになっちゃって
……」

うんざりしたような顔で俺の前に座ると、今日あったことを話しだす。

今日は廃棄物を埋め立てする大きな穴を攻撃魔法で掘っていたらしいが、運悪くぬかるんだ場所に攻撃が当たってしまったらしい。

羽澄のほうまで泥が飛んできて、汚れてしまったと嘆いていた。

ちなみに廃棄物というのは、下水の濾過施設から出るものだ。

放っておいてもそのうち自然に還るが、一応穴を掘って埋めておくことにしている。

「まあ服くらいならまた作ってやるよ。そう落ち込むなって」

羽澄はいつも、こっちの世界に来たときの服装だが、一揃えの着替えは作ってある。

さすがに現代日本のものには劣るが、この世界の一般的な服よりは着心地が良いはずだ。

「ダイゴ様、ハスミさん、夕食ができたので召し上がってください」

そうこうしている間に、テレサが夕飯を運んできた。

今日は小麦粉で作った麺の入ったスープと、野菜炒めらしい。

近頃はテレサの料理のレパートリーも増えてきて、毎日食事が楽しみになりつつある。

俺も料理はたまに作ってみるが、やはりテレサには敵わない。

どうも、俺の生産系の能力に調理は含まれていないらしく、補正が効かないのだ。

食事が終わると、全員でさっさと片付けてのんびりする。

暖炉の火が白っぽいコンクリートに反射してそこそこ明るいので、夜でもある程度活動できるのは嬉しい。

「それで、最近はいかがですか、ダイゴ様。今日も村の若者に技術を伝えてきたのですか？」

テレサの質問に俺は頷く。

「ああ、今日は初めて鉄を扱うことにしたんだ。まだ失敗続きだけど、必ずうまく扱えるようになるよ」

そう言うと、テレサのほうも嬉しそうだった。彼女は村の発展を、いつも心から喜んでいる。

だが、そうも言っていられない現状がひとつあった。

「ただ、新規の開発と生産のほうは滞ってるよ。このあたりで採れるものでの生産は、もう殆ど試してみたからな」

手段が限られる以上、今はまだ、そう遠くまで移動できない。

馬でもいれば別だったんだろうが、生憎と村には一匹もいなかった。

家畜として羊や豚は少しいるようだが、まさかそれに乗っていくわけにはいかないしな。

「わたしも、遠くまで移動できる魔法は使えないんですよねえ」

補助魔法の中には転移魔法という表記もあるらしいが、生憎羽澄は攻撃魔法一辺倒だ。

まあ、俺も生産オンリーだから、人のことは言えないけどな。

「何にせよ、俺の能力はなんでも作り出せるものじゃないからな。元となる原料が無いと無理だ」

一番欲しいのは何といっても石油だった。

それがあればきっと、ゴムやプラスチックといったものも作れる。

加工はさらに難しくなるだろうが、それだけに早く手に入れたい原料だった。

「まあ少しずつ探してみるよ。いきなり遠くへ行って迷子になって襲われたりしたら、たまらないからな」

「本当に気を付けてくださいよ？　大吾さんはわたしたちの生命線なんですから」

それはさすがに大袈裟だが、これからの開発を思えば、現代日本を目指す羽澄にとってはそうなのかもしれないな。

「ああ、分かってるよ。とりあえず今日は休むとしようか」

俺はそう言って立ち上がり、寝室に向かう。

だが俺はさっそく、翌日には、のんびりできない事態に直面することになった。

この辺鄙な村に、豪華な馬車がやってきたというのだ。

二話　突然の訪問者

翌朝、慌てた様子の羽澄に起こされた俺は、とんでもない事態が起こったと知る。

突然馬車がやってきて、その主が俺に会いたいと言っているらしいのだ。

この村に馬はいない。だからその馬車を見てみたいという好奇心も強かったが、それ以前に、俺の存在を知っているというのが不思議だった。

この村にはほとんど外から人が来ないし、来たとしても俺は会ったことがない。

俺や羽澄の能力が明るみに出れば、厄介ごとに巻き込まれるのは必至だからだ。

村長にもそう言って、商人などがきても俺の話はしないようにお願いしてある。

彼らは信頼できるので、約束は破っていないと思うが……。

「で、どうするんですか。しらばっくれるとか？」

予想していなかった事態に羽澄も困惑しているようだった。

「いや、これはいい機会かもしれない。ずっとこの村に引きこもっているわけにもいかないんだから、思い切って外の人間にも会ってみよう」

馬車で来たということは、それなりに都会の人間なんだろう。

古い時代では中央と地方に明確な技術格差があったらしいし、都会の技術レベルを計るいい機会になりそうだ。俺はベッドから起き上がると、適当に身支度を整えて部屋を出る。

「そういえば姿が見えないが、テレサはもう村に？」

「そうですよ、今日は村の人たちのお祈りがありますから」

実際に神様が存在するこの世界では、神様に対する尊敬は凄い。

村人たちも全員欠かさずお祈りをしているが、それを取りまとめているのがテレサなのだ。

週に一回は村人全員が集まってお祈りする。神官はその祈りを神様に伝える役目らしい。

「分かった、じゃあ急ごう」

俺は羽澄を連れ、そのまま村へと急いだ。

少し急いで村に着くと、村長の家の前に馬車が止まっていた。

「なるほど、あれが……」

珍しいものだったので、思わず観察してしまう。

基本は木製らしいが、接合部分は鉄製の部品で留められている。鉄の精製と加工技術はあるようだ。

表面にも何らかの塗料が塗られているのか、少し黒っぽい。

もしかしたら腐食防止の効果があるのかもしれないな。

だが、サスペンションの類《たぐい》やゴム製部品は見られないので、そこまで高度な技術を持っているわけではないようだ。乗り心地も、推《お》して知るべしだろう。

「とりあえずは、向こうのほうが段違いの技術を持ってるとかじゃなさそうだな」

そのことに安心しつつ、俺は門を開けて村長の家の中に入る。場合によっては、銃を持ってたりとかも可能性はゼロじゃなかったからな。だがこの馬車の感じだと、そこまでではなさそうだ。

正面の入り口の前には、兵士が立っていた。武装は剣で、防具はチェインメイルを着ている。

予想どおりの武装だし、相手のレベルがまた少し知れた。

兵士の横には村長の息子が立っていて、俺たちを見るなり駆け寄ってくる。

「ああ、いらして下さったんですね。どうぞこちらです」

待ちわびていたという表情で、彼は息を吐く。

「大丈夫です、逃げたりしませんよ」

そう言いながらチラッと兵士のほうを見て、防具の出来を確認する。

チェインメイルはいくつもの金属の輪を繋げた鎧だが、その輪が小さく細かいほど防御力が高くなる。兵士のものは直径五センチほどで、そこまで細かくないがびっしり連結されていた。

村に鉄製の農具がいきわたっていない中、これだけの鉄が使われた防具を纏った兵士が護衛しているんだ。それなりの身分の人間だろう。

「さて、いったいどんな人なのやら……」

興味半分、警戒半分といった感じで奥に進んでいく。

すると、村長とテレサが立っている奥に椅子に座った人物が見えた。

驚いたことにそれは少女だった。それまでつまらなそうにしていたが、俺の姿を見ると笑みを浮かべる。てっきり役人か商人でも来ているのかと思っていたが、まさかこんなことになるとは。

だがそのまま驚いて立ち止まっているわけにもいかない。村長とテレサの間を通って前に出る。

「どうもこんにちは。貴女が俺に用があるという方ですか」

少女の雰囲気ににじみ出ている高貴さに負けないように虚勢を張る。

相手が格上なのは分かるが、最初から下手に出てはいいように扱われてしまうかもしれない。

この村の人たちはテレサの紹介があったから心配しなくてよかったが、今は別だ。

「ええ、そうですわ。わたくしの名前はララ、正式な名前はもっと長いですけど面倒なのでそれでいいですの」

「そうですか、じゃあそう呼ばせてもらいましょう。俺のことも大吾と呼んでください」

それなりに年の離れている俺に対してもビクともしない態度。とても長いらしい正式な名前とやらと、この口調。

間違いない、どこかの特権階級のお姫様だ。

ただ威張り散らした様子はないので、この堂々とした言葉遣いはそう教育されたからだろう。

彼女本人がそれほど権力を振りかざしていないので、ひとまず安心する。

「今日は面白い噂を聞いてやってきましたの、なんでもこの村にとんでもない職人がいるとか。それがダイゴで間違いないですわよね？」

「まあ、一応この村で一番腕が立つ自信はある」

能力の補正を抜きにしても、まだ技術を学び始めたばかりの若者たちには負けない。

「あなたの作った物に興味がありますわ。ここに来た商人が、とても精密な道具を見たと言ってましたもの」

彼女の言葉で、何で俺の存在がバレたのか悟った。

村の人たちは約束を守ってくれたが、俺の送った色々な道具が目利きのできる商人の目にとまり、そこから情報が流れたようだ。

俺の製品は村のあちこちにあるのですべて隠すのは不可能だし、仕方ない。

「それで、俺の作った物を見てどうするんですか？」

「気に入ればあなたを雇いますわ。優秀な職人はいくらいても困りませんもの」

そう言ってフフッと笑うララ。笑顔は少女っぽいなと思いつつ、どうしたものかと考える。

雇うということは、つまり抱え込むということだろう。

そうなると、ここを離れなくてはいけなくなるかもしれない。

せっかく作った家を放棄することはしたくないし、まだ村の若者たちには指導を始めたばかりだ。

いきなり出ていくということは考えられない。

だが、彼女もかなり高貴な家の娘だろうし、安易に断るのも怖い。

「それでは雇われるかどうかは置いておくとして、とりあえず俺の作業風景をお見せします」

「話が早いですわね、職人は頑固者が多いと聞くのでよかったですわ」

ララも満足そうに微笑むと立ち上がった。

「それでは、ダイゴの作業場へ連れて行ってくださいませ」

「じゃあ俺の家に行きましょう。作業場もありますし、家自体も俺が作ったので」

俺の作ったものの中で、一番現代的なのが今の我が家だ。

アレを見せれば、ララも満足してくれるだろう。

そう思った俺は彼女とその護衛を連れ、自宅への帰路につくのだった。

三話　開発のスポンサー

俺とテレサたちは、ララの馬車に乗って自宅に向かった。

馬車の周りには数騎の護衛がおり、隊列を崩さないよう進んでいく。

中にいるのは俺たち三人とララだけで、家に着くまではそれぞれの身の上話をした。

それによると、ララはこの国を統治している大公の娘らしい。正真正銘のお姫様というわけだ。

俺はまさか国のトップの娘だったとは思わず驚いたが、大公は子だくさんで跡継ぎも優秀らしいので、末子に近くなるほど自由度が高いらしい。

ララは道楽代わりに国のあちこちから、時には外国からも職人を雇って研究をさせているようだ。

本人が新しいもの好きで、今までにいくつか新技術を開発したので大公からも資金が出ていると言っていた。堅苦しいのは喋り方だけで性格のほうは柔軟らしいな。

彼女の話は聞いたので、今度は俺たちの説明をした。

下手に隠し事をすると良くないと思ったので、異世界人であることも説明する。これは村長たちにも説明してあることだしな。

だが、予想と違ってララの反応はあまり良くなかった。

「異世界人……ですの？　にわかには信じられませんわね」

「私が神に祈り、神がそれに応えたことでダイゴ様が召喚されたのです」

少し考えるような表情をしているララに、テレサが話す。

「わたくし、あまり神様は信じていないんですわ。目の前にある技術や作品のほうがよほど信じられますもの」

そう言って断言するララ。これには俺も苦笑いするしかない。さすがのテレサもこれには困った表情をしていた。この国では基本的に、神様はいるものとして信じられているからな。

「まあ、異世界人かどうかは気にならないなら、それで良いです」

俺としてはいろいろと詮索されるより、興味を持たれないほうが嬉しい。

「それより、そろそろ家が見えてきますよ」

「楽しみですわ、どんな建物なのかしら……」

こんな村まで来るぐらいだ。新しいもの好きだというララからすると、期待で胸がいっぱいなんだろうな。

まあ、さすがにまだ鉄筋コンクリートの家は存在しないだろうから、期待に応えられるだろう。

そうこうしている間に、馬車は家の前に着く。

最初にララが出て、目の前にある建物を楽しそうに見つめていた。

「へえ、見たことのない材料……石なのかしら？　でも、それにしてはつなぎ目がないですわね」

彼女はそのまま壁に近づくと手で触れて感触を確かめる。姫様をほいほい飛び出させて良いのかと護衛たちが心配になったが、彼らもどこか諦めたような目つきだ。

どうやらこれまでにも、相当振り回されているらしい。

あとで話を聞くと、一度新しいものを見つけたララは調べて満足するまで止まらないらしい。

「石のように硬い、まさか大きな岩から削りだした？　いや、それはないですわね」

うんうんとうなりながら、手当たり次第に調べていくララ。

俺は今のうちに、歓迎の用意をしてくれるようテレサに頼んだ。

「俺はララにいろいろと説明してくる、あとは頼んだ」

「お任せください。ダイゴ様の道具で作る料理ですもの、姫様も気に入ると思います」

「あっ、わたしも手伝いますよ。いつもより多めに作りますよね？」

「ええハスミ様、ぜひお願いいたします」

テレサはいつもと変わらない調子でそう言って、羽澄と共に家に入っていった。

さすがに神様も認める神官なだけあって、いろいろと寛容だ。

普通は自分が信じる神を否定されれば、何かしらの敵意を向けるところだけどな。

「何か質問はありますか？」

それからあちこち見て回っているララの元に行き、そう問いかける。

すると彼女は待ってましたとばかりに質問をぶつけてきた。

「この家、材料はなんですの？　わたくしの知っている中には同じものがありませんもの！」

「これは鉄筋コンクリートといってですね……」

それから俺はララに質問されるごとに答えていく。

彼女は未知の技術に多大な興味を持っていて、こっちの知識を丸裸にするような勢いで質問してきた。製造方法だけを知っていても、実際にそれに触れたことのある人物がいないと、なかなか上手く伝わらないものだが、それもお構いなしだ。

もしくは、もう絶対に俺を囲い込むと決めてしまっているんだろうか？

あまり手荒なことにはならないでほしいと思いつつ、一つ一つ説明を続けていった。

それから家を一周し、また玄関に戻って来たところでようやくララの質問が止む。

一周で百メートルもない距離だったが、これだけで30分以上はかかってしまった。

「ふう、外はとりあえずこのくらいで満足しましたわ。次は中を見せてもらえますわよね？」

「え、ええ、もちろんです」

こんな感じで、もうずっと押されっぱなしだ。

俺はララたちを家の中に案内し、設備を案内していく。中でも彼女が興味を持ったのがトイレだった。

「勝手に水が流れるとは、これは便利ですわね。いったい、どんな仕組みになっているのかしら……」

どうやらかなり気になっているようで、何度も水を流したり貯水槽の中を覗いたりしている。

そこで俺はララに水道の話をする。

「なるほど、上水と下水で水道を分けるんですわね。でも、下水はそのまま川に流すなんてことありませんわよね？　さあ、もっと教えてくださいませ！」

女の子にはあまり興味のなさそうな話題だったが、彼女はこれにもえらく食いついてきた。本当に新しい技術が好きなんだな。

ララに細かく説明していると、そこからさらに一時間ほど時間を消費してしまった。

興奮した様子で話を聞いていた彼女が、獲物を狙うような目で俺を見てくる。

「ふふふ、ますますあなたを手に入れたくなりましたわ。これを広く導入できれば、国がもっと発展しますもの」

「俺は、あまりここから離れたくないんですがね……」

どうやら彼女の意志は固いらしく、難しい交渉になってしまいそうだ。

どうやって連れていかれるのを阻止しようかと考えていると、羽澄がやって来た。

「そろそろご飯ができますから、こちらに来てください」

「そうか、分かった。それじゃあララ、行きましょうか」

「む、わたくしはもう少し話をしていたいですわ」

「食器も、俺の作ったものばかりですよ。食事の後は調理道具もお見せしますし」

「それなら行きますわ！　食器ならいろいろなものを見慣れていますし、技術の違いも読み取りやすいですもの」

彼女はそう言うと勢い良く立ち上がり、俺についてくる。

リビングなどはコンクリート剥き出しではないから、けっこう見栄えもよくしているつもりだ。

住宅展示場みたいでちょっと装飾過多な部分もあるけど、ララにはこれも目新しいだろう。

食卓には既に歓迎の料理が用意されており、俺たちは席に着くとさっそくいただく。

「むっ、これがダイゴの作った食器ですわね。ふむふむ……芸術性はともかくとして、造りは凄くしっかりしていますわ。そう簡単に割れそうにはないですわね」

「ははは、ありがとう。芸術面は勘弁してほしいな」

俺は苦笑いしながら自分の持っている食器も見る。

しっかりと焼かれている陶器で、重さもかなり軽く使いやすく作ってある。

誰の食器か分かるように模様を入れてあるが、確かにララからしたら芸術性は皆無だろうな。流石のチート能力も美的センスまでは上昇させてくれないからな。

「ダイゴの技術が高いことは良く分かりましたわ。この上で新技術も開発しているのですから、驚異的です」

彼女はそう言って満足そうにうなずき、料理も残さず美味しそうに食べた。

食後は約束通り家の作業場で、俺が物を作っている現場も見せる。

ララは終始積極的に質問してきて、今日だけでもう一週間分は喋ったような気がする。

特に作業中は普段喋らないだけに、かなり疲れてしまった。

それから俺たちはリビングに集まり、ララから交渉を持ち掛けられる。

「先ほど話した通り、わたくしとしてはダイゴに我が工房へ来てほしいですわ。待遇はそれ相応で用意しますわよ」

そう言うと彼女はいろいろと報酬を提示してくる。

かなりの現金やいろいろな特権など、一見すれば過分にも思えるほどだ。

だが、俺の心には響かないものばかりである。

「俺は今の生活に満足しているんです。それに俺はここが一番暮らしやすいので」

それに、人は急に育ちに合わない暮らしをすると歪むとも聞く。

「じゃあ、どうすれば雇われてくれますの？　出来るだけ手荒な真似はしたくないですもの、話し合いで解決したいですわ」

それでも相変わらずララの決意は固いようで、俺は考えていた条件を提示する。

「俺はこのままここで暮らします。村に新しく工房を造るので、そこにそちらの人を寄越してくれれば、いくらでも教えましょう」

「ここを離れたくないというのは、よく分かりましたわ。で、他に希望は？」

「いろいろと資源を調達したいと思います。材料がないと新作が作れませんから、そちらの人手を使って探してほしいんです」

俺が提示した条件はそれだけだった。

「ええ、それで手を打ちましょう。新資源の探索は良いことですし、そちらに経費を集中できるのは助かりますわ」

そう言うとララは、護衛に何事か伝える。

「あとで契約の書類を持ってこさせますわ。それにサインをしてくれたら晴れて契約成立ですの」

契約書など用意してくれるとは思っていなかったので、ちょっとありがたい。

ララはきっと、約束を守ってくれるタイプだろう。

「一週間ほどで届くと思いますわ。それまでこちらに滞在してもいいですわよね？　まだまだ知りたいことはたくさんありますもの」

そう言って俺を見るララの目は、まるで獲物を前にした肉食獣のようだった。

四話　ララの夜這い

ララとの交渉の翌日から、彼女は本当にこの家へ泊まり込んでしまった。

幸か不幸か、拡大した家には来客用の寝室を用意してあったので不便はない。

さすがに護衛の兵士たちの分までは無かったので、彼らには以前住んでいたレンガの家を提供した。

数人が寝泊まりするには十分な大きさだが、家具などは全て運び出してしまったので、がら空きの状態だ。だからちょうどいいとばかりに、ララに見学させるついでに寝具や家具を生産した。

彼女は、俺の能力でみるみるうちに完成していく家具に驚き喜んだ。

さらには若者たちへの指導の場にもついてきて、本当にいろいろな作業を見学していった。

「改めて見ると、うちの職人がしているのと似ていることも多いですわね。でも、精度や速さが段違いですわ」

「まあ、これが俺の能力だからな。神様がくれた力だよ」

何日か暮らしている間に会話の硬さも取れ、だいぶ緩やかに意思疎通できるようになってきた。

やはり身分が高いとはいえ、年下の女の子にいつまでも敬語を使っていると違和感があるしな。

公の場ではそれなりの対応をするつもりだが、日常生活で一緒にいるなら言葉遣いくらい好きにさせてもらおう。

「神様ね……お父様たちも熱心に祈っていましたけど、恩恵を感じたことはないんですわよね」

彼女はそう言いつつも、俺の能力のことは認めたようだ。

それから少し考えると、何か思いついたようにこっちを見る。

「ダイゴ、今日の夜、話がありますわ。部屋に行っても良いですわよね？」

「別に構わないが、そっちこそ大丈夫なのか？　男の部屋にひとりでなんて、変に勘繰られるかもしれないぞ」

仮にもお姫様なのだから、周りの視線にも気を付けろと言ってみるが、彼女は気にした様子もなく笑う。

「護衛のことなら心配ありませんわ。彼らもわたくしの性格は良く知ってますもの」

まあ、確かにララが男と一対一になっても、色恋沙汰というよりは、ただ技術のことを根掘り葉掘り聞くだけだしな。たぶんこの時代の職人といったらほぼ全て男だろうし、いちいち気にしていたら護衛のための気力が持たないということか。

「とにかく、しっかり待っていてくださいませ。先に寝ていたら承知しませんわよ」

「ああ、分かったよ。寝てたら叩き起こされそうだしな」

俺を引っ張り起こして目を覚まさせるララの姿が、容易に想像できて苦笑いしてしまう。

そして、その日の夜。俺が部屋で待っていると扉がノックされた。

扉を開けると予想通りララだったので、俺は彼女を迎え入れる。

それから、椅子に座った彼女のほうを向きながら、俺はベッドに腰かけた。

「それで、いったいどんな用なんだ？　俺にできることは聞きたいと思う」

するとララは、迷いなくこっちを見て口を開く。

「別に身構えることはありませんわ、すること自体は簡単ですもの。わたくしを抱いてほしいのですわ」

「なっ……」

彼女は身構えるなといったが、これを身構えずにいられるだろうか。

まだ少女の面影を残す年下の、しかもお姫様から自分を抱いてほしいと言われたのだから。

「ララ、それは本気で言ってるのか？　大切なときのために取っておいたほうが良いと思うんだがな」

いくら後継者として彼女の価値が低いとはいえ、大公の娘が簡単に体を許すのはマズいだろう。

「それとも、こういったことはよくするのか？」

「そんなわけありませんわ、あなたが相手だからこそです」

ララはそう言ってこちらを見るが、俺は腑に落ちなかった。

ここ数日で確かに距離は縮まったが、恋仲になるようなことはなかったと思う。

俺が鈍感で気づいていないということもあるが、それだったらきっと、テレサか羽澄が何か言ってくるだろう。

つまり彼女は、感情からではなく、これを計画的に言っているということになる。

「いったいどういうつもりで……いや、そうか。こうやって囲い込むつもりか」

そうつぶやくと、ララの表情が苦くなる。

「何のことですの？　わたくしは、あなたなら身を任せられると思って……」

「そう思ってくれるなら嬉しいが、君はそういう性格じゃないだろう？　手元に置いて囲い込めなかったから、直接つながりを持とうとしている」

多分テレサと羽澄を見て、俺が女好きだと思ったんだろう。

確かに夫婦でもないのに、美女がふたりも同じ屋根の下で暮らしてるんだから、そういう関係になっていると思われるよな。

「バ、バレたのなら仕方ないですわ。意地でもわたくしに惚れさせてしまいます！」

策が簡単にバレてしまったことと、これからすることへの恥ずかしさが合わさって、顔を赤くしながらララが近づいてくる。バレないと思っていたところは、ちょっと可愛い。

俺は特に逃げることもせず、ベッドに座ったまま待った。

一方のララは、俺の前まで来るとしゃがみ込み、こちらの膝に手を当ててくる。

「……逃げないんですわね？」

「俺は平穏な暮らしができればそれでいいんだ。こんなことしなくても約束を破るつもりもないが、ララがしたいというなら喜んで付き合うよ」

損得勘定や立場を抜きにしても、ララが美少女なのか変わらない。

自分でも節操がないと思うが、異世界に来て倫理観も少しズレたのか抱きたくなってしまう。

「それに、確かに体のつながりが出来ると情も湧くのは確かだしな」

以前羽澄に言われたことを思い出しながら、そう言った。

何とも現金なものだが、関係を持った女性が特別に見えてしまうのは事実だ。

もちろん彼女たちとそれだけで繋がっているわけではないが、要素の一つではあるだろう。

「だからララの考えも間違ってないし、俺もそれを受け入れたいと思ってる」

「なんだか、そう言われると負けた気分ですわ」

そう言いながらも、彼女は息を吐いてこちらを見る。

「一応教育は受けてますわ。でも、実際にするのは初めてなので、至らないことがあったら教えてくださいませ」

ララはさっそく俺のズボンに手をかける。

確かに夜伽の教育を受けているようで、その手つきには迷いがない。

ただ、下着から俺のものを取り出したところで動きが止まってしまった。

「こ、これが……思ったよりも大きいですわ。でも、ここからまた大きくなるんですわよね」

まるで強敵を前にした戦士のように、じっと見つめるララ。

だが、意を決したようにそのまま頭を寄せていく。

「入れるには、ここを硬くしないと……んっ」

彼女は緊張した面持ちのまま舌を出し、肉棒に触れさせる。

最初はまるで毒味でもするかのように舌先だけで触れ、何も起こらないことを確認すると少しずつ舐める部分を多くしていく。

「はぁ、ふぅ……ちゅっ、れろっ！」

可愛らしい小さな舌を突き出し、飴でも舐めるようにフェラをするララ。

初めは気持ちを抑えようと思っていた俺だが、思った以上に積極的な動きで反応してしまう。

「んうっ……今、ピクって動きましたわ。気持ちよかったんですの？」

「ああ、初めてだとは思えないよ。余程、教育がよかったのかもしれないな」

「夫との初夜で恥をかかないよう、いろいろと教え込まれましたのよ？　習っていたときは面倒な授業だと思っていましたけど、いざとなると感謝したくなりますわね」

少し恥ずかしそうに言うと、ララは舐めるのを再開する。

確かに蝶よ花よと育てられて性的な知識が皆無のまま嫁に行き、初夜でどうしたらいいか分からないのでは大変そうだ。

互いに段取りなどを知っていたほうが、いざというときに気まずくならずに済む。

だが、ララのような美少女が真剣な表情でセックスの勉強をしている場面を想像すると、背徳感を覚えるな。だから俺は、ちょっと聞いてみたくなる。質問魔のララへの仕返しだ。

「授業では、どんなことを教わったんだ？」

「……そんなこと。恥ずかしいですわ。まず……寝室で待っているときは特別な服を着なさいと言われました。一度見せてもらいましたが、凄く薄手で肌が透けてしまいそうでしたわ」

「確かに、花嫁がそんなものを着て待っていたら、男はやる気になるだろうな」

特にララのように高貴な身分の娘が、いやらしい服を着ているとギャップもある。

普段からは想像できないような姿に興奮してしまうだろう。

「行為自体は殿方にリードしていただいて、わたくしはそれに合わせなさいとも言われましたわ」

「ほう、それじゃあ今はどうして、ララのほうからしてくれてるんだ？」

俺がそう問うと、彼女は少し視線を反らしながら答えた。

「あ、相手の準備が出来ていなかったなら、自分でするしかないですわ！　分かり切ったことを聞かないでくださいませ……！」

いつもは積極的なララもこういうことには弱いらしく、明らかに動揺しているのが分かる。

その様子を見て俺は、ますます興奮してしまった。

「ララなら用意された服を着てるだけで、誰でも興奮すると思うけどな」

「うう……それはそれで恥ずかしいですわ。わたくしはこうやってしているほうがまだいいです」

確かにララの性格じゃ、受け身になるよりも責めたほうがいくらか冷静さを保てそうだ。

完全に受け身になってしまうと空回りして、可哀そうなことになってしまうだろうからな。

「とにかく、こうしてご奉仕すれば、間違いなく興奮してくださると教わりましたわ」

ララはそれから、どんどん舌の動きを大胆にしていく。

肉棒にキスするような距離まで近づき、舌を出して舐める。

ベロンと出した舌を肉棒に絡みつかせるようにも動かしているが、こちらは難しい動きらしくぎこちない。

だが、俺のものが徐々に固くなっていくことを確認すると、安心しているようだ。

「んっ、んんっ！　はぁはぁ……もう大丈夫ですわよね」

10分近くもララにキスされ、舐められたそれは最初とは見違えるほど大きくなっていた。

少し顔を離し、改めてそれを見た彼女は表情を硬くしてしまう。

「こんなに大きくなるなんて……教育係に言われたものよりずっと大きいですわ」

「それじゃあ、今日は止めておくか？　このまま口でして貰うのも俺としてはありなんだが」

「このまま最後まで？　口でするのは準備としか言われてませんわ」

俺の話に困惑するララ。どうやら本当に基礎的なことしか教わっていないようだ。

「ララも初めてで体が硬くなってるようだし、今日はセックスに慣れることを目的にしよう」

このまま進めても、挿入のときに力が抜けず痛い思いをしてしまうだろう。

そう考えた俺はララにフェラを続けることを提案した。テレサや羽澄のように行為を完全に受け入れている感じでもないので、トラウマになってしまう危険もあるからだ。

「それでダイゴは満足できますの？　わたくしの為に我慢させるのは心苦しいですわ」

「俺の指示通りにやってもらえば大丈夫。俺は満足できるし、ララは男に慣れられる」

「分かりましたわ、どうすれば良いか言ってくださいませ」

彼女は俺の言葉で安心したように息を吐くと、そう言った。

「よし、最後まで口でするなら舌で舐めてるだけじゃ無理だ。先のほうから咥えてくれるか？」

「咥える……やってみますわ」

ララはまず両手で肉棒の根元を押さえ、向きを固定する。

そして、垂直に立った先端へ顔を近づけていった。

「はむっ……んっ……」

肉棒の先端にキスをしたララは、そのまま口を開けて咥え込んでいく。

それと同時に肉棒が口内に迎えられる感触が伝わってきて、快感が生まれた。

「んっ、ううっ……」

とうとう一番太い部分まで口内に収めてしまい、残る部分も咥えてしまおうと彼女は動く。

だが、全て収めるより先にララのほうに限界がきてしまった。

小柄な彼女は、口の大きさもそれほど大きいわけではない。

限界まで大きくなった俺のものを咥え込めるほど余裕が無かったのだ。

「いいよ、無理しないでそこまでで。全部咥えようとせず、できる部分だけで進めるんだ」

ララの口は俺のものでいっぱいになってしまっていて、返事もできない。

だが、目を合わせれば肯定か否定かくらいは分かる。それを頼りにしながら指示を出していった。

「口で咥えたまま上下に動かすんだ。残っている部分には指を絡めて」

ララは俺の言うとおりに根元の部分を優しく手で包み、それから上下に動かしていく。

口内とすべすべした手で肉棒をしごかれ、徐々に快感が高まっていった。

「そうだ、そのまま。今度は舌も動かしてみようか」

「んむ、ちゅっ、くうっ！」

彼女は俺の指示どおり、口の中で一生懸命舌を動かしてくれている。

その健気な姿に背徳感と満足感が同時に湧き上がってきて、たまらなく気持ちいい。

ララ自身の献身のおかげもあるが、特に俺を興奮させるのが姫君という肩書だ。

正真正銘のお姫様が、跪《ひざまず》いてフェラで奉仕をしてくれているのだから興奮が止まらない。

「そのまま続けてくれ……くっ……！」

ララの舌が敏感な部分を舐めて、思わず腰が浮いてしまいそうになる。

どうやら舐めるのにも慣れてきたらしく、頭を大きく動かしながらいろいろな部分を刺激しているようだ。

「んふっ、気持ちいいんですわね。ちゅっ……はむっ……口の中で震えてるのがよく感じられます」

「ああ、優秀な子が奉仕してくれてるからな……！」

興奮は落ち着くことなく高まり続け、ついに最後の瞬間を迎える。

「ララ、もう……」

「きてくださいませ。わたくしの口で気持ちよくなって！」

最後に彼女はもう一度肉棒を奥まで咥え込み、口内全体を締め付ける。

それが引き金となって俺は決壊した。

肉棒が大きく震えたかと思うと精液が吐き出され、ララの口内を犯していく。

彼女は吐き出されたものの熱さと勢いに驚きながらも、零さないように少しずつ肉棒を引き抜いていた。そして、最後まで精が吐き出されたところで、ようやくララが口を離す。

「んんっ、うっ、ごくん！　はぁはぁ……！」

ずっと口を塞がれていた彼女は、大きく息をしながら酸素を求める。

だが、その表情からは苦しかったというより、やり切ったという満足さが感じられた。

「はぁ、ふぅ……なんとか最後までできましたわ」

「俺も気持ちよかったよ、ありがとう」

力が抜けたようにぺたんと床に座り込むララの頭を撫でる。

すると彼女は恥ずかしそうに顔を反らした。

「できたのは前戯だけですわ。次こそ本当にしてもらいますわよ？」

「ああ、分かった」

その後は、恥ずかしさを隠そうとしているのかいつもより厳しめな態度のララをなだめて、ベッドに入った。

結局その日は朝まで同じベッドで寝てしまい、起こしに来たテレサにかなり驚かれるのだった。

五話　新資源

ララとの関係が少し深まってから一週間後、我が家に契約の書類が届いた。

テレサに読んでもらうと、それには先日話した通りのことが書いてあり、あとは双方署名するだけだという。さっそく署名しようとした俺だが、ここで少し問題が発生した。

会話ができるものの、俺はこちらの世界の文字が使えないのだ。

恐らく会話ができるのは貰った能力のおかげなんだろうが、今までは、村人相手に文字を書く機会がなかっただけに失念していた。

「すまない、こっちの文字で自分の名前をどう書くか、分からないんだ」

「書ける文字で大丈夫よ。というより、なんであれ文字が書けるだけ立派だわ」

どうやら地方の職人と契約を交わすときなど、向こうが文字を書けないことのほうが多いらしい。

なので書いてもらえるだけマシなようだ。

「うん、これで大丈夫。それにしても、ずいぶん文字が少ないわね」

「ララのほうが長すぎると思うがな」

俺の名前は漢字で四文字だが、ララはその十倍はありそうだった。

とにかく契約書は書き終わり、これでようやく俺にも後ろ盾ができたわけだ。

新しい材料を探すにはどうしても村を出なければならないし、そのときにはララの存在が助けになってくれるだろう。

「あら、報告の追記もありますわ……。ダイゴ、これはどうやら、あなたに見てもらいたいものがあるみたいですわ」

「俺に？　いったい何を……」

「報告では、貴方の言っていたものの中で、一つ合致する素材があると書いてありますの」

「俺の言ったものって、石炭か原油かガスか？」

ララが契約書類を求める連絡をするときに、一緒に新資源になるものの手がかりを教えてくれと言われたのだ。そこで俺は、すぐに役立てられそうなものをいくつか伝えた。

どれも、現在の主な燃料となっている炭よりも大きなエネルギーが得られる。

「……地図上ではこの村から西に三十キロ弱ですわ。馬車があれば行けますわね」

そう言うと、ララはどうするのかと目で問いかけてきた。

「もちろん行く。テレサ、準備はできるかな？」

「10分待ってください、すぐに終わらせますね」

「わたしも手伝います！　大吾さんは工房のほうを片付けてきてください」

テレサと羽澄が、並んでリビングから出ていく。

「よし、ララは先に馬車で待っていてくれ」

俺もそう言うと工房に急いで最低限必要なものを準備し、それをバッグに詰め込むと、肩にかけて家を出た。

外にはもう馬車が待機しており、護衛の兵士も馬に乗っている。

俺たちも車内に乗り込み、さっそく情報のあった場所に向かっていった。

三十キロというと、自動車なら一時間もあれば着いてしまう距離だ。

だが、ララの乗ってきた馬車では、それなりに時間がかかってしまう。

原動力も馬なので、飛ばし過ぎると体力が持たずにバテてしまうからだ。

だが、馬車の御者はさすがに扱いなれているようで、安定した速度を出しながら目的地に進んでいく。家を出たのが昼すぎあたりだったが、なんとか日が暮れる前に目的地へ到着した。

それからすぐに現地にいた案内役に連れられて、原料らしきものがあるという場所に向かった。

すると、目の前にあったのは深い井戸だ。

「ここから湧き出しているものらしいですわ」

「よし、さっそく調べてみよう」

俺はひも付きの桶を使って、中の水をくみ取る。

かなり深くまで降ろしていった桶が水面に当たる感触があり、今度は強い手応えを感じたので引き上げる。

すると、戻ってきた桶には黒い液体が大量に入っていたのだ。

「これはまさか……」

俺は試しに顔を近づけて匂いを嗅いでみる。

すると、予想通りこの黒い液体は石油だった。

確認のために能力呼び出してみると、ページが光り、新しく「石油製品」が生産可能になっていた。

しかもその数は、かなり多い。

燃料となるガソリン、重油、軽油はもちろんのこと、プラスチック、ゴム、繊維まで生産可能だ。

「すごい、本当に石油ですね。これでかなりのものが作れるんじゃないですか？」

俺と同じく、現代社会で石油の恩恵に与っていた羽澄も喜んでいる。

「ああ、かなり生産の幅が広がることは間違いないな」

俺も一番発見したかった原料だけにかなり嬉しい。

現在、俺の能力はレベルが限界まで上がっているので、石油の質に関係なくいろいろなものが作れるのが大きかった。

これで一気に、現代的な生活へ近づくことになる。

「ダイゴ、この黒い水がそんなに大事なんですの？」

ララも興味があったのか、俺と同じように匂いを嗅いでみる。

しかし、その独特の匂いに顔をしかめてしまった。

「うぅ、変な感じですわ。こんなに臭いものが役に立つのかしら」

どうやら彼女は、これが重要な素材だとはまだ認識できないらしい。

「それならまずは、違いを体感できるものに石油の恩恵を与えてみるか」

そう言って俺が目をつけたのは馬車だった。

今の時代では主要な乗り物らしいが、車輪も車体もほぼ全て木製で、衝撃を吸収できず乗り心地は最悪だ。

ここまで数時間乗ってきただけでも、尻が痛くなってしまった。

「これを使って、馬車の乗り心地がどこまで良くなるか試してみよう」

俺たちはさっそく桶に何杯か石油を汲むと、馬車に乗せて近くの町に向かった。

そこにある工房をララに借りてもらって、馬車に改造を施すのだ。

これからいじるのは足回りなので、施設がないと車輪の取り外しすらできない。

護衛の兵士たちにも協力してもらって馬車を持ち上げると、台座に乗せて車輪を取り外す。

まず車輪の寸法を測り、持ってきた鉄をそれと同じ形になるよう熱して叩いて曲げる。

さらに石油からゴムタイヤを製造し、作ったばかりの車輪にかぶせていった。

生憎と空気入れがないので、羽澄に弱めの魔法を使って貰うことにした。

風の魔法で空気を圧縮し、それをタイヤの内部にある空気袋へ注入していく。

これで多少の砂利道でもガタガタ鳴らなくなった上に、馬車の加速も良くなった。

さらに今度は本命の、サスペンションだ。

同じく鉄を曲げてバネ状にし、それを車軸と車体の間に配置する。

バネが伸び縮みして車体の揺れを抑え、ゴムタイヤと合わさることで従来のものとは隔絶した乗り心地になる。

最後に一番大事なブレーキだ。これが無いとすぐに事故を起こして死んでしまう可能性がある。

馬がいうことを聞かなくなったときや、坂道で自然と動き出してしまうこともあるだろうからな。

特に後者は、動きが滑らかになった今の馬車では注意が必要だと思う。

念のため二つ用意し、それを御者台で操作できるようワイヤーを伸ばした。

改めてそれを馬車の車体に取り付け、全員で協力して地面に下ろす。

足回りに鉄を使った分重くなったが、それだけ乗り心地は良くなったはずだ。

「それじゃあ、とにかく走らせてみよう。お願いします」

御者を呼び、さっそく運転してもらう。

走り具合が変わったことに注意してくれるよう頼み、車内に入った。

すぐに馬車は動き出したが、やはり加速が前とは段違いだ。

砂利道でも振動が少なくなったことで尻が痛くならず、試しにブレーキも使って貰ったが上手く効いていた。

「これは凄いです。今まではまるで別物のようですわ！」

このことでララも石油の有用性を確認し、規模を大きくして採掘することになった。

まだ精製は俺しかできないものの、そのうち色々なところで使われるようになるだろう。

そして、家に帰ってきた俺たちのところへまた手紙が届く。

だが、今度は前回のように喜んではいられなかった。

手紙の差出主はララの父親で、内容は城への帰還命令だったのだから。

六話　大公と面会

「お父様からの手紙ですわ。すぐに帰って来なさいと書いてあります」

受け取った手紙を読んだララは、困惑顔だ。

確かにそうなるだろう、今まで自由にさせてもらっていたのに、いきなりの帰還命令だからな。

「それなら早く戻ったほうが良いんじゃないか？　何か大切な用事があるんだろう」

俺はそう言って彼女に促す。さすがに俺の研究開発よりも大公様の命令のほうが大事だろうからな。

だが、ララの返事は俺の予想を超えるものだった。

「いえ、それが手紙には、ダイゴも一緒に連れてくるよう書いてありますわ」

「なぜ、俺が一緒に？」

「どうやらわたくしが、かなりダイゴに入れ込んでいることが、気になっているらしいですわ。まったく、いつものように放っておいてくだされぱいいのに」

そう言って手紙を机に置いたララの表情は不満そうだ。

彼女はこれから俺が生産するものを楽しみにしていたし、それを邪魔されてしまったからな。

「とにかく、ララのお父さんの命令とあれば従うしなかい。さっさと支度をして出かけよう」

俺はまだ不満そうな彼女にそう言って出発を促す。

それに対して彼女は仕方ないとばかりに頷き、馬車のほうへ向かった。今回呼ばれているのは俺たちだけなので、テレサと羽澄は留守番だ。彼女たちも移動続きで疲れているだろうからな。

俺たちは改造した馬車のおかげでスムーズに移動し、この国の中心である都市に向かった。

それからララに連れられて、彼女の父親がいる宮殿に向かう。

宮殿は綺麗な石材で作られていて、その構造は俺が召喚された神殿よりもはるかに立派だ。

石と石が綺麗に隙間なく積み上げられていて、表面もかなり滑らかにされている。

やはり地方より中央のほうが、高い技術力を持っているらしい。

「奥の部屋で待っていましょう。すぐにお父様がいらっしゃいますわ」

「ああ、わかった。だけど、大公様に会うってのに、こんな格好で大丈夫なのか？」

俺の服装は召喚されたときのラフな格好のままだ。しかも、かなりくたびれてしまっている。

「その服のほうが、異世界人だという信憑性が高まりますわ」

ララにそう言われてしまっては仕方がない。

そして、10分ほど待っていると部屋の扉が開いた。入ってきたのは恰幅の良い初老の男性だ。

ララが頭を下げたので彼が大公なのだろう。俺も合わせるように頭を下げる。

「ララ、頭を上げよ。そちらの男もだ」

そう促されて顔を上げると大公と視線が合う。高い身分にある人間の視線は圧力があるというが、
これは本当らしい。

今まで俺が会った中で一番高い身分なのはララだ。初めて会ったときの彼女からも、その辺の大人から睨まれるより強い重圧を覚えた。しかし大公はそれより数倍強いプレッシャーを放っている。

これが絶対的な君主の圧力なのかと思うと冷や汗が出た。

「ふむ、確かに面妖な服を着ているな。だが着心地は良さそうだ」

俺のことをざっと観察してそう言う大公。

「改めて聞くが、異世界人とは本当か？」

「はい。ある神官が祈ったことで神様が動き、前の世界で死にかけていた俺が召喚されたようです」

「神に直接語りかけられるとは、よほどの神官だろうな、確か名前はテレサ・テレーナだったか。だが、聞いたことがないな」

もしや話がテレサのほうへ飛んでいくのかと警戒したが、大公は俺のほうを見て続ける。

「本当に異世界人なら娘が入れ込むのも分かる、珍しいもの好きだからな。それを証明できるか？」

つまり、証明できなければララを誑《たぶら》かしたとして牢屋行きというわけか。

冗談じゃない。せっかく石油が見つかったというのに、こんなところで遊んでいられるかよ。

「わかりました、証明して見せましょう」

俺はそう言って、近くにいた兵士に声をかける。

「悪いが少し貸してくれ。必ず後で元通りにして返す」

彼から兜を受け取ると、俺は能力のメニューを開いて材料が鉱物のページまで飛んでいく。

そしてすぐに作れるであろう、薬缶を選んだ。

「5分ほど待ってくださいね……」

俺はこの部屋に入る前に預けた手持ちの道具を返してもらい、兜の装飾をはがす。

そこからさらにハンマー使って叩いて、形を整えていく。

絶妙な力加減が必要だったが、幸い手先が器用なので失敗することなく形作っていった。

そして数分もすると、元の兜からは想像できないほど立派な薬缶が出来上がったのだ。元々兜が丸みを帯びていたおかげですぐに作ることができたが、普通の人間にはこんなことは出来ないだろう。

「ほう、速いな。鉄を加工するには火が必要だと思ったが」

「そこは神様の加護でまあ何とか。それより、お確かめください」

正直なところ金属には叩くと形を変える展延性《てんえんせい》という性質があるのだが、今は加護のおかげにしておいたほうが都合はいいだろう。俺が薬缶を渡すと大公は興味深そうにそれを見ていた。

撫でたり叩いたりして鉄の感触を確かめると、それを俺に返す。

「これがあの兜から作られたとはな。形を整えるだけならまだしも、熱に耐えられるよう厚さも増しているようだ」

さすがに経験深い鋭い観察だ。俺の作ったものの特徴を、ズバリ言い当てている。

「この能力を高めると加工を加える前よりも材料の品質が良くなったり、作業の過程を一部省略や短縮したりすることもできるんです」

「確かに、その少ない道具だけで鉄をこれほど加工できるとは思えない。これが神の力か……」

大公は腕を組み、難しいことを考えているように見える。

「とりあえずお前の能力は信じよう。ララが入れ込むのにも納得した」

そう言うと、大公が緊張を解いたのか俺が感じていた重圧のようなものも無くなる。

ようやく安心できると、その言葉に胸をなでおろした。

ここまで来て偽物だと言われたら成す術がないからな。それこそ神様に祈るくらいしかできない。

「お父様、分かっていただけましたのね！」

「確かに便利な能力だ。しかし、お前の作るものは、お前のその能力がなければ作れないものではないのか？　場合によっては、ララから願われた支援の内容も考えなければなるまい」

ひとりにしか使えない高い技術より、万人が使える技術を欲しているようだ。

「ご安心ください。俺の教えることは全て、誰にでも作れる物です。いずれは、素材さえあれば誰もが、たくさんの物を作れるようになるでしょう」

俺は作業の過程を省略できるようになっただけで、性能は前の世界の市販品と変わらない。

成果物は決して、特別なアイテムというわけではないのだ。

「お父様、わたくしはダイゴの言葉を信じますわ。彼に投資すれば必ず国は豊かになります」

ララもそう言って俺を推してくれている。

「ふむ、お前がそこまで言うか……よいだろう、ララの提案どおり支援は出す」

大公がそう宣言し、俺も何とか安心した。俺としてもせっかくララが提案してくれた支援を無駄にはしたくなかったし、詐欺師よばわりされるのもいやだった。

信仰心が篤いだけに、神様のことをダシに使う詐欺師だなどと言われたら、この国で暮らしていけそうにない。どうなることかと思ったが、悪い結果にならずホッとした。

「さて、お前は信用することにしたが、わしはまだララに話がある。誰か、この者を待機室へ」

大公はそう言うと今度はララを近くに呼び寄せた。その間に傍に兵士が寄ってくる。

俺は彼らに案内され、ララと大公の話が終わるまで別室に置かれることになったのだ。

少々退屈だが仕方ない、この薬缶も元に戻さないといけないしな。

そう思った俺は薬缶を手に取り、再びノミとハンマーで形を整えていくのだった。

七話　父と娘の密談

大吾が待機室に案内された後、部屋の中には大公とララだけが残った。

ふたりだけになったことでお互いに楽な姿勢になるが、雰囲気は少し固い。

その原因はララのほうで、彼女が父親の大公を警戒しているからだ。

「お父様、本当に支援は続けてくださいますわよね？」

「もちろんだ。少なくとも公の場でした約束は守るとも」

そう言って柔らかい表情で笑う大公。

だが、次の瞬間には彼の表情も引き締められる。

「支援は続けるが……あの能力はあまり表立っては使わせぬほうが良いな。奴がどれほどのものを作れるのかは分かった。もし兵器でも作らせたら、かなりのものができよう」

「ダイゴはそういうものを作るのは好みません。強引に作らせるのは止めたほうがいいですわ」

野心を見せる大公にそう言って忠告するララ。

内心では、もう老年の域に入っていながら精力旺盛な父親にうんざりしているのだ。

「ふむ、奴の発明する武器があれば、さらに領土を広げることもできそうなのだがな」

「戦争は昔たくさんしたではないですか。もういい年なのですから自重してくださいませ！」

「ううむ、お前にそう言われてはな……」

渋々といった様子で野心を収める大公。

若いころから野心的に活動して、領土も先代大公のころより二割ほど増えていた。

だが、子供たちが生まれてからは内政や外交に注力して国を安定させていたのだ。

特に末娘であるララは何かと可愛いらしく、彼女のお願いはたいてい聞いてくれる。

普通はそんな関係だと他の兄妹と摩擦が起きそうだが、当のララは政治にも金にも地位にも興味がない。

新しい技術や製品が見られれば、それで満足という性格だ。

なので、国の中では大公のブレーキ役としてかなり頼りにされている。

ララの職人集めや研究にそれなりの資金を投入しても文句を言われない理由だ。

多少金をかけるだけで、大公が若いときのようにやる気になってしまうのを抑えられるのだから安いということだろう。

「とにかくダイゴに武器を作らせるのはいけませんわ。彼には生活の基礎を改善する技術で助けていただくのですから」

上手く行けば暮らしが豊かになって民は満足。

いろいろな見たことのない技術が見られて、ララも満足。

そして大吾を重用した宮殿の評判も良くなり、大公も満足というわけだ。

「ダイゴもそれを望んでいますわ。彼はお父様の一割ほども野心がありませんもの」

「ふむ、野心がないのは男としてどうなのだ？」

大公がララにそう問いかける。

彼からすれば、上を目指さないというのは信じられないのだろう。

「彼は今の生活に満足しているようですわ。それこそ、ずっと今のままで良いと思っているのでしょうね」

「わしにとってはその思考が不気味でならんのだがな……まあいい」

大公はこれ以上大吾について追及するのは止め、ララを見る。

「しかしだ、今回の職人はかなり熱の入れようだな？」

「当り前ですわ、これまで出会ったどの職人よりも素晴らしいですもの」

父親に問いかけられ、ララは嬉しそうに説明を始める。

「神様のご加護があるのはもちろんですが、職人としての腕も優れていますわよ？　なにせ、見たことのない手法で大きな屋敷を作り上げてしまったんですもの。お父様も見れば驚くに違いありませんわ」

「それほどか。ではこの都市にも一軒建てさせてみるのも良いかもしれぬな」

「きちんとお願いすればダイゴのことですから聞いてくれるでしょうが、あまり無茶は言わないでくださいませ？」

「ああ、せっかくのお前のお気に入りだからな」

大公はそう言って茶化すように続ける。

「職人として優秀なのは分かったが、男としてはどうなのだ。あの男がかなり気になっているのだろう？」

「な、何をおっしゃるんですの!?　わたくしはあくまで職人として……」

突然の話の振られ方に焦るララ。

だが、いつも彼女を可愛がっている実の父親からすればその反応で十分だった。

ララが大吾にそれなりの好意を持っていることを確信する。

「そうかそうか、奔放なララにもついにそういう相手ができたのだな。少し寂しいが、これも成長か」

うんうんと頷く大公。

それに対してララはますます慌ててしまう。

「そういうことではないんですの。あくまで職人と雇用主として……」

「ああ分かった、しばらく様子を見てみるとしよう。だが、やはりララの相手には少し大人し過ぎると思うのだがな」

「だから違うって言ってますのに！」

ララの言葉に耳を貸さない大公。

完全に大吾のことを婿として見た場合で、評価し直している。

「もともとララは外国に嫁がせるつもりはなかったが……国内ではいい相手が見つからなかったからのう」

娘を可愛がるあまり、婿のハードルが高くなってしまった結果だった。

この世界では女性は十代半ばにもなるとほとんどが嫁に出ている。十代後半なララはその中で少数派だった。

「だって、お父様の連れてくる相手は、どれもこれも野蛮な男たちばかりでしたわ！」

「野蛮ではない、あれらは勇敢で向上心が高いのだ」

大公は自分の若いころに似たような、血気盛んな若者たちを婿の候補としていた。

だが、ララにとっては面倒な父親の生き写しのようで我慢ならなかったのだ。

思春期特有の反抗心もあって、ララは真逆の落ち着いた男のほうを好むようになっていた。

元からの趣味で工房に出入りし、寡黙な職人たちに接してきたことも影響があっただろう。

そんな彼女にとって、普段から安定志向で職人気質な大吾はまさに理想的だった。

もちろん最初は彼の技術が目当てでほかの職人たちと同じように接したが、開放的で気さくな性格にも惹かれてしまったようだ。

「ララよ、心を決めたらわしに話すと良い。お前も十分魅力的なのだから、断られることはないだろうからの」

「だから違うと！　それに、ダイゴにはもう……」

「む、女でもいるのか？」

「あの人たちに比べたら、わたくしなどまだ子供ですわ。どうやれというんですの……」

以前思い切って寝室に忍び込んだときも、大吾に大人の余裕を持って接されてしまったことを思い出す。

「あの人たち……とは、何人か女を囲っているのか？　ふふふ、見かけによらずなかなかやるではないか」

落ち込むララとは違って、大公のほうは急に機嫌が良くなったようだ。

「方向性は違うとはいえ、奴にも男としての勇猛さがあるのなら認めない訳にはいくまい。女を囲うのも強い男の証だ」

王妃や側室との間に多くの子供を作った経験のある彼は満足そうに頷く。

「しかし、奴はその女たちとまだ子供はできていないのか？」

「そうですわね、まだ正式な婚約者というわけでもなさそうでしたわ」

「それならばチャンスではないか。今なら既成事実を作ってしまえばいい」

楽しそうに笑いながら言う大公に、ララは固まった。

「きっ、既成事実ですの？　それって……」

「まあわしに任せておけ、お膳立てはしてやろう。さて、ダイゴには歓迎の宴をするので今夜は泊っていくように言わねばな」

そう言う大公は、まるで敵を罠にハメる策士のような表情をしていた。

「き、既成事実……」

その一方でララのほうは、先ほど言われた言葉が衝撃的で放心状態だ。

以前その一歩手前まで行ったとはいえ、改めてそのことを言われると意識してしまう。

しかも相手が父親なのだから、ショックも大きいだろう。

結局この後、彼女は大公が気づくまで顔を赤くしながらぼうっとしていたのだった。

八話　二度目の夜這い

ララの父と謁見した夜、俺は用意された豪華な料理を食べて、あてがわれた自室に戻っていた。

「最初はどうなるかと思ってたが、ここまで歓迎されるなんてな」

正直に言って大公からの印象は最悪だと思っていた。

話し合いもそこまで友好的に行えたとは思わなかったので、謁見が行われたらすぐに帰らされるのではと思っていたくらいだ。だが、実際には食事に誘われて一泊していくことになった。

どうやら向こうは予想以上に気に入ってくれたらしい。

「まあ目当ては俺の技術だろうけど、国の支援がないと資材も集められないしなぁ」

俺の能力の最大の弱点は、人手がないと素材集めも大型の物作りも出来ないということだ。

木を伐って家具を作るのならまだしも、石油の採掘やインフラ工事なんかは絶対にひとりでは不可能なものだ。

「改めてララには感謝しないとな。何かプレゼントでも作って……」

彼女は目新しいものが好きなようだし、掘ったばかりの石油を使えばいろいろと新しいものが作れる。そう考えていたとき、寝室の扉がノックもされずに開いた。

「……誰だ？」

俺は警戒し、立ち上がって扉のほうに向かう。するとそこにはララが立っていた。

「どうしたんだ？　夜中に……って、その恰好は……」

「あの、そんなにじっくり見ないでくださいませ」

扉の前に立っているララは一見いつもの格好だったが、よく見ると下着をつけていない。

彼女も恥ずかしそうな表情で目を反らしている。

「分かった、とりあえずこっちに」

俺は椅子へ座るよう促す。そして何か羽織るものを渡そうとしたが、それは彼女に断られた。

ララは俺のほうを見て意を決したように言う。

「ダイゴ、今日は以前の続きをしに来ましたの」

続きと言われて何のことか思い至った。

前に俺の家で、夜中にララが夜這いを仕掛けてきたときのことだ。

「まさか、あのまま関係を終わらせるつもりでしたの？」

俺が黙ってしまったからか、彼女はそう不満そうに言う。

「いや、そうじゃないんだ。少し心の準備が出来ていなかったからな、まさか宮殿の中でなんてさ」

ただ、タイミングを計りかねていたのは事実だった。

お互いに石油という新資源に夢中になってしまい、ふたりきりになるタイミングがなかったのだ。

しかし、こう言うといい訳がましくなってしまうので口にしない。

「そうだな、約束したからな。だから今日はそんな恰好で？」

下着をつけていないからか、ララの胸の揺れがいつもより大きく感じる。

テレサや羽澄ほど巨乳というわけではないが、生々しく動く乳房を見ていると滾ってしまう。

「凄く薄布な衣装もありましたわ、でもさすがに恥ずかしくて……」

直接的に男を誘うような派手な衣装は恥ずかしくて着れないが、いつものままでは味気ない。

そこでララが考えた方法がこういうことか。

「いや、凄く興奮するよ。いつもとの違いが良くわかるからな」

常日頃から目にしているからこそ、少しエロくなっているのを見るとそこが強調される。

ララ自身も、いつもの感覚と違うのかもじもじと動いているのがいい。

正直に言えば、今すぐベッドに押し倒したくなっているほどだ。

「うぅ、お父様ったらなんであんな衣装を……」

「……何か言った？」

「い、いえ！　何でもないですわ！　それより、本当に抱いていただけるんですわよね？」

「ああ、ララこそ、初めての相手が俺でいいんだな？」

「もちろんですわ、ダイゴ以外の男性などあり得ませんもの」

そう言いながら立ち上がり、彼女は俺をベッドのほうに押してくる。

「今度はダイゴの能力とか、わたくしの支援とか、そういった打算は抜きです。わたくしはひとりの女としてあなたに抱かれたいのです」

俺をベッドに座らせた彼女は足に間に身を屈みこませるようにする。

そして、羞恥で真っ赤になってしまった顔のまま続ける。

「こ、こんなに恥ずかしいことを言わせたのですから、責任はとってくださいませ！」

俺も今夜はお互いの立場を全て忘れることにして、ララに頷いた。

彼女は俺のズボンに手をかけると、ベルトを外して下着ごと脱がしてしまう。

肉棒が露《あらわ》になり、それを目にしたララが動きを止めて息を飲んだ。

照明の火が燃え盛っていて明るいので、お互いの顔もよく見えてしまう。

「改めて見ると凄いですわ……でも、今日はこれをいただきますので」

そう言うとララは肉棒に触れ、そのまま立たせるようにする。

「さっそく始めますわ……んっ、ちゅっ」

まず彼女は、肉棒の先端へキスするように唇をつける。

それから徐々に位置が下がっていき、根元のほうまで順番に刺激していった。

これだけでもかなり気持ちよく、興奮で少し固くなってしまう。

「もう元気になってきましたわ。やはりエッチな服装だと興奮してしまうのですわね」

硬くなりつつある肉棒を見ながら彼女が嬉しそうに言った。

そして、さらに服を着崩しながら、舌を出すと本格的なフェラを始めてしまう。

「れろっ、はむぅ……んっ、んぐ、はふっ！」

最初は先端のみだったが、徐々に奥まで咥えていく。

完全に大きくなっていない肉棒はララの小さな口にも収まり、口内で舌による奉仕の洗礼を受けた。

「こうやって舌を絡ませるのが気持ちいいんですわよね。どうです、上手くできていますか？」

「とても上手だよ、あれから復習でもしたのか？」

「し、してませんわ、そんなこと……」

ララはそう言うが、明らかに動揺していた。どうやら練習していたらしい。

俺のためにそこまでしてくれたことに愛おしさを感じつつ、その頭を優しくなでる。

「んっ、やぁ……そんなに優しい撫で方をされたら蕩けてしまいそうですわ」

ララの体がゾクッと震え、声が急に甘くなった。

「直にいろいろ触られるより、こっちのほうが気持ちよくなるのか？」

「そうじゃなくて……はうっ、首筋も……両手でダメぇ！」

首筋をゆっくり撫で、もう片手で手櫛をするようにしながら頭を撫でる。

するとララの目がとろんとなって体が火照り始めた。

「エッチな場所じゃなくても、ダイゴに優しくされるとこんなになっちゃうんですわ。いっぱい触られると、ご奉仕できなくなっちゃうのぉ……」

「そうか、ならもっと可愛がってやらないとな。奉仕はもう十分だよ」

はっきりいって、ララのこんな蕩けた表情を見せられたら自然と興奮も高まってしまう。

俺は彼女を抱き上げてベッドの押し倒すと、その上に覆いかぶさった。

「はぁはぁ……これで逃げられなくなっちゃいましたわ」

自分の頭の横に突かれている俺の手を握りながら、彼女はそうつぶやいた。

「ああ、もう逃がさないからな。そんなにいやらしい顔を晒して、俺以外に見られたらどうするんだ？」

「ダメですわ、わたくしを抱けるのはダイゴだけ。お父様に言われて自分の気持ちに気づいてしまったんですもの」

「大公様に？　いったい何を言われたんだ……うっ」

その言葉の最中にもララは俺の首に腕を巻きつけ、引き寄せてきた。

彼女はそのまま躊躇なく俺にキスをする。まだ大人っぽさがない薄い唇が押し付けられた。

「んっ、はぁ……ごめんなさい、我慢できませんでしたの。やっぱり、わたくしダイゴのことが好きですわ」

その言葉に思わず動きが止まってしまう。正面から見つめ合い、そんなこと言われたのは初めてだった。

テレサや羽澄とも一線を越えてからは、口にはしないものの恋人関係のようなものだ。

ただ、改めてこう言われると胸が高鳴ってしまう。

「ねえ、ダイゴ、もっとキスしてほしいですわ……んぁ、ちゅっ、はむぅ」

彼女の求めに応じるように、今度はこちらから唇を落とす。

二度目は先ほどより長く続き、終わった瞬間にお互いが大きく息を荒くしてしまっていた。

「はぁっ、はぁっ……お願い、もう来てくださいませ……」

ララは息を荒くしながら足を開く。ここまでの行為で乱れてしまっている服が彼女自身の手でめくられる。すると、上同様に下着をつけていなかった秘部が露になった。

「もっ、もう濡れてしまっているのが、自分でもわかるくらいなんですの。お願い、早くぅ」

見れば確かに秘部からは湧き水のように愛液が零れていた。

「この状態のまま宮殿の中を歩いて俺の部屋まで来たのか？　ずいぶん勇気があるな」

「そうですわ。でも、濡れたのはこの部屋に来てから……っあん！」

「どうだろうな、露出して喜ぶような性癖があったのかもしれないし」

適当にそんなことを言いながら、指をお姫様の清純な秘部に潜り込ませる。

慎重に、処女膜を傷つけないようにしながら中をかき乱した。

「あっ、んんっ！　指入れちゃダメ、欲しいのはそれじゃないんですの！」

そう言いながらも、ララは全身をビクビクと震わせてしまう。

秘部から愛液が漏れ出て服を汚すが、ここまできてそんなものは気にしていられない。

俺はゆっくり指を引き抜くと、そのまま彼女の腰を自分のほうに引き寄せた。

「んぁ、はぁはぁ……ついに、ですわね」

「入れるぞ、体に掴まっててくれ。辛かったら思いっきり力を入れてもいいからな」

彼女は指示どおり手を背中に回し、足を緩く俺の腰に巻きつける。

そして、俺は硬くなったものを秘部に押し当てた。

「ララの処女、俺がもらうぞ」

「はい、わたくしの初めて、もらってくださいませ」

はぁはぁと息を荒くするララが力を抜くタイミングを見計らって膣内に挿入していく。

「んっ、ぐ、ううううっ！」

指とは段違いの太さのものがララの処女穴に侵入していく。

そのキツさはこれまで味わった中でもダントツだったが、同様に彼女のほうも辛いようだ。

一番太い先端の部分が奥へ進んでいくたびに、回されている腕に力が入る。

「はっ、ああっ、あっ……！」

自分の中が押し広げられる痛みを感じているだろうに、ララは決して止めてとは言わなかった。

処女膜を突き破った瞬間、腕だけでなく足も合わせて俺に縋り付いてくる。

声もあげず、俺の胸に顔を埋めて大きく荒い呼吸をしていた。

「もう少し、あとちょっとだ。奥まで入るぞ……」

そして、とうとう先端がララの一番奥まで到達する。

彼女も俺が最奥までたどり着いた瞬間に安心したのかフッと力を抜く。

「良かった、全部入りましたわね……はぁ」

「痛かっただろう、大丈夫か？」

「ええ、今はもう。ふふ、ダイゴのものが中にあるのを感じますわ」

そう言って自分のお腹のあたりを見るララ。俺と初めてを迎えられたことに喜んでいる表情だった。

「そう思ってくれるのは嬉しいが、本番はこれからだぞ」

「心得ていますわ、このまま中でうごかすのですね？」

「始めはゆっくりいくから、またしっかり掴まっていろよ」

俺は乱れてしまった彼女の髪を撫でるようにして直し、そのままゆっくりと腰を動かし始める。

大きく張った肉棒が前後に動き出し、まるでララの内臓をかき出すかのように膣を刺激する。

「ふぅ、ふぅ、ぐちゃぐちゃにかき回されてるみたいですわ……あっ、くふぅ！」

俺の首に回されている腕には多少力が入っているが、さっきほどではない。

痛みというより緊張で力が入ってしまっているようだった。

俺の動きにララの体が慣れ始めたところで、さらに責めを強くしていく。

「んっ、んんっ！　だんだん強くなってますわっ」

パン、パン、パン、と腰を打ちつける音が部屋に響く。

その音の感覚はだんだん短くなっていき、それとともにララの嬌声も大きくなってきた。

「わたくしの中、どんどんダイゴの形になってますの。もう戻らなくなってしまいますわ」

「ああ、他には誰も使わせる気はないからな」

「んっ、ダイゴ、ダイゴッ！」

ララは頻繁にキスをねだり、俺の頭を引き寄せてくる。

俺はその願いに応えてやりながら、腰を動かすことは止めない。

最初はむやみやたらに締め付けてくるだけだったララの中も、このころになると俺を受け入れ始めた。膣内は俺を楽しませるように程よい締め付けで、腰を動かす度に敏感に反応して震える。

「はっ、あん！　どんどん気持ちよくなってきて、感覚がなくなってしまいますの」

「俺もララの中で溶けそうだよ。このままずっと、こうしていたいくらいだ」

若い柔軟な身体はすぐに俺のものに順応してきた。

まるで初めからそうであったかのように滑らかに動き、肉棒へ密着するように締め付ける。

「ダ、ダイゴ……わたくし、もう体がおかしくなってしまいそうですわ！」

やはりというか、先に限界を迎えたのはララのほうだった。

中も外も丁寧に可愛がられ、元から高かった興奮がさらに高まっていたのだ。

彼女の体はもう絶頂寸前の状態らしい。

「くる、何か登ってきますわ。これが……!?」

「このままイかせるぞ。思う存分イってくれ」

俺はララの腰をしっかりと掴み、最後のトドメに腰を大きく動かした。

敏感になっていたところへ連続突きを食らい、彼女の体はあっさりと限界を超えてしまう。

「あぁっ、ひっ、イクッ、イクッ、イックゥゥウウウ!!」

ララの全身がガクガクと震え、初めての膣内絶頂に歓喜する。

同時に強烈な締め付けがきて、限界を迎えた俺も生で膣内射精してしまった。

「ひうっ、あぁ、お腹にドクドク出てますわ……」

ぐったりしながらも、中出しされているのを感じているララ。

俺はうっとりとした表情をしている彼女を抱えたままベッドに横になる。

「これで、もうずっと一緒ですわよね？」

「ああ、もちろん。でもその前にテレサたちにも話さないとな」

「もう、せっかくふたりきりなのに……」

俺の腕を枕に不満そうな顔をするララ。

「頼むよ、俺ひとりじゃ説明しても形勢が悪いんだ、助けてくれ」

「し、仕方ないですわね、今回だけですわよ？　その代わり、今夜はずっとこのままでいてもらいますわ」

ララはそう言うと満足したように眠ってしまう。

「さて、これからどうなってしまうんだろうな。まあとりあえずはふたりへの説明を乗り切れたら考えよう」

俺はそう思い、ララと同じように湧き出てくる眠気に身を任せて意識を投げだすのだった。

九話　初めての発電

城から家に帰ってきて数日が経った。

もちろんララもついてきており、正式に我が家の一員となったのだ。

テレサと羽澄に説明すると、最初はやはり驚かれた。

これまでひとりで暮らしてきたテレサや、異世界に流されてきた羽澄とは違い、ララは何といってもお姫様だ。

ただ、ララも姫としてではなく普通に扱ってほしい言ってくれたので事なきを得る。

神官のテレサは元々誰に対しても丁寧に接するし、羽澄もララが王侯貴族だなんて実感がないようで、普通に年下の女の子として接している。

ただ、さすがに姫をひとりだけで村に置くのはマズいということで、お付きの兵士が村に常駐することになった。

以前使っていたレンガの家では少し手狭なので、新しくコンクリートで駐屯所兼アパートを造り、そこに住んでもらっている。

家とは多少離れているが、そこは俺が新しく生産した自転車の出番だ。

ゴムが使えるようになったことで、タイヤやハンドルのグリップ、ブレーキなども作れるようになった。

それらを使って、自転車を一台作ったのだ。

「それにしても、あの自転車というのは凄いですわ。馬車に負けないほど速く走れますもの」

「いや。まだまだ、馬や馬車のほうが速いけどな」

自転車の出来を褒めるララに、俺はそう言って自嘲した。

さすがにトップスピードや持久力は馬に負ける。

だが、取り回しの良さは自転車のほうが何倍も上だ。

鍛えられた兵士なら楽に担いで持てる重さなので、人の行けるところなら大抵の場所に持っていける。それにエサ代もかからないしな。

だが、何といっても一番の特徴はそのライトの電球部分だった。

「あのライトというのもすごいですよね。走るだけであんなに明るくなるなんて」

テレサも思い出すように褒めてくれるが、電球の開発はかなり大変だったので、光ったときは俺もかなり嬉しかった。

なにせレベルが限界まで成長した能力の補正があっても十回、二十回と失敗したのだ。

やはり世紀の大発明というのは、再現するのも難しい。

とはいえ、そのおかげで次の目標は簡単に決まった。発電所作りだ。

「それで今日は川の近くまで来てるんですね。ということは、水力発電ですか？」

先に進んでいた羽澄が、振り返るとそう聞いてくる。

「ああ、このあたりでは一番良さそうだからな」

火力や原子力は燃料や技術の問題もあるし、他の自然エネルギーは不安定だ。

水力が一番分かりやすく、安定して発電できると考えた。

「でも、さすがにダムを作るのは無理じゃないですか？　あれって何百、下手をすれば千人以上の人手が必要らしいですし」

羽澄の指摘ももっともなので、俺はそれに頷いた。

「ある程度の規模の発電が必要ならそうなるが、今回はまず実験的なものだ。とりあえず家に電気が通れば良い」

それに、発電した電気を溜めておくバッテリーも無いしな。

鉛を使って試作してみることにするが、これも大規模なものはまだ無理だろう。

「今回は川の流れがある程度ある場所で水車小屋を作る。あとはいくつか歯車を組み合わせて繋ぎ、モーターを回せば……」

一応電気は作れるはずだった。電球と同じで、肝心のモーターもなかなか難しそうだ。

俺はまず、真っ直ぐに伸びている川を探して、水の勢いや水深を確かめる。

このあたりはそう激しい雨が降らない環境だが、だからこそ川幅や深さに余裕のある場所を探さないといざというとき危ない。

こっちではまだ台風や地震に遭っていないが、日本にいたときは異常気象や自然災害が日常茶飯事だったからな。

テレサたちに説明しながら歩いていると、急に視界が開ける。川に突き当たったのだ。

「とりあえず目星を付けた川がここなんだが、どうだろう？」

目の前の川は山のほうから真っ直ぐ伸びてきており、カーブが無く流れもそれなりに速い。

川幅も大きすぎず、深さは一メートル弱ほどで水車を入れるにはちょうどいい。

「わたくしはあまり詳しくないけれど、美しい川ですわ」

「そうですね、お休みの日に普通に来てもいいかもしれません」

ララと羽澄もそう言ってくれる。さすがに彼女たちに専門的な意見を期待したわけではないが、そう言ってもらえるだけでも安心感がある。

重要なインフラ整備の一歩となるだけに、そこそこ緊張しているのだ。

「よし、それじゃあさっそく水車小屋を作っていこう。人が住むわけじゃないから木製で適当にな」

俺が言うと、羽澄が任せてとばかりに前に出る。

「スパスパ切っちゃいますよ、それっ！」

彼女が腕を一振りすると、その軌道に沿って魔法の刃《やいば》が生まれる。

刃は完成したのと同時に射出され、近くにあった木を一瞬で切り倒した。

「倒れますよ、気を付けて！　よく見て、木の倒れるほうには近寄らないでください」

立派な木でも伐り倒せる魔法だが、唯一の欠点として、任意の方向に倒せないということがある。

本当は一度に何本も倒せるが、一本ずつに留めている理由もこれだった。

一度に大量の木を伐って四方八方に倒れてしまったら、羽澄自身が危なくなってしまう。

やがて木が倒れ、俺たちはそれを加工していく。ある程度使いやすいサイズにしたらまた次の木へ。必要な分を伐採すると、すぐに小屋の建築に移った。

「今回は試験用だから、見た目もある程度適当でいい。俺は発電装置を作成する」

小屋の建築をテレサたちにまかせて、俺は持ってきた資材を使ってモーターを作り始めた。

磁石や銅線を使い、大型のモーターを作っていく。

こんなものを作るのは小学校の授業以来だったが、そのときの経験と能力補正に助けられて、無事に完成した。

「まあこんなもんだろう。とりあえず電球がつくかだな」

俺は持ってきた電球に銅線を繋ぐとコイルを回す。すると電球が大きく光り輝いたのだ。

以前作った自転車のライトよりよほど強い光で安心する。

モーターが大きくなった分、生み出される電気も多くなったようだ。

「よし、手で回してこれなら水車につなげばすごいだろうな」

家の全部屋に明かりが欲しい俺からすれば嬉しい結果だった。

そして今度は水車づくりに取り掛かった。

テレサたちが使っていなかった木材を集め、火でそれを曲げたりしながら円の形を作っていく。

馬車の車輪を改造したことはあったが、木を円の形に一から制作するのはこれが初めてだった。

少し手間取ったが、二メートルもある大きな水車を作ることに成功した。

今度はそれを小屋につなぐ台座の部分も、合わせて作っていくことに。

それが完成するころには、小屋のほうもだいぶ出来あがっていた。

「おお、そっちも出来たか。かなり立派だな」

「これまでダイゴ様の作業を近くで見ていましたから、これくらいのことはできます」

テレサがそう言って謙遜するが、ここまでスムーズに建ててしまうのは以外だった。

それだけ彼女たちの腕がいいということなので嬉しいことだ。

俺の技術は最終的にこの土地へ定着してもらわねば困るので、こうしてそれが確認できると安心する。

「よし、それならさっそく設置してみよう」

彼女たちの手も借りて水車を小屋に取りつけ、中にあるモーターにつないだ。

すると水の力で水車が回りだし、その回転がいくつもの歯車を通じてモーターを動かした。

水車の回る速度はそれほど速くないが、川の水量があるのでパワーがある。

その力を利用していくつもの歯車を介して、回転を上げていった。

自転車のギアと同じで、水車の回る速さが遅くともモーターは高速で回っていく。

「良い回転だ、これならそれなりの電気を生み出してくれるだろう」

俺はそれから試作した鉛製バッテリーを介して、電線を家までつなげていく。

家まで到達すると、今度はそれを各部屋にまで伸ばしていくのだった。

こうして、おそらく異世界初の照明完備の家が生まれたのだ。

「凄いですね、夜も明るいです。これで活動の時間もぐっと広がります」

いつも早起きして日の出とともに動き出しているテレサは嬉しそうだ。

「燭台の明かりよりずっと強い光ですわ。これなら昼間と同じように本も読めますわね」

「やっと電気が通ったんですね、凄いなぁ」

ララと羽澄もそれぞれ嬉しそうだ。

まだ照明だけだが、今後はエネルギーとして電気を様々な場面に使っていけるだろう。

異世界での暮らしはさらに便利になっていくのだった。

十話　技術の伝播

発電が成功してからというもの、俺たちの生活は加速度的に進化していった。

俺はまずバッテリーの発展に努め、乾電池を作り出す。

それを使って懐中電灯を作ると、夜間でも安心して外出できるようになった。

俺はそれをララに提供し、さらなる資源の探索に役立ててもらう。基本的には俺が道具を提供し、ララの部下がそれを使って資源を探索するということだ。

新しく発見された物は俺の元に送られてくるので、一つ一つ能力を使って鑑定していく。

すると少しずつ、鉄や銅以外の希少金属も集まるようになってきた。

これらの希少金属はハイテクな機器を生産するのに必須で、複雑な道具であるほど使う種類も多い。

石油の加工にも精を出し、燃料となるガソリンや重油、原料用プラスチックなども生産していった。

特にプラスチックは、軽くてそこそこ丈夫な特性を生かしていろいろな品物の材料になっている。

生産過程が複雑でまだ量がないが、俺の周りは確実に生活が変わっていったのだ。

今日も自作の目覚まし時計に起こされ、リビングに向かうと料理が出来ていた。

「おはようございますダイゴ様、そろそろ起きてくるころだと思っていました」

テレサは微笑んでそう言うとテーブルの上に料理を並べていく。

ララの伝手で都市部との交易も活発になったため、食材も豊富だ。

テレサは料理の腕を遺憾なく発揮して、美味しいものを作ってくれている。

料理に使う道具は調味料入れの小瓶から大きな蒸し器まで俺の自作だ。食器の焼きもののほうも最初と比べてかなり美しく変わっており、お姫様で高級品に目の肥えたララも満足するほどだった。

「商人たちも、この村には良いものがたくさん卸されているから、来るのが楽しみだと言っておりましたわ」

「そうだな、そろそろ村に商店でも建てたほうが良いかな？」

交渉ごとなどは村長の家でやっているらしいが、そろそろ限界だろう。

村にもいろいろと世話になったので、本格的に技術力を広めていかないといけない。

高度な技術はそれを管理する者にも知識が必要だが、あの村には以前いろいろな道具作りを教えた若者たちがいる。理解のある彼らに技術を教え、任せればきっと上手くいくだろう。

「わたくしのお父様も、ダイゴに技術協力をしてほしいようですわ。何回か連絡が来ています」

「もちろん大公様のほうにも手を打たないとな、向こうは規模が大きい分大変そうだ」

これまで自分たちの腕を誇ってきた職人たちもいるだろうから、上手く対立を避けるようにしてもらわないといけないだろう。

食事の終わった俺は、ララを引き連れて作業場に向かった。ふたりきりで慎重な話がしたかったからだ。

「それで、大公様はどれくらいの技術が欲しいと言ってるんだ？」

そう聞きながら俺は自分の能力を確認する。生産系全体で見ると、クリアしている品物は決して多くはない。すでに百以上の開発や生産をしてきたが、まだまだこれからということか。

「お父様は、できれば最新の製鉄技術が欲しいと言っていたのだけど」

「それは厳しいな、本格的な最新の製鉄には巨大な施設が必要だ」

熱に強い鉱石を大量に使用して炉を作る方法なため、開発条件は満たしていても難しいのだ。

まずは採掘技術のほうを高めていかなければいけないだろう。

「一段劣るが、石炭を使用して大量に製鉄する方法を教えよう。それなら燃料も確保できるしな」

これまでララが部下にあちこちを探索させた結果、国内にいくつかの鉱床が見つかったのだ。

その中の一つに石炭があり、今では火力の出る燃料としてどんどん採掘されている。

同じく鉄の鉱山も見つかり、そちらも採掘中とのことだった。

「それじゃあ工場を作るときの注意を書いておくから、後で渡しておいてくれ」

「了解しましたわ。これで我が国も徐々に発展していきますわね」

ララが安心したようにため息をつく。単身この屋敷に飛び込んできたとはいえ、やはり大公の娘だけあって国を心配する気持ちも普通の人より強いようだ。

俺もスポンサーであるこの国に倒れられては困るので、最大限協力はするつもりだった。

渡した技術をどう使うかは国の勝手だし、関知しない。例え武器に転用するようなことがあってもそれは仕方ないことだ。こっちに火の粉が降りかからないようなら何でもいい。

「大公様にはそのあたりをくれぐれもよろしく頼む。俺が知っている中で、というかこの国で一番彼に近いのはララだろうからな」

「分かっていますわ、しっかりお父様と話し合いで決めます」

ララが頷くのを見て俺も合わせるように頷いた。

彼女がここまで言ってくれたのなら、この国での技術の使い方は大丈夫だろう。

俺は大きな紙を取り出し、そこに製鉄所の設計図を書いていく。

使っている紙とボールペン、それにプラスチック製定規は俺の製品だ。前は鉛筆と木製の定規を使っていたので、こういうところも石油が出てきてプラスチックが使えるようになった恩恵があるな。向こうにはすでにある程度の製鉄技術と建築技術は伝達してあるので、設計図があれば製鉄所自体も完成させられるだろう。

純度の高い鉄を量産できれば、国の発展にも弾みがつくはずだった。

「そういえば、上下水道のほうはどうなんだ？　以前はすぐに取り掛かると言ってたが……」

一月ほど前、俺は今日と同じくララとふたりで国に渡す技術を話し合っていた。

その結果一番にたどり着いたのが、上下水道の完備だったのだ。都市部でも未だに井戸水を使う生活をしていたので、これではいざというとき危険だと思ったからだ。

万が一感染症が蔓延したら瞬く間に広がってしまうだろうし、衛生環境の改善は急務だった。

「そうですわね、お父様と役人たちが協力して急ピッチの工事を進めていますわ」

ララの話によると、すでに宮殿では上下水道が完備されているらしい。

街の一部にも広まっており、今はどんどん地域を拡張しているという。

「水道を使えるだけでもだいぶ違うからな、是非しっかりやってほしいものだ」

大公が主導しているとあってこれも公共工事だ。恐らく製鉄所もそうなるだろうし、経済も活発になるな。こうして経済が回っていけば、人も集まってさらに高度な技術を受け入れる下地ができるだろう。俺はその都度技術を提供して、安定した運営を助けていけばいい。

「本当に助かりますわ。ダイゴにとっては一世代古い技術かもしれませんが、わたくしたちにとっては未来の最新技術でもすもの」

「俺も追い付かれないように、しっかり研究しないといけないけどな」

ララの言葉に苦笑いしながらそう言う。俺の能力にあるのは現代で実用化されていた技術で、それ以上のものは書かれていない。つまり、そこから先は独自に考えなければいけないだろう。

「まあ、元世界程度の生活に戻れれば、それで十分なんだけどな。原料が全て見つかるとも限らないし、ゆっくりやっていくか」

環境は地球と同じだが、ここは神様のいる異世界なのだ。

地球に有った原料が無く、反対に未知の原料がたくさん有るかもしれない。

「未知の材料が有れば、この世界の職人たちと協力しながら開発していくのも良いかもしれないな」

そんなことを話しているうちに、製鉄所の設計図も書き終わってしまった。

俺は何枚もの紙に書かれたそれを束ね、丸めて棒状にするとララに託す。

「とりあえず基本的なことは書いてある。あとは向こうの設計士さんが現場の土地なんかと擦り合わせて変更してくれるだろう」

俺は現場までは指揮しないので、あとはそっちでやりやすいようにやってくれということだ。

国にも、優秀な建築関係の人間がいるだろうしな。

「確かに預かりしましたわ。さっそく宮殿に送らせましょう」

ララはそう言うと立ち上がって部屋を出る。

俺はそれを見送ると、かねてから進めていた部品作りに戻るのだった。

十一話　祝いの席で

良く晴れたある日のこと、俺は村長に招待されてテレサたちと一緒に村に来ていた。

今日は宮殿のある首都からこの村までつながる、整備された道路が開通したお祝いだからだ。

大公は公共事業で庶民の懐が潤い、経済が活発になることを水道工事で実感したらしい。

国は増えた税を使ってさらにいろいろな事業を始めつつあった。その一つが国道の整備だ。

国が負担して道を整備することで、交易や交流が盛んになると踏んだらしい。

村からは村長やその息子が出席し、国からも偉い役人は参加するようだ。

何せここへの道は国道の第一号だからな、盛大に開通を祝いたいんだろう。

「かなり人が集まったな、百人以上はいるんじゃないか？」

「そうですね。村人の皆さんもいますが、知らない顔も増えています」

昔から村人と交流していたテレサによると、半数は新顔のようだ。

やがて双方の挨拶が終わり、村長が楽しんでくれと宣言し、一斉に騒がしくなった。

あちこちで料理が振る舞われ、アルコールの匂いが漂ってくる。

俺も祝いに一杯だけもらうと、後は料理に舌鼓を打った。

そんなとき、俺たちの席にふたりの人物がやってくる。村長と、国から派遣された役人だ。役人のほうは名前を忘れてしまったが、確かどこかの部長とか言っていたな。

「ダイゴ様、よく来てくださいました。この村の発展もあなたの与えてくださった技術のおかげです」

村長はそう言うと、俺に向かって頭を下げた。

俺も慌てて立ち上がって、彼に向かい合う。

「どうか頭を上げてください。どこの者とも分からない俺たちを受け入れて、食料を分けてくれたのは村長じゃありませんか」

そう言うと村長も頭を上げてくれた。あんまり年長の人に頭を下げさせるのも気分が良くないしな。

「確かに技術は説明しましたが、それをものにしたのは村の人たちじゃないですか。今ではそれぞれ一人前になっている」

以前から俺が指導していた村の若者たちは、それぞれ専門分野を持って今度は村の外から来た人たちに技術を教えている。

静かな農村だった村にはいくつもの工房が新設され、弟子入りする者や都市部から来た客も多い。都市の工房からいい条件での引き抜きもあったようだが、大部分はこの村で工房を開くことを決めたようだ。

そのおかげで、今の村はいつになく賑わっている。

俺たちが来た頃は百人ほどだった人口が、今は二百人ほどにもなっているようだ。

旅人や商人、工房の客も合わせれば三百人に届くかもしれない。

全体的な人口が少ないだろうこの世界で、一つの村としてはかなり力を持つまでに至ったようだ。

「本当になんとお礼を言ってよいものか、感謝しきれません」

そう言って涙ぐむ村長。ここまで感動されるとは思っていなかったが、喜ばれるのは素直に嬉しい。

思い入れのある村だし、もっと元気になってくれたらと思う。

そんな中、村長がハッと気づいたように自分の横にいる人物を紹介する。

「先ほどもご紹介しましたが、こちらの方は今回道路の開通に尽力していただいた、役所の部長さんです」

「初めましてオオガミさん、お噂はかねがね……」

村長に紹介された部長が、前に出てきて挨拶する。

この人が工事の役所側の責任者というわけか。

「我が国としてはこれからも公共事業を増やしていく計画でして、有望な職人や技術者を生むこの村とは上手く手を携えていきたいと思いましてね」

「なるほど、それで国道の第一号をこの村に」

そう言われると、確かに大公の狙いとも一致している。

大きな国家プロジェクトに優秀な職人や技術者が参加すれば、その技が周りの人間に伝わる。

そうすれば事業が終わった後、技術者たちが地方に戻っても国全体の技術力が底上げされるというわけだ。大きな事業を進める中で手が回らない地方には、その技術を学んだ職人たちが当たる。

狙いがしっかりしているし、これは結構いい作戦かもしれないな。

「俺は本当に技術を渡すだけでしたが、それを上手く使って貰っているようで。ありがとうございます」

「いいえ、全てはオオガミさんの技術の提供があればこそですよ」

彼はそう言うと満面の笑みを浮かべ、村長と共に他の席を回るため去っていった。

俺も一息つき、椅子に座って水を飲む。

「村長さん、喜んでましたねー。まさに大吾さん様様って感じですよー！」

先ほどからお構いなしに酒を飲んでいる羽澄が、そう言ってくる。

ただでさえ明るい彼女がアルコールの力でさらに陽気になっているような気がする。

「まあな。あれだけ喜んでもらえれば本望って感じだよ」

そう答えながら彼女の顔をよく見ると、かなり赤くなっていた。

羽澄らしいと言えばらしいが、飲み過ぎる前に止めておかないとな。

「羽澄、もうかなり酔ってるんじゃないか？　控えたほうがいいぞ」

「ええーっ！　何でですかぁ、せっかくいい気分なのにぃ……」

俺は文句を言う彼女の手から酒瓶を奪い、近くにいる村の女性陣に任せる。

そうして一安心すると、もう一度会場を見渡した。初めは俺程度の知識でどうなるのかと思っていたけど、神様からの助けもあって成功できたのは良かった。

テレサの服を作り直したところで躓《つまず》いてしまっていたら、ここまで順調にはいかなかっただろうしな。

もしあのとき失敗していたら自信を無くしたのはもちろん、テレサに申し訳なくて顔も見れなくなっていた。

いくら召喚された直後とはいえ、あそこまで突っ走ってしまった自分を責めたい。

「ダイゴ様の活躍は私の想像以上でした。初めは驚きましたが、今となればダイゴ様の力を実感した最初のひとりになれて光栄です」

テレサもそれは嬉しそうに微笑んでいる。

俺も期待に応えられたのは嬉しい。

何より、彼女の喜んでいる顔を見ると、こっちまで幸せになりそうだ。

「これからも力を貸していただけますか？」

「もちろん。ただ、テレサが美味しいご飯を作ってくれると、もっとやる気になれるよ」

「ふふっ、それなら毎日頑張って料理を作らないといけませんね」

俺の要望を楽しそうに了承するテレサ。

その包容力のある優しい笑顔を向けられると、心にぐっときてしまう。

だが、そんな中、横から軽い衝撃が襲ってきた。

「ちょっと、いつまで見つめ合ってるんですの。わたくしのことは放っておくつもりですか？」

見れば、少し不満気味な表情のララが俺の首に腕を巻きつけていた。

どうやら俺とテレサのことに、嫉妬したらしい。

しまったなと思いつつ、そこまで思ってもらっているのは悪い気がしない。

「もちろんララのことだって忘れていないよ。おかげで俺の技術をスムーズに宮殿へ届けられるしな」

かなりフットワークが軽すぎな気もするが、ララはこれでもお姫様だ。

それなりの権限もあるので、色々な場所に許可を取るとき面倒な手続きを踏む必要もない。

「それなら良いのですけど、忘れないでほしいですわ」

ララを家に迎えてから少し経つが、未だに彼女の探求心は治まらない。

新しいものを作っているとすぐに寄ってきて説明を求めるし、資源調査をまとめていて報告してくれる。

毎回新しい技術に驚いてくれて、かなりモチベーションの維持に助かっているんだ。

「皆には本当に助けてもらってるよ、ありがとう」

「一番頑張ってるのはダイゴですわ、基本は全部ダイゴが作ったものでしょう？」

「まあそうだけどな、元々好きでやってたことだから」

生まれつき手先が器用で、趣味でも簡単な物を作っていただけだ。

だが、それが異世界で役立つのだから、人生、どうなるか分からないな。

個人的には趣味の延長だったのでそんなに大層なことでもないんだが、感謝してくれるならしっかり受け取ろう。

そう思ったが、その決意を揺らがせるほど大変なこともあった。

俺が来ていると知った村の若者たちが押し寄せ、そんな彼らの弟子になった新人がさらに、ドンと押し寄せてきたのだ。

俺はヘロヘロになりながら、彼らの相手をすることになったのだった。

十二話　宴の夜

祝いの席の夜、何とか弟子たちの包囲網から逃れた俺は家に帰ってきていた。

だが、全員無事かというとそうではない。羽澄が酔っぱらってしまったのだ。

そこまで酒に強くないにも関わらず、周りの雰囲気に当てられて飲み過ぎてしまったらしい。

俺は大勢に囲まれていて動けなかったし、テレサは途中から村人たちに呼ばれていて止められなかった。

ララは、酔っ払いへの対処なんか知らなくて当たり前だしな。

結局羽澄は飲み過ぎてしまい、今は泥のような意識で、グタッとして寝ている。

明日起きたら二日酔いが確定の羽澄を寝室で安全に寝かせ、リビングに戻る。

すると、そこではテレサとララがふたりで並んで待っていたのだ。

「ふたりともどうしたんだ？　珍しいな」

時間を見ると日付が変わるころだった。

普通の家ならば暗闇と共に眠りにつくが、我が家は照明が豊富なのでまだ活動時間だ。

川に作った水車は、こちらの予想通り安定した発電能力がある。

雨が降った日などは多少増水するが、頑丈に作ったおかげでまだ壊れていなかった。

「ふたりとも、いくらただで電気が出来るといったって、いつまでもバッテリーが使えるわけじゃないんだぞ」

そう、まだ性能が良くないバッテリーでは現代ほど持たないのだ。

「いえ、実はこれララさんの提案で……」

「あっ、そんなこと言って、テレサも楽しみにしていたでしょう？」

テレサの言葉に慌てるララ。どうやらふたりで事前に何かを話し合っていたらしい。

「今夜はふたりでダイゴを楽しませようってことになったんですわ。ここまで協力してくれたお礼に」

「そんなに……いや、ありがとう」

一瞬そんなに大したことはしていないと言おうと思ったが、止めた。

彼女たちがそう思ってくれているなら、それを受け入れようと思う。

俺が了承したと見たのか、さっそくふたり共近づいてきた。

「ふふ、今日は素直に受けてくださるんですね」

俺の右に位置どったテレサがそう言った。

どこか意外そうな表情で、俺が素直に受け入れたことを疑問に思っているらしい。

「確かにいつもとは少し違うけど、今日くらいは任せてみても良いかと思ってな」

テレサたちとはそこそこの頻度で夜を共にしている。

ただ、それも彼女たち側の話で、俺からすれば数日に一度は誰かしらと一緒に寝ているのだ。

しかも、このところ俺のほうから責める展開が多かったので個人的にマンネリ感もあった。

これを機に一度任せてみようと思い、今回の話に乗ったのだ。

「それじゃあ思い切り楽しませてさしあげますわ。いつも泣かされてしまうんですもの、今日はたっぷり反撃させてもらいます！」

テレサとは反対の腕を取っているララは、楽しそうだ。

二対一で心強い味方もいるのだから当たり前か。

俺はそのままふたりに連れられて寝室のほうへ向かっていった。

「さあ、さっそくベッドで横になってください」

俺はテレサの言うとおりにベッドへ横になる。するとその横にテレサが座ってきた。

服も少し着崩して、ややセクシーな感じだ。元々肌の露出度が少し高い服なので破壊力がある。

こんな服を作った過去の自分を、けなしていいのか褒めていいのか分からないまま興奮してしまった。普段は包容力のあるお姉さんなテレサが、こんなにセクシーな服を身に着けていることを改めて思い知らされ、血液が下半身に集まっていってしまう。

「もう、またテレサばかり見てる……やっぱり大きな胸が好きなんですわね」

ララも少し非難するような口ぶりでテレサのように服を着崩し、より自分の存在をアピールするがごとく体を寄せてくる。

まだ少女っぽさの残る可愛らしい目で上目遣いに見られ、背筋がゾクッとしてしまった。

「いつまでも待っていられませんわ、始めてしまいますわよ」

そう言うと、まずララの手が俺の下半身にのびてきた。

最初のころの戸惑いはなく、慣れた様子で俺のものを取り出してしまう。

「もう硬くなり始めていますわね。テレサとふたり相手だと知って興奮してますの？」

分かっているだろうに、わざわざそう聞いてくるあたりララは意地悪だな。

「そうだよ、こんなにきれいなふたりに相手してもらえるんだから」

俺はそう言いながら、反撃とばかりにふたりへ手を伸ばす。

左手はララの胸に回してその美乳を揉み、右手はテレサの尻を掴んでしまう。

「はっ、んっ！　やっぱり、最初は胸ですわね。でも、わたくしのものよりテレサのほうが大きいですわよ？」

俺に胸を愛撫されて甘い声を出しながらそう言うララ。

どうやら俺の趣味はきっちり見抜かれているようだ。

「いつも同じパターンじゃ飽きるだろう？　ララだってせっかく綺麗な胸をしているんだから楽しまないともったいないじゃないか」

そう言うと彼女の顔も少し赤くなった。

確かに大きさではテレサのほうが数段上なのは明らかだ。服の上からでも良くわかる。

だからといって、ララが劣っている訳じゃない。

服をずらして胸元を露にすると、その美しさも良くわかる。

並みの大きさだがしっかり揉み応えのある乳房に、ツンと上を向いた乳首。

そのまま写真でも撮って保存しておきたいくらいだが、生憎カメラはまだ開発していないのだ。

いつか生産して、目だけでなくフィルムにも焼き付けてやろうと考えながら、今度はテレサのほうを弄りだす。

彼女もいつもの胸とは違って尻を揉まれているが、しっかり感じているようだ。

「テレサ、息が荒くなってるぞ。胸だけじゃなく尻でも気持ちよくなれるのか？」

「それは、ダイゴ様が体中を敏感にしてしまうから……あんっ」

度重なる俺との行為で彼女の体もだいぶ敏感になっているようだった。

「もう、ダイゴったら！　今日はわたくしたちが奉仕すると言ってますのに……ね、テレサ？」

「はい、ララさん。一緒にダイゴ様を気持ちよくして差し上げましょう」

ララは勝手に動いた仕返しにか強めに、テレサはいけないことをした子供をしかるように優しく、それぞれに俺のものを握る。

そして、ふたりは思い思いに手を動かして、ペニスをしごいてきた。

「さあ、根元のほうからゆっくり動かしますね、気持ちいいですか？」

「テレサがそうなら、わたくしは先っぽのほうをいじめてあげますわ。ここは敏感でたまらないんですわよね」

聖母のような優しい声と共にゆっくり肉棒をしごくテレサ。

それとは対照的に、激しく磨くように肉棒を責めてくるララ。

ふたりに与えられる対照的な快感が一気に襲い掛かってきて、俺は思わず体を震わせてしまった。

「気持ちよさそうですねダイゴ様、このままイってしまっても良いんですよ？」

そう言いながらテレサが体を押し付けてくる。

思い切り密着されると、彼女の爆乳に腕がすっぽり挟まれて身動きが取れなくなってしまう。

その代わりに柔らかさを堪能できるが、興奮を高めてしまうのは避けられない。

「あっ、また硬くなってる……やっぱりテレサの胸がいいんですわね、このスケベ！」

「大丈夫ですよ、ララさん。まだ成長期ですからこれから大きくなります」

「むむむ、それは持てる者の余裕というものですわ」

優しく諭すテレサの言葉も、今のララには刺激になってしまうようだ。

彼女はその気持ちをぶつけるように俺の肉棒をしごいてくる。

「このままイカせてあげますわ、大好きな胸に包まれてイってしまいなさい！」

「んくっ……ダイゴ様、最後までこのままぎゅっとしていますので、楽しんでくださいね」

激情的な責めによる激しい刺激を受け、母性的な柔らかさに抱きとめられながら俺は絶頂した。

「きゃうっ!?　す、すごい勢い……服までかかっちゃいそうですわ」

「そのまま最後まで気持ちよく出し切ってくださいね、残っている分も絞り出しますので」

ララは勢いのよい精液が手に掛かって驚いてしまったようだが、テレサは射精が終わるまで根元からゆっくりしごいてくれた。

絶頂するときは激しい刺激で、その後はまったりとした刺激で余韻を楽しむ。

ふたりの奉仕が絶妙なバランスで俺を興奮させてくれたので、一回の絶頂で体の芯まで溶けてしまいそうだった。

「最後まで出し切ってしまわれましたね、でもまだ硬いです」

まだ硬さを保っている俺のものを見て、テレサが少し恥ずかしそうに言う。

そして、俺はその油断している彼女の腕を取ってベッドにうつぶせに倒した。

「あっ、いきなり……こ、この格好は恥ずかしいです」

俺はテレサをうつ伏せに倒した後、そのまま腰を浮かせて引き起こす。

まるで犬のように四つん這いになる体勢に普段落ち着いているテレサも赤面してしまうようだ。

「今度はこっちからお礼をしないとな。もちろん遠慮はいらないぞ」

自分のものを持ち、そのまま彼女の秘部に押し当てて腰を進めた。

ぐちゅっという音を立てながら肉棒が挿入されていき、温かく濡れた膣内が俺を迎え入れた。

「あっ、んんっ！　いきなり奥まで……」

俺に最奥まで貫かれ、テレサの背がピンと伸びる。

そのまま腰を突き動かし、中を硬くなったものでかき回していった。

その結果、彼女の表情も気持ちよさそうにとろけてしまったようだ。それを見たララが顔を赤くしている。

「うそっ、あのテレサがこんなに……」

「そんなところで見てないでララもこっちに来い、一緒に可愛がってやるから」

「えっ、待っ……きゃぁ、ああん！」

油断していた彼女もテレサと同じ目に遭うことになった。

すでに気分が高まっていたのかキツい中もよく濡れていて、肉棒を締め付けるように蠢いている。

「ひぐっ、すごい、わたくしの中がかきまわされてますの！」

ララはお姫様に似つかわしくない嬌声を上げて乱れ、息を荒くする。

俺は膣内の感触を楽しみながら、空いた手でテレサのほうも責めることにした。

肉棒が抜けたばかりの穴は指を二本も楽々と飲み込んでしまい、中はララに負けないほど締め付けてくる。

「あぁ、中で指が動いて……ひうっ、壁を撫でるようにしちゃダメですッ！」

テレサとララ、ふたりの嬌声が部屋の中に響いていく。

ひとり相手でも十分に興奮してしまう美女なのに、ふたり相手となると自分の理性が効かなくなるような気がしてしまう。

ダメだとは思いつつも動きが激しくなってしまうのだ。

「ララ、もっと可愛い声を聞かせてくれ」

彼女の高くてよく響く声を聞きたいと、中を責める腰の動きが激しくなる。

「ど、どんどん強くなってますの、いやっ、このままじゃおかしくなりますわ！」

背筋をゾクゾクと動かし、与えられる快感に打ち震えているララ。

高貴なお姫様の表情がどんどん快楽に染まっていくのを見て、俺の興奮も高まっていた。

「ララ、そのままもっと感じるんだ。自分が姫だってことも忘れて乱れてしまえ」

「そんなこと言われたら、我慢できなくなるっ……あっ、ああっ！」

ガクガクと震わせていた手がついに崩れ、ベッドに上半身を伏せてしまうララ。

同時に強く締め付けてくる中の感触を楽しむと、今度はテレサのほうにも挿入した。

「ララさんばかりいじめて……寂しかったんですよ？　あっ、んぁ……はぁん」

「それは悪いことをしたな、テレサもたっぷり可愛がってあげないと」

テレサとは深い関係になっても最初の癖で敬語を使っているが、ベッドの上だけは別だ。

まだ大人になり切っていないララでは遠慮してしまうような強い欲求を満たすように腰を動かす。

「は、激しいですっ！　中が滅茶苦茶に、ダイゴ様に壊されちゃうぅ！」

「このくらいいつものことだろう？　それとも、ララに見られているから興奮してるのか」

「やめてください、それは言わないで……！」

そう言って顔を反らし、押し殺すように嬌声を漏らすテレサ。

だが、俺はそんな取り繕うような真似は許さない。彼女の腰をしっかり掴んで引き寄せ、さらに激しく責めた。

奥を連続で責められた彼女が耐えかねるように顔を上げる。

「ひゃうっ、ああん！　ひどいです、こんなの我慢できない……やっ、ひぅん！」

「いいぞ、それが聞きたかったんだ。このまま可愛がってやるからな」

蕩けたような嬌声を上げ、興奮した表情のテレサを見て満足する。

片手では休息を与えないようにララを愛撫しているが、空いているもう片方の手をテレサのほうに伸ばす。

そして、重力に従って揺れている胸を揉みしだいた。

俺が知っている中でも一番の大きさを誇るその胸の感触は最高だ。

特に柔肉の塊と言っていい重量感と、揉んだときの柔らかさはトップクラス。

愛撫するときとは違い、ただ自分がその感触を楽しむような強めの力で胸を揉む。

だが、十分に興奮しきったテレサにはこれでも立派な愛撫になってしまっているようだった。

「同時に責めるなんてダメです、おかしくなりそう！」

今度は堪えられずに声を上げるテレサ。

ララも合わせたふたりの嬌声を聞きながら、俺は自分の興奮が限界まで高まっているのを感じた。

彼女たちと繋がっている部分から、向こうも同じように絶頂寸前なのは分かっている。

それぞれの興奮をさらに一段押し上げるため、俺はふたりの体をさらに寄せて同時に責め始めた。

「ダイゴ、もう無理っ！　これ以上は死んじゃいますわ！」

「んっ、あん！　ダイゴ様、一緒にぃ！」

蕩けた表情のまま、振り返って俺を見るララとテレサ。

中も健気に締め付けてきて、俺と一緒にイキたいという気持ちが伝わってきた。

「ああ、一緒にイクぞ……！」

これまで以上に腰を動かし、ふたりの性感を高めていく。

そして、限界を迎えた彼女たちが一斉に絶頂する。

「イクッ、イキますわ！　あっ、ああっ、イックゥゥウウウ！」

「ダイゴ様、私も！　イッ、イッちゃいますううう！」

絶頂するふたりに合わせて俺も欲望を解き放った。

お互いに体を寄せ合うように絶頂しているテレサとララ。その体を汚すように白濁液が振りかけられ、彼女たちを白く征服していく。

そのまますべてが終わると、俺も力尽きたようにベッドへ腰を降ろす。

「はぁはぁ、イッてしまいましたわ……」

「ふふ、ララさんの顔もこんなに汚してしまって。いけないですね」

絶頂に全身を弛緩させているララを、辛うじて余力のあるらしいテレサが世話する。

その仲の良い姉妹のようなふたりを見てどこか安心しながら、俺もベッドへ横になるのだった。

第三章　世界への広がりと…

一話　異国の旅人

村で盛大な宴が行われてからしばらく経ち、すでに俺が異世界に召喚されてから半年が経過していた。ララとその父親の協力で俺の伝えた技術は国中に広まっていった。

上下水道の設置などの大きな技術は、国主導の公共事業で。

質のいい炭の作り方などの個人で役立つ技術は、人伝えに。

国のトップが大々的に推薦しているとあって、その広まり具合も早かった。

今ではあちこちで工事が行われたり、工房が出来たりと空前の好景気らしい。

「とはいえ、その騒ぎもこっちには伝わってこないけどな」

そうつぶやきながら俺は家の中の工房で作業を続けていた。

現在俺が生産中なのは、とある計画の一部品だ。とても精密なので、能力の補正があっても十回近く失敗している。

そして、今作っているものも微妙に手元が狂って十一個目の失敗作ができあがってしまった。

「あー、今回もダメだ。さすがに壁が厚いなぁ……」

そう言いながら俺は体を伸ばし、天井を見つめる。

十秒ほど体を思い切り伸ばすと、今度は立ち上がって作業道具を片付ける。

どれも壊れやすいものなので丁寧に扱って収納すると、作業着を脱いで部屋を出た。

ちなみにこの作業着も自前で、耐火・耐水・耐刃と三つの性能が合わさった便利な品だ。

近頃は色々と素材も集まったので、既存製品に特別な加工を施したものの生産も行っている。

例えば踏み抜き防止加工がされた作業靴や、焦げ付きにくいフライパンなどだ。

どれもまだ少数生産で、親しい間柄の人にしか渡していないが評価は上々だった。

一般の職人たちの技術力が追い付いてくれれば、これらも広めることもできるだろう。

「そういえば、村の工房ではもう新製品も作ってるとか聞いたっけな……」

俺は普段の服装に着替えつつ、そんなことをつぶやいた。

未だに多くの工房は基礎技術の向上に精を出しているそうだが、一部の工房は一歩先を行く新製品の開発に挑戦しているらしい。

多少安全面で心配だが、地球でもそういったチャレンジが技術を進歩させてきたので、無事と成功を祈りたい。それに、開発のライバルが増えると俺もやる気が湧いてくるしな。

「まだ能力のある俺のほうが有利だろうが、負けてはいられないからな。みんなをアッと言わせられるものを作ってみたいもんだ」

この数ヶ月で素材が揃ったこともあり、俺の生産レパートリーも劇的に増えた。

特に大きかったのが自動車で、今は新しく建てた車庫の中に収まっている。

五人乗りの乗用車だが、現代的なＳＵＶっぽく作ったのでかなりカッコいいのではないかと自負している。

エンジンの作成だけで補正込みでも一ヶ月以上かかった大作だが、その分完成したときの喜びが凄かった。テレサたちも愕然とするほど驚いてくれたしな。

唯一の欠点はガソリンをバカ食いするエンジンになってしまったことだが、その分パワフルに作ったので舗装されていない道路でもグイグイ進める。

まだ荒れた道が多いこの世界ではこっちのほうが役に立つだろう。

ガソリンも、今のところ俺以外使わなさそうだしな。

そんなことを考えつつリビングに行くと、そこでは羽澄が部屋の掃除をしていた。

「あ、大吾さん。今日の制作は終わったんですか？」

「ああ、朝から三連続失敗だけどな。さすがに疲れたから休憩だよ」

朝起きてからすぐに始めたので、もう六時間ほどぶっ続けだ。

一度作業に入ってしまうと集中して時間を忘れてしまうので、こういうこともよくある。

「それだったらどこかにお昼でも食べに行って来たらどうですか？　わたしたちは家の掃除で忙しくて昼食まで手が回らないんですよ」

ふぅ、とため息をつきながら言う羽澄。

確かに、サイズに余裕を持って作った家なので広さはかなりある。

日本の狭い住宅事情から解放されたのが嬉しくて、全ての部屋を予定より二割増し広く作ってしまったからな。天井も高いし住んでいて気持ちいいが、掃除する側としては大変だろう。

恐らくテレサとララも手分けして掃除しているんだろうな。

「……今度は掃除機や食器洗い機にも挑戦してみるか」

箒《ほうき》と塵《ちり》取《と》りで掃除している羽澄を見て、俺はそう心に決めた。

「そんなところで上の空になってないでください、そこ掃きますから！」

「おっと、悪いな……」

なんだか休日に嫁に邪魔者扱いされている旦那のような気分になりつつ、財布を持って外に出ることにする。

天気も良いし、車を出すまでもないだろうと自転車に跨って村に行く。

あれから村の人口はさらに増え、二百人だったのが五百人に迫る勢いらしい。

その人口を賄う住居を建てるために村長が建設会社を設立。あちこちで木製やレンガ製の家が建てられている。

村のあちこちにある工房からは途切れることなく煙が上がったり喧騒が聞こえたりとにぎやかだ。

俺はそんな街中で適当に昼食を買うと、そのまま自転車に乗って村の外れに行く。

その近くにある丘に登って村を眺めてみると、初めて見たときとは様変わりした様子が見て取れた。

俺はそれを誇らしく思いつつ、買ってきたものを広げて昼食にする。

「む、これは新しい味付けだな。また別の地方から人が来たんだろうか？」

村の工房に弟子入りするために、国中から人が集まったので文化も様々だ。

それでも目立った衝突が起きないのは、みんなが技術の習得を第一にしているからか。

そんなことを考えていると、突然後ろから声をかけられた。

「失礼、貴方はこの村の住人だろうか？」

振り返ると、そこには長身の女性がいた。

旅人らしく外套を着て目深にフードを被っているため容貌は分からなかったが、浅黒い肌をしているのでこの地方の人ではないらしい。

「ええ、まあそうですね」

「それは良かった。実はこの村に凄腕の職人がいると聞いたんだが、どの工房に行けばいいのか分からず迷っていたんだ」

そう言って彼女はほっと溜息をつく。

確かに、今の村には十以上の工房があるからな。ちょっとした都市並みで、普通の村から考えれば異常な規模だ。

旅人らしい彼女が困惑してしまうのも無理はないだろう。

「おっと、自己紹介がまだだったな。わたしの名前はフィロメナというんだ、よろしく頼む」

「こちらこそ。俺は大神大吾っていいます」

彼女の挨拶にそう返したところ、一瞬向こうの動きが止まった。

「あの、どうかしましたか？　何か失礼なことでも……」

生憎と異国の文化は知らないので、知らず知らず失礼なことをしてしまったのではないかと心配になる。

「い、いや、大丈夫だ。どうやら服の中に虫が入ってしまったようでな、もう心配ない」

彼女は慌てて服を払うとそう言って苦笑いする。

なるほど、雰囲気はクールだけど女性だものな。虫が苦手でも無理はない。

家だと羽澄が大の苦手らしいし。異世界に飛ばされてきた当初は森の中でひどい目に遭ったらしいからな。

「それで、オオガミも職人なのか？」

「ええ、一応職人をやらせてもらってます。といっても、大規模な工房もなく、弟子もいませんけどね」

俺の作業は能力に頼ることの多い特異なものなので、普通の人間にはまねできない。

村の若者に教えるときは詳しく手順を教えることでそのギャップを乗り越えたが、手間がかなりかかるので弟子を取ったのはその一度だけだ。

能力のおかげで今のところ大掛かりな道具も必要ないので、自宅の作業場で事足りている。

「ほうほう、なるほど……」

俺の話を聞いたフィロメナさんは、うんうんと頷いていた。

「やはりこの村には職人が多いようだな、さすがに外では工房村などと呼ばれているだけはある」

「えっ、そんな名前がついてるんですか!?」

「知らないのか？　他国でも同業の者は名前を聞くほどに有名なのだがな」

村の発展速度は自分の目で見て知っていたが、まさか他国にまで知られるほど有名だとは。

「特にこの村一番の職人は神の加護を受けているとか……。まあ、眉唾ものだがな」

「ははは、そうですね……」

じっと見つめてくるフィロメナの視線に、ほんとは知られているなと感じつつ、から笑いすることしかできなかった。

だが、幸い彼女は俺について質問攻めにしてくることはなく、村のことをいろいろと聞いてくる。

有り難いと感じつつ、俺は彼女に好感を抱くのだった。

二話　来客への歓迎

それからしばらくフィロメナの話を聞き、彼女が見聞を広めにこの村に来たことを知る。

彼女の故郷では、俺が召喚される前のこの村以上に各分野の技術が進んでいないらしく、その発展に役立つ情報を集めているそうだ。

「この村のことは故郷でも聞いていたので、一度訪れてみたかったのだ」

「へえ、それじゃあ俺が村を案内しますよ。最近はあちこちに建物が建っているからか、来たばかりの人がよく迷ってるのを目にしますからね」

建設ラッシュが続いているので、地図を作っても数日ですぐに更新しなければならないほどだ。

それに加えて地球の大都市のような区画整理もされていないので建物が乱立してさらに迷いやすい。

単純な生産技術は上がっているけど、このあたりの知識はまだ甘いな。

とはいえ俺の能力は生産系に特化しているので、そっちの方向に口は出せない。

もし俺が都市開発の責任者にでもなれば、そっちにも能力の補正が働くのだろうかと思った。

「君が直々に？　良いのか、自分の研究などがあるだろうに」

「ちょうど行き詰ってたところなんで、気分転換にちょうどいいですよ」

「ふむ、工房村一番の職人も行き詰ることはあるのか。まあ、所詮は人間だものな」

真面目な声でそう言う彼女に苦笑する。

近頃は俺を必要以上に持ち上げてくる相手も多いので、フィロメナのような態度は嬉しい。

元々人前に出るより、ひとりで物作りをしているほうが好きな俺にはありがたい。

「失敗しない人なんていませんからね。神様だって間違えることはある」

例えば羽澄が異世界に飛ばされてきたのも、神様が俺を呼び寄せたときの余波なんじゃないかと思う。まあ羽澄本人が気にせず第二の人生を楽しんでいるので、詳しくは調べないが。

「神の加護を受けた者にしては、面白い意見だな」

「まあ、以前住んでたところには神様が何百万もいるって設定でしたからね」

「くくっ、なるほどそれは面白い」

この反応から見るに、フィロメナもそこまで信心深いわけではないようだ。

「あっ、でもこの村には信じている人も多いですから、注意してくださいね」

「ああ、分かっている。私もいきなり問題を起こしたくはないからな」

そう言って頷く彼女に安心して、俺はさっそく村の案内を始めた。

まずは顔見知りの工房……まあ弟子の工房だが。そこに行っていろいろ見てもらう。彼らの作る鉄製品や織物も彼女にとっては新技術の塊らしい。職人たち質問しつつ、細かくメモを取っていた。

そのときチラッと見たが、彼女が使っている筆記用具もかなり粗い技術で作られたようだった。

そこで弟子のひとりから一揃えの筆記用具を買い取り、プレゼントする。

これにフィロメナがとても感謝してくれたので、俺としても嬉しかった。だから、村の工房を一通り見た後は自宅の作業場に来てもらいたいと提案すると、彼女はだいぶ驚いたようだった。

「それこそ機密の塊だと思うが、良いのか？」

「簡単に真似されないって自身がありますからね。見ただけで分かるなら、逆に俺のほうから協力を頼みますよ」

何せ、今開発中の製品は、まだこの世界では発想すらできないはずのものだからな。

その用途を瞬時に理解できたらエスパーだろう。

「まあ、そういうわけで遠慮せず見ていってくださいよ」

そう言ってフィロメナを連れ、俺は自宅に帰った。

このころには掃除も終わっていたらしく、家の周辺にはいい匂いが漂っていた。

フィロメナは家本体のほうが気になっていたようだが、長々と外にいるには寒い時期なので中に入ってもらう。中に入るとテレサたちが出迎えてくれたので、フィロメナを紹介する。家の中でもフードを取らない彼女に俺も少し困惑したが、自分の部族の戒律だと言われて理解した。

唯一羽澄だけは怪しげな視線を向けていたが、そのままでいてもしょうがないので話を進める。

「なるほど、フィロメナさんは西の山脈を越えたところから来たんですか」

「確かあの向こうは都市国家がいくつかありましたわね」

彼女の話を聞いてテレサが驚き、ララが分析する。

「その都市国家の勢力圏にある村から来たのだ。想像していたより険しい道で参ってしまったよ」

「それなら今日はゆっくりしていってください。もう少しでお風呂も準備出来ますし」

テレサの提案に、フィロメナが「ありがたい」と頭を下げる。

見た目の怪しさとは裏腹の礼節さのある言葉に、テレサたちも次第に緊張が取れていったようだ。

「その前に、彼女には俺の作品を見せる約束なんだ。そうだよな？」

「ああ、もちろん。いろいろと拝見させてもらおう」

そのままフィロメナを連れていくと、部屋に入るなり目に飛び込んできた物品の山に目を丸くした。

「すごい量だ、全てオオガミが作ったのか？」

「そうですよ。整頓はしてるつもりなんですが、こう多いとグチャグチャに見えちゃって申し訳ない」

「そんなことはない、見たことのないものばかりで目移りしてしまいそうだ」

ここまでクールに振る舞っていた彼女だが、今の声には強い感情がこもっているように感じた。

俺はそれに苦笑いしつつ、彼女に製品を紹介していく。

ハンカチから電動工具までいろいろなものを紹介したが、中でも彼女が興味を持ったのが機械式の弓だった。地球ではよくアーチェリーの競技などで使われるものに似ている。

スタビライザーなんかもついていて、現代的でカッコいいのでお気に入りだ。

「これは凄いな、私の村では森が近いのでよく狩猟をしているんだ。使ってみてもいいか？」

「俺も作ってみたはいいけど弓は使ったことがなくて試してないんですが、それでもよければ」

頷いた彼女に弓を貸し、外に出る。

フィロメナは百メートルほど離れたところにある木まで歩くと、ナイフを取り出して印をつける。

どうやらそこを的にするようだ。しばらくすると戻ってきた。

「さて、やってみるか……」

矢筒から矢を取り出すと弓につがえ、引き絞る。そして、一瞬だけ狙いを定めて矢を放った。

ビュッという風切り音とともに矢が飛んでいき、見事に目印をした木に突き刺さった。

「……すごいなこれは。引き絞るのも楽だし、狙いをつけるのも弓についた重りのおかげで簡単だ。

「少し重いのが難点だが、それを補って余りある」

そう言いながら、彼女はさらに何本か矢を射る。

そのことごとくが的の木に当たり、二本目以降はほぼすべて、印の中心に命中していた。

「フィロメナさんこそすごいですよ。ここまで上手く使ってもらえたなら、作った甲斐がありました」

やはり道具は使ってもらっているときが一番輝くのだと思いながら他の製品も紹介していった。

やがて日が暮れると全員で夕食を共にし、フィロメナからは異国の話を聞かせてもらって楽しんだ。

もう夜も遅いので泊っていくかと彼女に聞いたが、さすがにそこまでお世話になるのは心苦しいと言われて辞退される。まあ仕方ないと思いつつ、村にある宿の場所を伝えてその日は別れた。

そして家に入ってリビングに向かうと、羽澄が待っていたとばかりに話しかけてきたのだ。

「大吾さん、やっぱり彼女怪しくないですか？」

「何を言ってるんだ」

「大吾さんに急接近するしフードは取らないしで、明らかに怪しいじゃないですか。戒律だっていうのも確かめようがないです」

どうやら彼女はフィロメナのことをまだ警戒しているようだ。

「俺はそんなに悪い人じゃないと思うんだがな……」

「もう、そうやって楽観的な癖は直らないんですね」

はぁ、とため息をつく羽澄。

「わかった、一応、心にとめておくよ」

俺はそう言って彼女の肩に手を置き、自分の部屋に戻るのだった。

三話　フィロメナの正体

大吾たちと別れた後、フィロメナは家を離れて村の中心部に戻る。

彼から案内されていた宿に入ると部屋を取って中に入った。

そして、そこでようやく彼女は自分の体をすっぽり覆っていた外套を外す。

「ふぅ、これで少しは楽になった」

肌の色はフードの奥に覗いていた顔と同じ褐色。

肉体はしなやかで、なおかつ、つくべき所に肉がついていて女性的だ。

外套のせいで判別し辛かったが、胸もかなり大きい。羽澄と同レベルはあるだろう。だが、どこに出しても恥ずかしくないような肉体美を誇るのに、体を隠している理由はいくつかあった。

一つ目は目立つのを防ぐためだ。

国や領主の目が届いている場所は良いが、それ以外では無法地帯な場所もある。

そんなところに肌が露出するような服を着ていけば、たちまち狙われてしまうからだ。

そして、もう一つの理由は彼女自身にあった。

フィロメナは部屋に備え付けの洗面台に行くと、鏡を見てつぶやく。

「こればかりは目立ちすぎるからな。やはり私たちはこういう仕事には向いていないのではないか？」

そう自問する彼女の目線の先にあったのは自分の耳だ。

彼女のそれは一般的な人間と違い長く、先が尖っているような形になっている。

現代で多少なりとも創作物に触れた人間なら知っているだろう、フィロメナはエルフだった。

それも、一般的なエルフとは違うダークエルフという種族にそっくりだった。

「仕方ない、まさか自分の体を傷つけるわけにもいかないしな」

彼女もこの仕事に就くときに目立つ耳を切ってしまおうかとも考えたが、それは本当の戒律に逆らうことになってしまう。

「仕事とはいえ、堂々と嘘をつくのは疲れるな」

そう言いながら、彼女は振り返って外套を見た。

先ほど大吾たちに話した戒律というのは一部に嘘が混じっていたのだ。

例えば自傷は禁じられているが、肌を外に出すことは禁じられていない。

それに加えて山を越えてきたというのも同じように嘘だった。なぜそんな嘘をついたのかと言えば、フィロメナがダークエルフの国から送られてきたスパイだからだ。

「この仕事は私に向いていないと思っていたが、まさか初日で目標に当たるとは幸運だった」

彼女が調査する最重要目標が大吾だった。

彼は人間の国に技術革新をもたらした存在として、ダークエルフの国で警戒されていた。

人間とダークエルフは険悪というわけではないが、かといって仲がいいというわけでもない。

大公の治める国とダークエルフの国は大きく広がる森を挟んで隣同士だ。

隣国の技術力が一気に上がれば警戒するのも無理はない。

そこで送り込まれたのがフィロメナだった。

彼女は元々軍にいたが、今回の件に当たってスパイに仕立て上げられた。

一部隊を率いる指揮官だったので教養があり、偽の素性を演じる度胸もある。

そのため、何人かいた候補の中でも一番優秀だった彼女が選ばれたというわけだ。

人間とは明らかに違う身体特徴があるのでエルフの国にスパイはいなかったが、今回どうしても必要ということで急ぎ命令された。排他的なダークエルフは外界と交流を絶っていたため、どこかにスパイを送り込むなど数百年ぶりのことだ。

「スパイというのは非情でなければならない。その点私は失格だと思うのだがな」

そうつぶやきながらベッドに座り、持っていた小型のナイフを鞘から抜く。

昼間大吾の前で使ったものとは別物で、黒く塗られた上にツヤが消されて闇に溶け込むようになっている。

明らかに真っ当な用途のために作られたものではない、暗殺用の武器だった。

「我が国の脅威になるような技術を持っていれば殺せ……か」

本来の彼女の任務は偵察だったが、大吾の力が予想以上であれば暗殺も視野に入れろという命令だった。そして、実際に彼の技術を目の当たりにしたフィロメナの感想は……。

「既存の製品だけでも我が国の物とは隔絶した出来だ。それに、何に使うのか想像もできないものまである」

いくつもの配管がされた鉄の塊も謎だった。

そして、極めつけはあの近代的な弓だ。

「アレを使えば人間の兵士でも我らと同じように正確な射撃ができる。森の中ではあの重さと大きさが仇となるだろうが、今後改良されないとも限らないな」

ダークエルフの主戦力は弓兵だった。種族の中にも弓の才能を持つ者が多い。

深い森の中を全力疾走することも可能で、これまで地の利を生かせば負けた戦いはなかった。

しかし、技術の差が今より広がれば、人口で劣るダークエルフの国は不利になってしまう。

「この国は最近では拡大戦略を取っていないから良いとしてだ。この技術が他国に広まったら安全は保障できんな」

ここ以外にもこの地域には国がいくつかあり、その中には拡大戦略を取るところもある。

そういった国に技術が渡ってしまうと危険だと考えたのだ。

「ここの工房の技術はどれも高いが、その中でもオオガミの物は別格だ。なんとかしなければ……」

フィロメナは手に持ったナイフを強く握り、表情を硬くする。

彼女の脳裏に、先ほど目にした大吾たちの日常風景が思い起こされてしまったのだ。

「くっ、だから私はこの仕事に向いていないと言ったのだ……」

どこの誰とも知らない相手に優しく接し、興味があると知れば積極的に自分の開発品を見せてくれる。楽観的で、言ってしまえばお人よしだが、フィロメナにとっては好ましかった。

生粋のエルフよりはマシだが、ダークエルフも排他的で、特に余所者には冷たい。

種族的に寿命が長いこともあり、赤の他人から友人となるのに十年以上はかかると言われている。

ましてや結婚などとなれば、優に百年は下らない。

身内になれば一転して情に厚いが、そうなるまでが途方もなく遠いので人間と友好になるのは難しい。

なにせ仲良くなる前に、人間のほうが死んでしまう可能性が高いからだ。

フィロメナの親もそんな典型的なダークエルフだったが、彼女はそれに反発を感じて外と関わる機会が多い軍に入った。

その結果、ダークエルフの中ではかなり社交的な性格となったのだ。

「それが原因でこんな仕事を押し付けられたのだから、喜べないがな。はぁ……どうしたものか」

目標の大吾に接近したは良いが、一気に家内の団欒に巻き込まれて彼らに情を感じてしまった。

出会ったばかりのころなら容赦なく斬れただろうが、今の状態で大吾を手にかけるのは相当な決心が必要だ。

彼女もダークエルフの例にもれず、一度感じた情には厚い性格なのだから。

大吾と直に話して、彼が悪に属するような人間ではないことは十分に分かっている。

彼の家族にも、そんな人間はいないだろう。

羽澄には警戒されていたが、それは大吾を心配しているからというのも理解していた。

「しかし、国の安全とひとりの命では比べようがないか」

一息つくと、そう言ってナイフを鞘に納めた。

正面を見る彼女の目には先ほどまでの迷いはない。

フィロメナは情を断ち切って、大吾を殺す決意をしたのだった。

四話　羽澄との約束

フィロメナと別れた後、俺は自室に戻って軽く今後の予定を考えていた。

彼女のおかげで気分もリフレッシュ出来たので、もう一度部品づくりに取り掛かるつもりだ。

久しぶりに新鮮な反応を見て、どんどん制作意欲が湧いてくる。

やはり、自分は何か作っているときが一番だなと、再確認させてもらった。

その意味で、フィロメナにはもう一度感謝しなければならないだろう。

彼女が帰るときには、いくつか貧弱な施設でも生産可能な製品の設計図でも持たせようかと考える。

だが、それと同時に羽澄の言葉も脳裏に浮かんだ。

「まあ、結局しっかり顔は見せて貰えなかったもんな。怪しく思うのも無理はない」

少なくとも同じ前世で生きてきた大吾は、羽澄の言葉も理解できた。

面と向かった話し合いでも顔を晒さないような相手と、どれだけ親密になれるだろうか。

俺はあまり気にしない性格だったが、それは自分が楽観的だからだということくらいは分かる。

「さて、どうするかな……」

今後フィロメナとどう付き合おうか迷っていると、寝室の扉が開かれた。

そちらへ目を向けると、立っていたのは羽澄だ。

彼女は既に寝間着に着替えていて、そのまま遠慮なく俺のベッドに入ってくる。

「お邪魔します。大吾さん、わたし今日はここで寝ますから」

「いや、いきなり入ってきて何を……いや、別に悪くはないんだがな？」

最初の一言で勘違いさせないよう訂正したが、彼女は遠慮なく毛布に包まってしまう。

家には最近セントラルヒーティングを導入して全室暖房完備したので寝間着でも寒くはないが、俺は何かかけないと安心して眠れないんだ。

「おいおい、独り占めしないでくれよ」

このまま毛布を独占されてはたまらないし、今から予備を取りに行くのは面倒だ。

その結果、俺もベッドに横になって羽澄と毛布争奪戦を繰り広げることになった。

「大人げないですよ大吾さん」

「何とでも言え、大人のプライドより良質な睡眠のほうが大事だ。それに羽澄だってもう子供じゃないだろう？」

そう言ってみるが、羽澄の反応はない。

争奪戦は引き分けに終わり、毛布に仲良く潜り込んでいるところだ。

必然的に体がくっついていてしまっているが、彼女との関係を考えれば今さらだろう。

「大吾さん、フィロメナさんのこと本当に信じてるんですか？」

「……そうか、目的はそれか」

前触れなく急に押しかけて来たので何故だと思ったが、フィロメナの件で話があったらしい。

「そうだな、俺個人としては信頼したいよ」

「ということは、わたしの話も考えてくれたんですね？」

「まあ、客観的に見れば羽澄のような考えになるのも分かる」

羽澄の言うとおり俺の技術に興味を示していたし、特に弓を持ったときの雰囲気はかなり鋭かった。

あの雰囲気は、ただ見聞を広めに来た旅人じゃない気がする。

俺は気配とかそういうものに敏感じゃないが、それでも伝わってくるくらいの圧力だった。

少なくとも、狩猟をするのにあんな気配を出していたら獲物が逃げてしまうのは確かだ。

「助言に従って少し距離を置いてみるよ。だけど、いきなり他人のふりをしろなんて言わないでくれ」

「はい、とりあえずはそれで納得します」

返事をした羽澄の声もだいぶ穏やかだ。

本当に納得してくれたようで何よりだが、俺の夜はまだ終わっていなかったらしい。

羽澄がモゾモゾと動くと、毛布を跳ねのけて覆いかぶさってきたのだ。

「おっ、おい……いきなりどうした」

「本当はもう少し厳しい態度で相手してほしいんですが、我慢する対価です」

彼女はそう言いながら俺にキスを落としてきた。

「はむっ、んぁ、ちゅっ、ちゅるっ」

ベッドに肘をつきながら、俺の頭に手を回してキスしてくる羽澄。

いつもより大胆な行動に俺は翻弄されてしまった。

動揺から回復できない俺を見て、羽澄が笑う。

「まだまだですよ。満足するまで付き合ってもらいますからね？」

「それは歓迎するが、俺が動けないぞ」

「大丈夫です、最初はわたしが気持ちよくしてあげますから」

どうやら彼女のほうはもう、かなり楽しんでいるらしい。

俺の寝間着を脱がしながらキスの雨を降らせ、下も完全に脱がされてしまう。

羽澄のほうも同じように服を脱ぎ、一糸まとわぬ姿になった。

そして、取り出された俺のものを、躊躇することなく一口で咥える。

「むう、れろれろっ……まだ柔らかいですね。お口でガチガチにしてあげます」

この半年で羽澄とも、それなりの回数は体を重ねてきた。

俺の弱点などお見通しだとばかりに、気持ちいいポイントを集中的に責めてくる。

「じゅるるるる、ぺろ、んっ、はふぅ」

唇を締め付けるようにして中を密閉し、その状態で肉棒を吸い上げられる。

根元から引き抜かれるようなバキュームと、それに伴う快感が俺を襲った。

「うっ、くぅ……！」

「えへへ、気持ちいいですか？　中で舌もちゃんと動かしてあげますからね！」

たまらず俺がうめき声を漏らしてしまうと、羽澄はますます楽しそうにこちらを責めてきた。

硬くなってきた肉棒に舌を絡みつかせるように動かし、頭を上下に動かして全体をしごく。

柔らかい頬肉が肉棒に突かれて歪み、俺のものが羽澄の口の中に何度も消えていく。

テレサよりパワフルでララより淫らな奉仕に、俺も興奮を抑えられなかった。

「んぷっ、はぁはぁ……もう口に入らなくなるくらい大きくなっちゃいましたね」

彼女が口内に監禁していた肉棒を開放すると、すっかり限界まで硬くなってしまったそれが現れる。

羽澄も最初からこれを上手く扱えたわけではなく、何度もしていくうちに慣れと経験でできるようになってきたのだ。

処女だった彼女が俺だけを相手にここまで成長してしまって、本当に俺だけのものなんだと思い興奮する。

「テレサさんはともかく、ララにまでこんな凶悪なものを入れちゃうんですよね」

羽澄はそう言いながら、肉棒を手で握ってしごく。

口内とは感覚が違うが、これも彼女のしなやかな指が絡みついてきて気持ちいい。

時折締め付けるように力が強められ、敏感な先端の部分が擦られると腰が引けてしまいそうになる。

「すごくビクビクってしてますけど、もしかしてイっちゃいそうですか？」

「羽澄が序盤から激しくしすぎるからだぞ、もう少し手加減を……うぐっ！」

俺の言葉を肯定と見るや、彼女はすぐに跨ってきた。

いつの間にか向こう側の準備も出来ていたようで、肉棒に触れている秘部は濡れていた。

そして、位置を合わせるとそのままグッと腰を降ろして、濡れた女性器に肉棒を挿入していく。

「くふう、んっ、んあっ！　は、入っちゃいましたぁ」

対面の方向で騎乗位になった羽澄は、俺を見下ろしながら上気した表情で微笑んでいる。

「体重かけてるからか、大吾さんのがわたしの一番奥まで入っちゃってますよ。分かりますか？」

「ああ、根元まで全部羽澄に包まれてるからな……」

そう答えるが、はっきりいってもう余裕がなかった。

さんざん丁寧にフェラと手コキをされて、俺はとっくに限界になってしまっていたからだ。

俺のためにここまで上手くなってくれたのは嬉しいが、一方的に責められると立場がないじゃないか。

だが、羽澄はそんなことお構いなしとばかりに腰を動かし始める。

「今夜はっ、手加減しませんからねっ！　あっ、あっ、んくっ、はぁはぁ！」

手を後ろにつき、腰を跳ねさせるように動いてくる。

もちろん彼女の膣内で、肉棒がこれでもかと責められていた。

まだ入れたばかりだからか、自然な締め付けの快楽であっという間に限界を迎えてしまう。

「羽澄、出るっ、もう出すぞ！」

「うん、きて！　このまま中で絞ってあげるね？」

余裕のない俺に対して、彼女は笑顔を見せてくる。

「んっ、あん！　ギュッて締め付けるから、中に出してっ！」

「あぐっ……うっ！」

言葉どおり膣内が激しく締め付けられ、俺は射精してしまった。

本能的に腰を突き上げながら、羽澄の奥へ奥へと精液をかける。

「熱っ……こんなにいっぱい出して、火傷させるつもりですか？」

未だに絶頂で震える肉棒を咥えこみながら、羽澄が艶っぽい声で告げる。

いつも快活な彼女がこれほど艶めかしい雰囲気を出していると、そのギャップだけでも興奮してしまいそうだ。

「あっ、まだ中でビクッて動いてます。まだやる気なんですね」

「当たり前だろう。今度はこっちの番だから覚悟しておけ」

ちょうど絶頂の余韻も治まるころだった。

まだ精力のほうも十分だし、さっきのお返しをしてやろう。

その気持ちに燃えて、俺の上に跨っている羽澄の腰を掴む。

両手でがっしりと掴まれて彼女は少し驚いたようだが、すぐに合わせるように俺の胸に手を置いた。

「これで逃がさないってことですか？」

「泣いても許してやらないから覚悟するんだな」

お互いに挑発するように言いながら腰を動かし始める。

羽澄は先ほどとは違い、全体を上下に動かしながら俺のものをしごく。

こちらもそれに対抗してベッドの反発力を利用しながら下から突き上げる。

「これ、すごい……体全体が持ち上げられちゃってるみたいですっ！」

一度絶頂したにも関わらず肉棒は全開状態のままだ。

彼女の体ごと持ち上げるつもりで思い切り突き上げている。

当然そのときの勢いも強く、膣内は肉棒でかき回されていた。

そのせいで、先ほど出した精液と愛液のかき混ざるような卑猥な音が部屋に響き、それが俺たちをますます興奮させる。

「はぁはぁ……はぁっ、はぁっ……！」

水音と共に羽澄の息遣いも聞こえてくるが、それがだんだんと荒くなっていることが分かった。

彼女の顔を見てみると口は緩みっぱなしで、目もとろんとしている。

全力で動いているうちに、快楽の濃度がどんどん高まっているらしい。

俺は一度絞り出されてしまったが、羽澄はまだイっていないからな。

「ふぁ……ダ、ダメ……体がどんどん熱くぅ……！」

腰のあたりからどんどん登ってくる快楽の火を抑えられないようだ。

それでも腰を動かすことだけは止めず、代わりにベッドのシーツを強く握って耐える。

その懸命な姿にますます高まってしまった俺は、もっと快楽を与えてやろうと胸に手を伸ばす。

体が激しく揺れるのに合わせて上下に揺れる羽澄の巨乳。

腰の動きを緩める代わりに、その柔肉を思う存分堪能していく。

「……っ！　くっ、はぁん！　胸まで……いっしょにはダメッ！」

すでに全体が火照っている羽澄の体は、何処を触られても気持ちよくなってしまうらしい。

それは好都合とばかりに胸を揉む動きを激しくしていった。

「俺がこのまま放置するとでも思ったか。そんなわけないだろう」

スレンダーなスタイルが嫌いなわけじゃないが、やはり肌を合わせるときは女性の柔らかい体を思う存分楽しみたい。

それに何より、間に挟んで奉仕してもらうこともできるからな。

あれも本番のセックスとは違った快感があって良いものだ。

「なに変なこと考えてるんですか、顔が緩みっぱなしですよ」

上からそんな言葉が降ってくる。

「それだけは羽澄に言われたくないな、鏡を見せてやろうか？」

「やっ、止めてください！　それは絶対ですから……ああんっ！」

羽澄も今自分がどんな顔になってしまっているのか自覚はあるらしく、首を横に振って拒否した。

まあ、こんな蕩けた表情を見せられたら否定のしようがないからな。

しかし、それを行わなくてもこちらには十分精力が余っている。先に音を上げるのは羽澄だ。

「そろそろそっちも限界じゃないか？　中の動きもめちゃくちゃだからな」

少し前まで規則的に締め付けていたものが、今は不規則になって制御できていないのがうかがえる。

羽澄の上げる嬌声も大きくなり、絶頂が近いことがありありと分かった。

「しっかりしろ、ここで倒れられちゃ困るぞ」

俺は揉んでいる乳房の先端を刺激して羽澄の意識をはっきりとさせる。

「ひうっ!?　ひゃいっ、わかったからそこいじめないでっ！」

意識がもうろうとしていた状態からなんとか彼女は覚醒した。

だが、起きたら起きたでそこは快楽地獄だ。

四方八方から気持ちいい信号が送られてきて、脳がパンクしてしまいそうになっているだろう。

「ダメダメッ、それ以上は無理なの！　電気が走ったみたいに体がビリビリしてるから！」

「気持ちいいなら、そのままイケばいいのに」

「そんな……こんな状態でイっちゃったらどうなるか分からないのに！」

これまでで一番大きな絶頂の予感にいつの間にか羽澄の腰の動きも止まってしまっている。

まあ、未知の領域に踏む込むのは勇気がいるからな。

だが、俺だってこのまま終わらせるつもりはない。

どうせなら羽澄も最後まで気持ちよくしてやりたいんだ。

「あっ、くふぅ！　ムリ、もうイっちゃう！」

「とうとう限界か。大丈夫だ、俺がついててやるからな？」

優しく言葉をかけるのとは違い、腰の動きはさらに激しくする。

「も、もう起きてられない……っ！」

今まで耐えていた彼女の腕もガクガクと震えて崩れ落ちる。

そのまま俺の胸元に倒れ込むような形になったが、彼女の腰はしっかりと掴んで逃がさなかった。

まるで湧き水のように次から次へと出てくる愛液を掻き分けながら、奥にある子宮を突き上げる。

腰のあたりはかなり濡れてしまっていたが、それを心配する余裕もない。

ズンズンという重い音が聞こえるような深い腰の動きで、羽澄をイカせる。

「イクッ、イクッ……！　大吾さん、わたしイっちゃうっ！」

そう叫んだ次の瞬間、彼女の体が雷にでも撃たれたかのように痙攣した。

「イク、イっちゃ……イックゥゥウウウ!!」

羽澄は俺の体に縋り付きながら絶頂した。

俺もそれに合わせて彼女の腰を思い切り引き付け、激しく締め付けてくる膣奥に精液を注ぎ込む。

イっている最中も彼女の中は貪欲に精を求めるような動きで肉棒を締め付け、射精を促した。

腰が抜けるような気持ちよさを味わった後で、俺は胸の上に倒れ込んでいる羽澄の頭を撫でる。

最初に触れた瞬間はビクッと驚いたように反応したが、俺の手だと分かると安心したように身を任せてきた。

「もう、死んじゃうかと思いましたよ……」

「そうだな、俺も一度で根こそぎ絞られたみたいな感覚だった」

羽澄の激しい絶頂にひっぱりあげられるように、俺の射精も激しかった。

さすがにこの状態からの連戦は無理そうだ。

大人しく彼女と一緒に横になり、そのまま休む。

「大吾さん、さっきの約束忘れないでくださいね？」

「ああ、ちゃんと覚えてるよ。心配するな」

その言葉を聞いて安心したのか、羽澄は寝息を立て始めた。

俺を心配して来たのに先に寝るとはどうなんだと思いつつ、一緒に眠りにつく。

こうしてフィロメナに対する不安を抱えたまま一日が過ぎるのだった。

五話　襲撃対策

羽澄と約束をした翌日、大吾はいつも通り朝食を取ると作業場に籠った。

どうやら前回失敗した部品を作り直すようだ。

彼が作業場に入るのを見ると、羽澄が他のふたりを呼ぶ。

「テレサさん、ララ、ちょっといいですか！　話があるんです！」

その声に引かれ、ふたりとも手を止めてリビングに集まる。

「ハスミさん、どうしたんですか？　何か深刻そうな顔ですね」

「まずはわたくしたちにも、どういった話なのか聞かせてくださいませ」

羽澄もふたりの言葉に頷き、まずは座ろうと促す。

全員がソファーに座ると、最初に羽澄が切り出した。

「実は、昨日来たフィロメナさんのことで話があるんです」

そう言うと、彼女は自分の考えを話し始めた。

フィロメナの怪しい点を指摘し、その上で大吾がまったく警戒していないことを告げる。

前日に大吾から約束を取り付けた羽澄だが、どうしてもそれだけでは安心できなかったのだ。

この半年で随分異世界にも慣れてきたが、大吾は彼女にとって唯一の同郷だ。

彼を失うということは、自分の半身を失うに等しいことだと考えている。

すでに好意を抱いていることもあり、万が一にも傷つけたくはなかった。

「あまり人を疑うことはしたくないのですが分かりました……そういうことでしたら協力しましょう」

「そうですわね。ダイゴは少し抜けてるところがありますわ、わたくしたちで守ってあげないと」

彼女たちも大吾に好意を寄せているだけあり、話はすんなりと決まった。

だが、いかんせん彼女たちは戦うことに関して全く素人だ。

羽澄は何回か猛獣を追い払ったり駆除したりした経験があるが、相手が人となれば話は違う。

「多分、相手はプロですわよね。ここは同じくプロに話を聞いてはどうでしょう?」

そう言ったのはララで、彼女の言うプロとは護衛たちのことだ。

現在は村に数人交代で待機しており、何かあったら自転車を飛ばして五分以内に駆けつけることになっている。

名目上は姫であるララを守るためであるが、彼らへの命令権はララが持っている。

それに、大吾の作った製品で少なからず恩恵を受けている立場でもあるので助言くらいはしてくれると考えたのだ。

さっそく羽澄たちは護衛を呼び出して、状況を説明する。

「……という訳なんです。何か助言を貰えませんか?」

「なるほど、ダイゴさんが何者かに狙われていると」

羽澄から話を聞き、難しい表情をする護衛たち。

だが、彼らはお互いに顔を合わせると頷いた。

「分かりました。我らの任務はララ殿下の護衛です、この家の中に武器を持って侵入されるのは許しがたい。全面的に協力しましょう」

こうして、ララの護衛たちも加わってフィロメナ対策が組まれることになった。

「まず相手ですが、目に見える武器は作業用のナイフくらいしか持っていませんでしたわ」

「作業用の刃物でも人は害せますが、確実に事を成すには鍛えられた武器のほうが手堅いですね」

ララの言葉に護衛のひとりが意見する。

フィロメナと大吾は偶然会って、そのままこの家へ来た。

その間に武器を隠す余裕もなかっただろうし、彼女の持っていたものに目立つ武器はない。

「そうなると、現地調達するか小型の暗器を隠し持っているか……でしょうか？」

テレサがそう問いかけると護衛も頷き、隣にいた仲間に目配せする。

「では、自分が村の武器を扱っている工房に探りを入れてきます」

目配せされた護衛はそう言って一礼するとさっそく退出した。

「これで武器が買われていれば、相手の狙いがわかります。弓矢なら狙撃を注意し、剣ならば正面からの襲撃を、短剣ならば夜襲を注意しなければなりません」

「なるほど、相手の狙いどころが分かれば警備を集中できますわね」

大吾の外出中や皆が寝静まったころなど、狙いが絞れればその分守りを厚くできる。

その間に彼女たちはそれぞれ罠をしかけることになった。

罠といっても直接相手を害するようなものではない。

ダイゴが作った目に見えないほど細い糸を使い、警報装置をあちこちにしかけるのだ。

こういった細かい作業は護衛たちよりも手先の器用な女性たちのほうが向いており、家の中も熟知しているだけあって設置も早かった。

護衛たちにアドバイスをもらい、分かりにくい場所に仕掛けていく。

ひとたび糸が切れれば大きく鈴が鳴り、侵入者の存在を知らせるだろう。

侵入者もその音が聞こえれば攻撃の続行を諦めるかもしれない。

ちょうどその設置が終わったころ、村に出ていた護衛も情報を持って戻って来た。

「ただいま戻りました。工房や商店に聞いて回りましたが、褐色肌の女が武器になりそうなものを買ったことはないそうです」

「ご苦労、これでほぼ絞り込めますわね」

ララの言葉に他の護衛たちも頷く。

「持っているとすればほぼ間違いなく相手の武器は小型で、方法は夜間に侵入しての暗殺でしょう」

これによって方針は決まり、女性たちと護衛は交代で夜の警備につくことになった。

特に戦闘力のないテレサとララは、罠の警戒に務めてもらう。

直接侵入者と対峙するのは羽澄や護衛たちだ。

さっそくその日の夜から警戒網を敷いていき、大吾の護衛を開始した。

何人かで交代しつつ休憩を取り、一時も警戒を緩めない。

家の中はいつになく緊張した雰囲気に包まれていた。

もちろん狙われている当の本人は知る由もなく、日中は毎日作業場に籠って作業をしていた。

大吾も女性陣の様子が少しおかしいことに気づいたようだったが、そのピリピリした雰囲気に口出しできなかったようだ。

一対一ならば話も出来ただろうが、団結した女性たちに口出しをするほど蛮勇はない。

作業場は防音対策で窓もなく壁も厚いので、この家で最も安全な場所なのだ。

羽澄たちは出入り口を警戒しつつ、夜に向けて体を休める。

そんな生活が数日続いたある日、事態が急変した。

時間は日付が変わってしばらく経ったころ、屋敷に仕掛けてあった罠の一つが作動したのだ。

静かな屋敷の夜に鈴の高い音が響き渡っていく。

「つっ、ついに来ましたわ！」

ちょうどそのとき警戒していたララが鐘の音に体を強張らせる。

だが、彼女は自分の使命を思い出すと、すぐに待機しているはずの羽澄たちの元へ向かった。

そして、待機室の扉を開けると今まさに出ていこうとする彼女と護衛に会う。

「五番の罠が鳴りましたわ！」

「ありがとうララ、さっそく向かうね」

そう言うと羽澄は全速力で飛び出していき、護衛もその後に続くのだった。

六話　真夜中の襲撃

俺はいつも通り新製品の部品生産を終えてベッドに入った。

ほとんど普段と変わらなかったが、唯一気になるのが羽澄たちのことだ。

彼女たちから少しいつもと違う感じがした。

何というか、羽澄に俺と出会ったばかりのころのようなピリピリとした雰囲気があるのだ。

彼女は異世界に来てから、しばらくサバイバル生活を余儀なくされていた。

その中で鋭い感覚を身につけることになってしまったようで、猛獣も相手にできる魔法も持っている。

この家の中では、随一の実力者と言ってよいだろう。

そんな彼女が鋭い雰囲気を出しているのだから心配にもなる。

だが、俺が何度問いかけても、何でもないとはぐらかされてしまうのだ。

俺も根掘り葉掘り聞くつもりはないので微妙な雰囲気が続いている。

心配に思いつつも、あまり口出しできる雰囲気ではないので、事が無事に終わるよう祈るしかない。

そんなふうに考えてまどろんでいたところ、カチャリと窓の開く音で目が覚めた。

「いったい何だ……」

そう言って目を擦ったところで、目の前に人影がいるのが見えた。

一瞬テレサたちのうちの誰かかと思ったが、彼女たちが窓から入って来る理由がない。それにここは二階で、外壁にそれほど足掛かりになるような場所はないはずだ。

そう考えていくにつれ、俺は不安に駆られて急激に目が覚めていく。

視界がしっかりしてくると、やはり家の三人には該当しないことが分かった。

目の前の人間は褐色肌で、見覚えがあったからだ。

「まさか、フィロメナさん？　こんな夜中に何の用ですか？」

突然のことで驚く俺に彼女は近づいてくる。

「ああ、驚かせてしまったか、すまない。本当なら寝ている間に済ませたかったのだがな」

そう言う彼女はいつものように外套を着ていたが、フードだけは外していた。

そのおかげで彼女の顔の全貌が分かる。

予想通りかなりの美人だったが、注目したのは顔ではない。

同じくフードによって隠されていた人間より長い耳だ。

それが妙に生々しくて、作り物ではないことが一目でわかった。

「フィロメナさん、その耳は……」

「ああ、これが私の正体だよ。どうやら異種族を見るのは初めてのようだね、ダークエルフというんだ」

「え、ええ……これまで全く話に出てきませんでしたから」

俺は混乱すると同時に興奮していた。

まさかこんなところでファンタジーの代名詞のような存在に出会えるとは。

確かに俺は技術系の情報を集めることに力を割いていたので、そういったことは全て認識の外だったからだ。

羽澄の話には地球にいなかった不思議な獣が何体も現れるし、確かに人間以外の種族がいても不思議はなかった。

だが、驚くと同時に疑問も感じる。

「どうして今ここで？　もしかして、羽澄たちに知られたくなかったとか？」

「それもあるな。だが、一番の目的は君だよ。オオガミ」

そう言うと彼女は、俺のほうまで近づいてくる。

片手は俺の肩に置き、もう片方の手で何かを握りこんだ。

そして心の底から辛そうな表情をすると、そのまま俺に告げた。

「こんな形になって申し訳ない。だが君の技術は危険なんだ」

その瞬間、俺は初めて明確な命の危機を感じたが、すでに遅かった。

フィロメナの右手に握られている、ツヤの消されたナイフが一瞬で俺に迫ってくる。

避けようにも止めようにも寝起きの体は動かず、ただナイフの切っ先が迫るのを見ているしかない。

光を反射しないその刃はまるで死神の鎌のようで、寸分の狂いもなく俺の心臓に向かっている。

何もできないままナイフに貫かれそうになった瞬間、今度は蹴破られるような勢いで扉が開いた。

「大吾さんから離れろっ！」

そう言いながら入ってきたのは羽澄だった。その大きな音でフィロメナの手が一瞬止まる。

羽澄はそれを見逃さず、自分の目を手で覆うと魔法を使った。

次の瞬間、目が焼かれるかと思うほど強い光が一瞬広がる。

「ぐっ、目が……！」

これにはフィロメナも耐えられず、数歩後ずさりしているのが分かる。

だが、突然の閃光の効果を受けたのは俺も同じだった。

思わずベッドに再び倒れて悶えてしまう。

「目が、目が潰れる」

俺がそんなふうにベッドの上で転がっている間にも事態は動いているようだ。

すぐに騒がしい音が聞こえてくる。

「絶対大吾さんは傷つけさせないんだから！」

「ちっ、なんだこれは!?」

普段からは想像できないほど獰猛な声を上げる羽澄と、苦悶の声を漏らすフィロメナ。

どうやら羽澄が魔法を使っているようで、ガンガンと何かが壁に当たる音が聞こえる。

初めて見る攻撃にフィロメナも一瞬驚いたようだが、広いとはいえ閉鎖空間の室内で的確に攻撃を避けていた。

現状は羽澄が怒りに任せて攻めているようだが、フィロメナのほうは冷静だ。

どうやらかなりの修羅場をくぐってきているようで、初めて見る魔法にも対処してしまっている。

こうなると彼女の視界が完全に回復してしまうと危ない。

「面妖な攻撃だが、動きは読めるぞ……！」

見切ったとばかりに彼女はそう言う。

フィロメナがすでに殺しをする覚悟を決めていたことは、先ほどのやり取りで嫌というほど味わった。いよいよ危ないと思った俺は、瞬時に枕の下に手を突っ込んであるものを取り出した。

だが、まだ視界が回復しておらず狙いが定められない。

そんなとき、羽澄の後ろからどたどたと足音が聞こえた。

入ってきたのはララの護衛たちで、一瞬で事態を判断するなり羽澄に加勢する。

「賊め、もう好きにはさせんぞ！」

「この動き……訓練された兵士だと？　なぜこんなところに!?」

ララの護衛を任されるだけあって彼らの腕は一流だ。

だが、それでも圧倒されずに防戦しているあたり、フィロメナの腕の良さがうかがえる。

しかし、これで彼女の意識は完全に前方へ向けられた。

チャンスだと思った俺は回復した視界を頼りに、彼女の背中へ持っているものを突き出す。

「なっ、オオガミか……！」

「ええ、これで終わりです」

クワガタムシのアゴのような形になっている先端を押し付けながら手元のスイッチを押す。

すると、フィロメナの体がビクッと痙攣してその場で崩れ落ちた。

それでも彼女は立ち上がろうとするが、その隙を見逃す護衛たちではない。

瞬く間にフィロメナを拘束してしまった。

「オオガミ、お前なにをしたんだ……？」

彼女は何が起こったのか分からないという表情だ。

「スタンガン……と言っても分からないですよね。電気の力で相手を痺れさせるんです。一応自分で使って安全は確認してありますよ」

あまり威力を上げるのが怖くて痺れる程度だが、それでも一時的に人の動きを止めるには十分だ。

彼女の体はまだ痺れているようで、思うように動かせないらしい。

「私としたことが、とんだ隙を晒してしまったな」

そう言って苦笑するフィロメナ。

確かに手練れの彼女にしては考えられないミスだが、羽澄の魔法のインパクトが強かったのだろう。

「何にせよ、今のフィロメナさんは俺たちの捕虜です。いろいろと聞かせてもらいますよ」

俺は彼女の正面に回ってそう言う。

誰の命令なのか、どんな狙いがあるのか、これからも狙われ続けるのか。

聞きたいことは山ほどあるんだ。

「それを私が答えると思うのか？」

「答えてもらいますよ、俺なりの方法で聞き出します」

いつになく真剣な表情でそう告げる。

俺はもちろん、この家にいる人間や村の人も危険になりかねない。

こうして俺の尋問が始まるのだった。

七話　フィロメナにお仕置き

俺たちは先ほどの攻防でめちゃくちゃになってしまった俺の部屋から、被害の無い客室に場所を移した。

フィロメナは両手を頭の上でしっかり拘束され、抜け出せないようになっている。

護衛に聞くとエルフも腕力は人間とそう変わらないというので、ひとまず逃亡されることはないだろう。

彼女はそのまま部屋の中央にある机の上に倒された。

そして縛っている縄に別の縄を結び、それを机の脚に縛って繋ぎとめる。

「これでまずは大丈夫でしょう。ここから先はふたりきりにしてもらえませんか？」

「ダメです。何があるか分かりません」

「我々もあまり賛成しませんよ」

俺の願いに羽澄は反射的に反対した。護衛の兵士も同じように言ったが、俺は重ねて頼んだ。

「お願いします。何かあればこれで自衛できますし、いざというときは声を上げますから」

そう言って先ほども使ったスタンガンを取り出す。

それをバチバチと鳴らして見せると護衛たちも引き下がった。

羽澄はまだ納得していないようだったが、テレサやララに俺の無事を伝えてくれと頼むと、仕方なさそうにうなずいてくれた。

こうして彼女たちが退室し、部屋には俺と拘束されたフィロメナだけになる。

「良いのか、まだ全身を拘束したわけじゃないだろう？」

そう言って彼女がしなやかな足を動かして見せる。

スラッと伸びているがしっかり筋肉がついているようで、蹴られたら痛そうだ。

「そうだな、でも大丈夫。今度暴れたら威力の上げたこれで痺れてもらうよ」

手に持っているスタンガンを見せながら言う。

さすがにもう敬語も止めだ。命を狙ってきた相手に敬意は払えない。

フィロメナはスタンガンを見せられて顔を背けた。

ララの護衛たちと渡り合うほどの腕を持つ彼女でも、これには耐えられないらしい。

実を言うとこのスタンガン、まだバッテリーの性能がイマイチなので相手を失神させるような高威力には出来ないのだ。

あまり暴れてくれないほうがこちらとしても助かる。

「それじゃ、理解してくれたところで尋問を始めようか」

俺は情報を書きとめるための紙とシャープペンを取り出す。

「フィロメナ、お前に命令したのはダークエルフの国だな？」

「いいや、これは私の個人的な行動だ。この村に見学に来たのは本当だが、お前の技術を見て気が変わった」

フィロメナは俺をまっすぐ見つめながら続ける。

「オオガミ、お前は先に進んだものを作り過ぎる。圧倒的な技術格差は争いを生むぞ」

「俺の生産品が戦争の原因になると？　まあ、あり得ないとは言い切れないけどな」

地球では古今東西あらゆることを原因に戦争が起きてきた。

だが、今のところ俺が世に出しているもの程度で、争いを起こすとは思えない。

「水道も建築も既存の材料を使ってるんだ、すぐに知れ渡るはずだろう」

人の口に戸は立てられぬ、という。

望もうが望むまいが、結局は国外にも出て行ってあちこちに広まっていくだろう。

「確かにそうかもしれない。だが、私が作業場で見たアレは何だ？　これまで見たことがない異様さだった」

「アレか、まあ確かに異様と言えばそうかもしれないな」

彼女が俺の作業場で見た物はとある機械の推進装置、それの一部分だ。

だが、フィロメナはそれだけでも何かがおかしいと感じたらしい。

「あんなものの存在が知れれば、いかにこの国の元首とて黙ってはいないだろう」

「そうかな？　大公様とは仲良くやっているよ」

少し前も原付をプレゼントしたら、喜んでくれた。

今は宮殿の中で使っているらしいが、今度は、馬代わりに使うのにもっと大きなものが欲しいと言っているらしい。

俺としても、新しいものを作るのは楽しいので喜んで挑戦するつもりだ。

「ふん、それが仮初《かりそめ》の友好関係でなければいいがな」

「まあ好きに思っておけばいい。話を戻してフィロメナの所属している国について話してもらおうかな」

「断ると言っているだろう？　例え痛めつけられても話すことはない」

そう言って彼女は憮然とした態度をとる。

「俺も人を、それも知り合いの女の人を痛めつけるなんてできないよ」

「ずいぶんと優しいことだな」

「そう、優しいだけじゃダメだと思ってね。別の方法で話を聞かせてもらうことにする。まずはお仕置きだな」

自分がどれだけ悪いことをしたのか、彼女の体に教え込ませてやる。

俺はこの部屋に来る前、自分の部屋から持ち出してきた錠剤を取り出す。それをフィロメナに飲ませた。

当然彼女も抵抗したが、飲まないなら直接投与すると言って注射器を見せると渋々飲み込んだ。

こっちとしても慣れないことをしたくなかったのでありがたい。

ちなみに医療器具もいくつか作ったことはあるが、自分に医療知識がないので倉庫の肥やしになっている。

「んぐっ……で、これは何なんだ？　自白を強要させる薬か？」

「いいや、ただの軽い栄養剤だよ。副作用として発情効果があるけどね」

「発情だと……げほげほっ！　な、なんてものを飲ませるんだ！」

フィロメナは顔を赤くして俺を睨み付けてきた。

「やっぱり本人の口から本当のことを聞くのが一番いいと思ってな。協力的になってくれるにはどうすれば良いか考えたんだ」

そこで思い出したのがこの薬だ。

食べ物は基本的に調理スキルでしか作れないが、薬は医療品扱いなので生産スキルのリストに入っていた。

そこで特徴的な副作用を見つけて遊び心から生産してみたのだ。

最初の服飾のときのモデルのラインナップといい、この薬の副作用といい、やはりこの能力を作った神様は少し俗っぽいと思う。

「で、そろそろいいんじゃないか？　効果が出ている頃だろうしな」

俺の生産品の例にもれず、薬も効きが良い。見るとフィロメナは怒りとは別に顔を赤くし、呼吸が少し荒くなっている。

そんな彼女に近づき、俺は迷わず胸に触れた。

「……ッ！　はぁっ、くっ！」

十分に大きな巨乳がゆがみ、俺の指が沈み込んでいく。

しかし彼女は抵抗しない。どうやら快感を抑えるので精一杯のようだ。

「我慢するのを止めて、その分の力を抵抗するのに使えば逃げられるかもしれないぞ？」

「だ、黙って……いろ……」

フィロメナは自分を縛っている縄を握りしめ愛撫に耐えている。

だが、苦悶の表情だった顔はどんどん火照ってしまう。

「わ、私がこの程度のことで……！」

気合いを入れ直すようにそう言うが、彼女が限界に近いのは傍からいても明らかだった。

「そうムキになるな、今楽にしてやるからな」

愛撫を一旦止め、空いた手を下半身に持っていく。

これまでの責めで完全に薬が回った体は蕩けていた。

先ほどは軽やかなステップを踏んで戦っていた足はだらしなく開き、俺に秘部を晒している。

「うっ、あぅ……み、見るなっ」

フィロメナは足を閉じようとするのだが、うまく力が入らず思うようには出来ないようだ。

「綺麗じゃないか。濡らしているから下着の上からも透けているがな」

今の愛撫でだいぶ感じてしまったのか、彼女の中からは蜜があふれ出ていた。

栓をするものがないので、漏れ出てしまったそれは下着を濡らして使い物にならなくしてしまっている。

「もうこれは邪魔だから要らないな」

「止めろ、脱がすなっ！　くっ、ぅぅ……」

言葉で抵抗しても、今の彼女に実力行使するだけの力はない。

それに、素の状態では圧倒されてしまう相手を好きにできるというのは気分も良い。

フィロメナを虜にして情報を出させるのが目的だったが、夢中になってしまいそうだ。

俺はそのままの勢いで彼女を全裸にすると、閉じようとしていた足を開かせる。

「オオガミ、今のお前はまるで別人のようだ。初めて会ったときは好青年だと思ったが、私の間違いだったようだな」

俺に体を余すところなく見られ、顔を真っ赤にしながらフィロメナが言う。

「命を狙われた相手に心から優しくできるのは、聖人かよっぽどの阿呆だと思うぞ。それでも、俺は今でもフィロメナが嫌いじゃないけど」

「なに……？」

「だから、情報を話して俺の味方になってくれれば、元の関係に戻れると思うんだ」

そう言いながら、俺は彼女の秘部に自分のものを押し当てる。

「……いや、これからもう一段上の関係になるかな」

「何をバカなことを言って……ぐうっ!?　あっ、ひっ、あぁ……！」

俺は躊躇することなく腰を前に進め、フィロメナを貫く。

同時に結合部から薄く血が流れているのを見て、彼女の純潔も奪ったことを悟った。

「フィロメナ、初めてだったんだな」

「グスッ、うっ、うぅ……当たり前だろう、エルフ種の貞操は軽くないんだ」

悔しさを滲ませるような声で答える。

「それならもうフィロメナに命を狙われたことは忘れるよ。エルフの長い一生に一度のものを貰ってしまったからな」

「な、ならもう抜け！　私もここであったことは忘れる……」

必死に体の興奮を無視するように、冷静な声音で彼女は言った。

「なに言ってるんだ？　俺は止めるとは一言も言っていないぞ」

「あっ、やめっ……中で動かすなぁ！　ひっ、あん！」

俺は抵抗できないフィロメナの腰を引き寄せ、そこに向かって突き出していく。

机の高さが俺の腰の高さと合っているのでちょうどいい。

スムーズに腰が動かせるので、つい動きを速くしてしまう。

「止めろっ、こんなに速くはダメだっ！」

俺を制止しようとする言葉の中にも甘い声が混じり始めている。

責められるたびにどんどん気持ちよくなってしまうようで、あからさまな嬌声も聞こえ始めた。

「フィロメナ、今自分がどんなふうに喋ってるのか分かるか？」

「何を言っている……」

「分からないなら、後の楽しみが増えるだけだ」

俺は意味深な言葉を残して責めを続ける。

今の質問を忘れてしまうほどの快感を与えてやるためだった。

「まっ、また激しく！　待ってくれ、これ以上は壊れてしまう！」

ついに制止するのではなく、俺に願うように停止を求めてきた。自分の立場が下であることを認め始めた証だ。

「頼むから、少しだけ休憩を……」

「ダメだ、このまま一度絶頂するまで続けるぞ」

俺の無慈悲な答えに、フィロメナが目を丸くした。

「待ってくれ！　こんな、薬を盛られた状態で絶頂など……」

「ほう、それは普通の絶頂を知ってるということか。まあ、多少は自分で慰めることもあるだろうからな」

思わぬところで恥ずかしい言葉責めを食らい、悔しそうな表情をしている。

そんな彼女の表情を見ている間に、俺も興奮が高まってきた。

「止めてくれ、本当にこれ以上はダメなんだ。許してくれ……」

机の上を這いずって逃げようとするフィロメナ。

だが、俺はその腰をがっしりと掴んで引き寄せた。

もちろん俺のものを最奥まで突き込み、子宮口を突き解す。

「いっ!?」

その快感で彼女は体を震わせ、弱々しく首を横に振る。

「ダメッ、本当にダメなんだ……!」

絶頂寸前の膣は俺のものを奥まで咥え込んで放さない。

フィロメナがイクまであと少しだと悟った俺は、あるものを取り出して彼女の頭の近くへ置いた。

だが、快楽で意識をかき乱されたせいか、向こうは気づいていないようだ。

「さあ、このままイカせてやる」

準備を終えると俺は再び腰を動かし始める。

散々快感の味を覚えさせられた彼女の中は、俺の動きに敏感に反応した。

軽く腰を前後させるだけでも中が締め付けてくる。

これまで誰にも使われなかっただけに、体のほうはこの瞬間を待っていたのかもしれない。

ようやく見つけた相手を逃がさないという意志が伝わってくるような積極的な動きだ。

「フィロメナの中も気持ちいいぞ。今まで誰も言い寄らなかったのか？　ダークエルフの男っていうのは枯れてるみたいだな」

「私たちは人間とは違う……んっ、はぁあぁんっ！」

「でも、今は俺にイカされそうになっているだろう？　こっち側に来ればもっと良いことができるぞ」

「そんな誘いには、乗らない……！」

なおも強情な部分を残している彼女は俺の提案を拒否する。

だが、心は屈しなくても体は快感に敗北する寸前だ。

まずはこっちのほうが先に堕ちてしまいそうだな。

俺は彼女が万が一にも逃げないように体を机に押し付けると、一層激しく責め始める。

「ああっ！　もう無理、おかしくなるっ！　こんなに耐えられないっ」

ギシギシと拘束している縄に力を込めるフィロメナ。

こみ上げてくる絶頂を抑えきれないようだった。

「イクッ、イってしまう！　こんな状況で……あっ、ひいっ、イックゥゥ!!」

彼女が絶頂した瞬間、俺もこみ上げてきたものを膣内で吐き出す。

ギュウギュウと締め付けてくるフィロメナに搾り取られるように射精してしまった。

「ひっ……熱いの、これっ！　ダメッ、中で出さないでぇ！」

絶頂の呆けた表情から中出しされたことで慌てた様子になるフィロメナ。

だが、俺がまだ終わってないとばかりに腰を押し付けると嬌声を上げる。

「無理だ、もうこれ以上入らない。胎の中が破裂してしまう……」

容赦のない責めに、とうとう涙目になってしまった。

それを見てようやく俺も体を離した。

絶頂を越えて全身から力が抜け、足もだらしなく開き切ってしまっている。

秘部からは中に収め切れなかった白濁液が漏れ出ていた。

「はぁはぁ……もう、許してくれ……」

まったく太刀打ちできずに俺にイカされ、精まで注がれたフィロメナは疲れ切った表情だった。

これだけ思い知らせれば、二度と命を狙うような真似はしないだろう。

だが、これはまだ彼女の屈服させる行程の前半だ。

今度はフィロメナのほうから俺を求めるまでにしてやらないとな。

俺はそう考ながら、彼女の拘束を解き始めるのだった。

八話　フィロメナ陥落

俺はお仕置きを終えた後、フィロメナを縛っている縄を解く。

あまり傷が付かないよう柔らかいものを選んだはずだったが、かなり力が入ったらしく手首が少し赤くなってしまっている。

これは拘束優先だったから仕方ないな。

「オオガミ、これ以上私に何をする気だ……？」

そのまま彼女を抱き起そうとすると声をかけられる。

下を向くとフィロメナがこっちを見ている。

まだ少しだけ涙目だが、その視線はしっかりとこっちに向けられていた。

絶頂の波が収まり、中出しされたショックからも立ちなおったようだ。

「もう復活か、さすがだな」

「褒められることではない。お前も自分の行動を振り返ったらどうだ？」

「俺は自分でけじめを付けてるだけだ。ここには裁判所もないからな」

この周辺は生活インフラこそかなり整ってきているが、司法的な部分はほとんど発展していない。

殺人など大きなことは村長が裁定に出るが、ほとんどが村人の自主裁量で決められている。

まあ、ここにはお姫様と強力な護衛がいるからな。

それを知っている奴は、大事を起こそうとは思わないのだろう。

「一応これで俺を襲ったことについてはチャラにしよう。だがまだ問題が残っている。俺を狙う奴らがいるってことだ」

ここでフィロメナを止められても、新しい刺客が送られてくる可能性が高い。

そうなる前に元を立たなければならないだろう。

「これからが一番重要なことだ。誰に指示されたのか教えてくれフィロメナ」

「それは、言えない……」

彼女個人との間に問題が解消したことは強調したが、どうやらフィロメナを縛るものはかなり強いらしい。

そうなると対象もかなり限られてくる。例えば国の上層部とかだ。

ララの護衛と渡り合ったところを見るに、フィロメナは軍かそれに準ずる組織の出身だろう。

潜入などの特殊な任務は通常の命令系統から外れて上層部から直接下ることがあるしな。

「何に仕えているにせよ見上げた忠誠心だな。それほどの恩があるのか？」

「お前には関係ないし、裏切る気もない」

「強情だな……まあ、そこまで嫌がるということはやはり国の上層部か」

何よりダークエルフは排他的な性格らしいし、スパイを自国の人間以外に任せるはずもない。

流浪のダークエルフが別の種族に雇われたという考えもあるが、それはフィロメナの性格からいってないだろう。

「……間違っていたらどうする。戦争が始まるぞ？」

「心配するな、どのみち戦いが起こるような方法は取らない。ダークエルフがよっぽどの蛮族じゃなければな」

俺はそう言ってフィロメナを立たせ、そのまま近くのベッドへ連れていった。

彼女も抵抗はせず、言われたままにベッドへ横になる。

「やっぱり綺麗だよ、フィロメナは。最初から打算抜きでいい関係を築ければ良かったんだけどな」

ベッドの脇に立って相手を見下ろし、そうつぶやく。

全体的に引き締まった体は見ていてかっこ良さを感じるが、実際に抱いてみると女性的な柔らかさも十分感じるのはさっきの行為で分かっている。

俺はそのままベッドに上がり、彼女の上に覆いかぶさった。

「オ、オオガミ……お前、まだする気なのか？」

俺に顔を近づけられた彼女は、頬を赤くしながら問いかけてくる。

「この家に何人女がいると思ってるんだ？　少なくとも、彼女たちを満足させるだけの力はある」

そう言うとフィロメナも二、三回では終わらないことを悟ったらしい。

少し焦りを強くしつつ言葉をかけてくる。

「だからといって、何もひとりに全力を出さなくていいだろう！」

そんな彼女に聞こえるように、しっかりした声で言ってやる。

「はっきり言って、俺はお前が欲しいんだ。だから首を縦に振るまで続けるぞ」

「な、なにを言っている……」

「今回の件で命を狙われる危険は十分実感した、だからフィロメナのような人材が欲しい。そしてこれが一番重要だが、お前なら信頼できそうだしな」

そう長い時間一緒にいた訳ではないが、彼女の性格は良く分かった。

もし好意を持ってもらえたら、それは種族的な特性も合わせてこの上ない信頼になるだろう。

「無理にとは言わないが、これからどれだけお前が欲しいと思ってるか味わわせてやるからな」

そう聞かせると彼女の体が一瞬ゾクッと震えた。

「オオガミ、私の気持ちはそう軽くないぞ。だが今は囚われの身だ、好きにするといい」

「そうさせてもらうよ。じゃあせめて楽しんでくれ」

即刻拒否されなかったところを見るに、彼女も俺を憎んでいる訳ではないようだ。

それなら話が早い。全力で可愛がってこっちの希望に応えてもらうとしよう。

俺は彼女の体に手を回すと、その場で回転させる。

これで仰向けからうつ伏せの状態になったが、そこからさらに腰を掴んで持ち上げた。

するとフィロメナも自分から腕を立てて四つん這いの体勢になってくれる。

「へえ、ずいぶん積極的じゃないか」

「尻だけ上げた格好など恥ずかし過ぎるからだ。こっちのほうがまだ我慢できる」

「でも俺はフィロメナのほうから動いてくれただけでも嬉しいよ」

体勢が整ったなら、あとやることは一つ。

幸い彼女の膣内は先ほどの余韻で濡れている。

秘部に肉棒を押し当てると、そのまま徐々に腰を沈めていく。

「くうっ、あっ！　また、広げられてる……」

先ほどよりも勢いは抑えめにしたが、フィロメナからは少し苦しそうな声が聞こえた。

一度挿入したとはいえ、まだ処女を失ったばかりだから仕方ない。

俺のものに彼女の体が慣れてくるのを待つように、ゆっくり体を動かしていった。

「はぁ、はぁ……もっと激しく動かさないのか？」

そんなこっちの動きに不審なところを感じたのか、彼女はそう問いかけてくる。

「フィロメナの体が慣れてからでも遅くないだろう？」

「私は別に気を使って貰わなくても良いのだが……」

「どうした、まさか痛いのが気持ちいいのか？　そういうのが性癖の奴もいるらしいが……」

その場合は俺も聞いたことくらいしかないので、どうしたら良いか分からない。

「そんな性癖は持っていない！　あれだけイカされて、気持ちよくないわけがないだろう！」

彼女は反射的にそう言うが、すぐ後で自分が何を言ったのか認識して急激に顔を赤くした。

「あっ、いや、これはその……だな……」

挿入された状態でアワアワと慌てる彼女を見て少しおかしく思いつつ、それを打ち消すようにさらに奥へと腰を進める。

「フィロメナはたまに抜けているところがあるよな。捕まったのも俺の存在を忘れてたからだし」

普段はクールな美女といった感じだが、やはり人間少しは弱点があったほうが可愛げがある。

完璧超人など、例え味方でも気軽に相手したくないしな。

「くっ、二度と油断するか……あんっ、んんっ！」

「言ったそばから可愛い声が漏れてるぞ」

「こつ、これは仕方ないんだ……そんなに奥まで突くから……！」

俺は徐々に腰の動きを大きくしていき、今は膣奥まで刺激している。

前回は最後に少し刺激しただけだったが、今は最初からガンガン開発するつもりだった。

彼女の尻に俺の腰を押し付けるようにすると、肉棒の先端が一番奥まで到達する。

ゆっくり腰を動かして、徐々に刺激に慣れさせていくのだ。

「やっ、奥ばっかりぃ」

「ここでも気持ちよくなってもらうからな。力を抜いてしっかり感じろ」

押し付けたままの腰を動かし、奥を集中的に刺激していく。

するとフィロメナも感じ始めたのか蜜がどんどんあふれ出てきた。

「はぁっ、はぁっ、はぁっ！　本当に、しつこいな……！」

呼吸も荒くなってきており、興奮しているのがうかがえる。

奥のほうでもだいぶ感じているということだ。

「そろそろ全体的に良くなってきたな、それじゃあ動かし始めるか」

「動かすって、今も動かしてるじゃないか……ッ！　んっ！」

顔は赤くなっているが、まだ意識はしっかり保っている様子のフィロメナ。

さすがに肉体面だけじゃなく精神面も鍛えられているな。さっきはあれだけ乱れていたのに、もう耐性ができたか。

だが、俺だってここまでは前戯みたいなものだ。

「確かにこれまでも動いていたが、ここからは本気で犯しにいくからな」

「お、犯すって……」

不穏な言葉の響きに声が震え始めるフィロメナ。

さっきの光景が頭をよぎっているんだろうな。

「私は……私はもうあのような醜態は晒さないぞ」

「それなら頑張れよ、俺も手加減せず全力で可愛がってやるからな」

そう言うと俺は勢いよく腰を動かし始める。

それまで慣らすような優しい動きとは違う、相手を犯すための激しい動きだ。

とうぜんピストンの強さも変わり、彼女の受ける刺激も段違いに大きくなっていく。

「ひあっ！　んっ、ふぅ！　ダメだ、声が……」

フィロメナも頑張って抑えようとしているらしいが、それでも耐え切れず声を出してしまうくらい気持ちいいらしい。

俺は続けて腰を動かしながらも、まだ次の手を用意していた。

「さて、それじゃあこっちにも取り掛かるか」

そう言って手を伸ばしたのは彼女の豊満な胸だ。

まるで大玉のメロンのようによく実ったそれは、男なら誰でも目を引かれてしまうほどのものだった。

こんなに重たいものをぶら下げてなおあの腕前なのだから、ウェイトがなくなればさらに強くなるだろう。

まあ、俺はそんなことを許さないがな。これをなくすなんてとんでもない。

「うっ、また胸を……お前はよほど大きな胸が好きらしいな。家にいる女たちも並み以上に大きかった」

「大は小を兼ねるって言葉もあるしな。楽しみは多いほうが良い」

平坦な胸が嫌いという訳ではないが、やはり巨乳のほうが好きだった。

「私にも胸を使って奉仕させる気なのか？」

「フィロメナがしてくれるなら是非してほしいが、今は俺が可愛がっている番だからな」

俺は彼女の胸を下から揉んで楽しむと、今度はその先端を弄る。

「うっ、そこは止めてくれ、敏感なんだ！」

「そういうことなら尚更刺激してやらないとダメじゃないか。ほら、どんどん硬くなってきているぞ」

彼女の体は愛撫に対してすぐに反応してきた。

弄る度に先端が硬くなって、フィロメナの呼吸も熱くなっていくのが分かる。

同時に俺のものを包む膣内も触発されたかのように動きを活発にしていた。

「こっちも締まってきたな……どうだ、全身が気持ちよくなってきただろう」

「そんなこと聞かずともお前なら分かっているだろうに、なぜわざわざ……」

いい加減にしてくれと言わんばかりの彼女に俺は囁く。

「フィロメナの口から直に聞くのがいいんじゃないか。ほら、聞かせてくれよ」

俺はそう言いながら一旦、手や腰の動きを止める。

彼女が素直に白状しない限り、これらがまた動くことはないだろう。

「ううっ、卑怯者……」

フィロメナは振り返ると俺を睨むが、それだけで物事が解決したら苦労はない。

俺が動かないことを悟ると、彼女は諦めたように話し始める。

「む、胸もアソコも弄られて気持ちよくなってしまっている。だから……早く再開してくれ、また私を犯してほしい」

「分かった、望み通り気持ちよくしていくからな」

興奮している勢いもあっただろうが、ここまで言われると良い気分だ。

彼女の期待に応えようと責めを再開していく。

今度は途中で止めるようなことはせず、限界まで突き進むように全力だ。

「はうっ、んっ……私の体がどんどん変わってしまう、もう戻れないんだな」

彼女は何かを悟ったようにそう言うと、俺のほうを見た。

「お願いだ、もう戻れないのならいっそお前の物にしてくれ。責任はとってくれるだろう？」

それを言われた時点でもうフィロメナが堕ちるのは確定していた。

彼女が俺を受け入れたことを喜びつつ、希望通りさらに動きを激しくしていく。

腰はもちろん、手を使った愛撫も同様だ。

胸だけではなく、彼女の秘部のほうにも手を伸ばすとそのまま陰核を刺激する。

それに触れた瞬間にフィロメナの体が大きく跳ねるように動いたから、かなりの刺激だったんだろう。

「おっ、お前……どこをさわってるんだっ！」

「気持ち良いだろう？　俺は望みをかなえているだけだがな」

「今のは意識が飛んでしまうかと思ったぞ、手加減くらいしてくれ！」

快感に体を震わせながらも、まだ話ができるレベルの理性は保っているようだ。

だが、それもそろそろ限界だろう。

彼女の体にたまっている興奮はすでに限界で、今にもはじけてしまいそうだ。

体の反応からそれが分かった俺は一気にフィロメナを責める。

腰を今まで以上に深く突き、フィロメナの体を奥まで犯していく。

「んっ……くる、またアレが……っ！」

「もうイクか？」

「イクッ、もうイクの、耐えられない！」

フィロメナの体がどんどん熱くなっていき、絶頂の予感に震えている。

「このまま最後まで犯すぞ。もう逃がさないからな」

「ううっ、イクッ、イクッ……！」

彼女の体が火がついたように熱くなり、中も強烈に締め付けられた。

次の瞬間、限界を超えたフィロメナが絶頂する。

「もう無理だ、我慢できないっ、ひあっ、あああっ！」

全身をガクガクと震わせて絶頂するフィロメナ。

俺もそれに合わせて同じように震えて射精し、再び彼女の中を満たす。

二度目になると体のほうも受け入れているようで、蕩けてしまった子宮口へと次々に子種が注がれていった。

「あぁ、中にどんどん入ってきてる。こんなに出されたら孕んでしまうではないか……」

最後まで放出し終わった俺が解放すると、フィロメナはそのままベッドにうつぶせに倒れる。

そして、枕を抱えるようにしながらつぶやいた。

「それならそれで良いと思うけどな。ハーフエルフって産まれるのか？」

「知らん、そんな前例はない。だが、こんなことが続けばいずれ分かってしまうかもな」

彼女はそう言って苦笑する。

まあ、何にせよ彼女が俺を受け入れてくれたのは嬉しい。

「フィロメナ、これからよろしく頼むぞ」

「ものにされてしまった以上、私はお前のものだ。その言葉に喜んで従おう」

こうしてダークエルフのフィロメナが家の新たな一員になったのだった。

九話　森との貿易

フィロメナをものにした翌日、俺は家のリビングに皆を集めていた。

「おはよう、昨日は騒がしくて悪かったな。それと、ありがとう」

俺はまずそう言って頭を下げる。

「確かに俺の危機管理は甘かった。羽澄たちに助けてもらわなかったら危なかったよ」

フィロメナにナイフを向けられた瞬間、あのときは死を覚悟したほどだった。

だが、次の瞬間には突入してきた羽澄に運よく命を救われることになる。

「本当ですよもう……わたしたちがどれだけ心配したと思ってるんですか！」

その一番に突っ込んできた彼女は、ご立腹といった感じで俺を睨んでいる。

これには俺もさすがに悪いと思った。

「本当に済まなかった。もう無暗に油断はしないと約束する」

そう言うと彼女も怒りの矛を収めたようで、睨むのを止めて一息ついた。

「約束してくれるなら良いですけど。それで、結局フィロメナさんはどうするんですか？」

羽澄は俺の横に立っている彼女に視線を送る。

「ああ、それなんだが、ここで暮らしてもらうことにした」

「なっ、なんですって……仮にも命を狙われた相手ですよ!?」

「それは……大丈夫ですの？」

羽澄とララは驚きと不安という感じだが、唯一テレサはやはりという顔をしていた。

まあ、彼女は俺との付き合いが一番長いからな。

「フィロメナさんのほうも、それで了解されているんでしょうか？」

テレサは一つ息を吐くと、フィロメナに問いかける。

「ええ、もちろん。今の私はオオガミのものです、裏切ることはない」

そのしっかりした答えに彼女も頷いた。

「それなら私から言うことはありません、全てダイゴ様にお任せします」

そう答えて再び席につき、俺に向かって微笑んだ。

それを見ていた羽澄とララも、テレサがそう言うならと引き下がった。

口調も態度も大人しいので誤解されがちだが、この三人の中ではテレサが皆から一番信頼されている。

年長者ということもあるが、恐らく誰よりも精神的に強い人だからだな。

ともかく、これで家の中の平穏は保障されたも同然だ。

「フィロメナには今後も同じようなことが起きないように、色々と教えてもらうことにしよう」

「その点は任せてほしい。力の限りを尽くそう」

「そうか、ならダークエルフの国のことだな。フィロメナの故郷のことになるが……」

俺が考えた方法は、彼女の故郷を大きく変えることになるだろう。

計画を変えるつもりはないが、一応確認を取る。

だが、フィロメナは首を横に振った。

「それについては気にしないでほしい、もう私の主はオオガミだけだ。だが、私からは国について何も情報は出せない」

「いいよ、それだけでも十分だ」

明言はしていないが、暗に自分が国からの命令で来たと認めたような言葉だ。

彼女にもいろいろと思い入れがあるだろうし、無理強いはしない。

向こうの手札が一枚減って、こっちが増えたというだけでも収穫だからな。

「まず俺は向こうの国に手紙を送る。内容はこんな感じだ」

俺は一枚の紙を差し出す。

「読ませていただきますわね」

さっそくララがそれを受け取り、目を通し始めた。

これは今朝俺が考え、フィロメナに代筆してもらった手紙だ。

この中で唯一、ララは外交に関して知識を持っているので、内容におかしなところがないか確認してもらっている。

さすがに職人を探して各国を回っているだけあり、他国の事情についてはかなり詳しい。

そして、最後まで読み終わった彼女が頭を上げた。

「一通り読みましたわ。でも、本当にこれでよろしいので？」

「ああ、それが今回の目的なんだ」

頷く俺にララは難しい顔をする。

「ちょっと、どういうことなんですか。私もこっちの字が読めないので説明してくださいよ」

置いてきぼり状態だった羽澄が、そう言って乗り出してくる。

この半年で俺も羽澄も自分の名前と簡単なことくらいは、異世界の字で書けるようになった。

ただ、もともと識字率が低く何かを書く機会がなかったので、それ以上は学習を進めなかったのだ。

その結果、今でも難しい内容の手紙などはテレサからララに代筆してもらっている。

「要約すれば手紙には『そちらのやったことは水に流すから、その代わり貿易をしよう』と、書いてありますわ」

確かに俺の望んだとおりの内容だった。

「えっ、水に流しちゃうんですか？　命を狙われたのに!?」

その内容に仰天する羽澄。

まあ、普通に考えれば彼女の気持ちももっともだ。

「そのほうがこっちにとっていろいろと得があるように考えたんだ」

俺はフィロメナからダークエルフの国の情報を聞いていた。

といっても機密情報なんかではなく、向こうでは誰もが知っている普通のことだ。

例えば特産品は独自の糸で作る布らしい。

近くの森にしかいない特殊な虫を飼い、吐かせた糸で作るらしい。

働き手の大部分が狩猟や農耕をしているので生産数は多くないが、たまに訪れる商人との取引で貴重な外貨を手に入れているという。

「やることは以前の村と同じだ。こちらからいくつか道具を売り、代わりに布を作ってもらう。そして、できた布は俺が優先的に買い取る」

農具はもう作り慣れたものだし、狩猟道具もフィロメナの助言があれば高性能なものを作れる。

「向こうも悪い提案とは思わないだろう。怪しむことはあるだろうが、それはダークエルフ次第だな」

もし断られたら別の方法を考えればいい。

それに、上手くいって資金が溜まれば俺の生産や研究も進むしな。

現状は主に大公を取引相手としているが、あまり一極集中させるのはリスクが大きいと考えていた。

独自の財力を持てば、さらに自由に出来るだろうしな。

「もちろん大公が一番重要な取引相手なのは変わらないがな。まあとりあえず反応を見てみよう」

これにテレサたちは頷き、さっそくダークエルフの国へ手紙を届けることにした。

フィロメナが辿《たど》ってきたルートを遡《さかのぼ》るようにララが使者を出す。

森の中を抜けるので少し時間がかかったようだが、一週間ほどで戻ってきた。

俺は使者の男から手紙の返事を受け取り、彼に問いかけた。

「訪れてみて、向こうの反応はどうでしたか？」

「我が国から使者が向かうのは久しぶりのことでして、驚いておりました。一応隣国とはいえ森を挟んでいますから」

よく見れば彼の服もかなりボロボロに傷ついていた。

本格的に貿易を始めるなら、道の整備から始めないとダメなようだな。

「分かりました、手紙については？」

「それは分かりかねます、私はただ返事を渡されただけですので。ただ、見た限りでは少し困惑した様子でした」

「そうですか、ありがとうございます」

そう言って使者に礼を言うと、さっそく皆を集めて手紙を開く。

「……やっぱりよくわからないな。ララ、読んでくれるか？」

「もちろんですわ。ええと……貿易については引き受けるそうですわね」

その言葉に俺は内心でガッツポーズする。

貿易さえしてしまえばこっちのものだ。あとはどうとでも料理してやる。

ダークエルフそのものはどうでもいいが、暗殺者を送ってきた上層部には少し痛い目をみてもらわないといけないからな。

「細かい内容は今度改めて決めようということですわね」

「いや、あまり待ってはいられない。直ぐに手紙を送り返そう」

こうして手紙をやりとりする間に相手国との道路整備を進ませる。

最新の重機を使った工事で、一ヶ月後には道路が開通した。

交渉もそのころには佳境に入り、いよいよダークエルフとの貿易が始まるのだった。

十話　貿易の罠

開発の進んでいる村から少し行ったところにある森。

これはかなり広大で、小国なら収まってしまうほどの広さがあった。

そんな森の中にあるのがダークエルフの国だ。

それなりの街が一つと十数の村から成り立っており、ダークエルフたちは森を切り開いたところに住処を築いていた。

何か特異な部分があるわけでもなく、ごく普通に地面に家を建て、狩猟をし、畑を耕している。

森の中ということを除けば人間の集落のようだ。

ただ、違うところは種族的特徴の長耳で褐色肌、長寿で排他的という部分。

特に最後の排他的というところがかなり強いようで、彼らをこんな森の中で暮らさせていた理由にもなっている。

基本的に人間の十倍、時には十数倍も生きる彼らが、人間と価値観の共有が出来なかったというのもあるが。

今、国内で生きている数百歳以上の中年のダークエルフは皆、人間との決別を経験した世代だ。

しかし、人間にとっては数世代の交代の中で当事者はいなくなり、歴史の一部として残されているのみでダークエルフに対する知識を持っている者すら少ない。

そんな中始まった人間との貿易は、彼らの中にも賛否両論があった。

「ふむ、それで人間との貿易はどうなっているのじゃ？」

街にある役所、その中で数人のダークエルフが会議をしていた。

質問を投げかけたのはこの街の町長で、実質的なダークエルフの指導者だ。

齢は千を軽く超えており、ダークエルフの中では珍しく人間たちと交流のあった期間のほうが断絶していた期間よりも長い人物だった。

「先週あたりから続々と品が送られてきております」

答えたのは国の商売を取り仕切る商会長で、貿易賛成派の筆頭だ。

「ふん、人間どもの商品がなんだ。どうせ何か考えているに違いない！」

そう言って鼻息を荒くするのは国の防衛軍の将軍だった。

彼は人間との決別を意識しており、貿易反対派の筆頭だ。

他にも数人のダークエルフがいるが、主に喋っているのはこの三人だ。

「落ち着け将軍。商会長、商品はどのようなものが？」

「ええ、これが素晴らしいものでした。農耕用具に狩猟用具、どれも今使っているものとはくらべものにならないほど有益です」

「ふむふむ、それほどのものとはのう……」

実際に大吾が用意した商品はダークエルフたちの技術を遥かに上回ったものだった。

電動の耕運機や脱穀機はそれ一つで十人以上の働きをする。

さらに野菜へ虫が付きにくくなる農薬までもが用意されていた。

狩猟用具の面でも、高性能な弓矢や頑丈な罠を使えば大物の狩猟も容易になる。

事実、これまで数人がかりで仕留めていた大型の熊や猪を単独で仕留めたという報告もある。

川に設置するタイプの罠や釣り竿もあり、魚の供給も増えることが見込まれている。

これらを使っていけば、ひとり当たりの仕事を増やしても十分余裕があるので人手が浮く。

その人手を別の場所に向ければ国はさらに発展していくというわけだ。

「人間からは布の増産が希望されていますが、そちらに人員を割り振ってもまだ少し余裕があります」

「それならば、これまで手が付けられなかった工事や開拓も進みそうじゃな」

深い森の中というのは平野ほど暮らしやすくはない。

もし同じ暮らしをしようとしたら、数割増しの労力が必要なのだ。

これまでは得られる食料がそれほど多くなかったため簡単に人口を増やせなかったが、これ以降はその心配もなくなりそうだった。

長寿なことも影響して、国全体で高齢化が進んでいたダークエルフたちにとっては朗報だ。

「機械がなんだ、そんなものなくても俺たちはこれまでやってきた」

反対に将軍は疑いの目を隠さない。商品の中にも武器はあるが、軍は殆ど恩恵を受けていないからだ。軍に転用できるのは弓くらいだったが、造りが複雑で複製できなかったのだ。

なので一定数輸入されたそれは、主に狩人たちが使っていた。

その弓の威力を目にしているだけに、将軍の表情には焦りがあったのだ。

「あんなもので武装した人間の大群がやってきたら、ここはすぐに壊滅だ」

「この世で一番弓を上手く使えるのは我々エルフ種ですよ、将軍。いざとなったらそちらにお渡ししますので、それで蹴散らしてしまえばいい」

「そう上手くいくかな？」

商会長の言葉に将軍は懐疑的だった。

なにより、狩人たちがそう簡単に手放すとは思えなかったからだ。

万が一自分たちが直接戦うなど言い出したら軍の意味がなくなってしまう。

「そのあたりはしっかり決めていけばよいじゃろう。それにしても、外の技術がこれほど進歩しておるとはのう……」

町長は人間が短命の代わりに進歩のスピードが早いことを知っていた。

だが、同時に短い間で停滞や衰退することも知っていたので、今回流れてきた技術の高さに驚いたのだ。

まるでダークエルフが人間と別れてから、全力疾走で進歩してきたような技術力だった。

「まさか人間全体があああだとは思わぬが……」

彼は将軍より理性的に警戒していたが、今回のことは長い停滞の末にようやく訪れた発展の兆しだ。それに目を曇らせてしまった。

そしてこれより半年後、ダークエルフたちは悲鳴を上げることになる。

最初の数ヶ月は良かったものの、買い付けた機械に少しずつ故障が出始めたのだ。

なにせダークエルフたちは燃料の補給方法くらいしか知らない。

少しいる職人たちも、機械の作りが複雑すぎて、一度バラすと元に戻せないと手を出せていなかった。

そのツケがここ最近現れてきたのだ。

「大変です！　また耕運機が一機、完全に動かなくなってしまいました！」

町長の部屋に飛び込んできたのは商会長だ。

もはやその顔に半年前の喜ばしい表情はなく、額に汗をかいている。

「またか……どこかから人員を戻せぬか？」

「それは不可能です。すでにあちこち工事が始まっていますので」

彼らは機械のおかげで空いた人員をフルに使って国を開発していった。

なので、再び農業に戻せる人員が足りなかったのだ。

「布の生産から人員を引き抜くと、機器や燃料の支払いが……」

それほど大量の外貨を持っていないこの国は、購入した機械や燃料の支払いを十年のローンにしていた。

たかだが十年程度など、彼らの寿命からすれば一瞬だからだ。

その結果、ローンの返済が滞ってさらなる借金を生み、布の輸出に頼っていた財政は火の車になってしまう。

当初は十年だったローンが修理費なども積み重なり今は三十年。

さらに、このままでは百年を超えると聞かされれば、さしものダークエルフたちも笑ってはいられなかった。

「町長、また弓が壊れたと聞きましたが、もちろん修理に出してもらえるんでしょうな!?」

続いて入ってきたのは将軍だ。

彼も狩人から毎週のように知らされる装備の破損に怒り狂っていた。

「済まぬが、それは後じゃ。肉を食わなくとも死にはしない。幸い漁具は修理可能なものが多い、しばらくは魚じゃな」

「ふん、だから人間を信用するなと言ったのだ。これでもう購入した装備の数は半減だ！」

彼の怒号に商会長が肩身を狭くしている。

「ぐぅぅ、もう我慢ならん！　町長、あのオオガミとかいう男を捕まえてこよう！」

「それはマズい、彼の機嫌を損なえば燃料の供給が完全に止まってしまう。そうなれば半年前に逆戻り……いや、もっと悪くなるかのぅ」

ここまできて町長は人間の、大吾の狙いを思い知った。

彼はダークエルフの時間感覚に付け込んで、この国を乗っ取ったのだ。

壊れた機械の修理にまた大金をローンに上乗せし、借金が倍々に増えていく。

「やはり外界に興味は示さず、森の中に引きこもっておれば良かったのぅ」

町長の頭に思い浮かぶのは、少し前に初めて大吾と会ったとき、彼の後ろにフィロメナがいたことだ。

これは彼女を送り込んだことに対する復讐だと勘付いたが、もうどうしようもなくなっていた。

その場で敵に寝返ったフィロメナを殺そうとした者もいたが、彼女自身が軍の中でも指折りの実力者だったことに加え、人間の国がバックに付いていてはうかつに手も出せない。

その時点で武器になる装備にも欠損が出ていて、人間の大群相手に戦っても勝てない状態であった。

これより数週間後、ダークエルフたちは大吾に謝罪し、助けを求めることになるのだった。

十一話　戻って来た日常

ダークエルフたちと貿易を始めてから半年、ついに相手が音を上げた。

とうとう先の見えない借金地獄に陥ったことで、どうにか助けてくれと言ってきたのだ。

ダークエルフに渡した機械は俺が作れる最新鋭のもので、俺以外に整備できる奴はいない。

燃料も普通は自分の車と大公の原付の分しか生産しないので、毎回俺に金を払わなければならない。

最近では村にガスストーブが出回るようにもなったが、灯油でガソリンエンジンは動かせないしな。

ダークエルフの国は俺の技術に完全に依存し、崩壊してしまったのだ。

その間俺は向こうから送られてきた布を商人に卸して、いくらか儲けさせてもらった。

おかげで資源開発やその調達スピードも高まっている。

特に今作っている大物には、大量の資源が必要なので有り難い。

この点だけはダークエルフに感謝していた。

「ふふっ、ダイゴ様ったら悪い顔してますね」

ダークエルフの使者が帰った後、テレサがお茶を淹れてくれた。

「まあ、これで仕返しは終わりましたから。あとは向こうの努力次第ですよ」

俺は今まで売りつけた機械や道具を全て回収することを条件に、借金を帳消しにした。

これであの国は技術的に半年前へ逆戻りだ。

「ダイゴ、彼らとの取引を全て村長に任せて良かったのですか？」

そう言ったのはララだ。彼女の言うとおり、俺はダークエルフの国から手を退いて今後貿易をどうするかは村の村長に預けた。

「彼らが反省して一から技術を学びに来るならそれで良い、個人的には資金も十分集まったからな」

「ふぅん、まあダイゴがそう言うのならわたくしは構いませんわ」

そして、彼女は目の前の紙に視線を落とす。

もうすぐ大公の誕生日らしく、プレゼントを作りたいので俺に手伝ってほしいらしい。

ただ俺に作ってほしいと言わないあたりは、彼女も根っからの技術好きだからだろうか。

いつも俺の作るもので驚かされているので、いつかは自分が主導した技術で逆に驚かせたいらしい。

それを嬉しく思いつつ、今度は羽澄のほうに視線を向ける。

彼女は俺とダークエルフの使者の話が退屈だったらしく、庭に出て魔法の練習をしていたようだ。

自分の特技として唯一使える攻撃魔法をずっと研鑽してきた羽澄は、今では魔法の絶妙な操作技術を持っている。

さっきも会話中に使者が何度かギョッとしていたが、たぶん彼女の魔法を見てたんだろうな。

「羽澄、話は終わったぞ」

「あっ、本当ですね。少し夢中になっちゃってました」

俺が声をかけると、彼女はそう言って家の中に戻ってくる。

それからテレサに飲みものを貰い、同じように席に着いた。

「ふぅ、落ち着きました。それで、これからどうするんですか？」

「向こうとの貿易は村長に任せることにしたよ。俺たちはいつも通りに戻るだけだ」

それを聞くと羽澄の表情が嬉しそうなものに変わる。

「それは良かったです。やっぱり普通が一番ですよねえ」

ご機嫌な様子のままコップの中身を飲み干す彼女を見て、俺も一息つく。

俺もようやく自由な生活が戻ってきて安心だ。

ダークエルフと貿易していたころは、向こうの機械の修理や燃料の生産で忙しかったからな。

結果的に機械は十単位、各種道具も百単位で売り渡したからさすがに疲れた。

もっと少なくすれば良かったと思ったが、それくらいの数を用意しないと決定的なダメージを与えられない。

少数の機械で浮く人材程度では、機械が故障したときすぐに補てんされてしまうからな。

「機材も回収したし、解体して資材にすれば次の計画に必要な素材もそろえられそうだ」

貿易資材の生産の合間に少しずつ進めていたが、やはり集中できるのが一番いい。

「ですが、ダイゴさんにお会いしたいという来客の方も増えていますよ？　そちらも放っておくわけにはいきません」

そう言ってテレサが取り出したのは名簿だった。

ざっと見ただけで百人くらいはいる。

「……これが全部面会の希望者？」

「ええ、その通りです。大公様の紹介状をお持ちの方や、他国の高官もいらっしゃって簡単には断れず……」

「参ったな、一つ終わってみればまだ問題が残っていたか」

もう一度確認すると、確かにしっかり会わなければ拙そうな面々だ。

「ダイゴの技術は国を越えて広まり始めていますものね。全員もっと高い技術が欲しくてやって来たのではありませんの？」

「困ったな、そういうのは前段階の技術がしっかりしてから教えたいんだが……」

例えば村のほうでは、すでにいろいろな工作機械が作られ始めている。

それらが完成すれば、さらにいろいろな製品を作ることができるだろう。

「まあ、工作機械が作れないところに俺が直接自動車工場を作るわけにもいかないしな」

そうすれば、いつかダークエルフの国と同じ目に遭う。

恨みの無い普通の関係の相手でも、俺は適正価格を求めるつもりだしな。

「一応話だけはしないといけないか、悪いけど予定を組んでもらえますか？」

テレサにそう聞くと彼女はすぐに頷いた。

「お任せください、ダイゴ様の負担にならない程度に予定を組み込ませていただきます」

相手も神官のテレサ相手にそこまで強気には出られないだろうし、助かる。

どうやら俺の名前が広がっていくと同時に召喚した彼女の名も知られているようだからな。

面談希望の相手も、テレサを無下には出来ないというわけだ。

それでも強引に迫ってくるようなら、永久に会うことはないだろう。

「オオガミの名は既に周辺各国へ浸透しているようだからな、様々な新技術の開発者として尊敬されているぞ」

「そういう柄じゃないのはフィロメナだって分かってるだろう？　勘弁してくれよ……」

それから話を聞くと、予想以上に話が大きくなっていることも分かった。

異世界から召喚されたことも神の加護を受けたことも事実だが、なんだか俺の人物像が聖人のようになっている。

羽澄やララのことにも触れられていて、問題が起きるたびに力を使って彼女たちを救ったなどという話が多い。

これじゃただの英雄譚じゃないかとため息をつく。それを見た彼女も苦笑した。

やはり大衆の間ではそういう話のほうが好まれるようなので仕方ない。

この中で一番フットワークが軽いフィロメナはたびたび他国に出ていろいろな情報を仕入れてくる。

報道機関がないこの世界で、他国の情報を集める手段は少ないからな。

もし何かあればすぐに情報が回ってくるようになっているらしい。

諜報員として教育を受けた彼女の能力が最大限に発揮される分野だ。

「尊敬されるのは嬉しいけど、それで技術をたかられるのは面倒だよ」

「それならば、オオガミは頑固者で簡単に技術を渡さないという噂でも流してみるか」

「そうしてくれると良いかもしれないな。あんまり客が来られても困る」

俺の今の優先はあくまでいろいろな物の生産だ。

最終的に元の日本の現代的な暮らしを取り戻すため、様々な分野のものを開発する必要がある。

そのためには他所のお偉いさんと話しているだけじゃ進まない。

「わたくしもお父様にその辺りのことは言っておきますわ。ダイゴの作った品々も見てきたお父様ですし、きっと理解してくださいます」

「俺もそれを望んでるよ。さて、じゃあいつもの仕事に戻りますか」

俺はそう言って立ち上がると、自宅の作業場に向かった。

「ダイゴ様、夕食は午後七時ですから忘れないでくださいね？」

「ああ、大丈夫ですよ。万が一気づかなかったら呼びに来てもらえますか？」

「分かりました、そうします」

俺はテレサの腕にプレゼントした時計が光っているのを見ながら部屋を出るのだった。

エピローグ　技術革新はロマンとともに

ダークエルフの国を懲らしめてからしばらく、具体的には二年の時間が経った。

「おい、そろそろ出るぞ。大丈夫か？」

玄関にいる俺がそう言って声をかけると、数人の足音が近づいてくる。

テレサたちが防寒具を着て出てきたのだ。

「遅れてごめんなさい、ちょっと靴下が片方見つからなくて……」

「気にするな、もう車の準備もしてあるぞ。霜が降りてるから滑らないように注意してくれ」

用意に手間取っていたらしい羽澄にそう言って注意を促す。

「ハスミさん、探しものに夢中で寝ぐせも直していませんでしたからね」

「まあ、そう言うところもハスミらしいですわ。それより急ぎましょう？」

変わらず聖母のように柔らかい表情のテレサと、少し雰囲気が大人っぽくなってきたララ。

彼女たちに後押しされ、俺は車に乗り込む。

「大吾さん、さっきのひどくないですか？　もうわたしだって子供じゃないのに」

テレサたちの言葉を聞いて、少しご立腹の様子らしい羽澄。

「いや、それは擁護できないな。むしろどこか変わったか？」

「ちょっと、わたしの味方はいないんですか!?」

その言葉に車内が笑いで満たされる。

「そういうところが変わらないのだろう、ハスミ」

そう言葉にしたのは先に乗り込んでいたフィロメナだ。

こちらは寿命の長いダークエルフなだけあって、数年程度では少しも変わらず凛々しさの伴った美しさがある。

「打ち上げは、もうすぐの予定なのだろう？」

彼女はここから予定地までの地図を広げてそう言った
「ああ、燃料ももう入れ終わってあるからな。あとは天候を見て発射するだけだ」

俺はそう言って車を発進させる。向かうのは海沿いだ。

技術協力などで手に入れた金でここの広大な敷地を整備した。

そして、そこに打ち上げ施設を作ったのだ。

ここまで言えば俺が開発していたものも分かるだろ。

俺がここ数年で開発したのはロケットだった。

すでに試作品は宇宙空間にまで飛んでいったことが確認されている。

「いよいよ今回が本番だ。年甲斐もなくはしゃぎそうだよ」

整備した道に車を走らせ三十分ほどで発射場に到着する。

すでにロケットは発射台に取り付けられていて、今か今かとその瞬間を待ち構えていた。

俺たちは近くの高台に行き、そこから打ち上げを見守ることにする。

一応管制塔もあるが、せっかくだからこの目で見たいしな。

「よし、このあたりで良いだろう」

発射台がよく見える場所まで移動すると、俺はバッグから発射装置を取り出す。

このあたりは管制塔に取り付けた装置の中継所の範囲内だった。

ロケット関係を優先したのでまだ開発していないが、そのうち携帯電話も作れると楽になるな。

「いよいよですわね。昨日電話でお父様と話しましたが、とても羨ましそうにしていましたわ」

「まあ、これが最初で最後じゃないしな。今回は特別ということで」

一応電話線を使う従来の電話は作ってあり、家と大公の宮殿を繋いでいる。

こっちのほうは少しずつ民間にも広めていく予定だ。

だが、ロケットの計画は極秘中の極秘で俺たちの他は数人しか知らない。

そして、記念すべき一回目の打ち上げは身内だけで楽しみたかった。

「それにしても大きいですね。いったいどれくらいあるんでしょうか？」

「五十メートル以上はあるな。家の高さの五倍はあるだろう」

テレサの質問に答えたが、彼女からすると予想以上の大きさだったようで目を丸くしている。

まあ、ここからだと遠近感の問題があるから少し小さく見えるのかもな。発射台も無人だし。

「天気も良いし、大丈夫だろう。始めるぞ」

いつまでもここで眺めている訳にもいかない。俺は発射装置を操作してパスワードを打ち込む。

すると今のロケットや発射台の状態が表れ、自己診断装置に異常がないかチェックする。

すべてが正常に動いていることを確認すると、ついに打ち上げボタンが出てきた。

俺はそれを万感の思いを込めて押す。

「頼むぞ、上手く飛んでくれ」

次の瞬間、ロケットエンジンに点火され轟音が響く。

その迫力に、一緒にいたテレサたちが少し後ずさりする。

彼女たちは前回の試射のときにいなかったから、これが初めてだしな。

「さあ、そろそろ飛ぶぞ……！」

エンジンの出力が最大になったところで発射台のロックが外れた。

厳重な戒めから解き放たれたロケットが、その巨体をゆっくり持ち上げていく。

「すごい……本当に飛びましたわ……！」

「あんな鉄の塊が浮くとはな。それに、どんどん速くなっているぞ」

徐々に高度を上げていくロケットを見ながら、ララとフィロメナも興奮した様子だ。

その後もロケットは白い航跡を残しながら天高く昇っていく。

雲の少ない日だったので、エンジンの光と伸びていく航跡がどこまでも見えた。

「ふぅ、とりあえず飛んでくれたか」

地表で飛び立てずに爆発、という最悪の事態は免れた。

だが、あのロケットには積んでいる人工衛星を衛星軌道上に乗せるという最大の仕事が残っている。

今回のロケットには同時に開発した気象観測衛星が載せてあるのだ。

それが上手く軌道に乗れば、これからの天気も分かるようになる。

「大丈夫ですよ、大吾さんが作ったんだから上手くいきますって。それでも心配なら、一緒に神頼みでもしましょう」

どうやら険しい顔つきになっていたらしい俺を、羽澄が励ましてくれる。

彼女もテレビ越しとはいえ何度か打ち上げを見たことがあるらしいし、他の女性陣より冷静だ。

「そうだな、困ったときは神様に祈っておくか」

衛星が軌道に乗ったか分かるまで、まだ少し時間がかかる。

それまでは彼女のいう通り神頼みでもしておこう。

「よし、いつまでも見てないで管制塔に行くぞ。ここよりずっと暖かいしな」

まだ打ち上げの衝撃が残っているらしい。テレサたちに声をかける。

すると彼女らもハッとして気が付いたようだ。

「本当に凄かったです。思わず呆けてしまいました」

「ええ、今まで見たことのない迫力でしたわ。確かにこれは簡単に見せられませんわね」

「これまで以上にオオガミへ人が集まってしまうからな。しばらくの間秘密にしておこう」

反応もそれぞれだったが、まずは管制塔に移動することにする。

そして、温かい室内で飲み物を飲んでいると衛星から通信が入った。

「来たか……やったぞ、軌道に投入成功だ！」

俺がデスクの画面を見ると、そこには人工衛星の展開が完了したと表示されていた。

そして皆に見守られながら、衛星からのデータを受信する。

そこには、高性能なカメラによって捉えられた俺たちの住んでいる星が写っていた。

大陸の形は地球と違うが、星の半分以上は豊かな海によって覆われていた。

「ここがわたしたちのいる星か。大吾さん、やっぱり青いですね」

「ああ、見慣れた形で良かったよ」

羽澄とともに、これからも地球と同じ法則が通じるだろうことを確認して安心する。

こうして衛星の打ち上げは無事に成功したが、他にもやることは山積みだ。

再び呆然としてしまっているテレサたちを正気に戻し、話しかける。

「一つ大きな山は越えたが、まだまだ先は長い。これからもよろしく頼む」

「はい、もちろんです。これからもダイゴ様をお手伝いさせてくださいね」

「わたしも大吾さんがいろいろものづくりするの、これからも応援します」

「わたくしを驚かせるような品々、これからも期待していますわ」

「オオガミが進むところに私も一緒についていこう」

俺の求めに快く答えてくれるテレサたち。

そんな彼女たちに感謝しつつ、もう一度デスクの画面に目を移す。

そこに映し出された青い星を見ながら、俺はこの地上に隙間なく技術を広めることを誓うのだった。

アフターエピソード　テレサとふたりきりの夜

ダークエルフの件が片付いてから一週間ほどが経った。

家の中にも日常が戻ってきており、それぞれが自分のやるべきことをしている。

テレサは主に家事を取り仕切っており、特に料理の腕は日に日に上がっていた。

家に住んでいる俺たちは、彼女に胃袋をがっしりと握られているのはいうまでもない。

羽澄は村長から頼まれて出かけたり、テレサの手伝いや魔法の訓練をしたりしている。

彼女の魔法は使い方によって、百人がかりで一日かかる仕事を一瞬で終わらせてしまうからな。

特に災害が起きたときは、かなりの活躍をしていたようだ。

実際に村人から一番慕われているのは羽澄かもしれない。

ララも主にテレサの手伝いをしているが、他にも俺の仕事に関わる分野で助けてもらっている。

俺が使っている資材、特に金属や石油関係は全てララのところで採掘しているからな。

そしてフィロメナは軽いフットワークを利用して、あちこちから情報を集めてもらっていた。

この国では見つからなかったいくつかの資源が、外国にあることをすでに確認している。

俺が開発に挑戦しているロケットと人工衛星は、かなり特殊な材料も必要なのでありがたい。

最後に俺だが、今日も変わらず作業場に籠って物作りをしていた。

当初からの目的である、日本のように不自由ない生活水準まで達成するということは、八割ほど完了した。

水回りは清潔で自動化が進み、オール電化も達成している。

足りないものと言えばネットやテレビ、電話くらいのものだった。

電話線の敷設は予定しているが、それ以外は特に必要ないとして進んでいない。

「まあ、かといって寝ているばかりも鈍ってしまうからな」

そうつぶやきながら俺は目の前の箱を弄りまわす。

一見すると鉄の箱に見えるが、蓋を一枚取り外せば無数の装置や回路の塊だ。

これはロケットに乗せる人工衛星、それの一部分だった。

「やっぱり俺はこうやって手を動かすほうが性に合ってる」

子供のころからいろいろなものを作ったりいじりまわしたりしていたからか、このほうが心休まるのだ。

ドライバーやペンチを持って人工衛星の内部を弄っていく。

精密機械の塊なので乱暴な扱いは出来ず、慎重に調節していった。

時間も忘れて続けていると、気づいたときには午後六時を回ってしまっていた。

この時計も俺の手作りだ。時間は俺が太陽の動きを見て適当に決めたものだがな。

「ふぅ、そろそろ終わりにするかな……」

切りの良いところで作業を止め、油や火花で汚れてしまった作業服から普段着に着替える。

さすがにこのままリビングに行くとテレサに怒られるからだ。

我が家の家事を全て取り仕切っている彼女を万が一にも怒らせてしまうと危ない。

「今日の夕食はなんだろう、気分としては肉なんだが……」

テレサの料理なら大抵のものは美味しいが、密かに期待しているのもと同じなら喜びも大きいというものだ。

そして手を洗ってリビングに到着すると、予想通りいい匂いが漂っていた。

「ダイゴ様、そちらは片付いたんですか？」

「ええ、ちょうど区切りがついたので。これで片方は半分くらい完成ですかね」

以前から少しずつ進めていただけあり、人工衛星のほうはだいたいの形が出来てきた。

あとは制御プログラムだとかそのあたりだが、これは経験がないのでほとんど能力の補正頼りになっている。かなり心配していた部分だったが、試しに始めて見ると書いたこともないコードがあっという間に完成した。

俺自身意味が分からないので不安だったが、テストするとしっかり望んだ動きはしてくれているので大丈夫だ。ちなみに、制御回路とかコンピュータ部品も、いつの間にか生産可能になっていた。

そのことが、衛星を思いついたとっかかりでもあったのだが。

「そうですか、このまま上手くいくといいですね」

テレサは俺の話を聞いて微笑むと食卓に皿を並べていく。

だが、その数がいつもより少ない。

「あれ、羽澄たちはいないんですか？」

いつもは五人全員か、少なくても三人ぐらいで食卓を共にしていた。

だが、今日は俺とテレサのふたりだけのようだ。

「ハスミさんは村の集まりに呼ばれて、ララさんは宮殿へ、フィロメナさんは何処からか手紙を受け取ると急いで出て行ってしまいました」

「へえ、珍しいこともあるな」

「ララさんとフィロメナさんは今日中には帰ってこないそうです。羽澄さんも村に泊まるかもしれませんね」

「そうですか、確かに村長なら夜中の女のひとり歩きは止めるだろうからな」

羽澄は強力な攻撃魔法を使える。いわば魔法使いだ。

だからといって完全に安心という訳ではないので、心配性の村長なら引き留めるだろうと考える。

「分かりました。しかし、テレサとふたりだけなんていつぶりかな？」

俺は運ばれてきた料理に手を付けながらそう言った。

「そうですね……もうどれくらい前かも忘れてしまいました」

彼女は俺の問いにそう答えて苦笑した。

恐らく一年弱ほど前のことだろう。

羽澄やララと一緒になってからは、最低でも三人でいたからな。

それぞれと同じベッドで寝ることはあったが、家の中で完全にふたりきりというのは久しぶりだ。

「じゃあ久々に懐かしい話でもしますか」

そう言ってふたりで食事をしながら話したのは、俺が異世界に召喚されたばかりのころの思い出だ。

今もそのまま残っている石造りの武骨な神殿で召喚されたときのことや、隙間風が入ってくる木製の小屋の家で寝泊まりしたこと。

食事も今よりずっと質素だった。

「このお料理も、ダイゴ様に村を発展させていただいたおかげで作れるのですから」

食後のお茶を飲みながらテレサがそんなことを言う。

今日は具のたっぷり入ったシチューに鳥肉の照り焼きだった。

最初のころは薄いベーコンと豆のスープで、それでも良いほうだったのだからすごい成長だ。

確かに村が発展したことで生産している野菜の種類や入ってくる食材も増えた。

ただ。それが全てだとは思わない。

「いや、やっぱりテレサの腕がいいからじゃないかな？　俺じゃあここまで上手く作れませんね」

「そう言っていただけると頑張った甲斐があります」

彼女はそう言って微笑むが、その表情を見ているとこっちも嬉しくなる。

それに、お姫様のララが舌鼓を打つくらいだから実際に腕は一流だ。

ララに聞いてみたところ、王宮のシェフにもなれるほどの味らしい。

「それに、ダイゴ様に作っていただいた道具もすごく使い勝手がいいんです。包丁も良く切れますし」

「道具については自信がありますけど……もしかしてあのフライパンもまだ使ってるんですか？」

俺が聞いたのは俺が初めて作った鉄製品であるフライパンだ。

テレサが料理に使っている道具があまりに少なかったので、なんとかしてあげたいと作ったものだった。

ただ、まだ生産スキルのレベルが上がっていないときに作ったものだ。

今見てみると、かなり造りが粗い。

見た目は市販品よりも悪く、重い上に不純物が混じっているので火の通りも良くないだろう。

「今ならもっと軽いのも作れますよ、焦げ付かない加工とかもしますし」

材料も技術も高まっている今ならもっと良いものが作れるが、彼女は首を横に振った。

「お気持ちは嬉しいんですが、結構です。ずっと使っていると体が慣れてしまって、アレでないとダメなんです」

「そうですか、分かりました」

テレサの少し恥ずかしそうな表情を見て、俺も目を合わせられず逸らしてしまう。

下手な出来のものを使われるのは恥ずかしいが、そこまで言ってもらえるのはかなり嬉しい。

おそらく彼女もそんな二重の気持ちに挟まれているんではないかと思う。

「それじゃ、まあフライパンはあのままということで……」

「そうですね、お気持ちだけいただきます」

傍から見れば何ともむず痒い感じになっているだろう。

俺自身彼女と暮らし始めてだいぶ経っているのに、こんなお互い初めての、お見合いのような微妙な雰囲気になるとは思わなかった。

「あの、えっと……あっ、私お風呂の準備をしてきますね」

テレサは席から立つ口実を見つけたようだ。

そう言うと立ち上がって、台所に行く。

そのときにも、しっかり空になった食器を持っていくのは彼女らしいな。

我が家でお湯を沸かすだけなら、スイッチ一つで済む。

なのに二分経っても戻ってこないのは、やはり空気に耐え切れなかったんだろう。

「うん、あの空気からは逃げるよな」

ひとりそう頷きながら、様子を見て俺も立ち上がる。

そして同じように食器を流しの中に置くとリビングに戻った。

それから暇つぶしに作業場から木材とナイフを持って来て思うままに削り始める。

明確な目的が無いので能力の補正も働かないが、やはり手を動かすことに集中すると心が落ち着いた。

それから数十分ほど経っただろうか、テレサがリビングに戻ってくる。

「お風呂が出来ましたので、よければ入ってください」

「ああ、今入ります」

ナイフを仕舞い、削られて先が丸くなった木をテーブルに置く。

そして、着替えを持って風呂場に行った。

それから体を洗い、沸かしたての湯船に浸かって体の疲れを癒す。

風呂から出るとリビング以外の明かりが消えていた。

そして、リビングに入っても誰もいない。

「もしかして、先に寝たのか？」

せっかくふたりきりなのでもう少し話したいと思ったが、あの空気のまま会話が打ち切られてしまったからな。残念だが仕方がない。

そう思った俺は電気を消して自室に向かった。

だが、部屋の扉を開けると薄く明かりが点いていたのだ。

怪しく思って覗いてみると、テレサが寝間着のままベッドの上に座っていた。

ここにきて彼女の考えを悟る。

会話が途中で詰まってしまったので、思い切って行動しようということだろう。

そして、ベッドの上で待っているということは、そういうことのはずだ。

俺もたまに鈍感だと言われて気を付けるようにしていたが、今回は助かった。

このままどうしたんだ、などと質問したら彼女に恥ずかしい思いをさせてしまっただろうから。

「お風呂、良いお湯でしたよ。ありがとうございます」

まるでここがリビングであるかのように、部屋に入ると自然にそう話しかける。

「そうですか、それは良かったです」

彼女もその言葉にホッとしたのか、少し声が柔らかくなっていた。

俺はそのままベッドのほうに近づいて上に上がる。

もちろん自分のベッドに上がるのだから止められることはなく、テレサとの距離は一気に近づいた。

そして、枕元のスイッチを押して部屋を明るくする。

「あっ、明かりは……」

それに気づいた彼女が元に戻そうとするが、俺がその手を掴んだ。

「ダイゴ様……っ！」

そのままもう片方の手でテレサの肩を抱き、自分のほうに引き寄せる。

そこまで近づいて初めて、彼女の美しい金髪がしっとりしていることに気づいた。

どうやら俺が木彫りに夢中になっている間に、先にシャワーを浴びていたらしい。

「そうか、最初からこうするつもりだったんですね」

そう言うと彼女の顔が一瞬で羞恥に赤くなるのが分かった。

「……はしたないと思いますよね？　でも、ダイゴ様とふたりきりなんて久しぶりで緊張してしまって……」

そう言いながら顔を伏せるテレサ。

俺はそのまま彼女の頭を自分の胸元に抱き寄せる。

「いや、俺も今夜はそういうことになれば良いなと思ってたんですよ」

「えっ？」

驚いたように顔を上げるテレサに続ける。

「だから、ここから逃げないでくれますよね？」

「も、もちろんですっ」

俺の問いに答えた彼女には、隠しきれない喜びの表情があった。

「こういうのは男のほうがリードしないといけない気がするんですが、いつもテレサさんに先を越されてばかりですね」

正直に言って彼女に気遣いで勝てる未来が見えない。

「いえ、私のほうがお姉さんですから」

だが、彼女はそう言って気にしなかった。

「ハスミさんやララさんは若くて綺麗だし、フィロメナさんはこの先もずっと綺麗なままですから……」

言外に女として負けているのではないかと言うテレサ。

だが、それは大きな間違いだ。

「まさか、俺は順位付けするような度胸はありませんよ。それに、テレサさんだってすごく魅力的です」

そう答えながら俺は、彼女の体に手を回して向きを変える。

後ろから抱くような形になると、そのまま愛撫を始めた。

まずは服の上からでも目を引く大きな胸だ。

「ほら、ここなんて一番大きいじゃないですか。ララがいつも嫉妬してましたよ」

「ララさんが……あまり便利ではないんですが、ダイゴ様に喜んでもらえるなら……」

体から力を抜き、俺に身を任せるテレサ。

俺の好きなだけ弄ってくれということだろう。

ならその好意に甘えさせてもらおうか。

「もちろん喜んでますよ。ほら、両手で揉んでも溢れそうだ」

「んっ、そんなに見せつけないでくださいっ」

俺は彼女の寝間着をまくって胸を露出させると大きく揉みしだく。

サイズが大きいからか、揉まれている自分のものが良く見えてしまって恥ずかしいらしい。

大きいだけではなく柔らかさもマシュマロのようで、指が沈み込んでいく感覚は最高だ。

だけど、こればかり弄るのももったいない。

名残惜しいが片手を胸から離し、そのまま秘部に伸ばしていく。

「ひゃっ！　あぅ、そこは……」

「そこを楽しんでもいいんですよね？」

「そうですが、そこは私のほうが気持ちよくなってしまうんです。はぁはぁ、あくぅ！」

下着の中まで忍び込んだ指が敏感な陰核に触れると、たまらず声を漏らしてしまうテレサ。

呼吸も荒くなっていって、興奮しているのが分かる。

彼女が感じてくれてうれしくなった俺はさらに指を動かすが、快感に耐えかねたテレサが俺の手を止めた。

「そんなに激しくはダメです……」

俺を制止するその声すら甘く蕩けていて、本当に止める気があるのか怪しかった。

「自分がどんな声になっちゃってるのか分かってますか？　そんな風に言われたら余計に興奮しますよ」

「そんなっ……」

「こんどは邪魔をしないように、しっかり押さえておかないといけませんね」

俺はテレサの顔を自分のほうに向けさせ、そのままキスをする。

「んっ、んんんんっ！　はっ、はむっ、ちゅぷ、はぁはぁ」

最初は驚いた様子のテレサだったが、俺が続けて唇を奪うとそれに応えるようにキスしてきた。

俺はその間も両手を動かし、彼女への愛撫を続けていく。

たっぷりと肉感のある胸は思い切り揉みたくなるが、それは後に取っておいて快楽を与えるために優しく責める。

くすぐるように撫でまわしながら、胸の頂点にある乳首をクリクリと指で弄った。

手先の器用さには自信があるので、硬くなってきた乳首をさらに指で扱くように刺激する。

「はぁっ、はぁっ、そんなに弄っちゃ……」

「ダメなんて言わないでくださいよ。俺、今のテレサさんを見て凄い興奮してるんですから」

テレサの肢体を愛で、その反応を見ている内に俺のものも硬くなってしまった。

少し意識すればテレサも自分の尻に当てられている熱い塊に気づくはずだ。

「そんな、こんなに熱いの当てられてしまったら私……っ！」

押し当てられている男の象徴を感じて、さらに気分が高まってしまったらしい。

膣を愛撫している手から、奥からどんどん熱い愛液が漏れ出てくるのを感じた。

「こんなに濡らして、もう欲しいんですか？」

「ダイゴ様、ごめんなさい。でも、もう疼きすぎておかしくなってしまいそうなんです！」

彼女は内心申し訳ない心でいっぱいなんだろうが、隠しきれない期待が体にあふれ出してしまっている。

その声は普通に話そうとしているのだろうが、喘ぎながらなので分からないほど震えてしまっている。そしてその秘部も、受け入れ準備が万端だとばかりに熱くなっていた。

少し体を動かす度に肉付きの良い尻へ俺のものが擦れて我慢ならない。

「本当に可愛いな、年上とは思えないよ」

いつもの母性的な雰囲気がかき乱され、まるで少女のような反応だ。

「ダイゴ様……お願いします、もう私、我慢出来ません」

「分かってますよ、俺だって限界だ」

俺は発情して息を荒くしているテレサの体を動かし、向かい合うようにして抱える。

そして対面座位になるように位置を調節すると彼女の腰を動かした。

「ひゃっ、ダメ……見ないでください」

感じてしまっている表情を見られたくないのか、顔を反らすテレサ。

だが、俺はそれに構わず高まっている肉棒を彼女に突き立てた。

「ああっ!? い、一気に奥まで……っ！」

いきなり深い挿入でテレサは反射的に声を上げてしまう。

だが、たっぷりと準備した膣は簡単に奥まで咥え込んでしまっていた。

「何恥ずかしがってるんだ。ふたりっきりなんだから、取り繕わなくてもいいんだぞ？」

あえていつもとは違う口調でそう言うと、テレサも俺のほうを見て目を細める。

「良いのですか？ 私、こんなにはしたなくて……」

「いつものテレサも好きだけど、感じてる顔を見るのも興奮する」

そう言いながらグッと腰を引き付けると、俺のものがさらに奥まで押し付けれてテレサの体が震えた。

「すごい、私の中がダイゴ様のでいっぱいになってます」

「ああ、俺も全部がテレサに包まれてるみたいで気持ちいいよ」

彼女は俺の首に手を回し、自分の体を押し付けてきた。

胸の巨大な柔肉がふたりの間でおしつぶされるほど密着し、上から下まで彼女の体を感じていられる。

「テレサ、こっち見て」

「ダイゴ様……んっ」

求めに応じてこっちを向いた彼女に再びキスをする。

そして、そのままゆっくり腰を動かし始めた。

テレサの肉付きの良い尻を掴みながら上下に動かし、俺も腰を上に突き上げる。

彼女のほうもピストンを手伝うように体の動きを合わせている。

「ダイゴ様ので体の中が全て貫かれてしまいそうです。それに、こんなに熱くされたら体が燃えてしまいそう……」

そう俺の目を見つめながら言うテレサ。

さっきの言葉で開き直ったのか、気持ちよさそうな表情も隠すことなく俺に見せつけてくる。

「すごいエロい顔してるぞ、そんなの見せられたら我慢できるはずないじゃないか」

テレサの蕩けた表情を見て俺も興奮が昂るのを止められない。

湧き出てくる欲望に身を任せて腰を突き上げる。

その激しい動きも彼女の中は包み込むように受け止めてくれた。

「くっ、うぅん！　ダイゴ様、激しいですっ」

「悪い、止められないんだ。このままテレサを犯しつくしたい」

この身に滾る衝動も彼女なら受け止めてくれる。

そんな気がして、責めるのは止めなかった。

「はぁはぁ……いいんですよ、もっとしてください。私もダイゴ様に求めてもらえて嬉しいから」

そう言いながらテレサは微笑む。

全てを受け止めるような包容力に俺も参ってしまった。

今までよりさらに強く彼女を求め、犯していく。

それでもテレサは拒絶せず、俺を受け止めてくれた。

「そんなに強くされたら、私壊れてしまいそうですっ！　あんっ、ダイゴ様ぁ！」

激しく腰を突き上げ、膣奥まで責められてテレサのほうも限界らしい。

襲い掛かってくる快感に耐えるように、俺の頭を抱きしめる。

抱きしめられると胸元の乳房に顔が押し付けられて全体で柔らかさを感じてしまう。

天国のような感触を味わいながら、俺は腰を動かし続ける。

「ダイゴ様っ！　私、限界で……っ！」

直ぐ近くでテレサの切迫した声が聞こえた。

「テレサ、俺もそろそろ限界だ」

先ほどまで優しく受け止めてくれた膣も今は締め付けを強めている。

その貪欲に精を求めるような動き耐えられなかった。

「あぐっ、出すぞ……！」

我慢しきれないところまで来てしまった俺は、最後に全力で腰を突き上げる。

「ひっ、あんっ！　なっ、中が持ち上げられる!?　もう、私も……！」

俺の背中に回されたテレサの手に力が入った。

それを感じた瞬間、俺は肉棒を一番奥まで突き込んで欲望を吐き出す。

「……ッ!!　あっ、中がいっぱいに……お腹の中、満たされながらイっちゃいますっ!!」

俺たちふたりの体が同時に震え、強く抱きしめ合ったまま絶頂する。

精液を子宮の中に注いでいる感覚を味わいながら、テレサと一体になったかのように触れ合う。

数分後、絶頂の余韻が引いた俺はゆっくりと彼女の体をベッドに寝かせる。

「ダイゴ様、もう体に力が入りません……」

「俺もだよ、テレサ。知らない間に激しくし過ぎたのかもしれないな」

途中からは必死になってやっていたので、あまり頭が働かなかった。

普通ならまだ余力が残っているはずなので、かなり興奮してしまったらしい。

「ふふ、すこし頑張り過ぎてしまいましたね」

疲れ切った俺も同じようにベッドへ倒れる。

すると、テレサが俺のほうに体を寄せてきた。

そのまま彼女は俺の体を抱きしめる。

普段はしない大胆な行動を少し嬉しく思いつつ、同じように手を伸ばしてテレサを引き寄せた。

「ダイゴ様……」

彼女が一瞬何かを迷うように言い淀んだ後、口を開こうとする。

だが、それは俺が手を出して止める。

「んっ、なんですか？」

CONTENTS

表紙／扉デザイン：ナカヤ デザインスタジオ（柴田 幸男）
本文イラスト：神崎 真理子

▶ 本書の各記事は,「トランジスタ技術」に掲載された記事を再編集したものです.初出誌は巻末に掲載してあります.

第1章　増幅回路

Q1　反転増幅回路と非反転増幅回路はどう違う？

A　OPアンプを使った反転増幅回路と非反転増幅回路は，どちらもよく使われています．それぞれの違いと使いどころを紹介します．

● 違い1：入力抵抗

▶反転増幅回路は入力抵抗を高くしにくい…正確な電圧読み取りには向かない

反転増幅回路は，OPアンプの出力が飽和していない限り，**図1-1(a)**のように反転入力が仮想的にグラウンド電位になります．入力から見ると抵抗R_Iがグラウンドに接続されているのと同じことになり，入力抵抗はR_Iに等しくなります．

OPアンプの入力に接続される抵抗に，入力バイアス電流が流れることによって入力オフセットが増大するので，使用可能な抵抗値は限度があります．

さらに，電圧ゲインを大きくするとR_Fに対してR_Iを小さくしなければなりませんから，入力抵抗は小さくなります．

反転増幅回路の入力の前段に信号源がつながっているとします．入力抵抗が小さいと，信号源内部の抵抗による電圧降下で回路の入力電圧V_Iは信号源の起電力より小さく見えます．そのため，信号源の出力電圧を正確に読み取ることができません．

▶非反転増幅回路は入力抵抗を高められる…正確さが要求される場面でも使える

非反転増幅回路は，**図1-1(b)**のように入力信号はOPアンプの非反転入力端子だけに接続されています．回路の入力抵抗はOPアンプの入力抵抗そのものです．

OPアンプの入力抵抗は，入力電圧の変化分ΔV_Iに対する入力電流の変化分ΔI_Iとして次のように表します．

$$R_I = \frac{\Delta V_I}{\Delta I_I}$$

これはGΩ（ギガ，オーム）以上の大きな値になります．このほかに，入力バイアス電流による影響がありますが，一般的には200 nA以下の比較的小さな値です．JFETやCMOS入力のOPアンプではさらに低く，pAオーダです．特に高インピーダンスの回路でなければ無視できる値です．

入力抵抗が大きいと，入力にほとんど電流が流れないので，回路の入力電圧V_Iは信号源の起電力とほぼ等しくなります．そのため，非反転増幅回路では信号源の出力電圧を正確に読み取ることができます．

● 違い2：精度

▶反転増幅回路

反転増幅回路の電圧ゲインA_Vは次の通りです［**図1-2(a)**］．

$$A_V = -\frac{R_F}{R_I}$$

この抵抗の誤差がもろにゲイン誤差になります．$A_V = -1$なら$R_I = 10\ \mathrm{k\Omega}$，$R_F = 10\ \mathrm{k\Omega}$とすればよいのですが，仮に$R_I$が$-1$%，$R_F$が$+1$%の誤差があったと

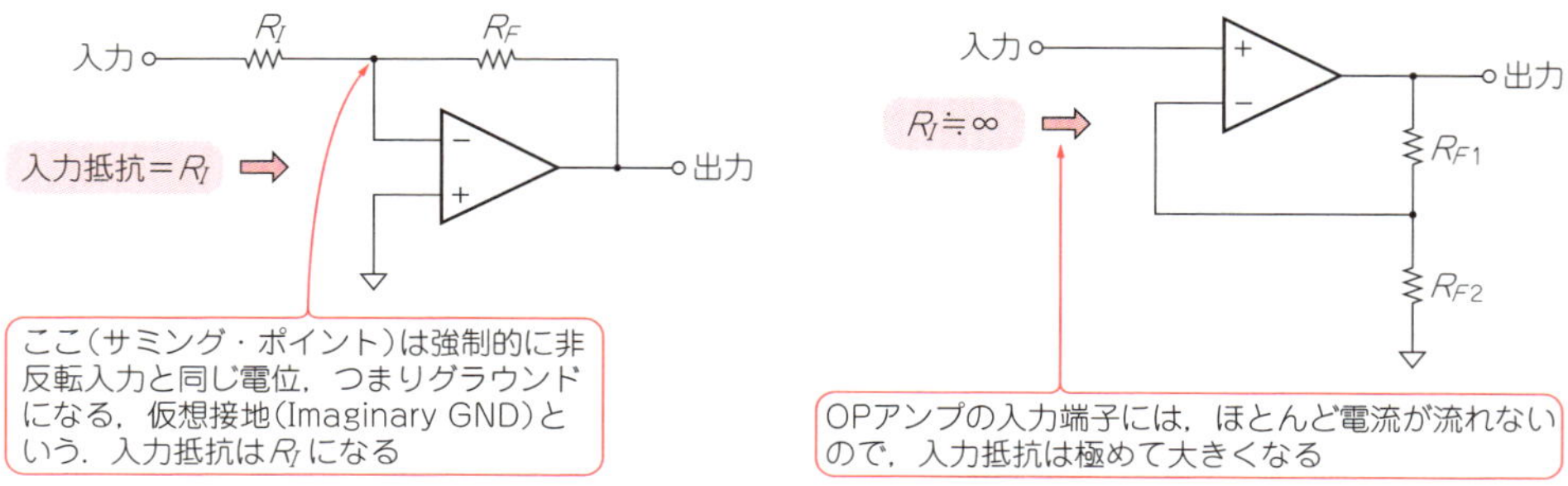

（a）反転増幅回路…入力抵抗を高くしにくい　（b）非反転増幅回路…入力抵抗を高められる

図1-1　反転増幅回路と非反転増幅回路は入力抵抗の設定上限が違う

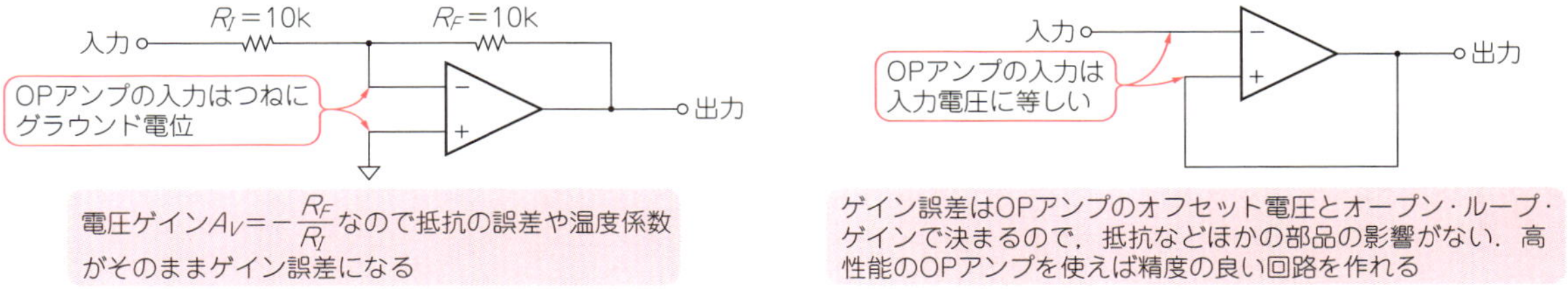

R_I＝10k
R_F＝10k
入力
出力
OPアンプの入力はつねにグラウンド電位
電圧ゲイン$A_V = -\frac{R_F}{R_I}$なので抵抗の誤差や温度係数がそのままゲイン誤差になる
入力
出力
OPアンプの入力は入力電圧に等しい
ゲイン誤差はOPアンプのオフセット電圧とオープン・ループ・ゲインで決まるので，抵抗などほかの部品の影響がない．高性能のOPアンプを使えば精度の良い回路を作れる

（a）反転増幅回路（電圧ゲイン－1倍）　（b）非反転増幅回路（電圧ゲイン1倍）

図1-2　電圧利得1の非反転増幅回路は抵抗の誤差や温度係数の影響を受けないので精度が良い

すると，電圧ゲインは次の通り約2%大きくなります．

$$A_V = -\frac{10.1\ \text{k}}{9.9\ \text{k}} = 1.020202$$

抵抗の温度係数も同様に効いてきます[注1]．

▶**非反転増幅回路**

非反転増幅回路は，**図1-2(b)**のようにゲインが1倍（つまりユニティ・ゲイン・バッファ）なら，電圧ゲインは抵抗値の影響を受けません．OPアンプのオフセット電圧とその温度ドリフトの影響を受けるだけです．

もちろん，**図1-3**のように電圧ゲインを大きくすると，R_{F1}/R_{F2}の項が1より大きくなるため，反転増幅回路と同様に抵抗値誤差の影響を受けます．非反転増幅回路で抵抗誤差の影響を小さくするには，なるべく電圧ゲインを1倍に近づけます．

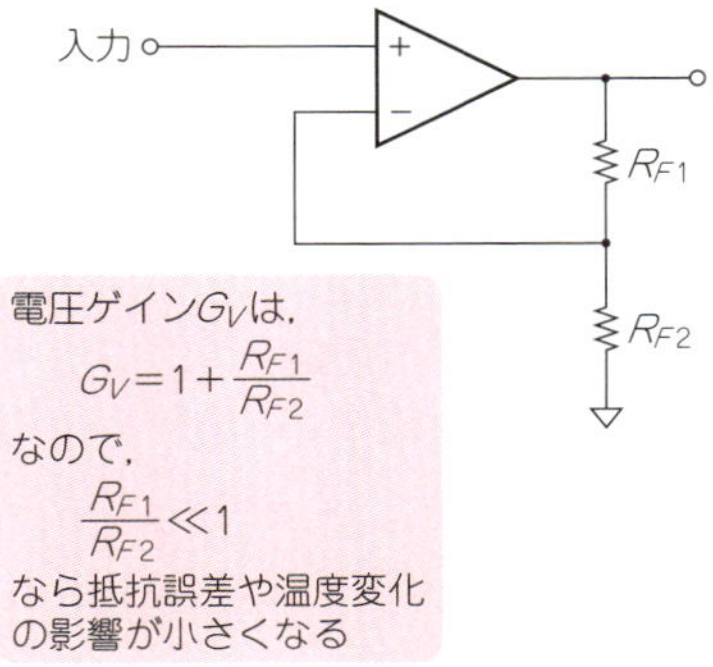

入力
出力
R_{F1}
R_{F2}
電圧ゲインG_Vは，
$G_V = 1 + \frac{R_{F1}}{R_{F2}}$
なので，
$\frac{R_{F1}}{R_{F2}} \ll 1$
なら抵抗誤差や温度変化の影響が小さくなる

図1-3　非反転増幅回路は電圧ゲインが1倍に近いほど精度が良くなる

● 高い精度が必要なら電圧ゲイン1倍の非反転増幅回路（バッファ）を使う

マルチメータの入力段や，20ビット以上の精度のA-D，D-Aコンバータ回路など，0.01%以下の精度を要求される場合には電圧ゲイン1倍の非反転増幅回路，つまりバッファを使うと有利です．

バッファにオフセット電圧が非常に小さくオープン・ループ・ゲインが大きいチョッパ安定化OPアンプを使えば，1ppm程度の精度を実現することも可能です．市販の抵抗でも，絶対精度10ppm，温度係数1ppm/℃といったものが入手可能ですが，OPアンプよりずっと高価で納期もかかります．

高精度抵抗は分圧器や電圧ゲインが必要なところに最小限の数を使って，あとはなるべく電圧ゲインが1倍に近い非反転増幅回路で構成するのが，高精度DC回路を実現するコツです．

高精度な抵抗が必要な場合は，相対精度や相対温度係数のそろった抵抗が複数入ったネットワーク抵抗を使えば，精度もコストも改善できます．

● 反転増幅回路も必要

反転増幅回路に利点はないのかというと，そんなことはありません．

信号の極性を反転するのはもちろん，I-V変換回路，理想ダイオード，logアンプなど，反転増幅回路でなければ実現できない回路もたくさんあります．

反転増幅回路の応用回路はたいていの場合，出力から加算点（OPアンプの反転入力端子が接続されている点）への帰還回路に流れる電流が，入力電圧と入力側の抵抗で決まる定電流になることを利用しています．したがって，帰還回路のI-V特性が（極性は反転するが）そのまま入出力特性になります．

理想ダイオード，リミッタ，折れ線近似回路などはこの特性を応用したものです．　〈登地 功〉

注1：もっとも，同一品種，同一抵抗値の抵抗の誤差や温度係数は似通っている場合が多いので，多少は影響が軽減されることも多い．

Q2 OPアンプの選び方を知りたい

A OPアンプは，Operational Amplifier（演算増幅器）の略称です．第二次世界大戦の最中に微分方程式や積分方程式の解を電子回路で求めるためのデバイスとして開発されました．解は電圧の時間関数$V(t)$で示されます．

● 両電源で動かすOPアンプ回路

$V(t)$の挙動を正の領域に限定せず，負の領域の挙動も可能にするには，**図2-1**に示すように正と負の電源（両電源）が必要でした．

OPアンプは，演算機能を実現するためのデバイスにとどまらず，万能増幅器として使われています．現在のOPアンプも両電源で使用することを前提に設計されたものが圧倒的に多いです．

▶メリット

- オーディオ信号のような両極性信号をそのまま入力できる（バイアス回路が不要）
- OPアンプの品種が多い

▶デメリット

- 電源コストが高い
- パスコンがたくさん必要

▶用途

両電源OPアンプの耐圧は一般的に高いので，ダイナミック・レンジの広い用途に向きます．

● 単電源で使用したOPアンプ回路

図2-2に示すように単電源で使うことを前提に設計されたOPアンプもあります．アナログからディジタルに転換した今日でもアナログ回路は不可欠ですが，ディジタル回路の電源電圧が5V以下の単一電源になった結果，アナログ回路の電源にも5V以下の単一電源が要請される機会が増えました．

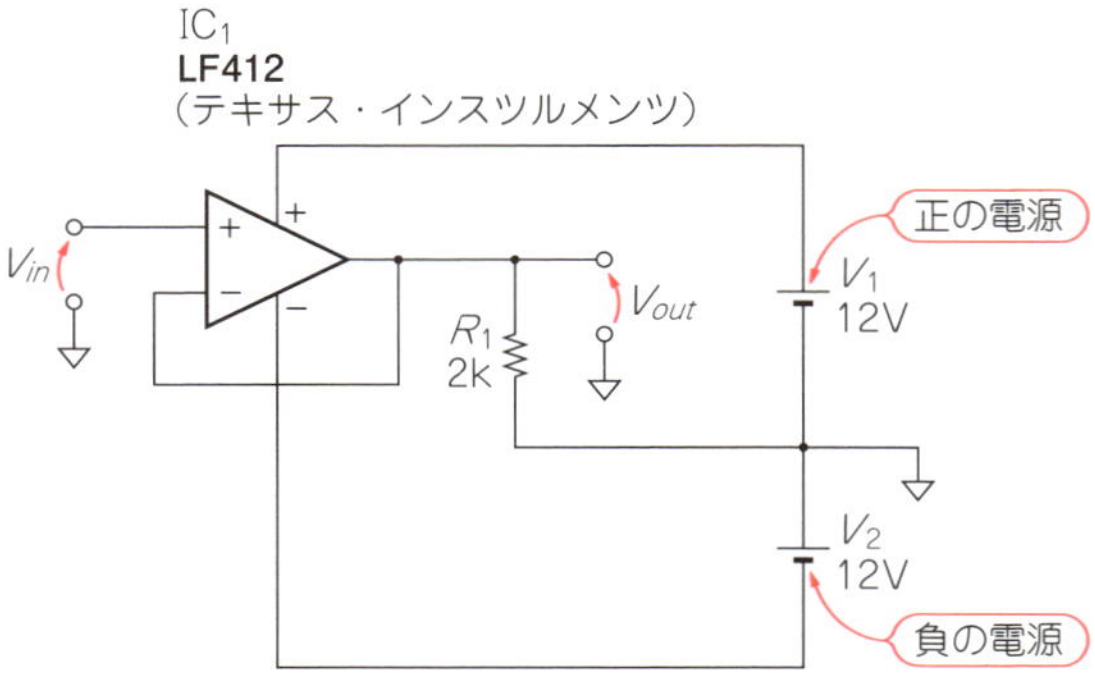

図2-1 両電源のOPアンプ回路（ボルテージ・フォロワ）
両極性信号をそのまま入力できるが正と負の電源が必要．OPアンプの品種が多い

▶メリット

- 電源コストが安い

▶デメリット

- 電源から回り込む雑音を除去する対策が必要
- 両極性信号を入力するとき，バイアス電圧が必要．また直流カット用のコンデンサも必要

▶用途

単電源OPアンプは消費電力が比較的少ないので省電力が必要な用途に向きます．

● OPアンプの重大な欠点…電源電圧までスイングできない

図2-1は，比較的古いOPアンプLF412（テキサス・インスツルメンツ）をボルテージ・フォロワに用いた例です．こんな古いOPアンプを持ち出したのは，OPアンプに特有の重大な欠点をあぶりだすためです．

電源電圧は±12Vです．このアンプに片ピーク電圧11Vの1kHzサイン波を入力したときの出力電圧（V_{out}）の波形を**図2-3**に示します．この図から次に示す2つの欠点がわかります．

(1) 正の出力電圧は+10Vで飽和している
(2) 負の入力電圧が−10Vに達すると，出力電圧の位相が反転する

これは古いOPアンプの多くに見られる欠点です．出力電圧が電源電圧までスイングできない理由の1つは，出力段がエミッタ・フォロワで構成されていることに起因します．仮にエミッタ・フォロワの入力電圧が電源電圧までスイング可能でも，エミッタ・フォロワのV_{BE}の電位降下があるので，出力電圧は電源電圧までスイングできません．

● レール・ツー・レールOPアンプを使う

古いOPアンプで出力電圧が電源電圧までスイング

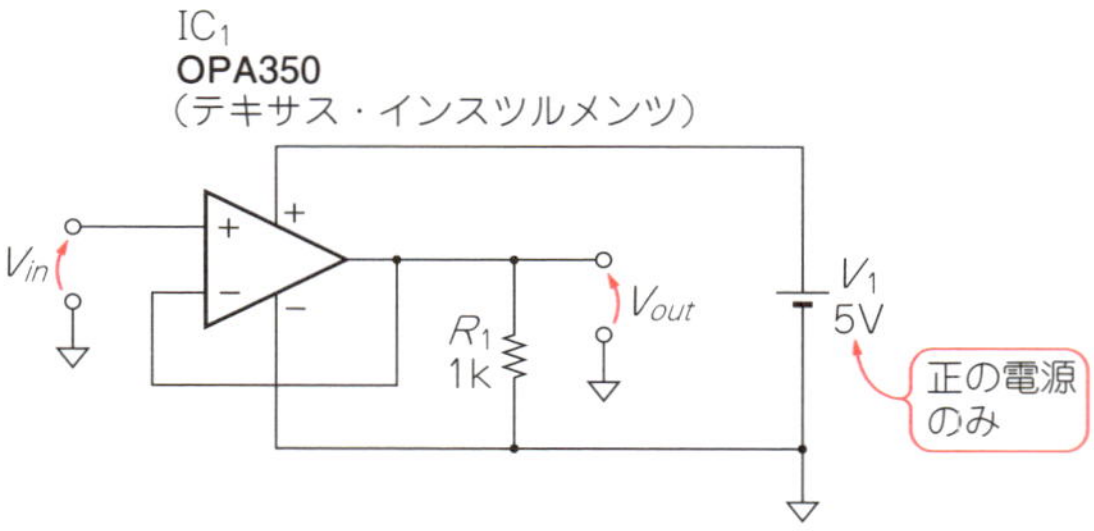

図2-2 単電源のOPアンプ回路（ボルテージ・フォロワ）
電源コストが安いが，そのままだと両極性信号を入力できない．レール・ツー・レールのOPアンプ使用

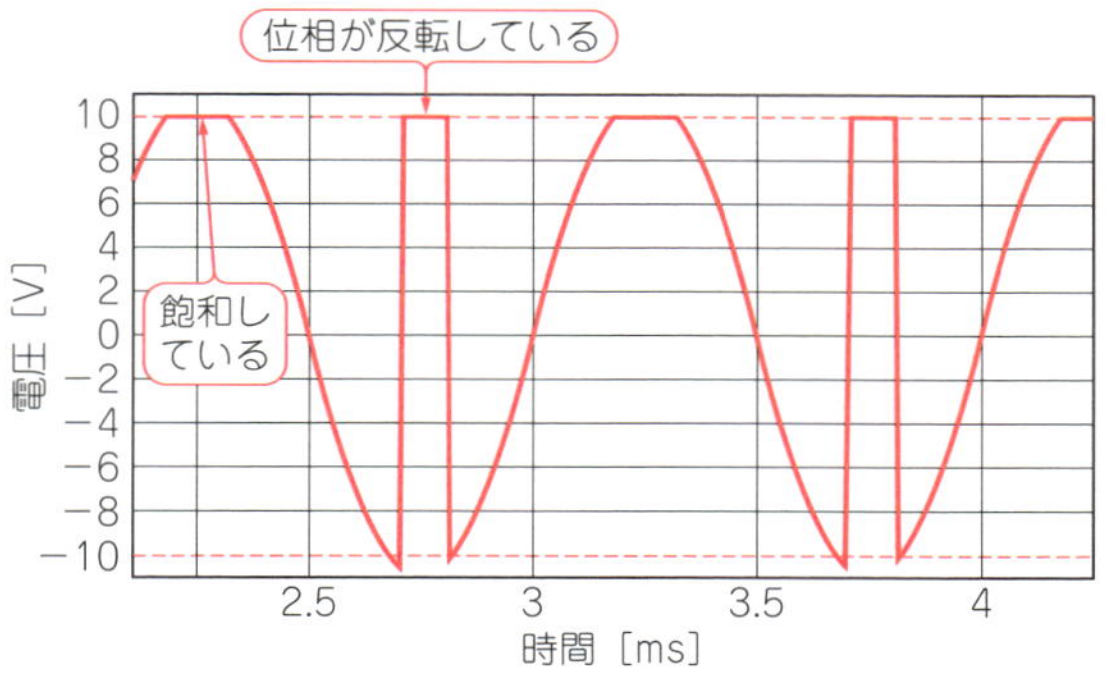

図2-3　図2-1の回路に片ピーク電圧11 Vの1 kHzサイン波を入力したときの出力電圧の変化
SIMetrixによるシミュレーション結果

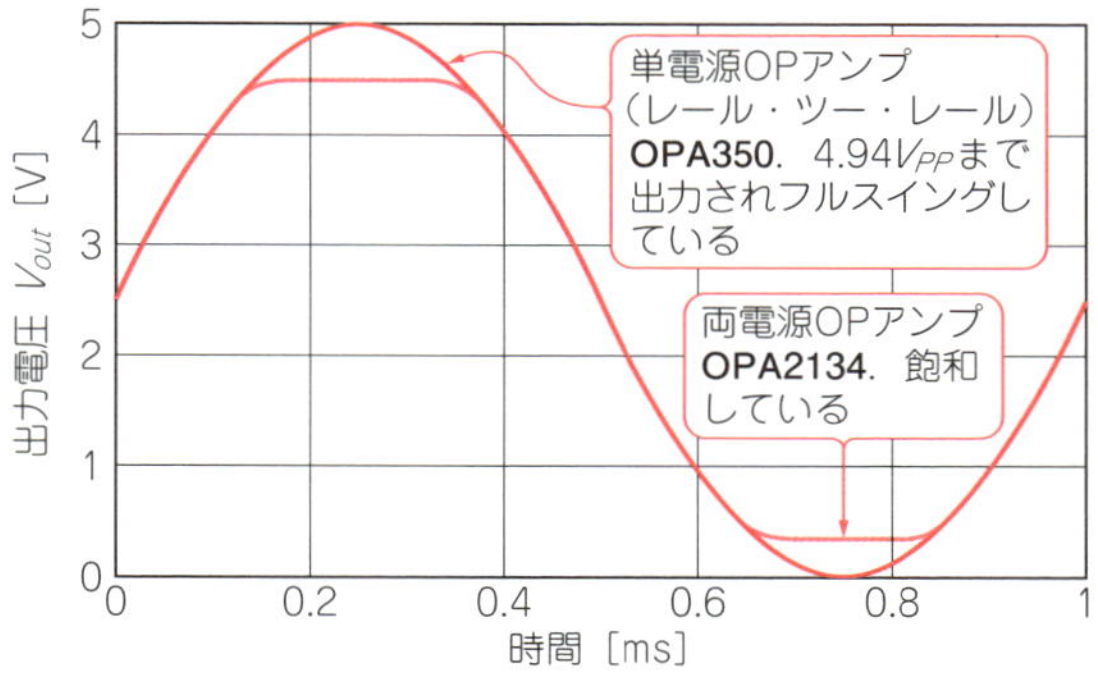

図2-4　図2-2の回路に片ピーク振幅が2.47 Vで2.5 Vのオフセット電圧を持つ1 kHzサイン波を入力したときの出力電圧
SIMetrixによるシミュレーション結果

できない問題は，(1)は「レール・ツー・レール出力OPアンプ」で解決できます．(2)は「レール・ツー・レール入力OPアンプ」で解決できます．レール・ツー・レールとは，「電源電圧いっぱいまで出力がスイングできる」という意味です．

▶レール・ツー・レールの単電源OPアンプのふるまい

片ピーク振幅が2.47 Vで2.5 Vのオフセット電圧を持つ1 kHzサイン波を**図2-2**の回路に入力したとき，OPA350の出力波形は**図2-4**に示すように，入力波形と区別できません．5 Vの電源電圧で4.94 V_{P-P}が出力されています．

念のため出力信号をフーリエ変換すると**図2-5**に示す結果が得られました．基本波1 kHz成分は2.47 Vで，2次高調波成分は1.84 μVですから，2次ひずみ率は0.000074 %です．

OPA350は初段にPチャネル型MOSFETとNチャネル型MOSFETの差動増幅回路を用い，レール・ツー・レール入力を実現し，また出力段を相補ソース接地で構成し，レール・ツー・レール出力を実現しています．

ちなみに単電源用ではないOPA2134に置き換えると，**図2-5**に示したように，波形の先端が完全に飽和します．

▶単電源OPアンプで両極性の信号を増幅する方法

ディジタル回路の出力を単電源OPアンプで受ける場合はバイアス電圧は不要ですが，オーディオ信号の

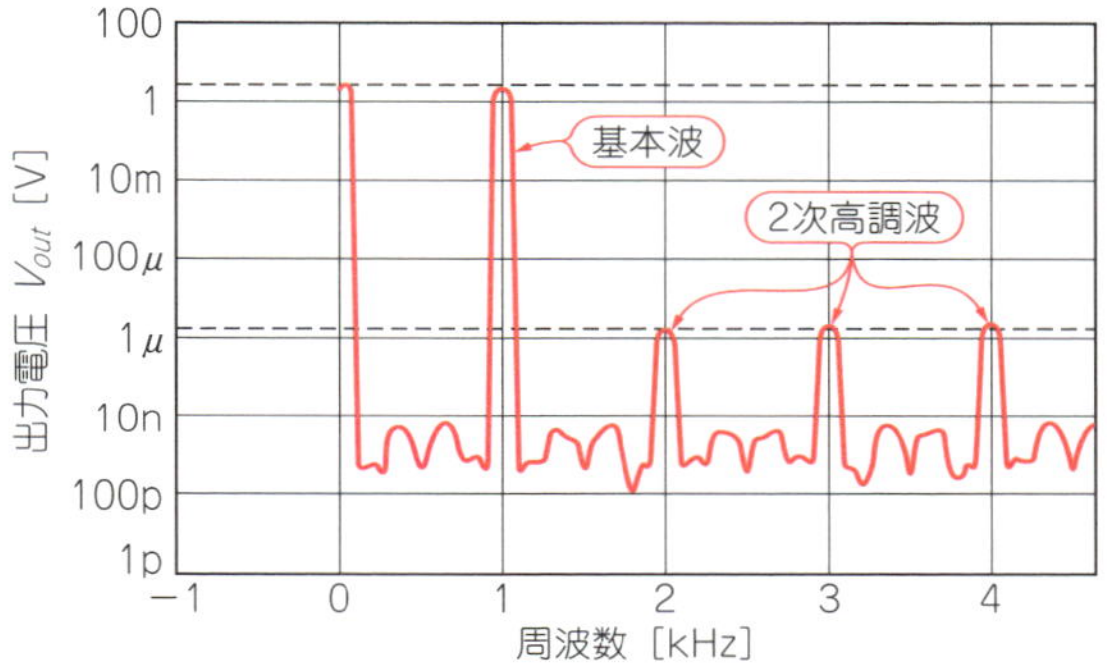

図2-5　図2-4の出力波形の周波数スペクトラム
SIMetrixによるシミュレーション結果

ような両極性信号を単電源OPアンプで受ける場合はバイアス電圧が必要です．また直流成分をカットするコンデンサも必要です．**図2-6**に単電源のヘッドホン・アンプを示します．AD8532(アナログ・デバイセズ)の非反転入力端子に2.5 Vのバイアス電圧を与えるため，R2，R3，R4で電源電圧を分圧しています．C2は電源雑音を除去するためのコンデンサです．C4とC5はパスコンです．OPアンプの電源端子の近くに配置します．

〈**黒田　徹**〉

◆参考文献◆

(1) 黒田徹；解析OPアンプ＆トランジスタ活用，2002年，CQ出版社．

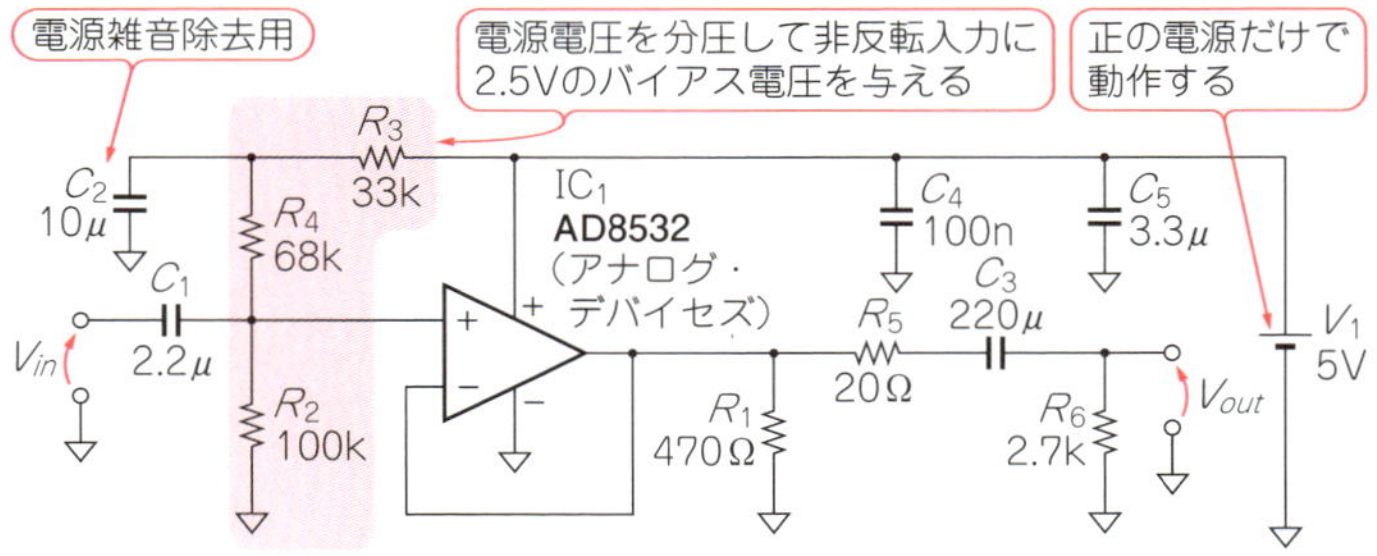

▶図2-6[1]　両極性信号を単電源OPアンプで受ける場合の例
バイアス回路

Q3 A-Dコンバータ（差動入力タイプ）の前段に付くプリアンプはどのように設計すればいいの？

A A-Dコンバータは**図3-1**のように差動入力のタイプが増えています．前段のプリアンプには差動出力タイプが適しています．

● 18ビット以下のA-Dコンバータを使うときは差動入力の専用ドライバを使う

最も簡単な方法は，A-Dコンバータ専用のプリアンプである専用ドライバを使うことです．入力を差動入力A-Dコンバータに適合した信号に変換してくれる便利なICです．入力は差動またはシングルエンドで，出力は差動です．

● 18ビット以上の高精度A-Dコンバータを使うときはOPアンプを使って自作する

高速A-Dコンバータ用の専用ドライバは多いですが，高精度な低周波用ドライバはあまりありません．特に18ビット以上の高精度なA-Dコンバータ用のドライバは見つからないのでOPアンプで自作します．

図3-2に私がよく使う高精度A-Dコンバータ用のドライブ回路を紹介します．OPアンプを2つ並べたシングルエンド入力の回路です．この回路を使って，Vin = ±10 V(20 V_{P-P})のシングルエンド入力信号を，次に示す差動信号に変換してみます．

● OUT + = 2.5 V ± 2 V，　● OUT − = 2.5 V ∓ 2 V

差動出力の電圧振幅の中心となる同相(コモン・モード)電圧 V_{com} は2.5 Vです．20 V_{P-P}入力を4 V_{P-P}出力に変換するので，ゲインは0.4倍です．差動ゲイン G_D は，次の通り求められます．

$$G_D = R_F/R_G$$

この回路では，OPアンプA1，A2のゲイン G_1，G_2 は，それぞれ0.2倍なので，R_G = 15 kΩ，R_F = 3 kΩ にしました．V_{in} が0 V，−10 V，+10 Vのとき差動出力を計算で確認してみます．

▶① V_{in} = 0 Vの場合

図3-2の点A，点Bがわかれば，差動出力OUT +，OUT − の出力電圧 V_{out+}，V_{out-} が求まります．点A電位 V_A，および点B電位 V_B は次の通り求められます．

$$V_A = V_{com}\frac{R_F}{R_G + R_F} \cdots\cdots (3\text{-}1)$$

$$= 2.5\ \text{V} \times \frac{15\ \text{k}}{3\ \text{k} + 15\ \text{k}} = 2.0833\ \text{V}$$

$$V_B = V_{com} + \frac{(V_{in} - V_{com})R_F}{R_G + R_F} \cdots\cdots (3\text{-}2)$$

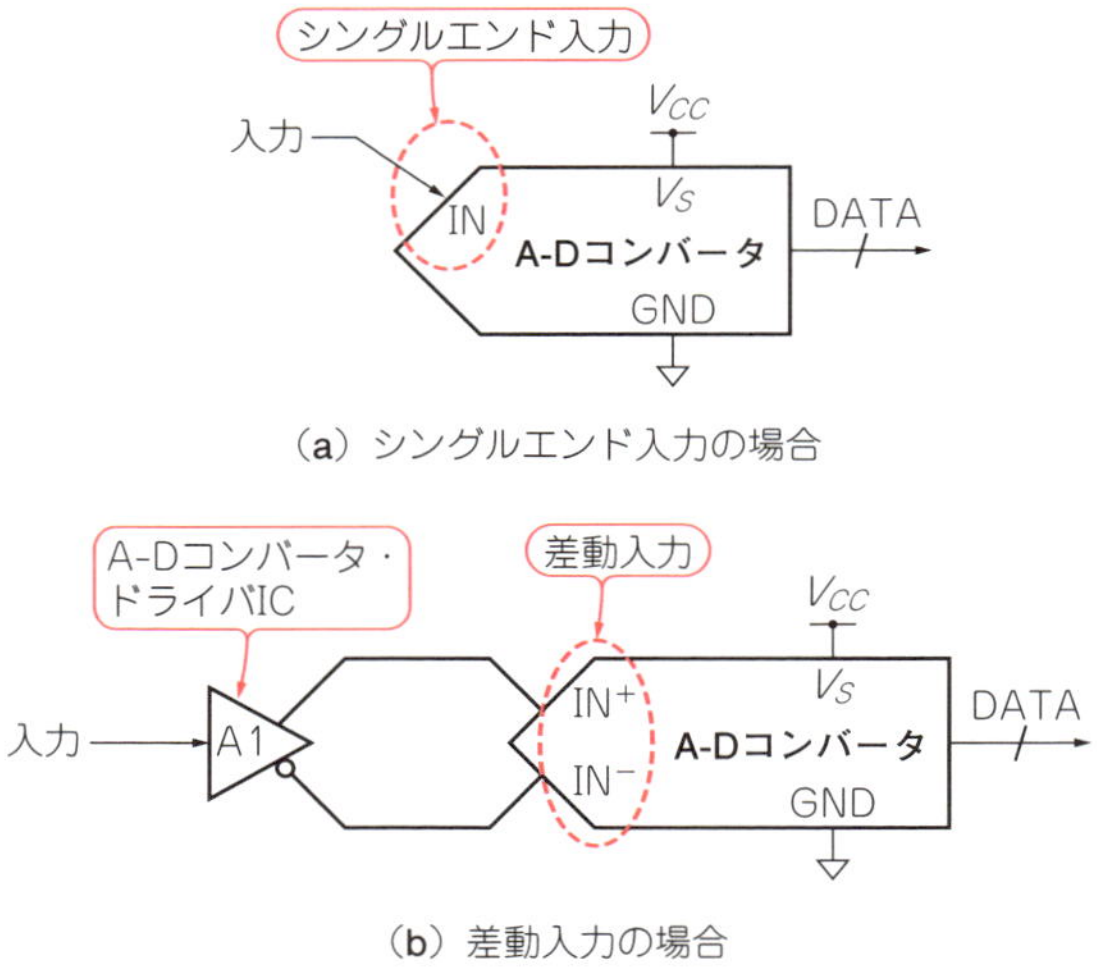

図3-1　最近のA-Dコンバータは差動入力のタイプが多い

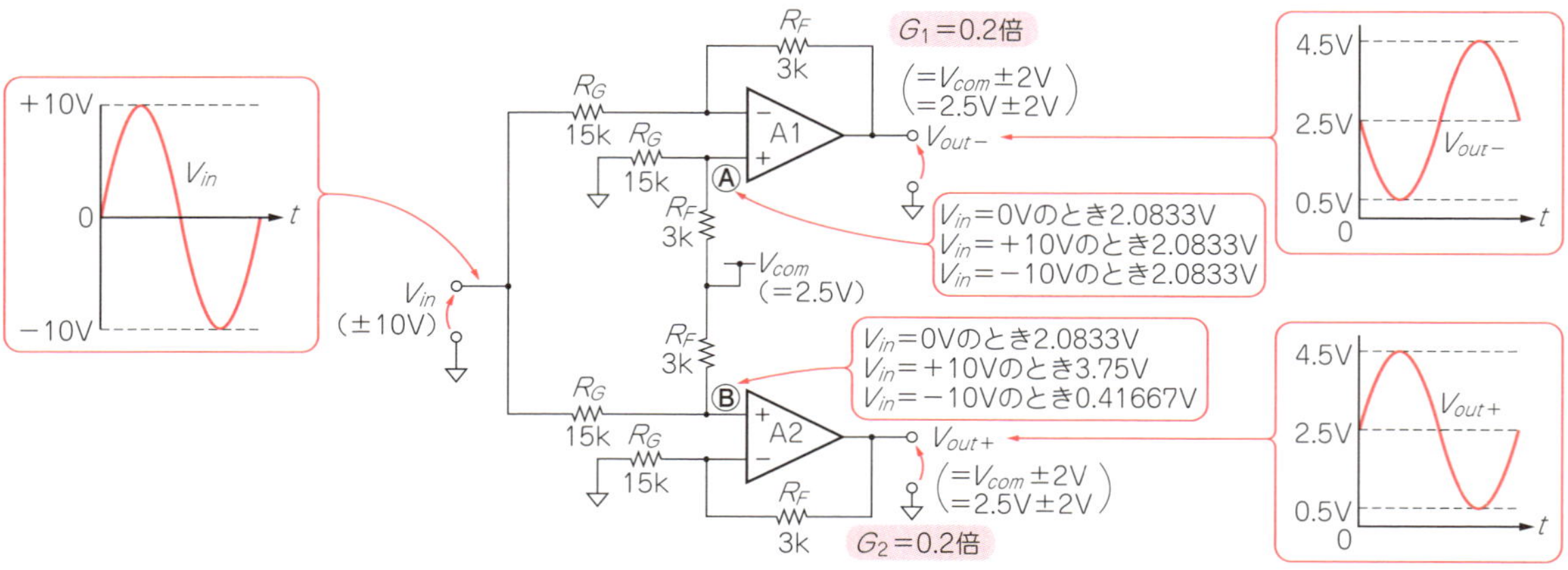

図3-2　OPアンプ2つを並べて自作したA-Dコンバータ用プリアンプ回路

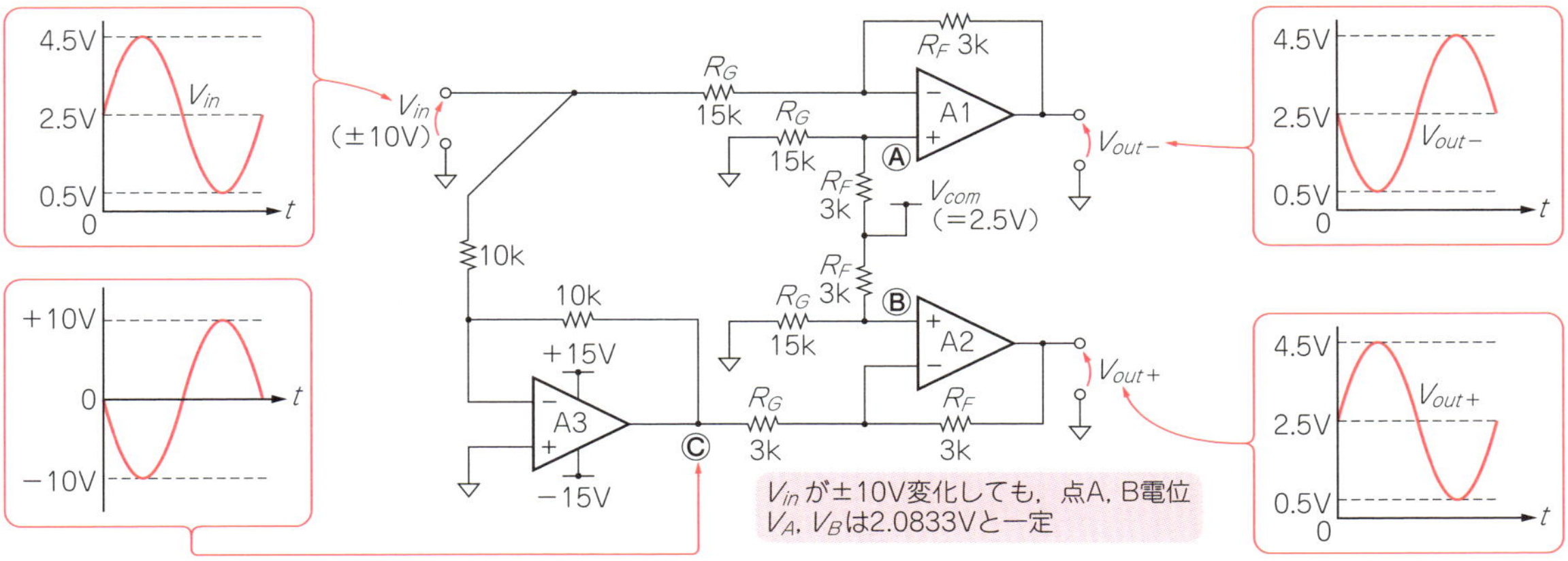

図3-3　精度を担保するために図3-2の回路に反転アンプを追加
A2の入力電圧変動を防ぎ，OPアンプのオフセット変動を防いでいる

$$= 2.5\ \text{V} \times \frac{15\ \text{k}}{3\ \text{k}+15\ \text{k}} = 2.0833\ \text{V}$$

これよりV_{out+}とV_{out-}は次の通り求められます．

$$V_{out+} = V_B + \frac{V_B}{R_G} R_F \cdots\cdots (3\text{-}3)$$

$$= 2.0833\ \text{V} + (2.0833\ \text{V}/15\ \text{k})3\ \text{k} = 2.5\ \text{V}$$

$$V_{out-} = V_A + \frac{V_A}{R_G} R_F \cdots\cdots (3\text{-}4)$$

$$= 2.5\ \text{V}$$

したがって，V_{com} = 2.5 V，差動出力電圧は0 Vです．

▶② V_{in} = ＋10 Vの場合

V_AとV_Bは式(3-1)と式(3-2)から次の通りです．

$$V_A = 2.0833\ \text{V},\quad V_B = 3.75\ \text{V}$$

これよりV_{out+}とV_{out-}は式(3-3)と式(3-4)から次の通り求められます．

$$V_{out+} = 4.5\ \text{V},\quad V_{out-} = 0.5\ \text{V}$$

したがって，差動出力電圧は4 Vです．

▶③ V_{in} = −10 Vの場合

V_AとV_Bは，式(3-1)と式(3-2)から次の通りです．

$$V_A = 2.0833\ \text{V},\quad V_B = 0.41667\ \text{V}$$

これより，V_{out+}とV_{out-}は，式(3-3)と式(3-4)から次の通り求められます．

$$V_{out+} = 0.5\ \text{V},\quad V_{out-} = 4.5\ \text{V}$$

したがって，差動出力電圧は−4 Vです．

このように，V_{in} = ±10 V(20 $V_{P\text{-}P}$)のシングルエンド入力を8 $V_{P\text{-}P}$差動出力に変換できています．

● 反転アンプを追加して精度を担保！

この回路は5 Vの単電源で動作するので，単電源動作の高精度OPアンプが使えます．ただし，レール・ツー・レール入力のOPアンプを使用するとオフセット電圧が変化します．**図3-2**を見ると，V_{in}が変化してもV_Aは2.0833 Vで一定ですが，V_Bは次の通り変化しています．

- V_{in} = 0 Vのとき…………V_B = 2.5 V
- V_{in} = 10 Vのとき…………V_B = 3.75 V
- V_{in} = −10 Vのとき………V_B = 0.41667 V

点BはOPアンプA2の非反転入力なので，OPアンプの入力電圧がV_{in}によって大きく変化します．これだとレール・ツー・レール入力OPアンプの場合，オフセット電圧が変動し，場合によっては精度の劣化を生じます．

図3-3に対策を施した回路を示します．ゲイン−1倍の極性反転回路として機能するOPアンプA3を追加しています．V_{in}が±10 Vと大きいので，OPアンプA3は±15 Vで動作させます．

この回路では，V_{in}が±10 V変化しても点A，B電位V_A，V_Bは2.0833 Vと一定値になります．したがって，この回路では前述のレール・ツー・レール入力OPアンプの欠点が改善されます．

〈松井 邦彦〉

◆参考文献◆

(1) 松井邦彦；レール・ツー・レール入出力OPアンプISL28136，2009年6月号，トランジスタ技術，pp.212-215，CQ出版社．
(2) 松井邦彦；A-Dコンバータ活用成功のかぎ，2010年，CQ出版社．

トラブル対策編

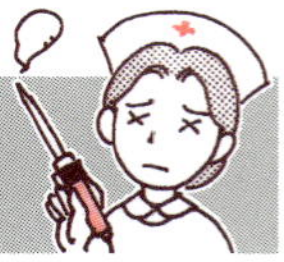

Q4 多重帰還アンプの方形波応答に大きなオーバーシュートが出る．どうすればいい？

A

● 症状

図4-1は2個のOPアンプを使った多重帰還型の非反転増幅回路です．この回路のクローズド・ループ・ゲインGは，

$$G = \frac{R_3 + R_4}{R_3} \cdots\cdots (4\text{-}1)$$

と表せます．IC_{1a}，R_3，R_4だけで構成する**図4-2**のような非反転増幅回路に比べ，初段IC_{1b}の利得分だけ帰還量が多いため，**図4-3**のような非常に低いひずみ率が得られるのが特徴です．なお，C_1とC_2は位相補償容量です．f_T = 10 MHzのOPアンプ(LM833やNJM5532)を想定して容量値を定めています．

LM833とNJM5532はオーディオ用の低雑音・低ひずみ率OPアンプで，両者の特性は**表4-1**のように酷似しており，**図4-1**の多重帰還アンプに使った場合の実測周波数特性も**図4-4**のようにほぼ同じでした．

しかし，大振幅の方形波応答は大きな差があります．LM833を使うと**写真4-1(a)**のように大きなオーバーシュートが生じてしまうのです．

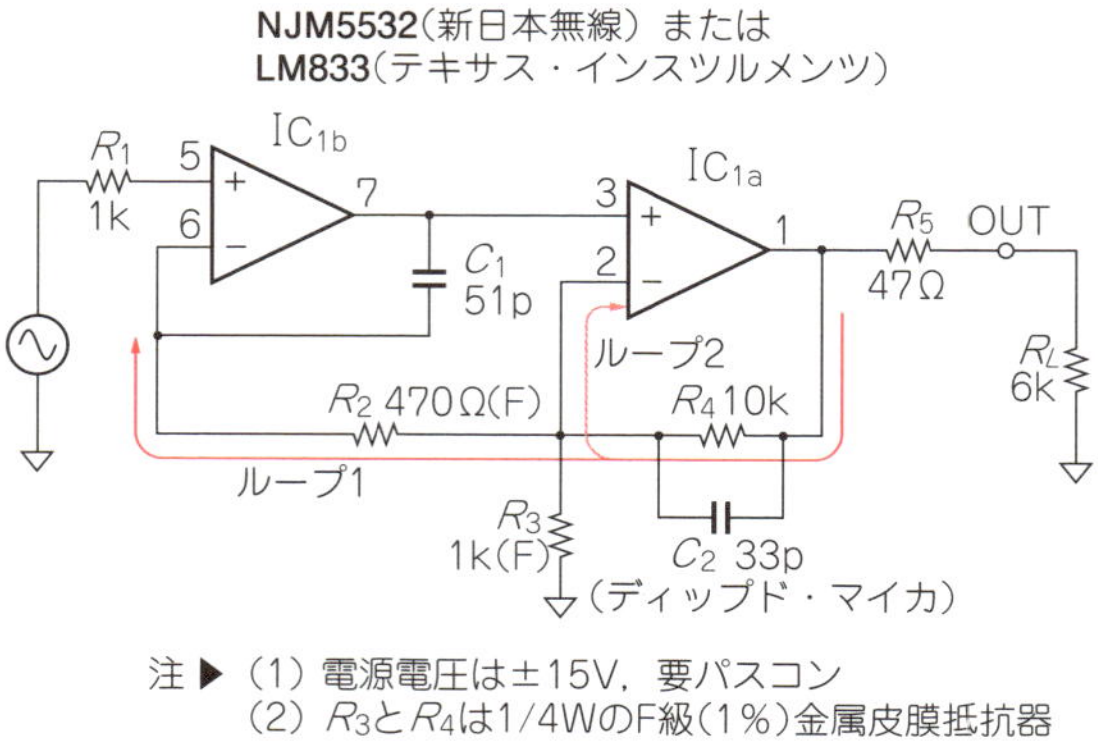

図4-1　非常に低いひずみ率が得られる多重帰還アンプ

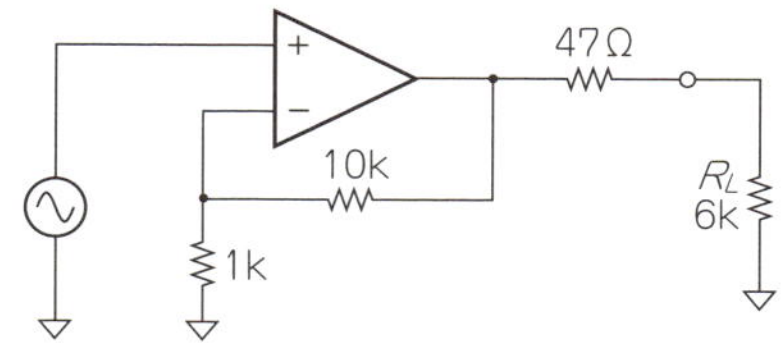

図4-2　非反転増幅回路の基本回路

● 原因

大振幅の方形波を入力すると，方形波のエッジでLM833の初段IC_{1b}の出力電圧は**図4-5(a)**に示すように5V近くまで達し，2段目IC_{1a}が強くオーバードライブされます．

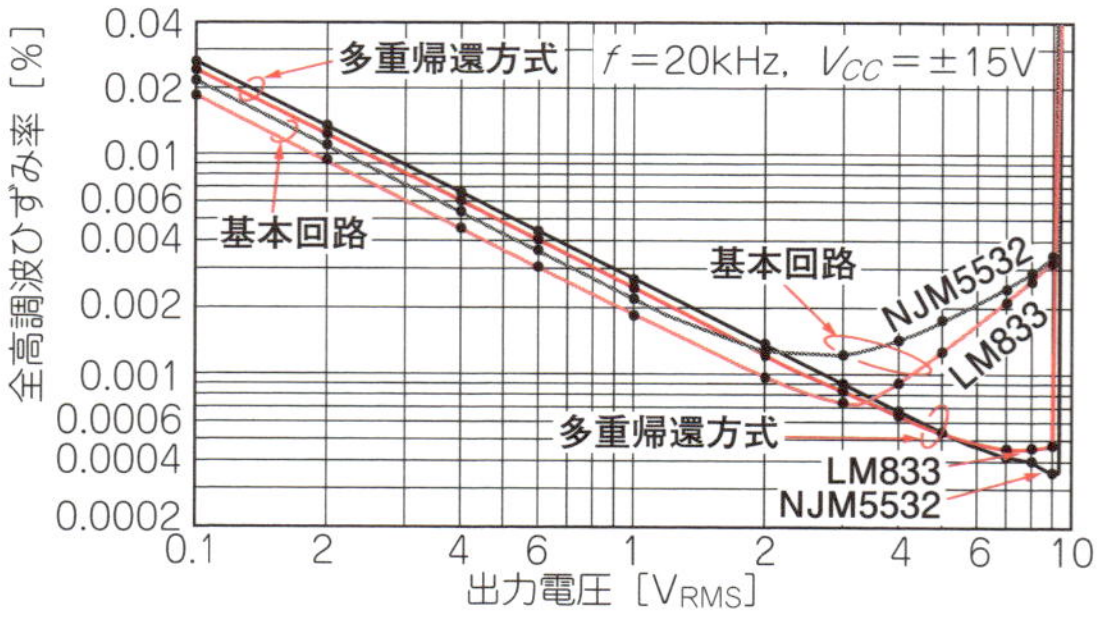

図4-3　非反転増幅回路の全高調波ひずみ率特性

表4-1　NJM5532とLM833の電気的特性の比較

項　目	NJM5532	LM833	単位
ユニティ・ゲイン周波数	10	9	MHz
スルー・レート	8	7	V/μs
入力雑音電圧密度	5	4.5	nV/√Hz

一方，NJM5532の場合は**図4-6**のように差動入力端子間に保護ダイオードがあるので，2段目IC_{1a}のドライブ電圧は±0.7V程度に抑えられます．そのため**図4-5(b)**に示すように，過剰ドライブしてもすぐに回復し，オーバーシュートが抑えられます．

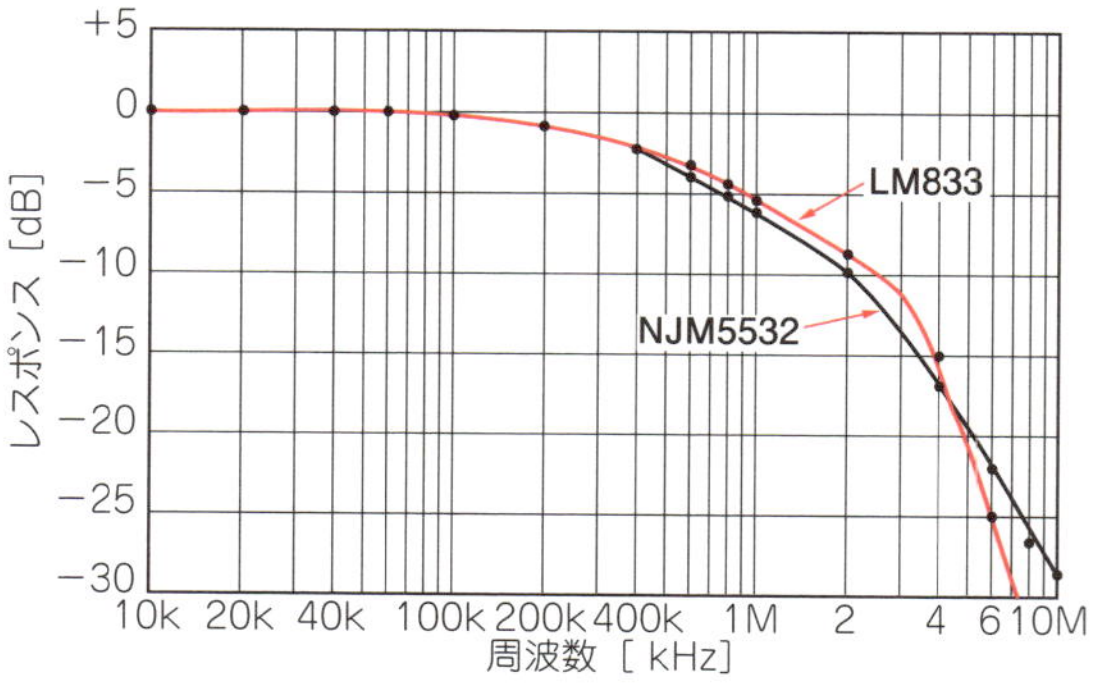

図4-4　多重帰還アンプの実測周波数特性

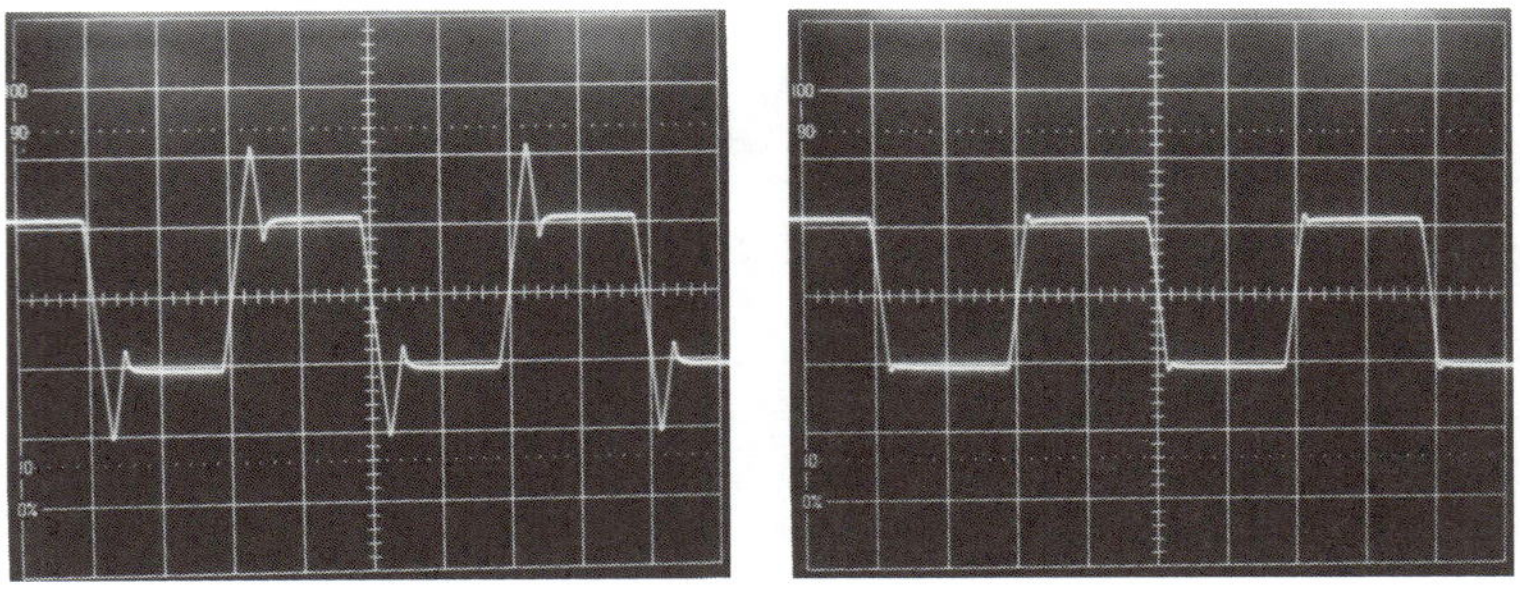

（a）LM833　（b）NJM5532

写真4-1　大振幅時の方形波応答(f = 50 kHz，5 μs/div.，5 V/div.)

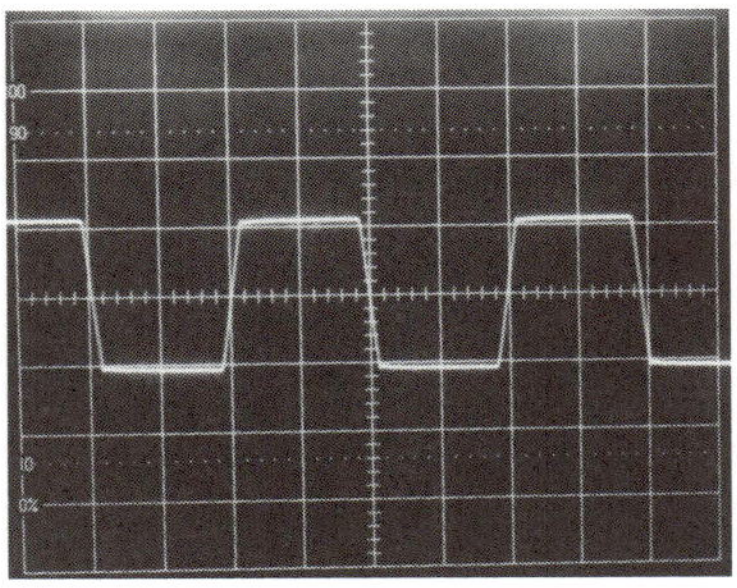

写真4-2　対策後の波形(f = 50 kHz，5 μs/div.，5 V/div.)

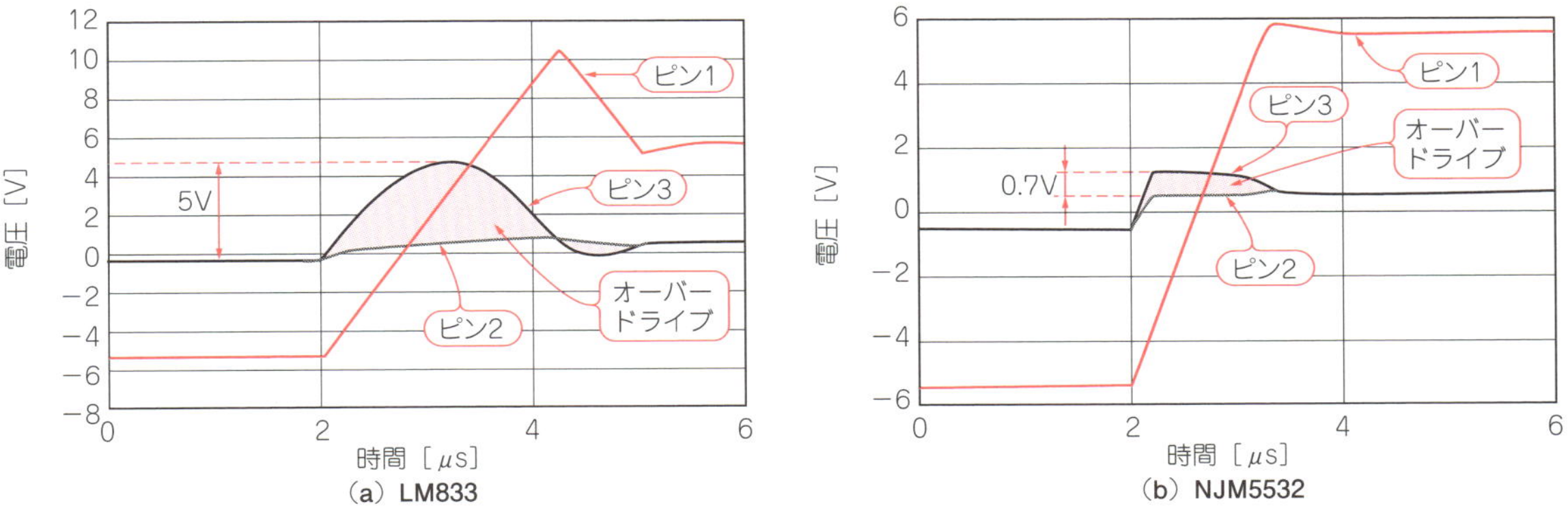

図4-5　2段目(IC$_{2a}$)**の入出力電圧の立ち上がり特性**

● 対策

LM833の2段目の入力端子間(ピン2～3)に2個のクランプ・ダイオード(1N4148など)を**図4-6**のように接続します．対策後は**写真4-2**に示すようにオーバーシュートが完全に消えています．　**〈黒田 徹〉**

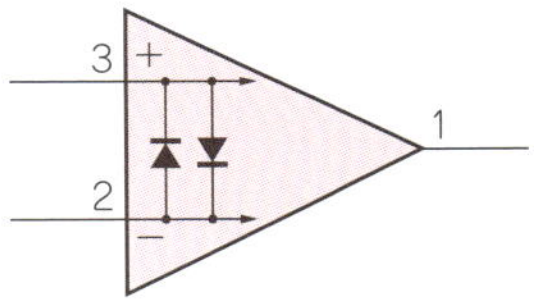

図4-6　5532型OPアンプの差動入力端子間の保護ダイオード

基本的な回路検討は理想OPアンプで考える　Column 1

基本的な回路検討を行う際には，**図A**に示す理想OPアンプを使用します．パラメータはゼロか無限大のみで，直流的な基本特性だけ考えます．

入力抵抗は「入力インピーダンス」と言ったりしますが，直流や低周波では等価的な抵抗だけ考えればよいです．周波数が高くなると静電容量が効いてきますし，さらに高周波ではインダクタンス分などを含む複雑なインピーダンスになります．

実際のOPアンプの特性とは少し違いますが，基本的な回路を考えるときはわかりやすくなります．

〈登地 功〉

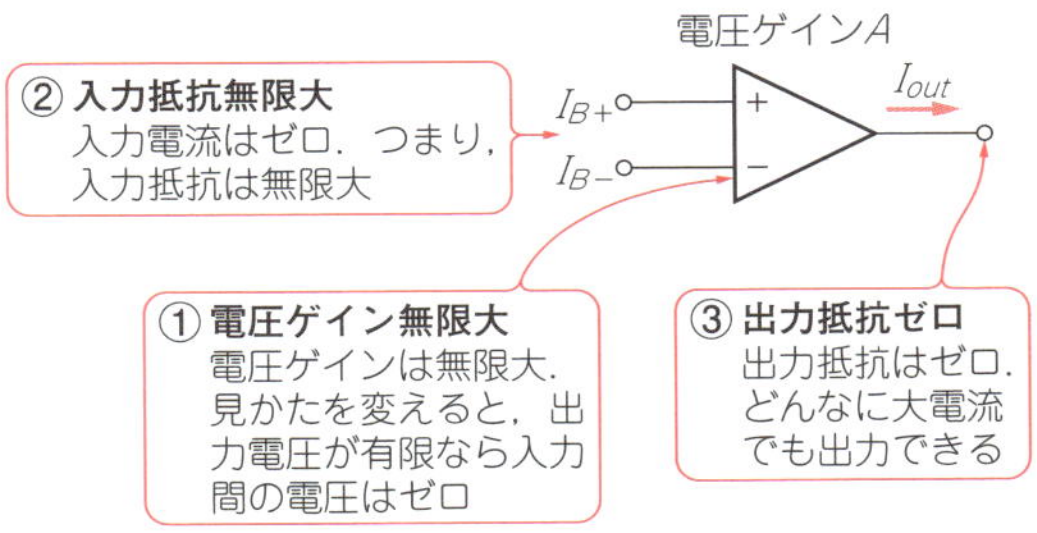

図A　理想OPアンプの性能

Q 5 低雑音OPアンプを使ったのに増幅回路の*SN*比が悪い．なぜ？

A

● 症状

低雑音OPアンプを使ったのに思いのほか*SN*比が良くない（雑音が多い）増幅回路の例を**図5-1**に示します．

● 原因

抵抗R_1とR_2の値が大きすぎるのが原因です．LM833やNJM4580は汎用OPアンプの中では屈指の低雑音ですが，回路定数が不適当だと実力を生かせません．

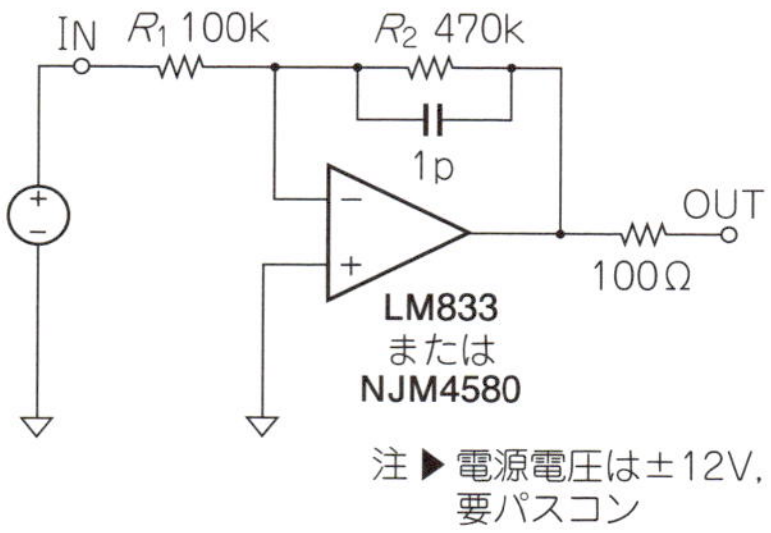

図5-1　雑音が多い増幅回路の例

● 対策

図5-1の増幅回路の出力雑音電圧の実測値はLM833使用時に79 μV_{RMS}，NJM4580使用時に73 μV_{RMS}ですが，R_1とR_2の比を考えずに両者の値を下げれば，**表5-1**のように雑音が大幅に減少します．

OPアンプは**図5-2**に示すような入力雑音電圧e_nと入力雑音電流i_nをもっています．i_nは信号源抵抗R_sに流入し，雑音電圧i_nR_sを生じます．またR_sは熱雑音を発生するので，単位帯域幅当たりの全入力雑音電圧すなわち全入力換算雑音電圧密度v_{ns}は，

$$v_{ns}=\sqrt{4kTR_9+e_n{}^2+(i_nR_9)^2}\ [\mathrm{V\sqrt{Hz}}]\cdots\cdots(5\text{-}1)$$

ただし，k：ボルツマン定数（1.3805×10^{-23} [J/K]），T：絶対温度［K］，R_s：信号源抵抗［Ω］

となります．$4kTR_9$は熱雑音電力密度です．

LM833のv_{ns}を計算しましょう．LM833のe_nとi_n（標準値）である$e_n=4.5\,\mathrm{nV}/\sqrt{\mathrm{Hz}}$，$i_n=0.7\,\mathrm{pA}/\sqrt{\mathrm{Hz}}$を上式に代入すると，常温（$T=300\,K$）において**図5-2**のグラフが得られます．$v_{ns}$は$R_s$の増加とともに増えることがわかります．

図5-1の信号源抵抗R_sは，R_1とR_2の並列合成値に等しいので，R_1とR_2の比を変えずに両者の値を下げれば，ゲインはそのままで，雑音出力が減少します．出力雑音電圧v_{no}は次式で与えられます．

$$v_{no}=v_{ns}\left(\frac{R_4+R_5}{R_5}\right)\sqrt{\Delta f}\ \ [\mathrm{V_{RMS}}]\cdots\cdots\cdots\cdots(5\text{-}2)$$

帰還率の逆数$(R_1+R_2)/R_1$を「ノイズ・ゲイン」と呼びます．Δfは帯域幅（単位はHz）です．

〈黒田 徹〉

表5-1　帰還抵抗の値と出力雑音電圧の関係（実測）

R_1［Ω］	R_2［Ω］	出力雑音電圧［μV_{RMS}］	
		LM833使用時	NJM4580使用時
1 k	4.7 k	11.4	10.5
10 k	47 k	24	24
100 k	470 k	79	73

注▶雑音測定帯域：2 k～100 kHz

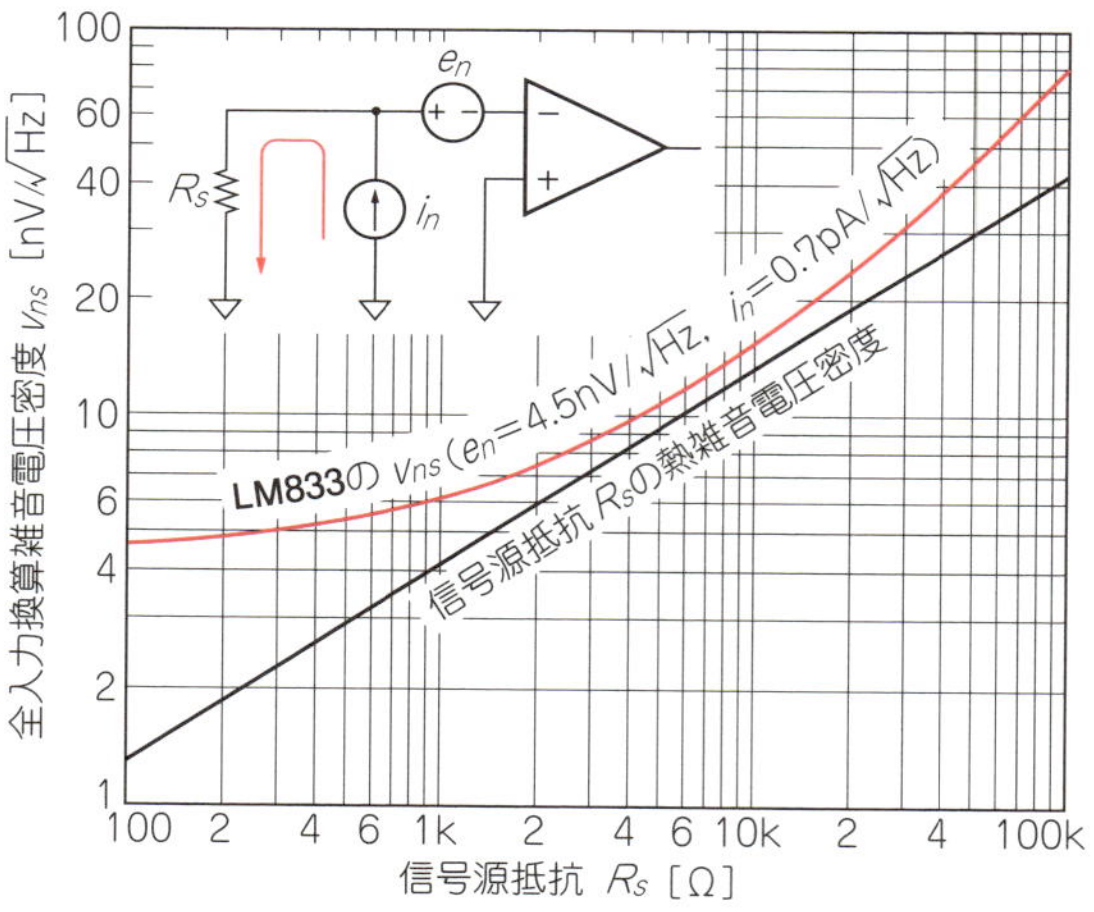

図5-2　OPアンプの信号源抵抗-全入力換算雑音電圧密度

6 増幅器の信号が出なくなった

電荷感応型増幅器(チャージ・アンプ)を真空中で使用していたら，数時間後に増幅率が低下し始め，最後には，ほとんどのアンプで信号が出なくなりました．

回路はディスクリート部品で構成していて，プリント基板で表面実装しています(**図6-1**)．

入力は高電圧をかけた検出器であり，コンデンサで電圧を分離しています．高電圧ノイズなどで，大きなマイナス・パルスが発生する可能性があるので，ダイオードによる保護回路を付けています．このダイオードにはショットキー・バリア・ダイオードのMA781を使いました．

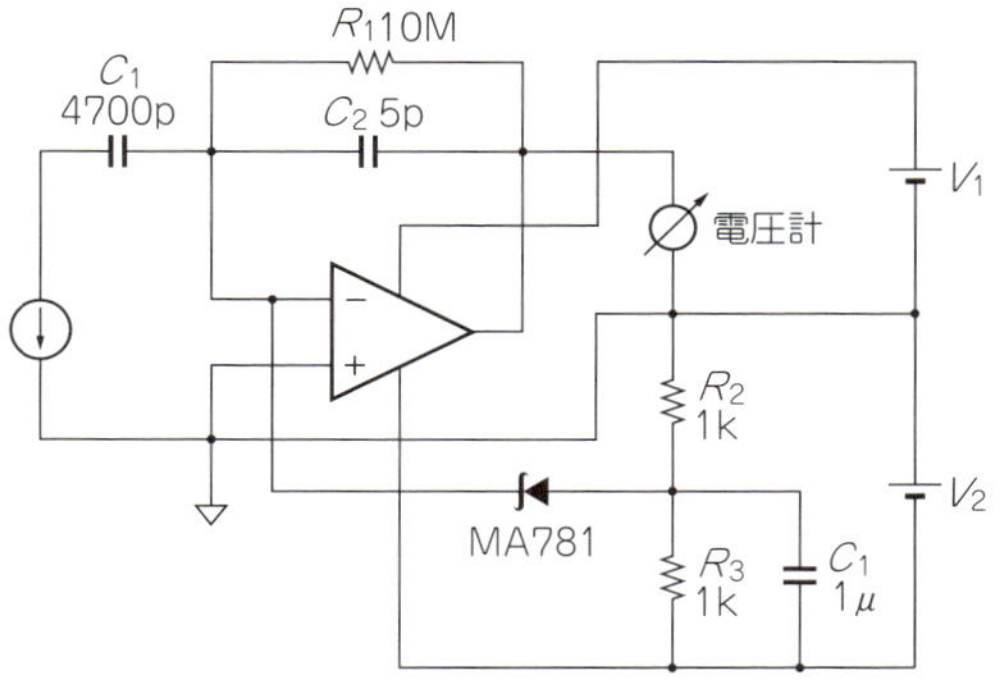

図6-1　電荷感応型アンプの回路

原因

大気中の使用では問題がなかったので，真空中では空気の対流がなくなって放熱しづらくなり，温度上昇したのが原因だろうと予想が付きました．真空中でのテストは大変なので，大気中で電気ストーブとドライヤで加熱しながらようすを見ました．

図6-2にテスト回路を示します．温度を測りながら，逆電圧 V_R の変化を測定しました．温度はLM35DZ(テキサス・インスツルメンツ)を使用し，スキャナの付いたレコーダで切り替えながら測定しました．LM35DZをアルミ・テープで基板に密着させ，基板の裏側からドライヤで，なるべく均等になるように暖めました．

すると案の定，アンプ出力が小さくなり始めました．熱を部分的に加えたり，冷ましたりしながら，保護ダイオードが原因であることを突き止めました．チャージ・アンプ入力部分に付けていた保護ダイオードの逆方向抵抗が，温度上昇によりチャージ・アンプのフィードバック抵抗(10 MΩ)より小さくなったために起こったことがわかりました．

図6-3に温度特性を示します．比較のため，シリコン・ダイオード1S1588の測定結果も示してあります．加熱と放熱の場合のデータです．ショットキー・バリア・ダイオードが，こんなに温度に弱いとは思ってもいませんでした．

対策

保護ダイオードをシリコン・ダイオードに変更すれば良いと思われます．実は，最初はシリコン・ダイオードを使用していました．しかし，表面実装化するにあたり，ほかで使用していたショットキー・バリア・ダイオードが小さくて手ごろだったので，あまり考慮せずに流用してしまいました．

結局，プリアンプの入力には，できるだけ何もないほうが良いと思い，思い切って保護ダイオードを外してしまいました．その後，数年間使用していますが，壊れていないので，保護ダイオードは不要だったと思われます．

〈佐藤 節夫〉

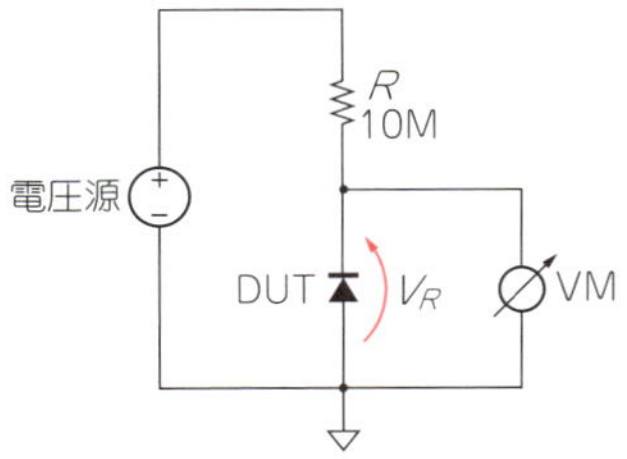

図6-2　ダイオードの逆方向電圧の測定回路

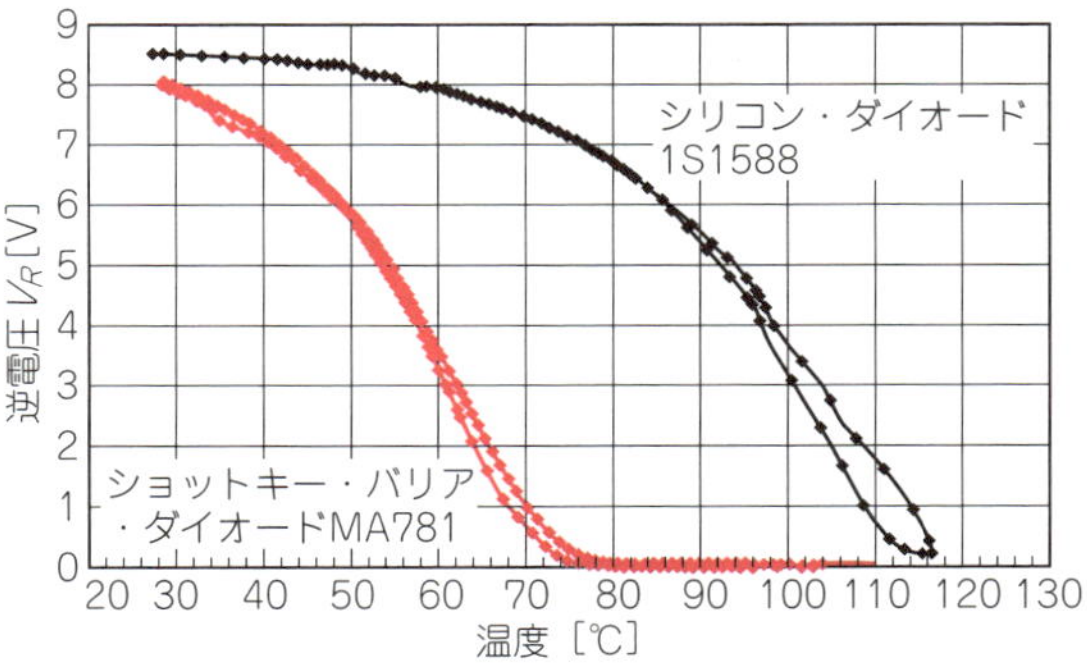

図6-3　ダイオードの逆方向電圧の温度特性

Q7 位相補償容量の値をいくら増やしてもゲインが安定しない

図7-1は相補2段増幅回路です．2段目トランジスタTr_5とTr_6のベース-コレクタ間のC_fは位相補償容量です．この回路の周波数特性を**図7-2**に示します．C_f = 100 pFの場合，7.5 dBのピークがあります．C_fを10倍の1000 pFにしても+6 dBのピークがあります．

ゲインを安定させるにはどうすればいいでしょうか？

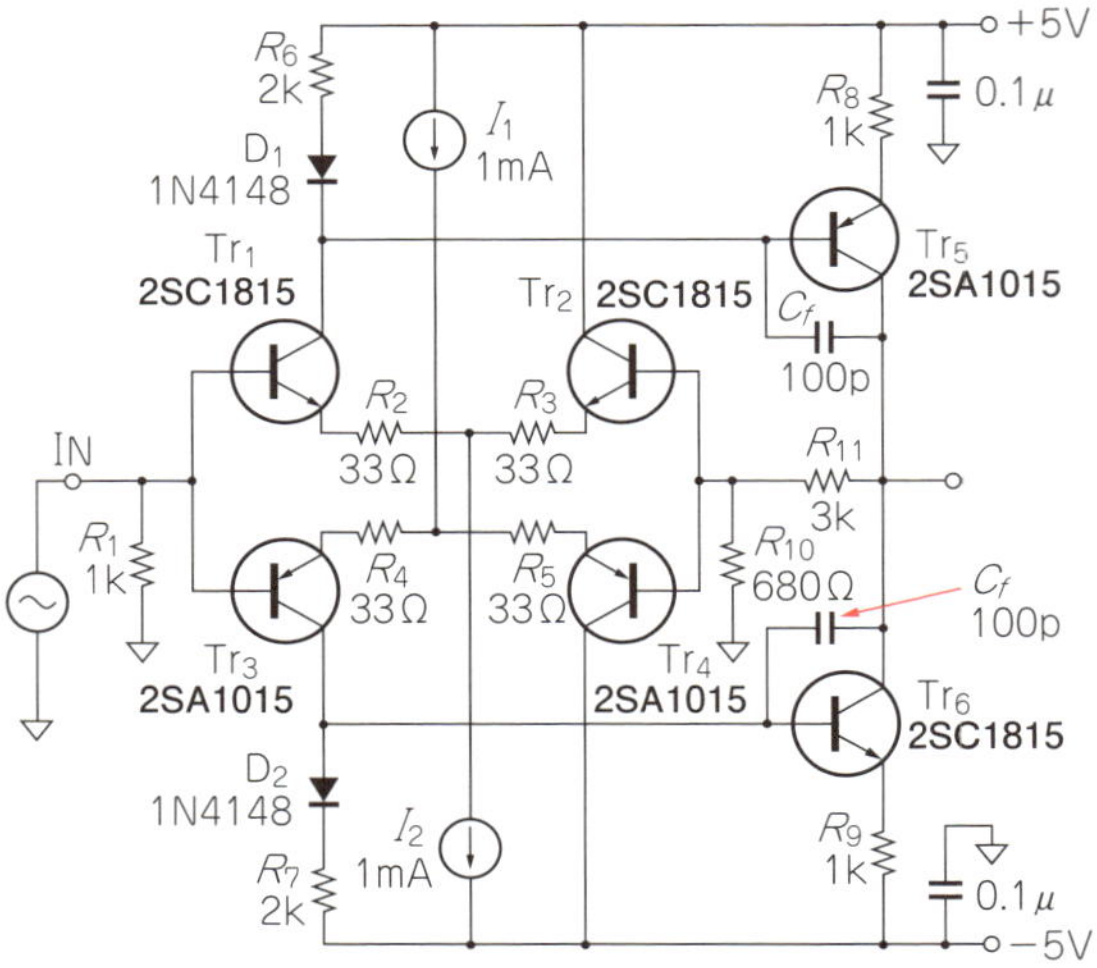

図7-1　コンプリメンタリ・トランジスタによる2段増幅回路

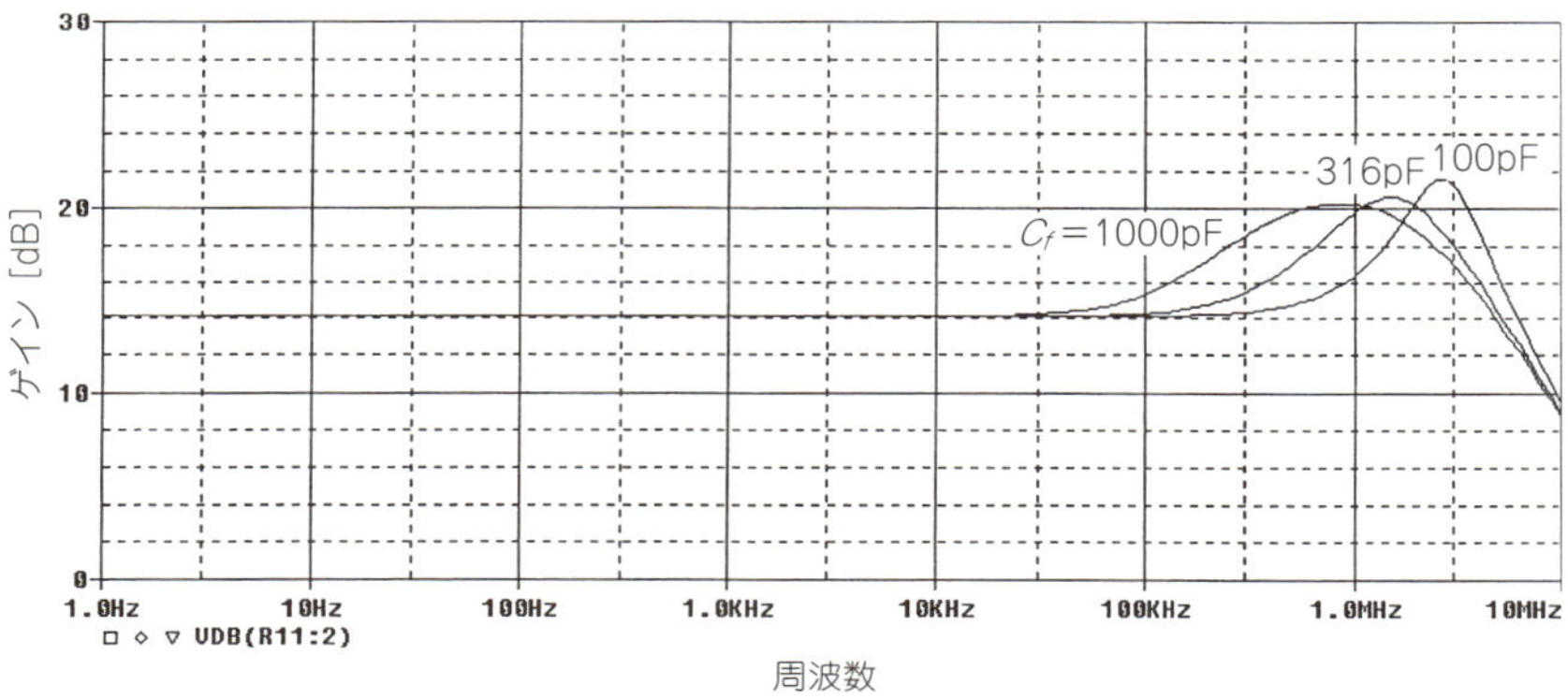

図7-2　図7-1の回路の閉ループ・ゲインの周波数特性(シミュレーション)

A

● 原因

原因を調査しましょう．この増幅器のループ・ゲインのボーデ線図を**図7-3**に示します．Cf = 100 pFでもCf = 1000 pFでも50°の位相余裕[注1]があります．しかし，ゲイン余裕[注2]は3 dBしかありません．

C_fのミラー効果により周波数特性は−6 dB/oct.で減衰するはずですが，C_f = 100 pFの場合は2 MHz以上で平たんになり，1000 pFの場合は200 kHz以上で平たんになっています．

下がるはずのゲインが下がらない原因は，Tr_5のエミッタ抵抗R_8とTr_6のエミッタ抵抗R_9にあります．十分高い周波数ではC_fのインピーダンスは，エミッタ抵抗(＝1 kΩ)より小さくなります．つまり2段目トランジスタのベース-コレクタ間は実質的に短絡状態になります．換言すると，2段目トランジスタは**図7-4**のようなダイオードと等価です．このような周波数では，2段目の増幅機能は失われ，初段だけの1段増幅になるため，信号は初段のコレクタからダイレクトにフィードバックします．これは正帰還です．

つまり，位相補償段のエミッタ抵抗R_8とR_9が大きすぎるのが原因です．

注1：**位相余裕の定義▶**ループ・ゲインが0 dBとなる周波数におけるループ・ゲインの位相に180°を加えたもの．
注2：**ゲイン余裕の定義▶**ループ・ゲインの位相が180°遅れる周波数におけるゲインをdBで表したとき，ゲインの符号を反転したもの．

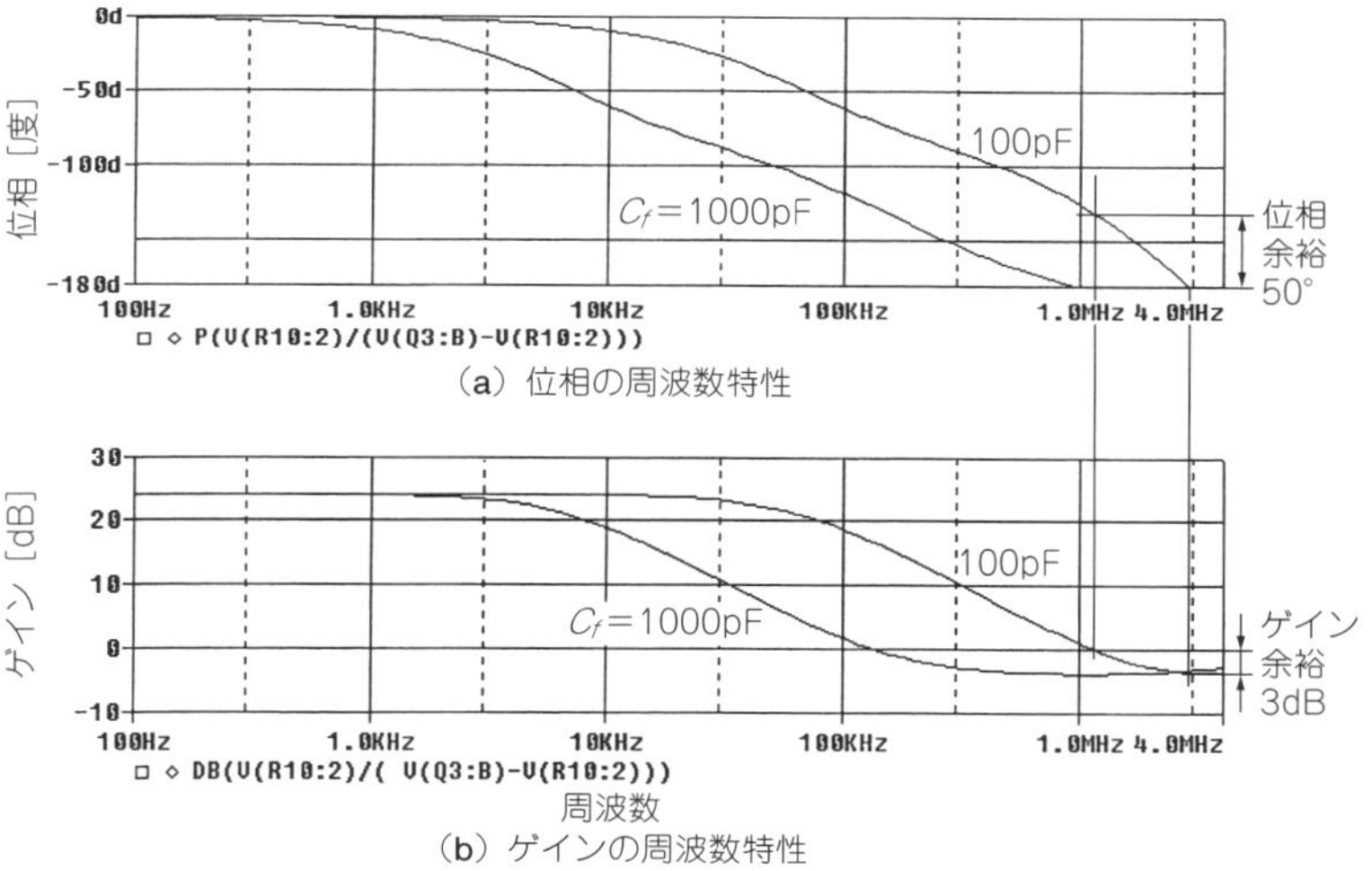

（a）位相の周波数特性

（b）ゲインの周波数特性

図7-3　位相補償容量を変えた場合のループ・ゲインと位相のボーデ線図

● 対策

安定化対策は簡単です．位相補償段のエミッタ抵抗値を下げます．具体的にはエミッタ抵抗R_8とR_9の値を減らします．正帰還になる周波数領域では，エミッタ抵抗は**図7-4**に示すように初段コレクタ負荷抵抗と並列に入るため，エミッタ抵抗値を下げると初段のゲインが低下し，必然的に正帰還量が減少して安定性が向上します．**図7-1**のR_8とR_9を200 Ωに変更したときの閉ループ・ゲインの周波数特性を**図7-5**に示します．C_f = 100 pFで十分安定なことがわかります．

〈黒田 徹〉

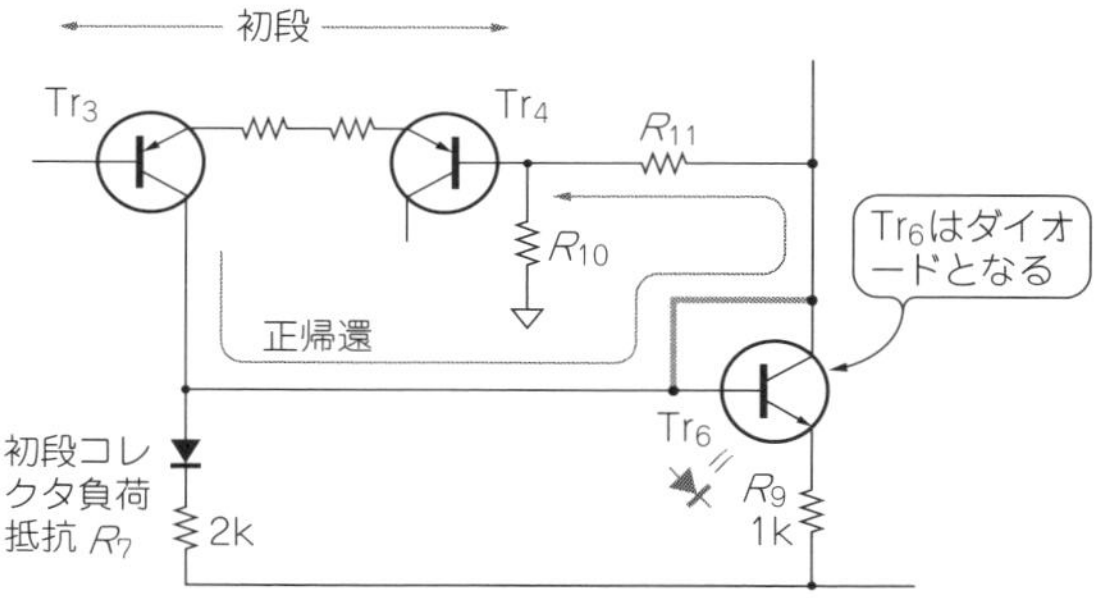

図7-4　MHz領域ではTr_6のB-C間は実質的に短絡状態となり正帰還がかかる

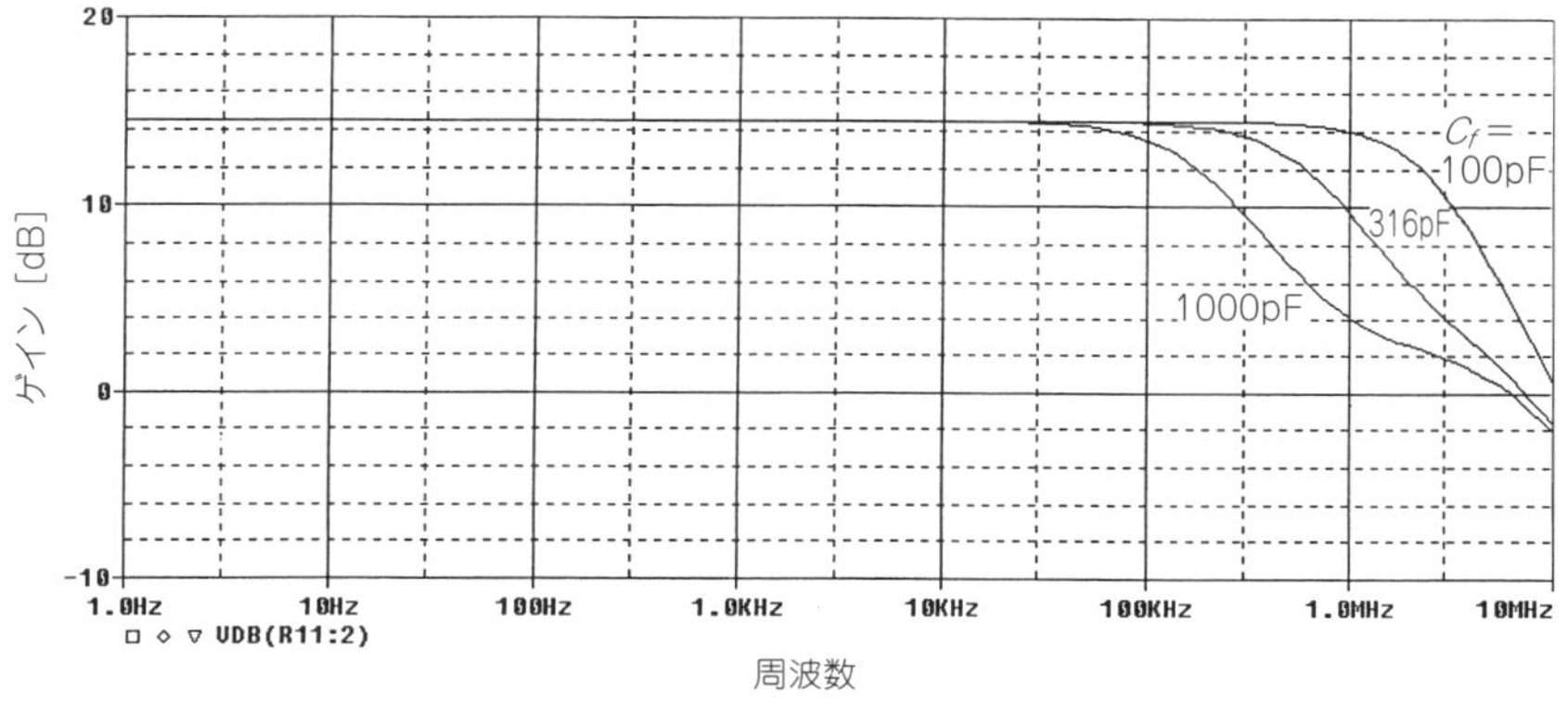

図7-5　R_8とR_9を200 Ωに変更したときの周波数特性（シミュレーション）

第2章 フィルタ＆発振回路

Q1 ローパス・フィルタの定番回路を知りたい

ローパス・フィルタ(Low-Pass Filter，以下LPF)を少ない部品点数で作りたいです．フィルタ設計の経験はありません．まずは定番で試してみたいのですが，どんな回路があるのでしょうか？

A アクティブLPFで定番の**図1-1**のサレン・キー型と**図1-2**の多重帰還型の回路を紹介します．定番となった理由を4つ挙げます．

- 部品点数が少ない
- 古い回路でノウハウがよく知られている
- CRの定数計算が簡単
- カスケード接続で高次のフィルタを構成できる

写真1-1に，サレン・キー型と多重帰還型の2つのLPFを実装した基板を示します．

● 部品点数が少ないサレン・キー型

サレン・キー型は，開発者のR.P.Sallen氏とE.L.Key氏の名前がついたLPFです．特徴は次の通りです．

- 2個のRと2個のCと1個の能動素子(トランジスタ，OPアンプなど)の計5個の部品で構成できる
- 幅広いクオリティ・ファクタQ(0.5～100程度)を実現できる2次のフィルタである

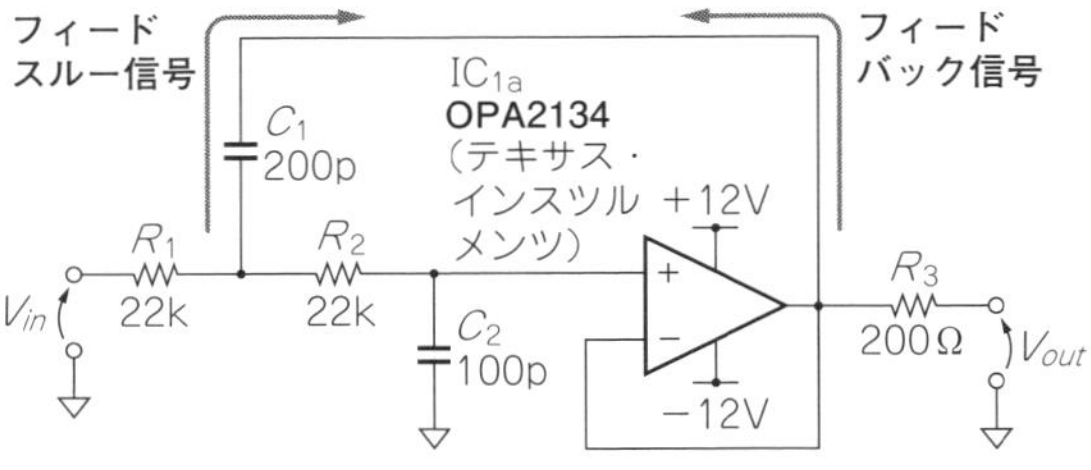

図1-1　サレン・キー型LPFの基本構成

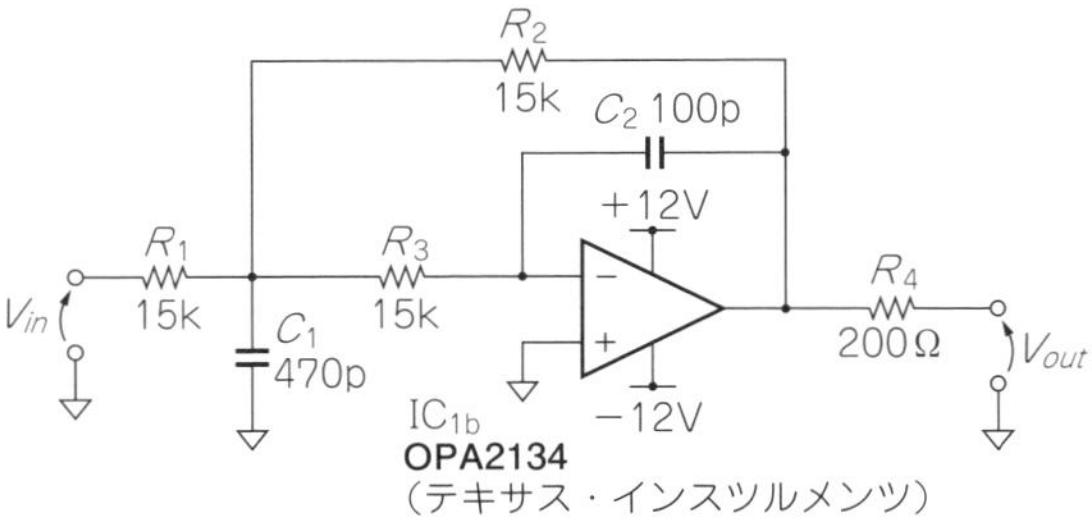

図1-2　多重帰還型LPFの基本構成

- 回路がシンプルで，CとRを交換すればHPF(High-Pass Filter)になる
- 周波数特性がCのばらつきに敏感

Qは，共振回路の選択度(またはクオリティ・ファクタ)を表すパラメータです．2次のフィルタでのQは，カットオフ周波数におけるゲインを，通過域のゲインで割ることで計算できます．

図1-1のサレン・キー型フィルタの動作を具体的に説明します．OPアンプはゲイン1倍のボルテージ・フォロワです．このアンプと，2個のRおよび2個のCでLPFを構成します．

$R_1 = R_2 = R$としたとき，カットオフ周波数f_0と，クオリティ・ファクタQは次の式で計算できます．

$$f_0 = \frac{1}{2\pi R\sqrt{C_1 C_2}}\ [\mathrm{Hz}] \cdots\cdots (1\text{-}1)$$

$$Q = \frac{1}{2}\sqrt{\frac{C_1}{C_2}} \cdots\cdots (1\text{-}2)$$

$R_1 = R_2 = R = 22\ \mathrm{k}\Omega$，$C_1 = 200\ \mathrm{pF}$，$C_2 = 100\ \mathrm{pF}$を代入すると，次のように求まります．

$$f_0 = 51.18\ \mathrm{kHz},\ Q = 0.707$$

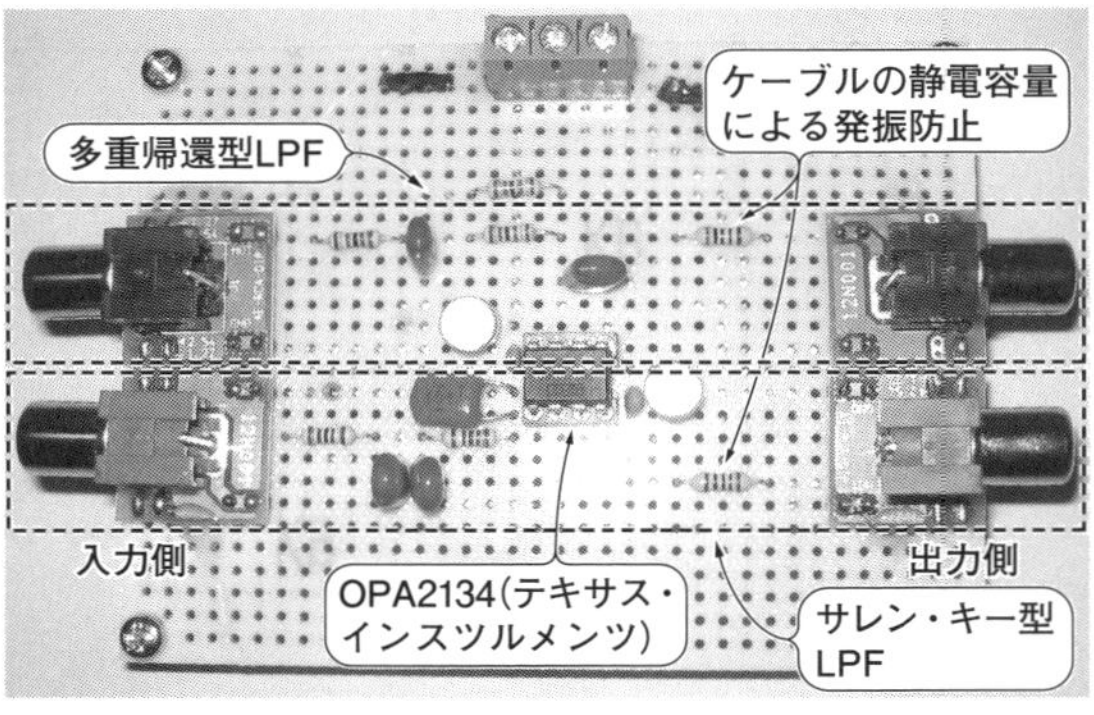

写真1-1　フィルタの特性を比較するときにOPアンプのばらつきが出ないよう，1つのICで実装している

図1-3は実測した周波数特性です．カットオフ周波数より高い周波数のゲインは－40 dB/decで減衰していますが，2M～10 MHzでは約－60 dBで一定です．これはサレン・キー型LPFに特有の重大な欠点です．OPアンプに正帰還をかけるC_1を介して，**図1-1**に示すように入力から出力にフィードスルーする信号があるのが原因です．

低い周波数では，OPアンプの出力インピーダンスは非常に小さいので，無視できます．高い周波数では，OPアンプの出力インピーダンスZ_Oが増大するので，出力に**流入信号電流×Z_O**の電圧が発生します．

対策として，前段に適当なRC型LPFを挿入すれば，乱れが除去されて比較的少ない部品数で3次のLPFを構成できます(1), (2)．

● 高域までしっかり減衰する多重帰還型

多重帰還型LPFは，C_1とC_2によって二重の負帰還がかかります(**図1-2**)．特徴は次の通りです．

- 帰還路に3個の抵抗が必要で，計6個の部品で構成できる
- 反転増幅器なので通過域の位相が反転する
- 非常に低ひずみ
- CとRを交換するとHPFになるが，不安定になりやすい

図1-2の多重帰還型フィルタの動作を説明します．$R_1 = R_2 = R_3 = R$としたとき，f_0とQは次の式で計算できます．

$$f_0 = \frac{1}{2\pi R\sqrt{C_1 C_2}}\ [\mathrm{Hz}] \cdots\cdots (1\text{-}3)$$

$$Q = \frac{1}{3}\sqrt{\frac{C_1}{C_2}} \cdots\cdots (1\text{-}4)$$

$R_1 = R_2 = R_3 = R = 15\ \mathrm{k\Omega}$，$C_1 = 470\ \mathrm{pF}$，$C_2 = 100\ \mathrm{pF}$とすると，次のように求まります．

$$f_0 = 48.97\ \mathrm{kHz},\ Q = 0.72226$$

実測した周波数特性を**図1-3**に示します．ゲインは5 MHzまで単調に減衰します．

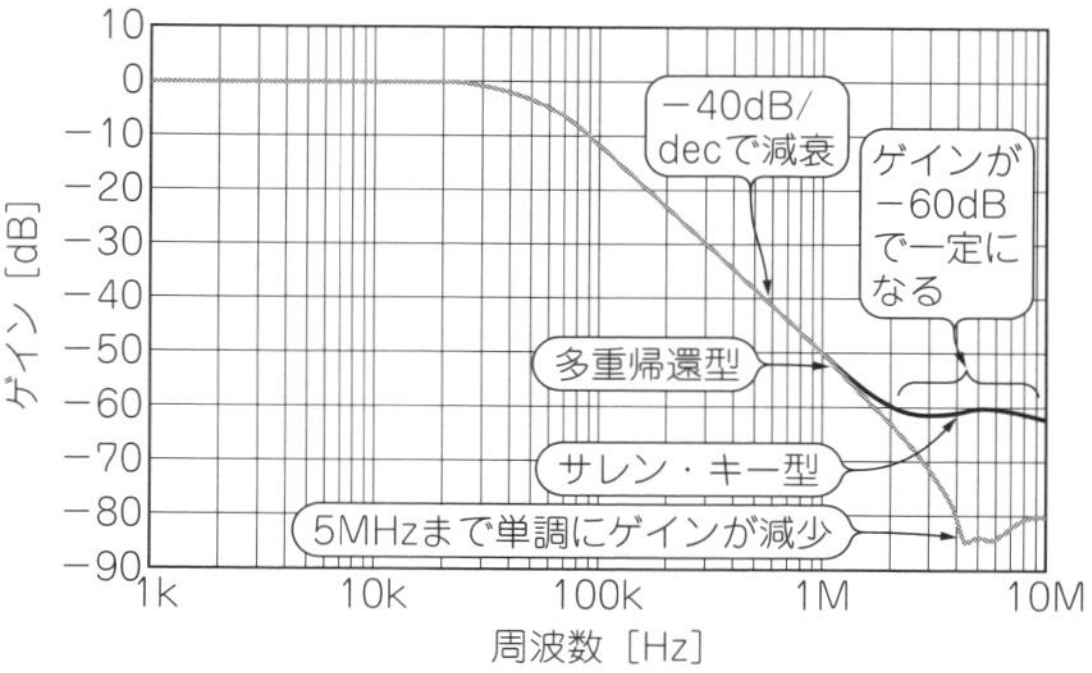

図1-3　サレン・キー型と多重帰還型LPFの周波数特性
サレン・キー型では2 MHz以上でゲインが減衰しなくなっている

● 低ひずみな多重帰還型

図1-4に，サレン・キー型LPFと多重帰還型LPFで実測したひずみ率特性を示します．

写真1-2は，サレン・キー型LPFの出力＝6V_{RMS}における出力電圧波形とひずみ成分です．非直線ひずみと残留雑音が認められます．この非直線ひずみは非反転型増幅器に特有の現象で，非反転入力端子の入力容量が入力電圧に依存して変動するために発生します．

写真1-3は，多重帰還型LPFの出力＝6V_{RMS}における出力電圧波形とひずみ成分です．事実上，ひずみ成分は残留雑音のみです．反転入力端子の入力容量も，入力電圧に依存して変動します．しかし反転増幅器の反転入力端子～GND間電圧は，出力電圧／オープンループ・ゲインとなるので，非常に小さくなります．そのため，入力容量の変動に起因するひずみは事実上ゼロになります．

多重帰還型LPFはひずみが小さいので，電流出力型D-Aコンバータの電流出力信号を電圧信号に変換するアンプとしてよく使用されます．　**〈黒田　徹〉**

◆参考文献◆

(1) M.E.Valkenburg著，金井 元ほか訳；アナログフィルタの設計，p.206，初版1985年，秋葉出版．
(2) P.R.Geffe；Simplified Modern Filter Design，1963，John F. Rider Publisher.

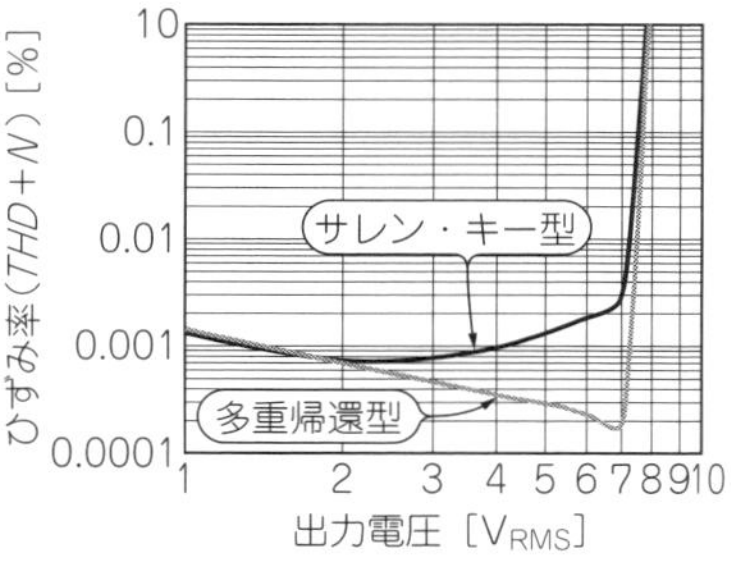

図1-4　2つのLPFのひずみ率特性の違い
(入力周波数1 kHz)

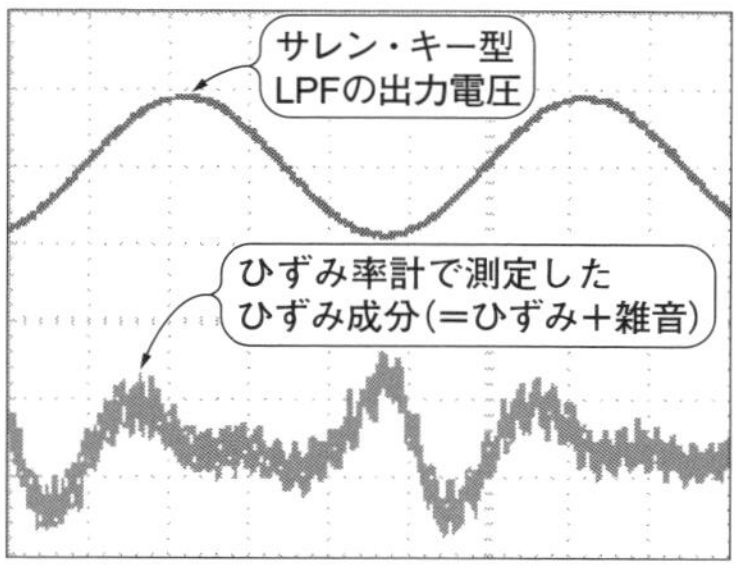

写真1-2　サレン・キー型LPFは出力6 V_{RMS}で大きくひずむ

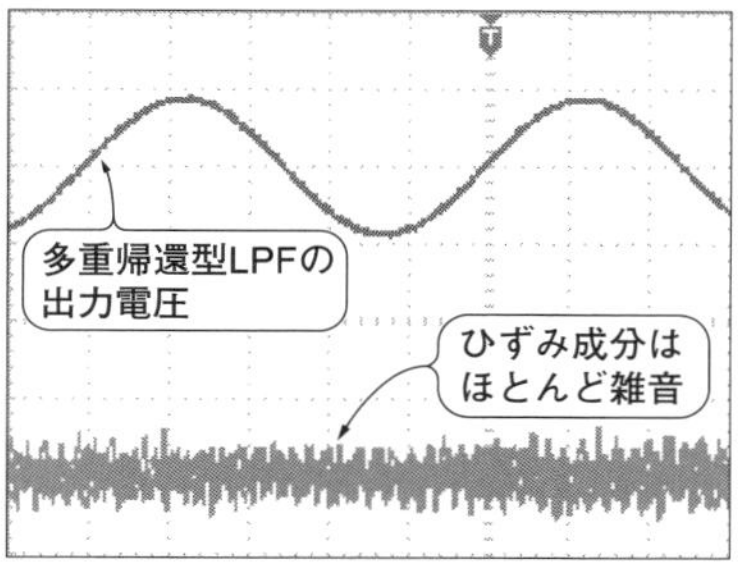

写真1-3　多重帰還型LPFは出力6 V_{RMS}でもひずみは小さい

Q 2 アクティブ・フィルタとパッシブ・フィルタの違いは？

A 1/3オクターブBPF(Band-Pass Filter)は，**図2-1**のように，周波数を$2^{1/3}$ = 1.26倍ずつずらして並べ，1オクターブ(2倍)の周波数を同じ割合で3等分するフィルタです．このBPFは周波数分析用としてJIS C1513-1983にも規格化されています．

本稿では，アクティブ・フィルタと*LC*フィルタ(パッシブ・フィルタ)で1/3オクターブBPFを比べます．

● 簡単な定数の計算で作れるアクティブ・フィルタ

最初に思い浮かべるのがアクティブ・フィルタです．まずは代表的な状態変数型アクティブ・フィルタ回路で作ります．目標仕様は中心周波数f_0 = 20 kHz，クオリティ・ファクタQ = 4.32とします．

アクティブ・フィルタを作るときは2次フィルタごとに区切って作るので，各段のフィルタ仕様も必要です．上記の仕様の場合は，中心周波数f_0，クオリティ・ファクタQ，電圧ゲインGは次のようになります．

1段目：f_0 = 22.1 kHz，Q = 8.68，G = 0 dB
2段目：f_0 = 20.0 kHz，Q = 4.32，G = 0 dB
3段目：f_0 = 18.09 kHz，Q = 8.68，G = 12.1 dB

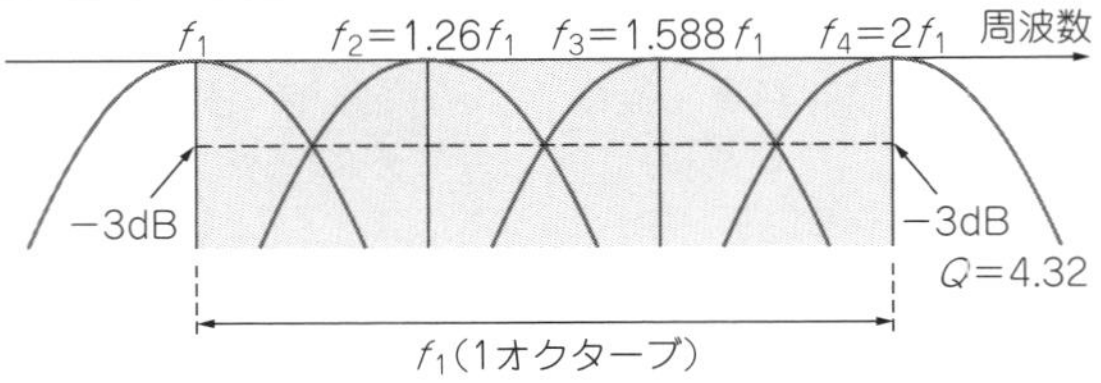

図2-1　1/3オクターブBPFの周波数特性

図2-2に1/3オクターブBPFの回路を示します．2次フィルタ3段の合計6次です．LPF + HPFの組み合わせですから3次対と呼ぶこともあります．f_0，Q，Gが決まれば，回路定数を**図2-2**に示す方法で求められます．

図2-3は完成した1/3オクターブBPFの特性です．**図2-3(a)**のようにlog周波数に対して対称的な減衰特性になります．

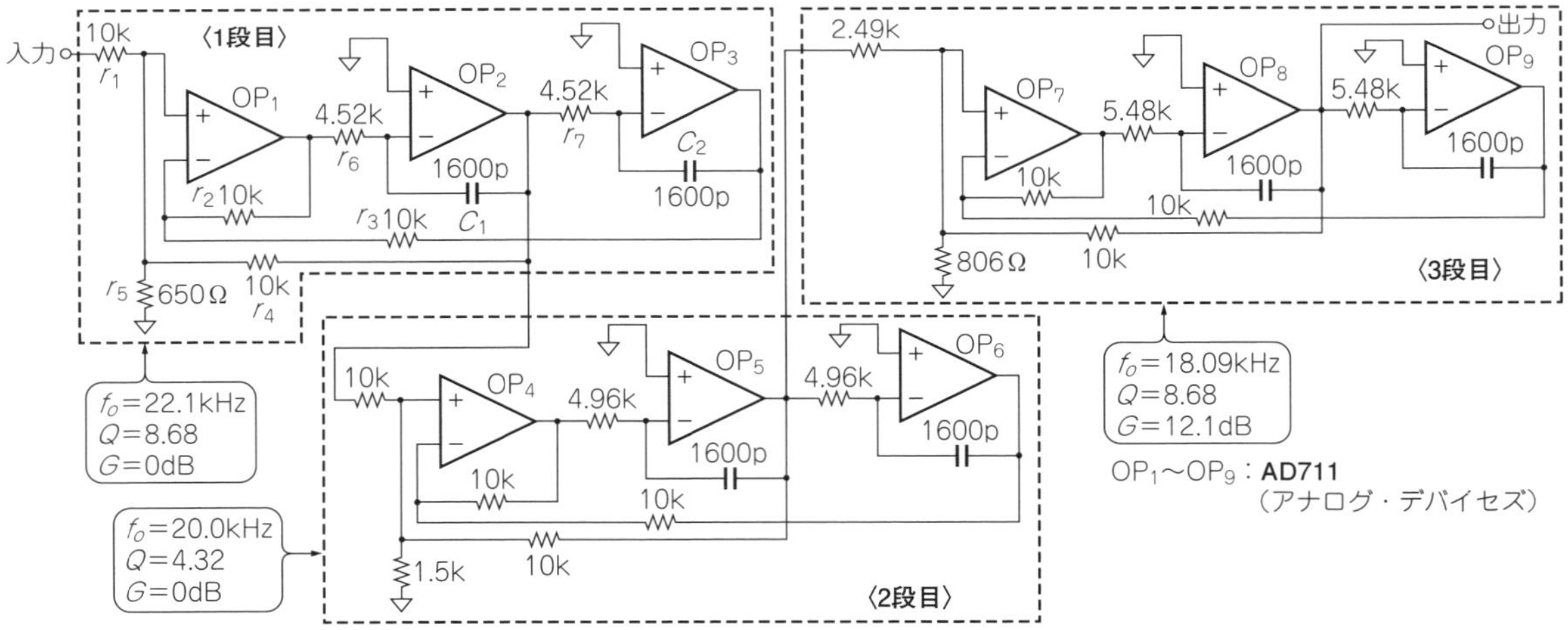

$\omega_0^2=\frac{r_2}{r_3 r_6 r_7 C_1 C_2}$なので，

$r_2=r_3$，$r_6=r_7=r$，$C_1=C_2=C$とすると，

$$\omega_0=\frac{1}{rC} \cdots (1)$$

となる．

$$Q=\frac{1+\frac{r_4(r_1+r_5)}{r_1 r_5}}{1+\frac{r_2}{r_3}}\sqrt{\frac{r_2 r_6 C_1}{r_3 r_7 C_2}}=\frac{1+\frac{r_4(r_1+r_5)}{r_1 r_5}}{2} \cdots (2)$$

$$G=\frac{r_4}{r_1} \cdots (3)$$

1段目を計算すると，

G=0dBなので，式(3)から，$r_1=r_4$=10kΩとなる．

Q=8.68なので，(2)式より，$8.68=\frac{1+\frac{10k\Omega+r_5}{r_5}}{2}$

を解いて，r_5=650Ωとなる．

また，C=1600pFに選ぶと，f_0=22.1kHzなので，式(1)から，

$$r=\frac{1}{\omega_0 C}=\frac{1}{2\pi f_0 \cdot C}=\frac{1}{6.28\times 22.1\text{kHz}\times 1600\text{pF}}$$

=4.52kΩ

なので，$r_6=r_7$=4.52kΩ，$C_1=C_2$=1600pFとなる．

r_2とr_3は，適当な値でよいが，$r_2=r_3$=10kΩとしておく

図2-2　設計が簡単な状態変数型アクティブ・フィルタによる1/3オクターブBPF(f_0 = 20 kHz，Q = 4.32)

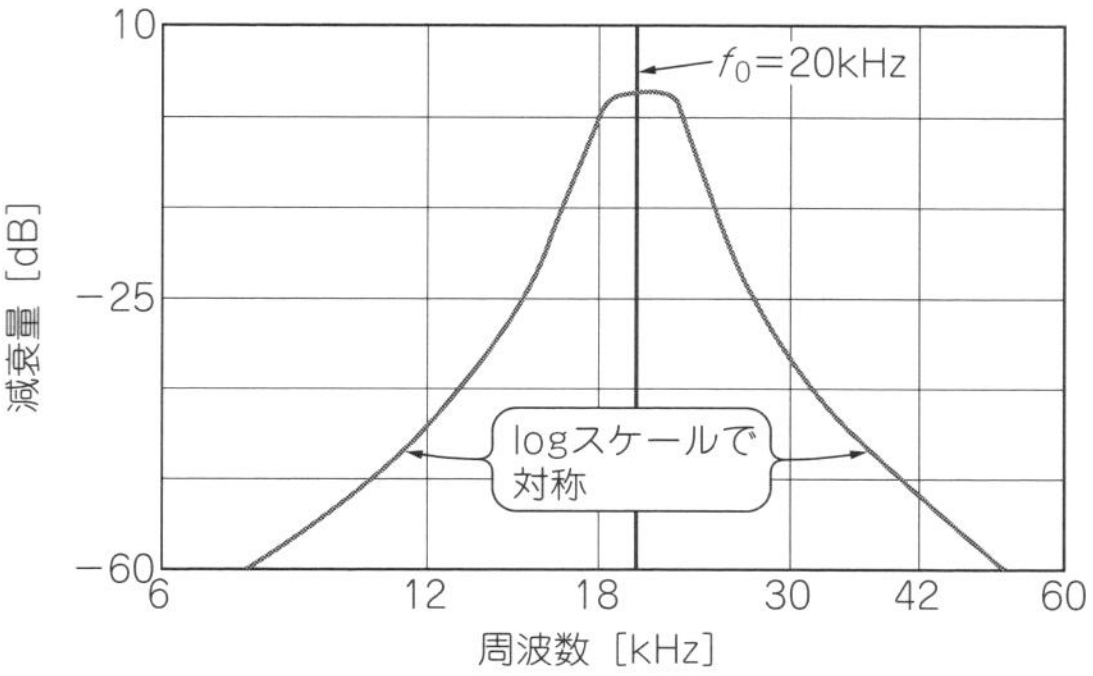

図2-3[1] **1/3オクターブBPFの周波数特性は，log周波数に対して対称であればよい**

● アクティブ・フィルタは調整に手間がかかる

実際に作ってみるとわかるのですが，**図2-2**の回路では無調整というわけにはいかず，最低でも各段のf_0の調整が必要です．

アクティブ・フィルタは定数の計算も簡単で，OPアンプで簡単に作れます．しかし，高次のフィルタを作るときは一つ一つの2次フィルタをちゃんと作らないと，全体の特性が悪化します．良好な特性を得るには，手間のかかる調整作業が必要です．

● 素子感度が小さく無調整で作れる*LC*フィルタ

*LC*フィルタで作れば，2次フィルタごとに分割しないで済むので，調整作業は不要です．*LC*フィルタははしご状にインダクタとコンデンサをつないで作るので，使用部品の定数誤差の影響が小さい(素子感度が小さい)というメリットがあります．

*LC*フィルタでBPFを作るときは，LPFからリアクタンス変換して作ります．LPFは，たいていのフィルタの本に出ていますから，簡単に定数を求められます．

図2-4にリアクタンス変換式を示します．BPFではLPFから*LC*の部品数が2倍になります．

● 部品点数を少なくできる容量結合型*LC*フィルタ

部品を少なくするためには，インダクタを一部省略できる容量結合型*LC*フィルタを使う方法(**図2-5**)があります．

グラウンドに接続するコンデンサC_2とC_4に，本来なら並列にインダクタL_2とL_4が接続されるのですが，容量結合型ではこれらを省略できます．なお，**図2-5**は定数をカットオフ周波数ω_0 = 1 rad/s，終端抵抗1 Ωに正規化しているので，実際に使うにはカットオフ周波数や終端抵抗値に考慮して変換するスケーリング作業が必要です．

〈松井 邦彦〉

◆引用文献◆

(1) オクターブ及び1/3オクターブバンド分析器，JIS C1513-1983，JISハンドブック，日本規格協会．

LPF(変換元)	BPF(変換先)	計算式
	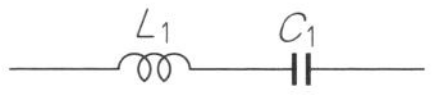	$L_1=\frac{R_0}{2\pi B_W}\ell$，$C_1=\frac{1}{(2\pi f_0)^2\ell}$
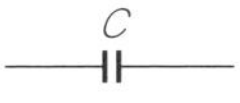	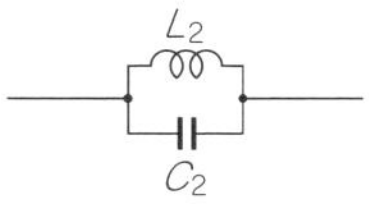	$C_2=\frac{C}{2\pi B_W R_0}$，$L_2=\frac{1}{(2\pi f_0)^2 C}$

f_0：中心周波数　B_W：帯域幅　R_0：入出力抵抗

図2-4 LPFからBPFへの変換

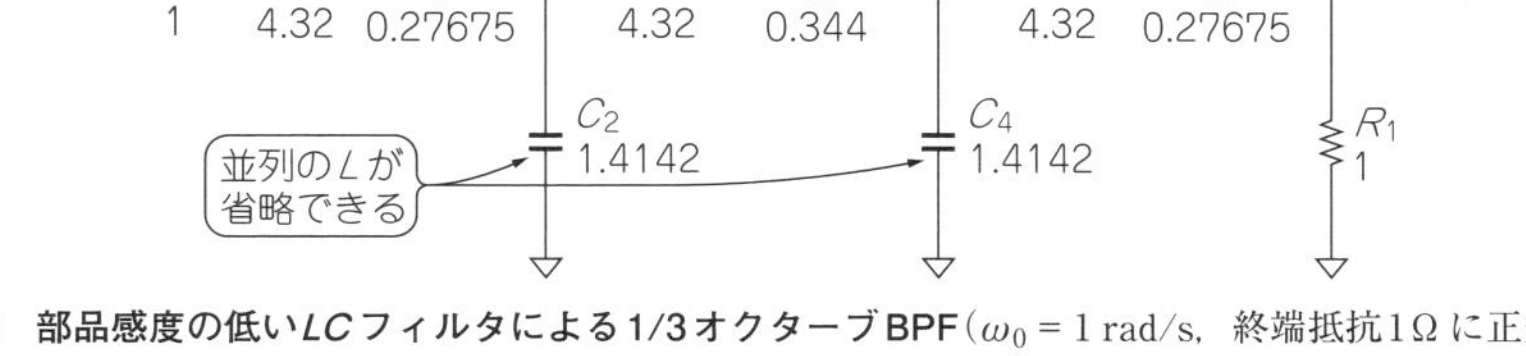

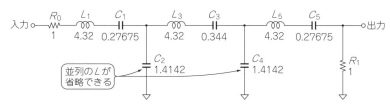

図2-5 部品感度の低い*LC*フィルタによる1/3オクターブBPF(ω_0 = 1 rad/s，終端抵抗1Ωに正規化)

3 ディジタル・フィルタの「FIR型」と「IIR型」は何が違う？

A ディジタル・フィルタは，信号をA-Dコンバータで数値化し，数値演算で信号処理を行うディジタル信号処理の1つです．マイコンやDSP，FPGAなどによる数値演算でフィルタを実現できるので，回路機能の統合による小型化ができます．また，素子の温度特性を考える必要が少なく，動作温度範囲が広い機器に適しています．

■ FIRフィルタとIIRフィルタの特徴

ディジタル・フィルタには，インパルス応答継続時間が有限のFIRフィルタ(Finite Impulse Response Filter，**図3-1**)と無限のIIRフィルタ(Infinite Impulse Response Filter，**図3-2**)があります．

表3-1[1]にFIRフィルタとIIRフィルタの特徴の比較を示します．目的に応じたフィルタを選択するには，**表3-1**のほか，マイコンやDSP，またはFPGAへの実装を考慮して選択する必要があります．

● 急峻な遮断特性を重視するならIIRフィルタ

IIRフィルタを利用する場面は，アナログ・フィルタ同様の特性を得たい場合や，その特性を改善したいときです．たとえば，無線通信の中間周波数を処理するBPFで，極めて狭い帯域の遮断特性を得たいときにIIRフィルタを使います．

● 位相応答，群遅延応答を重視するならFIRフィルタ

FIRフィルタは，LPF, HPF, BPFといった周波数に対する振幅を抑圧する目的で，直線位相特性を重視する場合に使います．たとえば，ディジタル無線通信の変復調方式のほとんどは位相に情報を持っているので，IIRフィルタは適しません．

FIRフィルタは振幅を抑圧する以外に，位相シフトや，係数を動的に変化させる適応フィルタに使えます．

■ 比較1：急峻な遮断特性が欲しいとき

● DSPに実装して確認する

音声通信のシステムで，MIC入力された音声に対して3 kHz以上をカットするLPFが必要なとき，FIRフィルタとIIRフィルタのどちらがよいでしょうか．

パス・バンド周波数3 kHzのLPFを8次のIIRフィルタとしてDSPに実装し，サイクル数を計測します．計測したサイクル数から，FIRフィルタで何次まで実行できるか検討し，振幅応答を比べます．

DSPはテキサス・インスツルメンツの32ビットDSP TMS320C6745を使います．サンプリング周波数48 kHzで1 ms分のサンプルを処理するサイクル数を計測しました．

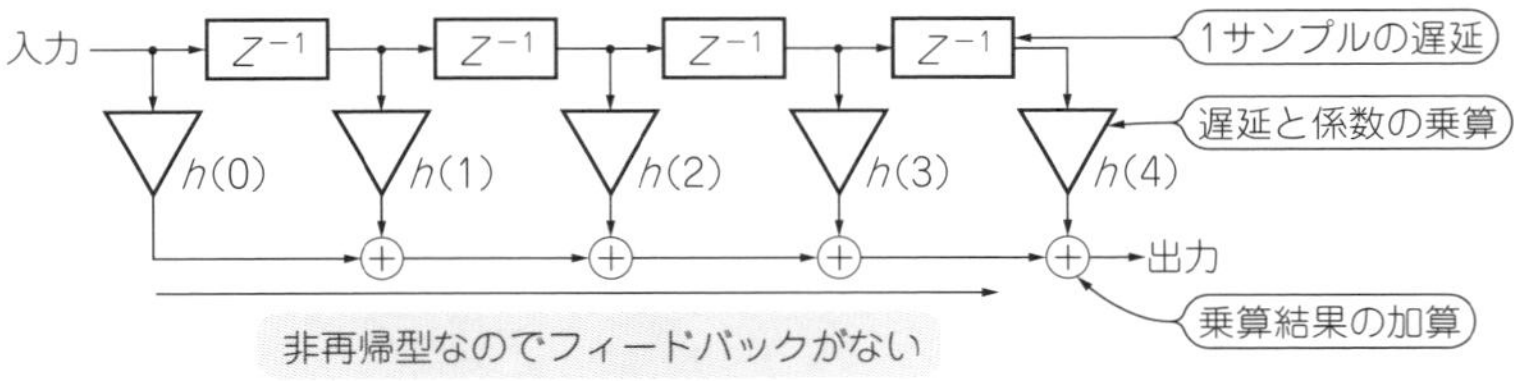

図3-1　FIRフィルタのブロック図

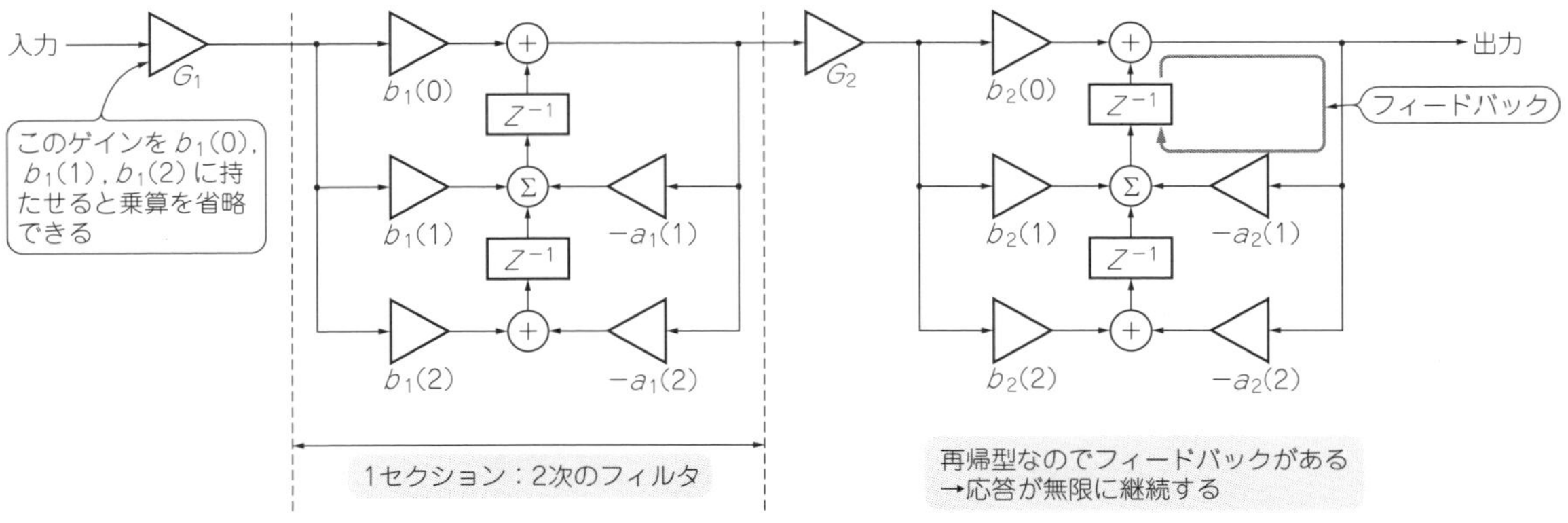

図3-2　IIRフィルタ(2次セクション型直接型II転置構成)のブロック図

表3-1[(1)]　FIRフィルタとIIRフィルタの特徴
「ディジタル信号処理の基礎」p.50 表3.2より引用

項　目	FIRフィルタ	IIRフィルタ
インパルス応答継続時間	有限	無限
構造	非再帰型	再帰型
直線位相特性の実現	可能	不可能
演算誤差の影響	あまり大きく現れない	大きく現れる場合がある
急峻な遮断特性の実現	高次のフィルタが必要	比較的低次のフィルタで十分

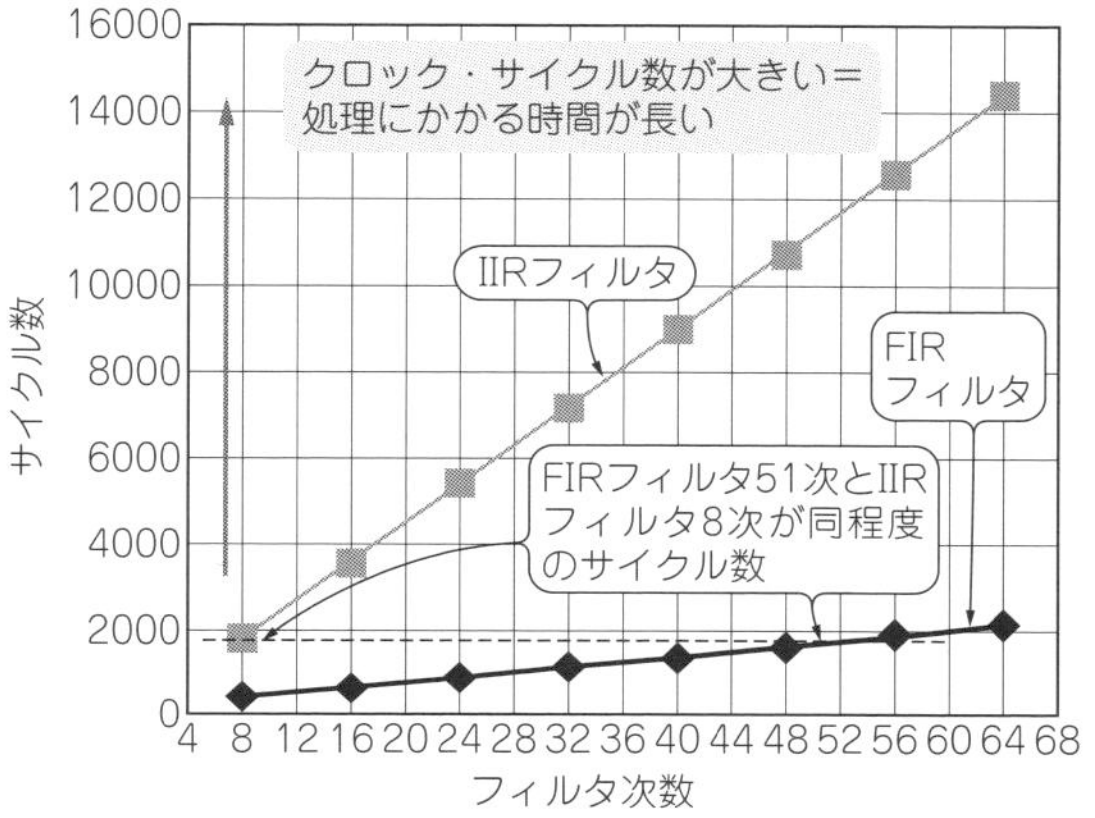

図3-3　フィルタ処理サイクル数の比較
1次あたりのサイクル数はIIRフィルタのほうが多い

● 一定サイクル数で急峻な遮断特性を得るには…

図3-3に，フィルタの次数とサイクル数を示します．8次のIIRフィルタは約1823サイクル，51次のFIRフィルタでほぼ同じ1818サイクルでした．

図3-4に，それぞれのフィルタの振幅応答を示します．同じサイクル数ならIIRフィルタのほうが急峻な遮断特性が得られるので，効率的です．

■ 比較2：位相応答や群遅延応答を重視するとき

● FIRフィルタはディジタル無線通信で活躍

位相応答や群遅延応答を重視するときはFIRフィルタを使います．たとえば，ディジタル無線通信におけるベースバンド・フィルタには，群遅延が一定のFIRフィルタを使います．音声フィルタでも周波数ごとの群遅延の違いが数msあると，音質に影響が出ます．

● 直線位相特性では群遅延が一定になる

直線位相特性のフィルタは周波数成分によって位相を進めたり遅らせたりしません．位相をイメージするのは難しいので，位相を周波数方向に微分して得られる群遅延応答を考えます．群遅延はフィルタに入力された信号が出力されるまでの遅延時間を意味します．直線位相特性なら群遅延は一定になります．

図3-5は，先に設計した51次のFIRフィルタと8次のIIRフィルタのLPFの群遅延応答です．FIRフィルタは，群遅延は周波数によらず一定です．IIRフィルタは周波数成分によって群遅延は変化します．IIRフィルタでは急峻な遮断特性のフィルタが得られましたが，急峻な遮断特性になるほどカットオフ周波数付近の群遅延が大きくなります．

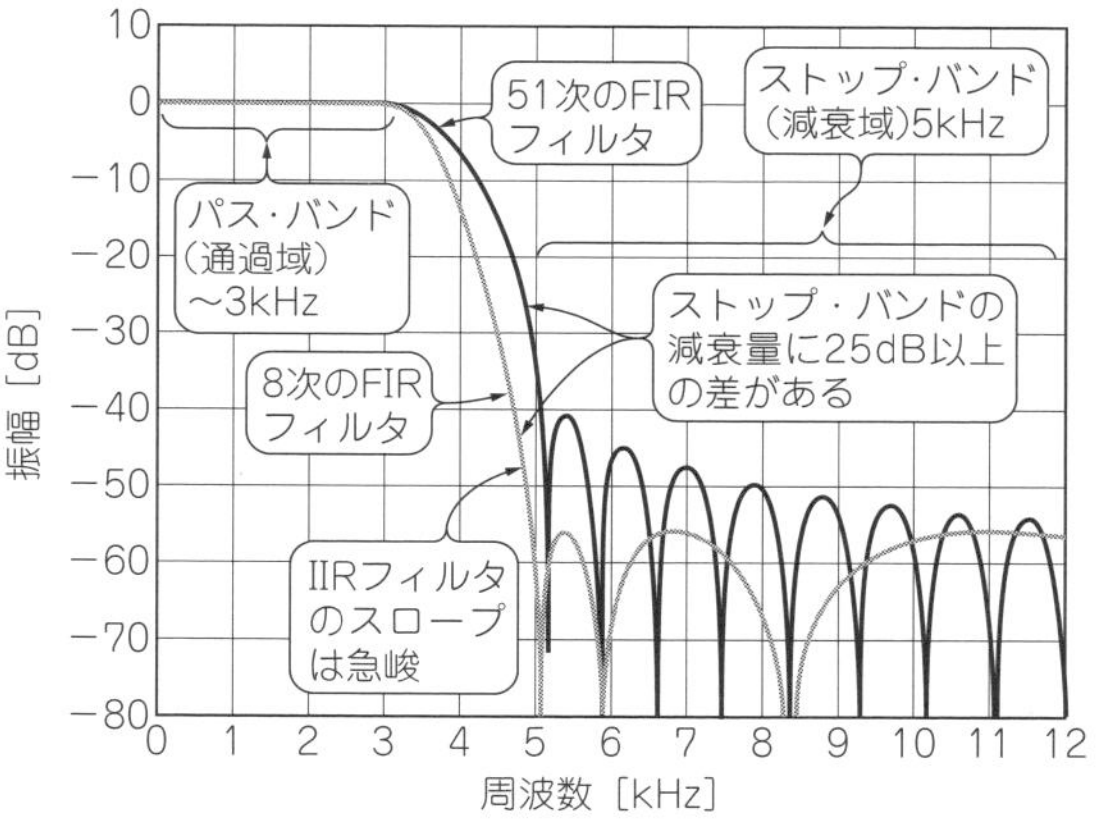

図3-4　FIRフィルタとIIRフィルタの振幅応答特性
IIRフィルタの方が急峻な遮断特性が得られる

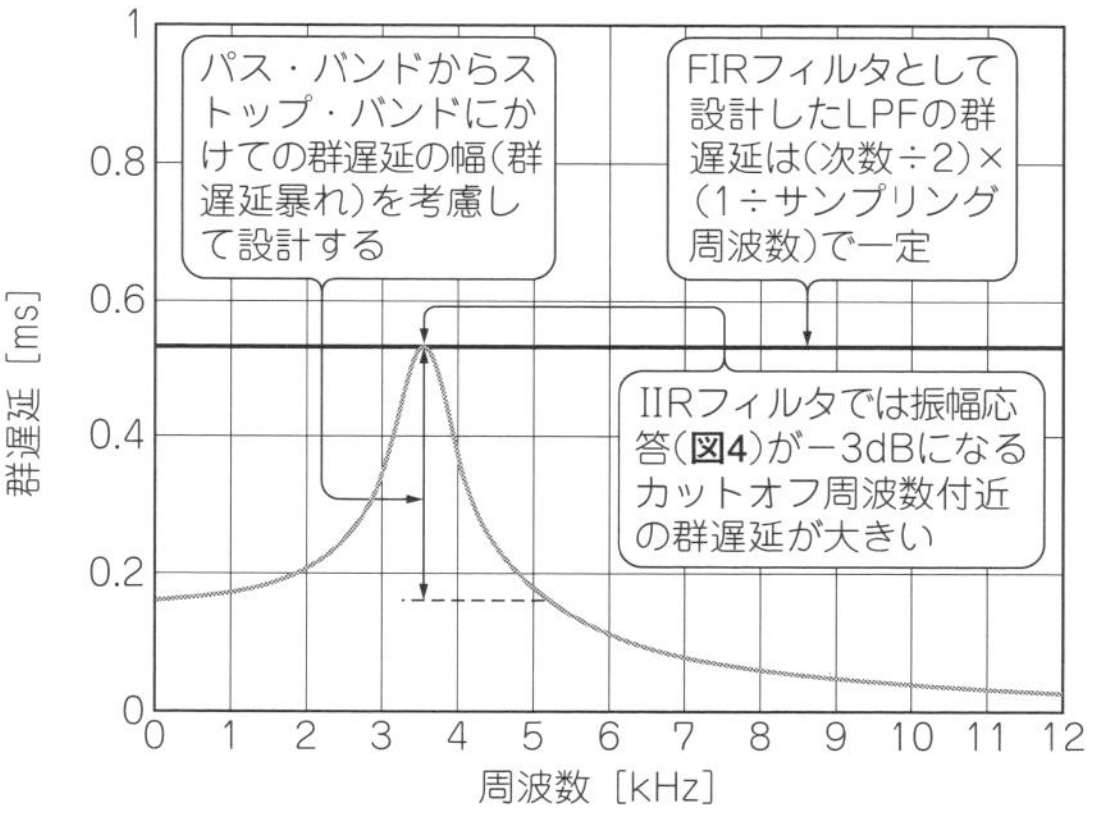

図3-5　FIRフィルタとIIRフィルタの群遅延応答特性
FIRフィルタは群遅延が一定．IIRフィルタはカットオフ周波数（約3.5 kHz）で群遅延が大きくなる

● フィルタ設計の勘を養うには固定小数点演算のIIRがオススメ！

IIRフィルタを固定小数点演算で多用してみると，FIRフィルタや浮動小数点演算では起きなかった問題がつぎつぎと発生し，起こった問題を解決することでディジタル・フィルタの理解が深まり，適材適所のフィルタ設計ができる実力が身につくでしょう．

〈高梨 光〉

◆引用文献◆

(1) 三上直樹：ディジタル信号処理の基礎－はじめて学ぶディジタルフィルタとFFT，p.50，1998年5月，CQ出版社.

Q4 T形とπ形のフィルタの使い方を知りたい

不要な信号を取り去るため，アンプと次段の回路の間にフィルタを入れることを考えています．T型とπ型のどちらを使えばよいでしょうか？

A ● 最大電力を伝達し，大きな減衰効果を得るためインピーダンス整合が必要

Rは電力を消費しますが，LやCは理想的には電力を消費しないため，LCフィルタは電力伝送である高周波回路やオーディオのパワー部分などに使われます．

LCフィルタと言うと，**図4-1**のような回路が思い浮かびます．この回路が使える場面は電力伝送では，かなり限定されます．

図4-1は，入力インピーダンス50Ωで，カットオフ周波数f_Cを100 MHzとして定数を決めています．このときの出力インピーダンスは120Ωです．

120Ωの出力インピーダンスに50Ωの負荷をつなぐと電力が十分に伝達されません．その程度は，次式で表せます．

$$\Gamma = \left| \frac{Z_S - Z}{Z_S + Z} \right|$$

ただし，Γ：反射係数($VSWR$)，
Z_S：負荷インピーダンス［Ω］
Z：フィルタの出力インピーダンス［Ω］

Γは反射係数で，0だと100％の効率で電力が伝達され，1は全反射で効率は0％です．

図4-1では，$\Gamma = 0.41$となり電力比で17％（-7.7 dB）の減衰です．

インピーダンスの不整合は，電力ロスだけでなくフィルタのカットオフ周波数なども狂います．フィルタは設計した入出力インピーダンスのときだけ，その減衰特性を発揮します．

図4-1は本来，50Ωの出力インピーダンスの回路を120Ωの入力インピーダンスの回路に変換するマッチング回路として使います．

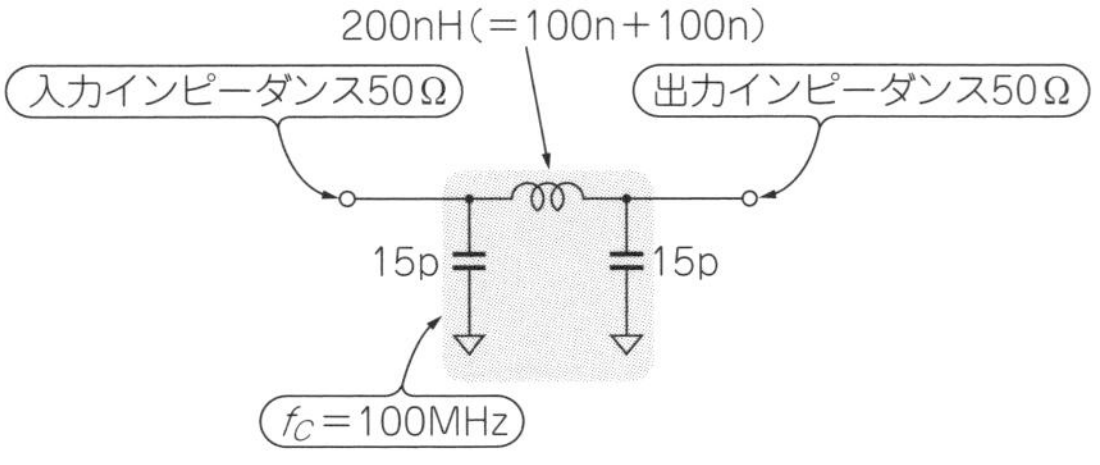

図4-3　図4-1の*LC*の前にインピーダンスを戻すためのコンデンサとインダクタを追加し，*CLC*にすることで整合が得られる

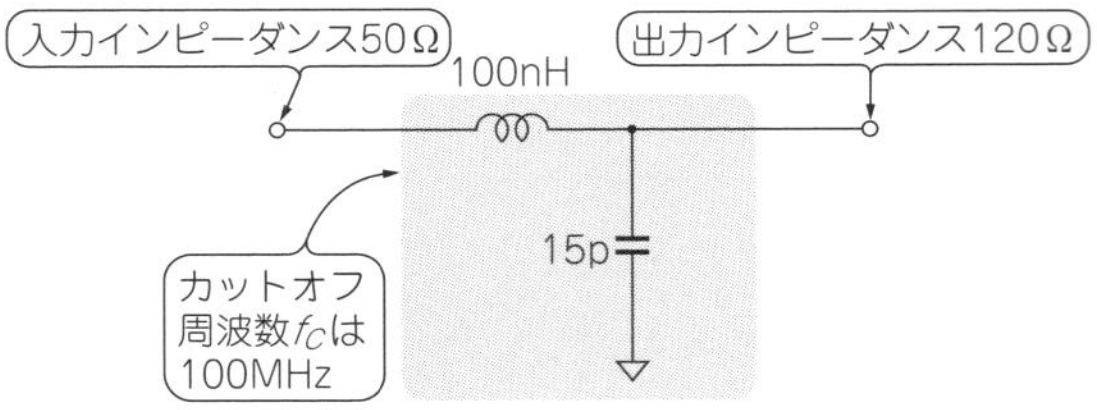

図4-1　*LC*フィルタの基本構成
10 MHz以上の高周波ではインピーダンスを考えて電力を伝達する

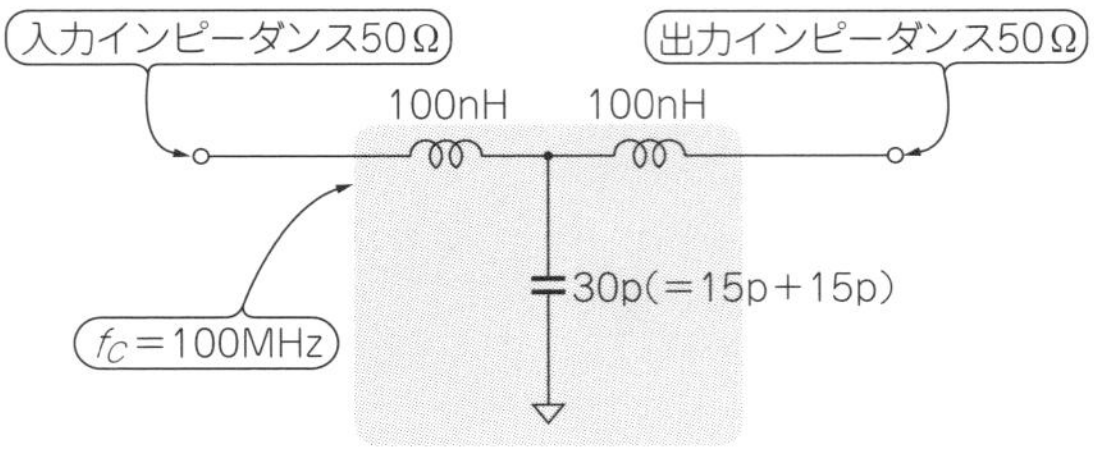

図4-2　図4-1の*LC*の後にインピーダンスを戻すためのコンデンサとインダクタを追加し，*LCL*にすることで整合が得られる

● T形とπ形が左右対称になっている理由

入出力インピーダンスは，同じ値となることが多いため，**図4-1**に対して反転した回路を後段につないで，**図4-2**のようなT形にすることがあります．

こうすることで，50Ω→120Ω→50Ωと，元のインピーダンスに変換され，周波数特性は，f_C＝100 MHzのままです．

f_C以下の周波数では，インピーダンスはほぼ50Ω付近に戻ります．これが左右対称なT形になっている理由です．

図4-1に対して，左右反転した回路を前段につないだ**図4-3**のような回路をπ形と呼びます．どちらもインピーダンス整合のために左右対称の形をしていますが，この2種類は用途に応じて使い分けられます．

● カットオフ周波数以上でのT形とπ形のふるまい

LPFの場合，f_C以上はカットオフ周波数となり，信号は遮断されます．T形の場合，f_C以上でインピーダンスは50Ωよりも大きくなり，π形の場合は小さくなります．どちらもインピーダンス不整合になることで信号を減衰させますが，それぞれT形はオープンの方向へ，π形はショートの方向へ動きます．

HPFの場合は，周波数が低いほどT形はオープン，π形はショートとそれぞれ逆のふるまいを示します．

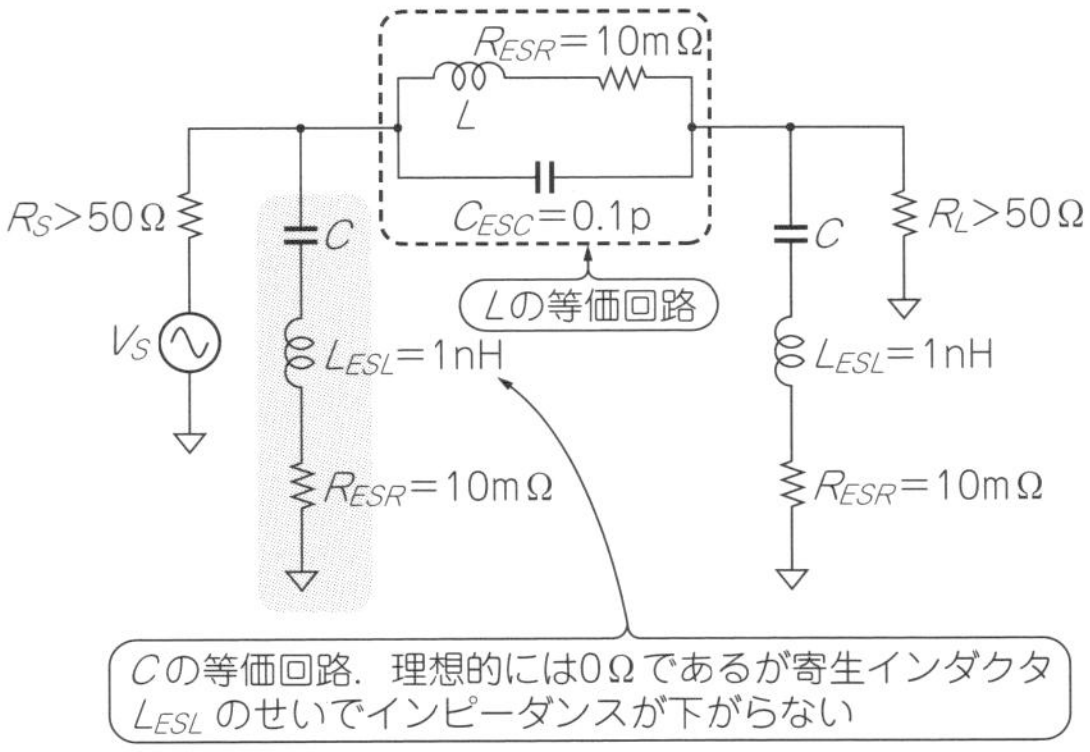

図4-4　信号源インピーダンスが高いとπ形のほうが直列インピーダンスを上げることができるので減衰特性を得られやすい
コンデンサに寄生のLとRが付いているため，高い周波数ではインピーダンスが下がらない

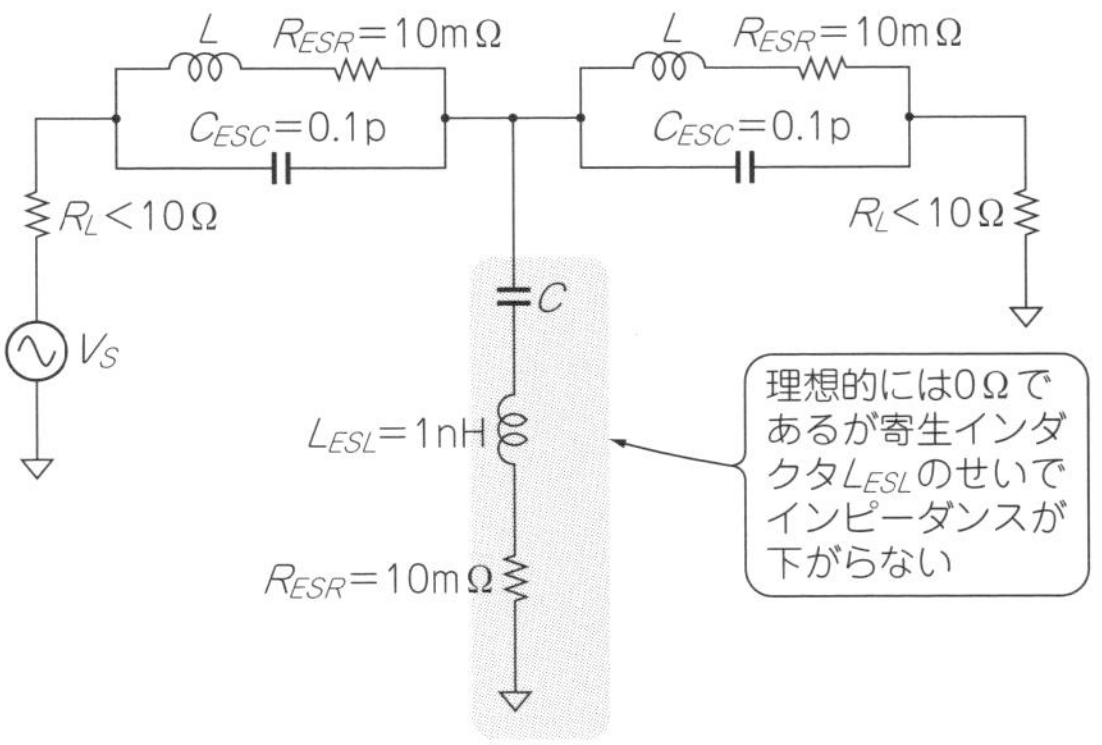

図4-5　信号源インピーダンスが低いとT形のほうが減衰特性を得られやすい

● 信号源インピーダンス50Ω以上の回路で不要な信号を減衰したいときはπ形が使いやすい

アンプや信号源のインピーダンスが高い(例えばR_S = 500Ω)回路で，不要な信号をしっかり減衰したいときは，低いインピーダンス(例えば1Ω)でシャント接続したら，大きな効果が得られます．目安として，信号源インピーダンスに対するシャント抵抗の割合を1/10以下にします．

実際に実現できるπ型フィルタの等価回路は，**図4-4**のように寄生インダクタ(*ESL*)の影響でインピーダンスは，それほど低くはなりません．一般的な50Ωの高周波伝送路や600Ωのオーディオ・アンプ，それ以上の信号源インピーダンスなどで利用します．

● 信号源インピーダンス数Ω以下の回路で不要な信号を減衰したいときはT形が使いやすい

電源ラインや信号源インピーダンスが低い(例えばR_S = 10Ω)ときは，高いシリーズ抵抗(例えば500Ω)と低いシャント抵抗(1Ωなど)で大きく減衰させることができます．目安として，信号源インピーダンスに対するシャント抵抗の割合を10倍以上にします．

図4-5に等価回路を示します．シリーズLの寄生容量が大きくならないインダクタを選び，直列インピーダンスを高くなるようにすれば，大きな減衰効果が得られます．数Ω以下の電源ライン，4～8Ωのスピーカ出力などで利用します．

● インダクタ同士の結合に用心する

図4-5の2個直列のコイルは，十分にアイソレーションします．**図4-6**のように磁束が直列に並ぶ置き方や，並列に並ぶ置き方をすると強く結合して入出力が通過するからです．これはπ形のHPFでも同様です．これを避けるためにLPFはπ形にするという選択方法もあります．どうしてもコイルを2個使う必要があるときは，**図4-7**のように磁束が互いに直交するように置けば，改善効果が期待できます．

実際の回路ではほとんどの場合，LPFならπ形，HPFならT形を見かけることが多いです．

これらに共通することはコスト高で，サイズも大きくなりがちなコイルを1個しか使わなくて済むということが大きいでしょう．　**〈加東 宗〉**

▶図4-7　直交した磁束は打ち消すためアイソレーションは大きく改善される

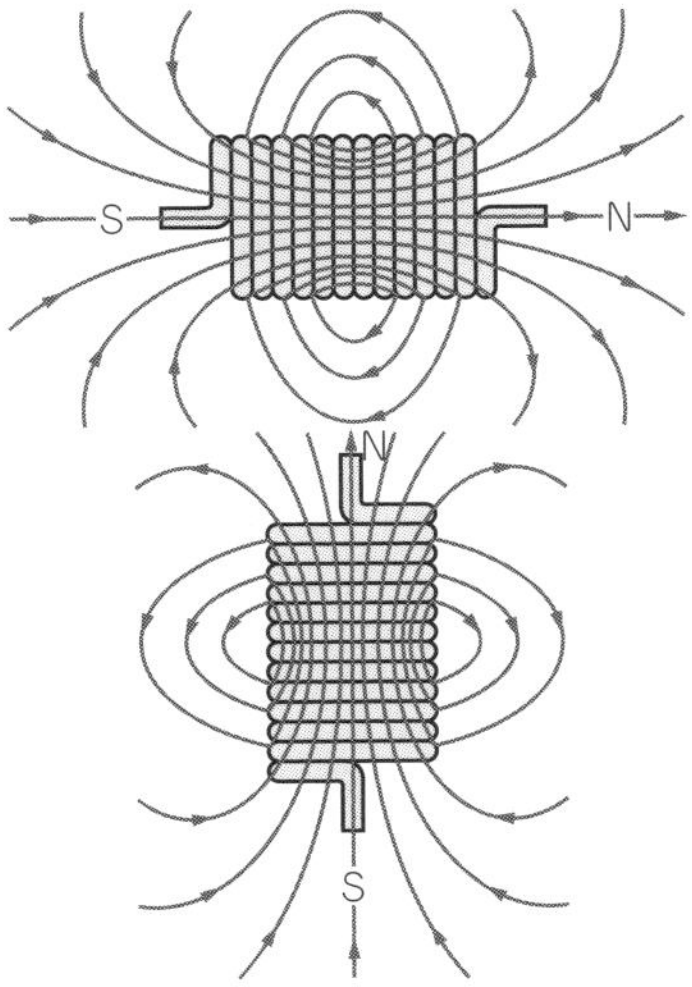

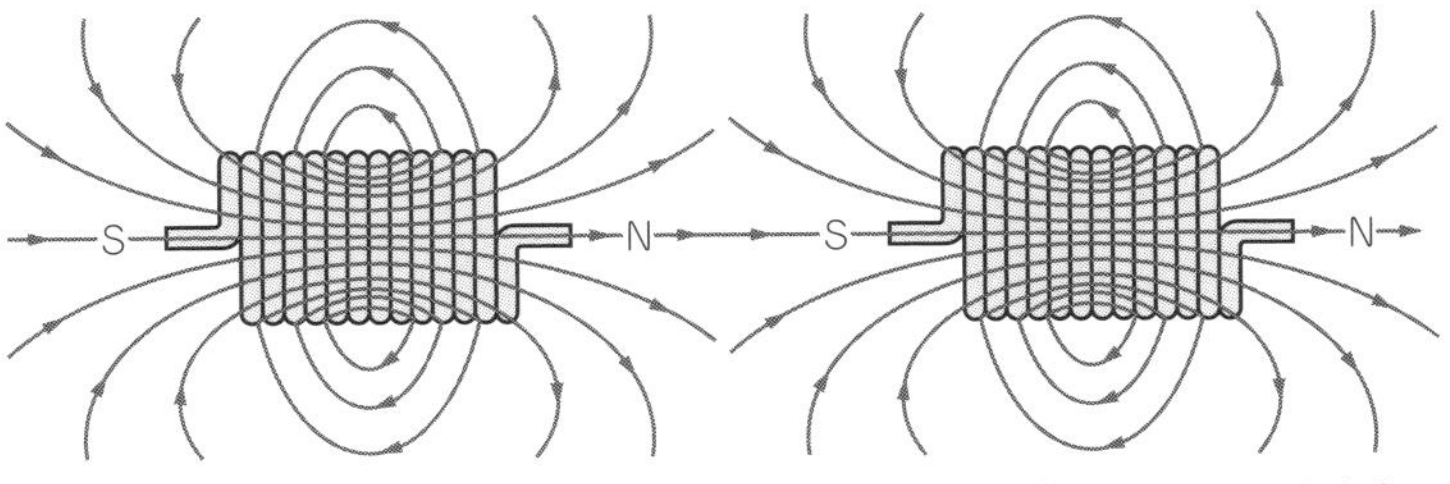

図4-6　コイルを平行または，直列に実装すると磁界結合が生じてフィルタ入出力のアイソレーションが悪化する

Q5 タイマIC555のバイポーラ版とCMOS版は何が違う？

A

● 永遠の定番，タイマIC 555

555は1971年に当時のSignetics社に在籍していたHans Camenzind氏が開発したタイマICです．多くのメーカが互換品を供給しています．

タイマICといっても，計時する回路が入っているわけではなく，コンパレータとフリップフロップだけです．**図5-1**は555の内部ブロック図です．外部にコンデンサと抵抗を接続して，その時定数で決まるパルスを単発または連続発生します．

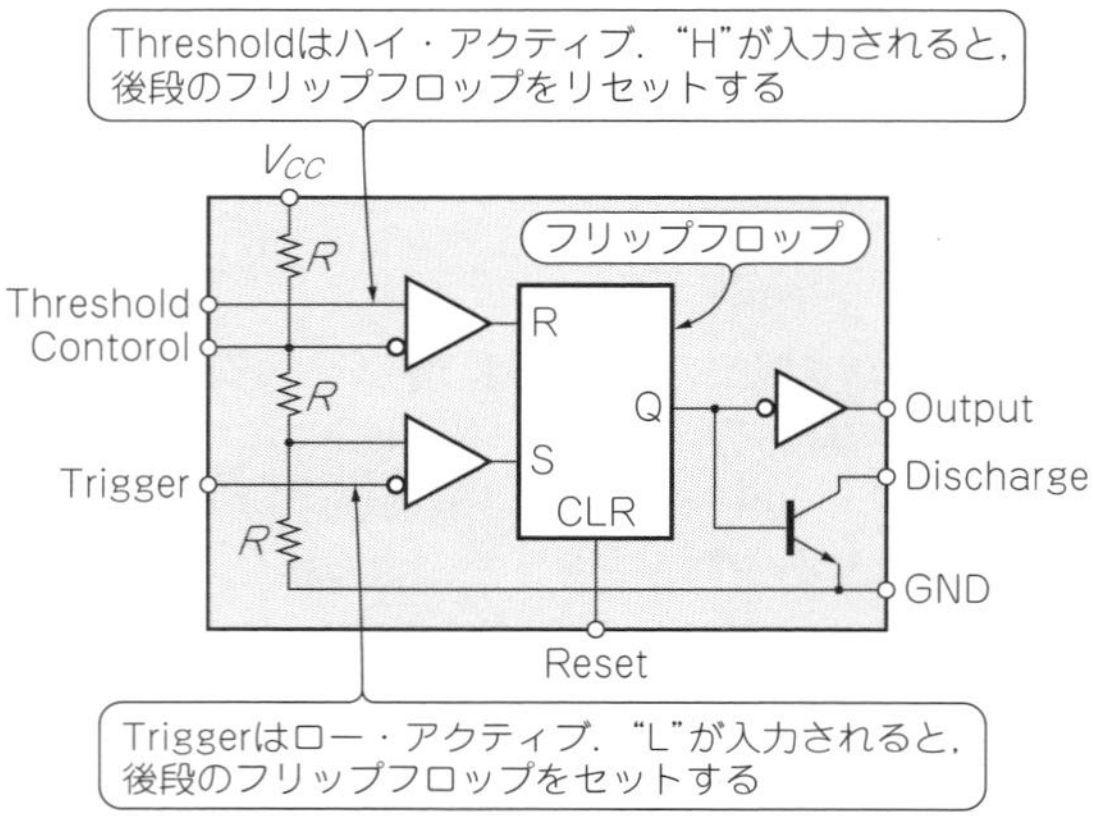

図5-1　555の内部ブロック図
555の内部はコンパレータとフリップフロップ

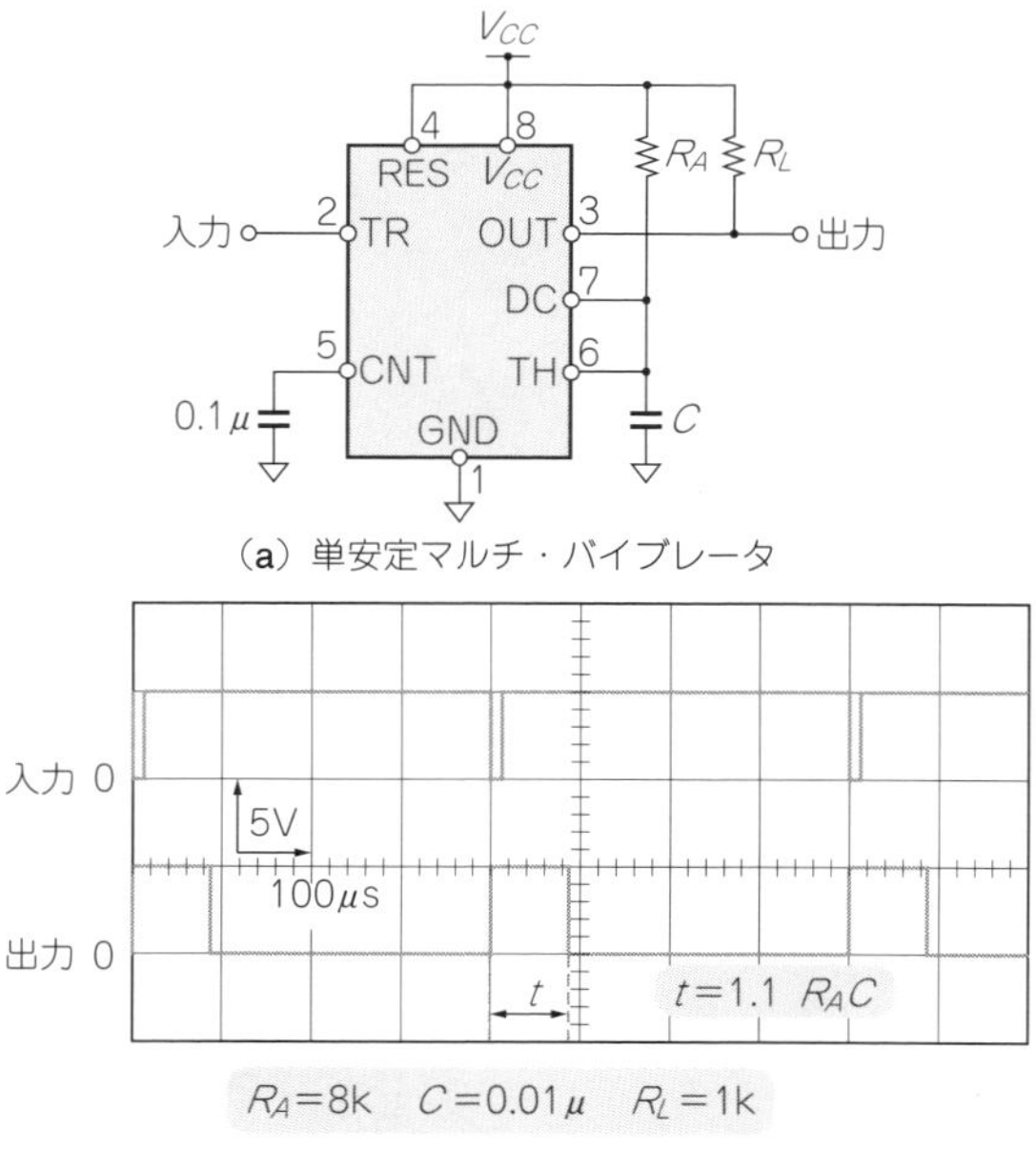

(a) 単安定マルチ・バイブレータ

(b) 単安定マルチ・バイブレータの入出力波形

図5-2　555を使った単安定マルチバイブレータ
トリガ入力があると，抵抗とコンデンサの時定数で決まるパルスを発生する

図5-2は単安定マルチ・バイブレータとして使用する回路例です．ワンショット・タイマとも呼ばれます．**図5-3**は無安定マルチ・バイブレータとして使用する回路例です．パルス発振器として使用されます．

バイポーラ版とCMOS版があり，選択に悩みます．

発振器として使った場合の周波数の変動(ジッタ)を比較してみました．実験に使ったのは，バイポーラ・タイプのNE555N(STマイクロエレクトロニクス)とCMOSタイプのLMC555CN(テキサス・インスツルメンツ)です．**表5-1**に主な仕様を比較しています．

● 消費電力が気にならないならバイポーラ版

バイポーラ版はとにかく安いのが一番のメリットです．また，互換品が多いのが魅力です．相見積もりでコストダウン交渉もできますし，納期トラブルや生産中止のときも代替品への切り替えが簡単です．

● 低消費電力＆低電圧動作が必要ならCMOS版

バッテリ駆動の機器では，CMOSの省電力という特徴は重要な要素です．**表5-1**を見ると，CMOSの電源電流はバイポーラの1/30です．CMOS版は消費電流が少なく，電源電圧が低くても使えます．バイポーラは出力電流を多く流せます．

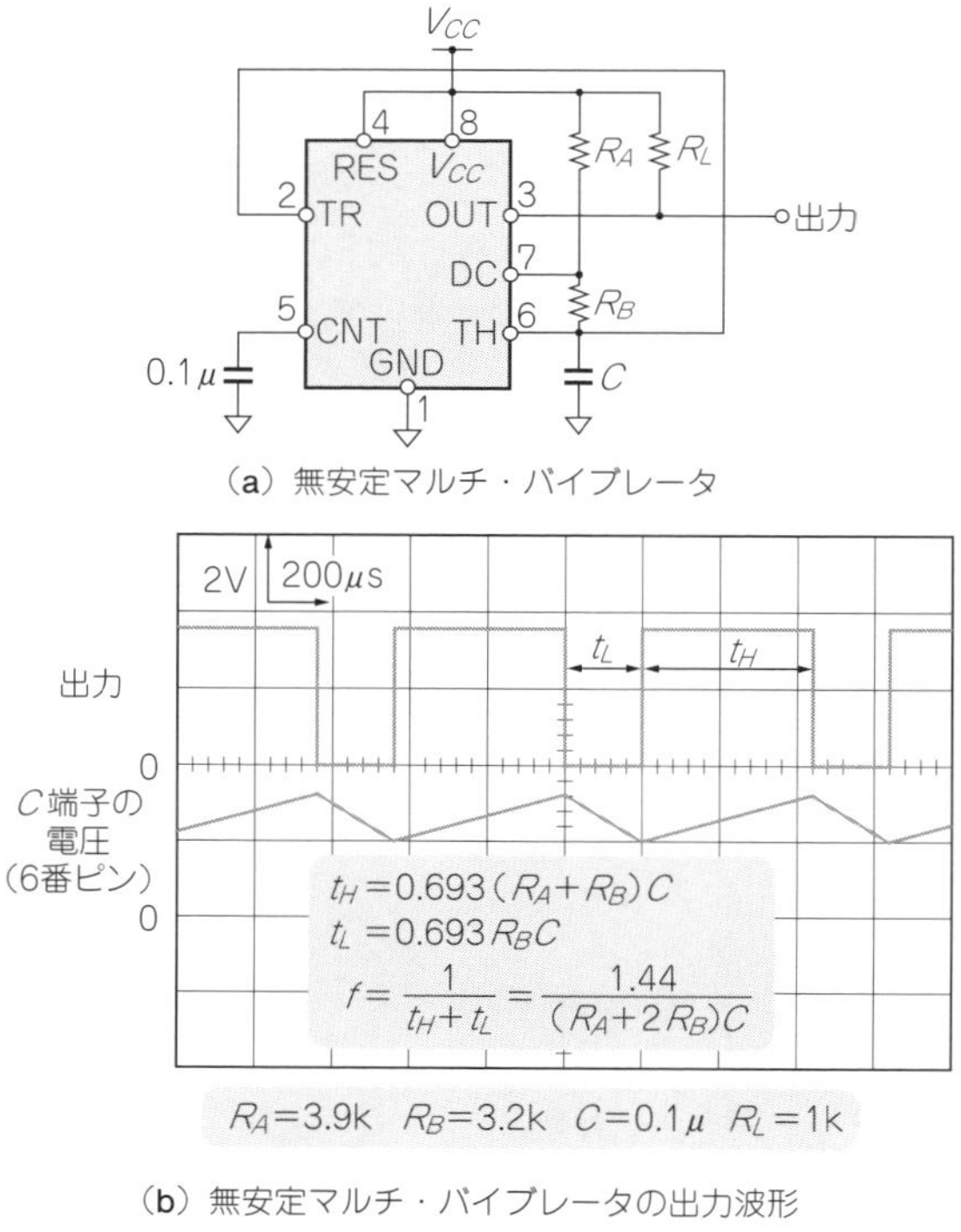

(a) 無安定マルチ・バイブレータ

(b) 無安定マルチ・バイブレータの出力波形

図5-3　555を使った無安定マルチバイブレータ
抵抗とコンデンサの時定数で決まるパルス幅を連続して発生させる．パルス発振器として使える

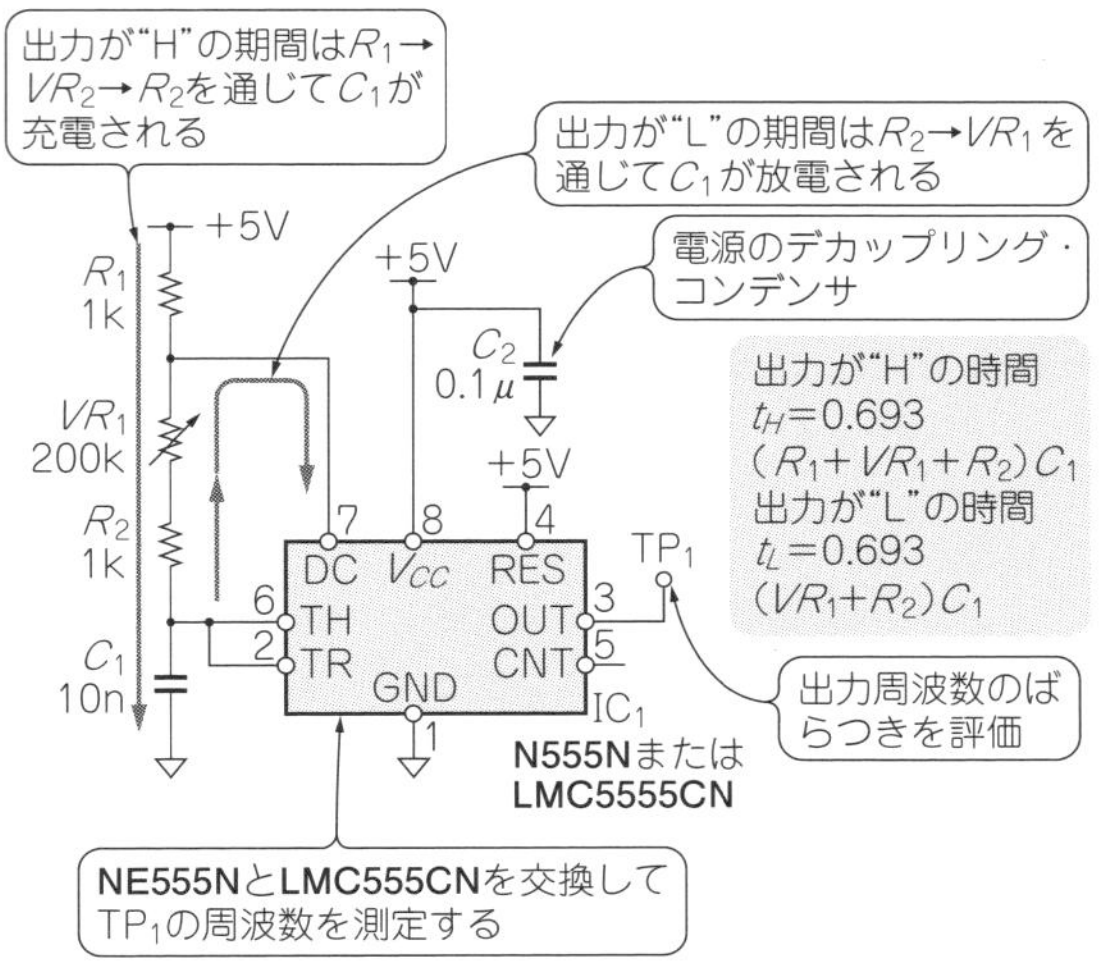

図5-4 単安定マルチ・バイブレータの実験回路
VR_2を調整して約2kHzのパルス列を発振させ，その周波数の変動（ジッタ）を観測した

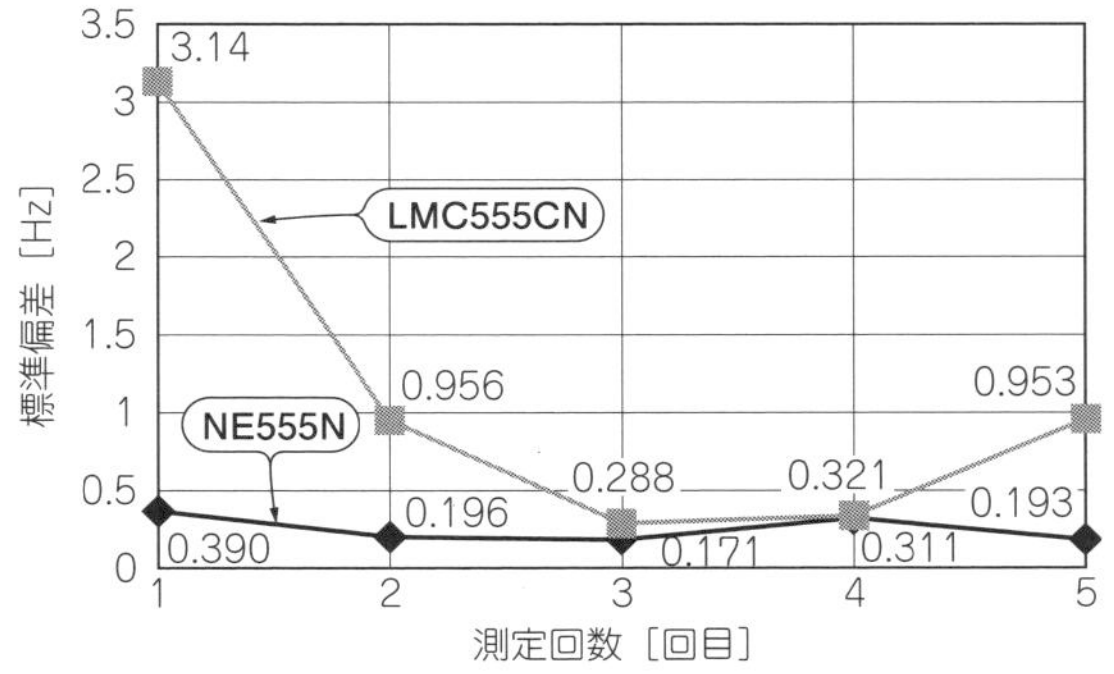

図5-5 周波数の変動の測定結果
4096周期を測定して標準偏差を求めた．バイポーラ版のほうがジッタが少ないことがわかる

● 実験回路

実験に使った回路は**図5-4**です．TP_1の周波数を自作のタイム・インターバル・アナライザで観測しました．タイム・インターバル・アナライザは，パルス列の周期を大量に取り込んでパソコンに送って集積し，平均値や標準偏差などの統計値を算出して，ジッタを定量的に評価できます．サンプリング数は4096周期，時間分解能は20 nsです．

● 実験結果

サンプリングを5回繰り返した結果を**図5-5**に示します．横軸は測定回数で，縦軸は周波数の変動です．1回ごとに4096周期を測定して標準偏差を算出しています．

図5-5から，NE555Nのほうが安定していることがわかります．LMC555CNの1回目は，標準偏差で約3 Hzの変動がありますが，NE555Nは5回とも約0.3 Hzです．

〈**中 幸政**〉

◆引用文献◆
(1) STMicroelectronics；NE555データシート，2003年6月．
(2) Texas Instruments；LMC555データシート，2006年5月．

表5-1[(1),(2)] **バイポーラ・タイプ**(NE555N)**とCMOSタイプの555**(LMC555CN)**の仕様比較**

型名		バイポーラ(NE555N)			CMOS(LMC555CN)			単位	考察ほか
項目	試験条件	最小	標準	最大	最小	標準	最大		
電源電圧(V_{CC})	−	4.5	−	18	1.5	−	15	V	最大値は絶対最大定格
電源電流(I_{CC})	V_{CC} = +1.5 V	−	−	−	−	0.05	0.15	mA	CMOS版のほうが低消費電流
	V_{CC} = +5 V	−	3	6	−	0.1	0.25		
	V_{CC} = +12 V	−	−	−	−	0.15	0.4		
	V_{CC} = +15 V	−	10	15	−	−	−		
"L" 出力電圧(V_{OL})	V_{CC} = +1.5 V Io = 1 mA	−	−	−	−	0.2	0.4	V	バイポーラ版のほうが出力電流が大きい
	V_{CC} = +5 V Io = 8 mA	−	0.3	0.4	−	0.3	0.6		
	V_{CC} = +12 V Io = 50 mA	−	−	−	−	1.0	2.0		
	V_{CC} = +15 V Io = 200 mA	−	2.5	−	−	−	−		
"H" 出力電圧(V_{OH})	V_{CC} = +1.5 V Io = −0.25 mA	−	−	−	1.0	1.25	−	V	バイポーラ版のほうが出力電流が大きい
	V_{CC} = +5 V Io = −2 mA	−	−	−	4.4	4.7	−		
	V_{CC} = +5 V Io = −100 mA	2.75	3.3	−	−	−	−		
	V_{CC} = +12 V Io = −10 mA	−	−	−	10.5	11.3	−		
	V_{CC} = +15 V Io = −200 mA	−	12.5	−	−	−	−		
出力立ち上がり時間(t_r)		−	100	300	−	15	−	ns	CMOS版のほうが高速
出力立ち下がり時間(t_f)		−	100	300	−	15	−	ns	

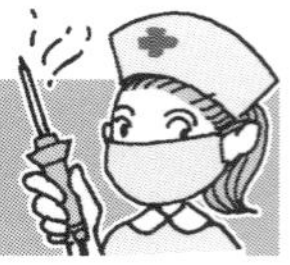

トラブル対策編

6 OPアンプによる方形波発生回路の発振周波数が計算値より大幅に高い

図6-1は教科書に載っている方形波発生回路です．発振周波数f_{osc}は次式で与えられます．

$$f_{osc}=\frac{1}{2R_3C_1\ln\left(\frac{2R_1+R_2}{R_2}\right)} \cdots\cdots (6\text{-}1)$$

R_1 = 994 Ω，R_2 = 997 Ω，R_3 = 9.95 kΩ，C_1 = 0.01022 μFを式(6-1)に代入すると，f_{osc} ≒ 4483.8 Hzと算出されます．ところがOPアンプにNJM5532を使ったときの実測発振周波数は10370 Hzで，計算値の倍以上です．ほかのOPアンプなら，**表6-1**のようにほぼ計算値どおりになります．

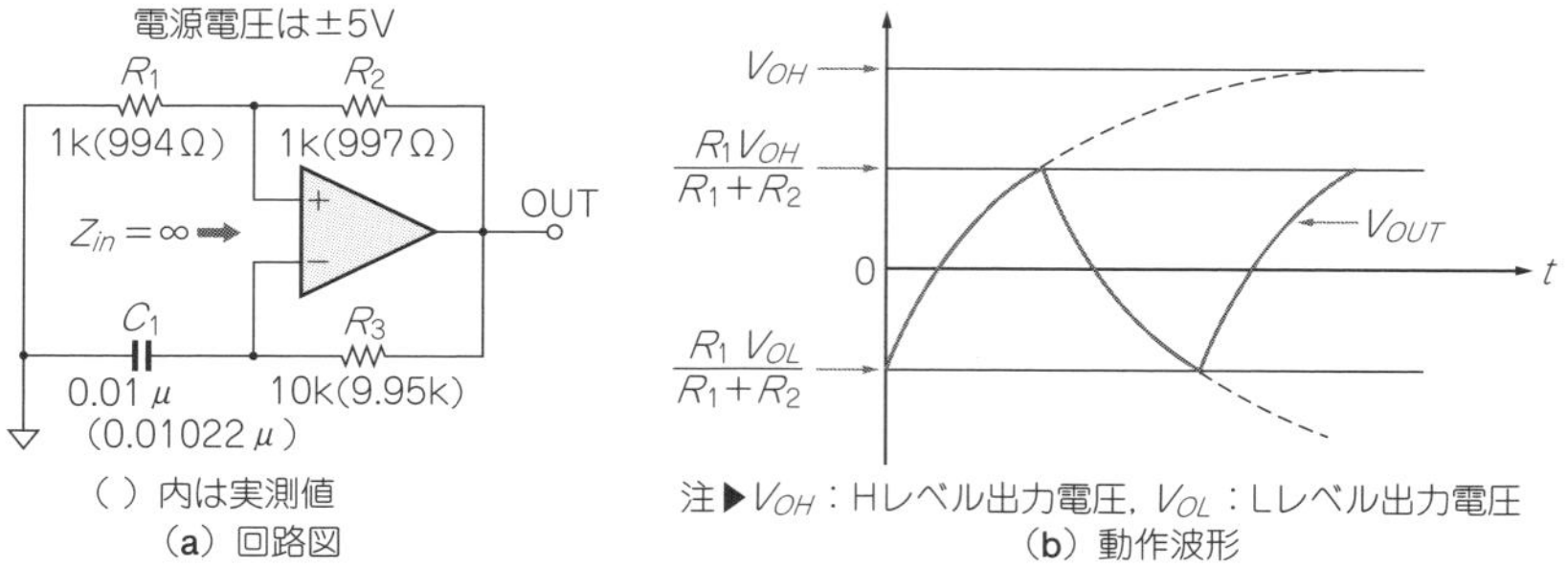

(a) 回路図　(b) 動作波形

図6-1　理想OPアンプを使ったときの動作

表6-1　OPアンプの品種による発振周波数の違い

OPアンプの型名	発振周波数 f_{osc} [Hz]
NJM4560	4348
TL072	4368
NJM4580	4381
LF353	4417
μPC814	4433

● 原因

5532型OPアンプは入力端子間にブレークダウン防止用のダイオードが**図6-2(a)**のように内部接続されています．差動入力電圧が± 0.6Vを超えると，このダイオードが導通し，図のように充放電電流が流れます．そのため時定数R_3C_1が実質的に減少し，発振周波数が上昇します．

● 対策

差動入力端子間に保護ダイオードが内蔵されていないOPアンプを使います．〈黒田 徹〉

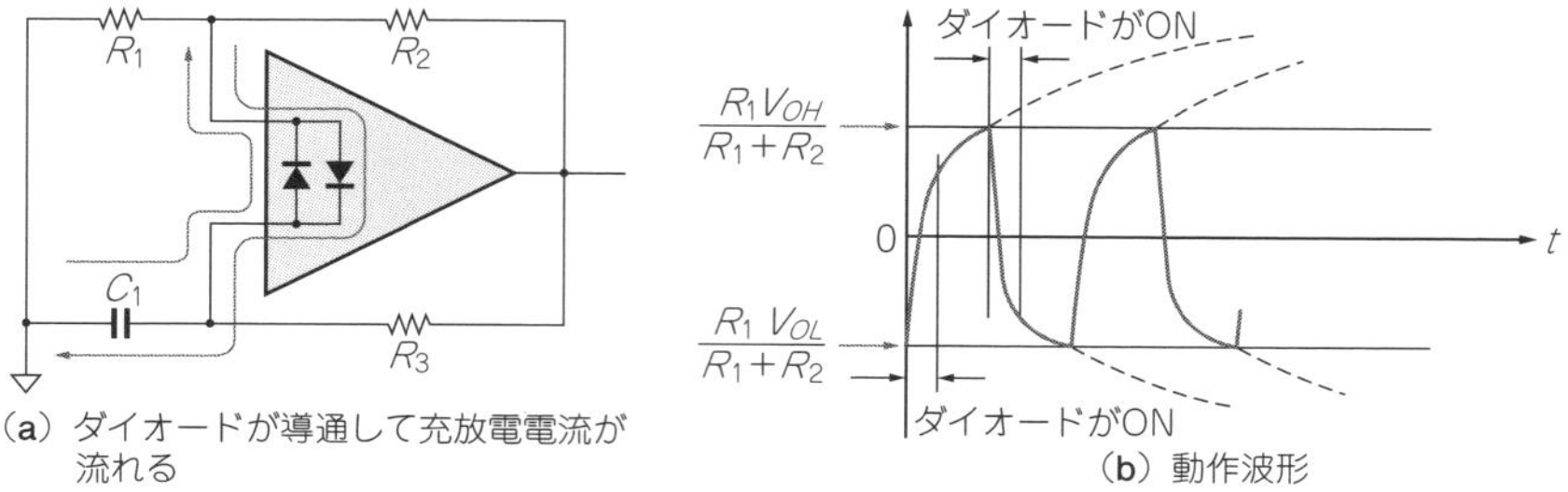

(a) ダイオードが導通して充放電電流が流れる　(b) 動作波形

図6-2　5532型OPアンプを使ったときの動作

7 サレン・キー型ローパス・フィルタの高域周波数特性が単調に減衰しない

図7-1は，3 dBカットオフ周波数f_C = 11.25 kHzのサレン・キー型LPFです．ゲインは－12 dB/oct.で減衰するはずですが，実測周波数特性(**図7-2**)は300 kHzからゲインが上昇しています．

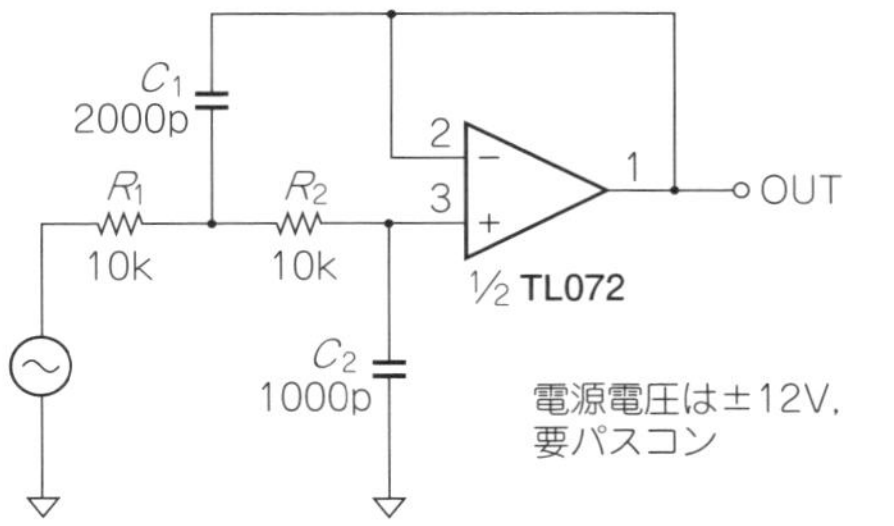

図7-1　2次バターワース特性のサレン・キー型LPF

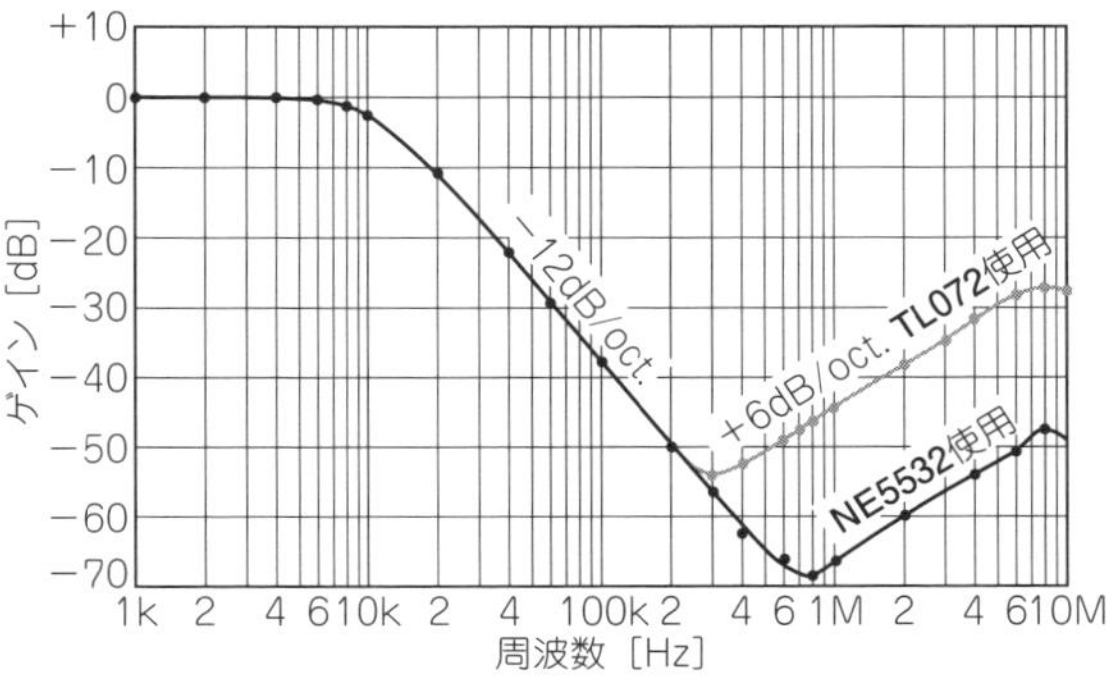

図7-2　図7-1の回路の実測周波数特性

● **原因**

OPアンプ(TL072)の出力抵抗が高域で上昇するのが原因です．TL072のオープン・ループ出力抵抗をR_O，オープン・ループ・ゲインをAとすると，閉ループ出力インピーダンスZ_Oは，

$$Z_O = \frac{R_O}{1 + A} \quad \cdots\cdots (7\text{-}1)$$

と表せます．低域周波数ではAが大きいのでZ_Oはゼロとみなせるほど低いですが，高域周波数ではAが－6 dB/oct.で減少するためZ_Oは6 dB/oct.で上昇します．**図7-1**の回路は，**図7-3**(**a**)の等価回路で表せます．数百kHz以上の周波数では，C_1とC_2のインピーダンスはとても小さく，C_1もC_2も短絡状態とみなせるので，**図7-3**(**b**)の等価回路が導かれます．信号は矢印のように流れます．R_1，R_O，Lはハイパス・フィルタを形成し，高域ゲインが**図7-2**のように上昇します．

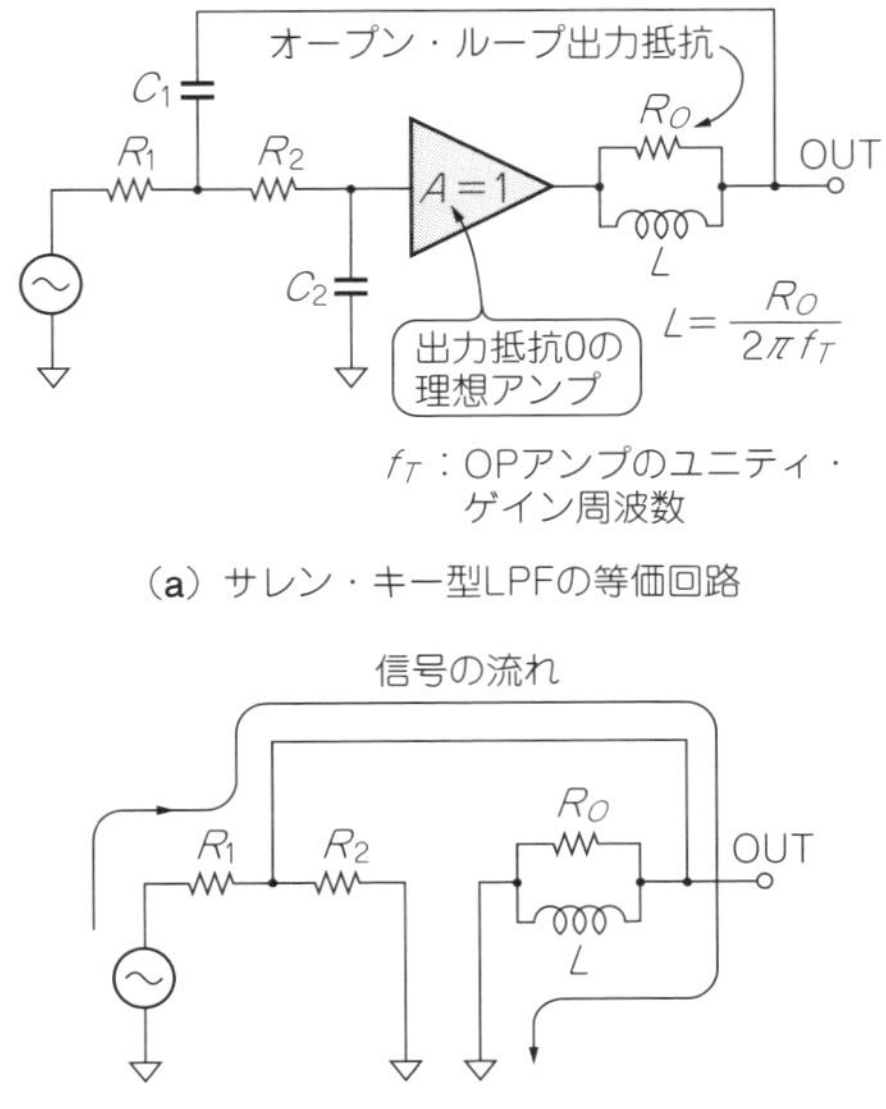

(**a**) サレン・キー型LPFの等価回路

(**b**) 数百kHz以上の等価回路

図7-3　サレン・キー型LPFの等価回路

● **対策**

対策は2通りあります．

(**1**)出力抵抗の低いOPアンプに代える

(**2**)RC1段のLPFを追加する

図7-3のLの値はオープン・ループ出力抵抗R_Oに比例し，ユニティ・ゲイン周波数f_Tに反比例するので，R_Oが小さくf_Tの高いOPアンプ(例えばNE5532)を使うと，高域のゲイン上昇を抑えることができます．

MHz領域のゲインをさらに減衰させるには，**図7-4**のようにRC1段フィルタを追加します．C_1，C_2，C_3の値を図に記す値に設定すると，3次のバターワース特性LPFとなります．　**〈黒田 徹〉**

◆引用文献◆

(1) M. E. Van Valkenburg，柳沢 健監訳；アナログ・フィルタの設計，初版p.206，秋葉出版，1985年．

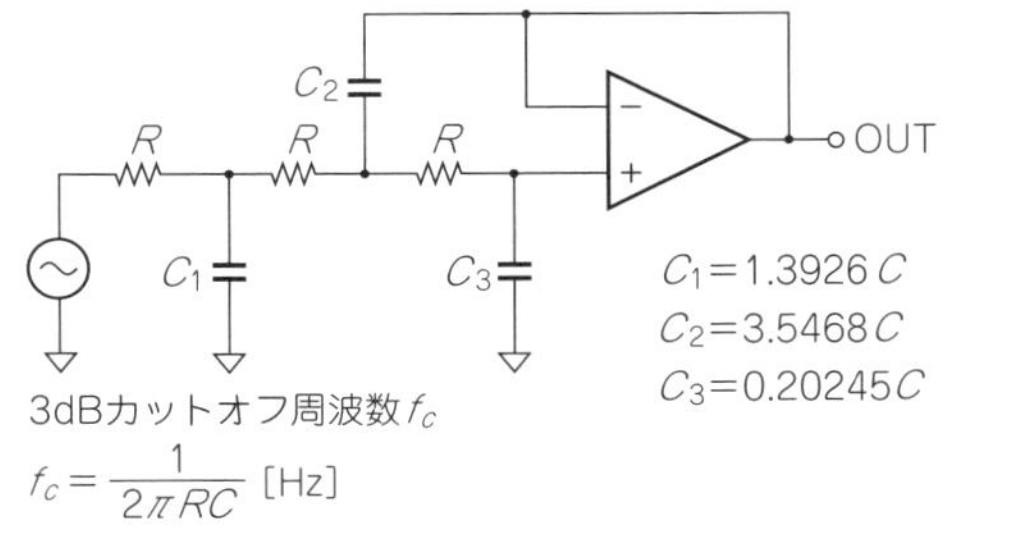

図7-4[(1)] **3次バターワース特性のLPF**(Geffeの回路)

第3章 電源回路

Q1 電源回路を作るときはスイッチング方式とリニア方式，どちらを選べばよい？

A ■ スイッチング式が人気の理由

● 動作原理

図1-1に示すのは，12 Vを5 Vに変換する標準的な降圧型スイッチング・レギュレータです．

入力電圧源と出力の間にパワー・トランジスタを挿入して，20 k～数百kHzでON/OFFスイッチング駆動し，安定した直流電圧を出力します．出力電圧は，ONとOFFの比率で決まります．入力電圧が低いときは，パワー・トランジスタがON期間を長く，入力電圧が高いときは短くして出力電圧を一定にキープします(**図1-2**)．

(a) リニア・レギュレータ(効率41.7 %)　(b) スイッチング・レギュレータ(効率87.1 %)

写真1-1 スイッチング・レギュレータはリニア・レギュレータより断然小さい
どちらも入力が12.0 V，出力が5.0 V/0.5 Aのレギュレータである

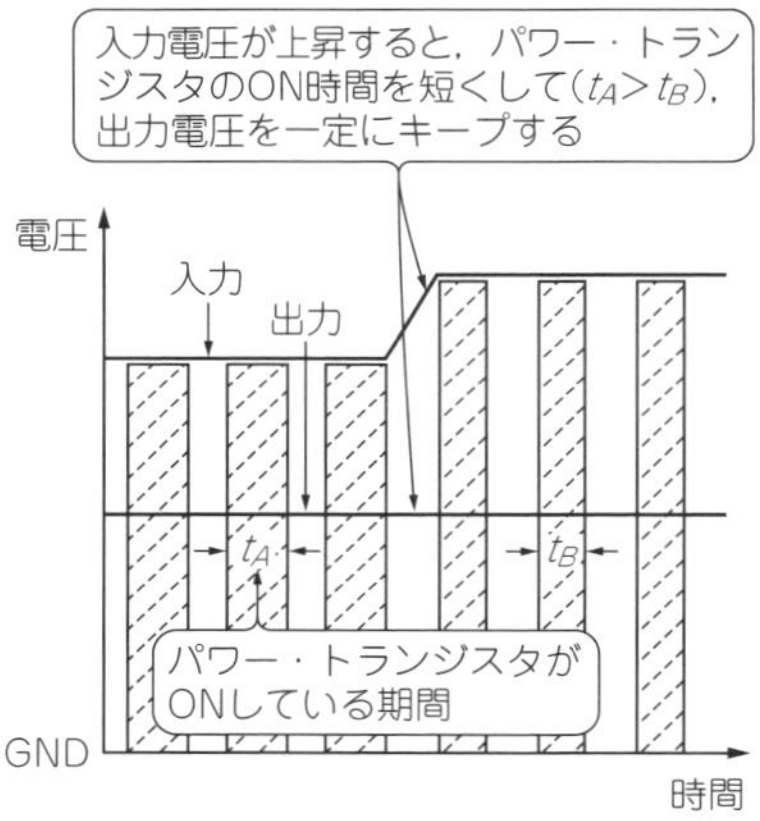

図1-2 スイッチング・レギュレータはパワー・トランジスタのON時間を調節することによって，入力電圧や負荷電流が変動しても出力電圧を一定に保つ

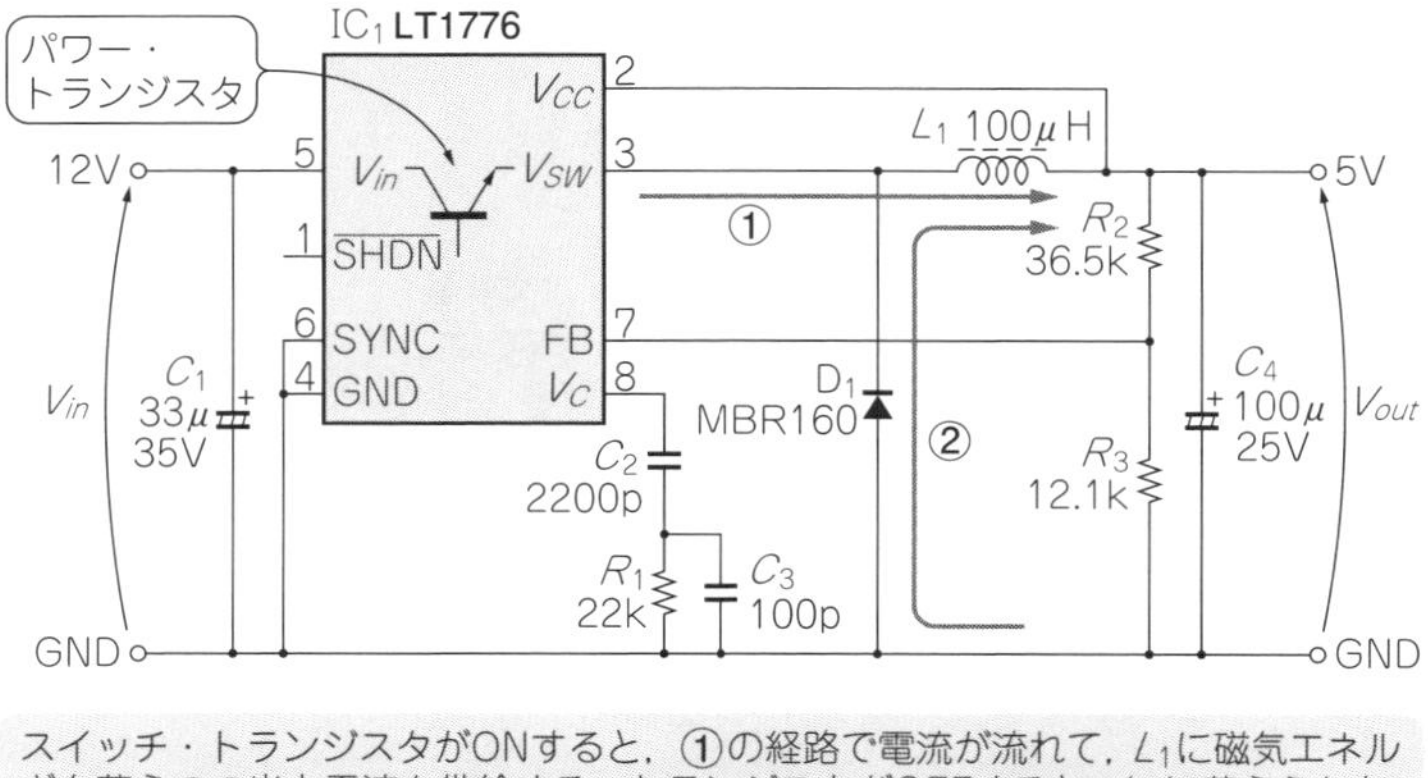

スイッチ・トランジスタがONすると，①の経路で電流が流れて，L_1に磁気エネルギを蓄えつつ出力電流を供給する．トランジスタがOFFすると，L_1に蓄えられたエネルギが②の経路で放出され，出力に電流を流す．出力電圧はスイッチ・トランジスタのONとOFFの割合で決まる．出力電圧はR_2とR_3で分圧されてIC_1のFB端子に入力される．IC_1は，モニタしている出力電圧と内部の基準電圧を比較して，出力電圧が高ければオン時間を短く，低ければオン時間を長くする

図1-1 スイッチング・レギュレータはリニア式より部品が多い[図1-4(b)と比べてほしい]

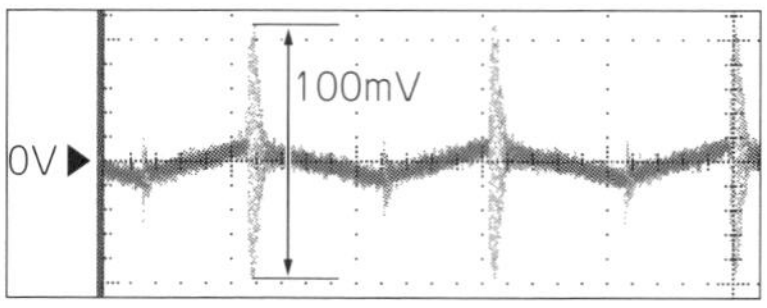

図1-3 小型化が取りえのスイッチング・レギュレータはノイズが大きいのが玉にきず
約20 mVのスイッチング・リプル電圧と，最大108 mV_{P-P}のスイッチング・ノイズが出力電圧に重畳している．微小電圧を取り扱うセンサ回路やA-Dコンバータなどの電源電圧に，このくらい大きい電圧変動やノイズが混入すると信号と区別できなくなる．フィルタやリニア・レギュレータを追加してノイズを減らす必要がある

● 高効率，小型…メリット多し

スイッチング方式には，ロスが小さく，発熱しにくいため小型にできるというメリットがあります(**写真1-1**)．ダイオード(**図1-1**のD_1)をMOSFETに置き換えると90%超の高効率も実現できます．

低出力時にスイッチング回数を減らす技術(スキップ・サイクル・モード)を導入し，待機時でもリニア方式を上回る高効率を実現したタイプもあります．

パワー・トランジスタとコイルとダイオードのつなぎ方を変えると，入力電圧よりも高い電圧を出力したり，反転して負電圧を出力することも可能です．リニア式は入力電圧よりも低い電圧しか出力できません．

コイルをトランスに変更すれば，入力と出力を絶縁することができます．100～240 Vまで入力できるワールドワイド対応も可能です．

● 泣きどころ①：ノイズが大きい

パワー・トランジスタが，入力と出力間の高い電圧差を強引にON/OFFし，大電流を流したりせき止めたりするので，小さくない脈流やノイズが発生します．ONのときとOFFのときとで，入力電圧相当の電圧差が平滑コンデンサに加わりますが，変動が残ります．これをスイッチング・リプル電圧といい，スイッチング周波数と同期しています．

ON/OFFするたびに大変動する電流も，プリント・パターンに含まれるわずかなインダクタンスに作用し，スパイク状の電圧を発生させます．**図1-3**は，スイッチング・レギュレータの出力電圧を電圧軸を拡大して観測したものです．

● 泣きどころ②：部品点数が多い

スイッチング方式の制御ICには，3端子レギュレータ並みの少ない部品で構成できるものもあります．パワー・トランジスタとコイルを内蔵したワンチップICもあります．しかしそれでも，スイッチング方式はリニア式に比べて部品点数が多く，材料費も高くなります．

■ 繊細なアナログ回路にはリニア式

● ノイズが小さく回路がシンプル

リニア・レギュレータは，ノイズがとても小さく，部品点数も少ないです．

図1-4(a)のようなワンチップIC「3端子レギュレータ」を使えば，5個前後の少ない部品で作れます．外付け抵抗で出力電圧を可変できるタイプもあります．出力電流は100 mAから数Aまであり，過電流が流れると出力電流を抑える保護機能も備えています．

図1-4(b)はシャント・レギュレータと呼ばれています．基準電圧生成に用いられます．入力電圧の変動が大きい場合や出力電流が大きい場合は使えません．出力電圧は負荷と直列に接続された抵抗(R_1)の電圧降下で決まります．TL431Aが出力電流の変化分を補って多くの電流を吸い込み，抵抗に流れる電流を一定に保って出力電圧を安定化させています．

● 泣きどころ：発熱が大きく放熱器が要る

入出力間にあるパワー・トランジスタが，コレクタとエミッタ間の抵抗値を変化させて，入力電圧や負荷(出力電流)が変動しても，出力電圧を一定に保ちます(**図1-5**)．ここでパワー・トランジスタは，入出力間電圧($V_{in}-V_{out}$)に出力電流(I_{out})を乗じた電力Pを消費し，この電力はすべて熱に変わります．出力が1 W以下などと小さい場合を除き，放熱が欠かせません．

〈梅前 尚〉

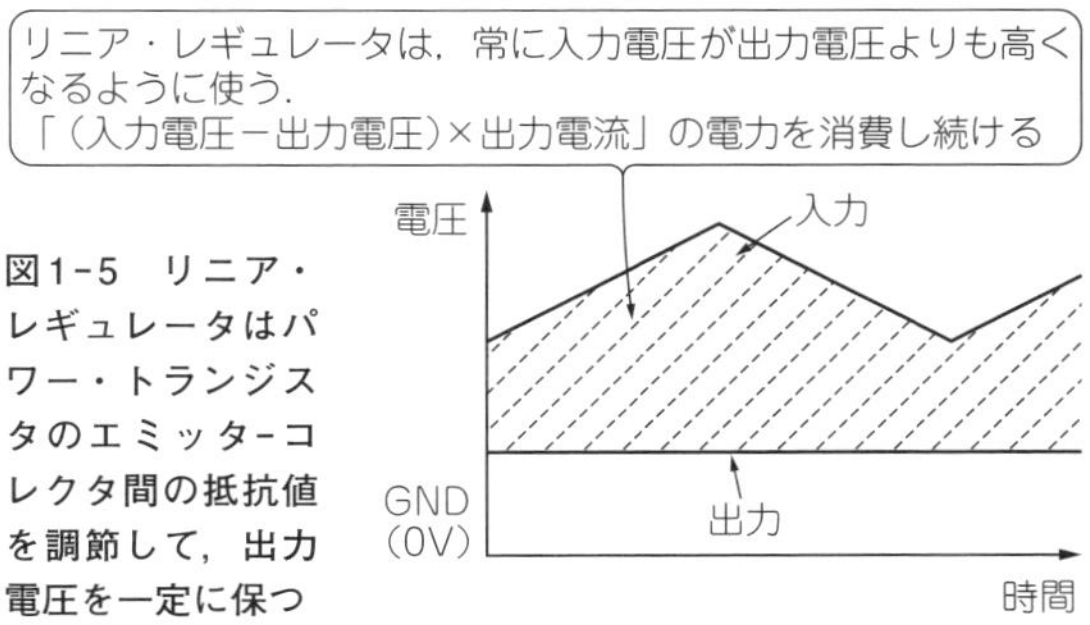

図1-5 リニア・レギュレータはパワー・トランジスタのエミッタ-コレクタ間の抵抗値を調節して，出力電圧を一定に保つ

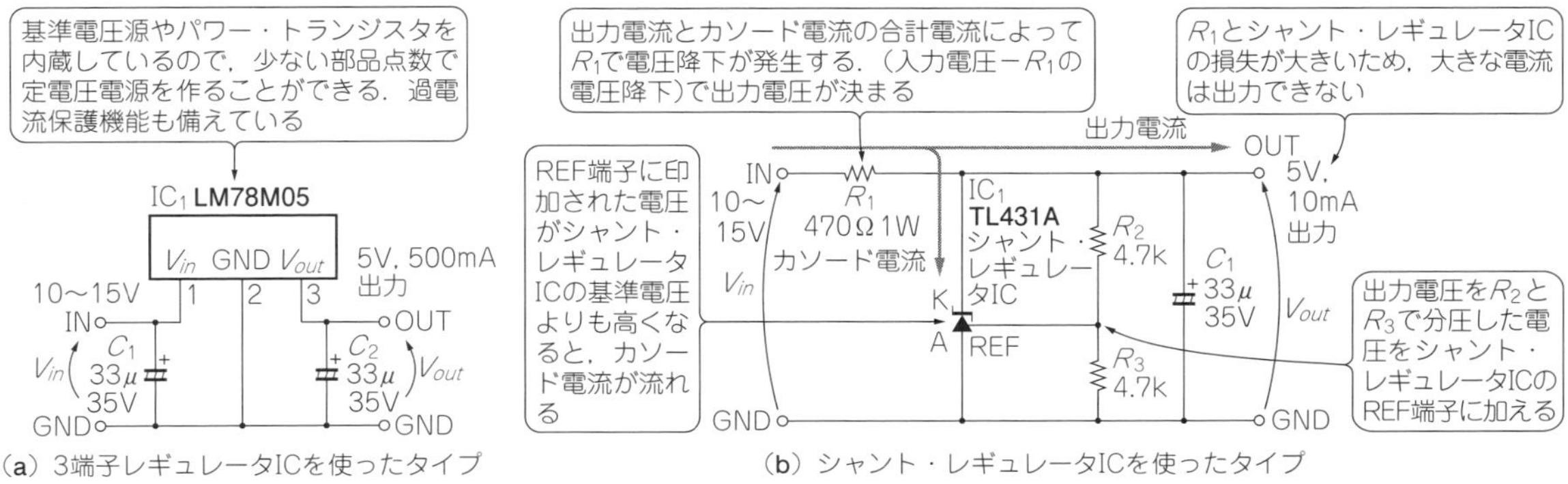

(a) 3端子レギュレータICを使ったタイプ

(b) シャント・レギュレータICを使ったタイプ

図1-4 標準的なリニア・レギュレータ

Q2 スイッチング電源に使える整流用ダイオードを知りたい

DC-DCコンバータの整流用ダイオードは，耐圧と定格電流さえ合っていれば，どのダイオードを使ってもよいのでしょうか？

A DC-DCコンバータなどのスイッチング電源では，一般用途に用いられる一般整流用ダイオードは使用できません．次に示す2種類の高速整流ダイオードを使用します．

- ファスト・リカバリ・ダイオード(FRD：Fast Recovery Diode)
- ショットキー・バリア・ダイオード(SBD：Schottkey Barrier Diode)

ここでは，スイッチング電源用に使える高速ダイオードの選び方を紹介します．

● 発熱の大きさがわかる2つのスペック

ダイオードを選ぶときは，耐電圧(逆方向電圧：V_R)や，定格電流(平均整流電流I_O)のほかに，損失に関わる次の2つの特性に着目します．

① 順方向電圧降下V_F

ダイオードの特性を示す重要なパラメータに順方向電圧降下(V_F)があります．一般整流ダイオードではV_Fは耐電圧や定格電流によって異なりますが，だいたい0.6～2.0 Vの間です．耐電圧が高いものほどVFは大きくなり，同じ電流であれば定格電流が大きいものほど小さくなります．

② 逆回復時間t_{rr}

ダイオードが導通状態から逆バイアスがかかって電流が遮断されるまでの時間です．t_{rr}が短いほど損失が少なくなり発熱しにくいです．

DC-DCコンバータなどのスイッチング電源では数十k～数百kHzという高周波でON/OFFを繰り返します．この発振周波数に十分ついていける高速の整流素子が必要です．例えば100 kHzで発振しているスイッチング電源の場合，1サイクルは10 μsにすぎず，このときのデューティを50％とした場合，ON時間OFF時間とも半分の5 μsです．一般整流ダイオードのt_{rr}は，一般に1 μ～十数μsと長いです．100 kHzでスイッチングしている回路では，電流を完全に遮断する前に次の導通期間に入り，電流が常に流れ続けます．これだとスイッチング電源の整流素子として使用することはできません(**図2-1**)．

1S4148に代表される小信号ダイオードは，数nsとスイッチング周期に対して十分短い逆回復時間ですが，定格電流が100 m～1 Aとスイッチング電源に搭載するには不足です．

● 高速整流パワー・ダイオード①「ファスト・リカバリ・ダイオード」

一般整流ダイオードと同じPN接合による整流素子ですが，半導体に重金属を配合するなどしてt_{rr}を改善し，高周波整流に適した仕様としたダイオードです．t_{rr}は20 n～200 nsと格段に短いです．耐電圧は100～1000 Vと一般整流ダイオードとほぼ同じです．V_Fは0.9 V～3.0 Vとやや高いです．

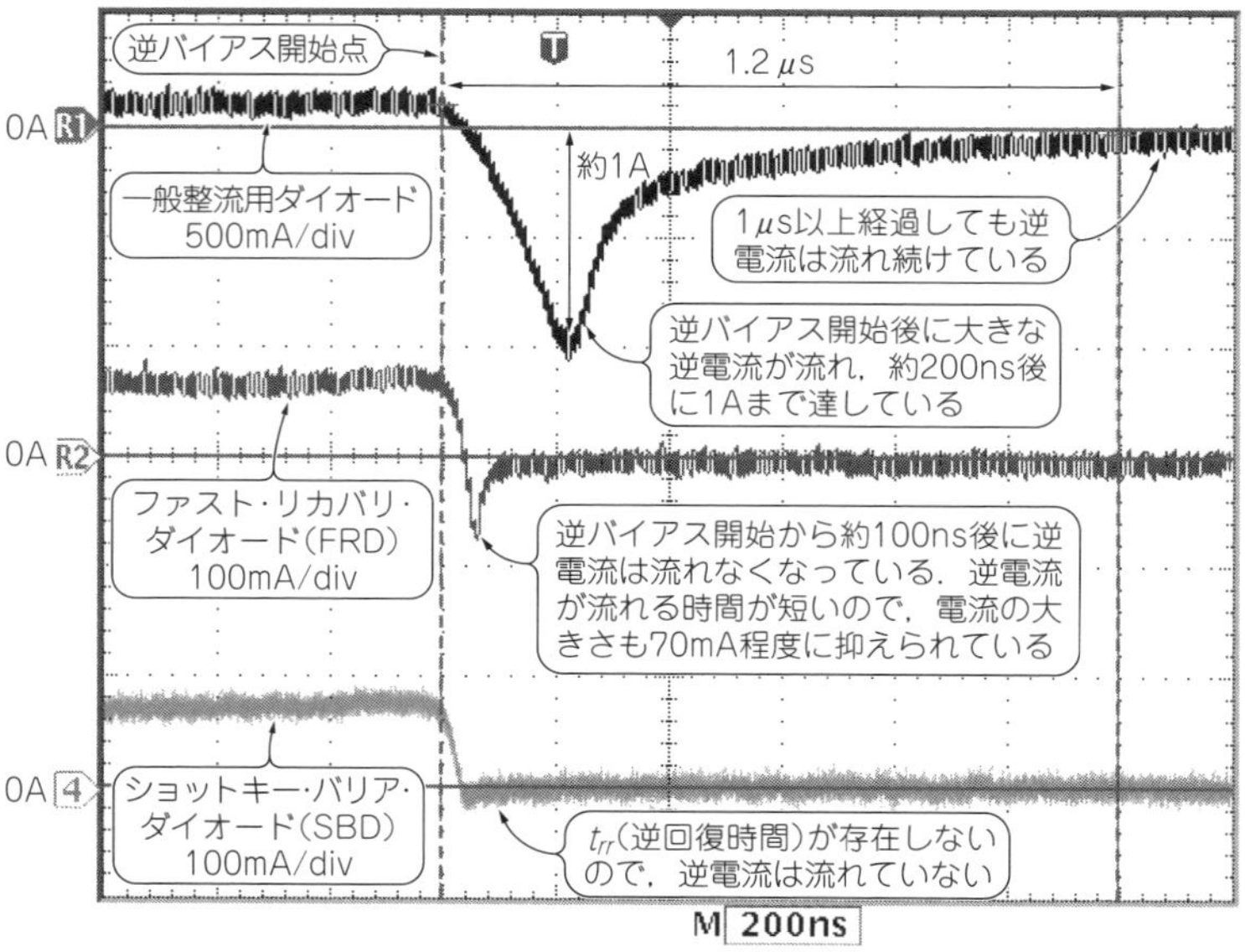

図2-1 整流用ダイオードの逆回復時間t_{rr}の比較
逆バイアスが加わって電流が遮断されるまでの時間．短いほど損失が少ない

● 高速整流パワー・ダイオード②「ショットキー・バリア・ダイオード」

半導体と金属との接合面で起こるショットキー障壁を利用したダイオードです．t_{rr}は理論上発生せず，V_Fも0.4～1.0 VとFRDの1/2以下で，より高速整流に向いています．

SBDも万能ではなく，耐電圧の上限が200 V程度しかありません．90 Vを超えるとV_FがFRDと大差ない値となるので実用範囲はせいぜい50 V程度が上限です．逆電流がほかのダイオードと比較して大きいという欠点もあり，逆バイアスが加わった状態で1 μ～数百μAのオーダで漏れ電流を生じます．通常は逆電流が大きな問題になることはないですが，高温環境下では逆電流が急激に増加します．これにともなう損失の増加でさらに温度が上がり，加速度的に逆電流が増えるという熱暴走を生じます．そのため，SBDが高温にならないよう定格に十分余裕をもって使用する必要があります．

表2-1は，一般整流ダイオードとFRD，SBDの電気的特性の一覧です．この表から，高速整流回路におけるFRDとSBDの使い分けは，簡単に言えば耐電圧と順方向電圧降下で決まります．

● 高速整流したい場合はショットキー・バリア・ダイオードを使う

DC-DCコンバータの整流素子には，原則的にショットキー・バリア・ダイオードを使います．

- 順方向電圧降下(V_F)が小さく，導通損が少ない
- 逆回復時間(t_{rr})がなく，スイッチング損失も少ない
- ダイオードの損失が少ないので放熱器が小さくて済み，機器全体の効率も良くなる

表2-1　整流用ダイオードの電気的特性

項目	耐圧 [V]	順方向電圧 V_F[V]	逆回復時間 t_{rr}[s]
一般整流ダイオード	100～1000	0.6～2	4～12 μ
ファスト・リカバリ・ダイオード	100～1000	0.9～3	20～200 n
ショットキー・バリア・ダイオード	20～200	0.4～1	－

高電圧回路に使える

けた違いに遅く，スイッチング電源には使えない

V_Fが低く導通損を小さくできる

原理的にt_{rr}が存在しない．ただし配線インダクタンスや周辺部品の影響でゼロにならない

● 高耐圧＆高温動作が必要ならファスト・リカバリ・ダイオードを使う

ショットキー・バリア・ダイオードは耐電圧が低いので，100V以上の高耐圧が必要な個所にはファスト・リカバリ・ダイオードを使用するのがよいです．また，ショットキー・バリア・ダイオードは素子温度が高くなると逆方向電流が増えるので，これが問題になる回路ではファスト・リカバリ・ダイオードを選択します．

〈梅前 尚〉

◆参考文献◆

(1) CQ出版社エレクトロニクス・セミナー 実習；電源回路入門テキスト，CQ出版社．
(2) iN4006データシート，Rectron Semiconductor.
(3) 特集 電流ドバッ！電源・パワエレ実験室，トランジスタ技術，2015年1月号，CQ出版社．
(4) SiCパワーデバイス・モジュールアプリケーションノート，ローム㈱．
(5) LTC1735データシート，リニアテクノロジー㈱．

耐圧1200 Vと高速リカバリを両立！SiCショットキー・バリア・ダイオード

Column 1

写真Aに示すのは，数百Wを超える大電力のスイッチング電源やエアコン，kWオーダのインバータなどに採用されはじめた整流素子のSiC(シリコン・カーバイド)ショットキー・バリア・ダイオードです．パワエレ界では注目のダイオードです．

通常のSBDと異なり，金属ではなく炭素と半導体との接合によって整流します．耐電圧は600 Vや1200 Vと高く，FRDに匹敵します．それでいて逆回復時間t_{rr}がほとんど発生しないというSBDの特性をもっています．

SiC接合の技術はパワーMOSFETにも応用されてきていて，ますますパワエレの分野での普及が進んでいくと思われます．

〈梅前 尚〉

写真A　SiCショットキー・バリア・ダイオード
SCS106AGC(ローム)

3 DC-DCコンバータにPチャネルMOSFETがあまり使われないのはなぜ？

図3-1に示すのは，マイコン・ボードなどを作るときに必ずお世話になるスイッチング電源「降圧型DC-DCコンバータ」のブロック図です．スイッチング電源は，その多くがMOSFETと呼ばれるパワー・トランジスタを使っています．MOSFETは，バイポーラ・トランジスタよりON/OFFのキレが良いため損失が少なく，また小さな電力で駆動できます．

● 降圧型DC-DCコンバータを作るならPチャネルのほうが駆動回路は簡単

図3-2(a)に示すように，PチャネルMOSFETは，ゲートに加える電圧(V_G)をソース電圧(V_S)に対してゲートしきい値電圧($V_{GS(th)}$)分低くしてやるとONします．ONすると，ドレイン-ソース間のインピーダンスが下がって大きなドレイン電流が流れます．V_Gが上がり，ゲート-ソース間電圧が$V_{GS(\mathrm{th})}$よりも低くなると，OFFしてドレイン-ソース間のインピーダンスが高くなり，ドレイン電流がゼロになります．

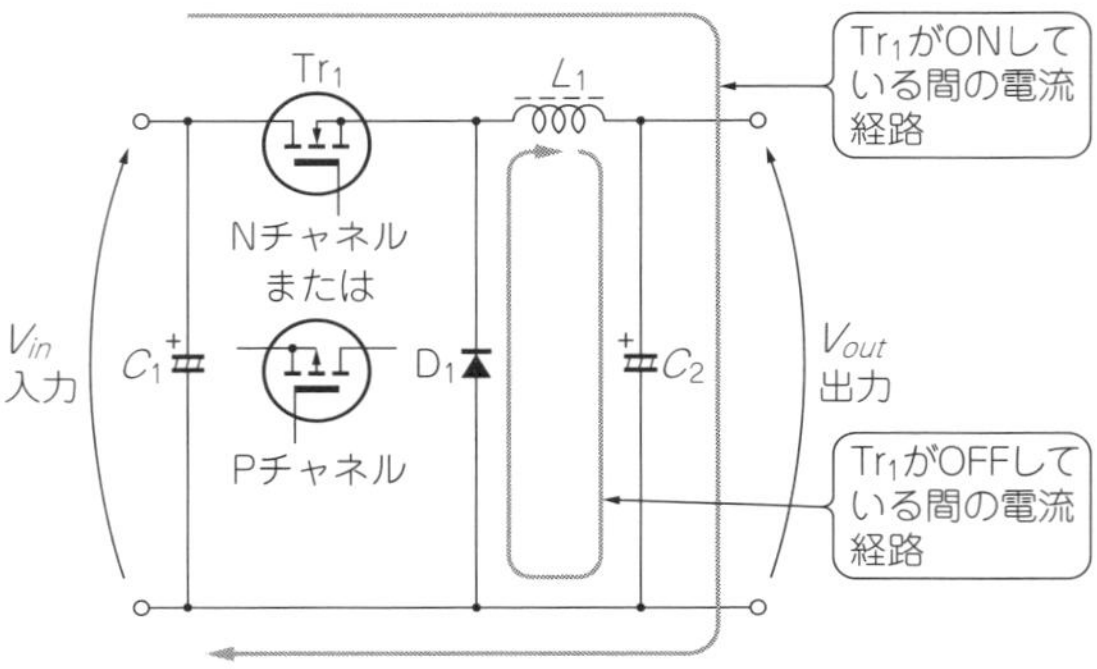

図3-1　必ずお世話になるスイッチング電源の代表「DC-DCコンバータ」のブロック図

● 多くの面で高性能なNチャネルを使うのが得

▶ONしている間のロスが小さく発熱が小さい

$R_{DS(\mathrm{ON})}$とは，MOSFETがONしたときのドレイン-ソース間の抵抗分です．ここにドレイン電流I_Dが流れると，$P_D = I_D{}^2R_{DS(\mathrm{ON})}$の電力損失(導通損という)が発生します．オン抵抗$R_{DS(\mathrm{ON})}$が小さいほど発熱は小さいです．**表3-1**の例では，NチャネルはPチャネルより導通損が15%小さいです．オン抵抗は，電流定格が大きいほど，耐電圧が低いほど小さいです．

▶キレが良く発熱が小さい

$t_{D(\mathrm{ON})}$，t_R，$t_{D(\mathrm{OFF})}$，t_Fは，ONからOFFまたはOFFからONになるとき，ドレイン-ソース間電圧(V_{DS})が変化に要する時間です．短いほど，素早くONからOFF，OFFからONに切り替わるデバイスです．MOSFETは，ONしているときだけでなく，切り替わる間にも損失(スイッチング損失)を生じます．NチャネルはPチャネルよりも切り替わる時間が短く，スイッチング損失が小さいです．

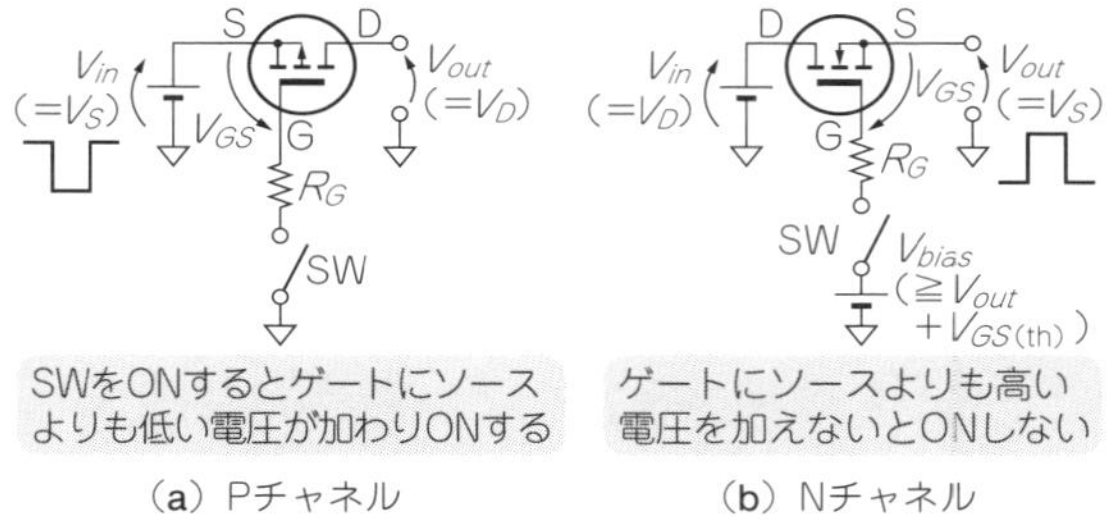

図3-2　図3-1のDC-DCコンバータのMOSFETはPチャネルを使うほうがON/OFF駆動回路が簡単

表3-1　定格が同じくらいのPチャネルとNチャネルのMOSFETのスペック

項　目	Pチャネル MOSFET FQB47P06	Nチャネル MOSFET FQB50N06
ドレイン-ソース間電圧 V_{DSS}	− 60 V	+ 60 V
ドレイン電流 I_D	− 47 A	+ 50 A
ゲートしきい値電圧 $V_{GS(\mathrm{th})}$	− 2.0 ～ - 4.0 V	2.0 ～ 4.0 V
ドレイン-ソース間オン抵抗 $R_{DS(\mathrm{on})}$	26 mΩ	22 mΩ
最大入力容量 C_{iss}	3600 pF	1540 pF
最大出力容量 C_{oss}	1700 pF	580 pF
最大帰還容量 C_{rss}	420 pF	90 pF
最大ゲート電荷量 Q_G	110 nC	41 nC
最大ターン・オン遅れ時間 $t_{D(\mathrm{ON})}$	110 ns	40 ns
最大ターン・オン立ち上がり時間 t_R	910 ns	220 ns
最大ターン・オフ遅れ時間 $t_{D(\mathrm{OFF})}$	210 ns	130 ns
最大ターン・オフ立ち下がり時間 t_F	400 ns	140 ns

Nチャネルのほうがオン抵抗が15％小さい．オン時の導通損失が少ない

Nチャネルは半分以下．駆動に必要なエネルギが少なくてすむ

Nチャネルのほうが小さい．スイッチング・ロスが少ない

(a) スペック

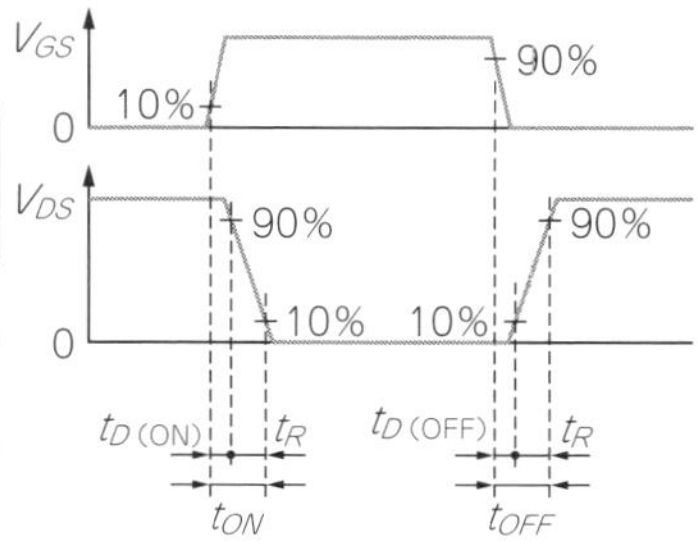

(b) 測定条件

▶小さい電力でON/OFF駆動できる

入力容量，出力容量，帰還容量，ゲート電荷量が大きいものほど，MOSFETを駆動する電力が大きいです．これもNチャネルのほうが小さいです．

▶手に入れやすい

どのメーカも，Nチャネルの取り扱い数が多いです．パッケージの選択肢が多く，入手性も良いです．

● 駆動回路が難点だが解決できる

図3-2(b)に示すように，NチャネルMOSFETをONするときは，ゲートにソース端子の電圧(V_S)よりも，ゲート-ソース間しきい値電圧($V_{GS(\mathrm{th})}$)以上高い電圧を加えます．

図3-2(a)のSWと抵抗R_Gだけの単純な回路で駆動するとどうなるでしょうか？ SWがOFFしているとき，V_Sはほぼグラウンド・レベルです．ONするときはゲートにバイアス電圧を加えます．MOSFETがONすると，ドレイン-ソース間は低インピーダンスとなって，V_Sは上昇してドレイン電圧V_Dと等しくなろうとします．V_GはV_Dと等しいので，MOSFETのゲート-ソース間電圧V_{GS}が$V_{GS(\mathrm{th})}$以下まで低下して，OFFします．

実際にはMOSFETはOFFするのではなく，V_Sが上昇してV_{GS}が$V_{GS(\mathrm{th})}$まで低下して安定し，MOSFETが完全にONしないでV_{DS}が残った状態となり，ドレイン電流によって大きな損失を発生します(**図3-3**)．

▶シンプルな駆動回路「チャージ・ポンプ」

NチャネルMOSFETをONするには，入力電圧よりも高いゲート駆動電圧が必要ですが，外部電源を用意したくはありません．**図3-4**は，チャージ・ポンプと呼ばれるシンプルな駆動回路です．　**〈梅前 尚〉**

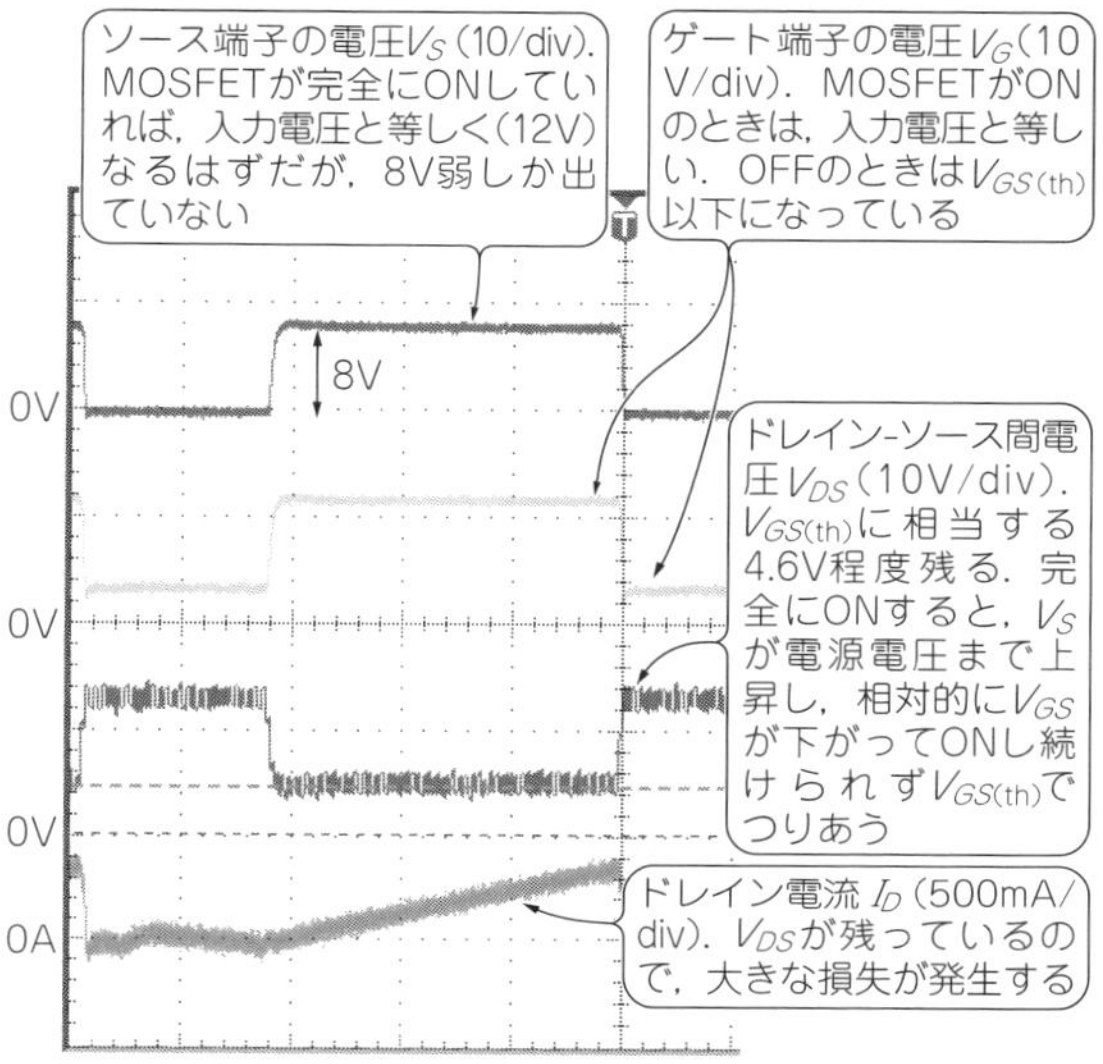

図3-3　図3-1のDC-DCコンバータにNチャネルMOSFETを使い，Pチャネルのシンプルな回路［図3-2(a)］で駆動したときの波形

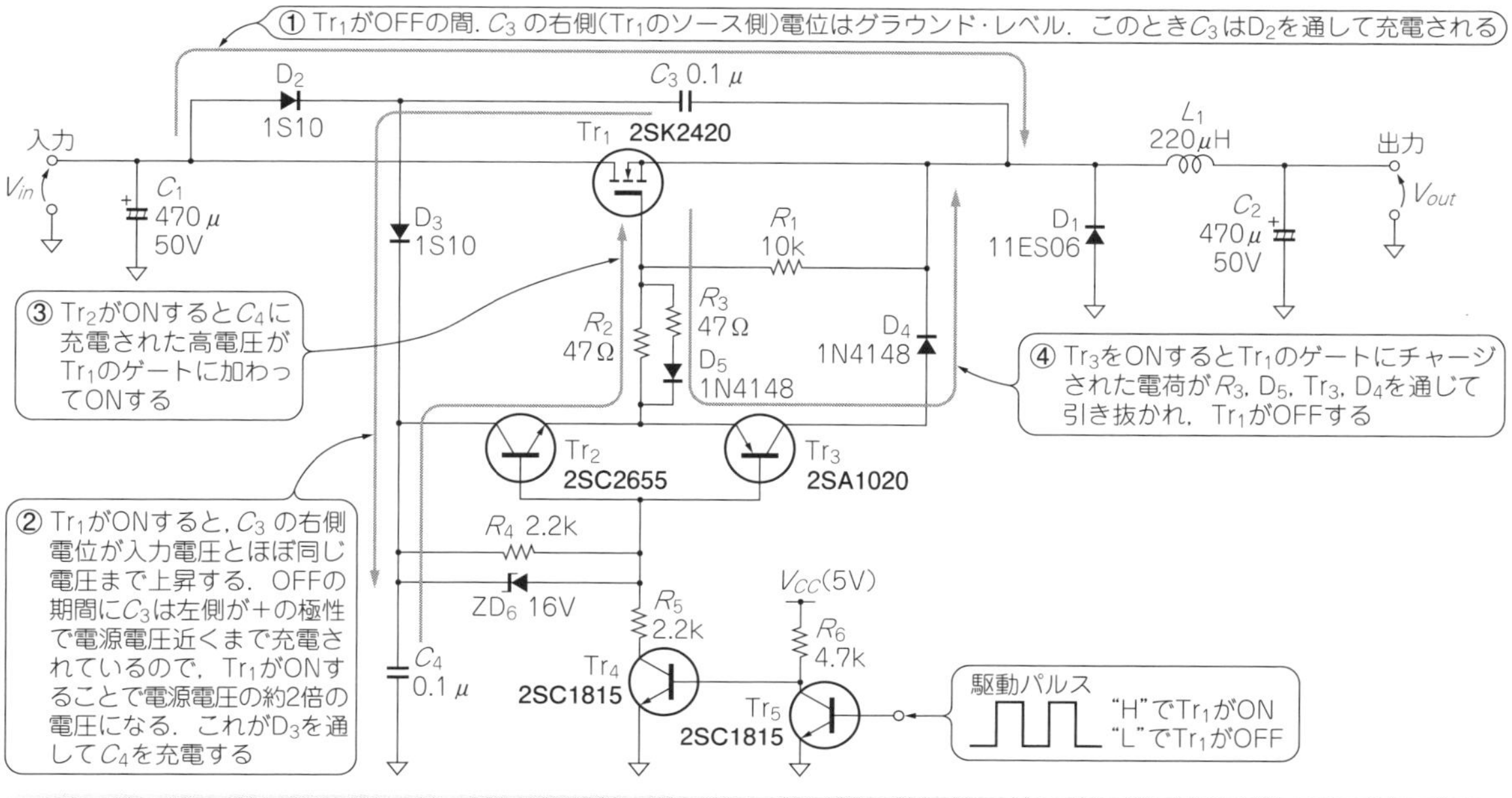

動作：MOSFETがOFFしている間に，D2を通じてコンデンサC_3が入力電圧で充電される．ONするとソース電圧が入力電圧付近まで上昇するが，C_3が充電されたままなので，グラウンドに対するC_3のD2側の電圧はほぼ入力電圧の2倍になる．この電圧でD3を通してC_4が充電され，ゲートに加わってON状態が続く．MOSFETがOFFすると，V_Sはグラウンド・レベルまで下がるので，再びC_3が充電される．C_4はD3によって放電されずに電圧を維持している．前回の駆動で消費されたエネルギをC_3が補い，スイッチングが持続される

図3-4　特別な外部電源を用意せず，シンプルな回路でゲートを駆動するNチャネルMOSFETを使ったDC-DCコンバータ

Q4 スイッチング電源に使うインダクタは，ドラム型とトロイダル型でどう使い分けるの？

A

● 小型化に有利なドラム，大電流に強いトロイダル

図4-1に示すように，スイッチング電源には，円筒型のドラム型インダクタ［**写真4-1(a)**］やリング状のものにエナメル銅線が巻かれたトロイダル型インダクタ［**写真4-1(b)**］が使われています．

▶ドラム型

表面実装型のものが多数ラインアップされています．コアの形が太鼓に似ています．表面実装に対応したパワー・インダクタも構造は同じです．

磁気飽和に細心の注意が必要です．熱がこもりやすい機器では内部の温度が上昇して直流重畳特性(後述)が悪化します．インダクタンス値が数百n～数百μH，定格電流が10A前後の製品が市販されています．

▶トロイダル型

ドーナツ状のコアに銅線が巻き付けられています．

大きな電流を流しても漏れ磁束がとても少ないので，大電流出力の電源装置やインバータによく使われています．トロイダル型のラインアップ数はドラム型よりも少ないです．インダクタンスも定格電流もドラム型より大きいですが，やや高価です．

● 磁気飽和しない電流定格の製品を選ぶのが基本

表4-1に示すのは，実際のインダクタのデータシートです．電流定格の上限を決めるのは次の2つです．

(1) コアの磁気飽和

(2) 本体の温度上昇

発生する磁束はコアの中を通ります．磁束の密度に限りがあり(最大磁束密度)，コアの材質によって許容できる大きさが違います．電流が大きくなるとインダクタ内の磁場が強くなって磁束が増加し，最大磁束密度を超えると，コア内部での損失が増えて，インダクタンスが低下し始めます．この状態を磁気飽和といいます．インダクタンスが下がると電流が増え，コアの温度が上がって，インダクタンスはますます低下します．

コアの最大磁束密度はコアの温度が上昇すると低下します．**表4-1**に示すのは，$T_A = 20$℃のときと105℃のときの値です．

図4-2に示すのは，スイッチング方式の降圧型DC-DCコンバータのインダクタに流れる電流です．電流のピーク付近が尖っています．この期間，コアが磁気飽和して，インダクタンスが低下しています．磁気飽和がひどくなると，インダクタンスの低下がさらに進んで短絡し，過大電流が流れて素子が壊れます．

● 直流重畳特性を必ず調べる

インダクタに流れる電流とインダクタンス値の関係を直流重畳特性といいます．データシートに記載されたインダクタンス値と定格電流値だけからは読み取れない変化のようすがわかります．インダクタの形状やコアの材質によって異なります．

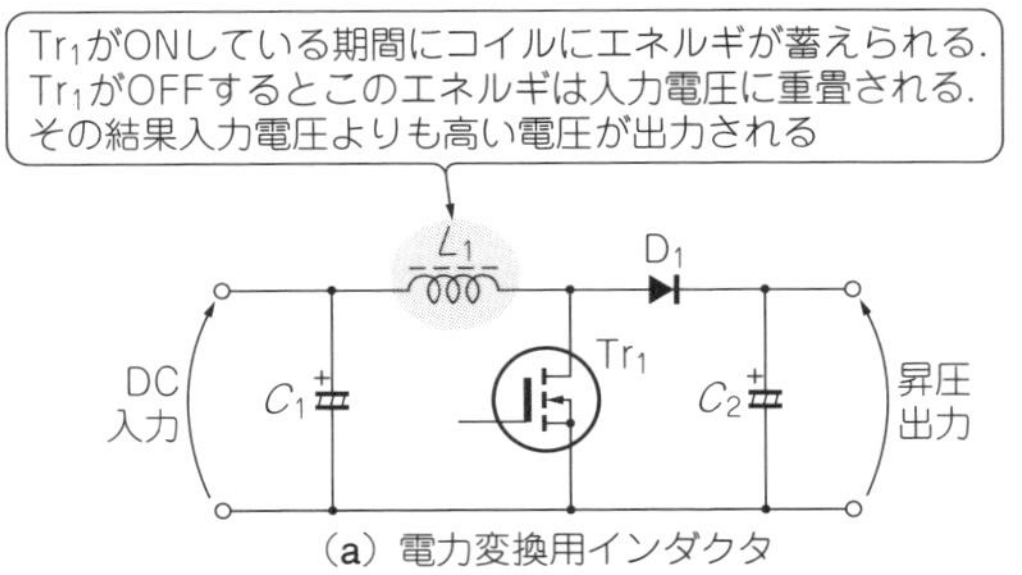

Tr1がONしている期間にコイルにエネルギが蓄えられる．
Tr1がOFFするとこのエネルギは入力電圧に重畳される．
その結果入力電圧よりも高い電圧が出力される
L1
D1
Tr1
DC入力
C1
C2
昇圧出力

(a) 電力変換用インダクタ

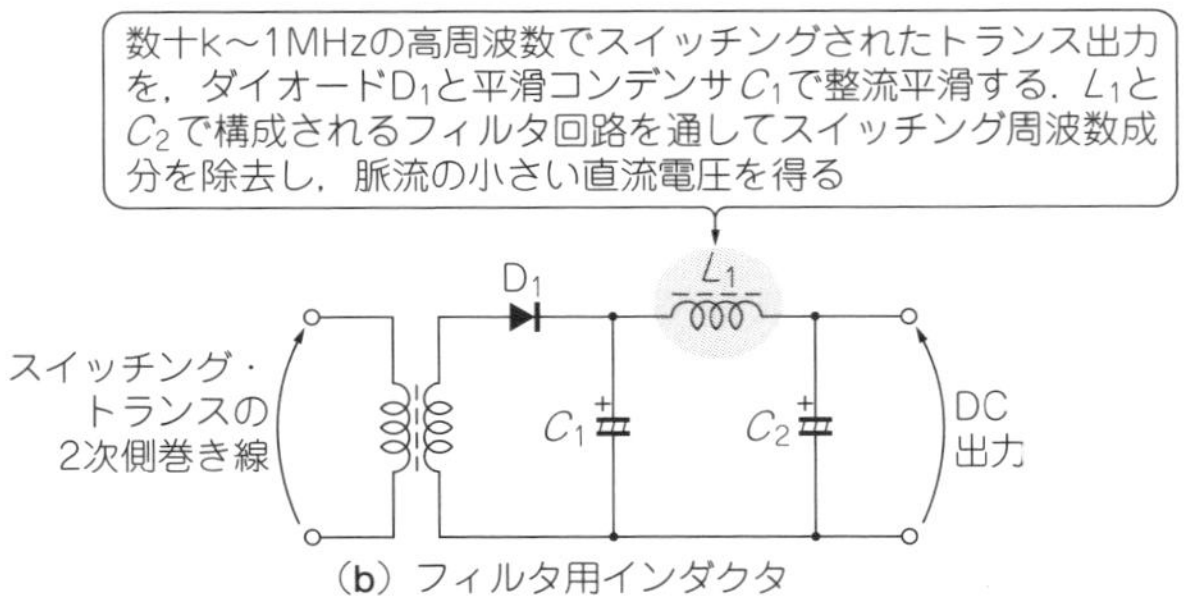

数十k～1MHzの高周波数でスイッチングされたトランス出力を，ダイオードD1と平滑コンデンサC1で整流平滑する．L1とC2で構成されるフィルタ回路を通してスイッチング周波数成分を除去し，脈流の小さい直流電圧を得る
D1
L1
スイッチング・トランスの2次側巻き線
C1
C2
DC出力

(b) フィルタ用インダクタ

図4-1 スイッチング電源によく利用される2種類のインダクタの使い分けが知りたい

(a) ドラム型

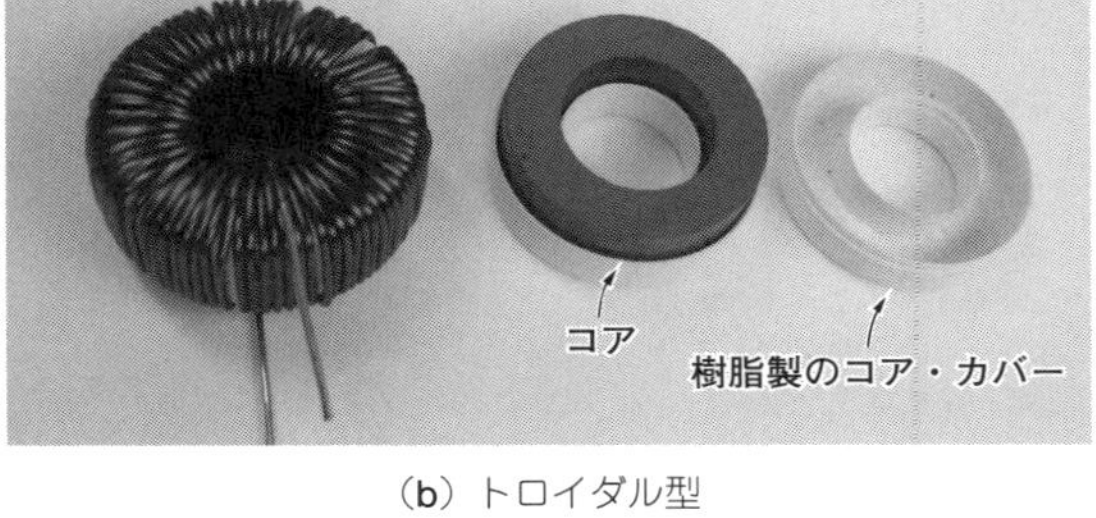

コア
樹脂製のコア・カバー

(b) トロイダル型

写真4-1 スイッチング電源によく利用される2種類のインダクタ

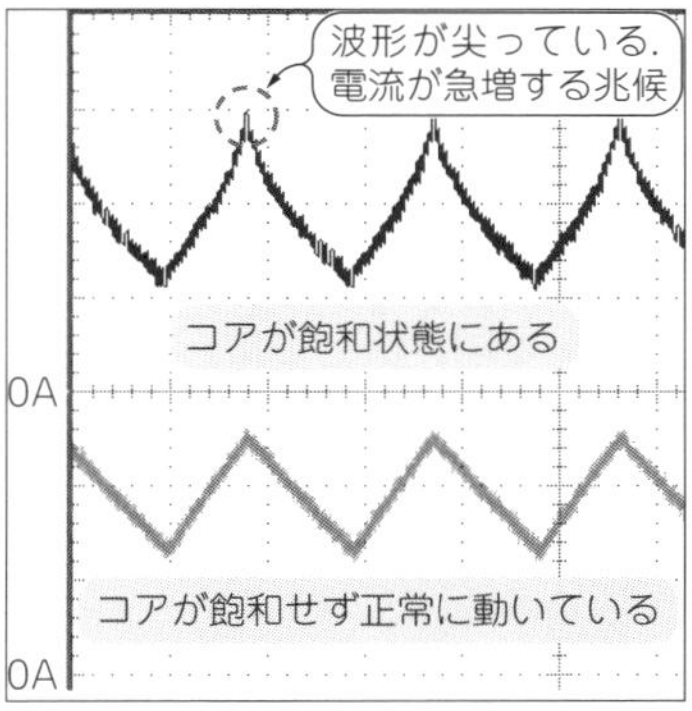

図4-2　磁気飽和したインダクタの電流波形

表4-1　実際のインダクタのスペック
インダクタに流せる最大電流はコアの磁気飽和と温度上昇による2つの条件で決まる．温度による電流定格は，強制空冷などによって巻線の温度を下げれば，飽和による電流値まで拡張できる．温度定格を優先すれば間違いない

電流定格①：コアが磁気飽和することが原因で発生するインダクタンス低下による直流電流の上限．無通電時に対してインダクタンスが65％まで低下したときの電流値．コアの温度が高くなるほど磁気飽和しやすくなる

電流定格②：周囲温度20°のときにインダクタ本体の温度上昇が40℃になる電流値

型　名	インダクタンス	最大直流抵抗 @20℃(標準値)	飽和電流		インダクタの温度上昇による電流上限
			20°	105℃	
CDRH10D43RNP-100MC	10 μH(20%)	32.7 mΩ(26.1 mΩ)	5.2 A	4.3 A	4.1 A

定格値がほぼ等しいドラム型とトロイダルの直流重畳特性を測ってみました(**図4-3**)．ドラム型のインダクタンスは，ある電流値を超えると急激に低下します．トロイダル型は，初期値(無通電時)からなだらかにインダクタンスが低下し，大電流時にも急低下はしません．

ドラム型は定格電流範囲内では安定したインダクタンス値が得られます．トロイダル型は電流が増してもインダクタンスが急激には変化しないため，磁気飽和による素子破壊が起こりにくいです．

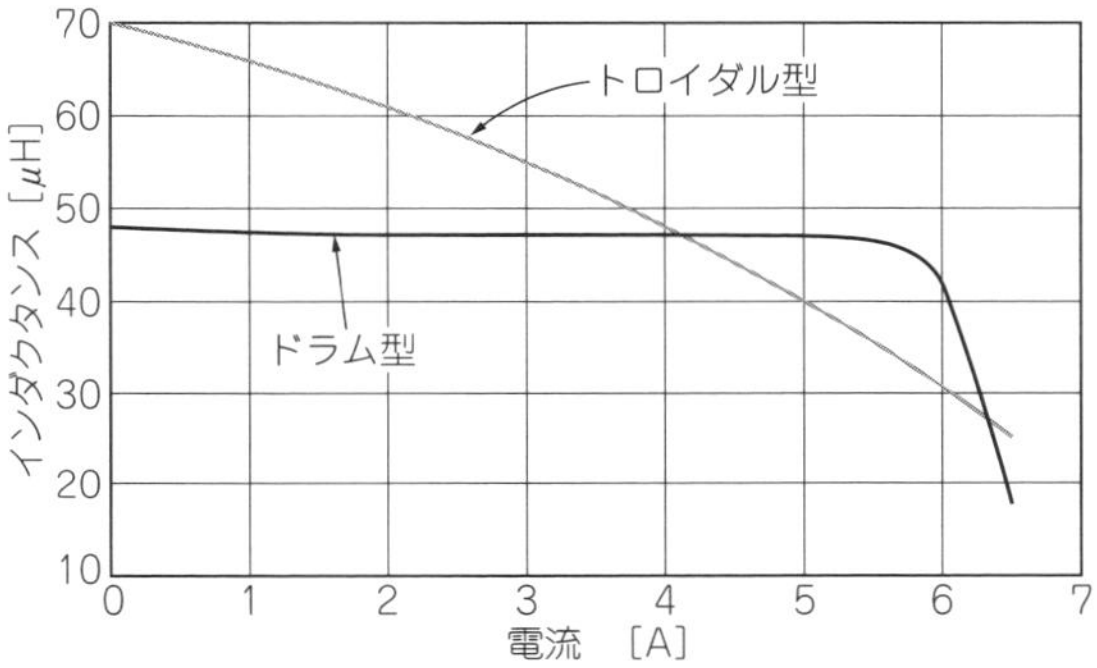

図4-3　直流電流を増していくとインダクタンスが急減するコイルもあるのであらかじめ調べておく

● 構造の違いと漏れ磁束の量

▶ドラム型

図4-4(a)に示すように，インダクタに電流を流すと磁束が発生して，コアの中を通ります．コアはインダクタの端で途切れているので，磁束はコアから飛び出してインダクタの周辺を通りコアの反対側に戻ります．

コアの外を通る磁束の多くはインダクタ近傍を通ります．少し離れたところにある部品にも磁束(漏れ磁束という)が作用します，ホール・センサのような磁気に敏感な素子が近くにあると誤った信号を発生します．

▶トロイダル型

磁束発生のようすを**図4-4(b)**に示します．ドラム型と異なりコアがリング状につながっているので，磁束のほとんどがコアの中を通り，漏れません．

磁束の経路(磁路)が閉じているものを閉磁路と呼びます．ドラム型では磁路の一部がコアから飛び出してインダクタ周辺の空間を通るので開磁路といいます．

トロイダル型は，漏れ磁束がなく周囲の部品や回路に磁気的な影響を及ぼしませんが，巻き線の自動化が難しく手作業に頼る部分が多いです．

〈梅前 尚〉

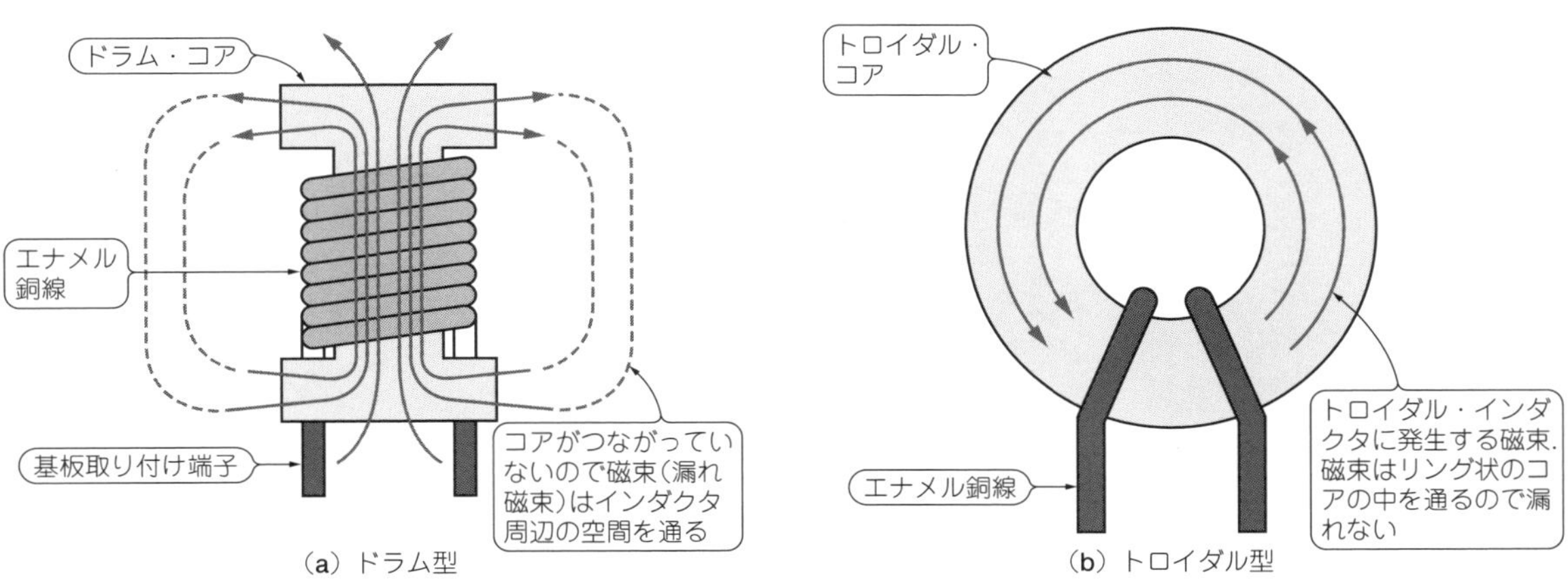

図4-4　ドラム型インダクタとトロイダル型インダクタの磁束のようす

Q5 ヒューズの選び方を知りたい

A

● **切れやすく，切れにくく…**

ヒューズは，パワー・アンプの出力につながる負荷がグラウンドと短絡して，回路に大電流が流れ続けるなどの異常事態が発生したとき，電源とその回路を素早く切り離して，火災の危険を回避する部品です．

悩ましいのは，ACコンセントにプラグを挿し，100 V_{AC}が投入されてから，各電子回路に直流電圧が供給されて安定するまでの間は，ごく普通のプロセスに見えて，実は異常状態であることです．同じ異常事態でも，電源投入直後の異常期間はヒューズは切れてはなりません．そして本当の異常が発生したら，できるだけ早く切れなければなりません．

● **構造**

ヒューズ(**写真5-1**)は，発火などの最悪の大事故を防ぐのが目的です．切れるまでの応答速度が，回路や部品を破壊から守るほどには速くありません．回路を保護するには応答の速い電流リミッタなどを使います．

図5-1に示すように，セラミック・パッケージの中に銅系合金に銀めっきしたエレメント(細線)が両端の電極に接続されています．

ヒューズに電流が流れると，エレメントの抵抗分によってジュール熱が発生し，ある絶対温度(溶断温度)を超えると断線します．温度で動作するので，周囲温度やプリント・パターンによる放熱，電流の波形や通電時間の影響を受けます．

● **定格は最大電流の2倍以上のものを選ぶ**

ヒューズに最大1 Aの電流が流れ続ける可能性があるので，定格1 A品を選んだとします．ヒューズの溶断電流は，定格の約1.2倍なので余裕もありそうですが，出荷して数年後，回路に問題がないのにヒューズが切れるトラブルが発生するでしょう．

内部にあるエレメントは，温度が上がると膨張してたわみます．これが繰り返されると，エレメントが疲労してやせ細り，定格電流以下でも切れやすくなります．劣化を起こさないマージンとしてメーカが推奨する値があり，2倍の定格のヒューズを選ぶと10年もつと言われています．

● **電源投入直後の定格超え電流で切れないように**

ヒューズの定格電流を最大電流の2倍に設定しても安心はできません．電源投入直後の一瞬は，定格を超える電流(突入電流という)が流れます．直流電源につながる多くのコンデンサ(パスコン)に流れ込む充電電流が原因です．

選んだ定格品の突入電流に対する余裕は，メーカが公開しているスペック(**表5-1**)の「公称溶断値 I^2t」から推測できます．I^2tに抵抗値を掛け合わせるとジュール熱が求まります(電力損失I^2Rと時間tの積)．一瞬でもこの値を超えるとエレメントが溶断します．

仮に，**図5-2**に示す突入電流がヒューズに流れ，CCF1N1(定格1 A，KOA)を選んだとします．電源ON直後の突入電流はピークで2 Aで，その後定格電流の70%に落ち着いています．定格電流を超える時間を1 ms，電流波形を短形とすると，**図5-2**の突入電流のI^2t値は，次のように求まります．

$$I^2t = 2^2 \times 1\ \mathrm{ms} = 0.004\mathrm{A^2s}$$

表5-1から，CCF1N1のI^2tは0.156 $\mathrm{A^2s}$なので39倍の余裕があります．余裕がないときは，Excelなどのツールを使って電流の波形の面積を正確に求めます．**図5-3**に示す波形近似も有効です．

● **異常が長く続かないような定格電流を選ぶ**

ヒューズは，切れる電流と時間を考慮して定格電流

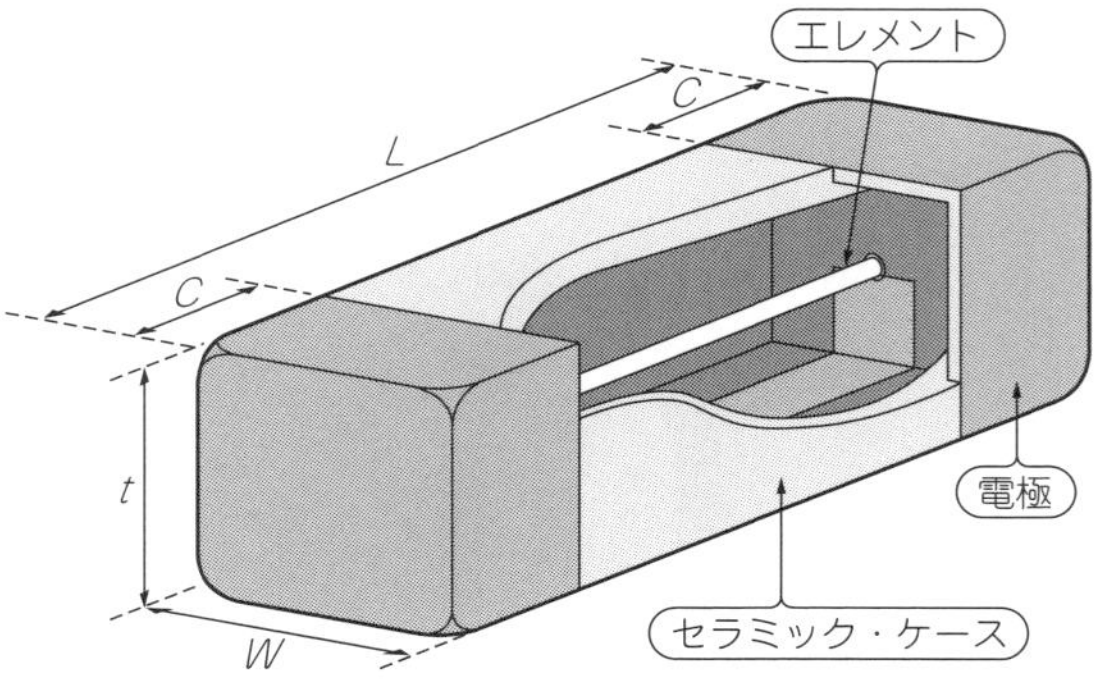

図5-1　写真5-1のヒューズの内部構造

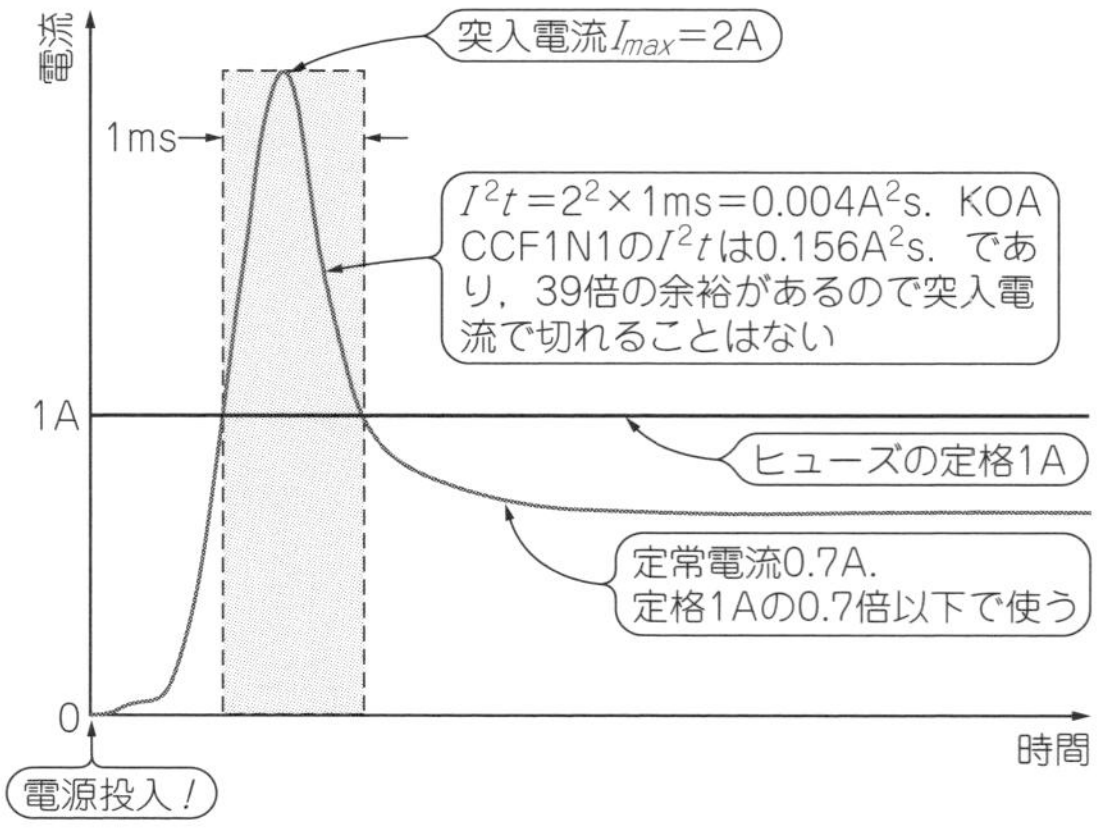

図5-2　余裕をみて選んだと思っていても，電源投入直後に流れるパルス状の大電流はその定格を超えることがある

表5-1　突入電流に対する余裕はスペック表に記載されている公称溶断値(I^2t)から推測できる(一部を抜粋)

型　名	定格電流 [A]	定格電圧	遮断容量	溶断時間	最大内部抵抗値[Ω]	公称溶断 I^2t 値 [A^2s]
CCF1N0.4	0.4	● UL(c-UL) AC125 V DC60 V (DC160 V)	● UL(c-UL) AC125 V50 A DC60 V50 A (DC160 V)	最小4時間(定格電流×100%) 最大1秒(定格電流×200%)	650	0.024
CCF1N0.5	0.5				510	0.030
CCF1N0.63	0.63				390	0.052
CCF1N0.8	0.8				250	0.125
CCF1N1	1	● 電安法PSE AC100 V ● UL(c-UL) AC125 V DC60 V (DC160 V)	● 電安法PSE AC100 V 100 A ● UL(c-UL) AC125 V 50 A DC60 V 50 A (DC160 V)	最小4時間(定格電流×130%) 最大1時間(定格電流×160%) 最大1秒(定格電流×200%)	90.4	0.156
CCF1N1.25	1.25				75.9	0.220
CCF1N1.6	1.6				59.3	0.513
CCF1N2	2				42.9	0.814
CCF1N2.5	2.5				36.6	1.31
CCF1N3.15	3.15				26.0	2.37

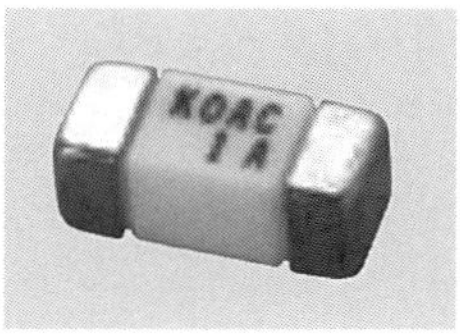

写真5-1　表面実装型ヒューズ[CCF1シリーズ, KOA] **の正しい選び方は？**

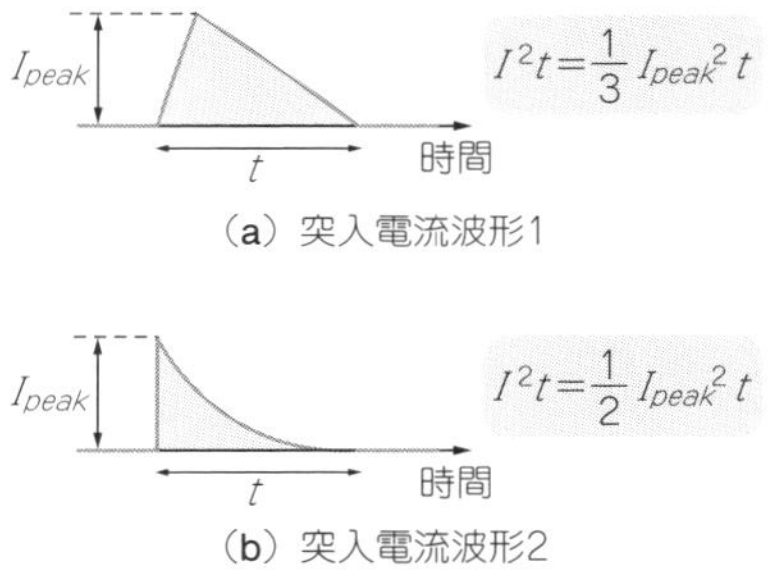

図5-3　突入電流に対する余裕が少ないときは，波形近似を利用してより正確なI^2tを求める

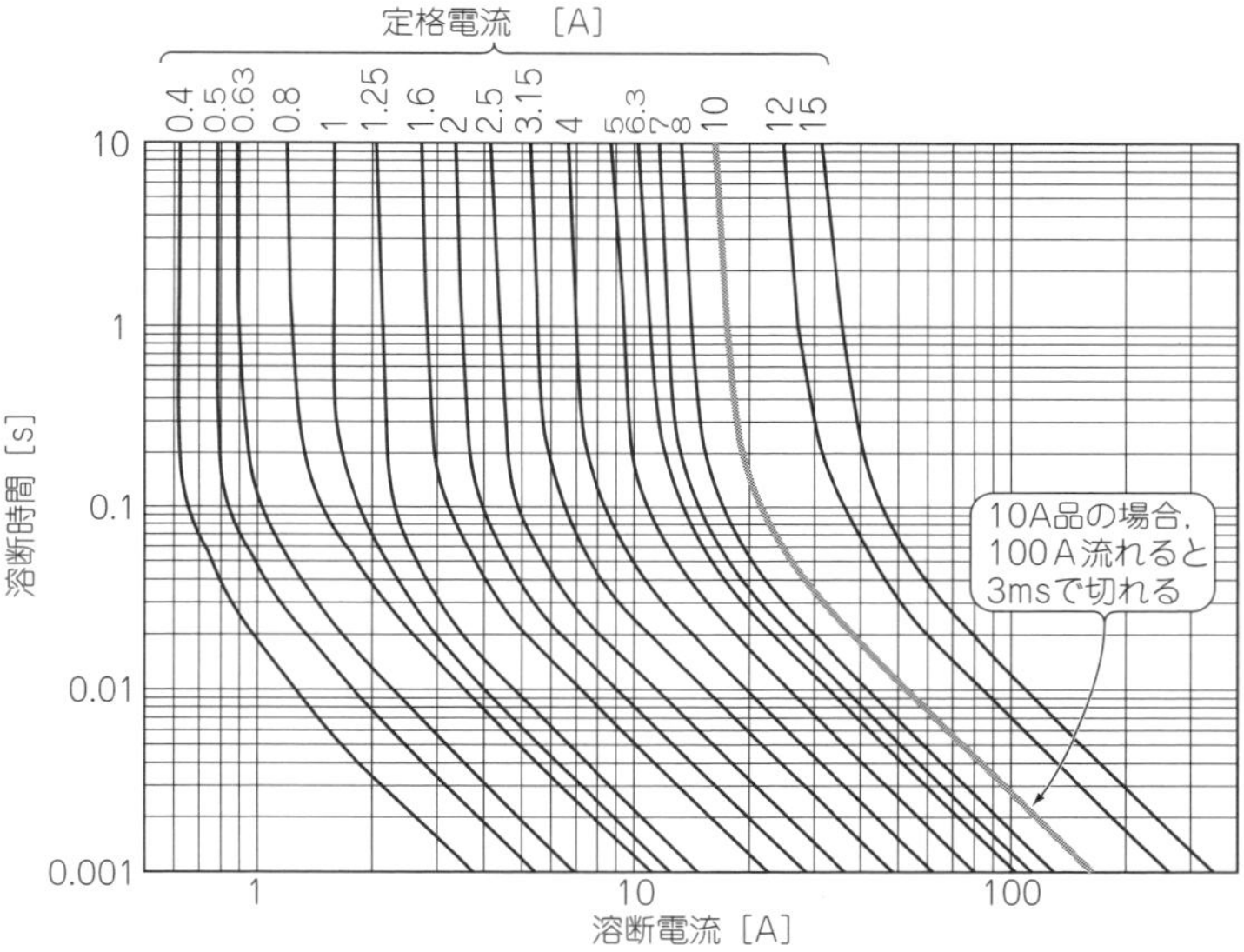

図5-4　ヒューズの溶断電流と溶断時間
溶断電流が20 A以下のときの溶断時間は精度が悪い(数秒〜数十秒)

を選びます．長期間安心して使えるようにと，マージンたっぷりの定格品を選ぶと，今度は切れにくくなって異常状態が長時間続き，火災の危険性が増します．

図5-4に示す10 A品(CCF1シリーズ)の場合，20 A流れると150 ms, 100 A流れると3 msで切れます．溶断電流が20 A以下のときの溶断時間も知りたいのですが，数秒〜数十秒の大雑把な判断しかできません．数十秒も異常電流が流れ続けたら基板が発火します．

これという解決策はなく，試作時に，故障モードを想定して異常時の電流を推測しておくことが重要です．パスコンがショートしたときの異常電流も，プリント・パターンの抵抗値や電源の内部抵抗から計算できます．

● 周囲温度が高いなら余裕を大きめに

ヒューズは周囲温度が高いと切れやすくなります．**図5-5**に示すのは余裕(ディレーティング)係数です．

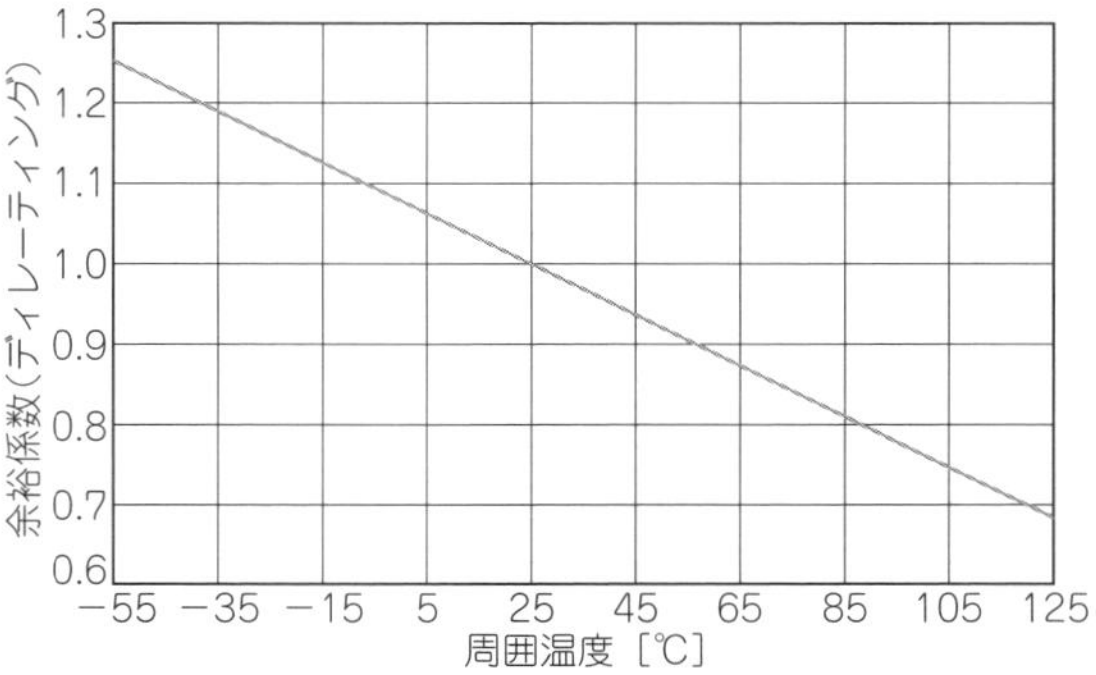

図5-5　ヒューズの周囲温度と定格に掛けるディレーティング係数

ヒューズ近くの基板温度が55 ℃のとき，定格の111 %(1/0.9倍)の製品を選びます．

〈加東 宗〉

Q6 交換が要らない自動復帰型ヒューズ「ポリスイッチ」の選び方を知りたい

A

● 自分で復帰する不思議なヒューズ

ポリスイッチ(**写真6-1**)は自動的に復帰するヒューズです．異常な電流が流れるとインピーダンスが急増し，原因が取り除かれると，勝手にインピーダンスが下がります．

一度切れたら使えないヒューズと違い交換の必要がありません．ヒューズはダメージが蓄積されて時間とともに信頼性が低下しますが，その心配もありません．

● 動作原理

図6-1に示すように，内部は，常温で半結晶ポリマ構造になっています．炭素の微粒子が導通経路を作り，低いインピーダンスを保ちます．

ある温度以上になると，ポリマが溶けて非結晶状態になり体積が増えます．すると，炭素粒子の導通経路が寸断されてインピーダンスが上がります．トリップ後も過負荷が続く場合，発熱と放熱がバランスする低い電流値で落ち着きます(1)．

● 選び方の基本

表6-1に，実際のポリスイッチのスペックを示します．

ヒューズと同様，定常電流がホールド電流の約半分になるように選ぶのが基本です．ホールド電流とは，長時間トリップが起こらない上限で，ヒューズの定格電流に相当します．

トリップ電流が流れると，数秒で反応します．ホールド電流定格とトリップ電流定格の間は，応答時間が大きくばらつきますが，いずれトリップするのでこの範囲で使ってはいけません．ms以下のピーク電流なら，この範囲に入っても問題ありません．

● 使用箇所の温度変化が大きいときは使わない

ポリスイッチは反応温度が低いため，環境温度の影響を受けやすく，ホールド電流とトリップ電流は大きく変化します．

ヒューズより環境温度の見積もりが重要な意味をもち，温度の変化が激しい部分に使ってはいけません．ディレーティングもヒューズより大きいです．この性質を逆手にとって，過温度保護に利用する例もあります．

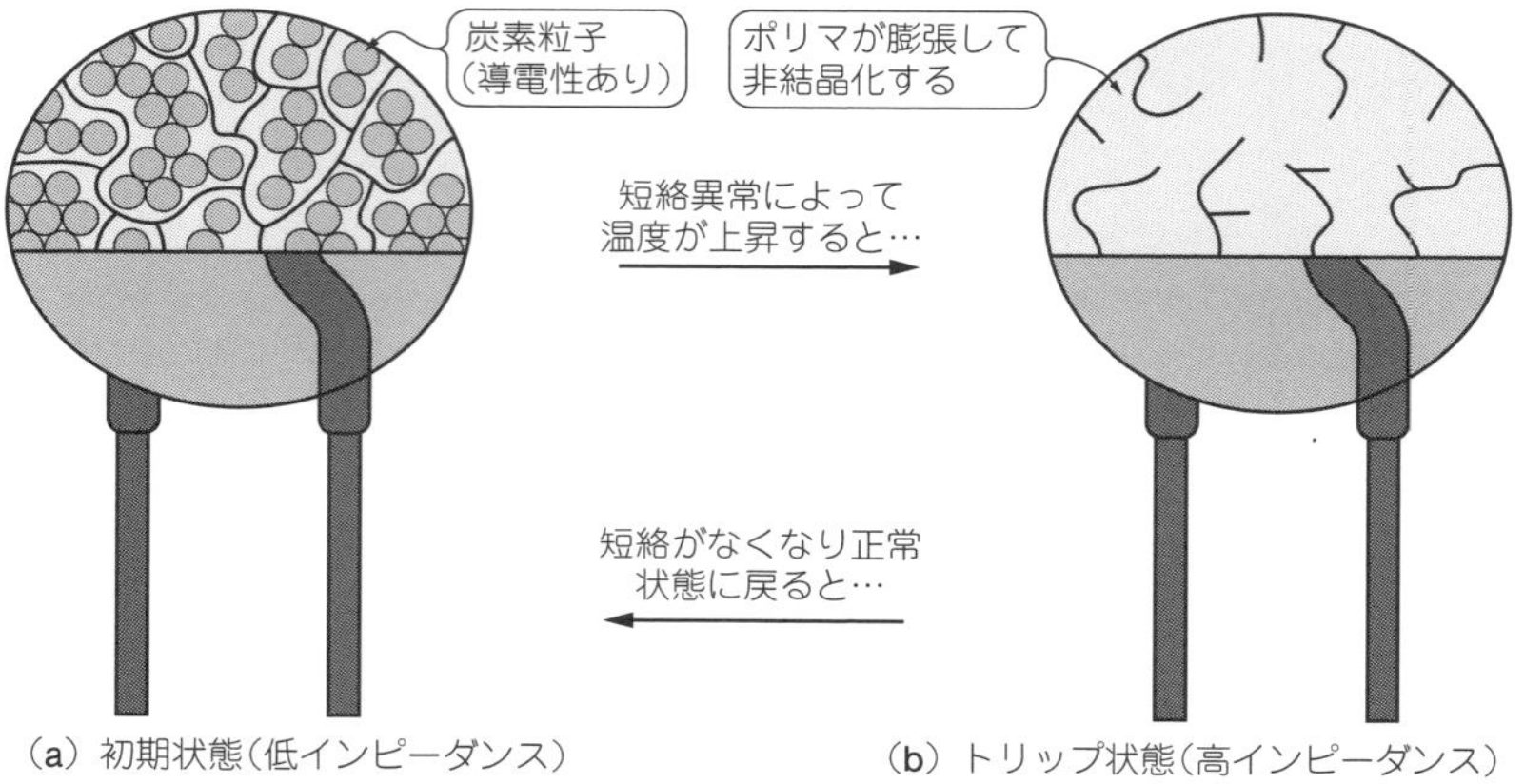

図6-1　ポリスイッチの動作メカニズム　(a) 初期状態(低インピーダンス)　(b) トリップ状態(高インピーダンス)

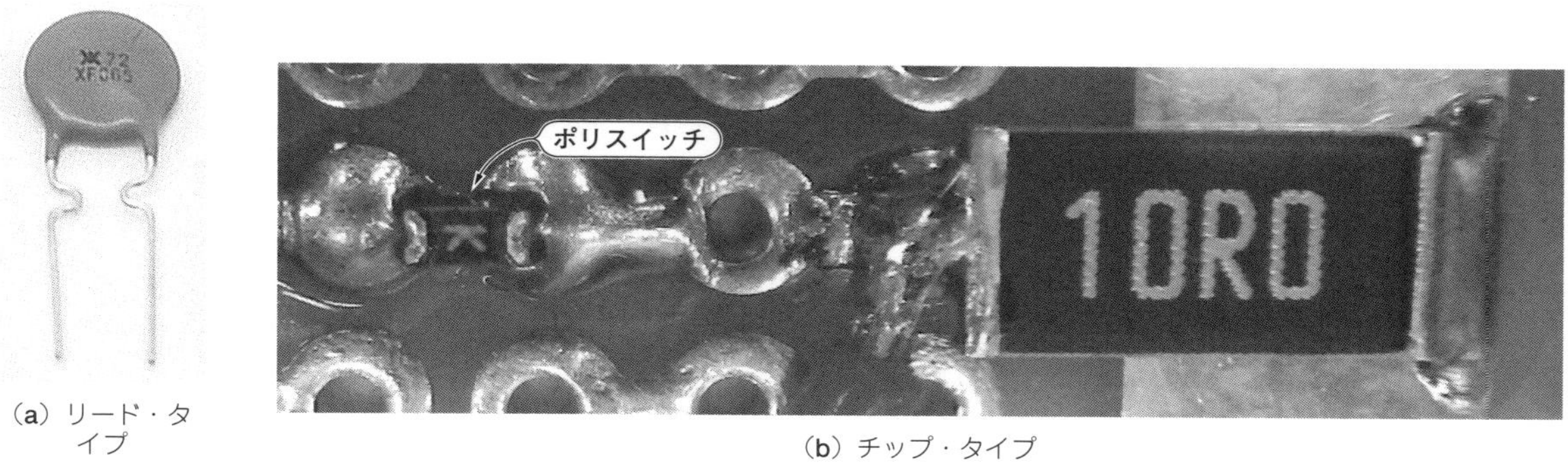

(a) リード・タイプ　(b) チップ・タイプ

写真6-1　自動復帰型のヒューズ「ポリスイッチ」

表6-1　実際のポリスイッチ SMDC035F-02(TE Connectivity)のスペック

流してよい電流上限								トリップするまでの最大時間	抵抗値@25℃		トリップ状態での消費電力(25℃, 6V)
0℃		25℃		60℃		85℃			最小	最大	
定常	ピーク	定常	ピーク	定常	ピーク	定常	ピーク				
0.41 A	0.83 A	0.35 A	0.70 A	0.25 A	0.50 A	0.17 A	0.34 A	0.1 s	0.28 Ω	1.00 Ω	0.5 W

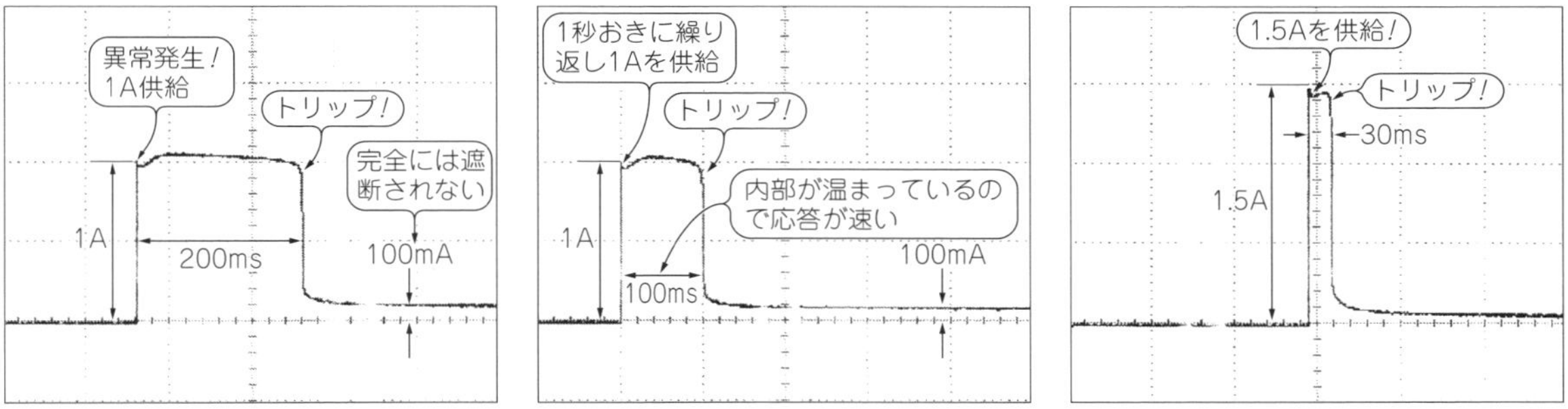

(a) 1Aを流したとき　(b) 1Aを1秒おきに繰り返し加えたとき　(c) 1.5Aを流したとき

図6-2　ポリスイッチに電流を流してからトリップするまでの時間を調べてみた

● トリップしたあとも小さな電流が流れ続ける

表6-1のポリスイッチ(SMDC035F-02)を基板に実装して，電流の大きさと応答速度の関係を調べてみました［**写真6-1(b)**］．定電流源から電流を10Ωチップ抵抗に流して両端電圧をオシロスコープで観測します．

図6-2(a)に示すのは，1Aを流したときの10Ω両端の電圧です．200msでトリップし，その後100mA流れています．ポリスイッチは，反応状態(トリップ状態)が続いても，完全に遮断するわけではなく小さな電流が流れ続けます．この点に気を付けて使います．

● 短周期でトリップのON/OFFが繰り返されると反応しやすくなる

図6-2(b)は，1秒間隔でトリップ→電源遮断→通電再開→トリップを行った結果です．1秒では冷めきらないので，半分の100msでトリップします．

● チップ・タイプなら応答は遅くない

図6-2(c)は1.5Aを流したときの10Ω両端の電圧です．30msでトリップします．波形は示しませんが，トリップ電流である700mAを流すと，約1秒で応答しました．

図6-3に実測したトリップ時間と電流の関係をまとめました．ホールド電流以上で反応し始めて，トリップ電流以上流すと，1秒以内に応答します．

ポリスイッチは応答が遅いと言われていますが，表面実装1608サイズのポリスイッチでは熱容量の問題からかあまり遅いとは感じませんでした．ポリスイッチもヒューズ同様，定格×200％の電流を流すと約1秒でトリップします．両者はこの範囲では似たような応答性能です．

＊

火災などの事故を防止し，高い信頼性を得るならやはりヒューズを選ぶべきです．環境温度の影響をあまり受けずに，狙った電流で正確に動作するからです．

〈加東 宗〉

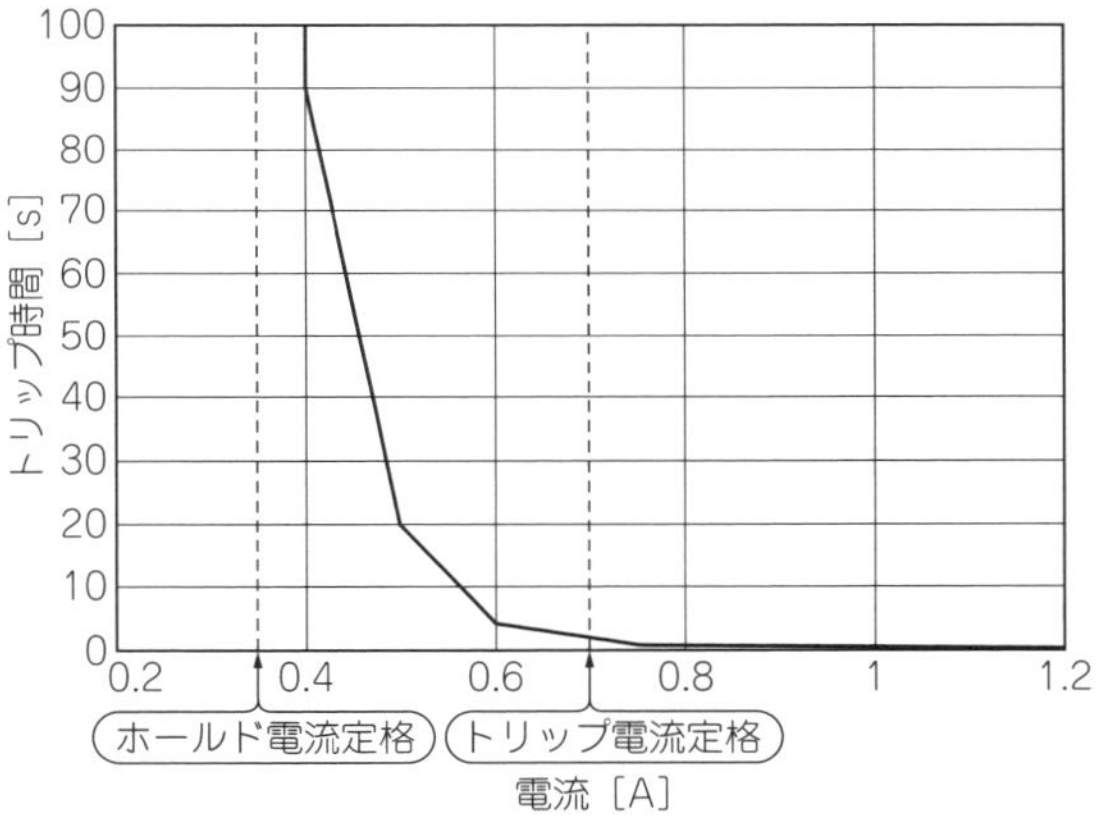

図6-3　ポリスイッチに流す電流とトリップまでの時間
ホールド電流以上流すと確実にトリップする．トリップ電流以上流すと1秒以内に応答する

◆参考文献◆

(1) http://www.te.com/content/dam/te-com/documents/circuit-protection/global/CPD-Catalog/S11_PolySwitch-Fundamentals.pdf

Q7 トランスって何？

A トランスは，交流電力を電気的に絶縁しながら変換する電子部品です．電力変換以外にも，インピーダンス・マッチングなど別の用途にも使われます．

● トランスのメカニズム

図7-1に示すように，トランスは強磁性体材料で構成された鉄心に銅線を巻いた構造をしています．電圧が入力される1次巻き線と電圧が出力される2次巻き線が鉄心に巻かれています．

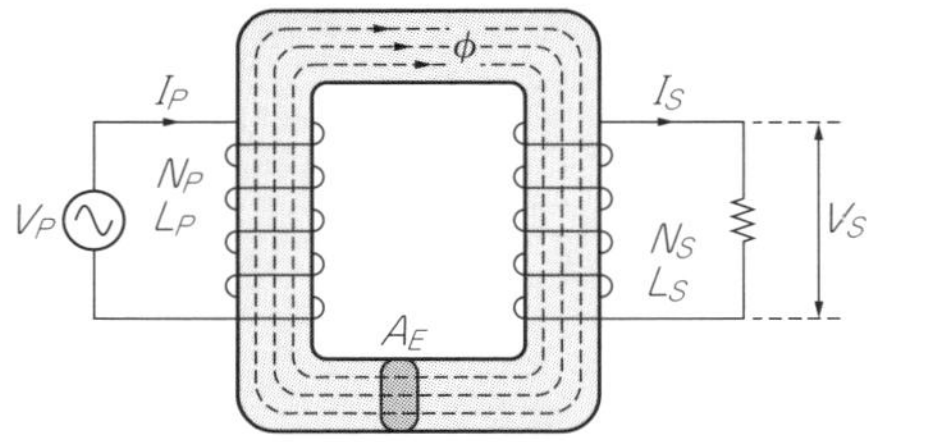

V_P：1次電圧
V_S：2次電圧
I_P：1次電流
I_S：2次電流
L_P：1次インダクタンス
L_S：2次インダクタンス
N_P：1次コイル巻き数
N_S：2次コイル巻き数
ϕ：磁力線
A_E：鉄心有効断面積
f：周波数
B：磁束密度

トランス基本関係式

$$\frac{V_S}{V_P}=\frac{N_S}{N_P}$$

$$\frac{I_S}{I_P}=\frac{N_P}{N_S}$$

$$\frac{L_S}{L_P}=\left(\frac{N_S}{N_P}\right)^2$$

$$B=\frac{\phi}{A_E}$$

$$B=\frac{V_P}{4.44\times A_E\times f\times N_P}\times 10^{-8}$$

図7-1　トランスの構造

トランスの1次側に電圧を加えると，閉磁路を構成している鉄心に磁力線が発生して，その磁力線の変化により2次巻き線に電圧が誘起されます．

1次-2次間の電圧比はその巻き線比に比例し，電流は巻き線比に逆比例します．そして1次-2次間のインダクタンス比は巻き線比の2乗に比例します．

● 特性を決める重要パラメータは電力，動作周波数，磁性材料の3つ

トランスの主な仕様を**表7-1**に示します．

▶電力変換用：商用電源トランス

家庭用商用交流100 V，50/60 Hz(航空船舶用は400 Hz)または動力用交流200 Vを入力として任意の交流電圧を出力します．

低い周波数の交流電圧を扱うので，鉄心には鉄とケイ素の合金であるケイ素鋼板を使用します．ケイ素鋼板の鉄損は大きいのですが，飽和磁束密度が高いので，低周波の交流で動作するトランスには最適です．

動作周波数が低く，大きく重いので，ノイズの影響を受けやすい電子機器以外はほぼ使われません．ただし，発電所や変電所の配電用トランスなどの電力用途では取って代われない位置を占めています．

▶電源用：高周波トランス(スイッチング・トランス)

主にスイッチング電源に使われるトランスを指します．**写真7-1**に外観を示します．

20 k～数百kHzで使われます．飽和磁束密度は低くても高周波で鉄損が少ないフェライト・コアを使用します．

動作周波数が高いので巻き数が少なくて済みます．同じ出力の商用電源トランスと比べるとかなり小型です．

▶通信用：パルス・トランス

ディジタル信号を絶縁して伝送するLANなどに使用します．**写真7-2**に外観を示します．

外部からのサージ電圧やノイズから機器を保護します．

高周波のディジタル信号を伝達するので，鉄心は直線性が良く，かつ飽和磁束密度の高いフェライト・コ

表7-1　トランスのいろいろと仕様
電力，動作周波数，磁性材料は特性を決める重要パラメータ

項　目	商用電源トランス	高周波トランス	パルス・トランス	カレント・トランス	低周波トランス(参考)	備　考
用途	送電変圧用	電子機器用 スイッチング電源	LAN	インバータ，電源	真空管アンプ	－
電力	数W～数千kW	数W～数kW	数mW	数mW	数mW～数百W	－
動作周波数	50～400 Hz	数十k～数百kHz	数k～数MHz	数十～100 kHz	数十～20 kHz	－
電力/単位重量	小さい	大きい	－	－	小さい	－
重量	重い	軽い	－	－	重い	同じ電力で比較
外形寸法	大	小	－	－	大	同じ電力で比較
磁性材料	ケイ素鋼板	フェライト鉄心	フェライト鉄心	ケイ素鋼板， フェライト鉄心	ケイ素鋼板， パーマロイ	－
コスト/重量	安い	中	高い	高い	高い	－

写真7-1　ACアダプタなどのスイッチング電源向け高周波トランス
高周波(20 k～数百kHz)で鉄損の少ないフェライト・コアを使用

写真7-2(1)　LANなど通信用途向けのパルス・トランス
20F001N(YCL)，電力伝送は不要なので非常に小型

アが使われています．

また，良好な伝達特性を達成するために絶縁を保ち，かつ結合度が良い方法で巻かれています．電力伝送は不要なので，非常に小型です．

▶電流検出用：カレント・トランス

回路に流れる交流電流を絶縁して検出回路に伝達します．**写真7-3**に外観を示します．スイッチング電源やモータ・インバータ，DC-ACインバータのメイン・スイッチング電流の監視用に使用されます．

シャント抵抗に比べて検出部の電力ロスがなく大電流の検出が得意です．

検出側の巻き線は1ターン，または多くても3ターン程度です．大電流の検出用途では，1次側巻き線は設けず，電流の流れる電線またはバス・バーを貫通させる構造です．

2次側巻き線は，数百ターンから数千ターンです．2次側の電流は巻き数比分小さくなります．検出電流が10 Aで巻き線比が1：200の場合，2次側の電流は0.05 Aです．2次側に10 Ωの負荷抵抗を接続しておけば抵抗の両端電圧は0.5 Vです．

この電圧を検出回路に入力して回路電流の大きさを判断しています．

カレント・トランスにも低周波用と高周波用があります．低周波用では巻き線比が1：800と比較的大きく大電流まで対応しますが，周波数帯域は犠牲にしています．

スイッチング電源用途で比較的高周波(100 kHz程度)まで帯域を広げた製品では，1：50から1：100程度の物が使われています．線間浮遊容量の関係で，巻き線比と周波数帯域はトレードオフの関係です．

▶オーディオ用：低周波トランス

音声周波帯のアナログ信号増幅回路(オーディオ・

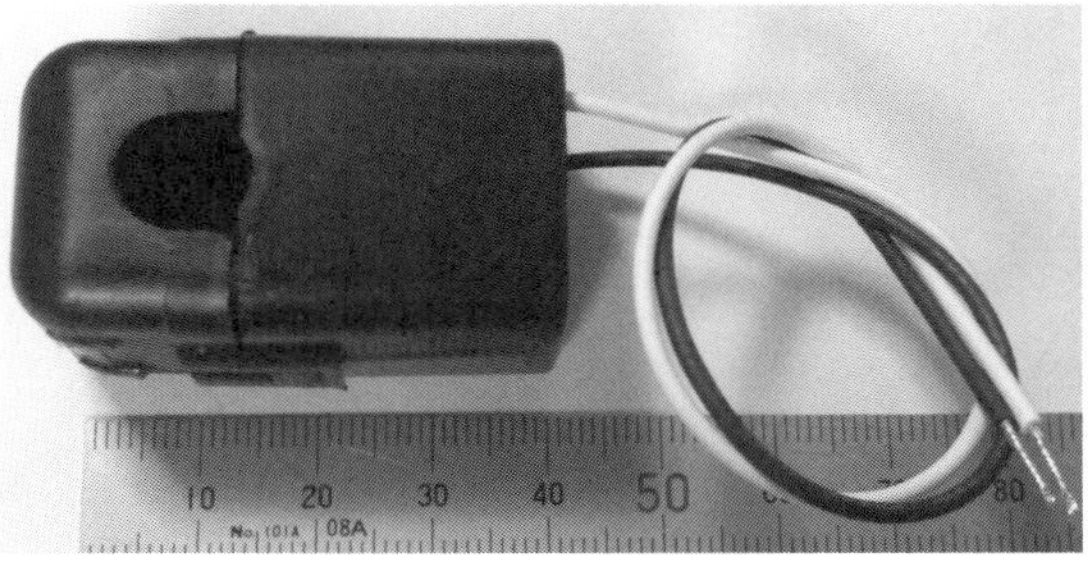

写真7-3　電力ロスがなく交流の大電流を検出できる電流検出用カレント・トランス
SR-3702-150N/14Z(サラ)

アンプ)に使用されます．インピーダンス・マッチング用です．入力段，出力段，増幅段の中間など，回路のどこに使用するかで種類があります．

オーディオ・アンプの出力段がトランジスタを使用したOTL(出力トランス・レス)，BTL(ブリッジ・トランス・レス)回路に取って代わり，マニア向け真空管アンプ用以外に使用されることが少なくなっています．

音声周波数帯域でフラットな伝達特性が求められるので，透磁率の高いパーマロイやアモルファス・コアを使用することが多いです．

また，巻き線の結合係数を良くしたり，浮遊容量を減らすために巻き線の構造を工夫しています．

〈並木 精司〉

◆引用文献◆

(1) 外丸 純一；特集 第2章 RTL8019ASの詳細と使いかた，トランジスタ技術，2006年3月号，pp.125～143，CQ出版社.

Q8 大電流を低抵抗器で検出するときの注意点は？

A 大電流を検出する低抵抗器は数mΩの非常に小さな抵抗値を使用するため，正確に電流を検出するには，

- 電圧検出用パターンの引き出し方
- 低抵抗器のインダクタンス

に注意が必要です．

▶電圧検出用パターンの引き出し方

抵抗器に電流を流したときの電圧降下を検出するために，抵抗器の両端から電圧検出用のパターンを引く必要があります．

理想的なパターンは，**図8-1**のように抵抗器の電極ランドの内側中心部から引き出します．回路基板の銅箔パターンも小さな抵抗値を持つため，その銅箔パターンの抵抗値による電圧降下の影響を受けないようにする必要があります．

電極ランドの横から電圧検出パターンを引き出すと，低抵抗器の抵抗値に銅箔パターンの抵抗値を加えた電圧降下を検出することになり，正確な電流検出ができなくなります．

▶低抵抗器のインダクタンス

抵抗値が小さい場合には，抵抗器のインダクタンスが無視できなくなります．直流電流の場合には影響はないですが，のこぎり波のような周波数の高い交流電流の場合には正確な検出ができなくなります．

図8-2のように交流電流が流れた場合の抵抗器の電圧降下は，抵抗値による電圧降下の値とインダクタンス値による電圧降下の値の合計になります．したがって，大電流の検出には，できる限りインダクタンス値の小さな抵抗器を使用する必要があります．

〈赤羽 秀樹〉

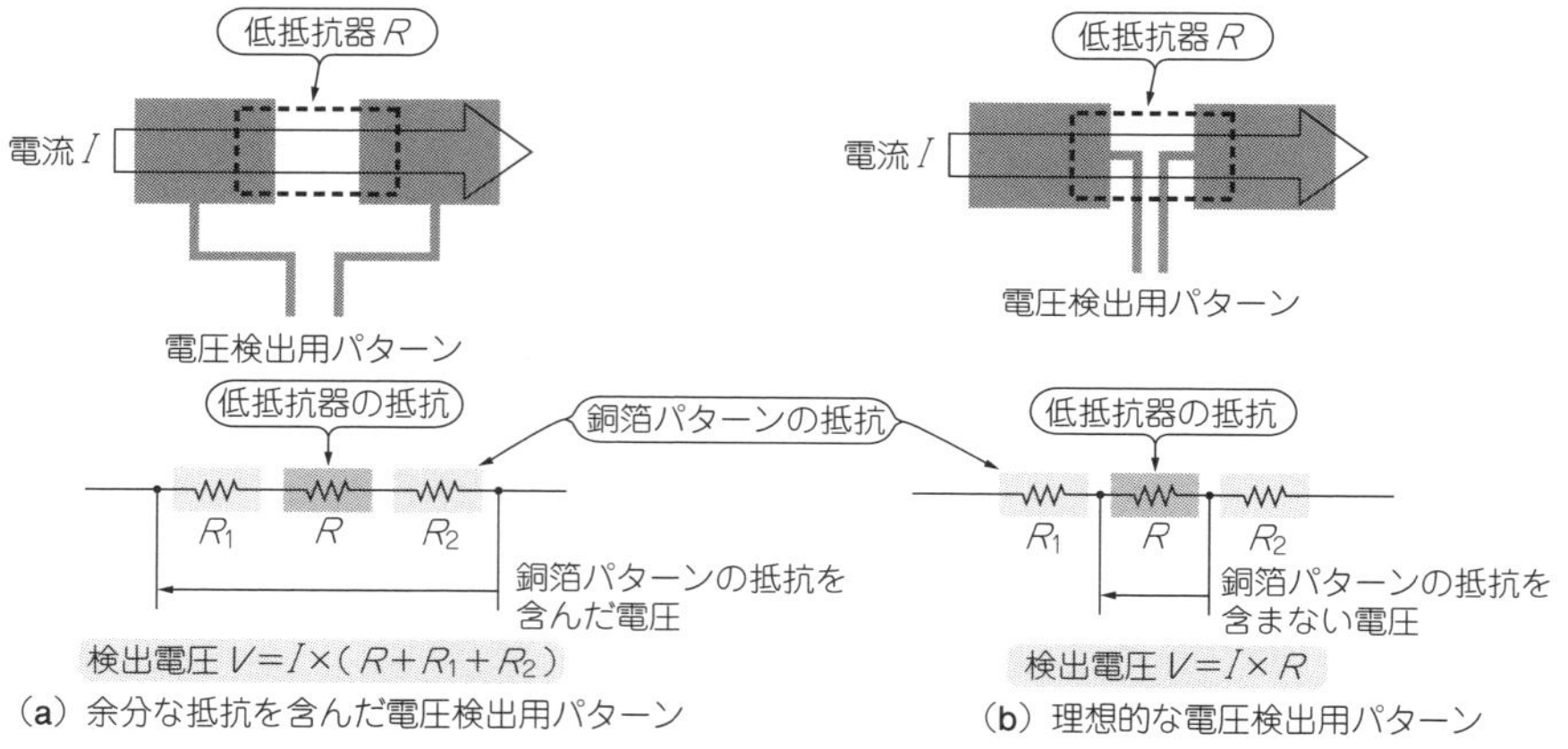

(a) 余分な抵抗を含んだ電圧検出用パターン

(b) 理想的な電圧検出用パターン

図8-1 電圧検出用パターンの引き出し方

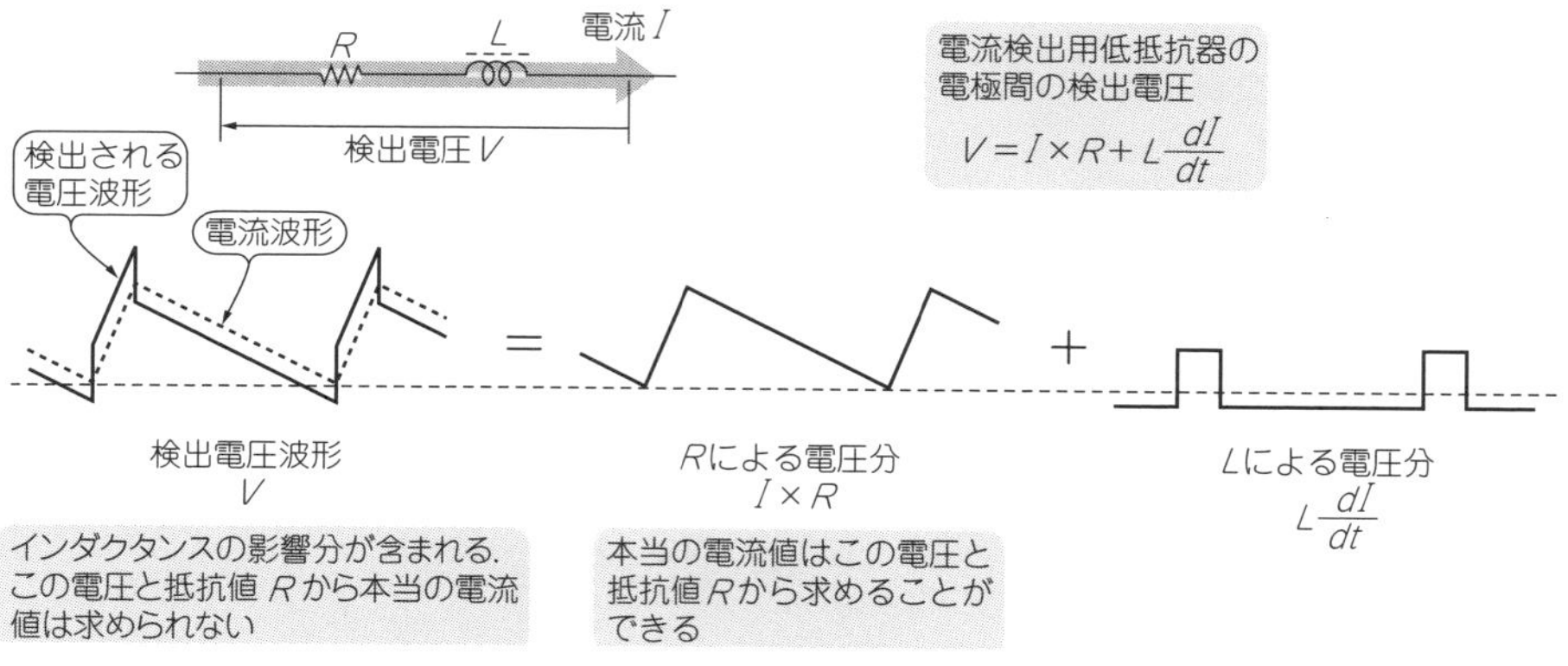

図8-2 低抵抗器のインダクタンスの影響

Q 9 AC電源回路でのインダクタの役割は？

A AC電源にはさまざまな機器が接続され，さまざまなノイズが混在しています．AC電源回路では，外部から侵入してくるノイズと機器から外部へ出ていくノイズを除去します．

図9-1に，代表的なAC電源回路のノイズ・フィルタ部分を示します．電源ライン間のノーマル（ディファレンシャル）・モード・ノイズを除去するチョーク・コイルL_2と，電源ラインとグラウンド間のコモン・モード・ノイズを除去するコモン・モード・チョーク・コイルL_1があります．

AC電源回路のコモン・モード・チョーク・コイルは，ライン・フィルタとも呼ばれます．

チョーク・コイルは，コイルの磁気エネルギを蓄える性質を利用してリプルを低減し，高周波数帯でインピーダンスが大きくなる性質を利用して高調波ノイズを低減します．

コモン・モード・チョークのコイルは同じ方向に同じ回数を巻き線しているので，同相のコモン・モード・ノイズのみにインダクタとして働いて除去し，正相のノーマル・モードの信号には影響しません．

いずれのインダクタも定格電流に余裕があり，温度上昇を抑えています．また，高効率化のために，高飽和磁気特性，低損失の磁性体を使用し，外部に磁束が漏れないよう閉磁路タイプになっています．

AC電源用コモン・モード・チョーク・コイル（ライン・フィルタ）の一例を**写真9-1**に，インピーダンス特性を**図9-2**に示します．

〈長田 久〉

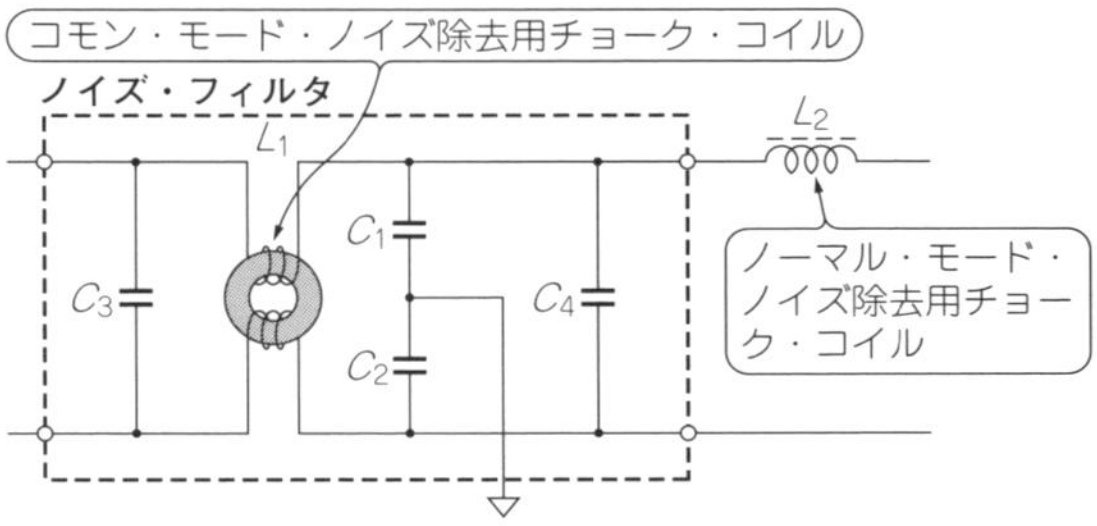

図9-1　AC電源回路のノイズ・フィルタ部

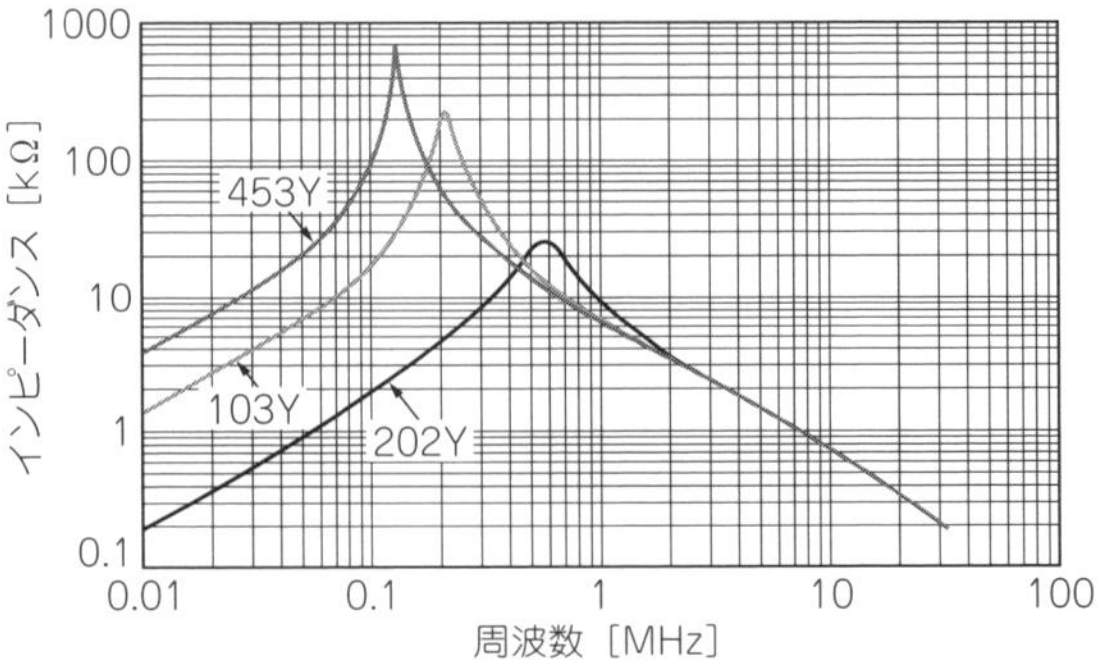

図9-2　インピーダンス特性

（a）外観（サイズ：23×19×27.5mm）

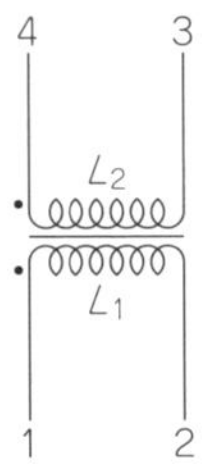

（b）等価回路

写真9-1　AC電源用コモン・モード・チョーク・コイル（ライン・フィルタ）**の外観と等価回路**（TDK製UF2327L-453Y0R5）

Q10 電源入力平滑回路に使うコンデンサを選ぶときの注意点は？

A 電源電圧を直接整流する回路（**図10-1**）に用いられる入力平滑用コンデンサの定格電圧は，仕向け先および電力事情で決定されます．

国内・北米といったAC100 V～127 V地域向けには200 V定格品，欧州・アジアといったAC200～240 V地域向けには400 V定格品を使用するのが一般的です．

しかし電力設備事情から，電源電圧の安定していない海外の一部地域では，特に電力需要が減少する深夜の電源電圧が定格電源電圧の1.3倍程度に上昇した観測例もあります．そこで，AC100 V～127 V地域では250 V，AC200～240 V地域では420 Vか450 Vに電圧定格を上積みして使用する必要があります．

また，使用する回路により，以下の注意が必要です．

● 力率改善回路搭載製品

近年搭載する機会の多くなった昇圧型力率改善回路（**図10-2**）を使用する場合には，力率改善回路の出力設定電圧だけでコンデンサの定格電圧を判断してはいけません．

図10-3のような入力電圧や負荷の瞬時変動時に発生する過渡電圧上昇や，出力電圧帰還回路の異常時に上昇する電圧も確認した上で，定格電圧を選定しなければなりません．

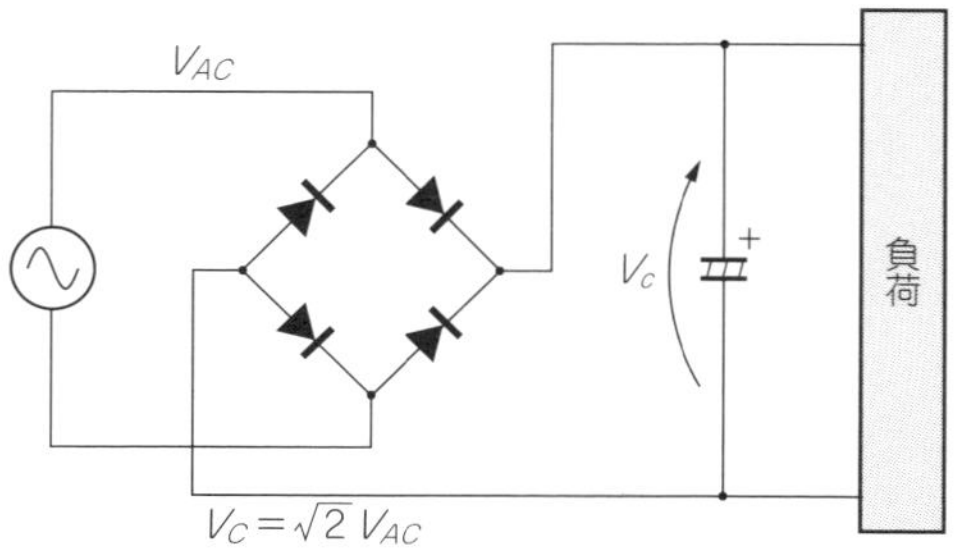

図10-1 入力平滑回路の一例

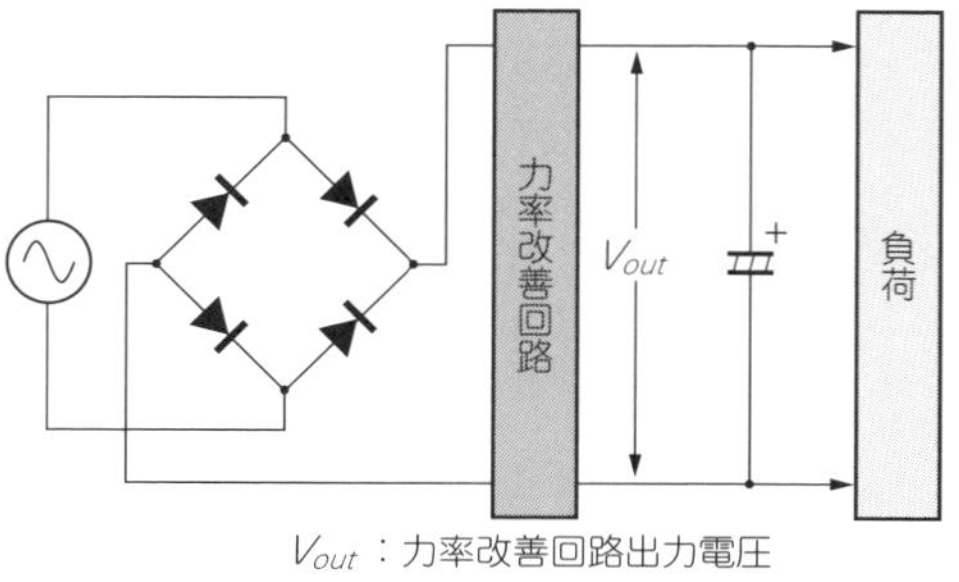

図10-2 力率改善回路付き入力平滑回路の一例

● リプル電流

リプル電流に関しては，電源商用周波数成分に負荷側のスイッチング電源やインバータのスイッチング高周波成分が重畳されるので，合成リプル電流として考慮しなければなりません．

印加リプル電流をI［A］，内部抵抗をR［Ω］とすると，自己発熱の元となる電力損失W［W］は，

$$W=I^2R$$

で表されます．印加リプル電流が増えれば増えるほど2乗積で急激に損失が増加します．その自己発熱量（電力損失量）が許容範囲内であるリプル電流が「許容リプル電流値」です．

リプル電流は許容リプル電流を超えると電流の2乗積で内部自己発熱の上昇を伴い，寿命が急速に短くなってしまいます．

そのため，電解コンデンサ汎用品では許容リプル電流値を超えてしまう，もしくはマージンがない場合や推定寿命時間が不足する場合は，高リプル対応品を使用する必要があります．

● 電解コンデンサの配置

電源入力平滑回路周辺には，整流ダイオードやスイッチング素子などの発熱部品が配置されることが多く，機器内の温度上昇も高くなるので通常は105 ℃定格品を使用します．

85℃品を使用する場合は，部品温度や印加リプル電流を考慮した推定寿命をメーカに確認した上で使用します．

〈藤井 眞治〉

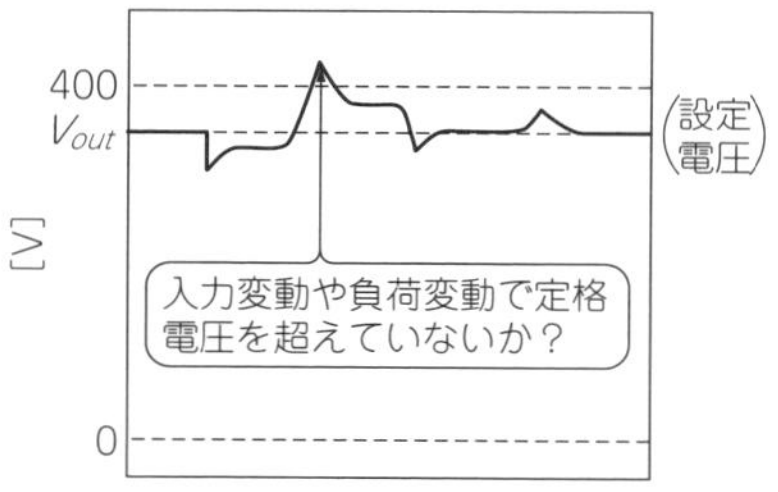

図10-3 V_{out}電圧変動波形例

11 電源出力平滑回路に使うコンデンサを選ぶときの注意点は？

スイッチング電源の出力平滑用コンデンサは，安定した出力を得るために重要な役割を果たします．スイッチング波形によるリプル電流を平滑し，さらにモータのドライブ回路やソレノイド負荷，サーマル・ヘッドなど，急峻なパルス負荷電流変動を伴う回路が負荷として接続される場合には，それらの電流変動を吸収する役割もあります．

これらの負荷電流変動はアルミ電解コンデンサの充放電を伴うので，常時または非常に頻繁に発生する場合はリプル電流として扱わなければならず，アルミ電解コンデンサの寿命にも影響を与えます．

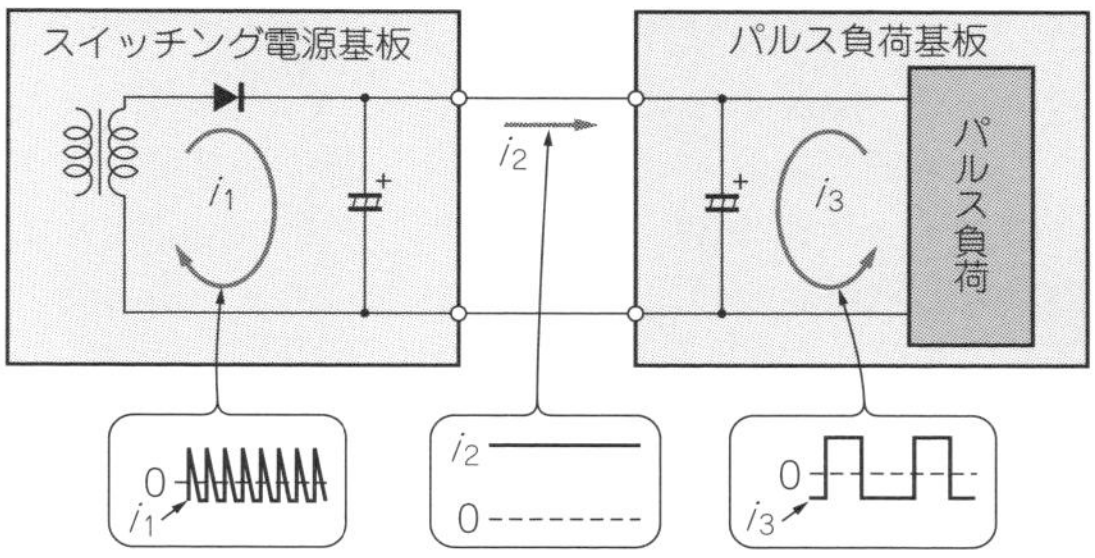

図11-1　個別に電解コンデンサを設けることが基本

● 電流ループと合成リプル電流への配慮

図11-1のように電源基板と負荷基板が別々の場合，基板間を接続するハーネスのコネクタ接触子による接触抵抗，ハーネス線材＋基板パターン長さによる直流抵抗分やインダクタンス成分が存在します．したがって，高周波的には分離されていることから，それぞれに電流ループ(i_1，i_3)が形成されます．

従って基本的には，**図11-1**のように電源や負荷回路の電流ループが最短となるように電解コンデンサを回路ごとに配置することが望ましいです．

しかし，**図11-2**の回路のように1本もしくは少数のアルミ電解コンデンサで共用する場合は，スイッチング電源のスイッチング・リプル電流と負荷変動電流を重畳した合成リプル電流として考慮し，アルミ電解コンデンサの定格リプル電流を超えないように使用しなければなりません．

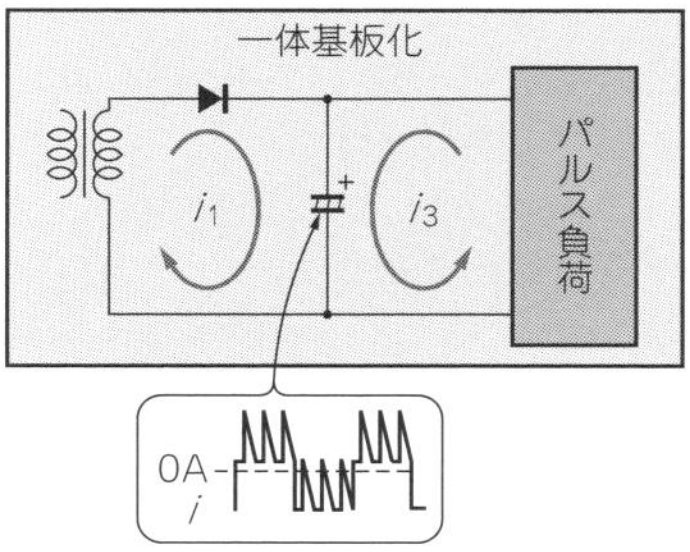

図11-2　コンデンサを共用するとリプル電流は重畳される．許容リプル電流は守られているか？

● 基板パターンやハーネス引き回しへの注意

基板パターンのインピーダンスやハーネスの引き回し方法で，アルミ電解コンデンサに印加されるリプル電流は変化します．

したがって，最終的には各コンデンサのリプル電流波形を観測し，定格リプル電流を超えていないことを確認します．

● サイズの小型化

DC-DCコンバータ回路などのスイッチング周波数を500 k～1 MHzで使用する場合は，一般のアルミ電解コンデンサよりも導電性高分子固体アルミ電解コンデンサの方が周波数特性的に優れ，サイズの小型化にもなります．

〈藤井 眞治〉

トラブル対策編①：電源が起動しない

12 正負電源を3端子レギュレータで作ったが，片方の出力が出ない

● 症状

OPアンプなどでよく使う，プラス・マイナス2電源をトランスと整流器を使って作ったのですが，片側の電圧が出ないのです．

たちが悪いことに，いつも出ないというわけではなく，出ないのがプラス側またはマイナス側と決まってもいません．片側しか出ないと，使用しているICや周辺回路に異常な負荷を与えることになるので困ります．

● 原因

この現象が起こる原因はパワーON時の電源の立ち上がり速度に関係しています．**図12-1**の回路でAC電源の周波数が50 Hzとします．スイッチをONしたとき，たまたまAC電源が0からマイナス側に振れるサイクルだと，**図12-2**に示すようにマイナス側の3端子レギュレータから出力が出るのは入力電圧が定格出力電圧より少し大きくなったときからです．「少し」というのはレギュレータの入出力電圧差で，一般品なら2 V程度，低ドロップ型なら0.2 V程度です．

マイナス側の3端子レギュレータから電圧が出てきた時点で，プラス側の平滑コンデンサは，まだ充電されていませんから，プラス側の3端子レギュレータの出力はなく，負荷に引っ張られてマイナス側に振れることすらあります．

この状態でAC電源は次の半サイクルに入ります．プラス側の平滑コンデンサの電圧は上昇していきますが，ピークに達してもプラス側の3端子レギュレータの出力はゼロに近いか負のままです．3端子レギュレータ内部の保護回路が働いており，出力トランジスタがOFFのままになっているからです．

図12-3の内部等価回路から，そのしくみを理解できることでしょう．プラス側が先に立ち上がったときも同様な現象が起こる可能性があります．

● 対策

図12-4のように出力にダイオードを入れ，各3端子レギュレータの出力が変則的な動きをしないようにします．電源投入時に一瞬電流が流れるだけの部品です．なお，何度か3端子レギュレータを使った回路を組んだことのある方は，このようなダイオードを入れなくても大丈夫だった経験があるかと思います．

先の説明は半波整流回路で，電源スイッチをONすると同時に負の半サイクルが開始するという，いわば特別な場合を仮定しています．整流器の出力の立ち上がりのスピードはトランスの内部抵抗，コンデンサ容量で異なりますし，電源スイッチに機械式のものが使われていたらパワーON直後はチャッタリング現象のため電流は連続的に流れません．ここに説明したような現象が起こるのは，むしろまれかもしれません．

しかし，文字どおり万に一つでも起こったら大変なことです．想定できる現象に対してはきちんと対策を施しておく，これが信頼の設計技術です．

〈柳川 誠介〉

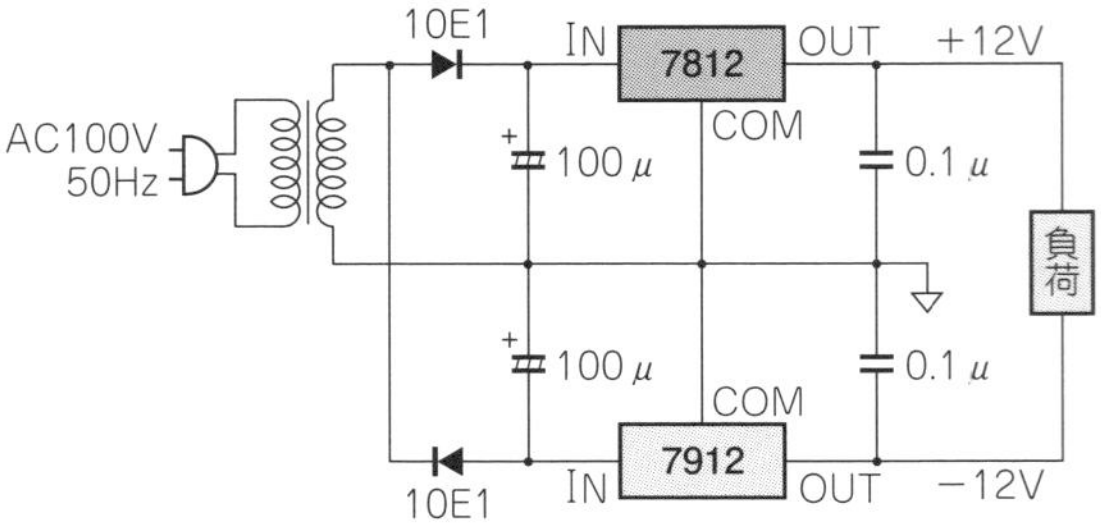

図12-1　端子レギュレータの出力の片方が出ないことのある回路

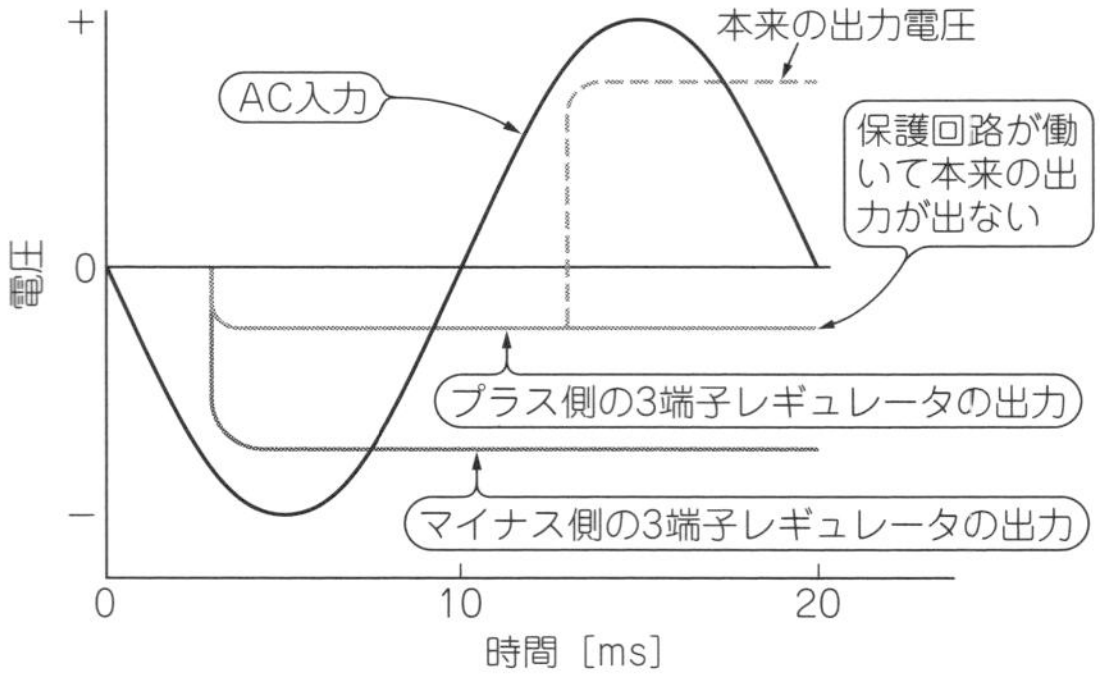

図12-2　電源投入時の動作

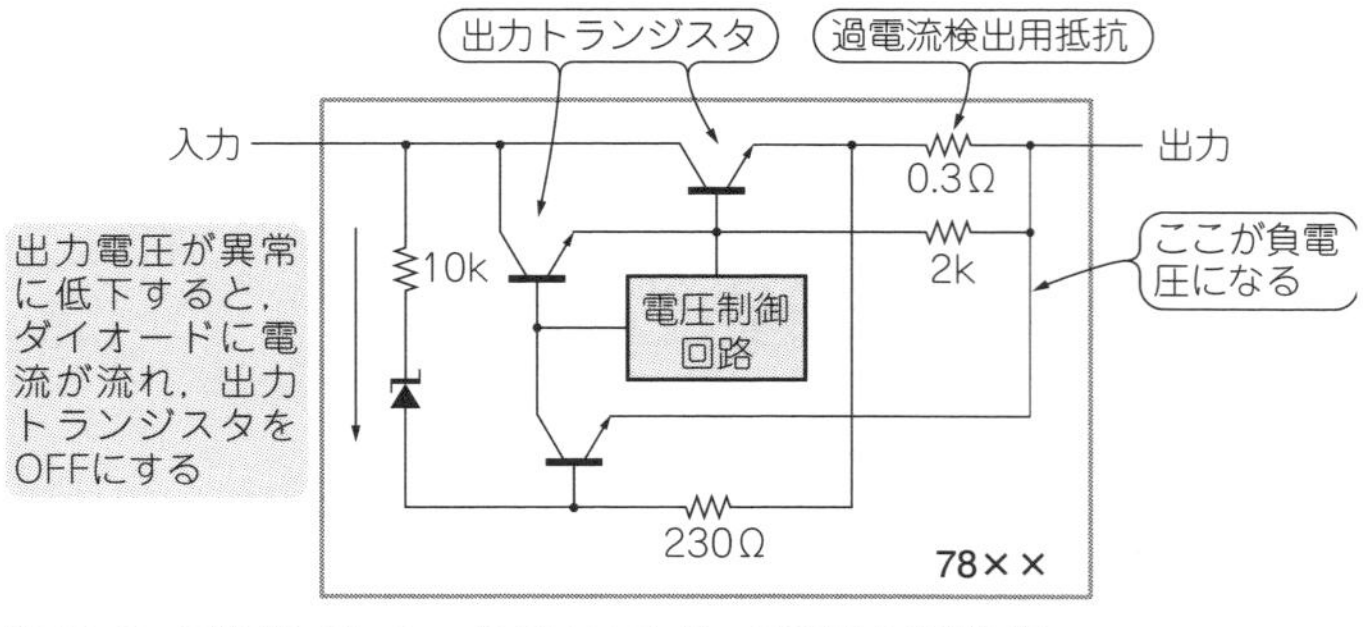

図12-3　3端子レギュレータ 78××シリーズの出力保護回路

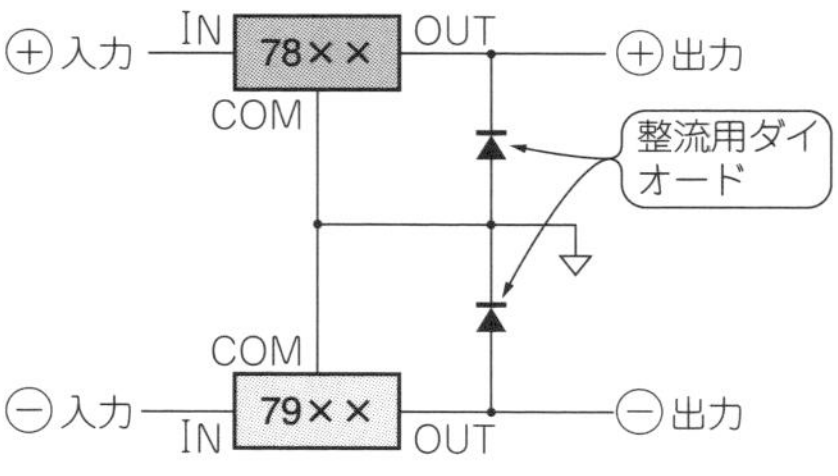

図12-4　対策方法

13 出力コンデンサ容量が大きいせいか，起動しない

● 原因

出力コンデンサの静電容量が大きいと，**図13-1**のように，その充電に時間がかかり，出力電圧の確立が遅れます．出力電圧の確立が遅れることで起動できない原因としては，次のことが考えられます．

① 出力過小電圧保護回路が動作している

この回路は，出力電圧が規定の電圧に達していない場合に異常と判断して電源をシャットダウンするものです．この機能をもつ電源は電源投入時に，ある程度の時間をおいてから出力電圧を監視しますが，出力に接続したコンデンサ容量が想定以上に大きいと，充電に時間がかかりすぎて過小電圧保護回路が誤動作してしまうことがあります．

② 電源内部のICに供給する電源が確立できない

スイッチング電源には，1次側に制御回路をおくプライマリ制御方式と呼ばれるものがあります．この方式の多くは，**図13-2**のように制御回路の電源をメイン・トランスの補助巻き線から得て回路を簡素化しています．

電源投入時には，起動抵抗R_1を通してコンデンサC_2に充電します．C_2の電圧が制御ICの起動する電圧に達するとICが起動し，スイッチングを開始します．そして出力に電圧が発生するとともに，補助巻き線を通して，補助電源回路にも電源が供給されICの動作する電源となります．

もし，ここで補助電源から電源が供給されなかった場合，ICが動作することでC_2の電荷は消費され電圧は低下します．そしてICの動作停止電圧まで低下するとICは動作を停止してしまいます．

したがって，この回路においてICが起動してC_2の電圧が動作停止電圧まで下がるまでの間に出力を供給し，同時に補助電源にも電圧を供給する必要があります．ここで，出力のコンデンサが大きいと出力電圧の上昇に時間がかかるので，1次回路の補助電源の立ち上がりも遅くなり，電源が起動できず間欠動作をすることになります．

● 対策

市販のスイッチング・レギュレータやDC-DCコンバータを使用しているのなら，その特性を変更するわけにはいかないので，負荷側に接続されたコンデンサの容量を小さくすることを考えるべきでしょう．

出力側にどうしても大きなコンデンサが必要な場合は，その負荷容量に対応したスイッチング・レギュレータを選定すべきです．

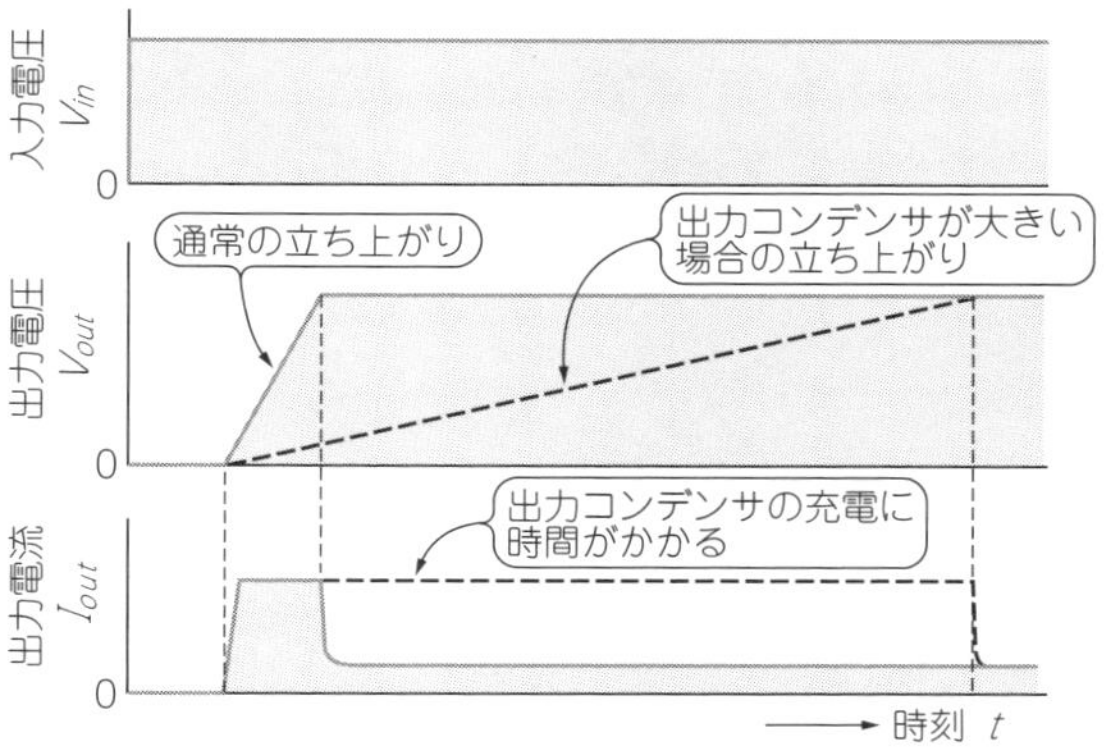

図13-1　コンデンサ負荷による起動特性の違い

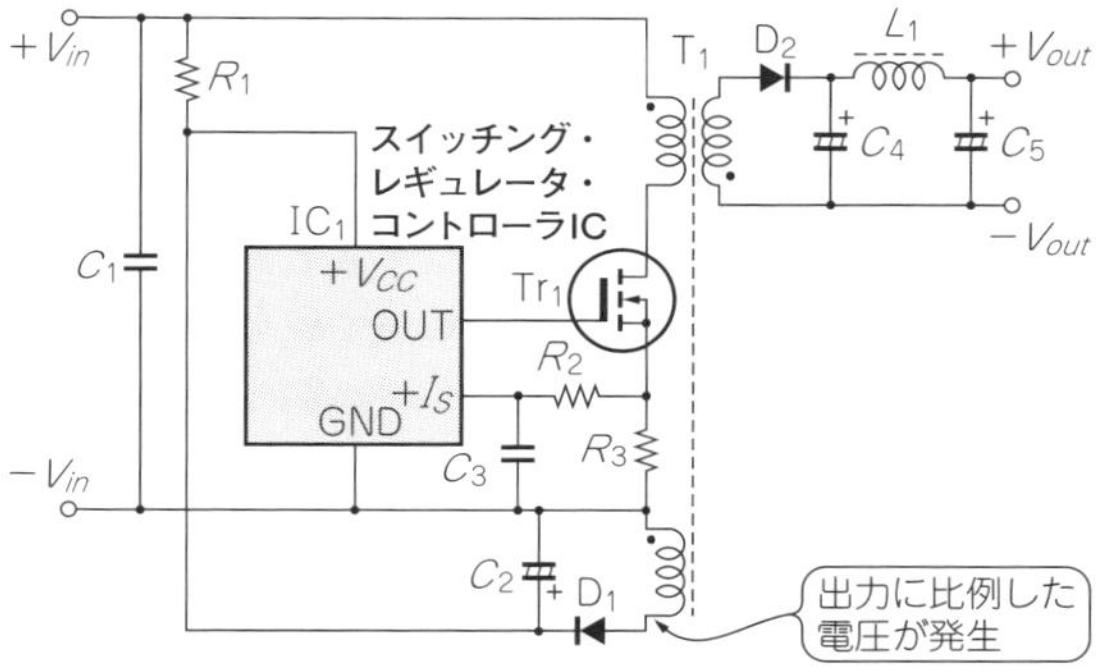

図13-2　プライマリ制御回路の例

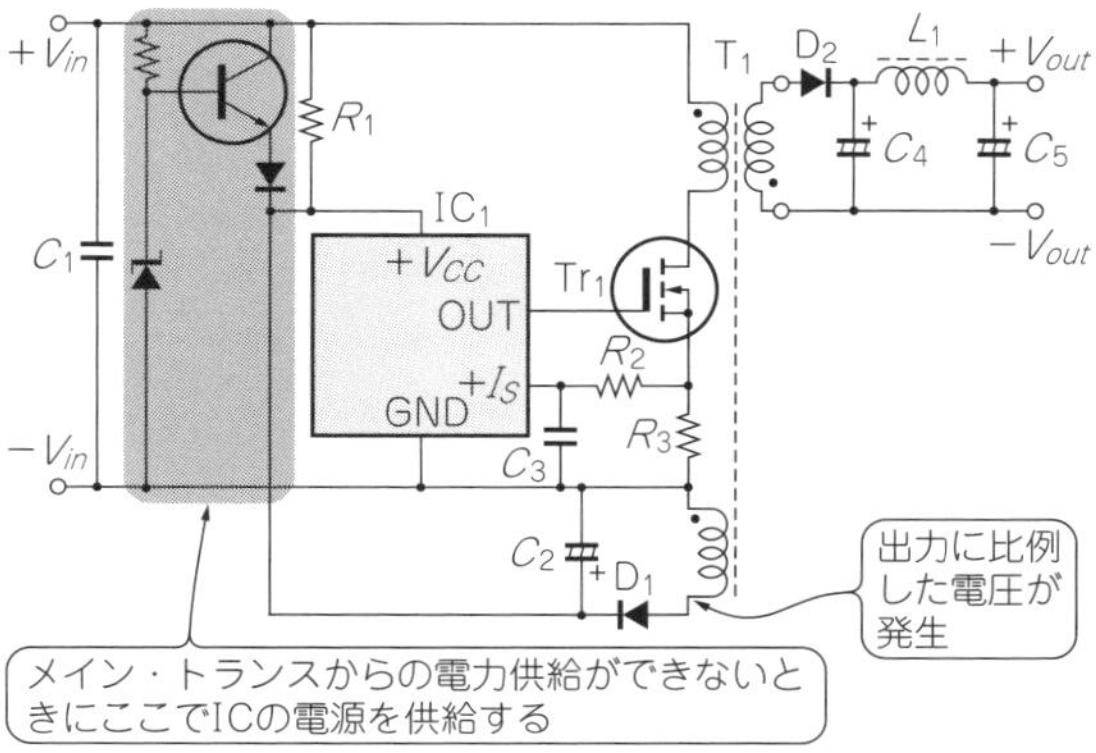

図13-3　プライマリ制御での対策例

負荷に接続される容量が当初から決まっていて，それに合わせた電源の設計中にトラブルが発生したのなら，メイン・トランスのタップからの供給がなくても制御ICが動作できるよう，別に補助電源回路を設ければよいでしょう．**図13-3**にその例を示します．

〈田崎 正嗣〉

Q14 電源負荷としてDC-DCコンバータを接続すると起動しない

● **症状**

図14-1のように電源PS1の負荷として，DC-DCコンバータPS2を接続したところ，PS1が起動しません．

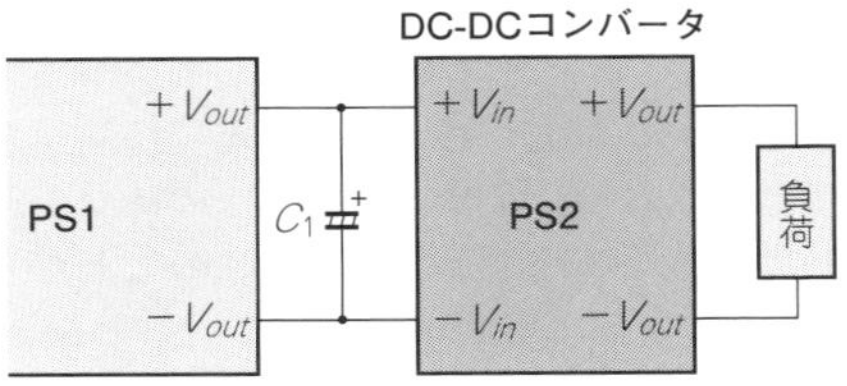

図14-1 電源負荷としてDC-DCコンバータを接続した回路

A

● **原因**

DC-DCコンバータは，一般的に入力電圧が高いと入力電流が少なく，入力電圧が低いと入力電流が多くなります．スイッチング電源やDC-DCコンバータの出力にDC-DCコンバータを接続した場合，供給側のスイッチング電源の出力電圧は，起動後に0Vから時間をかけて所定の電圧まで上昇します．一方，負荷側のDC-DCコンバータは供給される電源電圧の確立を待たずに自身の動作開始電圧で起動をはじめます．このとき定常時よりも電圧が低いため，**図14-2(b)**のように多くの電流を必要とします．

一方，供給側の電源は起動途中において過大な電流が負荷に流れると，出力電圧を上昇させることができないことがあります．特に，過電流特性が**図14-2(a)**のようなフの字特性だと，負荷側のコンバータの入力電流に対し，供給側のコンバータの電流が不足しやすくなります．

起動する場合と起動できない場合の例を**図14-3**に示します．供給側電源は0Vから上昇してきて，負荷側のコンバータが起動し，最も入力電流の多いところで供給能力が不足すると起動できません．

● **対策**

供給側の電源には電流容量に余裕のあるものを使用する必要がありますが，どちらかというと適していない電源やコンバータもあるので，これらはできるだけ避けたほうが良いと思います．

供給側に適さないコンバータとしては，

- 過電流保護特性がフの字特性のもの
- 容量負荷に弱いもの

などです．負荷側に適さないコンバータとしては，

- ワイド入力のコンバータ
- 過小入力保護(UVLO《Under Voltage LockOut》)機能のないもの

などです．

これらのコンバータを使用した場合でも，供給側の出力電圧が確立してから，負荷側のコンバータをONすれば正常に起動できます．負荷側のコンバータにリモートON/OFFの端子があれば，それを利用できます．

〈田崎 正嗣〉

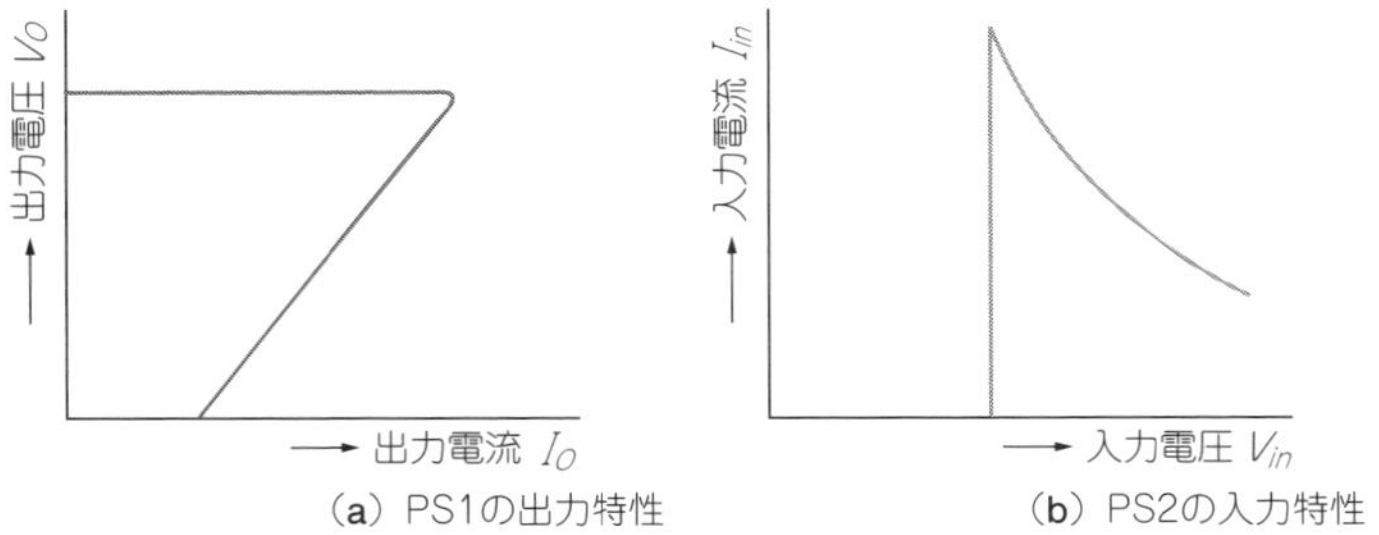

(a) PS1の出力特性　(b) PS2の入力特性

図14-2 電源(PS1)の出力特性とDC-DCコンバータ(PS2)の入力特性

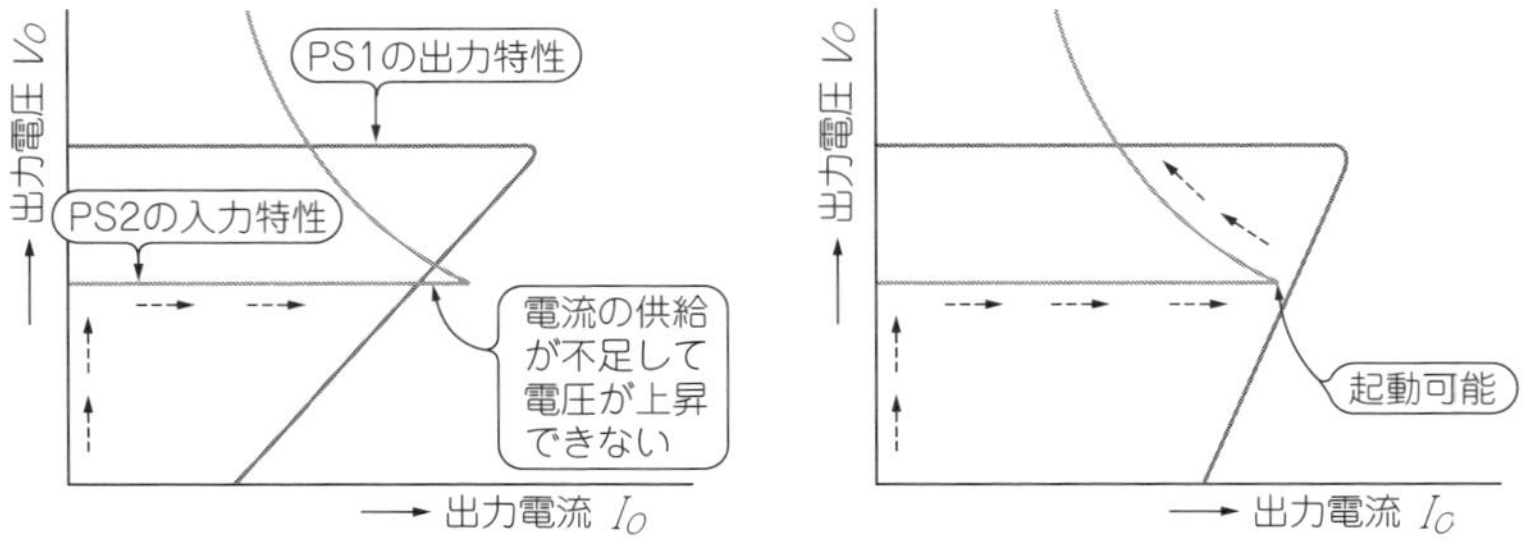

(a) 起動できない場合　(b) 起動できる場合

図14-3 起動する場合と起動できない場合

トラブル対策編②：ノイズが混入する

Q15 DC-DCコンバータのスイッチング周波数に同期したノイズが回路に混入する

● 症状

オンボードのDC-DCコンバータを設計したときのトラブル事例です．基板に供給する電源は1種類で，基板内部で必要な電源が複数ある場合，基板上にDC-DCコンバータを実装するのが一般的です．この事例では，市販のDC-DCコンバータ・モジュールを載せるのではなく，制御ICといくつかのディスクリート部品を組み合わせてオンボードで**図15-1**のような回路を実装しました．

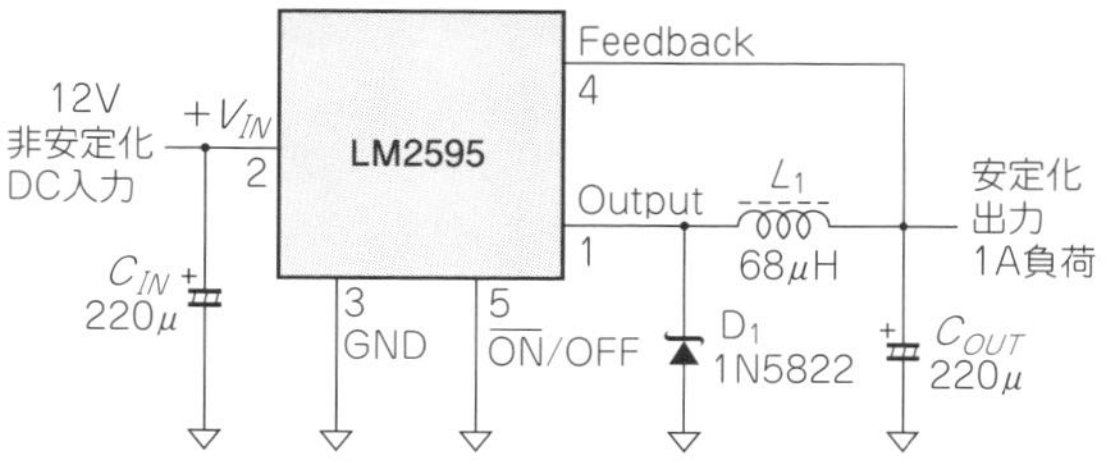

図15-1[(1)] **LM2595によるスイッチング・レギュレータ回路**

負荷はアナログ回路なので，リプル電圧を嫌って，3端子レギュレータでリプルを除去しました，3端子レギュレータLM78L05のリプル電圧除去比はデータ・シート[(2)]によると，47 dBmin. ～62 dBtyp. @120Hzなので，50～60 dB程度は期待できそうです．DC-DCコンバータの出力リプル電圧は，計算で約50 mVと見積もっていたので，3端子レギュレータを通したら200 μV以下になると予想しました．

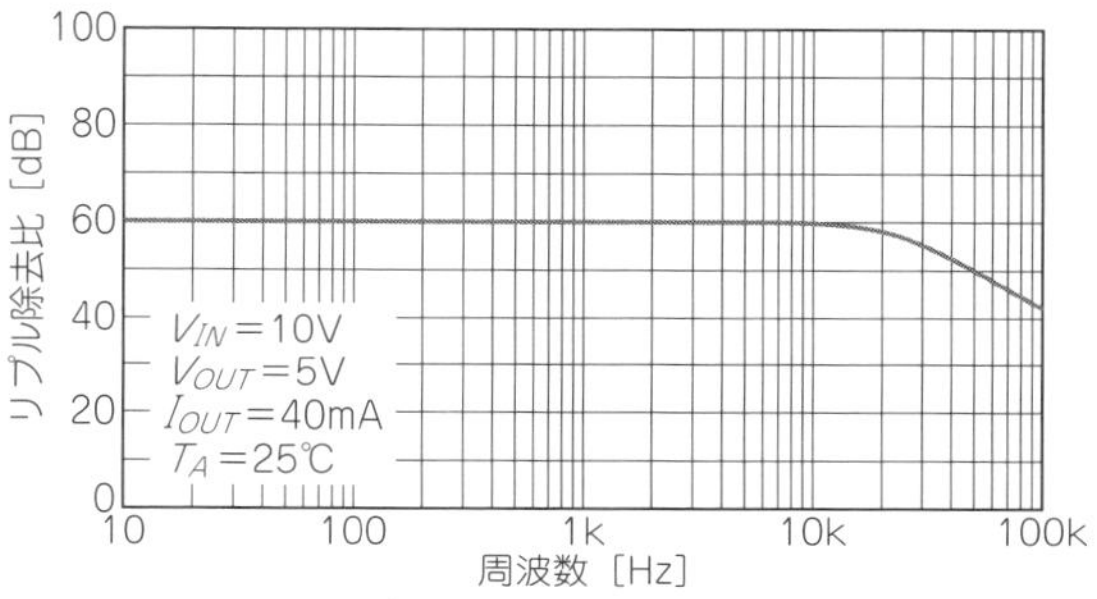

図15-2[(2)] **LM78L05のリプル除去比の周波数特性**

ところが，実際に回路を動作させてみると，DC-DCコンバータのスイッチング周波数に同期したノイズが回路に観測されました．

データ・シートに記載されているリプル除去比は測定条件が120 Hzです．さらにデータ・シートをよく見るとリプル除去比の周波数特性(**図15-2**)が記載されていました．DC-DCコンバータのスイッチング周波数は約150 kHzです．この図に100 kHz以上は記載されていませんが，それでも特性カーブを延長すると150 kHzでも30 dBくらいは期待できそうです．それなら3端子レギュレータの出力で1.6 mV以下程度は期待できそうです．

● 原因

DC-DCコンバータのスパイク・ノイズが原因でした．DC-DCコンバータの出力波形を注意深く観測すると，**写真15-1**のようにリプル電圧に同期してスパイク・ノイズが観測されます．一番下の波形の頂点に見える細い縦線がそれです．このスパイク・ノイズの周波数が高いために，3端子レギュレータで除去できずにアナログ回路に侵入してきたのでした．

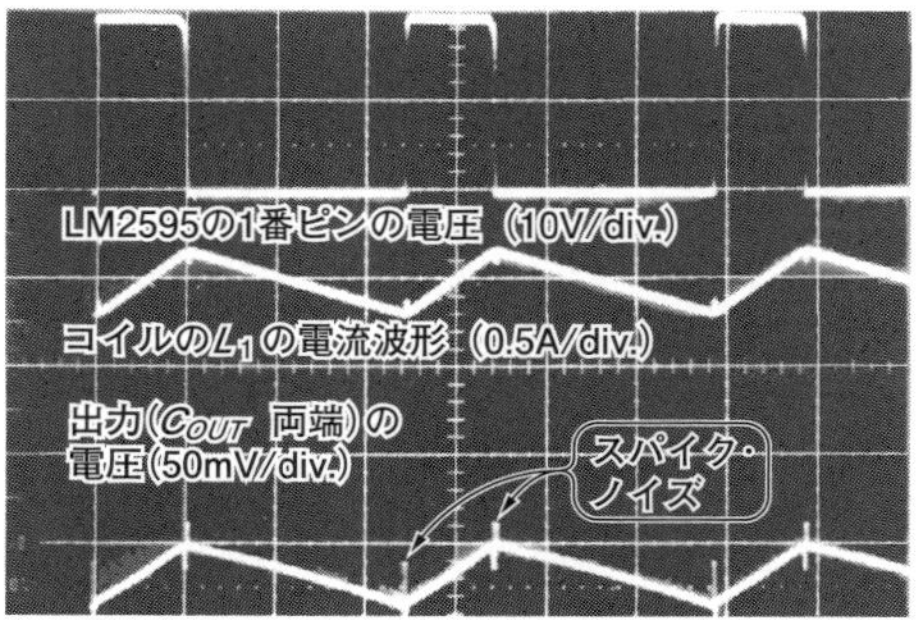

写真15-1 DC-DCコンバータの出力波形(2 μs/div.)

● 対策

3端子レギュレータをやめて，インダクタとキャパシタでπ型フィルタを挿入しました．スイッチング素子のスパイク・ノイズには十分注意が必要です．

〈**中 幸政**〉

◆引用文献◆

(1) LM2595 data sheet, National Semiconductor Corporation, May 1999.

(2) LM78LXX Series data sheet, National Semiconductor Corporation, March 2002.

16 電源からノイズが混入する

● 症状

工作機械の筐体に発生する歪《ひず》みを測定するために，**図16-1**のような装置を試作しました．測定装置はAC100 Vで動作し，シールド線で工作機械に固定された歪みゲージと接続されています．

この状態で測定を試みたところ，盛大なノイズが発生していました．AC100 Vと同期した信号も見られ，発生源は商用電源にもあるようです．

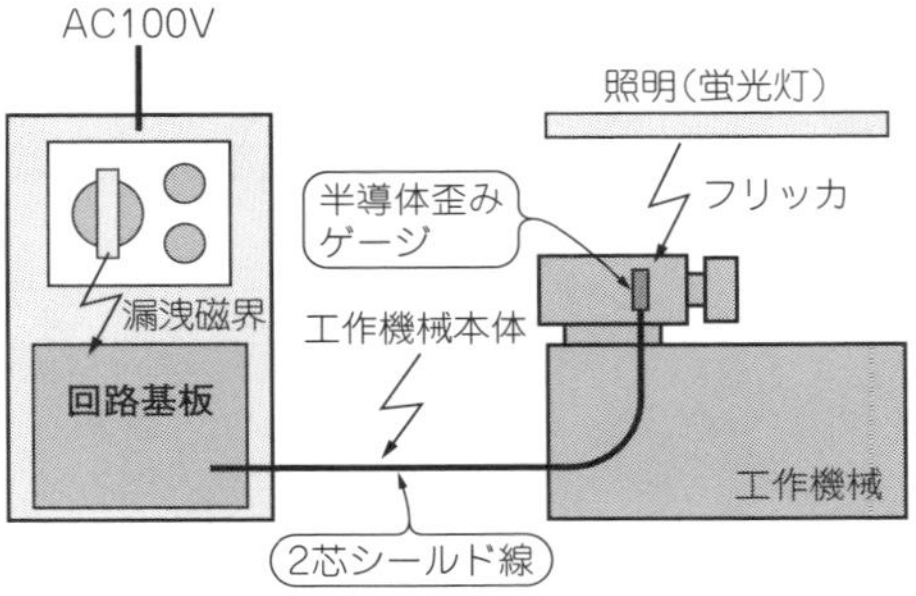

図16-1　ノイズの混入経路

● 原因

調査の結果，原因は図に示すように，大きく3つほどあることがわかりました．

第1は，測定装置内部の電源に使用されていた電源トランスからの漏洩磁束です．電源基板から遠ざけるとノイズが減少するのでわかります．

第2は工作機械の電源ON/OFFでレベルが変化することから，工作機械に発生しているノイズです．工作機械は大電力でモータやプランジャを駆動する機器であり，一般的にパワフルなノイズが発生します．歪みゲージは絶縁性のフィルムを通して接着するので，直流的には絶縁されますが，高周波ノイズは容量性の結合により侵入します．

第3は，工作機械の上部にある蛍光灯でした．半導体歪みゲージは光に対して感度があり，蛍光灯のフリッカが商用電源ノイズとして混入していたのです．ノイズ源を探しあぐね，ふと思いついて照明を消してみて，やっとわかりました．

● 対策

電源トランスからの漏洩磁束を遮断するのは手間がかかるので，スイッチング電源に交換しました．図の装置の応答周波数は100 Hz程度であり，スイッチング電源からの高周波ノイズは増幅されません．

工場現場で工作機械に由来するノイズをきちんと解析することは困難です．グラウンド線を接続してみたり，シールドの外皮を工作機械の筐体に接続したりと，トライアル＆エラーを積み重ねるしかありません．

照明のフリッカによるノイズは，遮光とシールドをかねた銅箔をゲージの上に張り付けたら，簡単に解決しました．

〈小口 京吾〉

トラブル対策編③：異常な発熱

Q17 3端子レギュレータICの発熱が大きい

● **症状**

＋12Vを主電源とする回路で，＋5Vのディジタル ICも使用したいので，＋5Vの3端子レギュレータICを使用して降圧しましたが，手で触れないぐらい発熱が多く，長時間安定に動作しそうにありませんでした．別電源を準備するのも，スペースと予算的に好ましくありません．

使用した3端子レギュレータICはモトローラ社のMC78L05相当品です．＋5V回路の消費電流は100 mA程度あり，性能限界ぎりぎりの使い方ではありました．

A ● **原因**

発熱が多すぎるのが原因なのはわかります．どのぐらい温度上昇するか測定してみました．**図17-1**に測定回路を示します．＋5Vで100 mA程度の電流を流すため47 Ωの負荷抵抗を取り付けました．そのときの測定のようすを**写真17-1**に示します．

MC78L05の温度を測るために，ナショナルセミコンダクター社のLM35DZをアルミ・テープで巻き付けて測りました．テープ自体が放熱板の役割をして少し低めに温度が出ると思いますが，おおよその傾向はわかります．**図17-2**に温度変化のグラフを示します．72 ℃程度まで上がりました．

この3端子レギュレータICで7Vの電位差を受けもつので，700 mW程度の発熱があり，最大定格が800 mWなので，ぎりぎりの使い方でした．

● **対策**

放熱板を使う対策が一般的ですが，このパッケージ・タイプのICは簡単に取り付けられる構造ではありません．手近にケース壁面などがあればアルミ・テープで貼り付けてもよいと思います．あるいは定格の大きな78M05や7805に変更するのも解決策の1つですが，サイズも大きくなります．

結局，抵抗を直列に入れてICの発熱を抑えました．**図17-3**の回路図のように，3端子レギュレータICと直列に33 Ωの抵抗をつなぎました．抵抗で330 mW，3端子電源ICで370 mWの発熱に分割できます．

図17-2には抵抗を直列に接続した場合の温度変化のグラフも示してあります．57 ℃程度までに下がり，余裕ができました．この抵抗は，過電流が流れたときの保護にもなります．

このトラブルの解決後は，3端子レギュレータICを使うときには必ず入力側に抵抗を挿入するのが癖になりました．

〈佐藤 節夫〉

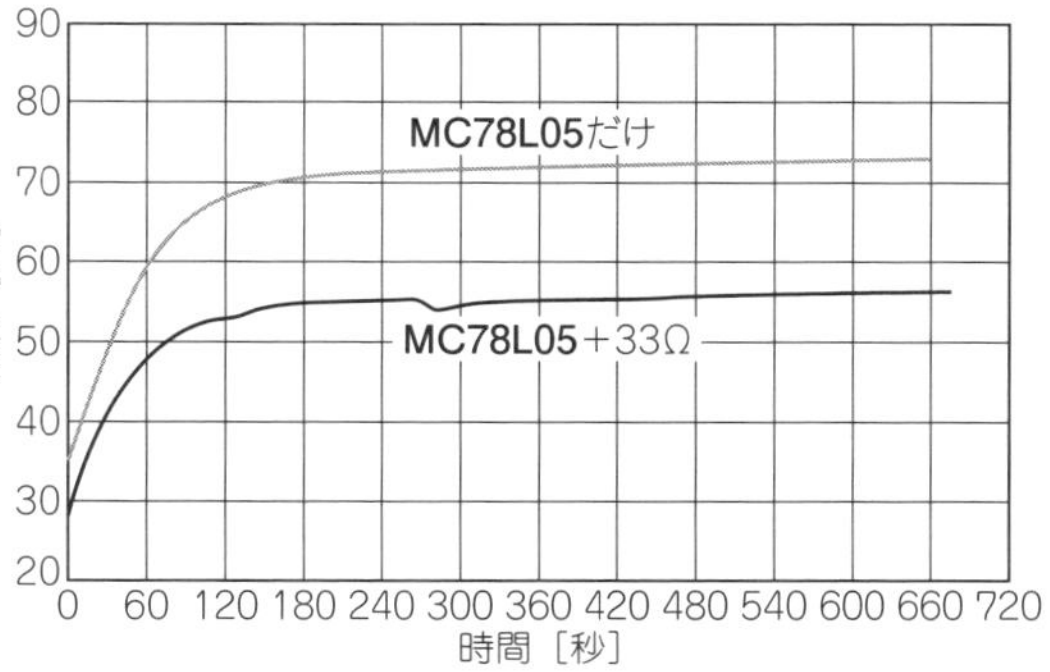

図17-2 MC78L05のパッケージ温度の経時変化

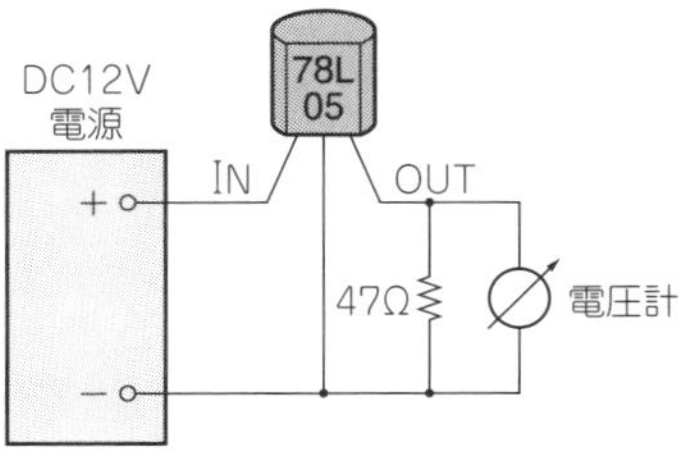

図17-1 3端子レギュレータICの温度上昇の測定回路

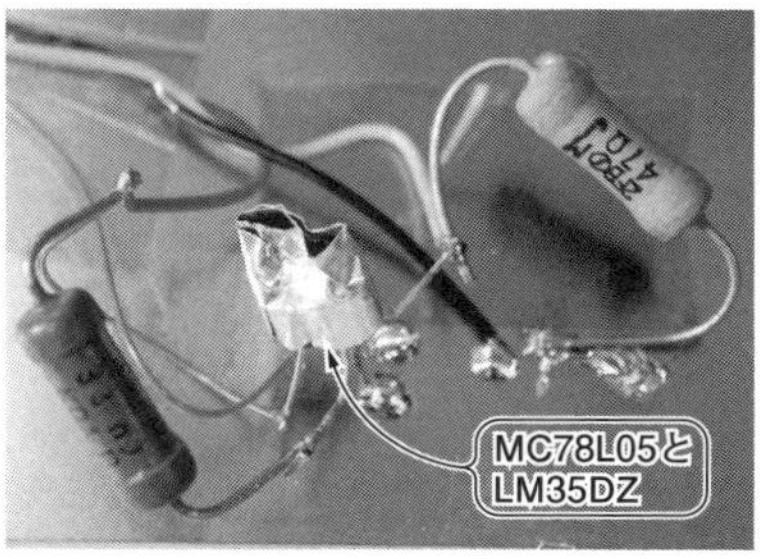

写真17-1 測定のようす

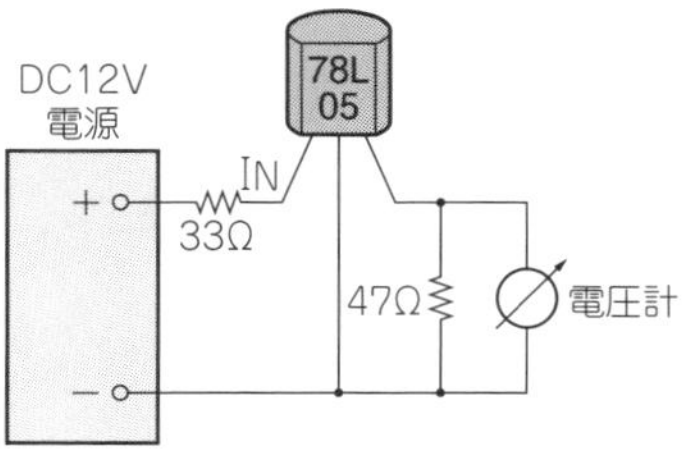

図17-3 入力側に直列抵抗を挿入する

3 電源回路

トラブル対策編④：異常な発振

Q18 入力ラインにフィルタを入れると発振する

● 症状

DC-DCコンバータの入力側に，**図18-1**のようにフィルタを挿入すると，発振することがあります．

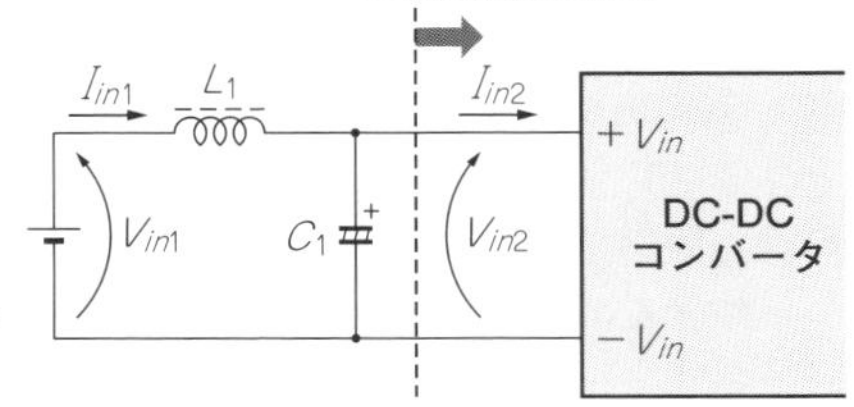

図18-1　DC-DCコンバータの入力フィルタ回路

A ● 原因

最近のDC-DCコンバータの多くは，スイッチング・レギュレータ方式により高効率を実現していることもあって，**図18-2**に示すように，入力電圧が低いときは入力電流が大きく，入力電圧が高くなると入力電流が減少します．これは，高効率コンバータの場合，出力の電圧電流が一定であれば，入力から供給する電力も一定でよいためにこのような特性になります．

入力電圧が高くなるほど入力電流が少なくなるので，DC-DCコンバータは負性抵抗と見なせます．入力側にL_1とC_1からなるフィルタを挿入すると，入力電源のインピーダンスが高まり，負性抵抗(DC-DCコンバータ)との間で発振を起こします．

もうすこし具体的に説明しましょう．何らかの原因で入力電流が少し増加したとします．電源のインピーダンスが大きいと，DC-DCコンバータの入力電流が増加するにつれて，その入力電圧が低下します．入力電圧の低下により入力電流はさらに増加することになり，この電流変化が当初の電流変化に比べ大きい場合はさらに加速され，発振に至ります．

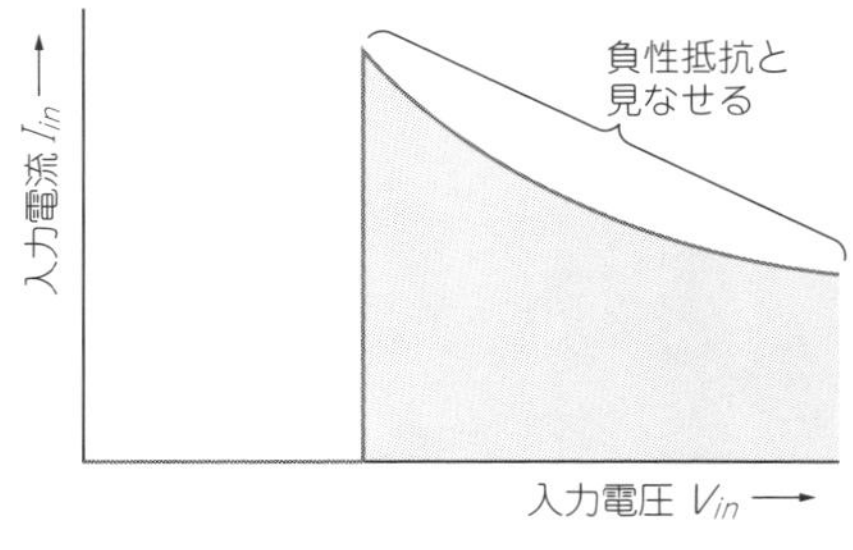

図18-2　DC-DCコンバータの入力特性の例

写真18-1はBET24-12S25(ベルニクス製)の入力にLCフィルタを接続した場合の発振波形の例です．このコンバータの場合には，Lの値が100 μH以下なら問題ありませんでした．

低電圧・大電流のDC-DCコンバータになると，より低入力インピーダンスが必要となり，場合によっては発振振幅が大きくなり，入力電圧範囲を超える場合もありえます．

DC-DCコンバータの入力にフィルタを入れる場合は注意が必要です．

● 対策

DC-DCコンバータの入力インピーダンスに比べ，電源のインピーダンスを小さくすることが必要です．

DC-DCコンバータの入力にフィルタなどのインダクタンス成分がある場合は，交流的なインピーダンスが上昇するので，DC-DCコンバータの入力端子にコンデンサを入れてインピーダンスを下げます．

〈田崎　正嗣〉

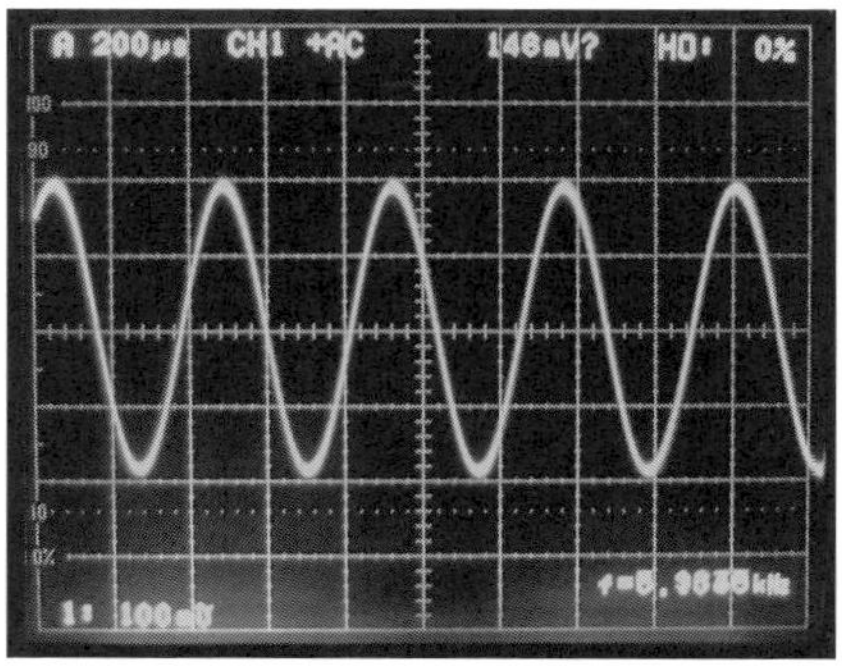

写真18-1　入力フィルタによる発振の例(L = 240 μH，C = 10 μF；200 μs/div.，100mV/div.)

Q 19 出力にフィルタを挿入しリモート・センシングすると発振する

● **症状**

スイッチング電源やDC-DCコンバータを使用していて，リプル・ノイズをさらに小さくしたいことがよくあります．

リプル・ノイズ低減の方法として，出力側に**図19-1**に示すようにフィルタを入れる方法があります．しかし，フィルタを入れるとフィルタを構成するインダクタによる電圧降下で，負荷端での電圧安定度が低下します．これを補うために負荷端からリモート・センシングをかけると(**図19-2**)異常発振してしまいます．

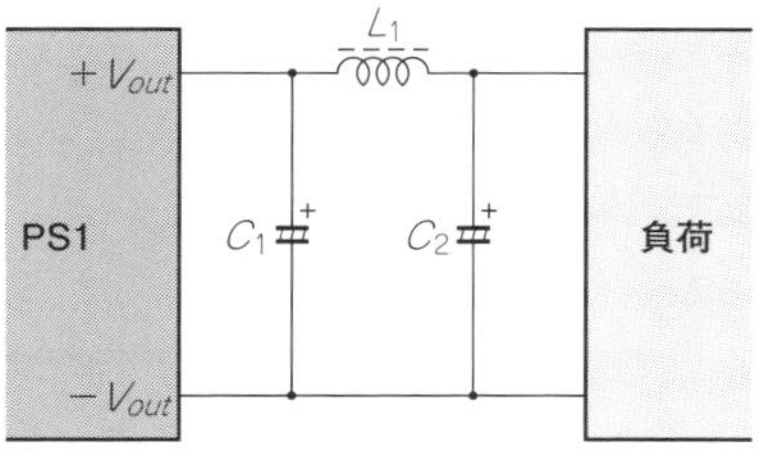

図19-1 出力フィルタの使用例

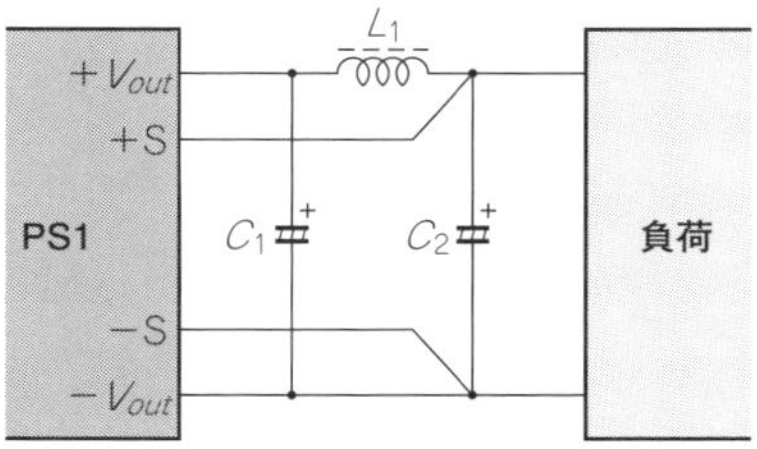

図19-2 出力フィルタ使用時のリモート・センシングの悪い例

A

● **原因**

通常，スイッチング・レギュレータなどは，フィードバック制御により出力が安定化されていて，出力端子，またはそれに近いところの電圧を監視して，基準電圧と比較し，差分をフィードバックしています．

「リモート・センシング」とは，監視する電圧を出力端子から切り離して，負荷に近い端子で監視することです．ところが，出力端子から，電圧監視をしている点までの間にインダクタンスが存在したり，何らかの位相遅れ要素があると，フィードバック系の位相特性が悪化するため，発振することがあります．

● **対策**

リモート・センシングをする場合は，電源の位相特性に影響を与えない範囲で行う必要があり，一般的に，出力端からセンシング端までの間にインダクタンスを入れるべきではありません．

しかし，リプル・ノイズの低減など，やむを得ない事情がある場合は，**図19-3**のような方法があります．この方法は交流的には出力端からフィードバックをかけ，直流的にはリモート・センシング端からフィードバックをかけることで，位相特性に影響を与えずにリモート・センシングする方法です．

図19-4は，コモン・モード・フィルタを使用してリモート・センシングした例です．センシング・ラインにもメインの巻き線と同じ巻き数を設けることで交流分が相殺されるので，交流的には電源の出力端子に接続したのと同等になります．

これらの対策で注意しなければならないのは，リモート・センシングが働くのは直流から低域の周波数範囲に限られることです．高速応答が要求される状況では，リモート・センシングはほとんど不可能です．

もし，高速応答が必要な場合は，リモート・センシングではなく，負荷のそばにDC-DCコンバータを配置するべきです．

〈田崎 正嗣〉

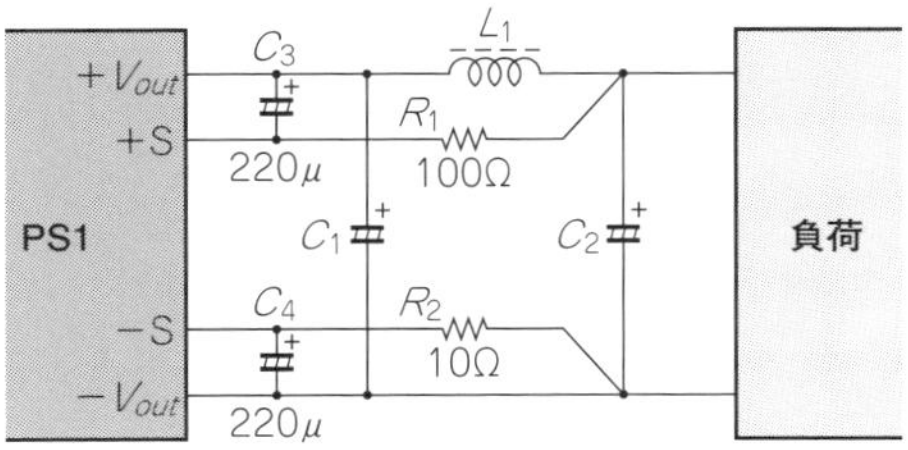

図19-3 出力フィルタ使用時の正しいリモート・センシング回路の例

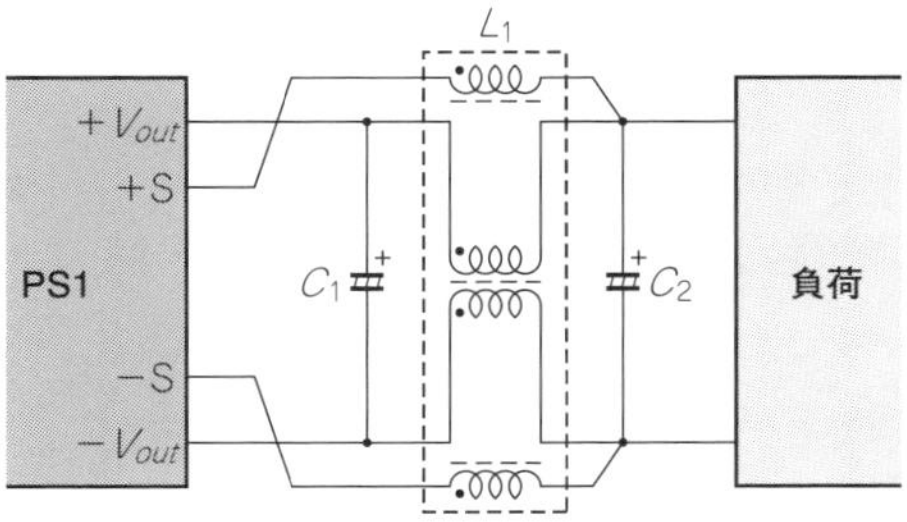

図10-4 コモン・モード・フィルタを使用したリモート・センシング回路の例

3 電源回路

トラブル対策編⑤：さまざまなトラブル

Q 20 ケースに触れるとビリビリと感電する

● **症状**

自作基板と市販のスイッチング電源ユニットを金属ケースに入れたところ，ケースに触れるとビリビリと感電します(**図20-1**).

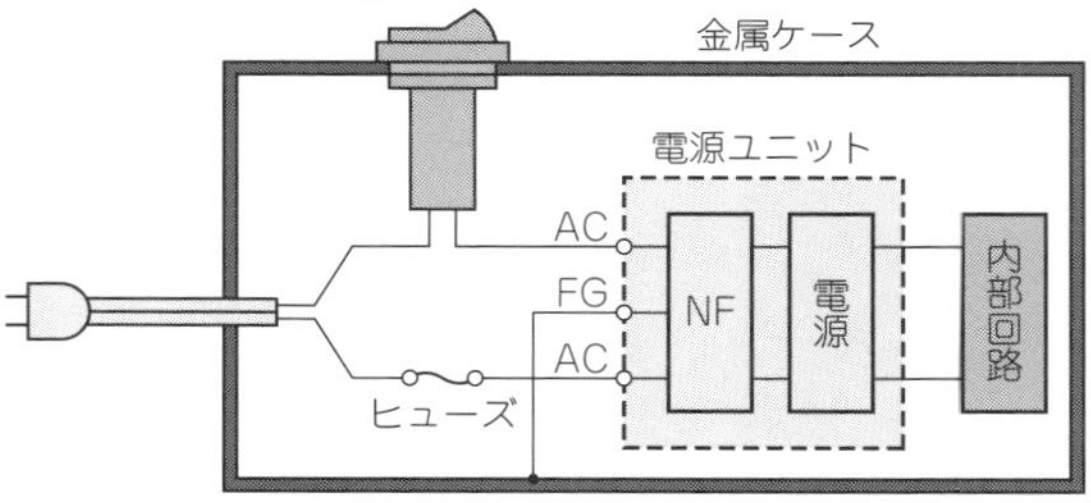

図20-1　金属ケースに触れるとビリビリする

A

● **原因**

図20-1をよく見てください．スイッチング電源ユニットのFG端子を金属ケースに接続したのに，金属ケース自体がグラウンドされていなかったのが原因でした．使用したスイッチング電源のFG端子はAC用ノイズ・フィルタ(NF)からノイズを逃す役目をもっていました．

商用電源の一方は大地アースされていますが，もう一方はアースと接続されていません．人間がケースに触れると，**図20-2**のようにFG端子からの漏れ電流は金属ケースを流れ，人体を経由して大地アースへ流れるので，ケースに触れるとビリビリしたわけです．

● **対策**

金属ケースに代えて，プラスチック・ケースにしました．スイッチング電源のFG端子は開放にしました．

金属ケースを使う場合でも，FG端子を開放し，スイッチング電源を金属ケースから絶縁すれば安全なようですが，**図20-3**のようにスイッチング電源ユニットと金属ケースの間にストレー・キャパシティが発生するので，漏れ電流を完全に防ぐことはできません．また，このようなグラウンドされていない金属ケースでは，ACラインがケース内部に触れるような故障が発生すると感電の危険性もあります．

もし，金属ケースを利用するのなら，ケースを確実にグラウンドできるようにすべきでしょう．

AC電源を使用する機器では，感電防止に十分配慮する必要があります．

〈幾島 康夫〉

◆引用文献◆

(1) 伊藤　健一；アースと電源，1982年，日刊工業新聞社．

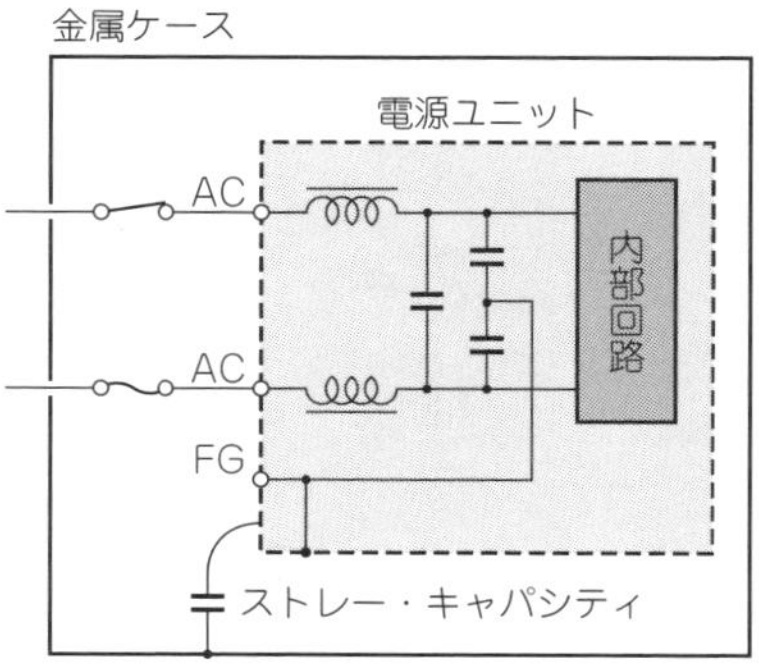

図20-2　漏れ電流の経路

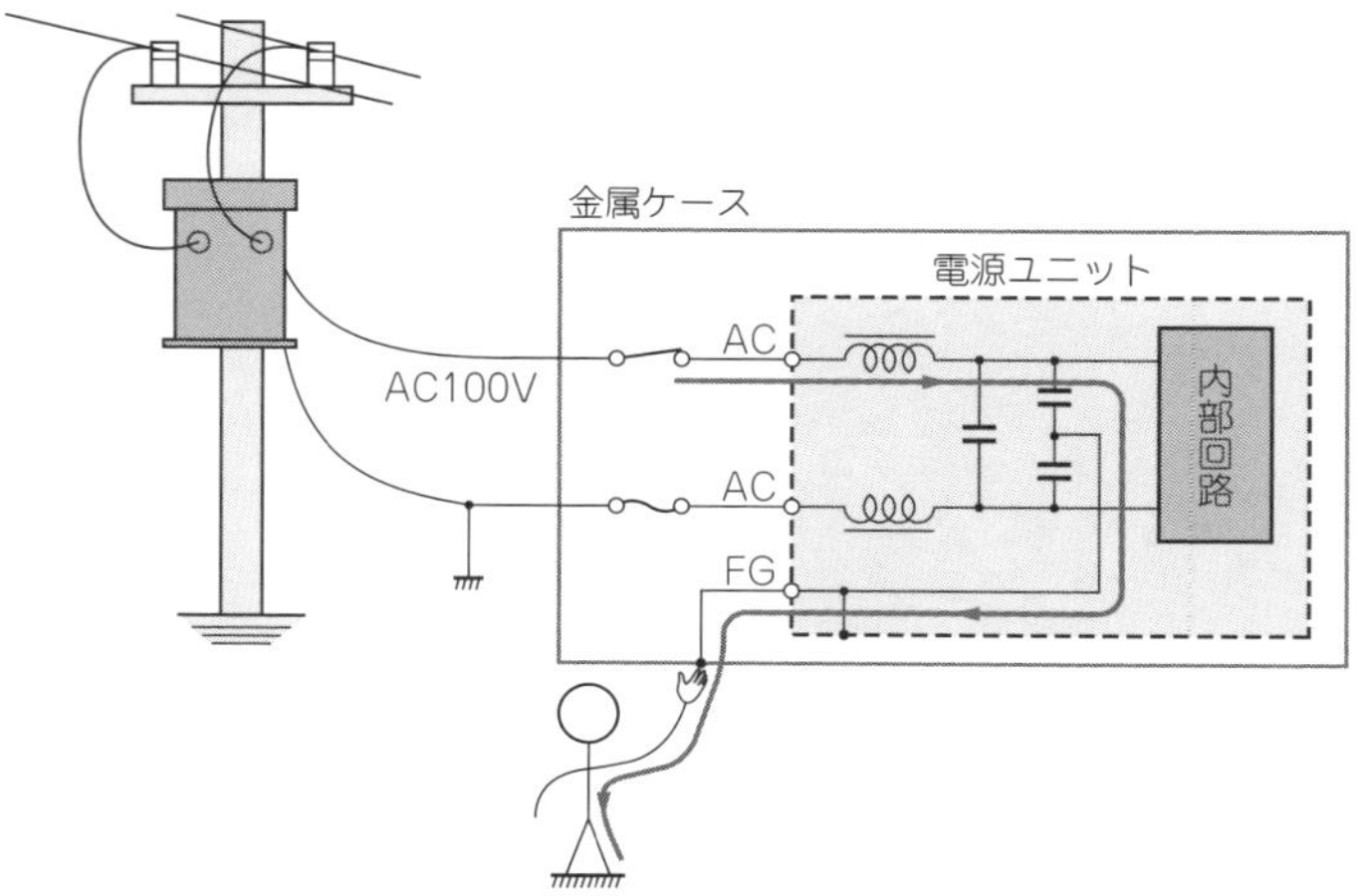

図20-3　スイッチング電源ユニットと金属ケース間のストレー・キャパシティ

Q 21 電源投入時にチャッタリングが発生する

● 症状

DC-DCコンバータの電源投入時に，**図21-1**のようにコンバータが一度ONになった直後にOFFとなり，再度ONすることがあります．

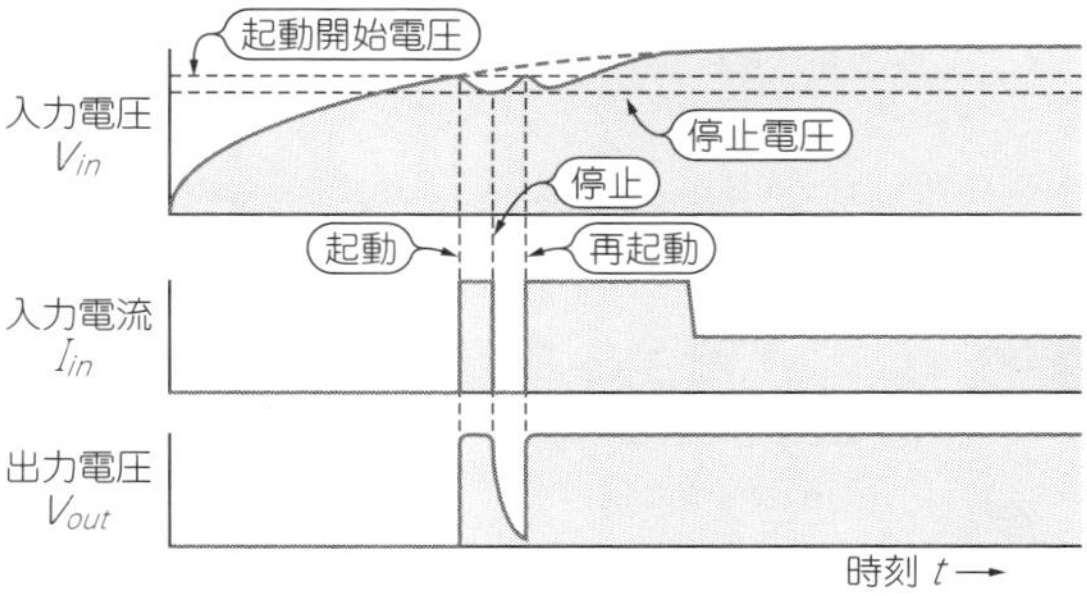

図21-1　起動時にチャタリングを起こした起動特性の例

A

● 原因

過小入力電圧保護機能(UVLO)付きのDC-DCコンバータでは，**図21-1**のように入力電圧がゆっくり立ち上がり，起動開始電圧に達すると，コンバータが動作を開始し，出力電圧が出始めます．もし入力供給電源のインピーダンスが高いと，入力電流が流れることによって入力電圧が動作停止電圧まで低下してDC-DCコンバータがOFFとなり，再び起動開始電圧に達してDC-DCコンバータがONになります．

原因としては，入力供給電源のインピーダンスが高いことと，過小入力電圧保護回路のヒステリシスが小さいこと，さらにコンバータの起動時間が短いことが挙げられます．

一般のDC-DCコンバータの場合は，起動開始から出力されるまでにある程度のタイム・ラグがあるので問題になりませんが，高速応答のDC-DCコンバータの場合にこのような現象があります．

● 対策

入力供給電源は，起動途中ではフィードバックがかかっておらず，出力インピーダンスが比較的高い状態にあります．このような状況で，過小入力電圧保護のヒステリシス幅が小さく，起動時間の短いコンバータを使用すると，前述の現象が起きてしまいます．

対策としては，

① 供給電源の立ち上がりを速くする
② リモート・コントロール端子を利用して入力電圧が確立後にONする

などがあります．

現実には供給電源の立ち上がりを速くすることは困難だと思うので，リモートON/OFF端子のあるコンバータを使い，この端子を利用して対策するのが一般的と思います．**図21-3**はその一例です．

〈田崎　正嗣〉

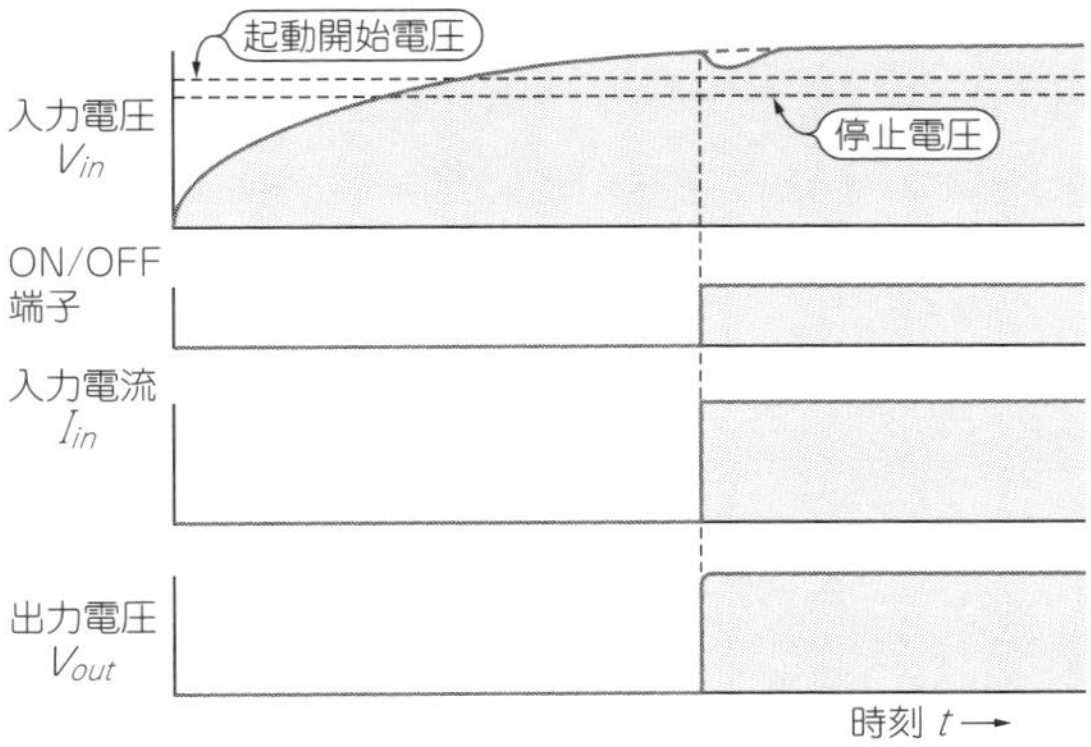

図21-2　リモートON/OFF端子を使って遅延起動した場合の起動特性

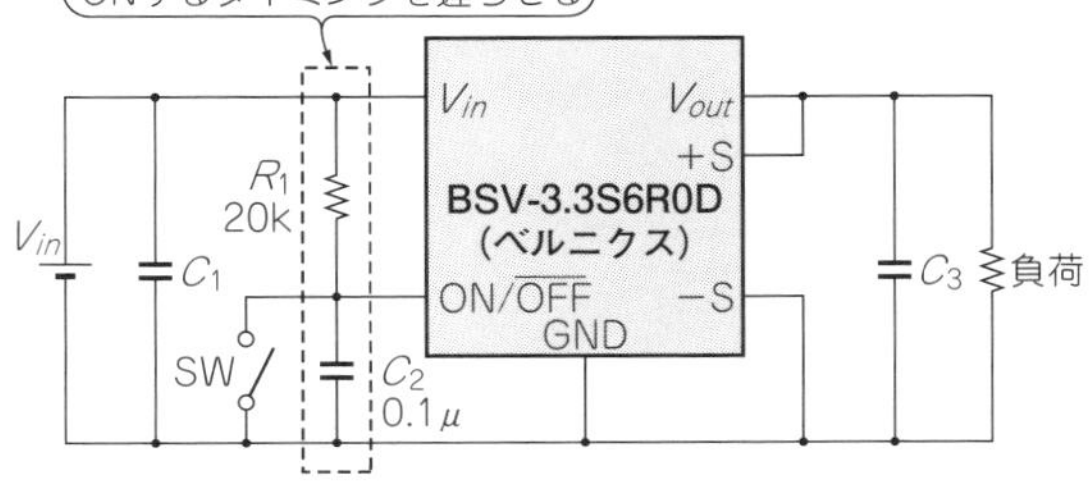

図21-3　リモートON/OFF端子を使って遅延起動する回路

第4章 計測回路

Q1 4端子の高感度センサが出力するアナログ信号を増幅する方法を知りたい

A ● 4端子のセンサ

センサの内部回路は用途に応じて構成が異なりますが，次に示すセンサは，図1-1のようにいずれもブリッジ構成で，4つの端子が付いています．

- ストレイン・ゲージひずみセンサ
- 磁気抵抗素子
- 白金測温抵抗体
- 圧力センサ
- ホール・センサ

4端子センサでは通常，2つの端子が入力端子（ドライブ電圧を加える端子）で，残り2つの端子が出力端子（信号電圧が発生）です．ここでは，ブリッジ（4端子）構成のセンサを用いた測定回路の信号増幅に使うアンプを紹介します．

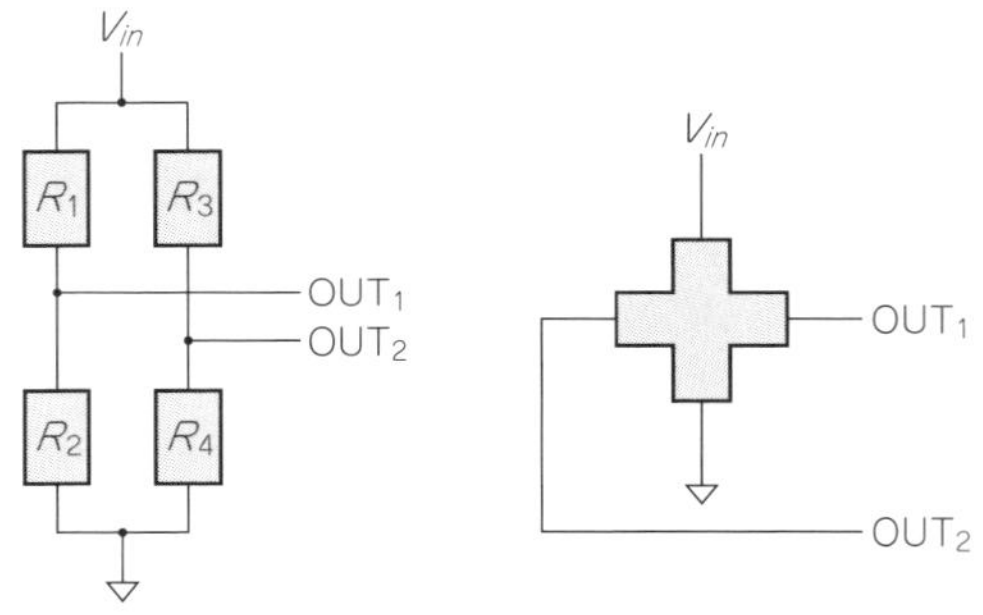

（a）ストレイン・ゲージひずみセンサ　（b）ホール・センサ

図1-1　ブリッジ構成のセンサ内部回路
4つの端子が付いている

● センサの使い方

4端子センサを使用すると，同相電圧が発生します．例えばセンサにドライブ電圧 $V_{in} = 2$ V を加えると，出力端子 OUT_1，OUT_2 の電圧はそれぞれ次のようになります．

- $V_{out1} = 1$ V（磁界 $B = 0$ T のとき）
- $V_{out2} = 1$ V（磁界 $B = 0$ T のとき）

この電圧を同相電圧と呼びます．信号電圧とは関係ありません．信号電圧は $V_{out1} - V_{out2}$ です．これを同相電圧に対して差動電圧と呼びます．

● 差動アンプを使うのが定石

▶非反転増幅回路を使用した場合

同相電圧が存在すると，通常の非反転増幅回路や反転増幅回路が使用できません．例えば，センサの OUT_1 に $G = 1000$ 倍の非反転増幅回路をつないで，同相電圧が発生しているときの出力電圧 V_{out} を求めてみます．

$$V_{out} = V_{out1}\,G = 1\text{ V} \times 1000 = 1000\text{ V}$$
（実際にはアンプの電源電圧でリミットされる）

信号電圧が0 Vでも大きな電圧が発生します．

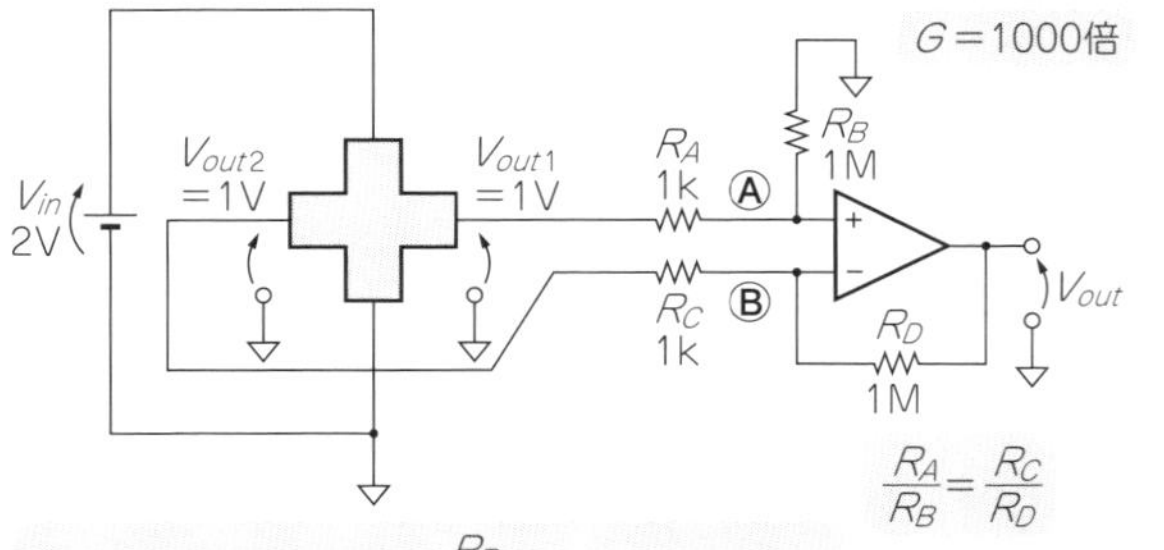

Ⓐ点電位 $V_Ⓐ = V_{out1} \times \dfrac{R_B}{R_A + R_B} = 0.999001$ V

$V_Ⓐ$ ＝ Ⓑ点電位 $V_Ⓑ$ だから，

$$V_{out} = V_Ⓑ - \frac{V_{out2} - V_Ⓑ}{R_C} \times R_D$$
$$= 0.999001\text{V} - \frac{1\text{V} - 0.999001\text{V}}{1\text{k}\Omega} \times 1\text{M}\Omega$$
$$= 0.999001\text{V} - 0.999\text{V}$$
$$\fallingdotseq 0\text{V}$$

（a）同相電圧の出力

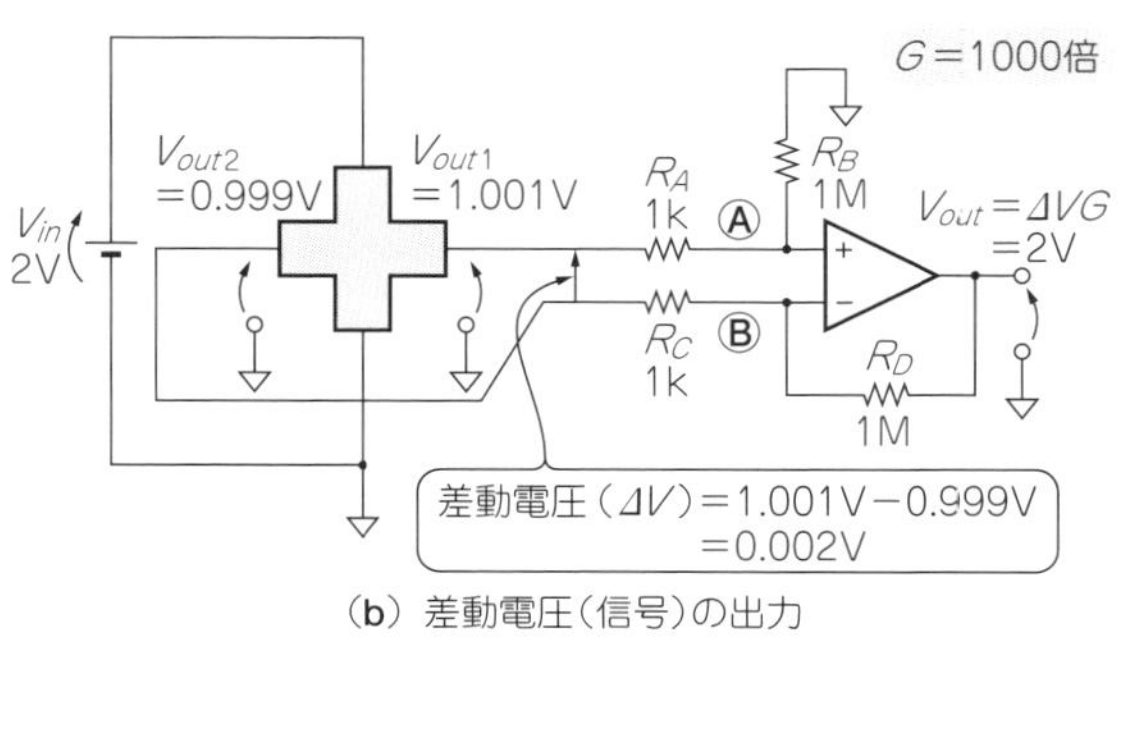

（b）差動電圧（信号）の出力

図1-2　差動アンプを使えば同相電圧の影響を受けなくなる

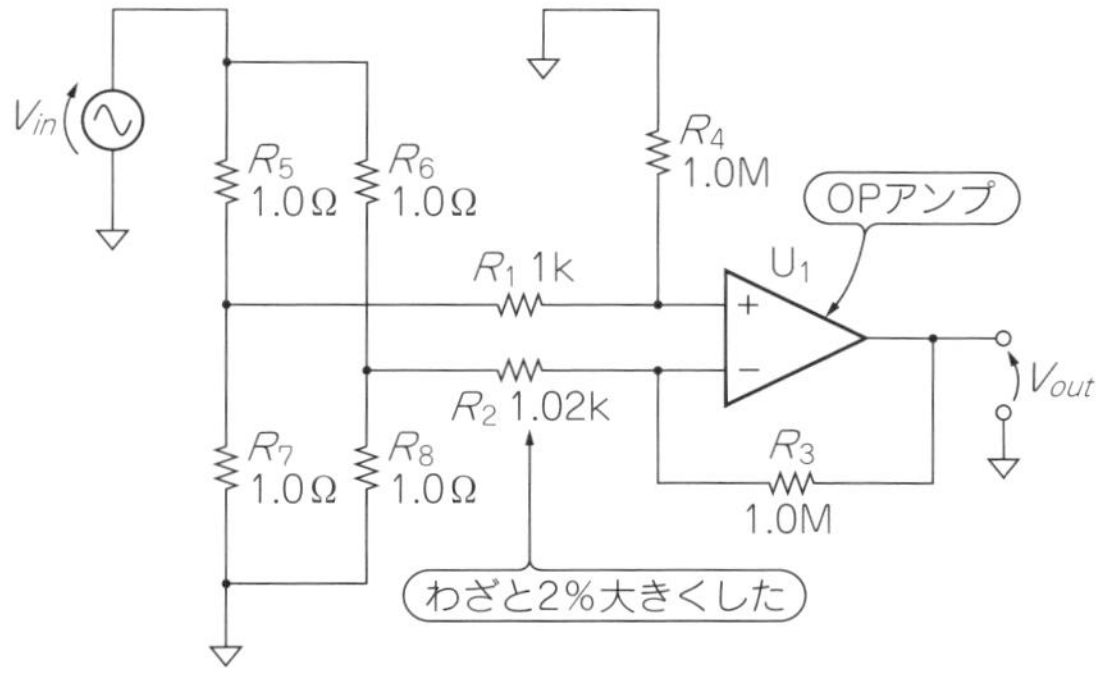

図1-3　差動アンプ回路で抵抗の誤差が精度に与える影響を調べる

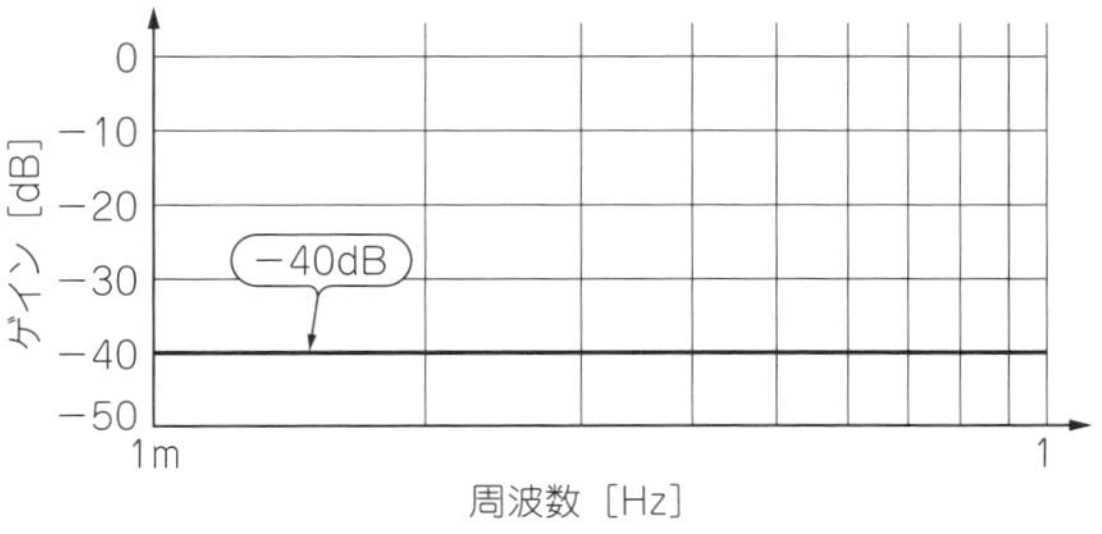

図1-4　差動アンプを使ったときの出力電圧(V_{out})
Bode Plotter-XBP1によるシミュレーション結果

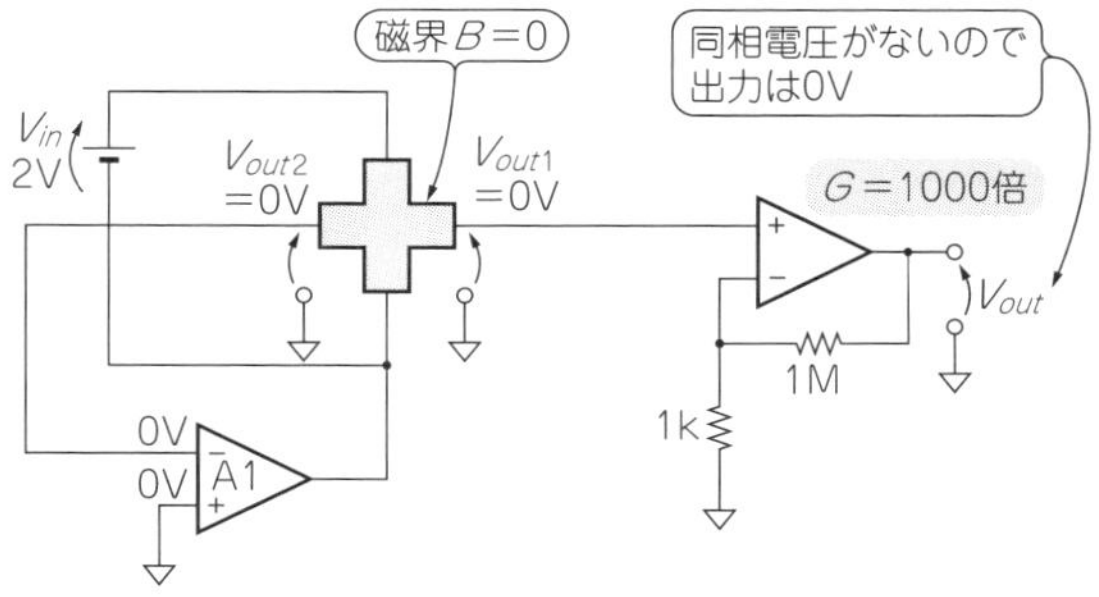

図1-5　同相電圧を除去する回路

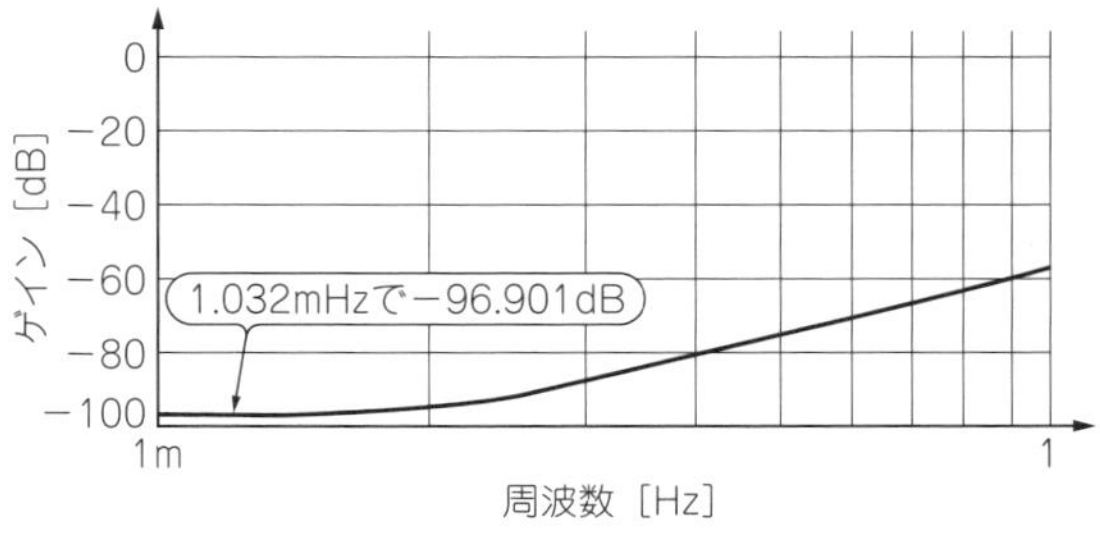

図1-6　同相電圧除去回路を使ったときの出力電圧(V_{out})
Bode Plotter-XBP1によるシミュレーション結果

▶差動アンプを使用した場合

4端子センサを使用するときは通常，差動アンプを使用します．非反転増幅回路と同様に，同相電圧が発生しているときの出力電圧V_{out}を求めてみます．**図1-2(a)**に示す通り，差動アンプでは同相電圧は出力に現れず0Vになります．差動電圧(信号)に対しては**図1-2(b)**のように，正常に増幅してくれます．

● 差動アンプの弱点…抵抗の誤差が精度に影響する

4端子センサは差動アンプを用いると使用できます．差動アンプを使う場合は次の条件が成立していることが必要です．

$$\frac{R_A}{R_B}=\frac{R_C}{R_D} \quad \cdots\cdots (1\text{-}1)$$

この条件がずれると，同相電圧が出力に現れます．どのような影響があるか，シミュレーションで確認してみました．

図1-3に差動アンプの回路を示します．ダミーのセンサには，1辺1Ωのブリッジ構成の抵抗を使いました．この回路で差動アンプを使用する条件は式(1-1)から$R_1/R_4 = R_2/R_3$ですが，R_1 = 1kΩ，R_2 = 1.02kΩ，$R_3 = R_4$ = 1MΩとしました．R_2をR_1に比べてわざと2%大きくしています．

図1-4に結果を示します．V_{in}/V_{out} = 0.01(−40dB)になりました．ドライブ電圧V_{in} = 2Vを加えると，同相電圧と抵抗の誤差により，出力に10mVの電圧が発生します．

● 抵抗も差動アンプも使わず同相電圧をゼロにする

差動アンプを使用すると，抵抗の誤差による影響を受けます．逆に考えると，抵抗を使わなければ，誤差による影響は受けません．

図1-5に抵抗を使わないで測定できる回路を紹介します．私が考案した回路で，同相電圧除去回路と呼んでいます．同相電圧を0Vにすれば，差動アンプを使わなくても測定できます．

▶差動アンプが不要になる

OPアンプの非反転入力を0Vに，反転入力はOUT_2につなぎます．OPアンプは非反転入力と反転入力が同じ電位になるように動作します(そうなるようにOPアンプA1の出力を−1Vに制御)．結局OUT_2も0Vになります．つまり，OUT_2からは0Vを基準とした出力電圧が発生しますから，非反転増幅回路でも反転増幅回路でも利用できます．差動アンプは不要です．

▶同相電圧の影響が小さいので誤差が減る

この回路のメリットは抵抗を使用しないことです．そのため，同相電圧の影響をほとんど受けなくなります．**図1-6**にシミュレーション結果を示します．OPアンプの開ループ・ゲインA_{OL}が140dBの場合です．出力電圧は次の通りとなります．

$$V_{out}=\frac{V_{in}}{A_{OL}} \quad \cdots\cdots (1\text{-}2)$$

同相電圧の影響が小さいのは，A_{OL}の大きなOPアンプです．

〈松井 邦彦〉

Q2 アナログ信号の切り替えに使える半導体スイッチについて知りたい

A 電気信号のON/OFF切り替えに用いられるスイッチには，機械式と半導体があります．半導体スイッチの1つで，アナログ信号の切り替え全般に使用される「アナログ・スイッチ」と「フォトMOS」について，それぞれの違いと使いどころを紹介します．

● 高速ON/OFF切り替えが得意！アナログ・スイッチ

アナログ・スイッチはアナログ信号のスイッチとして使用できる電子部品です．ディジタル信号でON/OFFを制御でき，高速で動作できます．ただし，電気的に理想的な接点式のスイッチに比べてオン抵抗が大きく(0.3～100Ω)，入力可能な電圧範囲も限られます．

等価回路を**図2-1**に示します．中身はMOSFETのスイッチング回路です．NチャネルMOSFETとPチャネルMOSFETを組み合わせることで正負の電流に対応しています．

▶メリット…チャタリングがなく高速ON/OFFできる

高速動作が可能です．4066のような古いタイプは30 MHz程度が上限ですが，ADG901(アナログ・デバイセズ)のような高速タイプは2.5 GHzでON/OFFできます．機械接点スイッチにつきもののチャタリングも起こりません．

▶デメリット…オン抵抗と動作速度はトレードオフ

- オン抵抗が大きい(0.3～100Ω)
- オン抵抗の低い製品は動作周波数が遅い(オン抵抗が低いほど寄生容量が増大する)
- 入力可能な電圧範囲が電源電圧範囲に限られる
- リーク電流が発生する

▶用途

アナログ信号全般に使用できます．マルチプレクサが代表的です．ビデオ信号やオーディオ信号，ディジタル伝送路の高速切り替えに利用されます．

● 制御信号とアナログ信号を完全分離！フォトMOS

フォトMOSは，アナログ・スイッチと同様，アナログ信号のスイッチとして使用できる電子部品です．内部を**図2-2**に示します．

コントロール側はLEDをON/OFFするだけです．LEDの光からフォトダイオード・アレイと呼ばれる太陽電池で発電し，電荷をアナログ・スイッチのゲートに充電する事でON/OFFしています．

▶メリット…入出力間の電位差を気にしなくてOK

図2-3のように，光によって電気的に完全にアイソレーションされているため，コントロール電圧とアナログ入出力間の電位差はまったく問題になりません．ノイズの混入や静電気などの影響もある程度防げます．

内部に太陽電池というゲート用の電源を持つため，アナログ入出力電圧とゲート電圧の差が維持されます．そのため入力電圧範囲を気にしなくてもよくなります．

多くの製品が外部から電源の供給を必要としません．アナログ・スイッチをより機械式スイッチやリレーの使い勝手に近づけたデバイスと見なせます．

▶デメリット…動作速度が遅い

フォトMOSスイッチは太陽電池の微弱な電荷をゲートに充電するので速度がかなり遅いです．スイッチング速度はmsオーダです．機械式リレーの置き換えと考えればよいでしょう．

▶用途

パワーMOSFETを用いているため微小アナログ信号のスイッチングにも向いています．計測器などの入

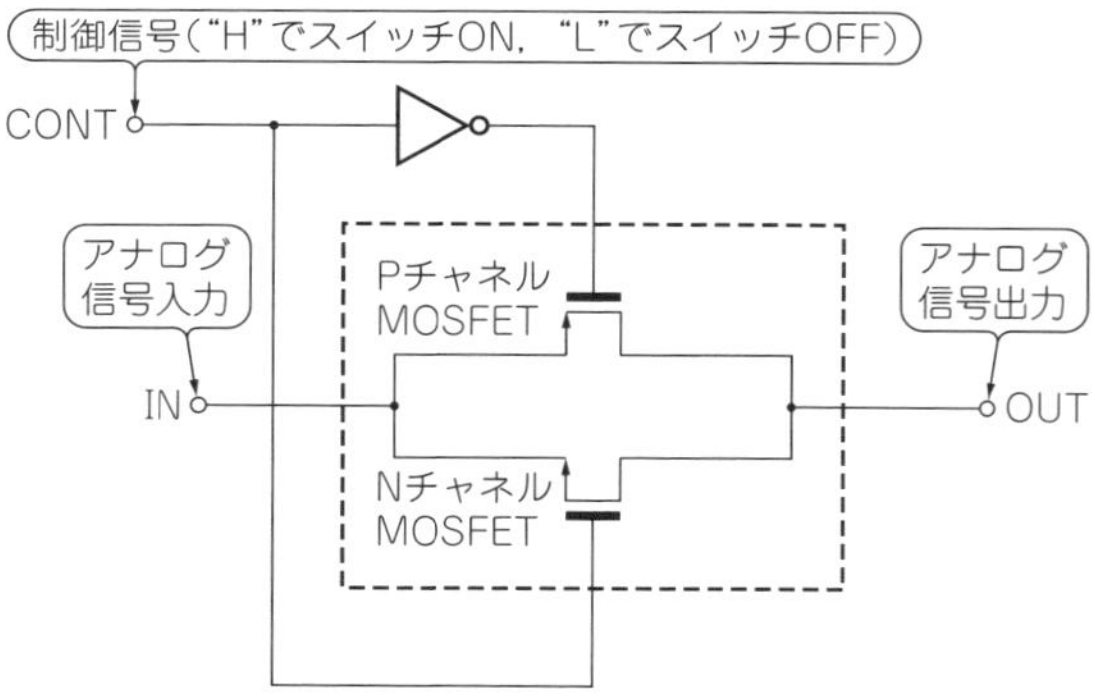

図2-1　アナログ・スイッチの等価回路
MOSFETのスイッチング正負の電流に対応するため，PチャネルMOSFETとNチャネルMOSFETを組み合わせて補完している

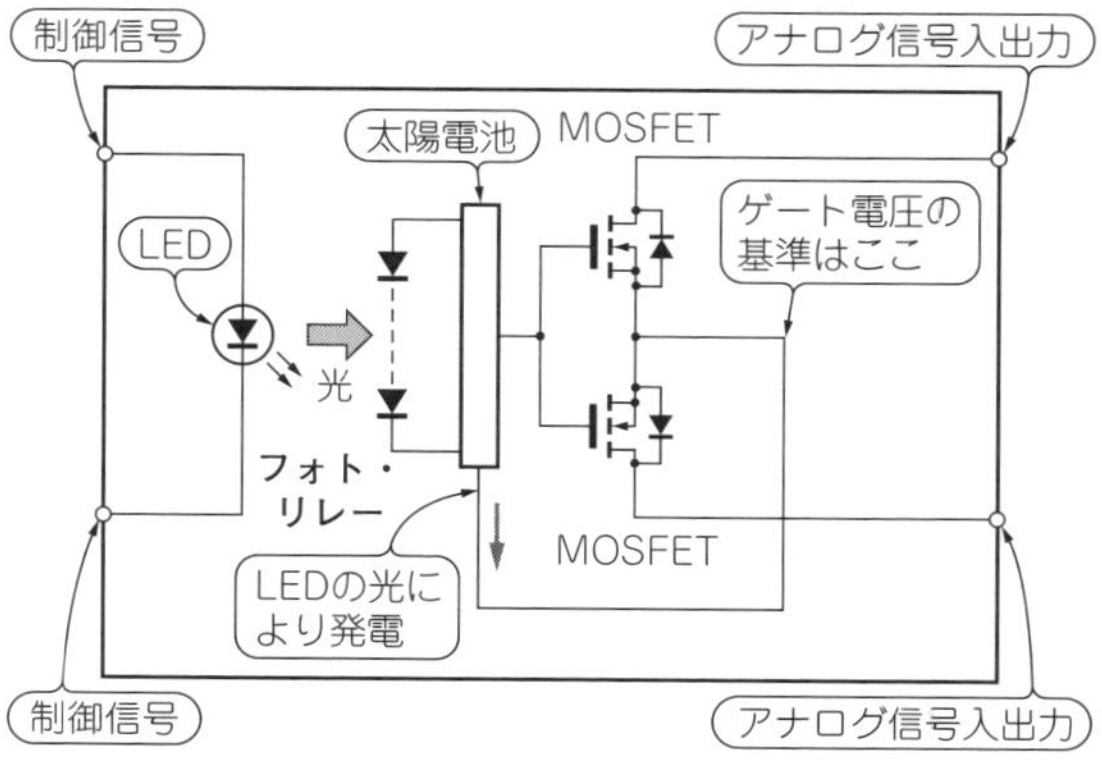

図2-2　フォトMOSの内部回路
MOSFETのゲート電圧は太陽電池によって作られる．太陽電池を駆動するは入力のLED．ゲート電圧はフォトMOS内部で作られ完全に独立したループになっていることが重要

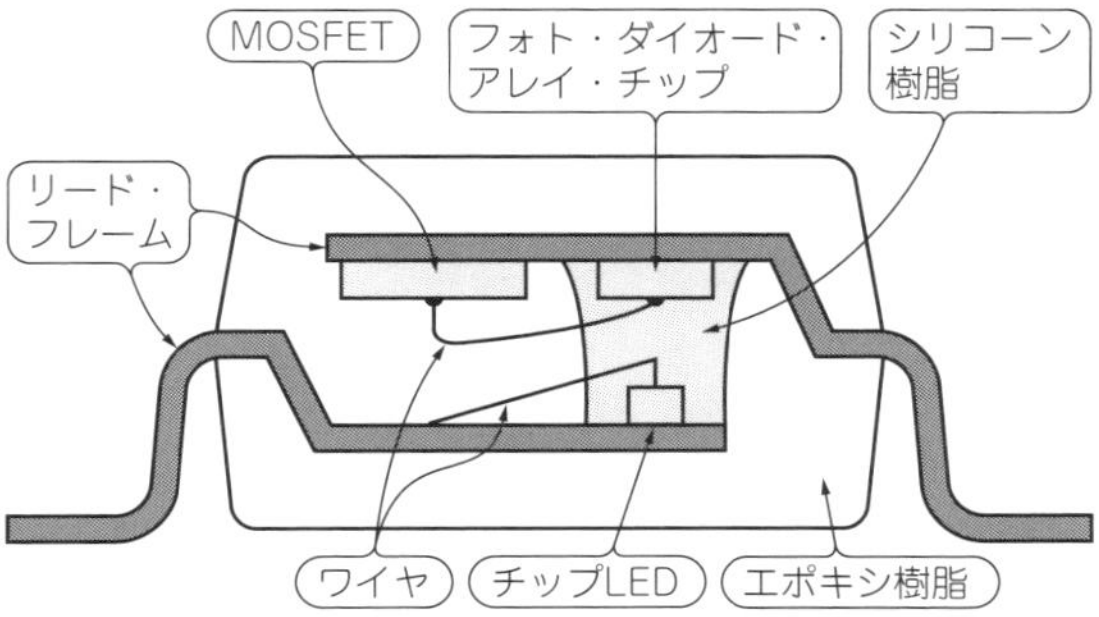

図2-3　フォトMOSの内部構造
コントロール側とアナログ入出力は物理的に完全に絶縁されている

力切り替えに使え，DCリークがほとんど起こらないため高精度DC電圧測定の切り替えにも使えます．

● アナログ・スイッチの問題点…リーク電圧

無視できない大きさのDCリーク電圧が発生します．

これはMOSFET内部の寄生ダイオードのリーク電流によるもので，インピーダンスが高い場合に大きな影響が現れます．古いタイプのアナログ・スイッチTC74HC4066AP(東芝)を使って入出力インピーダンスを無限大にしてディジタル・ボルト・メータで電圧を測定してみました．V_{CC} = 12 V，コントロール電圧は0～5.5 Vです(**図2-4**)．

制御電圧が5 V以上では30 mVものDCリークがあります．高インピーダンスで高精度な測定に使うときは注意が必要です．

● 高い精度が必要な信号を扱うならフォトMOS

図2-2のゲート電圧を作っているのはフォトダイオード・アレイです．この電圧ループはフォト・スイッチ内部でクローズしています．

そのため外部にリークが流れ出すパスが存在しません．アナログ・スイッチで問題になったDCリークを気にしなくてもよくなります．

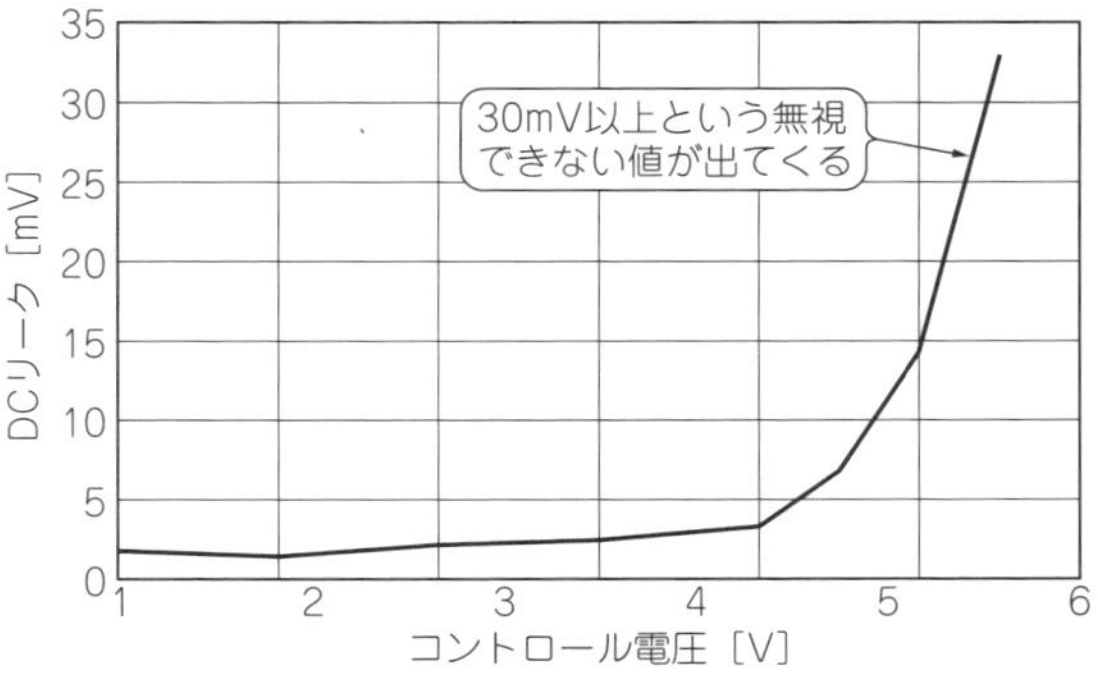

図2-4　アナログ・スイッチにおけるコントロール電圧に対してアナログ入出力に現れるDCリーク電圧
TC74HC4066AP(東芝)にコントロール電圧を入力したときのDCリークを測定

高精度DC電圧計の入力切り替えなどにアナログ・スイッチを使うと，測定値にmVオーダの誤差が発生します．この用途にはフォトMOSが向いています．

● 迷ったらフォトMOS

フォトMOSはあらゆる性能が機械式リレーに代替でき，スイッチング速度は機械式リレーの10倍以上，消費電力も数mAです．使い勝手は機械式リレーをしのぎます．入出力アイソレーションがしっかり取れているためノイズや電位差など気にせずスイッチやリレーの代用として気楽に使えます．

● 高速スイッチングにはアナログ・スイッチ

高速スイッチングに関しては，フォトMOSはアナログ・スイッチに遠く及びません．アナログ・スイッチを選択する理由はこの点が決定的です．　**〈加東 宗〉**

アナログ・スイッチに定格を超える電圧を入力すると…　Column 1

アナログ・スイッチ内部のMOSFETのスイッチングは，グラウンド電圧か電源電圧が基準です．そのためV_{in}/V_{out}の電圧範囲は，この間に収まっている必要があります．0 Vを中心とする信号だと，振幅が大きくなるとひずみが発生します．

図AはTC74HC4066AP(東芝)に10 dBmの信号を入力したときの波形です．マイナス側が大きくひずんでいます．

アナログ・スイッチで大きな振幅を扱う場合，電源電圧の中間値にDCバイアスするか，チャージポンプ内蔵の内部電源電圧が広いタイプのアナログ・スイッチを使う，または±電源で使えるアナログ・スイッチを使用します．　**〈加東 宗〉**

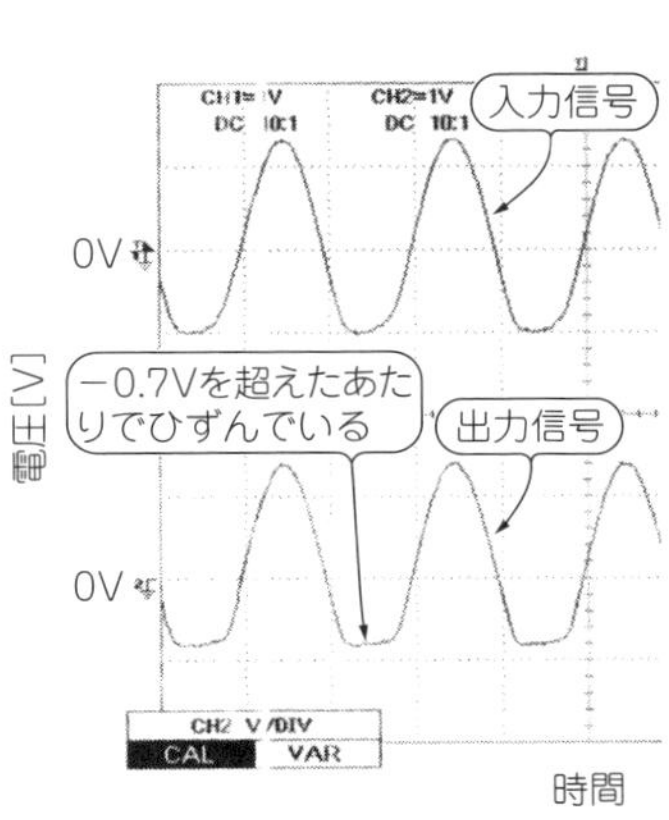

図A　0 Vを中心とする大きい振幅の信号をアナログ・スイッチに入力したときの入出力波形
TC74HC4066AP(東芝)に10 dBmの信号を入力．振幅が0.7 V以上になるとマイナス側がひずむ

Q3 電流を測るセンサについて知りたい

A

● 2種類の電流検出方式

回路電流を検出する方法には，シャント抵抗方式とホール素子方式があります．ここでは，それぞれの違いと使いどころを紹介します．それぞれの主な仕様を**表3-1**に示します．

▶シャント抵抗方式

測定対象の負荷に対し，直列に抵抗を挿入します．その両端の電圧降下をOPアンプで増幅し，電流を電圧に変換してA-Dコンバータで読み込みます．電力損失をできるだけ低くするために低い抵抗値の抵抗を用います．製品の外観の例を**写真3-1**に，検出回路の例を**図3-1**に示します．

▶ホール素子を使用した方式

写真3-2に示すのは，ホール素子を使用した電流センサ(オープン・ループ方式)です．**図3-2**のように，電流が流れたときに発生する磁力線を，磁性体で構成した磁路に発生させます．その磁路のすき間に設けたホール素子で磁力線を受け，強さに比例した電圧を発生させます．ホール素子の出力電圧は非常に小さいので，OPアンプで増幅して電流値に比例した電圧に変換して出力します．検出回路の例を**図3-3**に示します．

ホール素子を使用した電流センサには，オープン・ループ方式以外に精度の高いサーボ方式もあります．

● 違い1：検出できる電流範囲

▶シャント抵抗方式

直接抵抗で電圧降下させるのでI^2Rで計算される電力損失が生じます．

損失を小さくするには抵抗値を小さくすればよいのですが，OPアンプの性能により限度があります．汎用OPアンプの入力オフセット電圧は±数mVなので，検出電圧が入力オフセット電圧より十分に大きくないと検出精度が悪いです．オフセット電圧の小さい高性能なOPアンプを使用すれば，精度はよくなりますがコストも上がります．

オフセットによる誤差を1%以下にする場合，検出電圧は少なくともオフセット電圧の100倍は必要です．

写真3-1[1] **実際のシャント抵抗**
4端子抵抗SMVシリーズ(PCN)

写真3-2[2] **ホール素子を使用した方式の電流センサ**
L01Z100S05シリーズ(タムラ製作所)

表3-1 電源用に使われる電流センサの主な仕様
シャント抵抗方式とホール素子を使用した方式の比較

項 目	シャント抵抗	ホール素子	備 考
入出力絶縁	絶縁不可	絶縁可	—
検出電位	数十V以内	絶縁耐圧規格内	一般的にAC3kVの絶縁耐圧が保証されている
測定電流範囲	数mA～数十A	数A～数千A	—
測定精度	優	可	汎用品で比較
形状	小	大	同上
損失電力	大	小	—
コスト	安い	高い	汎用品で比較
応答特性	優	可	同上
信号増幅アンプ	外付け	内蔵	—

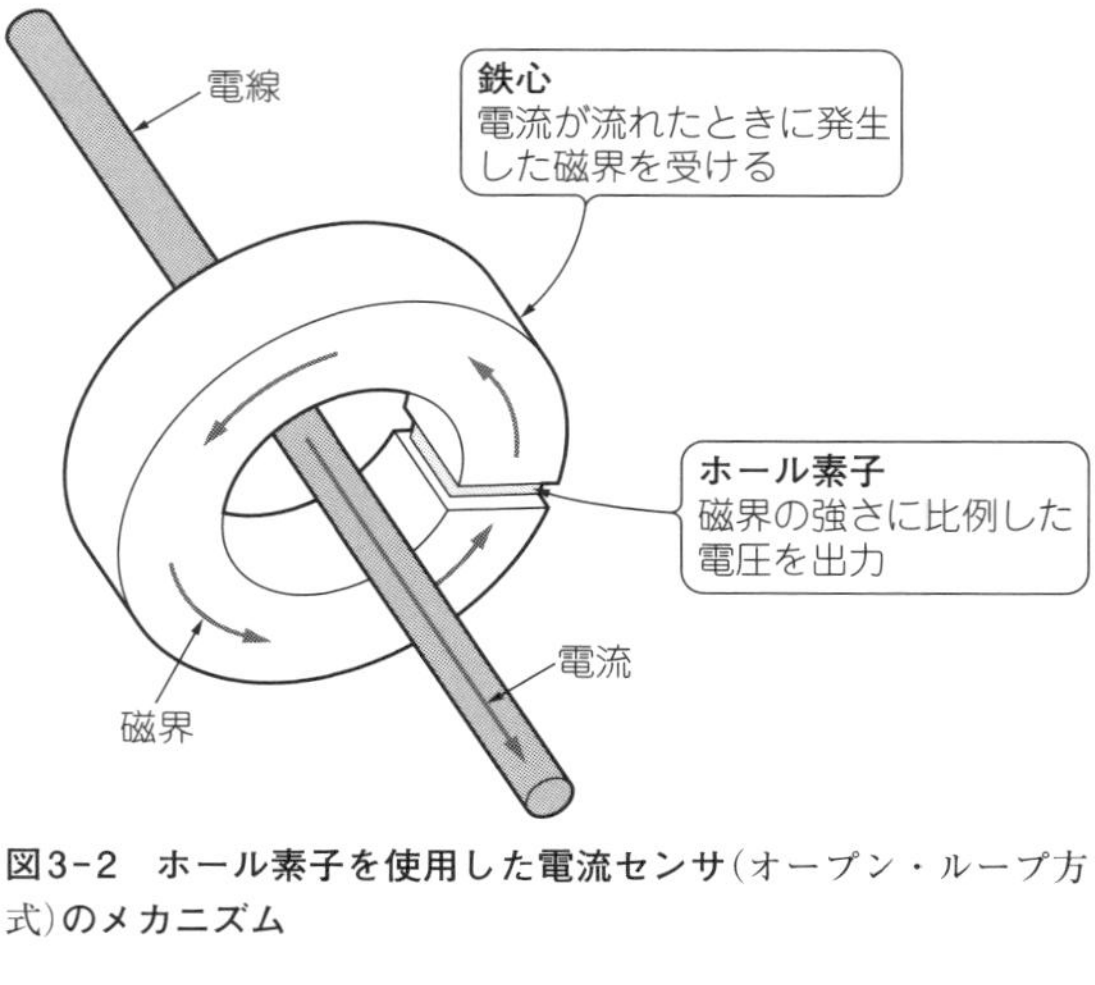

図3-2 ホール素子を使用した電流センサ(オープン・ループ方式)**のメカニズム**

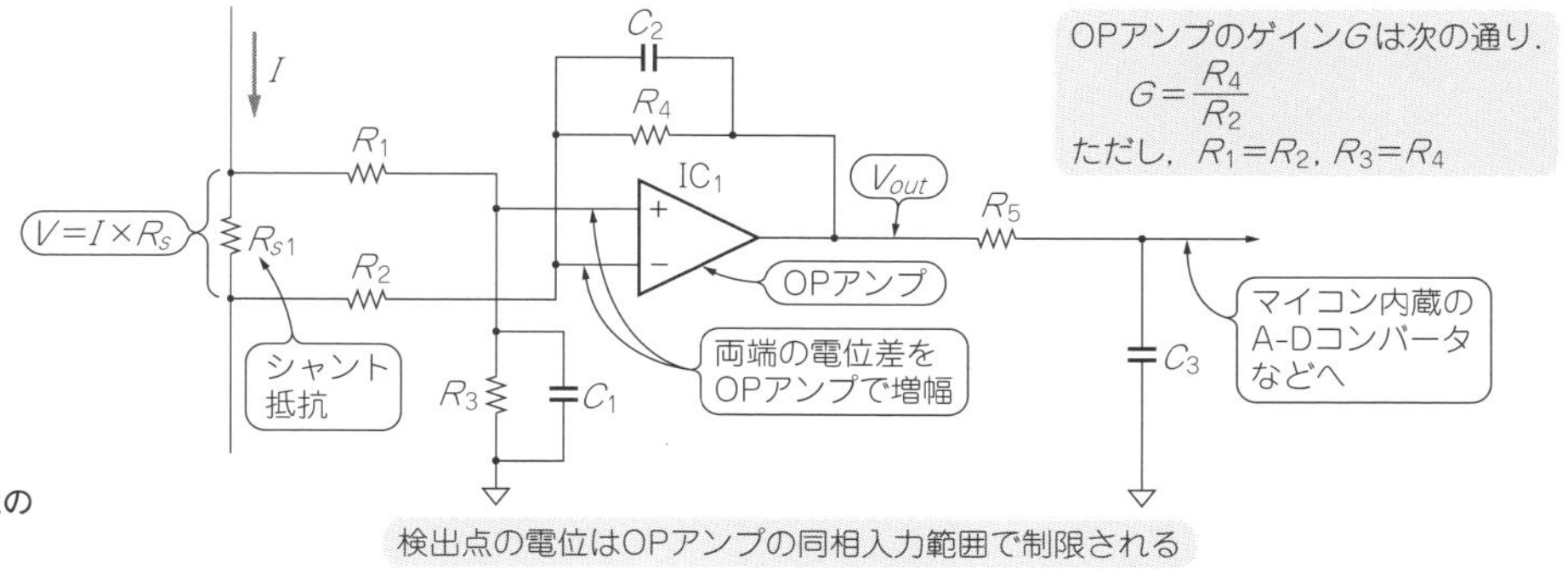

図3-1　シャント抵抗方式の電流検出回路

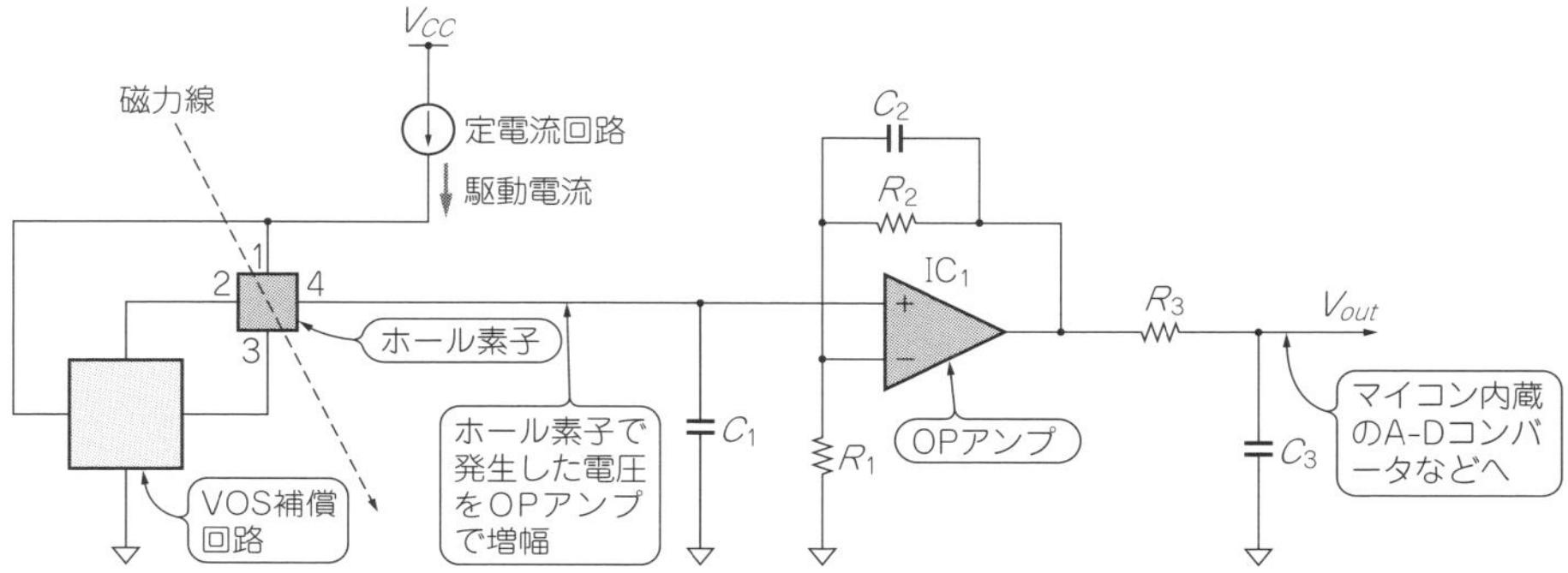

図3-3　ホール素子方式の電流検出回路

ここで入力オフセット電圧を±2 mVとすると，出力オフセットは200 mVです．10 Aの電流を検出する場合，オフセットによる電力損失は次のようにとても大きいです．

$$10\ \mathrm{A} \times 200\ \mathrm{mV} = 2\ \mathrm{W}$$

▶ホール素子を使用した方式

オープン・ループ式の電流センサは，電流が流れる電線の周りにできる磁場を拾います．電線の抵抗は非常に小さく，出力損失は無視できるほど小さいです．磁性体の鉄心に電線を通しているので，交流電流に対してインピーダンスを持ちますが，無視できます．

● 違い2：検出電位と絶縁のしやすさ

▶シャント抵抗方式

シャント抵抗の両端の電圧を直接OPアンプに入力するので，検出部とアンプ部は非絶縁となり，検出電位は制限されます．よって非絶縁が許され，検出電位がGND側でもHOT側でも比較的低い2次側回路で使用されます．絶縁が必要な場所では，絶縁アンプと組み合わせる必要があります．

▶ホール素子を使用した方式

磁気結合を利用しているので絶縁が容易です．一般的に各国安全規格に適合した絶縁性能(AC3 kV)をもっています．よって安全に1次側の電流を検出して2次側のマイコンなどに出力できます．

● 違い3：検出精度

一般的にシャント抵抗はホール素子を使用した電流センサより検出精度が高いです．電流計にも使われています．

● 違い4：周波数帯域

シャント抵抗検出方式の周波数特性はアンプ回路で制限されます．原理的にはDC~数MHzの帯域の電流も検出できます．ホール素子を使用した電流センサは，DC～数十kHz~数百kHz帯域が多いです．

● 数Aまでならシャント抵抗方式，大電流はホール素子方式を使う

シャント抵抗方式は，検出精度も良く，周波数帯域も広いのですが，検出する電流が大きくなると発生する熱量も大きくなり，放熱が難しくなります．また，単体での絶縁もできません．よって一般的に数A以下の電流レンジで使用されます．

ホール素子を使用する方式の電流センサは，損失が無視できるほど小さく，絶縁が容易なので，5～1000 Aの大電流を測る場合に使用されます．　**〈並木 精司〉**

◆引用文献◆

(1) 三宅和司；特集 電子部品大図鑑 200選 第14章 抵抗器，2013年9月号，トランジスタ技術，CQ出版社．
(2) 上田 智章；電子部品 選択&活用ガイド～メカトロニクス編～〈第12回〉電流センサ，トランジスタ技術，2006年3月号，pp.109～118，CQ出版社．

トラブル対策編

Q 4 AC-DCコンバータ回路のダイオードを変えたら直線性が悪くなった

● 症状

図4-1は，周知のAC-DCコンバータ回路です．検波出力を負帰還してダイオードの不感帯(**図4-2**)を圧縮し，入出力の直線性を改善しています．負帰還を掛けたときの不感帯の幅VWは，次のように帰還量の逆数になります．

$$V_W = \frac{V_F}{G_{FB}} \cdots\cdots\cdots\cdots\cdots\cdots (3\text{-}2)$$

ただし，V_F：ダイオードの順電圧［V］，
G_{FB}：帰還量

しかし，高い周波数では帰還量が減るため，帰還効果が薄れます．そこで高い周波数まで良好な直線性を確保するにはV_Fの低いダイオードを使うべきだと考えて，ショットキー・バリア・ダイオードの中でもとりわけV_Fの低い1SS86を使ってみました．

ところが，**図4-3**のように直線性が悪くなってしまいました．

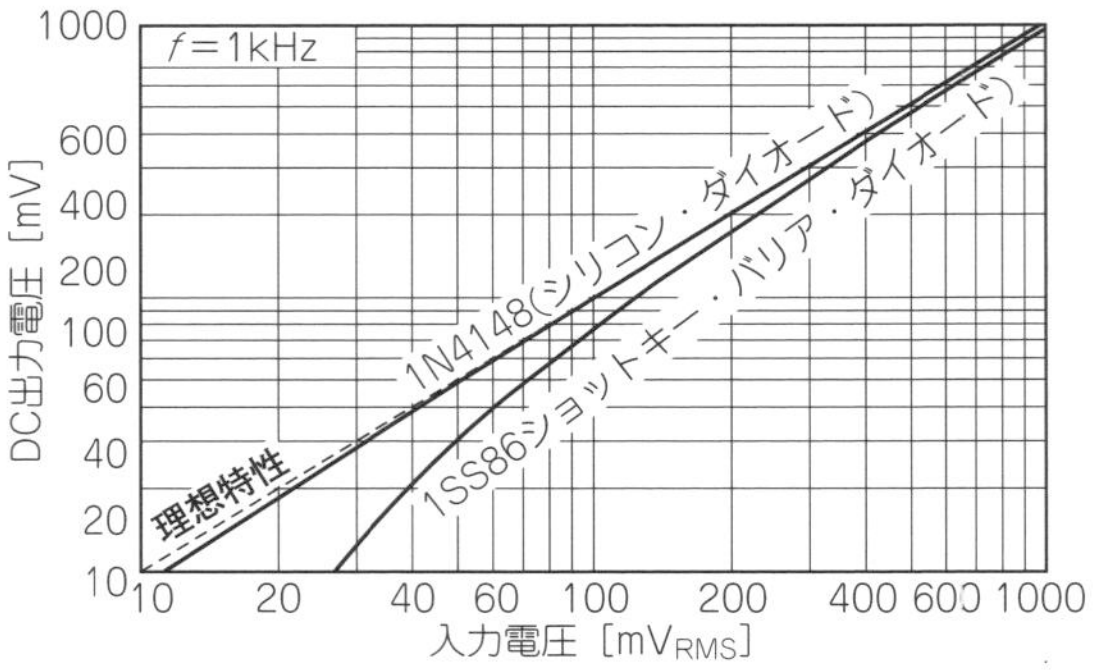

図4-3　AC-DCコンバータの入出力特性(実測)

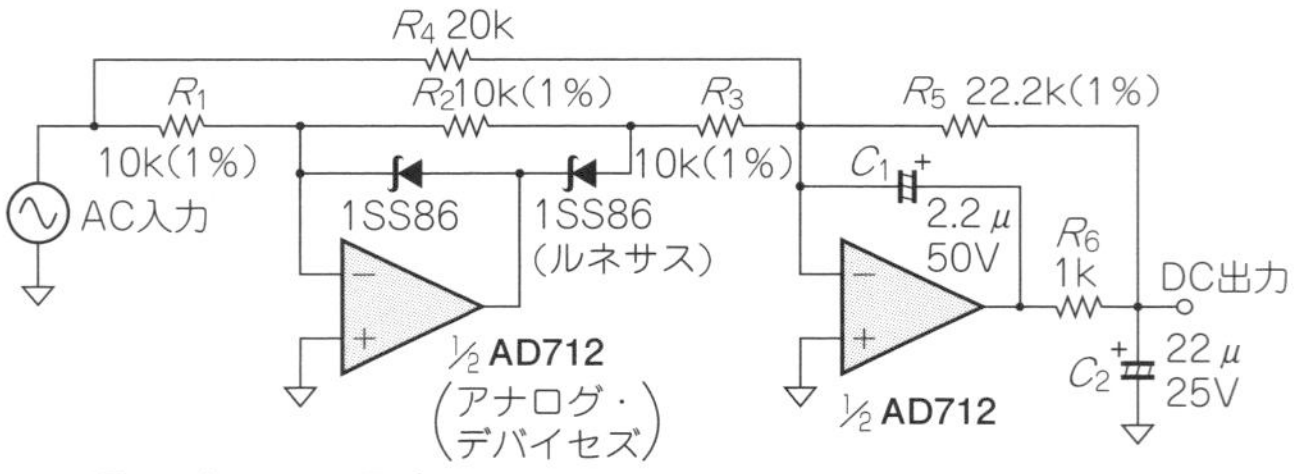

▶ 電源電圧は±5V，要パスコン．

図4-1　ショットキー・バリア・ダイオードを使ったAC-DCコンバータ

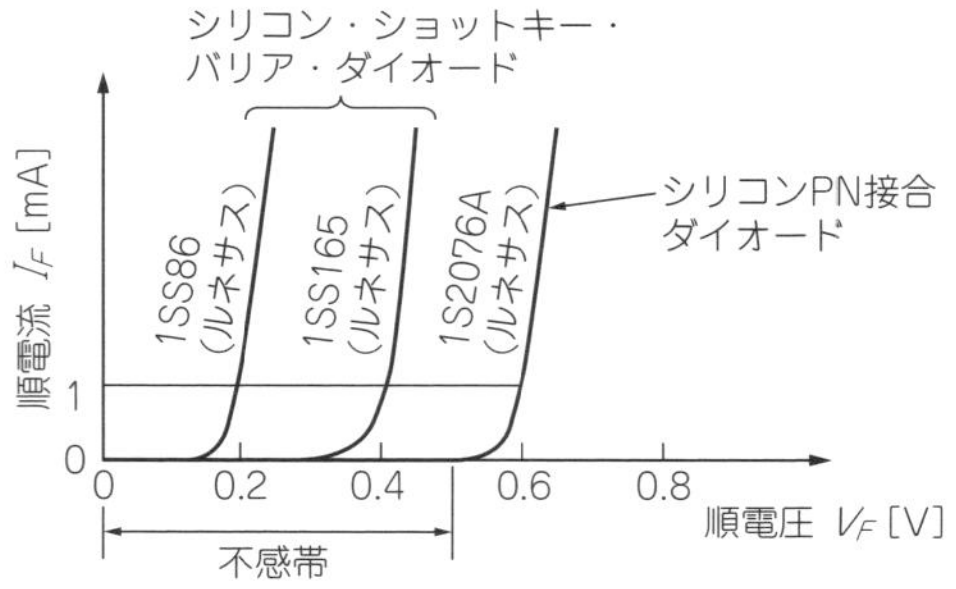

図4-2　スイッチング・ダイオードの順方向特性

A

● 原因

順電圧の低いダイオードは必然的に逆電流が多いため，**図4-4**のように逆バイアス時のアノード-カソード間抵抗が小さくなり，微小信号に対して整流特性が損なわれます．

● 対策

逆電流の少ないタイプのショットキー・バリア・ダイオードである1SS97，1SS154，1SS165などを使えば大丈夫です．またはスイッチング用シリコン・ダイオードの1N4148，1S2076Aなどを使います．

〈黒田 徹〉

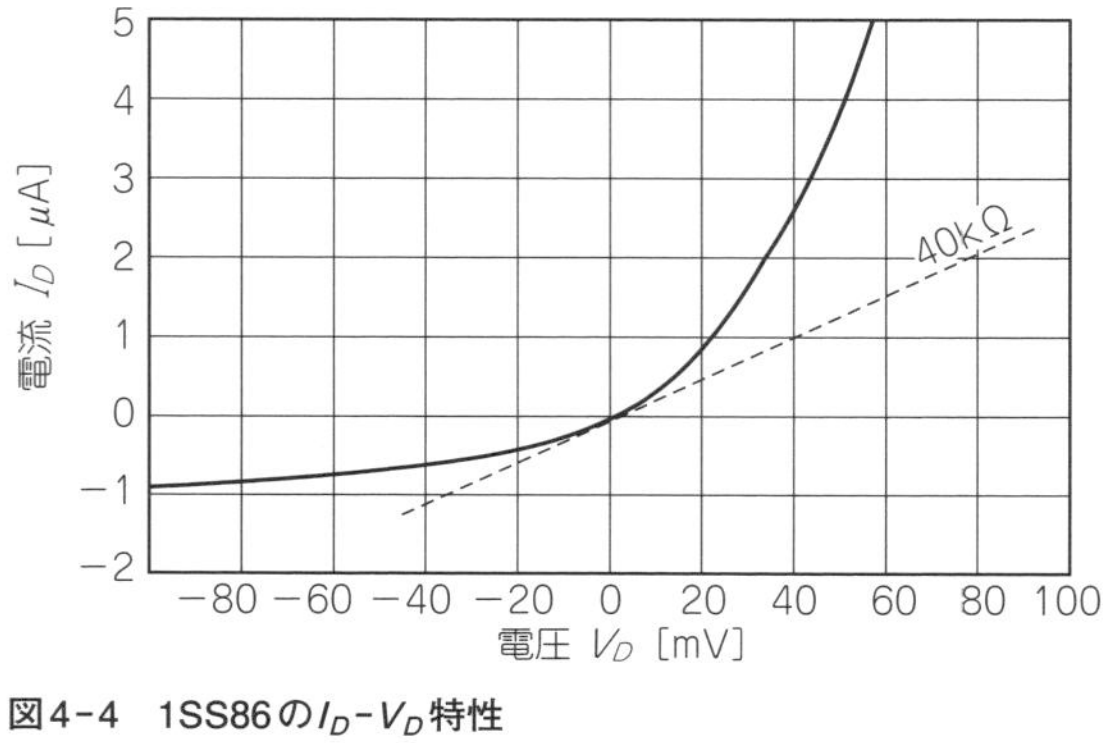

図4-4　1SS86のI_D-V_D特性

5 OPアンプ出力が振り切れたまま動かない

● 症状

図5-1のように湿度センサにFETバッファを接続し，その出力をOPアンプで増幅したところ，出力が負電源に近い電圧に振り切れたまま動きません．しかし，OPアンプの故障ではありません．このOPアンプを外してほかの回路につなげば正常に動きます．

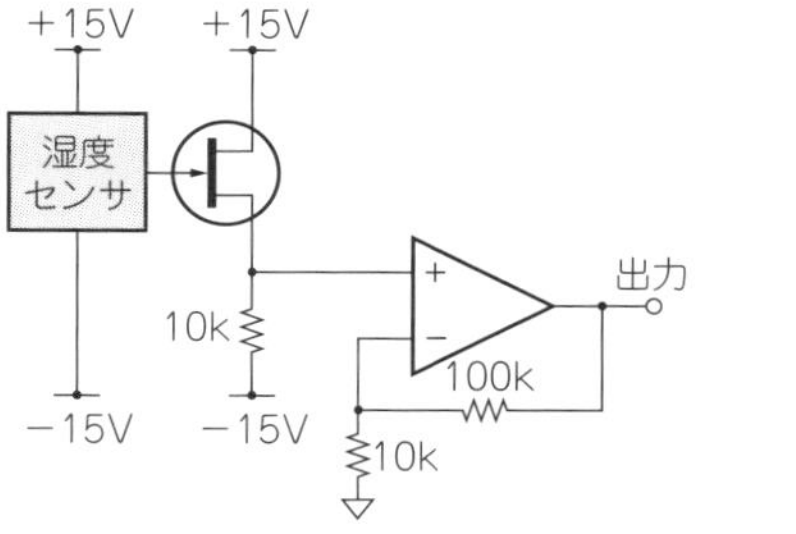

図5-1　出力が負電圧に振り切れたままになる回路

● 原因

使用していた湿度センサは動作が安定するまでに時間を要し，パワーON後の数十msは出力が出ません．この間FETには電流が流れず，OPアンプの入力は負側の電源電圧近くまで下がっています．問題を起こしたOPアンプのデータ・シートを見ると，±15Vで動作させたときの入力電圧範囲は±12Vとあり，OPアンプの入力電圧が定格を下回る一瞬がありました．

このような信号を加えてもOPアンプが破損することはまずありませんが，問題は定格外の電圧が与えられたときの出力の動きです．

内部等価回路が**図5-2**のようになっているOPアンプでは，入力電圧があるレベルより下回ると，差動部分の動作に必要な定電流回路などが正常に動作しなくなります．したがって次段以降の増幅器としての動作は保証できなくなります．最悪の場合，非反転入力に信号を入れたにもかかわらず，出力は入力と反対の方向に変化することもあり得ます．つまり，電圧を単調に上げて(または下げて)いっても，定格を超えたとたんに**図5-3**のように出力の動きが逆転することがあります．

こうなると，NFB(Negative Feedback；負帰還)をかけたつもりがPFB(Positive Feedback；正帰還)になり，出力がロックされたままになってしまいます．

● 対策

まず，**図5-4**のようにOPアンプ回路を反転増幅にする手があります．反転増幅ならば入力端子の電圧変化はごく小さなものになります．定格を超えたレベルになることはありません．信号変化が反転されたので，その後，もう1段反転増幅回路を設ける必要があるかもしれません．A-Dコンバータなどに接続するのならソフトウェアで反転する手もあります．

もう一つの手は，入力許容範囲の広いOPアンプを使うことです．単電源動作に対応しているOPアンプとして古くから使われているLM324では，入力電圧の下限は負電源いっぱい(単電源で使うときは0V)から，上限は正電源より1.5V低いところまで使用可能です．

最近は「レール・ツー・レール《rail to rail》」などと称し，入力も出力もほぼ電源電圧いっぱいに使うことができるOPアンプが数多く発売されています．低電圧のバッテリ駆動の要求からです．

しかし，高精度や高速を狙った，いうなれば伝統の道を歩んできたOPアンプは，依然として細かな条件に注意して使わなければなりません．OPアンプとはもともと，そのようなものなのです．

〈柳川 誠介〉

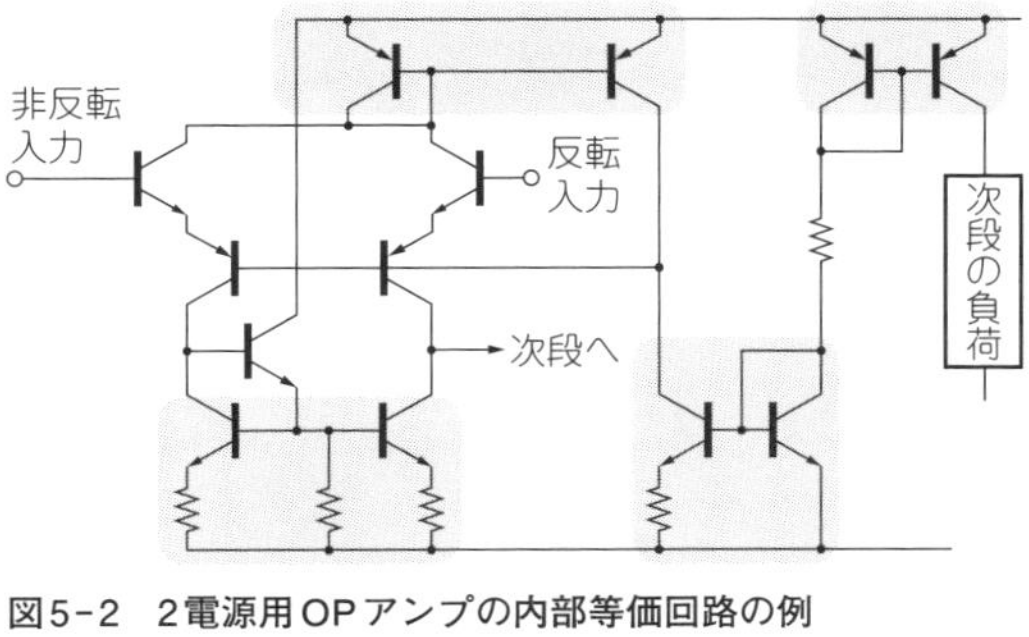

図5-2　2電源用OPアンプの内部等価回路の例
カレント・ミラー回路(灰色部分)が連結されているので，初段の動作が全体に影響を及ぼす

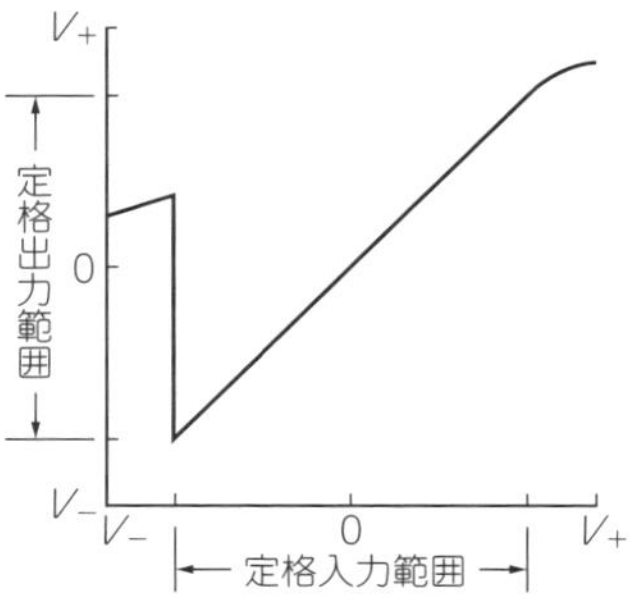

図5-3　定格を超えた入力に対するOPアンプ出力の一例

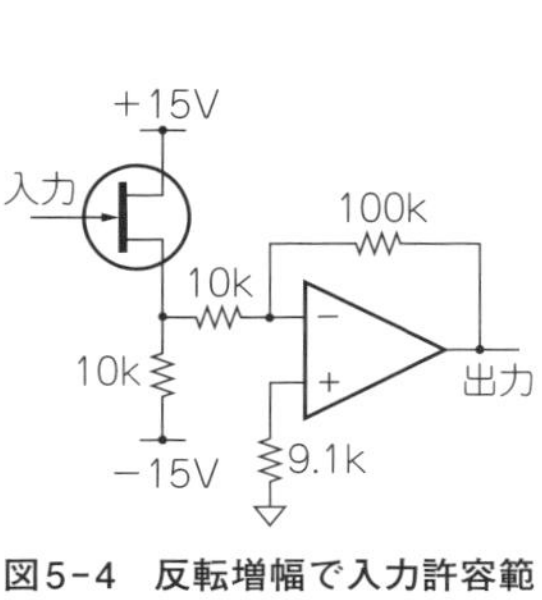

図5-4　反転増幅で入力許容範囲を広げる

Q6 ひずみゲージ・センサの測定値が大きくドリフトし，安定しない

● 症状

物体表面の凹凸を測定するために，**図6-1**のような構造のセンサ(ひずみゲージ)があります．幅1.5 mmで厚さ0.2 mmの金属製の梁に，ベースのない極細のひずみゲージを接着したものです．

このセンサを物体表面に接触させ，ゆっくりと移動させると，物体表面の凹凸に応じて梁がたわみます．このたわみ量をひずみゲージで検出し，変位に換算します．

このセンサの検出回路は**図6-2**のとおりです．センサと固定抵抗器でオーソドックスなブリッジ回路を形成し，差動増幅回路でセンサの抵抗値変化を検出します．

この回路を試作したところ，非常に大きなドリフトが発生し，まったく安定しないことがわかりました．

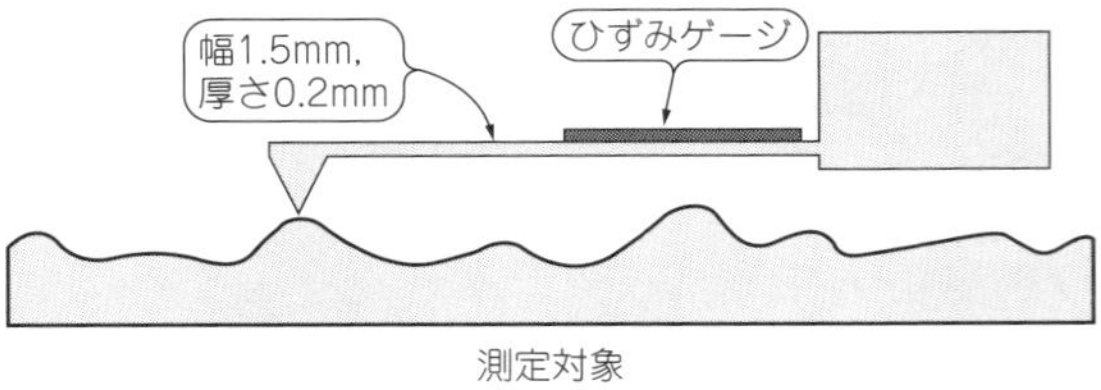

図6-1　凹凸センサの構造

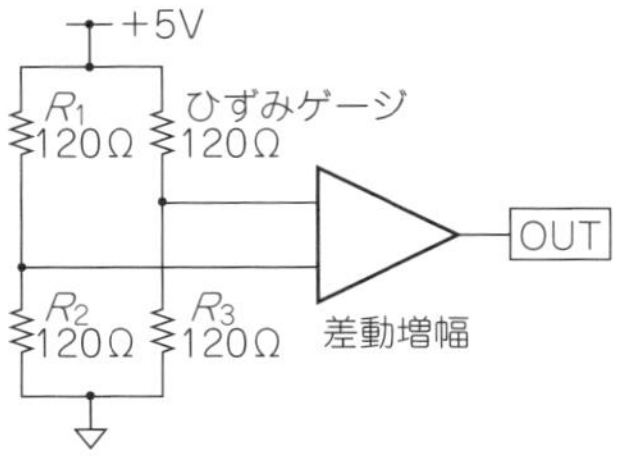

図6-2　図6-1のセンサの検出回路

A ● 原因

図6-3に示すように，センサ周辺の空気の動き(微風)による温度変化が原因でした．**図6-2**の定数では，センサが約50 mWで発熱するため，周囲より高温になります．梁が細く，熱容量が非常に小さいため，わずかな空気の動きで大きく温度が変化し，ドリフトが発生していたのでした．

このため**図6-1**のセンサは，目的とする「凹凸センサ」ではなく「熱線式微風速センサ」になっていたのです．

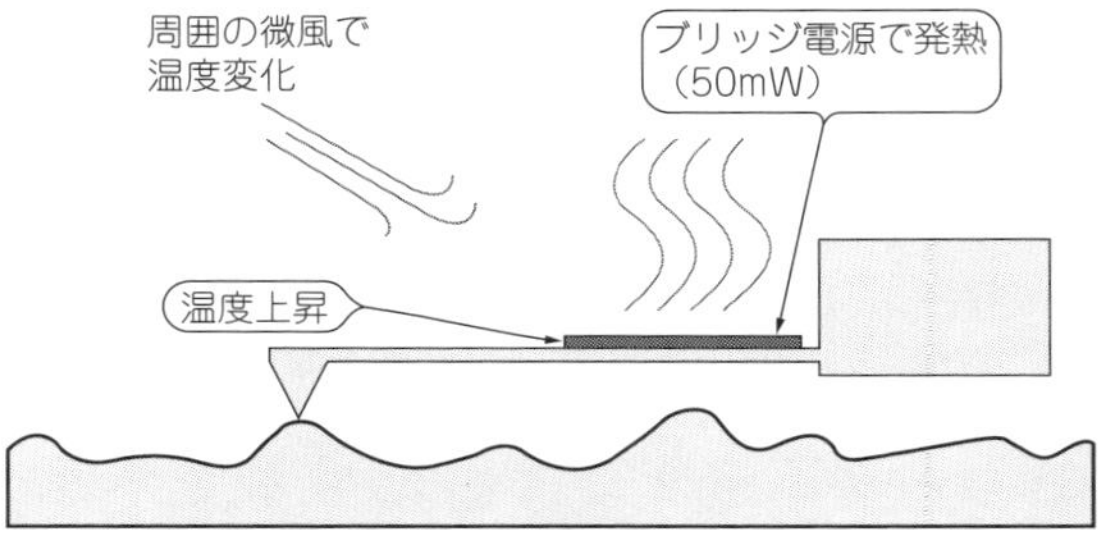

図6-3　ドリフトの原因

● 対策

根本的な対策は，ひずみゲージを梁の裏表に接着し，温度補償することです．しかし，センサの構造はすでに決まっているので，別の方法を考えました．

図6-2では，検出感度を上げるため，ブリッジ電圧が5 Vとなっています．これを1 Vに下げました．この結果，センサでの消費電力は，約2 mWに下がり温度上昇を抑えることができました．また，センサ近傍に冷却ファンを設置して，強制空冷しました．

これらの対策の結果，ドリフトを問題となるレベル以下に低減できました．

〈小口 京吾〉

7 積分回路のリセットに使ったアナログ・スイッチが壊れる

● 症状

OPアンプを使った**図7-1**のような積分回路でのことです．

時定数を長くしたかったので$1\,\mu$Fのフィルム・コンデンサを使いました．アナログ・スイッチは積分値のリセット用と積分開始時の入力信号接続用です．

積分を始める直前にコンデンサの両端につないであるアナログ・スイッチを一定期間ONして，コンデンサに溜まった過去の積分値を放電しリセットします．その後，入力信号を加えて積分を開始します．

同様の回路が数チャネルあり，一定サイクルでリセット・積分を繰り返して入力信号の変化を記録するようになっていました．

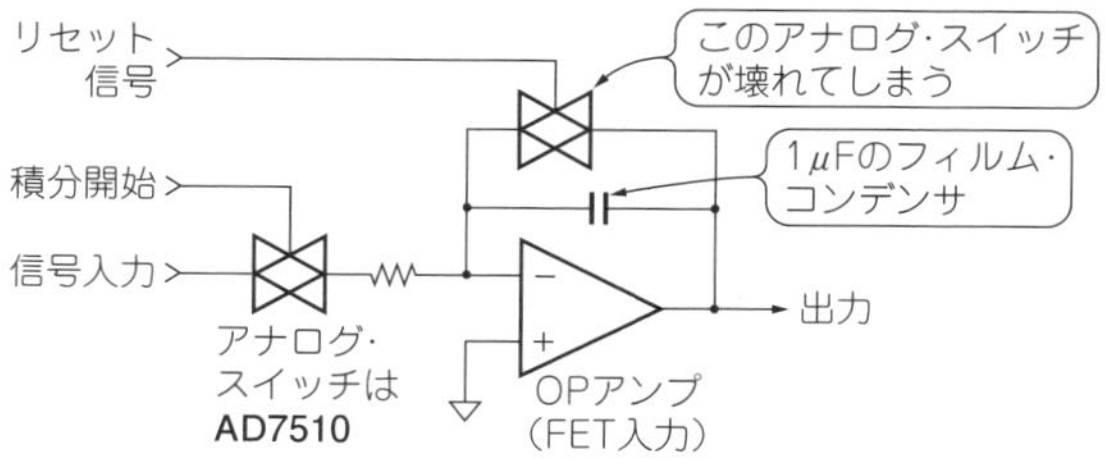

図7-1　OPアンプの積分回路のリセットに使ったアナログ・スイッチが壊れる

順調に動作していたのですが，あるとき突然，回路が動かなくなってしまいました．調べたら，リセット用のアナログ・スイッチが壊れていました．

● 原因

ICを壊してから気がつくのもくやしいのですが，コンデンサを短絡するということは，そのとき充電されていた電気エネルギを熱エネルギに変えるということです．使っていたアナログ・スイッチにそれだけの耐量があるかどうか，きちんと調べていませんでした．

回路は± 15 Vの電源で動作させていました．ということは，積分回路が飽和したとき，コンデンサは電源電圧で充電されます．これをアナログ・スイッチで短絡するのですからかわいそうなものです．

● 対策

アナログ・スイッチに流れる電流を制限すればいいのですから，絶対最大定格に記された最大スイッチ電流内となるよう，**図7-2**のように直列抵抗を入れました．

AD7510の定格は連続50 mA，サージ150 mAなので，電源電圧15 V，最大サージ電流150 mAと見込んで，次のように計算しました．

$$R_S = 15\text{ V} \div 150\text{ mA} = 100\,\Omega$$

求めた100 Ωからさらに余裕を見て，220Ωとしました．ただし，この抵抗のためリセット時間が少し延びてしまいます．

半導体スイッチだけでなく，メカニカルなスイッチやリレーの接点でも，チャッタリング除去用のコンデンサとか，サージ・ノイズ吸収用コンデンサが入った回路を短絡するときは注意が必要です．

〈下間 憲行〉

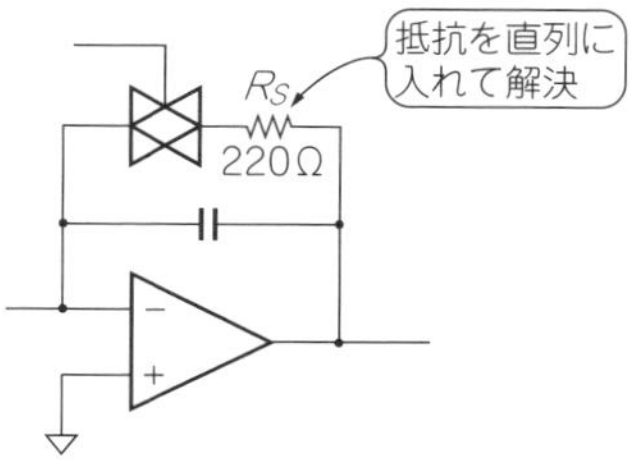

図7-2　アナログ・スイッチの破損対策

4
計測回路

第5章 オーディオ回路

トラブル対策編①：信号ひずみ

Q1 高い周波数のひずみ率が急増する

OPアンプによる小信号の低周波増幅回路のひずみ率を測定すると，高域周波数で急に悪化します．

A これは，OPアンプのスルー・レート不足が原因です．対策としては，スルー・レートの大きいOPアンプと交換します．

OPアンプの最大出力電圧は電源電圧で制限されるうえ，高域ではスルー・レートによる制限が加わります．スルー・レートとは，出力電圧$V_O(t)$のとりうる最大勾配すなわち$dV_O(t)/dt$の最大値です．**図1-1**を見てください．高域の無ひずみ最大出力(片ピーク)電圧$V_{o(\mathrm{max})}$は，スルー・レートS_{OM}と周波数fから次のように定まります．

$$V_{o(\mathrm{max})} \fallingdotseq \frac{S_{OM}}{2\pi f} \cdots\cdots (1\text{-}1)$$

さて，$S_{OM} = 1\ \mathrm{V}/\mu\mathrm{s} = 1 \times 106\ \mathrm{V/s}$の4558型OPアンプを使った**図1-2**のボルテージ・フォロワの20 kHzの$V_{o(\mathrm{max})}$は上式から，

$$V_{o(\mathrm{max})} = \frac{1 \times 10^6}{2 \times 3.14 \times 20 \times 10^3} = 8\ \mathrm{V} \cdots\cdots (1\text{-}2)$$

無ひずみ最大実効出力電圧は$8/\sqrt{2} = 5.6\ \mathrm{V_{RMS}}$です．

しかし実際のひずみ率は，出力電圧が$V_{o(\mathrm{max})}$に到達する前から急激に増加します．**図1-3**のμA4558の20 kHzひずみ率のようにです．$V_{OUT} = 4\ \mathrm{V_{RMS}}$における$\mu$A4558の1 kHzと20 kHzのひずみ率を比較すると200倍の大差があります．

高域周波数のひずみ急増の原因は，4558の内蔵位相補償容量C_fの駆動電流が周波数に比例して増加し，初段差動増幅回路がひずむからです．ひずみはおもに第3次高調波で，ひずみ率はC_fの駆動電流の2乗に比例し，かつ周波数の3乗に比例します[(1)]．

OPアンプをスルー・レートが4倍すなわち4 V/μsのNJM4560に代えると，高域のひずみ率が**図1-3**のように大きく低下します．

〈黒田 徹〉

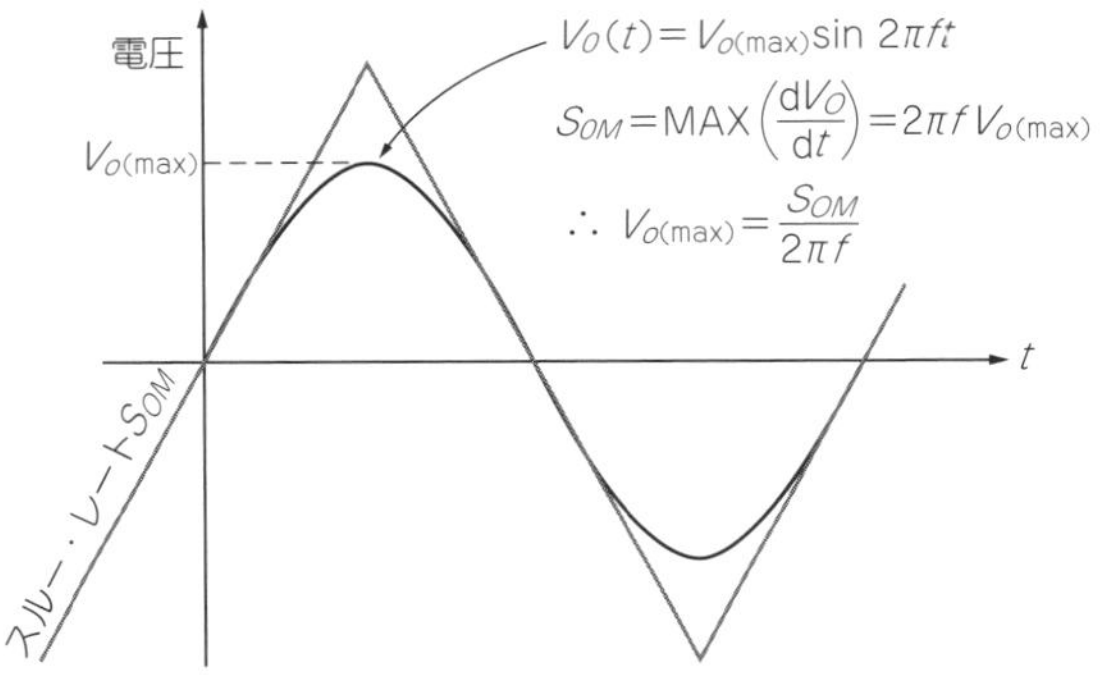

図1-1 スルー・レートと無ひずみ最大出力電圧

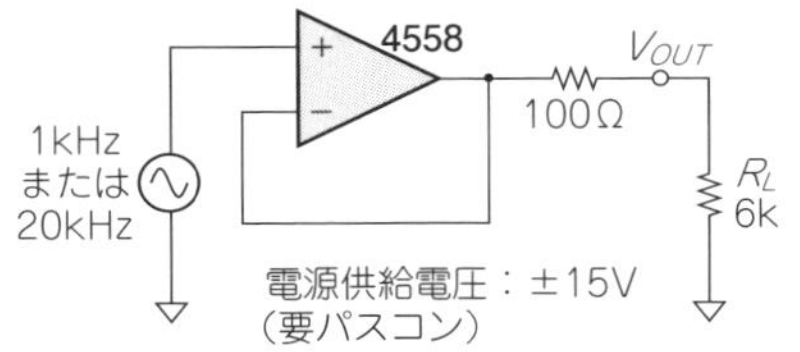

図1-2 4558型OPアンプを使ったボルテージ・フォロワ

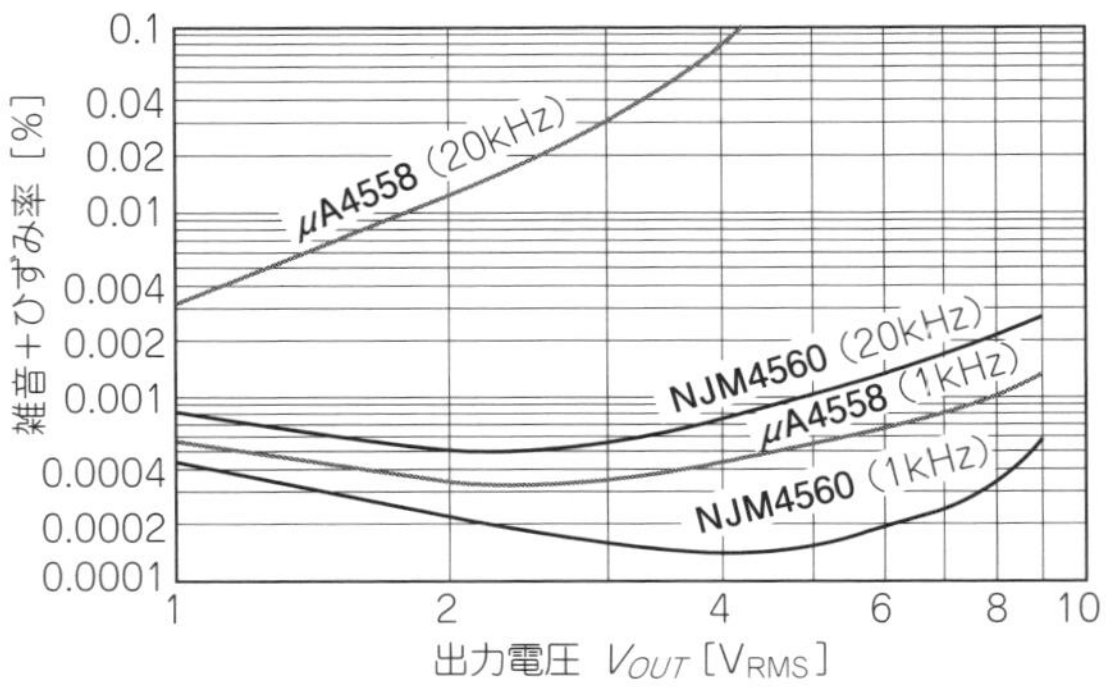

図1-3 図1-2のアンプの実測ひずみ率特性

◆参考文献◆

(1) 黒田 徹；基礎トランジスタ設計法，初版，pp.8～27，1989年，ラジオ技術社．

2 中・低域周波数のひずみ率が大きい

低周波増幅回路のひずみ率を測定したところ，中・低域周波数のひずみ率が，高域に比べて大きめでした．

● **原因**

コンデンサによるひずみが原因です．

● **対策**

マイラ・コンデンサを使います．オーディオ帯域の中・低域周波数のひずみが多いときはコンデンサを疑いましょう．

高誘電率セラミック・コンデンサとフィルム・コンデンサの実測ひずみ率を**図2-1**に示します．高誘電率セラミック・コンデンサの静電容量は，加える電圧に依存して大きく変わるので，大きな非直線ひずみを発生します[(1)]．ひずみは第3次高調波です．**図2-2**のようにDCバイアス電圧を加えると，第2次高調波ひずみも発生し，DC電圧とともに雑音＋ひずみ率が**図2-3**のように変化します．高誘電率セラミック・コンデンサを信号経路に使うのは避けましょう．

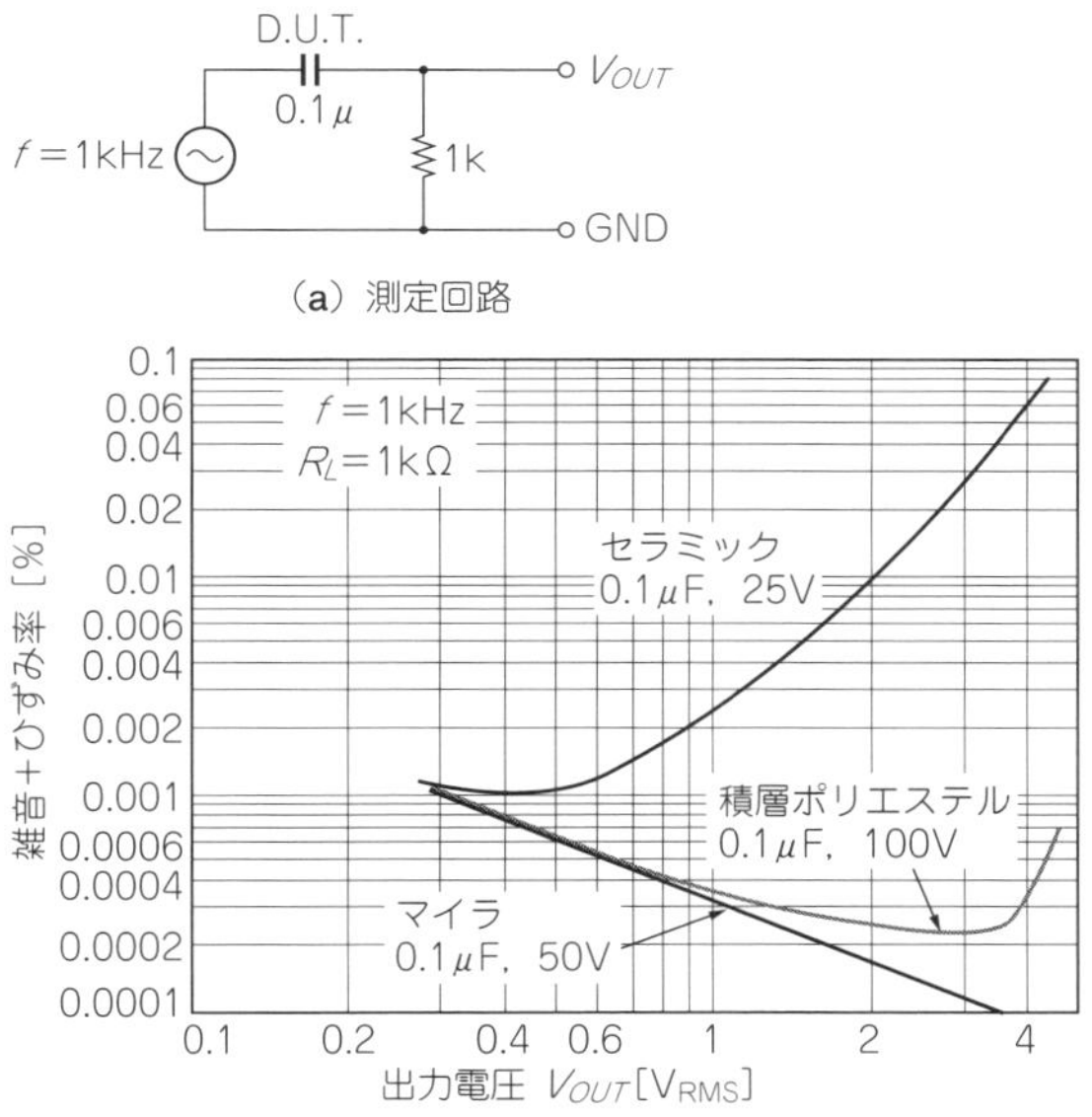

(a) 測定回路

(b) ひずみ率特性

図2-1　コンデンサの実測ひずみ率

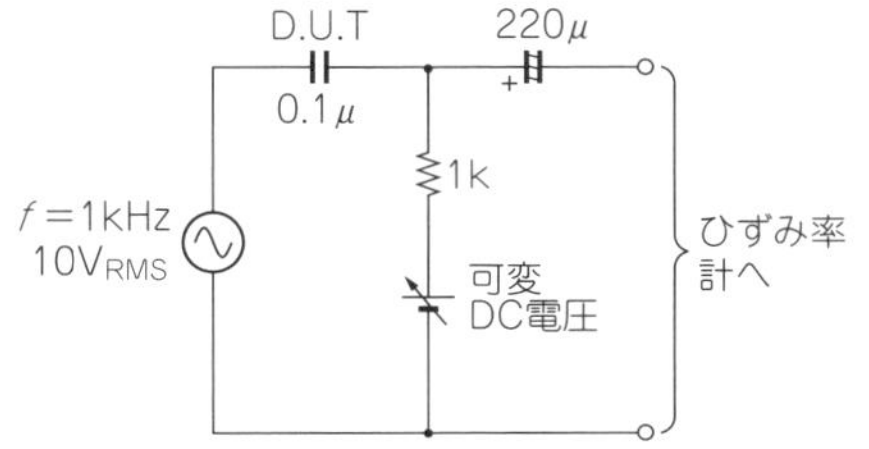

図2-2　DC電圧を加えて，コンデンサのひずみを測定する

8種類のフィルム・コンデンサのひずみ率を**表2-1**に示します．銘柄A～Dは「マイラ・コンデンサ」と称するものです．マイラ・コンデンサの雑音＋ひずみ率はとても小さく0.0001％(－120 dBc)前後です．銘柄Hは，ひずみ率が大きいですが，DCバイアス電圧を加えても，ひずみ率は変わりません．すなわち，このひずみは静電容量の電圧依存性によるものではなく，電極とメタリコン(**図2-4**)間の接触抵抗の不安定によるものと推定されます．　**〈黒田 徹〉**

◆参考文献◆

(1) 本田 潤；高誘電率系セラミック・コンデンサの直流バイアス-容量特性，トランジスタ技術増刊「受動部品の選び方と活用ノウハウ」，pp.32～33，2000年，CQ出版社．

表2-1　フィルム・コンデンサの実測ひずみ率

銘柄	雑音＋ひずみ率		耐圧［V］	備考
	［%］	［dBc］		
A	0.000083	－121.6	50	マイラ
B	0.000084	－121.5	100	マイラ
C	0.000086	－121.3	50	マイラ
D	0.000113	－118.9	50	マイラ
E	0.000113	－118.9	?	—
F	0.000161	－115.9	100	—
G	0.00052	－105.7	?	—
H	0.0013	－97.7	200	—

注▶測定回路は**図2-2**を使う．DCバイアス電圧はゼロである

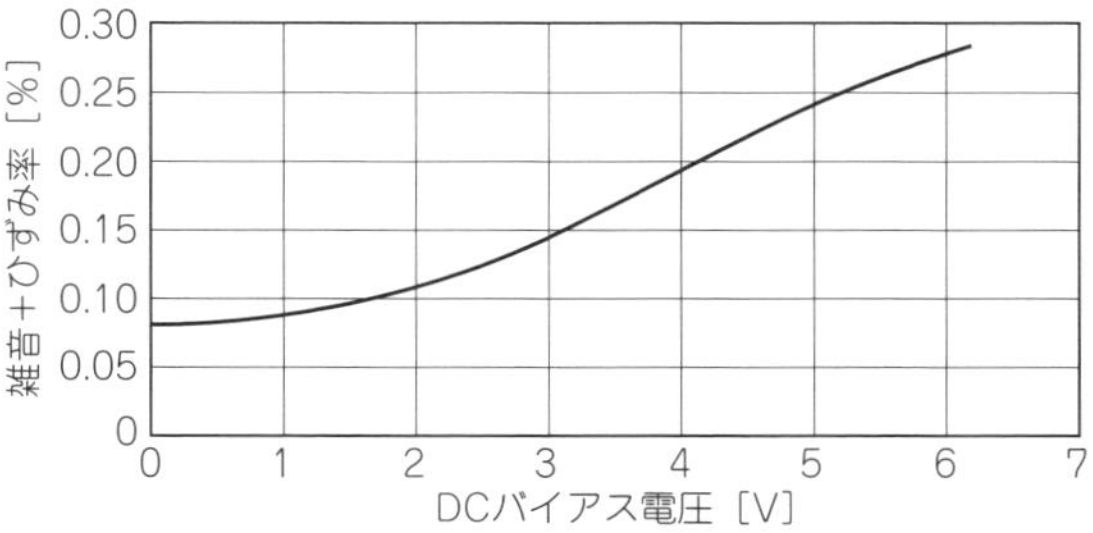

図2-3　セラミック・コンデンサ0.1 μFにDCバイアス電圧を加えた場合のひずみ率特性

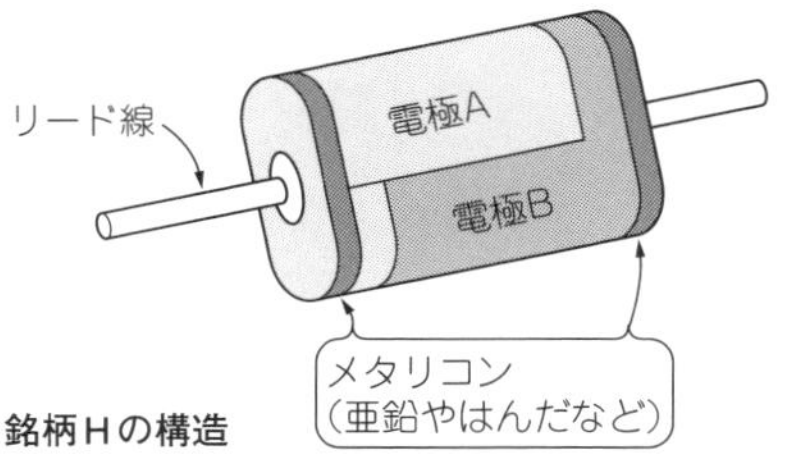

図2-4　銘柄Hの構造

3 雑音ひずみ率が不規則に変化する

図3-1はオーディオ・パワー・アンプと8Ωダミー負荷の間に，バナナ・プラグと陸軍ターミナルからなる中継端子を挿入して実測したひずみ率特性です．2W以上の出力では，ひずみ率がとても不安定で不規則かつ大幅に変動します．いわゆるステレオ・プラグ・ジャック，DCプラグ・ジャック，RCAプラグ・ジャックなども同様の接触不良を起こすことがあります．

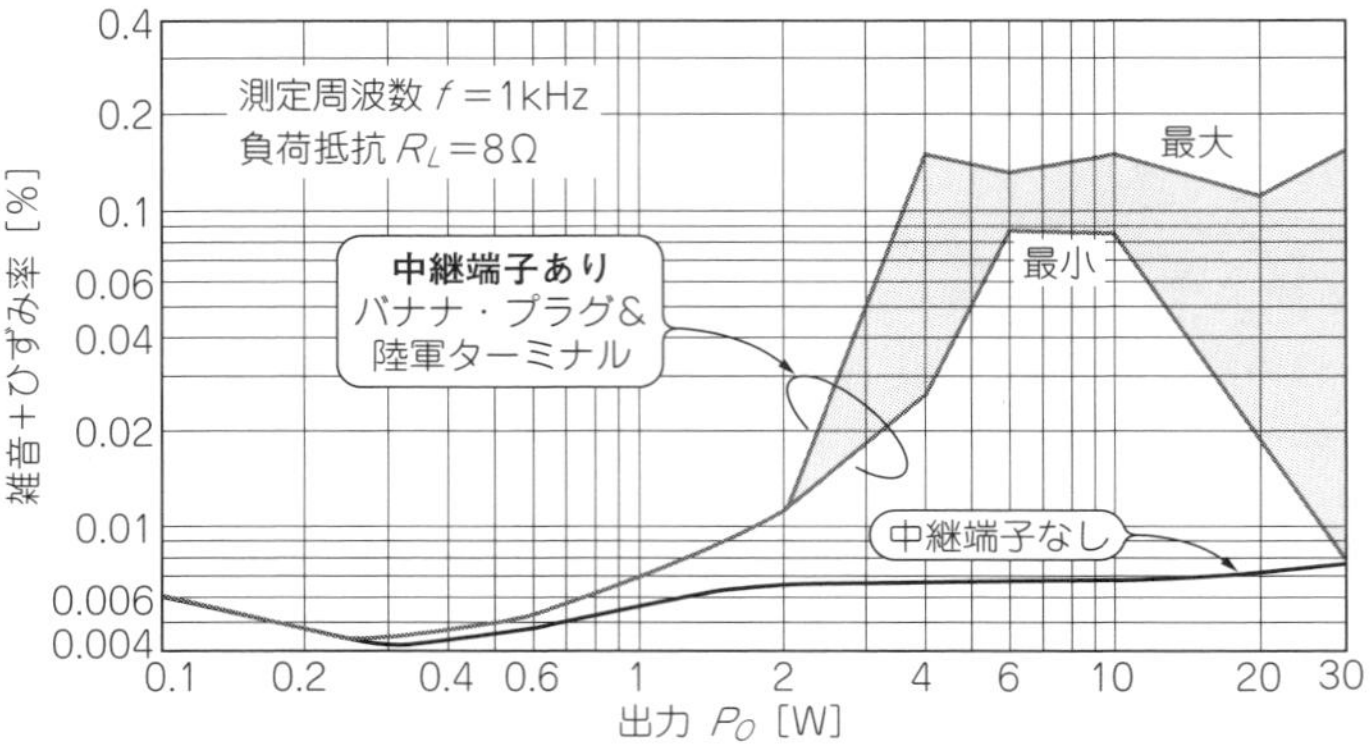

図3-1　端子接点の圧力不足によるひずみ率変動の例

● 原因(1)端子接点の圧力不足

オーディオ機器の外部入出力端子の接点圧力が不足すると，接触抵抗の値が不安定になり，非直線ひずみを発生します．軽微な場合は3次ひずみですが，悪化すると**図3-2**のような出力波形になり，さらに悪化すると導通がなくなります．

● 対策(1)接点に圧力が十分かかる端子を使う

小信号回路はBNC端子，1A以上の電流が流れる端子はキャノン・コネクタ，パワー・アンプの出力端子は大型ねじでワイヤを締め付けるタイプをそれぞれ推奨します．

● 原因(2)リレー接点の接触不良

空気中の種々のガスにより接点表面に酸化物皮膜や硫化物皮膜が生成され，接触抵抗の増加や不安定が起こります．接触不良を引き起こすこれらの皮膜は，

① リレーの開閉動作による接点の摺動
② 接点のアーク放電

によって除去されます．ただし接点開閉電流が小さいときは，アーク放電が起こらないので①だけで接点を清浄化しなければなりません．そのため微小信号用リレーは，接点の材質や構造にさまざまの配慮がされています[(1)]．一方，大電流用パワー・リレーの接点の材質・構造はアーク放電を前提にしているので，アーク放電の起こらない微小信号回路にパワー・リレーを使うと接触不良を起こしやすくなります．

● 対策(2)最小適用負荷の小さい密封型リレーを使う

微小信号回路には，リレー接点の最大開閉電流が1A程度で，最小適用負荷の小さい(例えばDC100 mV/100 μA程度の)密封型リレーを使います．

〈**黒田 徹**〉

◆参考文献◆
(1) 富士通コンポーネント㈱；リレー技術解説
http://www.fcl.fujitsu.com/products/relay_2.pdf

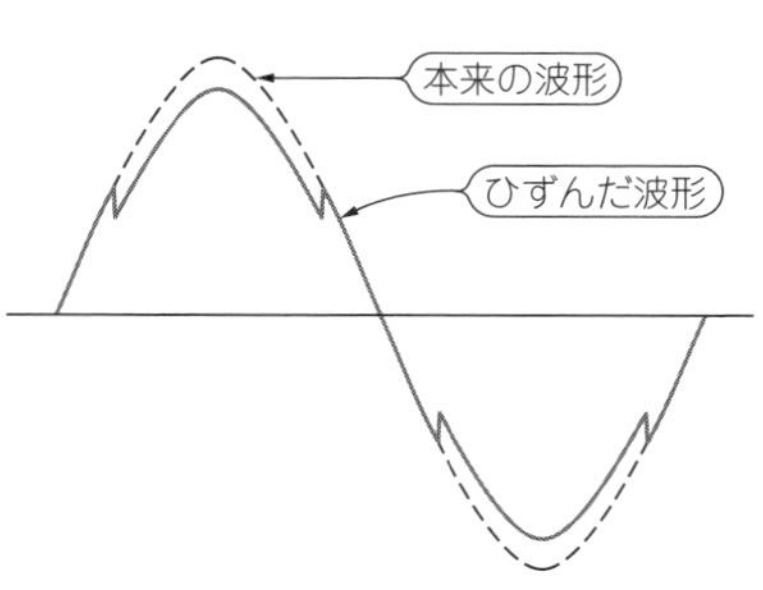

図3-2　接点の接触不良が進行したときの出力波形例

4 クロスオーバーひずみが極端に多い

● 原因

B級動作のOPアンプを使っているのが原因です.

● 対策

OPアンプの出力端子と正電源端子(または負電源端子)間に抵抗を挿入し，出力段をA級にします.

OPアンプICの出力段はAB級ですが，例外的にB級動作のOPアンプがあります．LM358/LM2904やLM324/LM2902などです．これらのOPアンプの出力段の等価回路を**図4-1**に示します．AB級で動作させるにはQ_2のベースとQ_4のベース間に約1.8 Vのバイアス電圧が必要ですが，バイアス電圧はゼロなので，**写真4-1**のように大きなクロスオーバーひずみを生じます．**図4-2**のボルテージ・フォロワの実測ひずみ率を**図4-3**に示します．出力電圧が0.4 V_{RMS}を越えると極端にひずみが増えています.

クロスオーバーひずみを除くには，Q_3またはQ_4が常に活性状態になるようOPアンプの外部回路を細工する必要があります．例えば，出力端子(ピン1またはピン7)と正電源端子(ピン8)間に負荷抵抗より十分小さい値の抵抗を接続します．その結果Q_3はカットオフし，Q_4がA級動作となります．ピン1-ピン8間に1 kΩを接続したときの実測ひずみ率を**図4-4**に示します．クロスオーバーひずみが消えています.

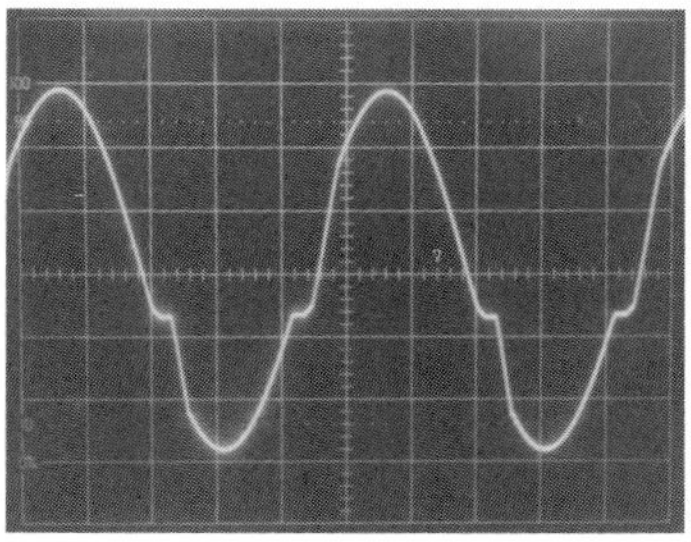

写真4-1 クロスオーバーひずみの生じた出力波形
(10 kHz正弦波，20 μs/div.，1 V/div.)

出力端子-負電源端子(ピン4)間に1 kΩを接続してもクロスオーバひずみが消えます．この場合はQ_4がカットオフし，Q_3がA級動作になります.

〈黒田 徹〉

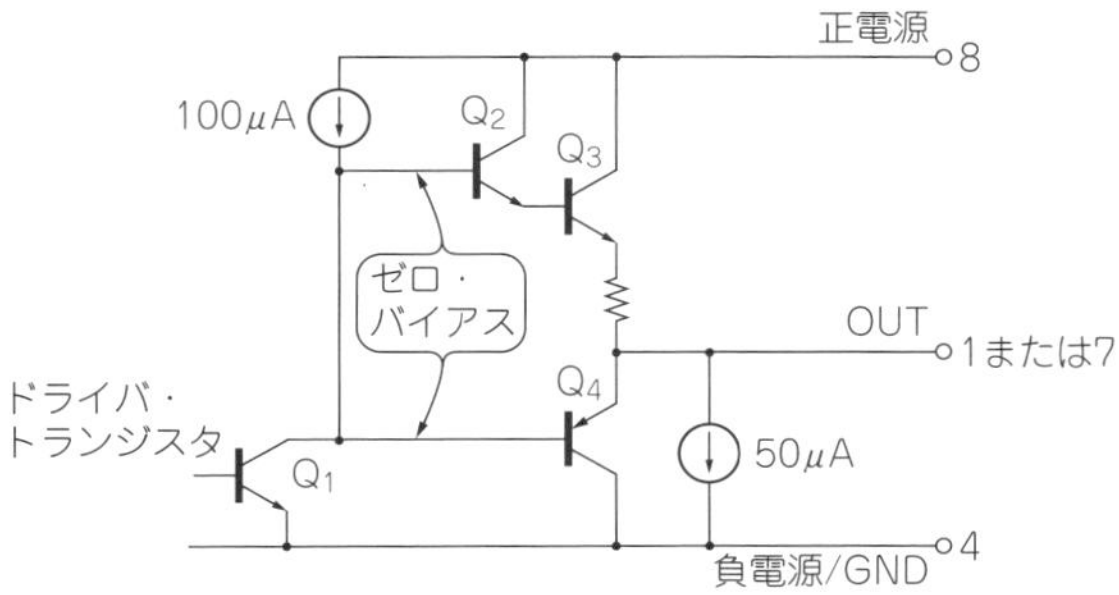

図4-1 LM358/LM2904のドライブ段と出力段の簡略等価回路

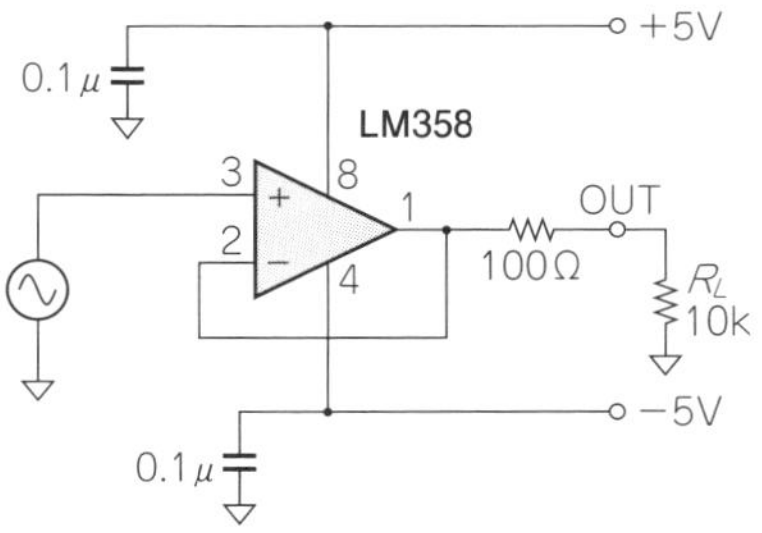

図4-2 クロスオーバーひずみが多いOPアンプ回路の例

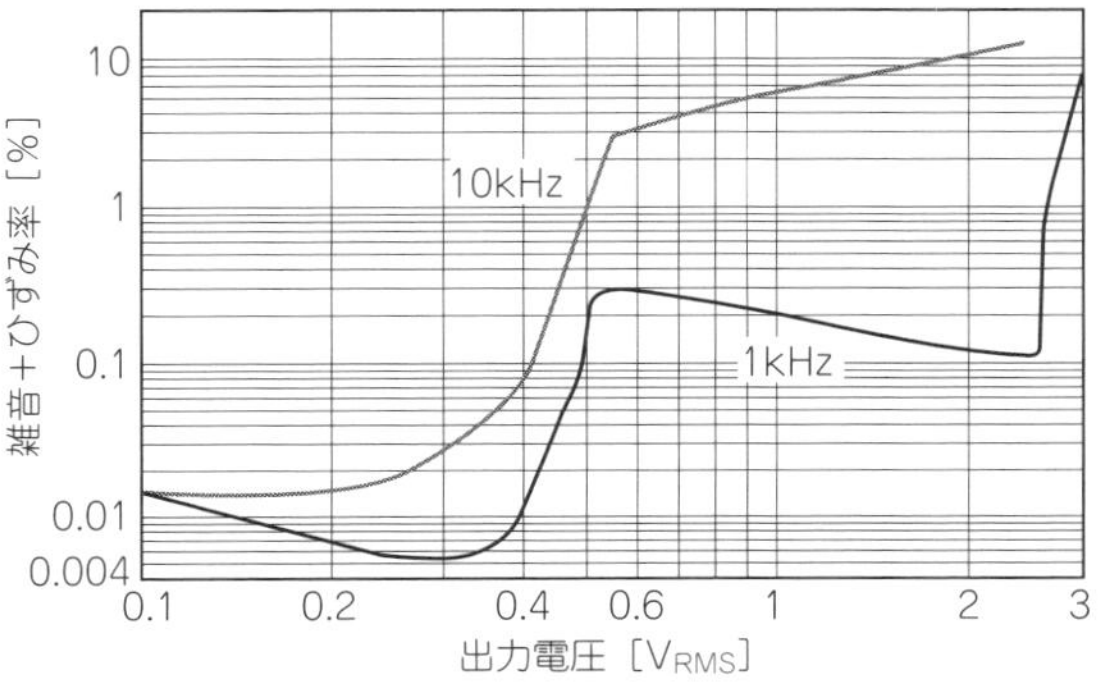

図4-3 図4-2の実測ひずみ率特性

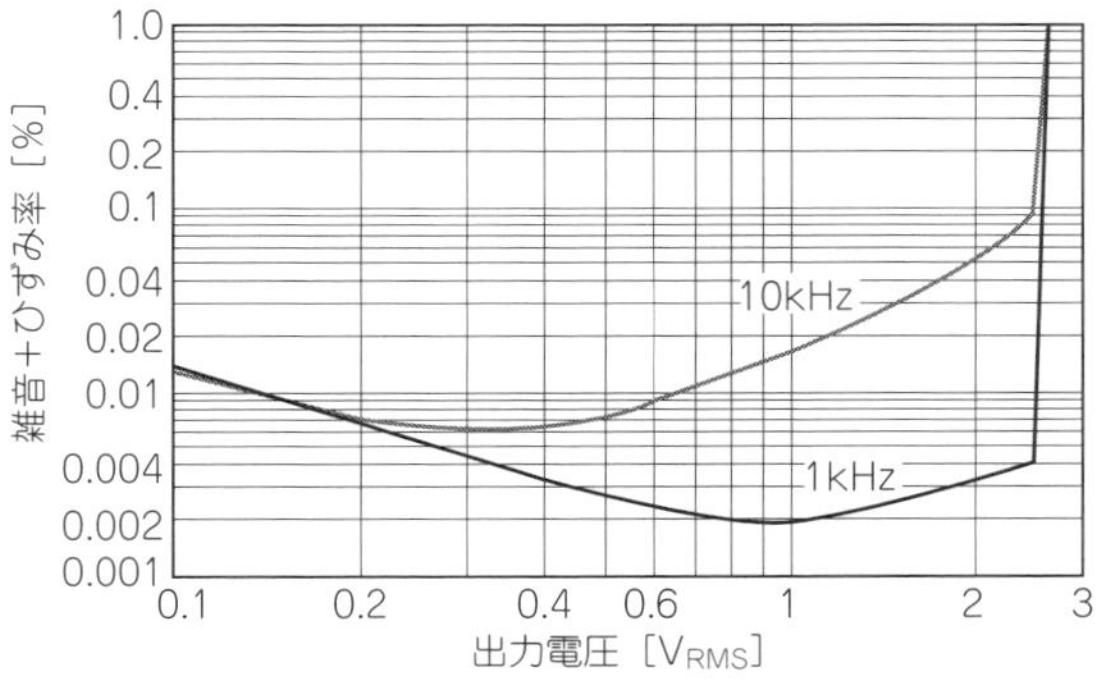

図4-4 図4-2の回路のLM358のピン1-ピン8間に1 kΩを接続したときの実測ひずみ率特性

Q5 D級アンプの出力が飽和すると異常な波形になる

D級アンプの出力飽和レベルが変動して，ひずみが極端に悪くなってしまいます．TPA200xDxやTPA032D0xファミリでは問題なかったのにTPA300xDxファミリだけが，おかしな動作になってしまいます．

A ● 原因

症状がわかりやすいように**図5-1**に示す回路のチャージ・ポンプ用コンデンサC_{BSP}とC_{BSN}の値を変えた場合の波形を**写真5-1**に示します．**写真5-1(a)**は推奨回路の値(0.22 μF)の場合の正常な波形で，**写真5-1(b)**は小さな値(2200 pF)に変更した場合の異常波形です．上から入力電圧，測定用RCローパス・フィルタ(200 Ω，0.033 μF)を通した差動出力電圧，スピーカの端子間電圧です．

TPA300xDxファミリのように，出力段でチャージ・ポンプを構成し，ハイ・サイドのNチャネルMOSFETを駆動しているようなD級アンプは，デューティ比が100%(または0%)になってしまうと，チャージ・ポンプのコンデンサを充電できなくなります．コンデンサの電圧が低下すると，ゲート電圧が低下し，トランジスタのオン抵抗を増大させてしまいます．

結果として飽和レベルが低下します．TPA200xDxファミリでは，ハイ・サイドのトランジスタがPチャネルMOSFETで構成されていますし，TPA032D0xファミリではチャージ・ポンプが別回路になっているため，このような動作にはなりません．

● 対策

通常動作時には，わざわざ出力を飽和させて(ひずませて)使用することは考えられないため，特に対策する必要はありません．どうしても対策したいなら，チャージ・ポンプのコンデンサを大きくすると，コンデンサの放電時間が長くなるため改善できます．

ただし，周波数が低い場合や，入力振幅が大きい場合には，症状が再発することがあります．ここのコンデンサが大きすぎると電力損失を生じるので，ほどほどの大きさにしておくことが肝要です．

〈石井 博昭〉

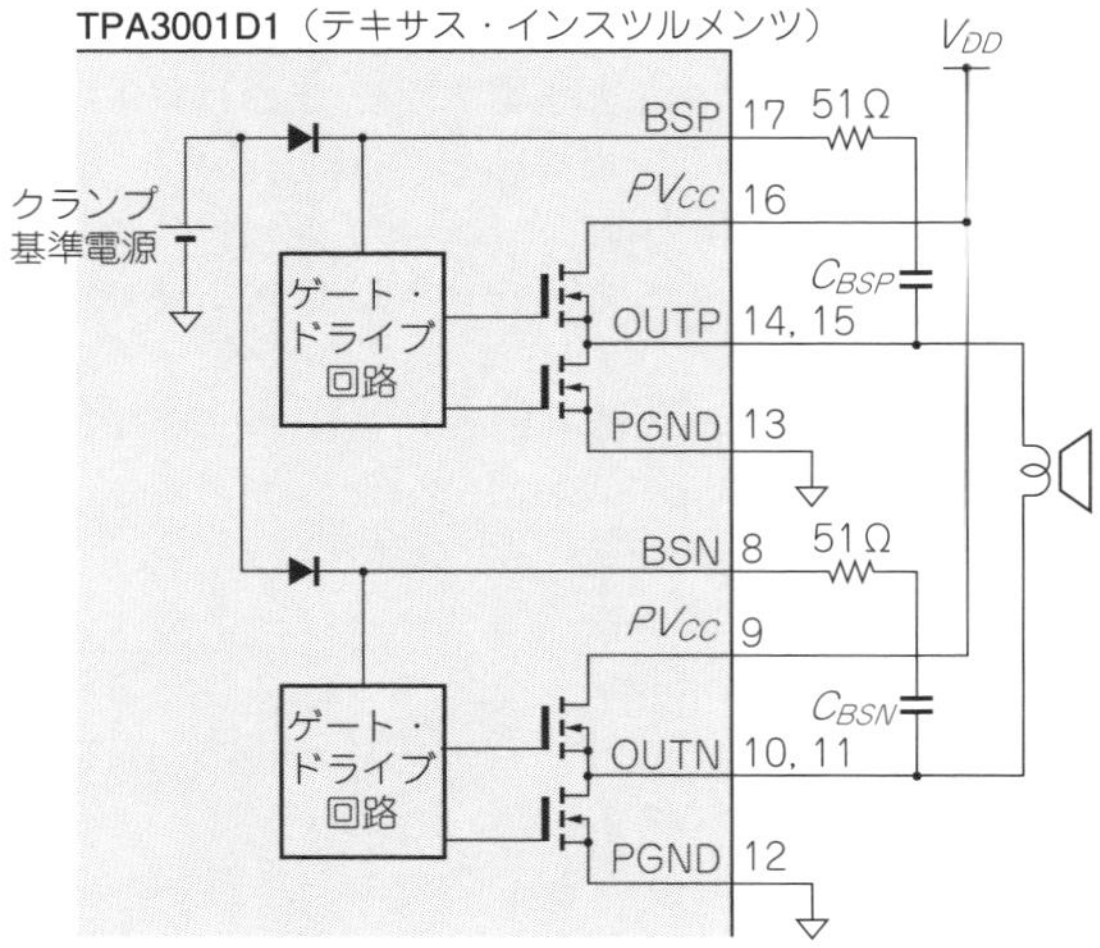

図5-1 TPA3001D1の出力段の内部構成

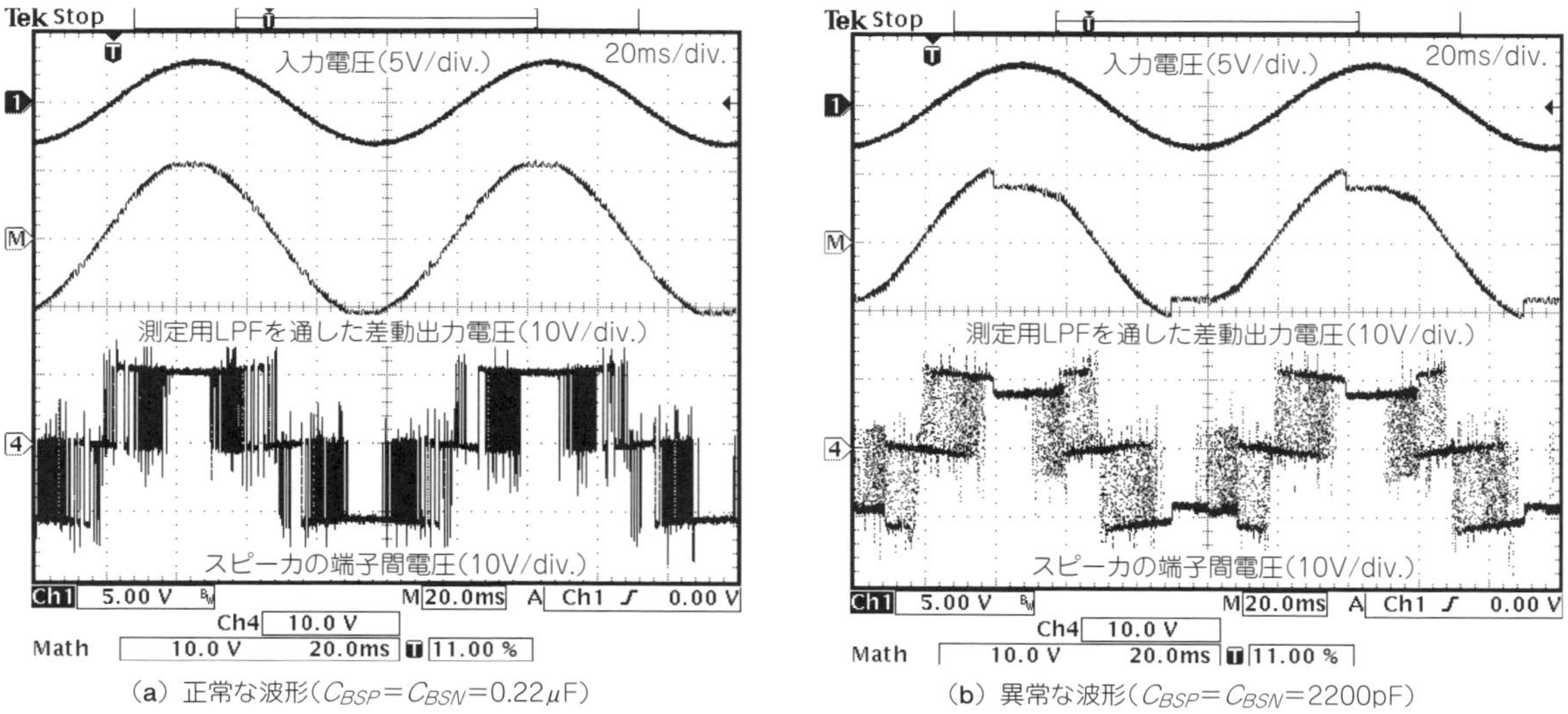

(a) 正常な波形(C_{BSP}＝C_{BSN}＝0.22μF)

(b) 異常な波形(C_{BSP}＝C_{BSN}＝2200pF)

写真5-1 チャージ・ポンプのコンデンサ容量を変えたときの各部の波形(電源は出力5 V，出力容量2.5 A，275 kHzのスイッチング電源)

Q 6 D級パワー・アンプの低音が出ない

中域や高域は普通に聴こえているのに，低域がやたらと貧弱な音になることがあります．スピーカの最低共振周波数f_0よりも低い周波数が減衰するのは仕方がありませんが，f_0より高い周波数のはずなのに，迫力のない音に聴こえます．

A ● 原因1：位相が逆転している

位相が逆転して，低音を打ち消し合ってしまっている可能性があります．単純な例だと，左右のスピーカを逆相にすると，低音が聴こえにくくなります．

低音を出すためにウーハを追加したけれど，ステレオ・スピーカと位相が逆になっていて，効果がなかったということもあります．

● 原因1の対策

位相をそろえることで解決します．たいていは単純な配線の誤りです．某社の評価用ボードで，左右の位相が逆転していることがありました．ICによっては，入力と出力で位相が反転している製品もあるため，ウーハと組み合わせる場合は注意が必要です．

ウーハの位相は，スピーカの位置やアンプの遅延の影響で，逆相のほうが好ましい場合もあるため，実際に聴いてみることが重要です．また，エンクロージャの良し悪しによっても低域の聴こえ方が異なります．

● 原因2：電源の容量不足

電源の容量不足によって，低域が出なくなることがあります．最大出力時の出力電力とアンプの消費電力を供給できれば問題ありませんが，電源部のコストやサイズが大きくなってしまいます．

● 原因2の対策

できるだけ大容量の電源を使用するのが理想ですが，音声や音楽の実効値は最大値の10 dB以下なので，この場合の電力を確実に供給できる電源を使用します．

実効値から最大値までの電力は**図6-1**のデカップリング・コンデンサから供給するようにします．**写真6-1(a)**は実際の音楽信号，**図6-1(b)**は正弦波の波形

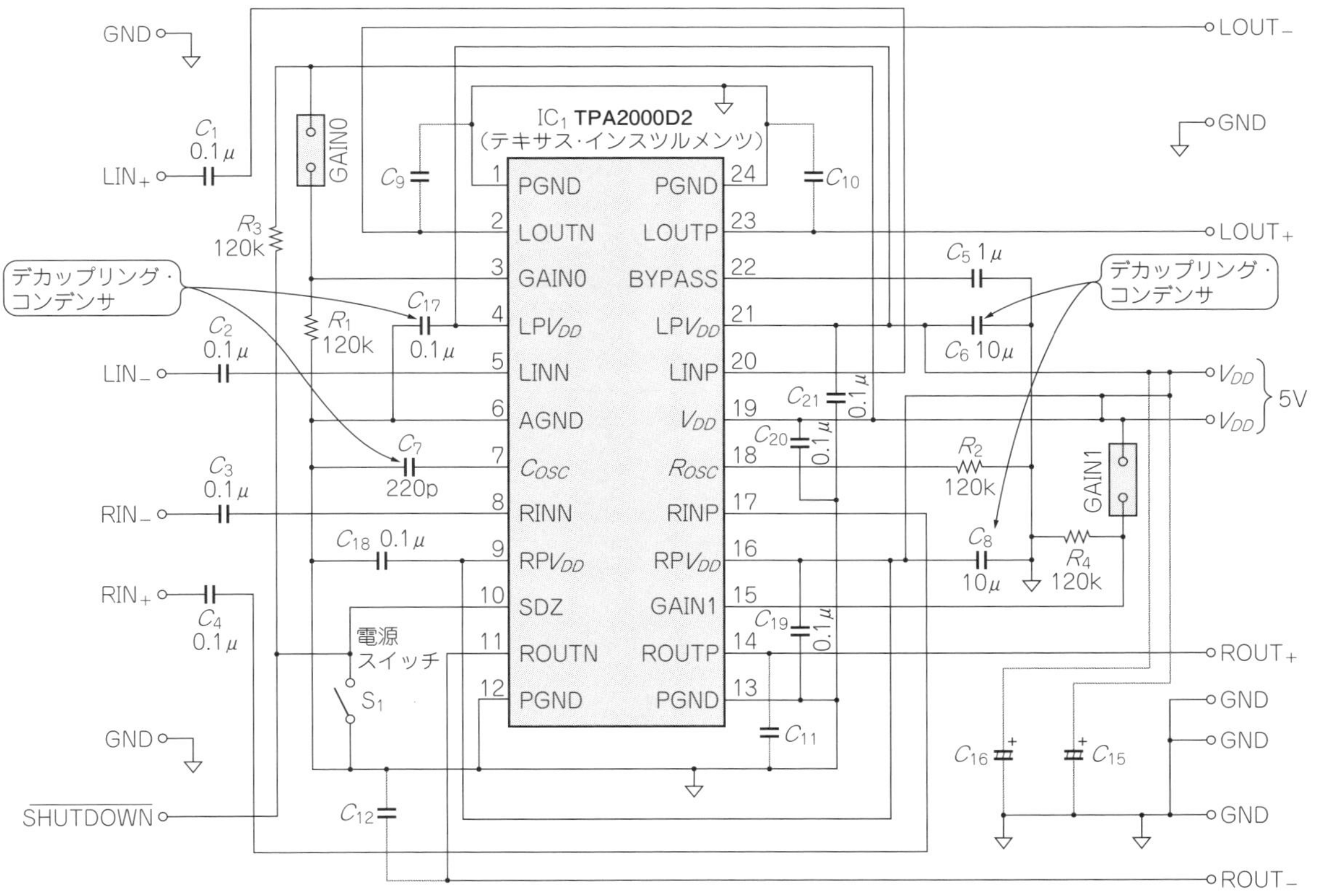

注▶ C_9～C_{12}，C_{15}，C_{16}はオプションであり，未実装である．

図6-1　TPA2000D2の評価基板の回路

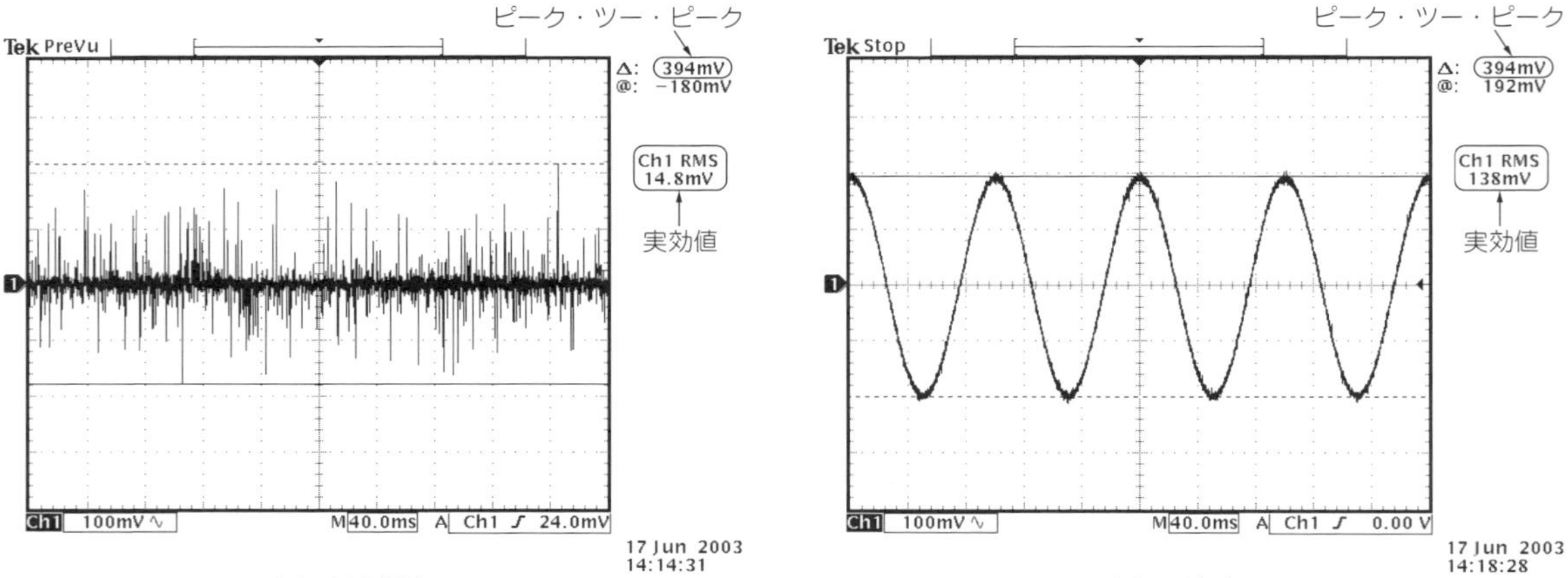

(a) 音楽信号　　(b) 正弦波

写真6-1　TPA2000D2の出力波形(100 mV/div., 40 ms/div.)

です．最大値はどちらも394 mV_{p-p}で同じですが，実効値はそれぞれ14.8 mV_{RMS}と138 mV_{RMS}です．

D級オーディオ・パワー・アンプは，可聴域の周波数を増幅するのが目的ですが，電源部は可聴域ではなく，D級アンプの動作周波数を考慮して設計する必要があります．例えばTPA2000D2は標準の動作周波数が250 kHzです．

なお，D級アンプの電源部にスイッチング電源を使う場合，電源のスイッチング周波数は250 kHzよりも高くします．さもないと，よほど大きなデカップリング・コンデンサを使用しない限り，D級アンプの出力電力をまかなうことができず，ドラムのようにアタックの急峻な音がなまり，湿っぽい音に聞こえます．

また，電源のスイッチング周波数とD級アンプの動作周波数のビートが可聴域に入ってこないように考慮する必要もあります．

〈石井 博昭〉

トラブル対策編②：雑音

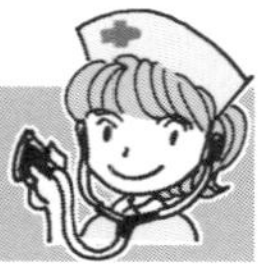

Q 7 ボリュームを回すと「ガサッゴソッ」という不快な音が出る

オーディオ・アンプの音量調整用可変抵抗器(VR)の摺動子を動かしたとき「ガサッゴソッ」とか「ザッザッ」という不快な摺動《しゅうどう》雑音が出ることがあります．

A ● 原因

可変抵抗器にDC電流が流れているのが原因です．**図7-1**に示すようにVRの摺動端子～固定端子間抵抗はミクロ的には回転角に比例しないため，VRにDC電流が流れると摺動子を動かしたときに大きな摺動雑音を発生します．

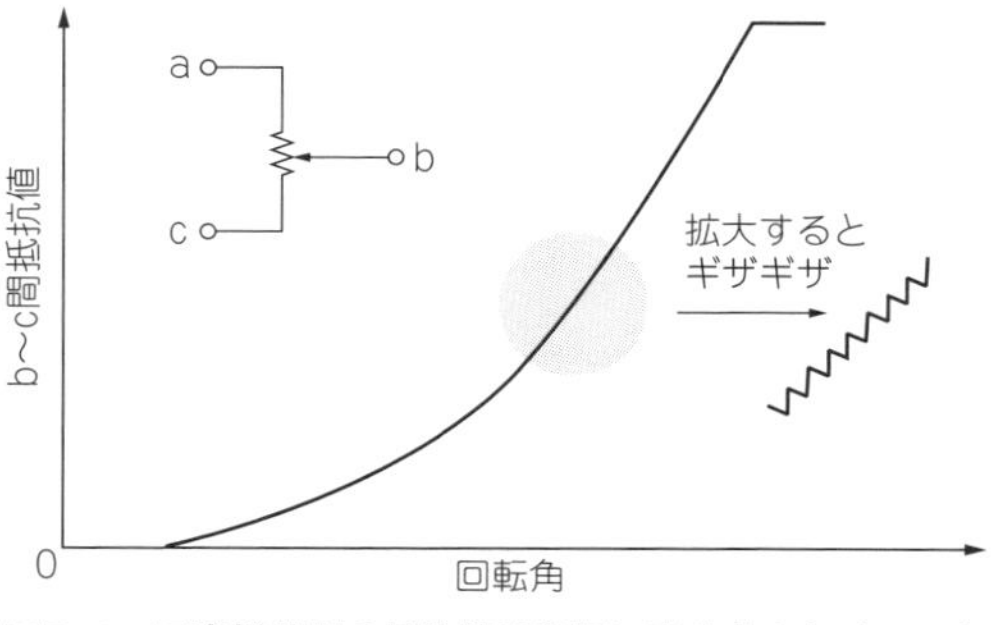

図7-1　可変抵抗器の抵抗値は単調に変化するわけではない

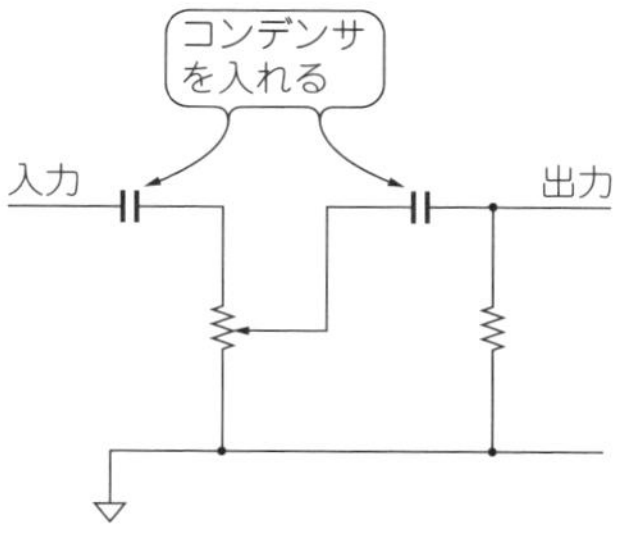

図7-2　コンデンサでDCをカットする

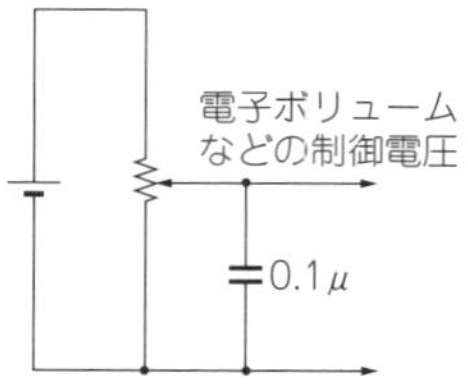

図7-3　DCをカットできないときはLPF用のコンデンサを入れる

この症状を「バリオーム」になぞらえ「ガリオーム」と呼ぶことがあります．この状態で使い続けると症状はいっそう悪化します．

● **対策**

対策は容易で，**図7-2**のようにVRの入力と出力にコンデンサを挿入してDCをカットします．なお，電子ボリュームのようにDC電流の流入が避けられないときは**図7-3**のようにコンデンサを接続します．このコンデンサはローパス・フィルタとして働き，聴感雑音が減少します．

〈**黒田 徹**〉

Q 8 2つのアンプをケーブルでつなぐと，ハム雑音が出る

単独ではハム雑音が出ない2つのアンプを**図8-1**のようにケーブルでつなぐと，ハム雑音が出ることがあります．

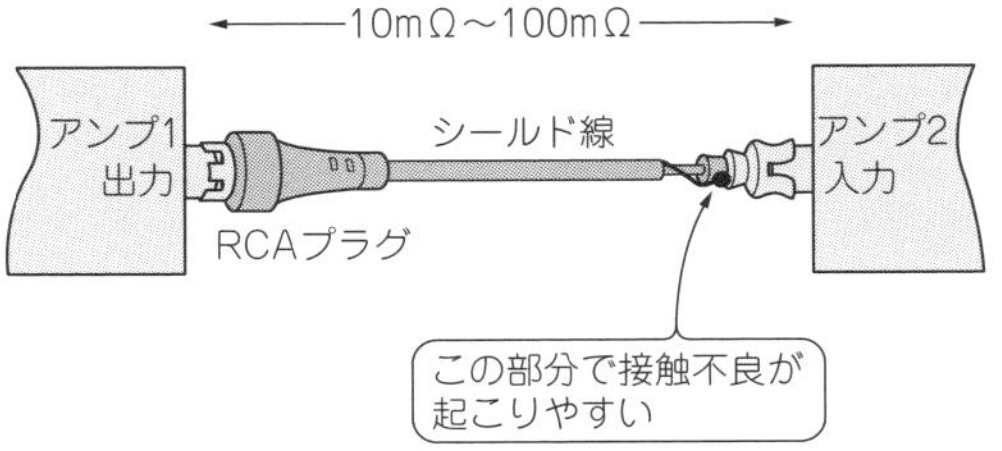

図8-1 アンプ1-アンプ2間のグラウンド・ラインの抵抗値が大きいとハム雑音が出る

A

● **原因(1)ケーブルのグラウンド・ライン抵抗が大きい**

長さ1m前後のRCAプラグ付きケーブルのグラウンド・ライン(シールド編組線)の直流抵抗は10m～100mΩぐらいです．しかし，コストをケチった安物のRCAプラグ付きケーブルは，乱暴な取り扱いでシールド編組線とRCAプラグ間の接触不良が起こりやすく，グラウンド・ライン抵抗が数Ω以上に増え，ハム雑音を発生することがあります．

● **対策(1)優良ケーブルと交換する**

グラウンド・ラインの直流抵抗が低く，RCAプラグが適切に取り付けられた良質のケーブルと交換します．

● **原因(2)グラウンド・ラインがループを描いている**

図8-2のようにループを描いているとハム雑音を誘起することがあります．

筐体内部の配線にきちんとシールド線を使う高級ステレオ・アンプは「モノ・コンストラクション」と称して，**図8-2(a)**のように基板をRchとLchの2枚に分割することがあります．しかし両chの信号グラウンドは，どのみちアンプの内部または外部の入出力端子部分で合流するため，ACグラウンド・ループが形成され，ハム雑音を誘起することがあります．

● **対策(2)ループ面積を減らす**

図8-2(b)のように両チャネルを1枚の基板に載せ，中央分離帯の役割を担う共通グラウンド・パターンを設ければ，ハム雑音を極小にできるうえ，チャネル間クロストークも抑えられます．

〈**黒田 徹**〉

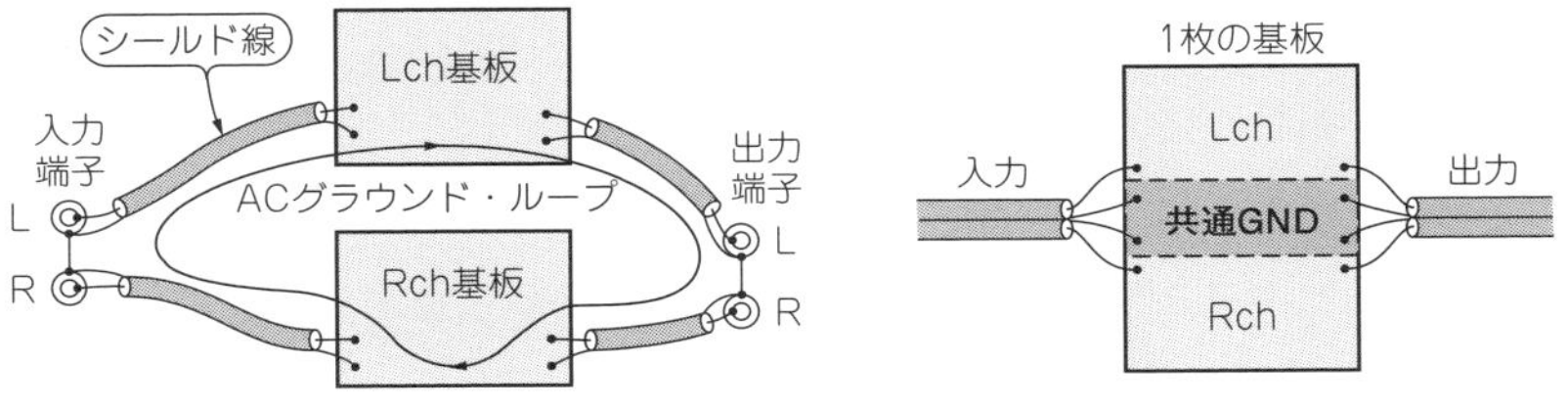

図8-2 プリント基板を2枚に分けるとACグラウンド・ループができる

Q 9 低周波雑音の大きさが不規則に変動する

A

● **原因(1)高周波発振**

図9-1のような低周波増幅器の内部で高周波発振があると，多くの場合，非直線ひずみのみならず低周波雑音も増加します．これは，発振波が高周波雑音によって変調され，それが回路の非直線性によって低周波にフォール・ダウンするためと考えられます．

この種の雑音は不安定で，雑音の大きさが不規則に変化することが多いです．

● **対策(1)発振を止める**

図9-1のエミッタ・フォロワ回路の場合はR_1→R_2→R_3の順に抵抗を追加して発振を止めます．それでもだめならコレクタ-ベース間にCを入れます．

● **原因(2)放送電波の混入**

低周波増幅器に放送電波が混入すると，回路の非直線性によって検波され低周波雑音になります．空中配線が多い実験回路は電波を拾いやすいので要注意です．電波の侵入を抑えるには，電波を遮断したシールド・ルームで実験すればよいのですが，そうもいかないので，次善策として回路の実装面積を減らし，また回路のグラウンド面積を広くとってシールド効果をもたせます．

入力信号源(信号発生器)までの距離が長いと，接続ケーブルが受信アンテナになり，増幅器に電波が侵入することがあります．

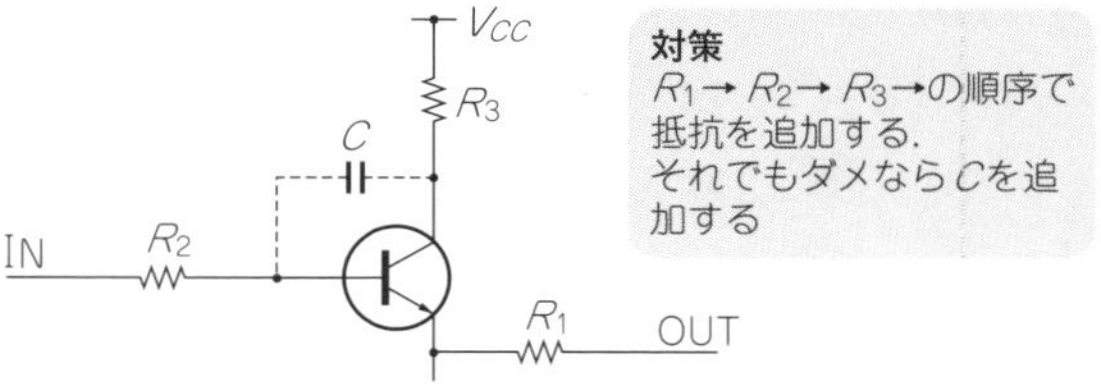

図9-1　エミッタ・フォロワの発振対策

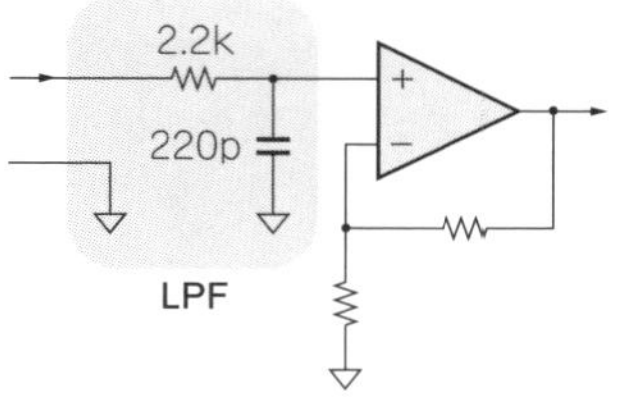

図9-2　アンプの手前にLPFを入れる

● **対策(2)電波の侵入を阻止する**

侵入電波は，増幅器の手前に**図9-2**のLPFを入れれば除去できます．ただし，LPFはパルス応答を鈍らせるので，方形波応答で負帰還安定性を判断すると，回路に潜む不安定性を見逃すおそれがあります．方形波応答を見るときは，このLPFを外します．

〈黒田　徹〉

トラブル対策編③：パワー・アンプの異常動作

Q 10 パワー・アンプが発振し，回路部品が発火した

大電力を取り扱う場合，負帰還(NF)回路の周辺は厄介《やっかい》な問題が多く絡みます．たとえ回路設計上の問題がなくても，扱う電力が大きく，実装上の処理が不適切だと回路の発振を招き，最悪の場合は部品の発火など重大事故に至るからです．

A

● **原因**

信号レベル差に起因する結合が原因です．

パワー・アンプの発振には，多くの要因がありますが，NF回路の不適切な実装によって，高インピーダンスのルート上に大振幅の電力段が結合して，発振を引き起こす例が数多く見られます．

● **NF回路の実装失敗例**

NF回路の実装が悪くて発振した例を**図10-1**に示します．この回路は差動アンプ1段，信号反転処理，パワー1段のごく一般的な構成です．

問題はNF抵抗の挿入位置にあります．増幅段数が多く，信号処理の都合上，入力から出力端まではかなりの実装面積が必要です．NF回路は出力側から入力側までラインを引き回す必要があり，この引き回し方が悪いと，回路途中で信号が結合し，発振に至ります．

出力ラインのエネルギ・レベルは，例えば8Ωの負荷に100Wの電力を供給する場合，±50Vほどの振幅がありますが，この出力電圧を入力側信号ラインと結合させない最適位置を慎重に選定します．ここで誤れば発振して，回路部品の焼損に至ります．

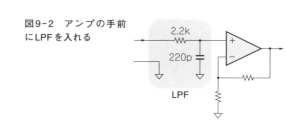

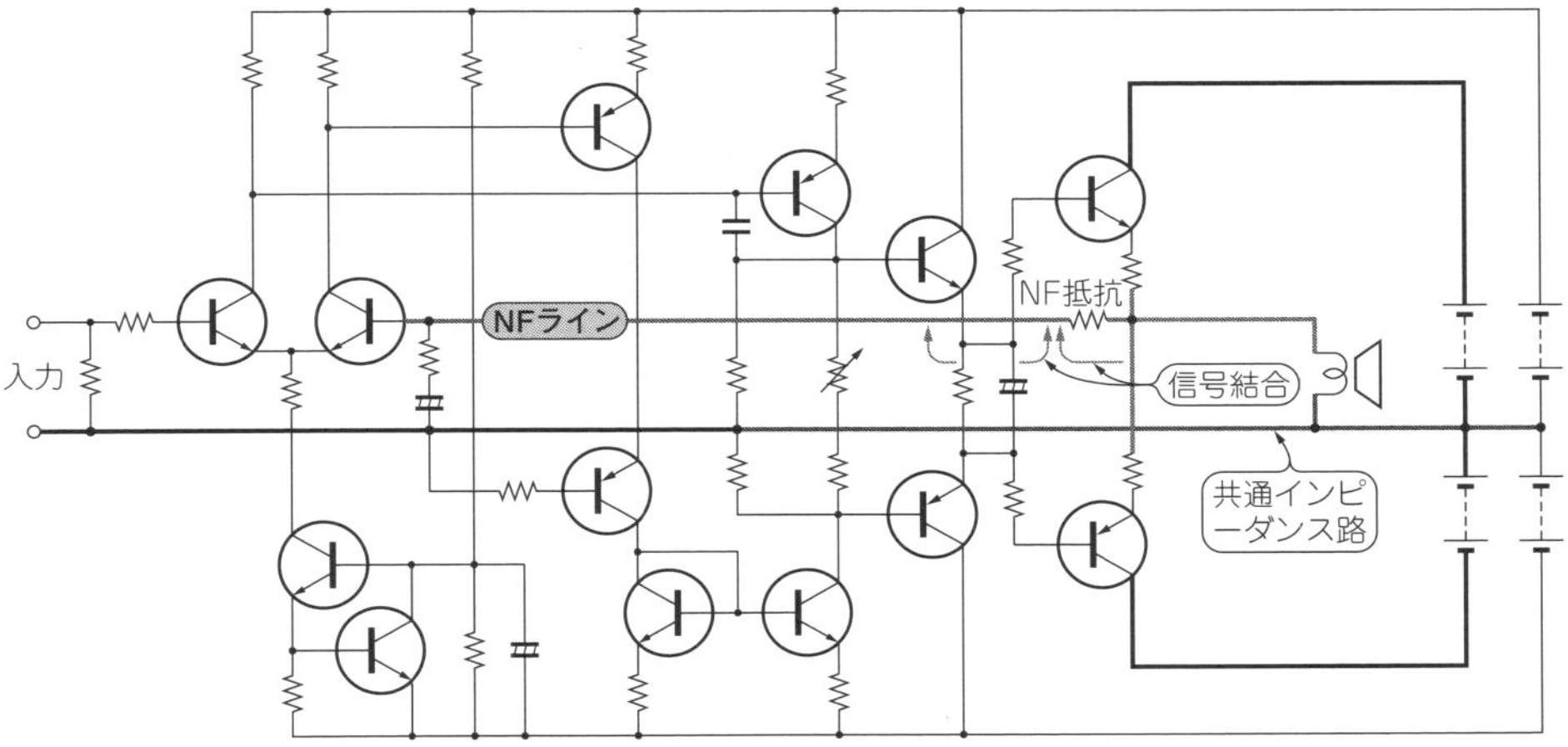

図10-1　負帰還抵抗の配置ミスとグラウンド・ライン引き回しミスによる失敗事例（プリント・パターンのイメージ）

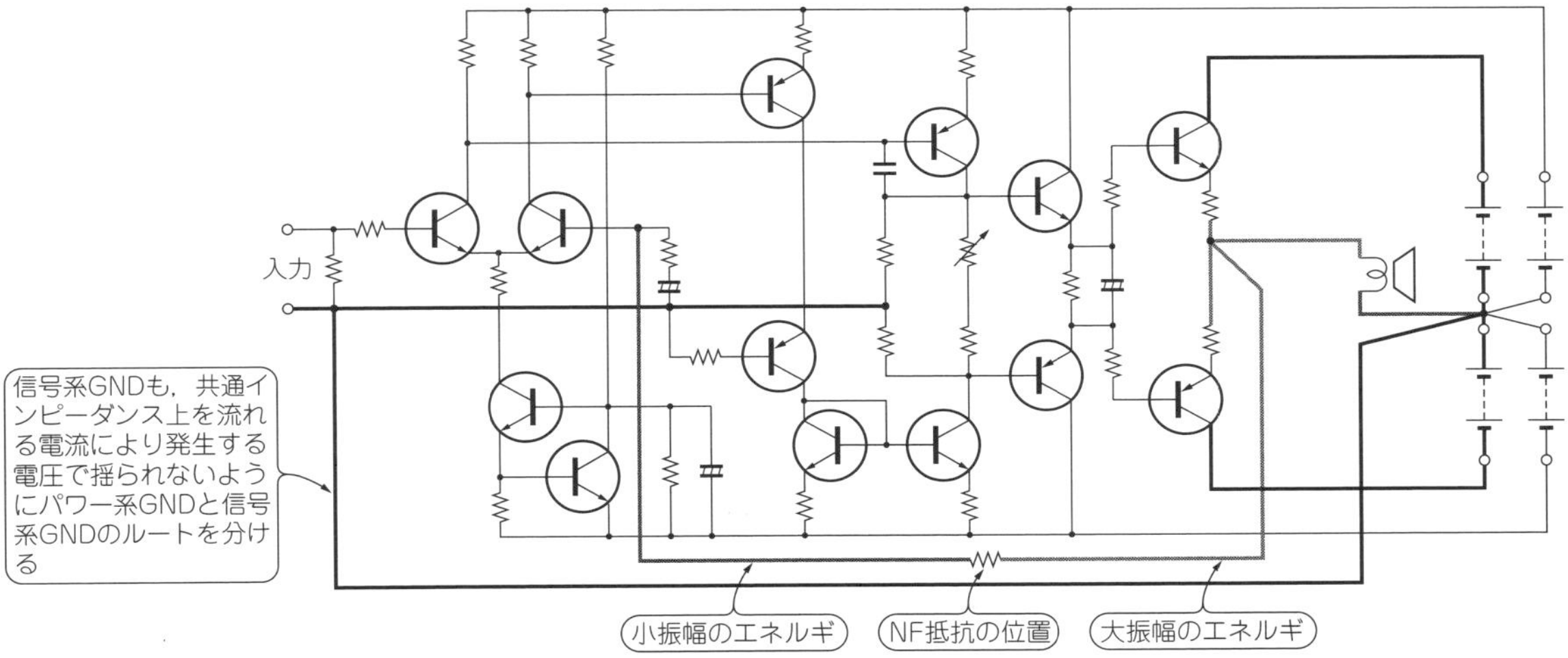

図10-2　改良後の負帰還抵抗の配置とグラウンド・ラインの引き回し（プリント・パターンのイメージ）

NFラインの引き回し方について，**図10-1**の回路で解説します．入力側の差動アンプの片側にNF信号を入力しますが，ここに至る経路を考察すると，NF抵抗の一方は信号レベルが低く，他方はパワーに見合う高い信号レベルで動作しています．

ここで留意すべき点はこの抵抗を挿入する位置と，各信号増幅段との関係です．NF抵抗の一方は入力信号に近く，他方は出力端子そのものです．

図10-1のように，NF抵抗が出力端子に近い場合，差動アンプの片側の入力端子は出力信号と結合する危険に曝《さら》されます．逆に入力側にNF抵抗を配置すれば出力信号が途中の増幅段の間で結合する危険に曝されます．すなわち，NF抵抗挿入位置が実装上どこの位置にあれば最適かを考えねばなりません．

● 対策

対策として**図10-2**のとおり電源グラウンド・ラインを巧妙に利用し，各増幅段の中間処理位置にNF抵抗を配置することで，これらの矛盾から逃れられます．

以上を設計時に正しく検討しておくことが大切です．これを誤れば発火による人身事故に発展する可能性すらあり，細心の注意が必要です．

〈岡田 創一〉

Q11 パワー・アンプが誤動作し，スピーカに直流が流れる

NF回路にオフセット・サーボを使用した場合，回路が自身の信号または他チャネルの大振幅信号で誤動作します．パワー・アンプの出力側にオフセット電圧が発生すれば，スピーカに直流が流れ，火災の原因になることすらあります．

A ● 原因

オフセット回路の誤動作が原因です．正負電源を使用し，スピーカの結合用カップリング・コンデンサを使わない設計が一般的ですが，この場合はパワー・アンプで発生するオフセット対策に注目すべきです．

このオフセット除去にDCサーボ回路が採用される場合がありますが，この回路の実装が不適切だと，大振幅でスイングする信号がサーボ回路の入力側に漏れて，誤動作の原因となります．

● 対策

図11-1にオフセット・サーボ付きのNF回路を示します．このサーボ回路も**図10-1**と同じく挿入位置が問題です．サーボ回路の入力側は積分時定数が大きく，高い入力抵抗をもち，回路の配置が悪いとサーボ回路の誤動作を招きます．この回路も**図11-1**のとおり，NF抵抗と同じ位置に配置して不具合を防ぎます．

時定数は通常0.5 Hz以下が一般的です．したがって抵抗値は500 kΩ以上の大きい値を取ります．**図11-1**は二重積分方式の導入事例です．

マルチチャネル・アンプ構成のとき，サーボ回路の積分用OPアンプの入力側に，他チャネルの大振幅によるクロストーク成分が混入すると，本来の入力信号に対して他チャネルの信号で混変調を受け，誤動作の原因になります．

サーボ用OPアンプは，自ら発生するオフセットを制御できないので，パワー・アンプの放熱フィンから十分離れた位置に配置し，発熱の影響を排除します．

これらを総合的に勘案し，回路の挿入位置を決定します．OPアンプの電源は，パワー段に供給する電源ライン上で，かつ共通インピーダンスをもたないところから給電します．また十分に電源リプルを低減することが必要です．

また，大出力時の電圧変動対策として安定化電源を挿入します．サーボ回路は1 Hz以下の信号を扱うので，回路のリターン線路にはスピーカの負荷電流を流さぬ設計とします．

〈岡田 創一〉

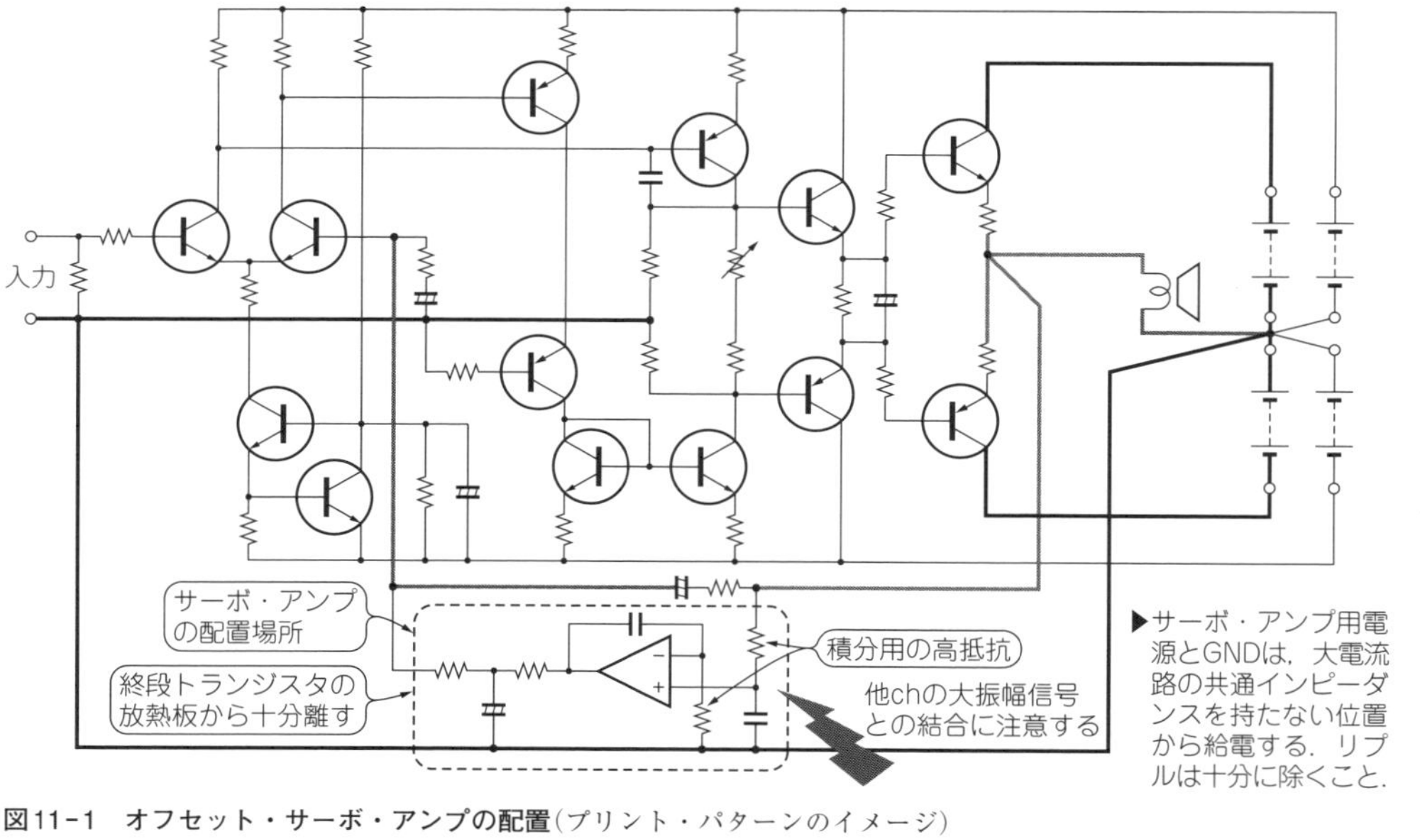

図11-1 オフセット・サーボ・アンプの配置（プリント・パターンのイメージ）

Q12 オーディオ・パワー・アンプの位相補償容量をいくら増やしても，方形波応答にリンギングが出る

図12-1はOPアンプと個別トランジスタを組み合わせたパワー・アンプです．パスコンとしてOPアンプの電源ピンに0.1 μF，パワー・トランジスタのコレクタに0.1 μFのセラミック・コンデンサが挿入されています．アンプの負荷抵抗として6 Ωの純抵抗を接続し，20 kHzの方形波をアンプに入力したときのテスト・ポイントの応答波形を**写真12-1**に示します．約500 kHzのリンギングが見えます．

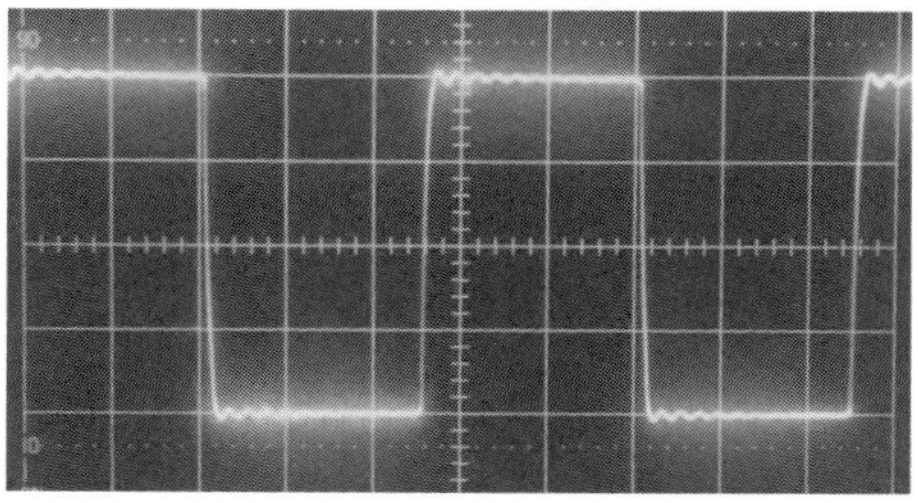

写真12-1　パスコンが0.2 μFのときの方形波応答(10 μs/div.，2 V/div.)

図12-1
15 Wオーディオ・パワー・アンプ

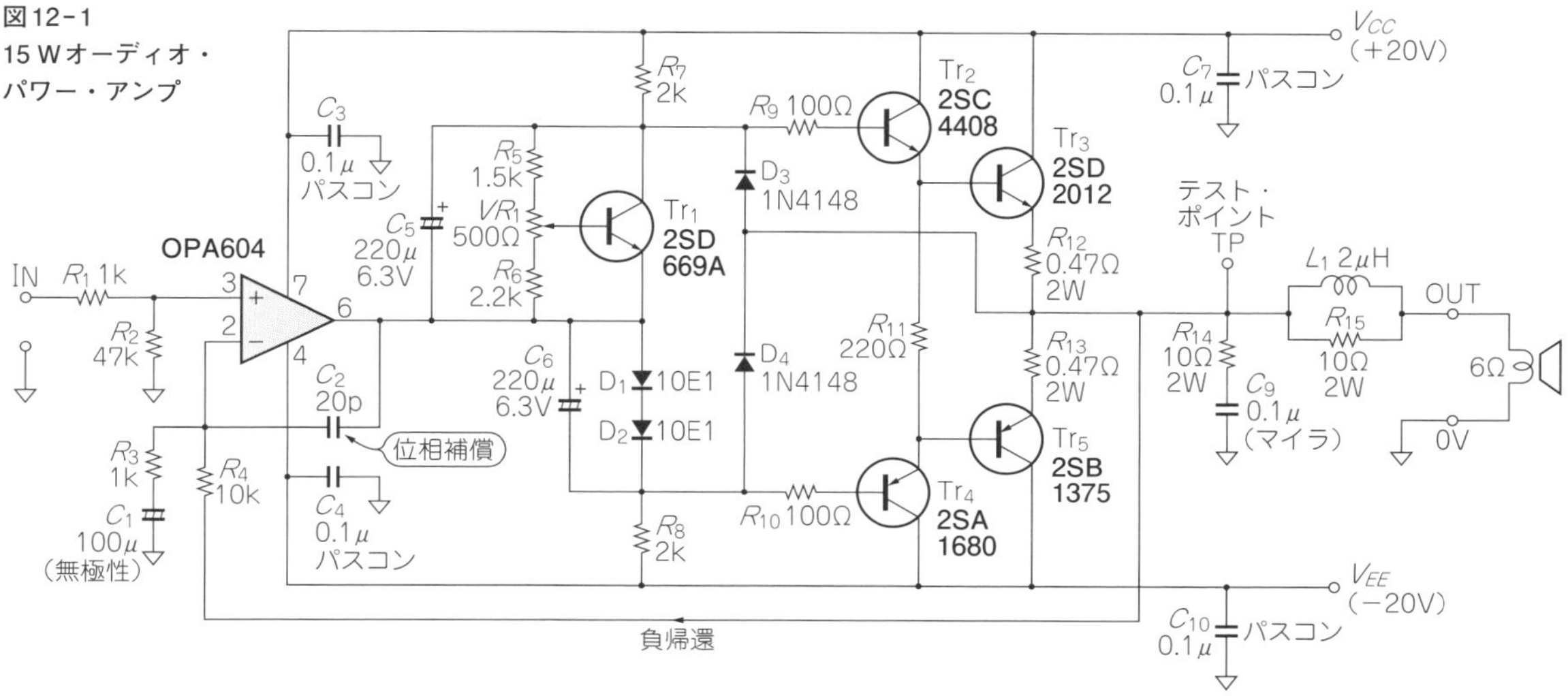

A 出力段のパスコンの値が不足しているのが原因です．対策としては，電解コンデンサのパスコンを追加します．一般にICの電源ピンとGNDの間に0.1 μF程度のセラミック・コンデンサをパスコンとして接続しますが，いつも0.1 μFで十分というものではありません．

このリンギングは位相補償容量C_2の値を増やしても消えません．なぜならリンギングは，電源部～出力段トランジスタのコレクタまでの配線インダクタンスLとパスコン容量Cの共振に起因するからです．

本回路の場合，電源部～出力段トランジスタまでの配線長は約25 cmで，Lは往復で0.2 μ～0.4 μHぐらいと推定されます．OPアンプ電源と出力段電源は共通のためパスコン容量Cは0.2 μFです．

L = 0.3 μHと仮定すると，共振周波数f_0は，

$$f_0 = \frac{1}{2\pi\sqrt{LC}} \fallingdotseq \frac{1}{6.28\times\sqrt{3\times10^{-7}\times2\times^{-7}}}$$
$$\fallingdotseq 650\ \mathrm{kHz}$$

と計算され，観測値とほぼ合致します．

一般的にパスコンの値は，出力端子に接続する負荷抵抗R_Lに応じて変える必要があります．R_Lが数kΩならばパスコンは0.1 μFで十分ですが，R_Lが数Ωならば，その1000倍すなわち100 μFのパスコンが必要です．C_7およびC_{10}と並列にそれぞれ220 μFの電解コンデンサを接続したときの方形波応答を**写真12-2**に示します．リンギングは完全に消えています．

〈黒田 徹〉

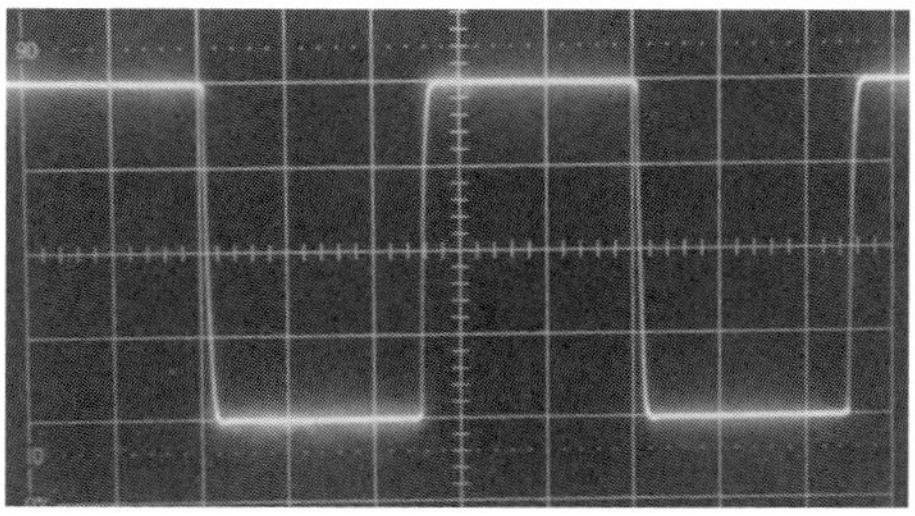

写真12-2　パスコンが0.2 μF//220 μFのときの方形波応答(10 μs/div.，2 V/div.)

トラブル対策編④：さまざまなトラブル

Q 13 ミューティング回路の動作がおかしい

A **図13-1**のミューティング回路の失敗事例を見てください．過去から現在に至るまで，設計の初心者が同じ失敗を繰り返しています．

● 症状

①アナログ信号レベルが大きいときに信号がひずむ
②大きい信号レベルだとミュート動作で異音が出る
③ミュート効果が少ない

● 原因

症状①の原因▶ミュートOFF時に信号振幅が0.7 V以上になると，出力信号の負振幅によってトランジスタTr_2がコレクタをエミッタ，エミッタをコレクタとした倒置状態で動作し，出力信号の負振幅側をクリップしてしまいます．そのため信号がひずむのです．

症状②の原因▶大振幅時にミュートすると，その急激なエネルギ変化がパワー・アンプで増幅されるのが原因です．大出力の場合は再生用スピーカを破壊する場合があります．

症状③の原因▶ミュートしても音が漏れるのは，信号の減衰効果が不十分だからです．

● 対策

症状①の対策▶ミュート回路の構成を変更する

図13-2(a)のようにミューティングOFF時に，ミュート用トランジスタが信号をショートしないように構成します．半導体を使ったミュート回路の場合，解決手段は唯一この回路構成しかないと思います．

さらに大振幅のアナログ信号をミュートする場合は，**図13-2(b)**の大振幅対応ミュート回路があります．ミュート用トランジスタをトーテムポールに積み上げ，グラウンド側からの回り込み電圧の耐圧を稼ぐ方法で，100 Vほどまでの振幅に耐えられます．ただし，電力を扱うミュート用には不向きなので，電力用にはリレーで対応します．

症状②の対策▶ミュート時の異音対策

ミュート・トランジスタがOFFからONに移行する場合に，ゆっくりONさせるか，アナログ信号がグラウンド基準点を通過するタイミング(ゼロ・クロス点)でトランジスタをONにします．ゆっくりOFFからONに移行するように制御した場合，信号の頭が潰れ，逆に異音発生の原因になることもあり，ターン・オン時間設定の検討が必要です．信号周波数にもよりますが，通常10 m～40 msほどに設定します．

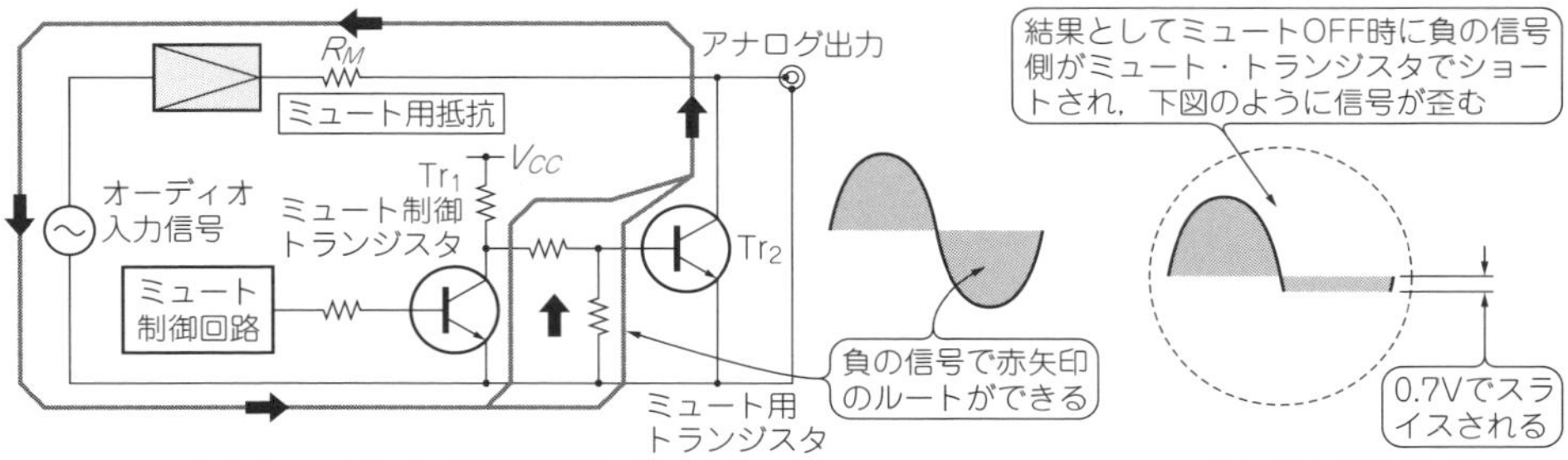

図13-1 ミューティング回路の失敗事例
(a) ミューティング回路の悪い例
(b) 出力波形が歪む

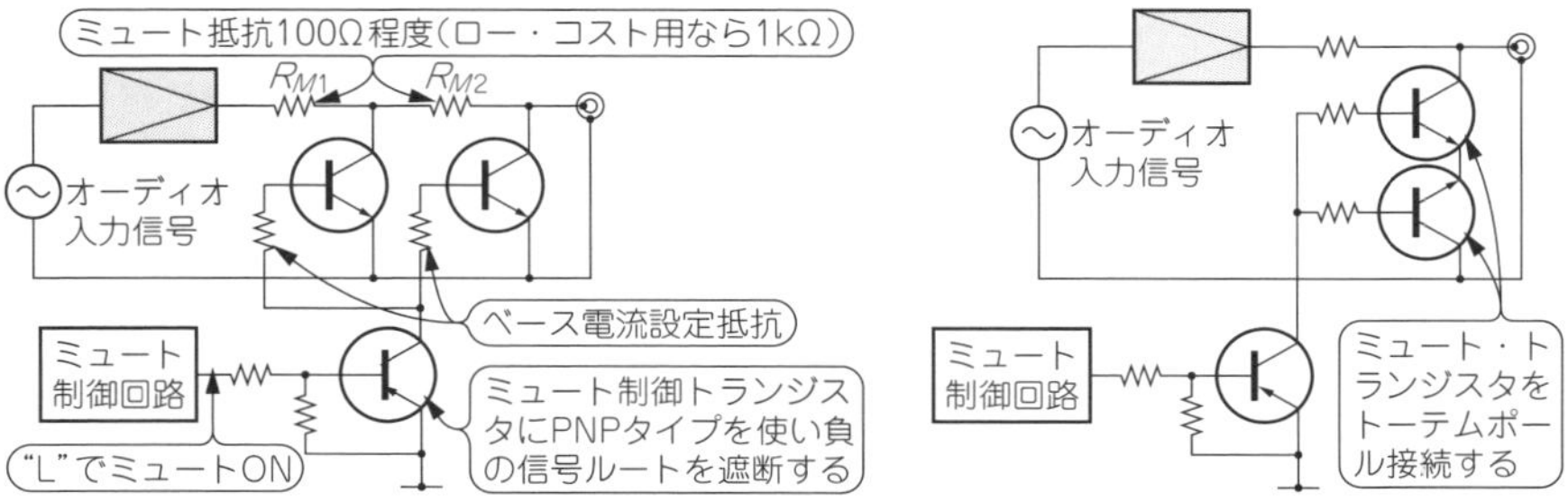

図13-2 正しいミューティング回路の例
(a) ツイン・ミュート制御回路の例
(b) 大振幅に対応できる回路

症状③の対策▶ミュート効果を改善する

十分なミュート効果が得られない原因は，2通り考えられるので，それぞれに応じて対策します

[A] ミュート用トランジスタのオン抵抗が大きく，十分な減衰量が得られない場合

ミュート制御に適したトランジスタを採用するとともに，ミュート制御時にトランジスタのベース電流をたくさん流して効果を出します．ベース電流は，トランジスタ1個当たり2 m～5 mAは欲しいところです．

最近のオーディオ回路は，多チャネルの信号を扱う場合が多くなり，例えば6チャネルの場合，ミュート制御電流だけで合計30 mAにも及びます．この場合，グラウンド・パターン設計に不備があると，急激な電流変化により，異音が発生することがあります．制御電流が流れるグラウンドの取り回しは，グラウンド・インピーダンスを十分下げる必要があります．

制御電流源のプラス側電圧も急激なエネルギ変化に追従できるだけのレギュレーション特性が必要です．

[B] 信号路上に挿入する直列抵抗の値が不適当

この抵抗値は小さいと減衰量が少なく，大きすぎると特性悪化の要因となります．また「信号路上のインピーダンスは小さい事」という基本原則に反します．

直列抵抗値はHiFi用なら100 Ω，ロー・コスト用でも最大1 kΩほどに留めるとよいでしょう．**図13-2(a)**のように制御トランジスタをツイン構成にすれば，ミュート効果も大きくかつ信号路に挿入する抵抗値も少なくてすみます．この手法は高級オーディオ機器に採用されています．減衰量80 dB以上が簡単に得られます．

〈岡田 創一〉

Q14 性能改善を試みても*SN*比が悪い，不要輻射対策の効果が見られない

A ● **原因**

写真14-1に不相関成分が発生している波形例を示します．

不相関成分とは，例えばLRCK(チャネル識別クロック)のように，システム上で一番周波数が低いクロック周期上の“L”または“H”タイミングの信号上に重畳される成分で，クロック源から分周する度に発生する周波数の異なる残存分です．また，水晶発振子の副機械振動成分も重畳されます．つまり，本来の目的とするクロックとは異なる周波数のエネルギ成分のことです．これを排除すると，信号伝達系から発生する不要輻射が改善されるほか，オーディオ機器の*SN*比が飛躍的に向上します．

図14-1に不相関成分がD-Aコンバータ内に注入されるようすを示します．

図のように，D-A処理部にデータ搬送用クロック信号として注入され，D-A処理回路内で，お互いに干渉しあいビート障害を引き起こし，オーディオ帯域内に折り返された結果，単一周期音(ピー音)が発生し，ノイズに埋もれることなく出力されます．この現象は，D-Aコンバータの内部で発生すると，改善は不可能で，対策手段がありません．

クロック源の水晶発振子は機械振動ですから，エネルギ・レベルの一番大きい基本周波数のほかに，エネルギ・レベルは低いのですが側波帯に副振動周波数成分が存在します．これを分周すると，水晶振動子で発生する副振動も分周回数を乗じた種類だけ発生します．

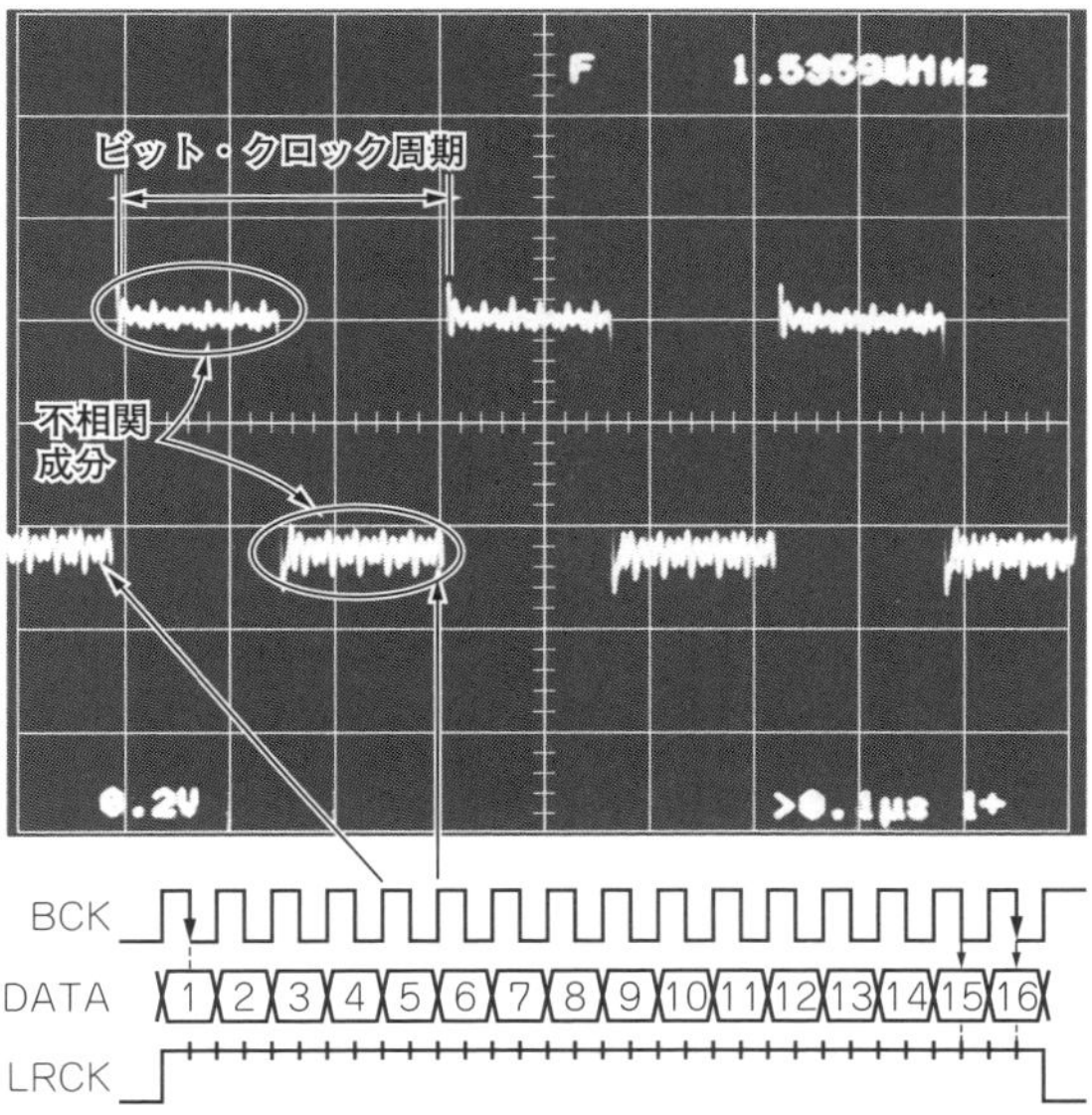

写真14-1 不相関成分が乗った波形(0.2 μs/div., 0.2 V/div.)

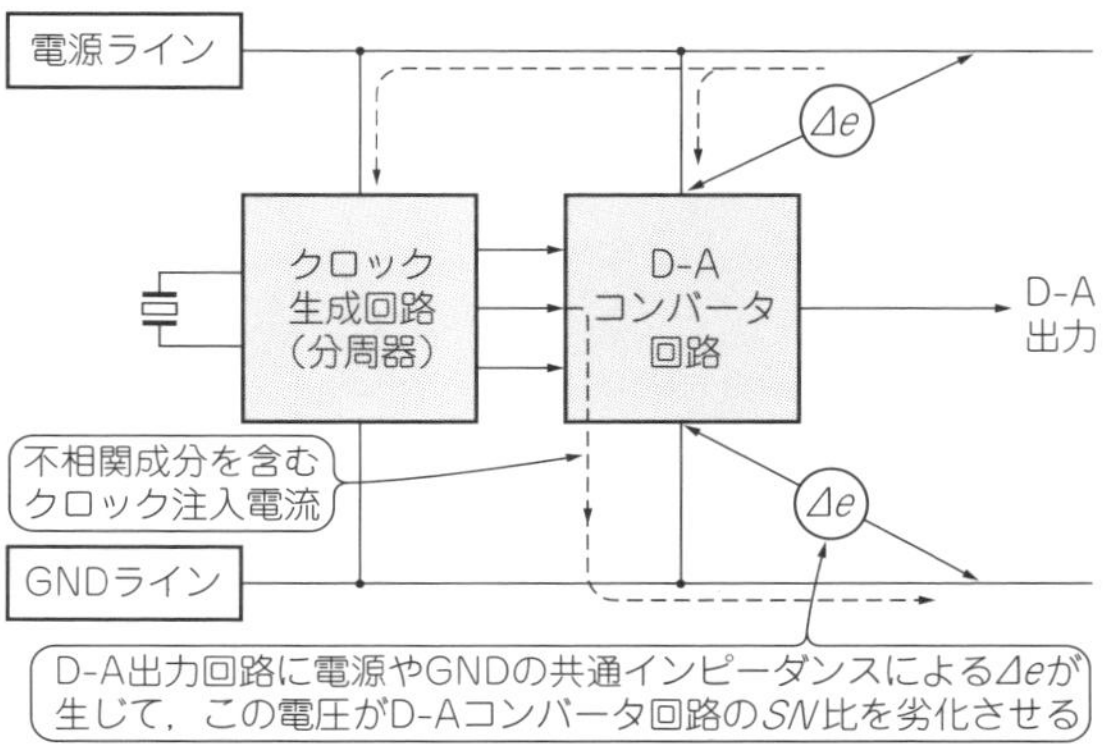

図14-1 不相関成分がD-Aコンバータに注入される仕組み

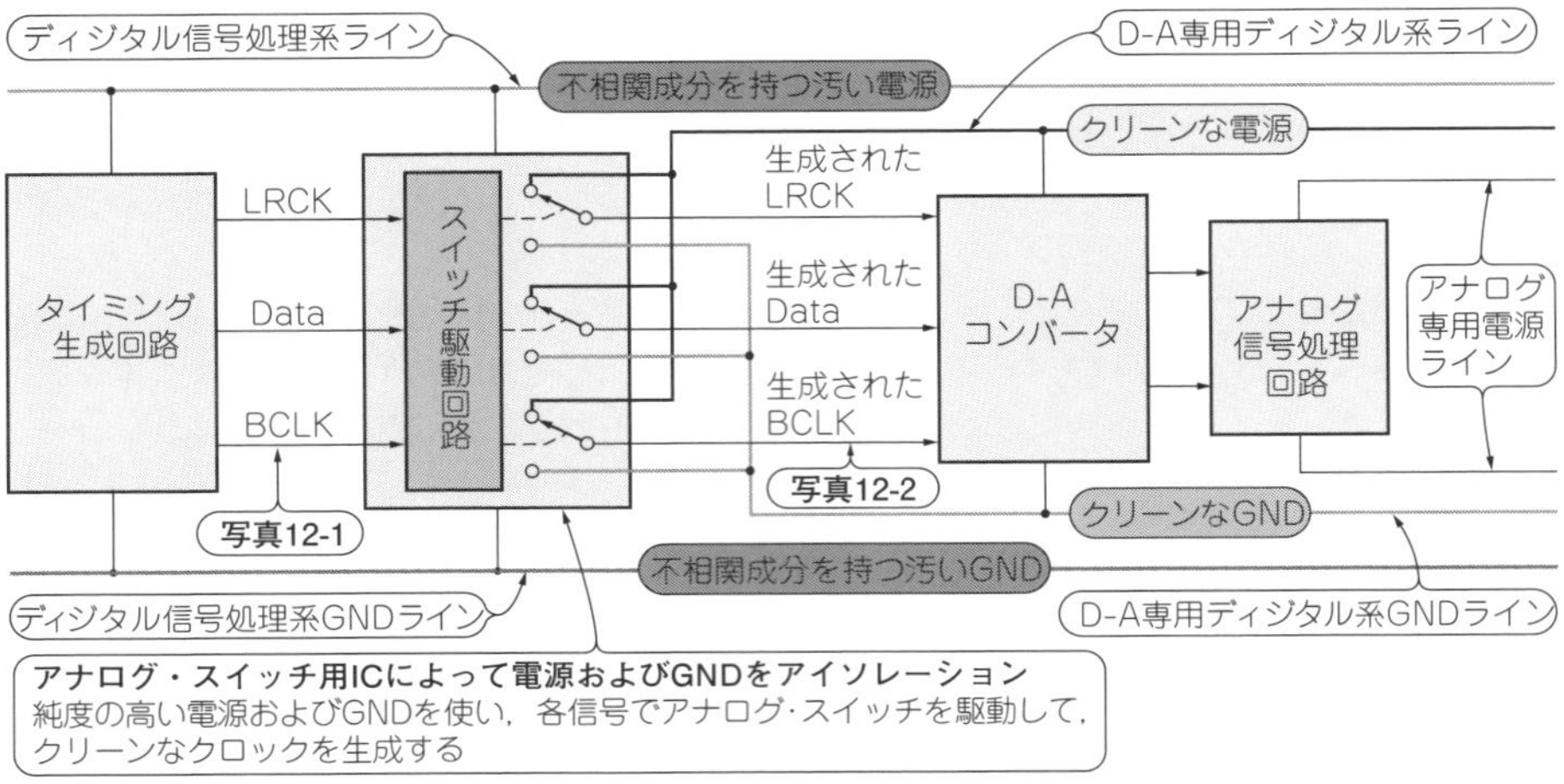

図14-2　不相関成分の伝送対策回路例

これらの目的外周期の周波数どうしがビート障害の原因を作ります．このほかマイコンなどのクロックと，ディジタル信号処理回路で使うクロックとの間でビート障害を発生することもあります．

これらの総合されたエネルギ成分をもつ信号伝送クロックをD-Aコンバータ内部に注入すると，D-A変換後，その音声出力にはノイズ成分以外に単一周期に変換された正弦波のビート成分(折り返しノイズ)が発生し，聴感上は金属音として知覚され，製品性能を著しく阻害します．上記エネルギは，クロック生成回路からたくさんの周波数成分をもつエネルギを放出し，ほかの機器類にも妨害を及ぼします．

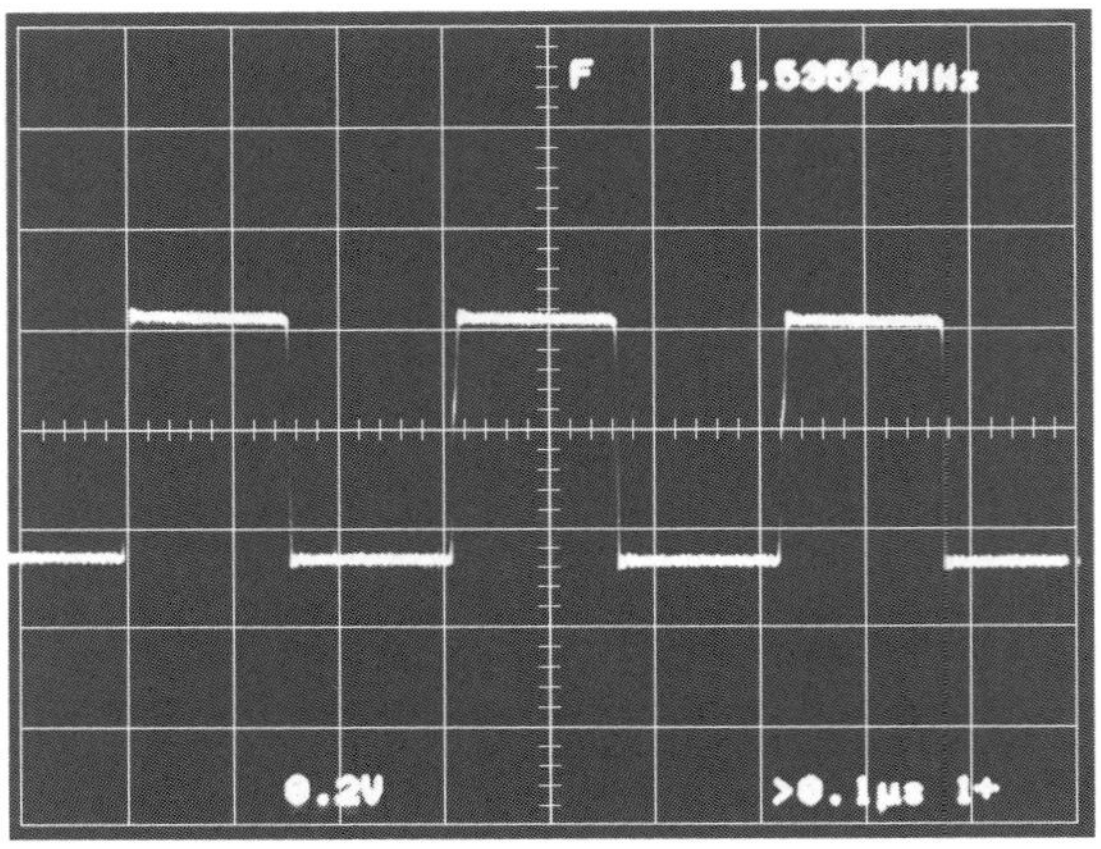

写真14-2　対策後の波形(0.2 μs/div., 0.2 V/div.)

● 対策

システム・クロックを生成するディジタル回路の出力側に，不要周波数成分を除く回路を挿入します．**図14-2**が対策例です．**写真14-2**が対策後の波形です．

図14-2の例は，アナログ・スイッチICを使って電源およびグラウンドを分離しています．LRCK，Data，BCKの各信号は，D-Aコンバータ専用のクリーン電源とクリーン・グラウンドから生成します．この方法は経済的に有利な方法です．

この方法は，周波数の低い信号伝送クロック系に対応可能ですが，マスタ・クロック系の高い周波数回路は，別の工夫が必要です．

私たちの設計では，マスタ・クロックを一度正弦波に変換して伝送し，高周波トランスを通して結合する手法を取りました．正弦波は不要な成分をほとんどもたないことに着目した方法で，正弦波伝送は不要輻射が減らせるという利点もあります．その他，アイソレーション回路に光伝送を使う例もあります．上記対策を施すことでD-A変換時に折り返しノイズの要因となる不相関成分から逃れることが可能になります．

その結果，D-A変換された出力エネルギのノイズ・スペクトラムは，ホワイト・ノイズだけとなり，*SN*比の向上が図れます．　**〈岡田 創一〉**

第6章 ディジタル回路

トラブル対策編①：データ伝送に関するトラブル

Q 1 伝送波形がひずんで通信状態が不安定になる

● **症状**

データ転送レートの高いディジタル・データ伝送路のライン・ドライバ/レシーバを設計したときの事例です．この回路は機器組み込み用ネットワークに使われるもので，ツイストペア・ケーブルを使って差動電圧で送受信します．電圧レベルはEIA-485準拠で，同一の伝送路に複数のノードが接続されます．トポロジは一筆書きのバス結線で，両端はケーブルの特性インピーダンスと等しいインピーダンスのターミネータで終端されます．

伝送路の距離がネットワーク全体で数mになることと，機器内部にはモータやソレノイドなどのサージ電圧が予想されること，さらにはコネクタが活線挿抜される可能性があることなどの理由により，ライン・ドライバ/レシーバを保護する目的で**図1-1**のようにダイオード・クランプ回路を挿入しました．ダイオードは，サージ耐量の大きな電源整流用ダイオードを使いました．

症状としては，波形がひずんで通信状態が不安定になるというものです．

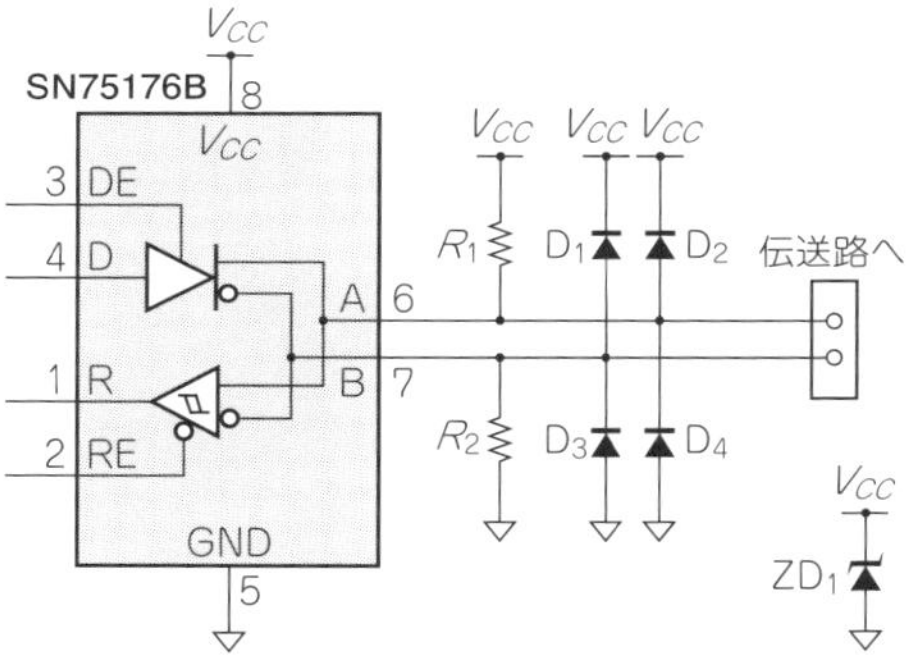

図1-1 ライン・ドライバ/レシーバを保護するためにダイオード・クランプ回路を挿入した

A

● **原因**

ダイオードに逆電圧を加えるとPN接合部に空乏層ができて静電容量をもちます．このトラブルは，ダイオードのPN接合部の静電容量がライン・ドライバ/レシーバのインピーダンスに影響を与えてしまったのが原因でした．

● **対策**

パルス・トランスで絶縁してしまうのが最も理想的な対策と思われますが，今回はPN接合部の静電容量(接合容量)のできるだけ少ないダイオードに置き換えることによって対策しました．

実際には，接合容量がデータ・シートに記載されていないこともあるので，いろいろと実験して決めるしかありませんでした．当然ですが，順電流の絶対最大定格の大きなダイオードほど接合部の面積が大きいので，接合容量も大きくなります．したがって，絶対最大定格が小さいダイオードを選べばよいということになるのですが，あまり小さすぎるとサージ電圧でダイオードが破壊される恐れがあります．

今回のケースでは，STマイクロエレクトロニクスのDA112S1というダイオード・アレイ(**図1-2**)を使いました．

〈**中 幸政**〉

◆ 参考文献 ◆

(1) DA112S1 data sheet, ST Microelectronics, August 2001.
(2) SN75176B data sheet, Texas Instruments Incorporated, 1999.

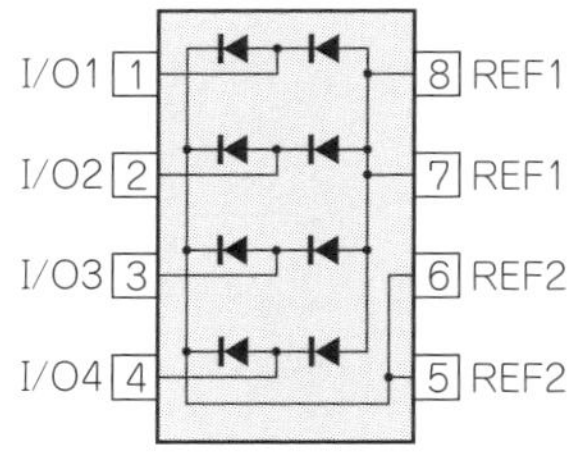

図1-2 ダイオード・アレイDA112S1
(STマイクロエレクトロニクス)

Q 2 クロック源の異なる回路からのデータ転送に失敗する

● 症状

図2-1は動作クロック源の異なる回路が出力する多ビットの信号を取り込む回路です．この回路が誤動作する現象に出会ったことがあります．

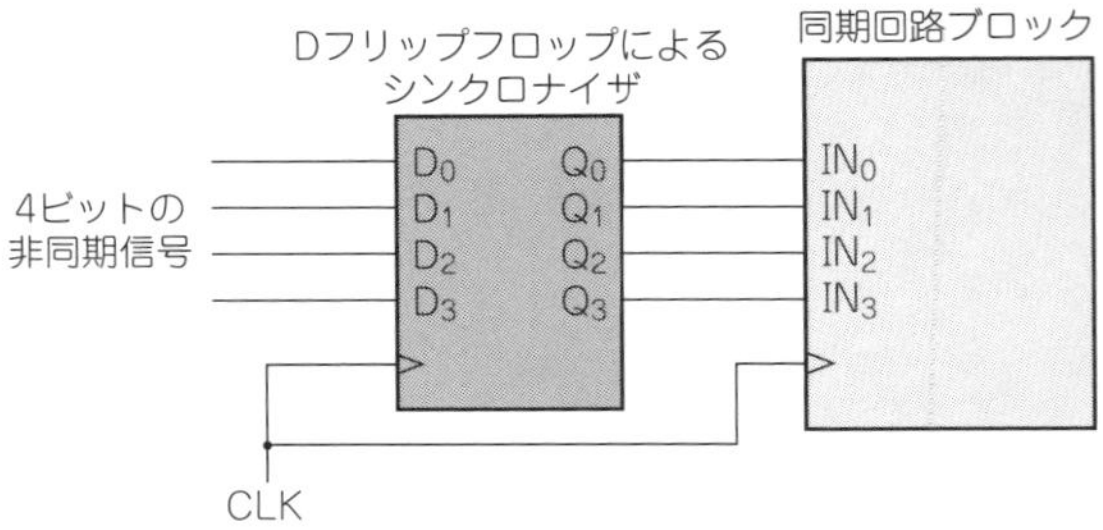

図2-1　クロック源の異なる回路が出力する多ビットの信号を取り込む回路

A ● 原因

調べてみると，出力された値と取り込んだ値が異なる場合があり，それが誤動作の原因だとわかりました．

設計者の意図としては，動作周波数の異なる回路から出力された信号を取り込むので，シンクロナイザを挿入して対策したつもりでした．しかし，その動作を勘違いしており，期待した効果を発揮していませんでした．

図2-2はクロック源の異なる回路からの入力信号(以下，非同期信号と呼ぶ)を取り込むときに使われるシンクロナイザ回路です．取り込む側の回路と同じクロックで駆動したDフリップフロップでいったん受け取ることにより，非同期信号を同期化できます．

それを単純に多ビットの信号に適用しようとしたのが**図2-1**の回路です．アドレス信号のように，複数の信号がまとまって1つの意味をもつような信号を受け取る場合は，このように単にDフリップフロップを挿入する方法だと，誤動作を引き起こす可能性があります．

図2-3に4ビットの信号がHHHHからLLLLに変化する場合のタイムチャートの例を示します．信号の変化点がクロックの立ち上がりとほぼ同じタイミングだった場合，図のようにシンクロナイザがLHHLという中間値を出力するタイミングができてしまっています．

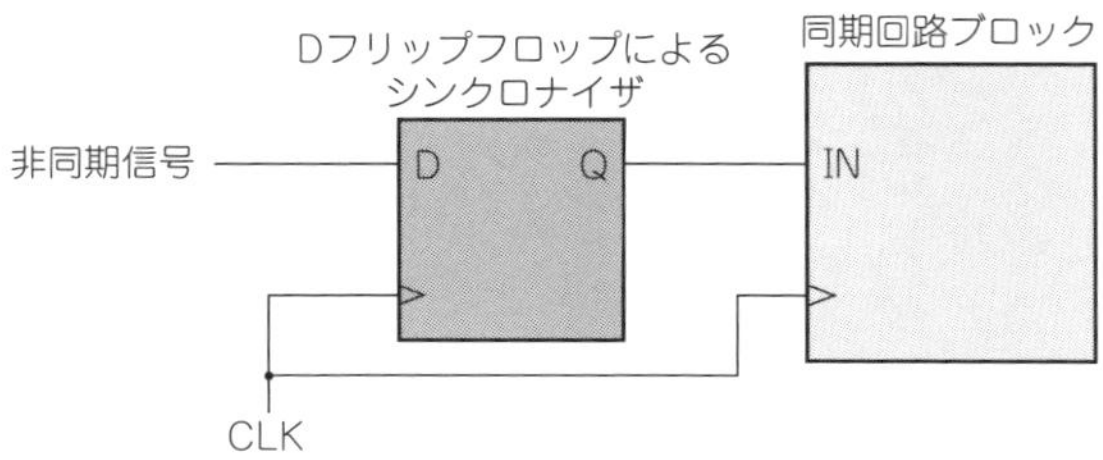

図2-2　よく使われるシンクロナイザ回路

後段の回路が，この値を取り込むと誤動作することがわかるでしょう．

1ビットずつを単独で見ると同期化されているのですが，複数のビットがまとまって意味をなす場合には問題が生じるのです．

● 対策

非同期信号の変化する頻度などによって，いくつかの対策方法が考えられます．

▶方法1：2回連続して同じ値ならその値を信用する

まず，非同期信号がごくまれにしか変化しない場合です．**図2-3**を見ると，中間値(LHHL)を出力している期間は1クロックぶんしかありません．これを前提にすれば，同期回路側の回路を「2回連続して同じ値

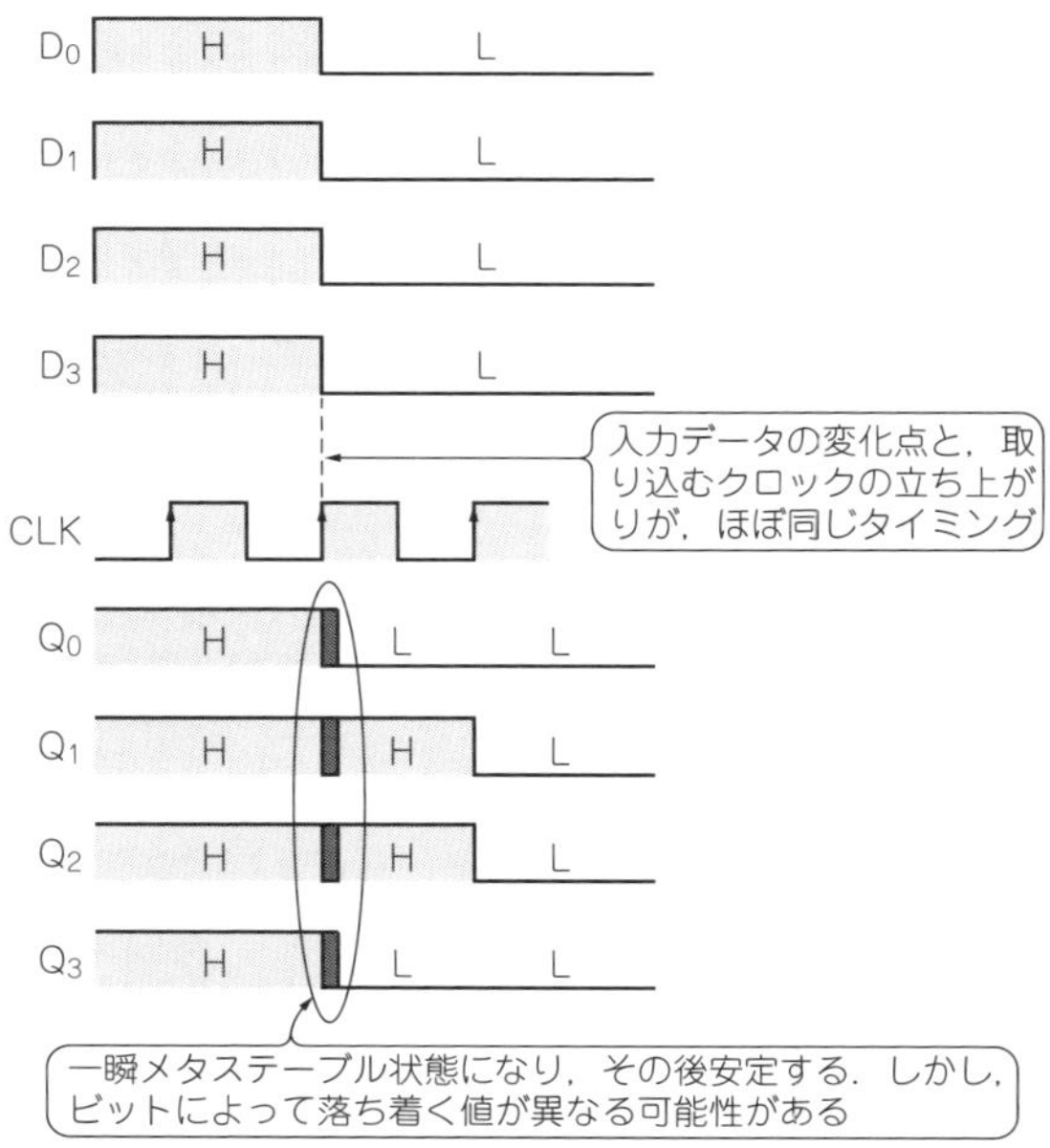

図2-3　図2-2の回路が期待した動作をしない例

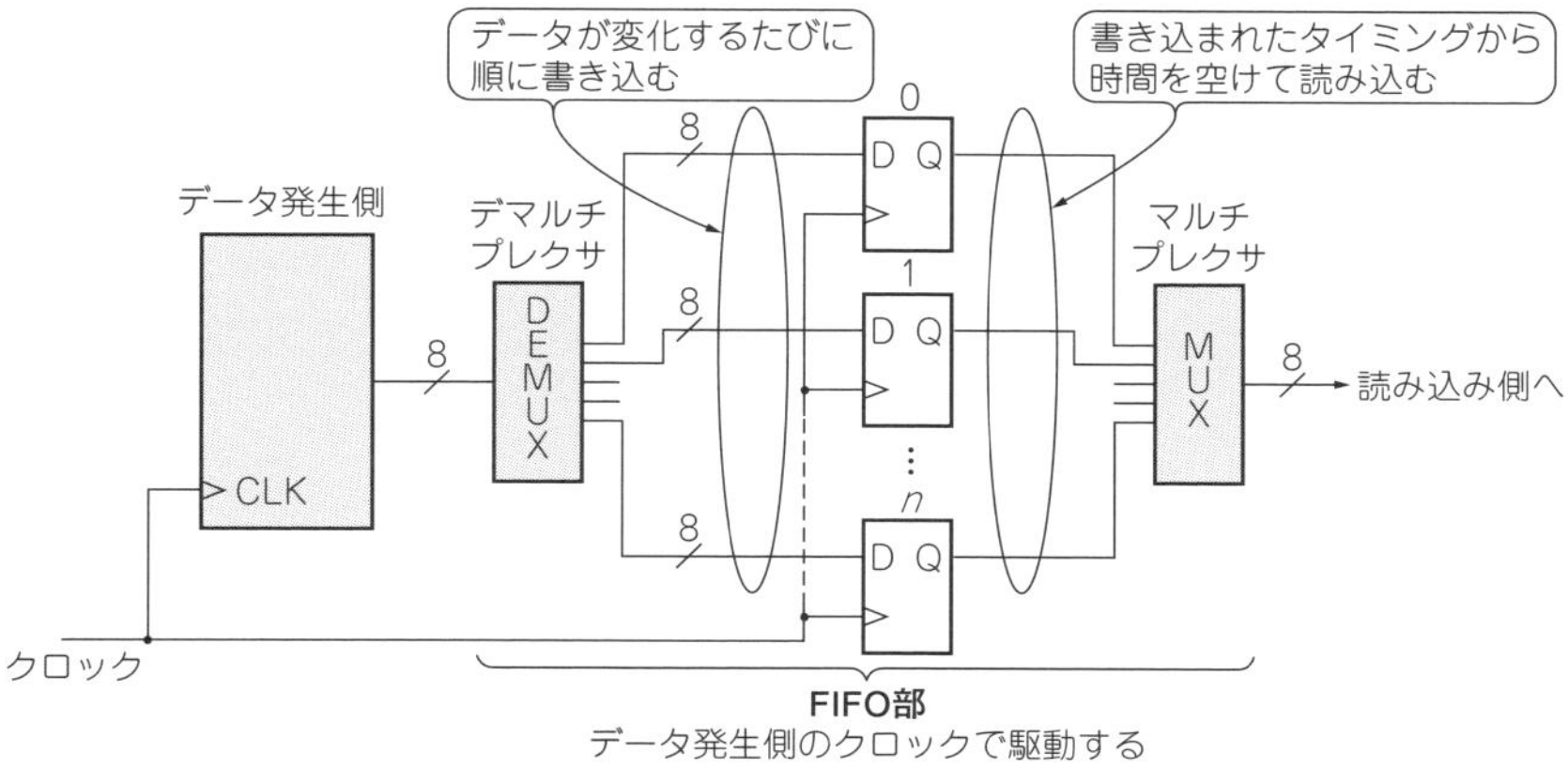

図2-4 FIFOによるクロック変換回路の例

が読めたらその値を信用する」ように組むことで対策できます．

▶方法2：data_valid信号を設けて同期化する

非同期信号を出力する回路側にも手を入れられるのであれば，値が確定していることを示すdata_valid信号を出力することもできます．data_valid信号も非同期信号になりますが，これは1ビットの信号なので通常のシンクロナイザ(**図2-2**)を使って同期化できます．そして，データが変化していないことが保証されたタイミングで多ビットの非同期信号を取り込みます．

この方法では，data_valid信号がシンクロナイザによって遅延されるので，そのぶん余裕を考えなければいけません．したがってデータがクロックごとに頻繁に変化するような場合には使えません．

▶方法3：ダブル・バッファを使う

次に，信号が同期回路側のクロックに近い速さで頻繁に変化する場合を考えます．通信系の回路などのように，外部回路に同期して信号を取り込むような場合がこれにあたります．このような場合は，ダブル・バッファを使う回避方法があります．

いったん外部クロックでメモリに書き込み，メモリがいっぱいになったら，それを読み出します．2つのうち，バッファの片方に書き込んでいる間に他方を読むようにすることで，クロックの違いを吸収できます．

ダブル・バッファによる遅延が気になる場合はFIFOを使えば，遅延を抑えることができます．読み込みと書き込みで違うクロックを使える専用FIFO-ICを使うこともできますが，**図2-4**のようにマルチプレクサとDフリップフロップを使って実現することもできます．

FIFOの長さをいくつにすべきかは，データ発生側とデータ読み込み側のクロック周波数の差やクロック周波数の精度などから，総合して判断する必要があります．

〈大中 邦彦〉

トラブル対策編②：消費電流に関するトラブル

Q3 CMOS標準ロジックICで製作した回路の消費電流が多い

● 症状

乾電池で長期間稼動できるようにCMOS標準ロジックの74HCシリーズを使用しました．しかし，消費電流が予想値(約100 μA)より大きくなってしまいました．

A ● 原因

図3-1のように1パッケージに複数の回路があり，未使用回路の入力ピンが開放になっていました．未使用回路の入力ピンを開放したままだったので，ノイズや隣接ピンなどの影響により未使用の回路が誤動作していました．

このように誤動作するのは，CMOSロジックICの入力インピーダンスが非常に高いためです．

また，CMOSタイプのロジックICは消費電流が少ないと思われがちですが，出力がONからOFF，OFFからONに変化(スイッチング)する場合には大きな電流が流れます．これを**図3-2**の回路で検証してみました．使用したのは74HC00でNANDゲートが4回路入っています．

乾電池からV_{CC} = 3.0 Vを供給し，1つの回路の入力を開放として，出力ピンの電圧波形(ch1)，V_{CC}に挿入した100 Ωの抵抗による電圧降下(ch2)を測定しました．**図3-3**が観測波形です．出力ピン(ch1)にはハムに高周波ノイズが重なったような波形が現れています．このとき74HC00のV_{CC}に流れる電流は，100 Ωの抵抗器の両端の電圧(ch2)から計算すると40 mA程度でした．

図3-3は一例であり，ハムの影響が強くなったり，さまざまに変化します．

● 対策

未使用の入力ピンの電圧レベルを固定するため，GNDに接続します．　〈幾島 康夫〉

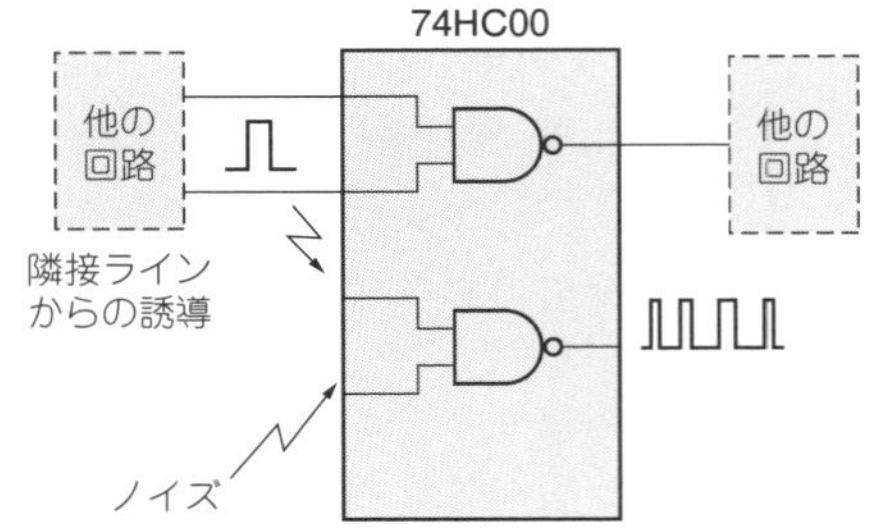

図3-1　問題が発生した回路の概略構成

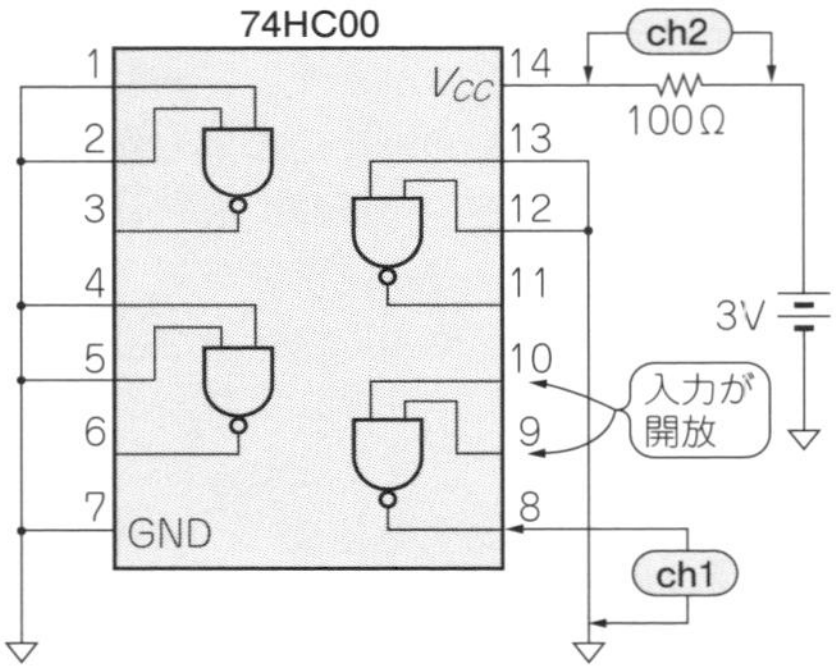

図3-2　実験回路の波形観測点

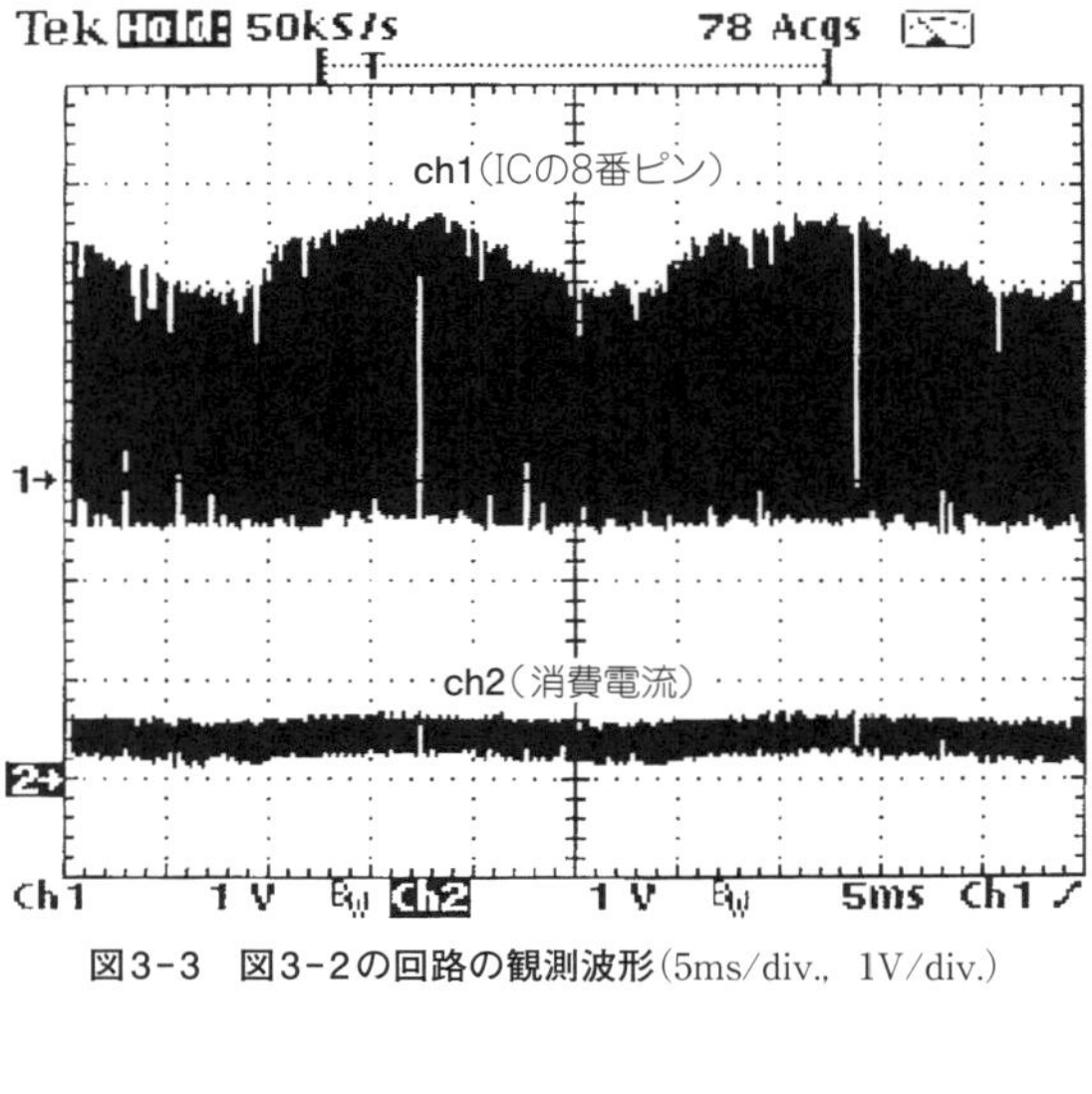

図3-3　図3-2の回路の観測波形(5ms/div.，1V/div.)

4 CMOSロジックが同居したアナログ回路にノイズが混入し，消費電力が多い

● 症状

図4-1は，電池駆動のセンサ回路の一部です．OPアンプでセンサからの信号（正弦波）を増幅し，それをロジックIC（74HC04）で受けて，センサ信号に同期した処理を行います．

この回路を試作したところ，ノイズが多く，しかも消費電力も予想外に大きいことが問題となりました．

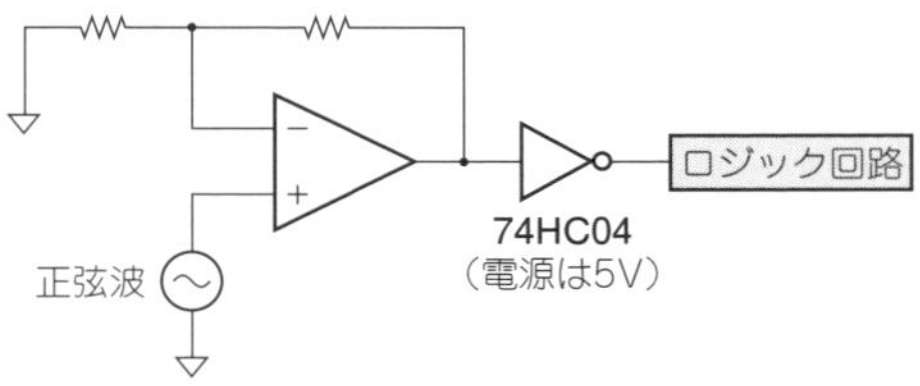

図4-1　問題が発生した回路の概略構成

●原因

「ロジックICはスレッショルド電圧で動作するコンパレータである」と思い込んで使用したのが間違いでした．

74HC04の出力を確認すると，入力電圧が74HC04のスレッショルドを通過する付近で，チャッタリングが発生していました．

74HC04の入力に10 kHzの正弦波を加えたときの消費電力の変化を**図4-2**に示します．上の波形が消費電流，下は入力波形です．

正弦波の中央付近，つまり74HC04のスレッショルド電圧付近で，電源電流がパルス状（3 μs，20 mA）に増大していることがわかります．このパルス状の電源電流が，過大な消費電力とノイズの原因でした．

なお，この状態で74HC04の電源電流の平均値は約0.6 mAでした．

● 対策

アナログ信号は，コンパレータを通して74HC04に入力する必要があります．当たり前のことではありますが，ロジック回路にHighまたはLow以外の信号を入力してはいけません．

図4-1の場合は，OPアンプを2個入り品に交換し，片方をコンパレータとして使いました．このような用途のためか，1パッケージ2個入りのOPアンプICには，OPアンプとコンパレータを集積したMAX951（マキシム）のような製品もあります．

なお，シュミット・トリガ入力のデバイスも利用できますが，2種類のスレッショルド電圧をもつため，厳密なタイミングが要求される場合には，**図4-3**に示したt_dの遅れが問題になることも考えられます．

〈小口 京吾〉

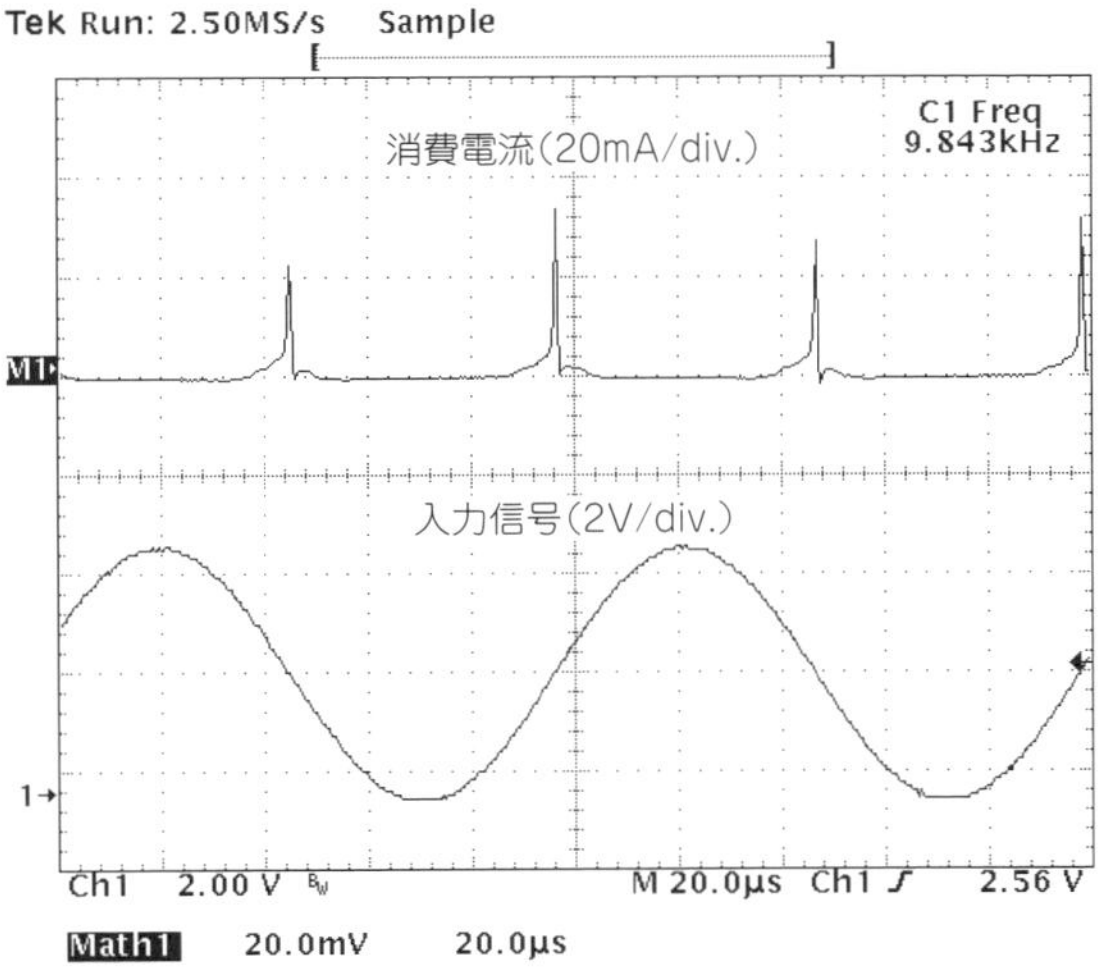

図4-2　正弦波を入力したときの電源電流（20 μs/div.）

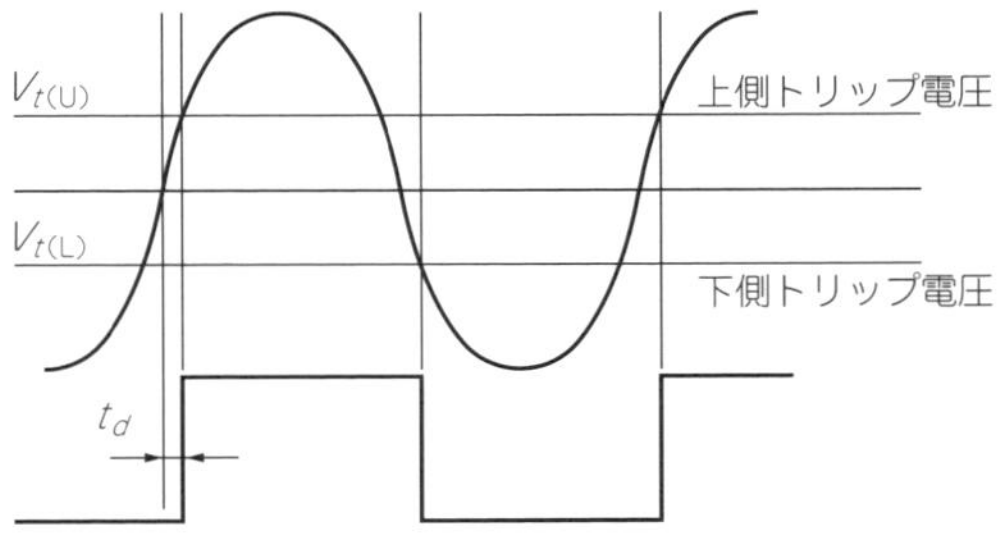

図4-3　シュミット・トリガにおける信号の遅れ

トラブル対策編③：その他のトラブル

Q5 HDLソースのミスはないはずなのに，実デバイスにプログラムすると動作しない

● 症状

リスト5-1と**リスト5-2**は，ザイリンクス社の設計ツール(WebPack ISE 5)の記述の例です．**リスト5-1**で示したソース・ファイルは，2ビットの入力Aと入力Bを加算し，結果を3ビットの出力SUMに出力する回路です．

リスト5-1 2ビットの入力どうしを加算して3ビットを出力する回路のVHDLソース

```
library IEEE;
use IEEE.STD_LOGIC_1164.ALL;
use IEEE.STD_LOGIC_ARITH.ALL;
use IEEE.STD_LOGIC_UNSIGNED.ALL;

entity test is
    Port ( A      : in std_logic_vector(1 downto 0);
           B      : in std_logic_vector(1 downto 0);
           SUM    : out std_logic_vector(2 downto 0));
end test;

architecture Behavioral of test is
begin

    SUM <= A+B;

end Behavioral;
```

HDL上にミスらしきものものは見あたらず，シミュレーションでも正しく動いているように見えるのに，なぜかFPGAやCPLDなどの実デバイスにプログラミングすると動作しません．

タイミングや動作電圧といったAC/DC規格を満たしていないわけでもなさそうでした．

リスト5-2 ピン割り当てを固定するために作成したユーザ制約ファイル

```
NET "a<0>" LOC = "p3";
NET "a<1>" LOC = "p4";
NET "b<0>" LOC = "p5";
NET "b<1>" LOC = "p6";
NET "sum<0>" LOC = "p7";
NET "sum<1>" LOC = "p8";
```

sum〈2〉の定義を書き忘れている…？

A ● 原因

リスト5-2のユーザ制約ファイルで，回路のピン定義を行っているのですが，sumのビット3(sum<2>)に対するピン定義を書き忘れています．この制約ファイルでフィッティングを行ってもエラーにはならず，ピン割り当てのリポート・ファイル(**図5-1**)を見るとsum<2>は自動的に空きピンに割り当てられています．

ユーザ制約ファイルのピン定義のうち，未定義のポートがあったことが原因でした．そのため，フィッタによって自動的に空いているI/Oピンに割り当てられており，そのポートは外部信号と接続されていませんでした．

ユーザ制約ファイルの書式を間違えていたり，またはI/Oポートとして使用できないピン番号を指定してしまった場合などは，フィッタのエラーになるので，すぐに気づきます．ところが，定義が存在しない場合には自動的に空いているピンに割り当てられてしまい，気が付きませんでした．

● 対策

ユーザ制約ファイルを適切に設定し，正しいI/Oピンに割り当てられるようにします．

このように「1つだけ抜けている」場合，ユーザ制約ファイルを見ただけではなかなか気づきにくいものです．出力ピンの場合はオシロスコープなどを当ててみれば信号が出ていないことに気づきますが，入力ピンの場合は，さらにわかりにくいトラブルといえます．「HDLソースは正しいはずなのに…」と思ったときは一度チェックしてみることをお勧めします．

〈大中 邦彦〉

```
----------|--------------------------------|--------------------
Pin Number|Signal Name                     |Pin Usage
----------|--------------------------------|--------------------
    :                    :                          :
P3        |a<0>                            |IOB
P4        |a<1>                            |IOB
P5        |b<0>                            |IOB
P6        |b<1>                            |IOB
P7        |sum<0>                          |IOB
P8        |sum<1>                          |IOB
    :                    :                          :
P49       |sum<2>                          |IOB
```

制約の書かれていなかったsum〈2〉が自動的にP49に割り当てられている

図5-1 ピン割り当てのリポート・ファイル

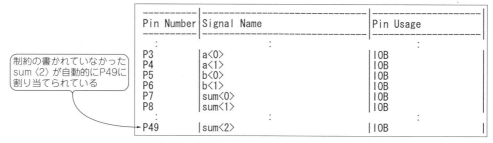

6 FPGAとマイコンを組み合わせた回路が正常に始動しないことがある

● 症状

図6-1のようなFPGAとマイコンを組み合わせたボードを設計したのですが，電源投入時に不安定な挙動を示し，うまく始動しないことがありました．

●原因

FPGAのコンフィグレーション・データを外付けシリアルROMからダウンロードして構成されるようにしていました．ところが，リセット・パルス幅が短すぎたため，コンフィグレーションが完了する前に，マイコンが始動してしまったのが原因でした．

この回路はマイコンのバス信号をすべてFPGAに入力し，FPGAがバスの制御を握るように設計しました．マイコンは，起動時にRAMにアクセスする必要がありますが，パワーONリセット回路が生成するリセット・パルス幅が短く，リセット信号が解除されるタイミングまでにFPGAのコンフィグレーションが完了しないことがありました．

● 対策

FPGAは自身のコンフィグレーションが完了したことを示す信号をもっています．メーカによって信号名は多少異なりますが，DONE(ザイリンクス社)やconf_done(アルテラ社)などの信号です．以下の説明では，DONE信号と記します．

▶方法1：リセット・パルスを延長する

リセット回路を**図6-2**のように変更し，DONE信号がアクティブになるまでリセット・パルスを延長する方法があります．ただし，運用中にFPGAを動的にコンフィグレーションしたい場合，この方法ではマイコンにもリセットがかかってしまいます．

このような要求がある場合はどうすればよいでしょうか？　マイコンがFPGAから独立してプログラムを実行できる場合には，ブートストラップに時間稼ぎのループを書いたり，またはI/OポートでDONE信号を監視して，DONE信号がアクティブになるまでウェイトするプログラムを入れることで解決できます．

また，このようなソフトウェアによる解決が不可能な場合でも，以下のような対策が考えられます．

1つは，パワーONリセット回路のパルス幅が長くなるように，時定数を変更する方法です．このような回路はキャパシタの充電にかかる時間からパルス幅を作り出しているので，時定数のキャパシタの容量を増やすことでリセット・パルス幅を長くすることができます．

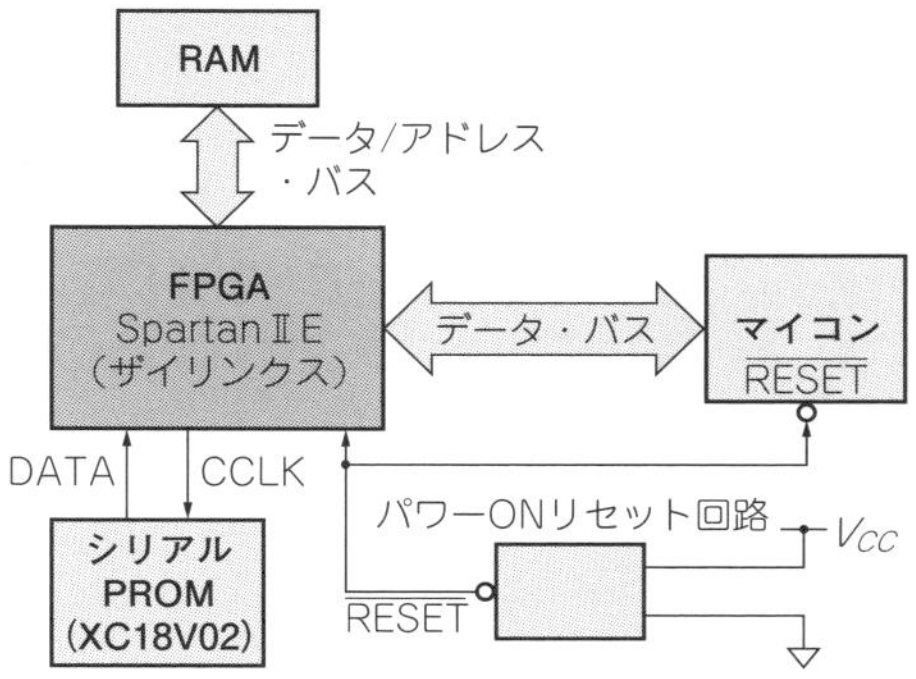

図6-1　FPGAとマイコンを組み合わせた回路

または，CPLDなどのように電源ONからすぐに動作を開始するデバイスを使い，各デバイスに適切なリセット・パルスを生成する回路を用意するという方法も考えられます．

▶方法2：コンフィグレーション時間を短縮する

もう1つは，FPGAのコンフィグレーション・クロック(CCLK)を変更して，コンフィグレーションにかかる時間を短縮するという方法です．

CCLKは，ビット・データをFPGA内部にダウンロードするための信号で，これを高速化すればコンフィグレーションにかかる時間も短縮されます．

単位はおよそMHzと考えてよいですが，あくまで目安です．私の環境では15を指定した場合，実測で20 MHz程度のクロックが生成されていました．温度変化などでも大きく変動することが予想されるので，注意が必要です．

CCLKをどの程度まで上げられるかはPROMの種類や基板パターンなどにも依存するので，周波数を上げすぎて逆に不安定になることのないようにします．

リセット回路は非常に重要な回路なので，後で困らないように，きちっと設計しておくことが大事です．

〈大中 邦彦〉

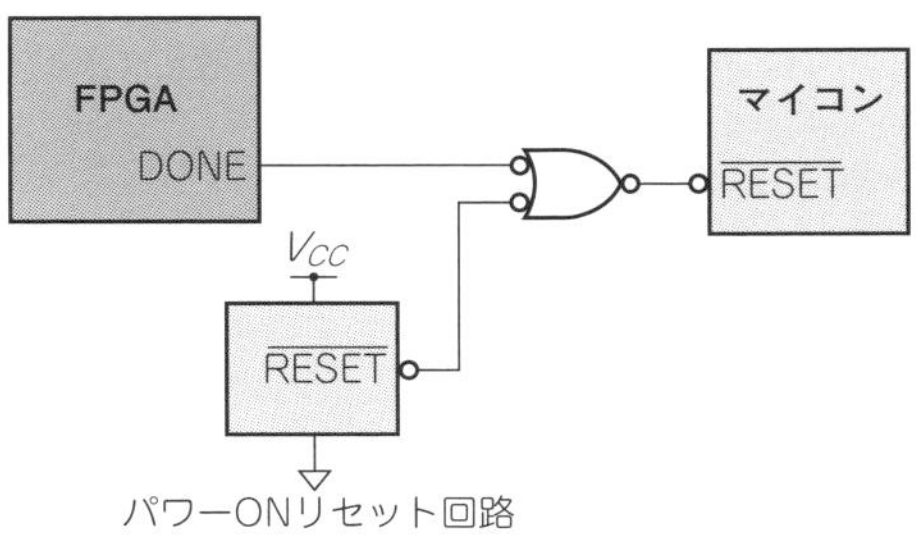

図6-2　FPGAのコンフィグレーションが完了するまでリセット・パルスを延長する回路

第7章　伝送回路

Q1 配線を長いものに交換したら，ノイズが載って正しく信号を伝送できなくなった．どうすればいい？

A ● **3つの対策が考えられる**

振幅の小さなアナログ信号を数mなど長いケーブルで伝えると，外部ノイズに影響されます．対策は次の3つです．

①送り出す側で大きい振幅にしてから差動伝送で送る方法
②ノイズの影響を受けにくいディジタル信号に変換してから送る方法
③アナログ差動伝送

ここでは③のアナログ差動伝送について解説します．

■ アナログ差動伝送の方法

通常，グラウンドに対して信号線は1本ですが(シングルエンド伝送)，信号線を2本使って伝送します(差動伝送)．

シングルエンド伝送と差動伝送の違いをシンプルに示したのが**図1-1**です．シングルエンド伝送は，他の信号のグラウンドG_1と増幅回路グラウンドG_2との間に加わった電圧V_Pを増幅してしまいます．**図1-1(b)**のように差動伝送にすると，G_1とG_2間の電圧を打ち消して信号電圧V_Sだけを増幅できます．

● **シングルエンドと差動を比較**

▶シングルエンドの場合

図1-2(a)は信号をシングルエンドで受信するOPアンプ回路です．信号源V_2が信号で1 mV, 3 kHzです．V_1はノイズで1 mV，10 kHzです．出力波形を**図1-2(b)**に示します．ノイズも含めた$V_1 + V_2$を増幅しています．

1段目のOPアンプに使う抵抗は，1%の誤差がある場合を想定して，入力抵抗を1000 Ω，フィードバック抵抗を1010 Ωにしています．

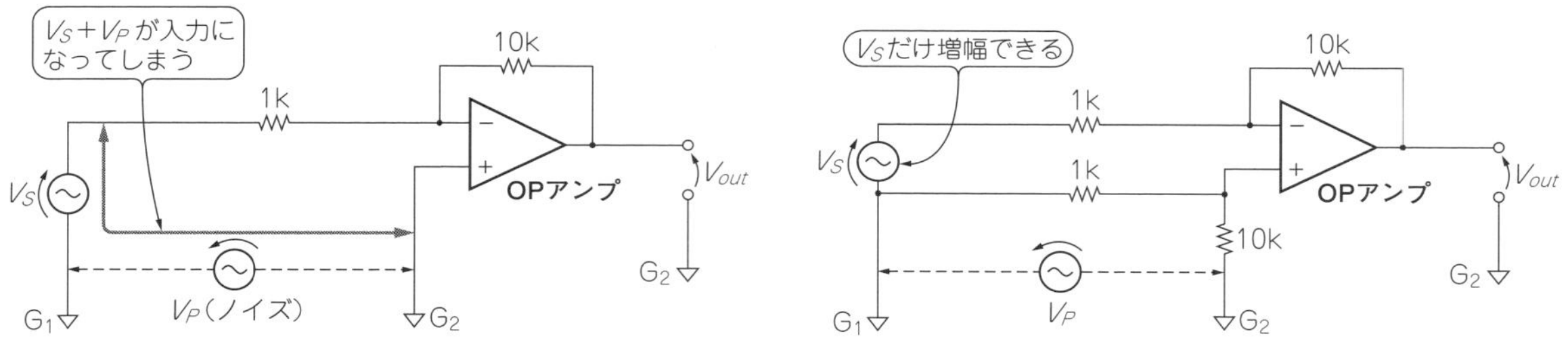

(a) シングルエンド伝送ではノイズを受けてしまう　(b) 差動伝送にするとノイズの影響を避けられる

図1-1　配線を引き延ばすと信号源グラウンドと受信回路グラウンドの間にノイズがのりやすくなる

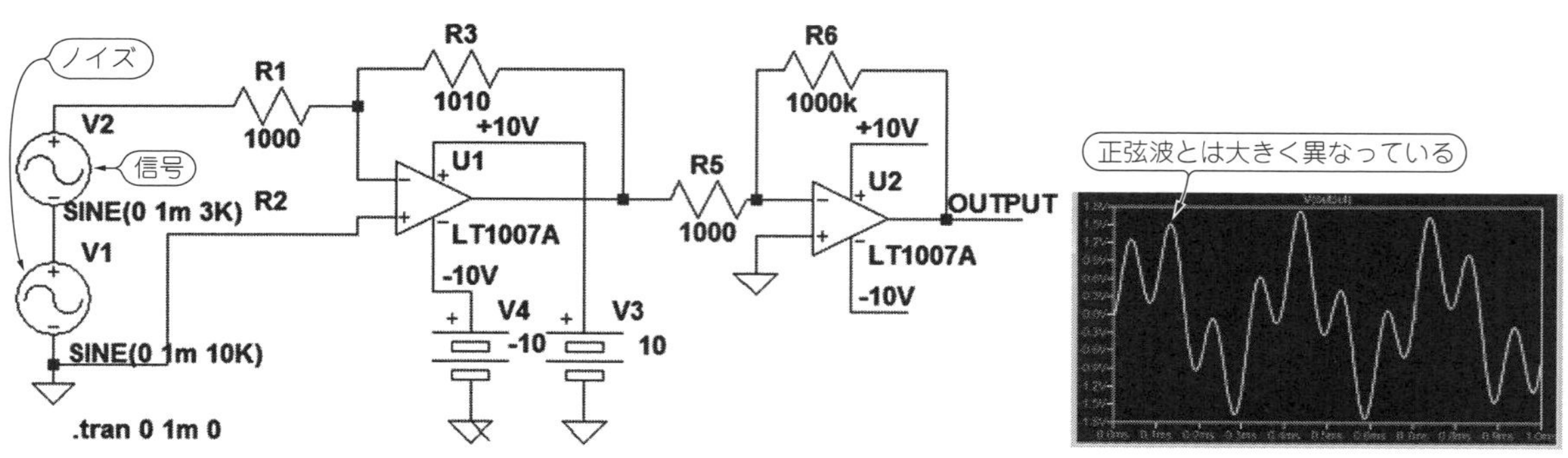

(a) 回路　(b) 出力波形

図1-2　シングルエンド受信回路は信号と一緒にノイズも増幅されて出力される(シミュレーション)

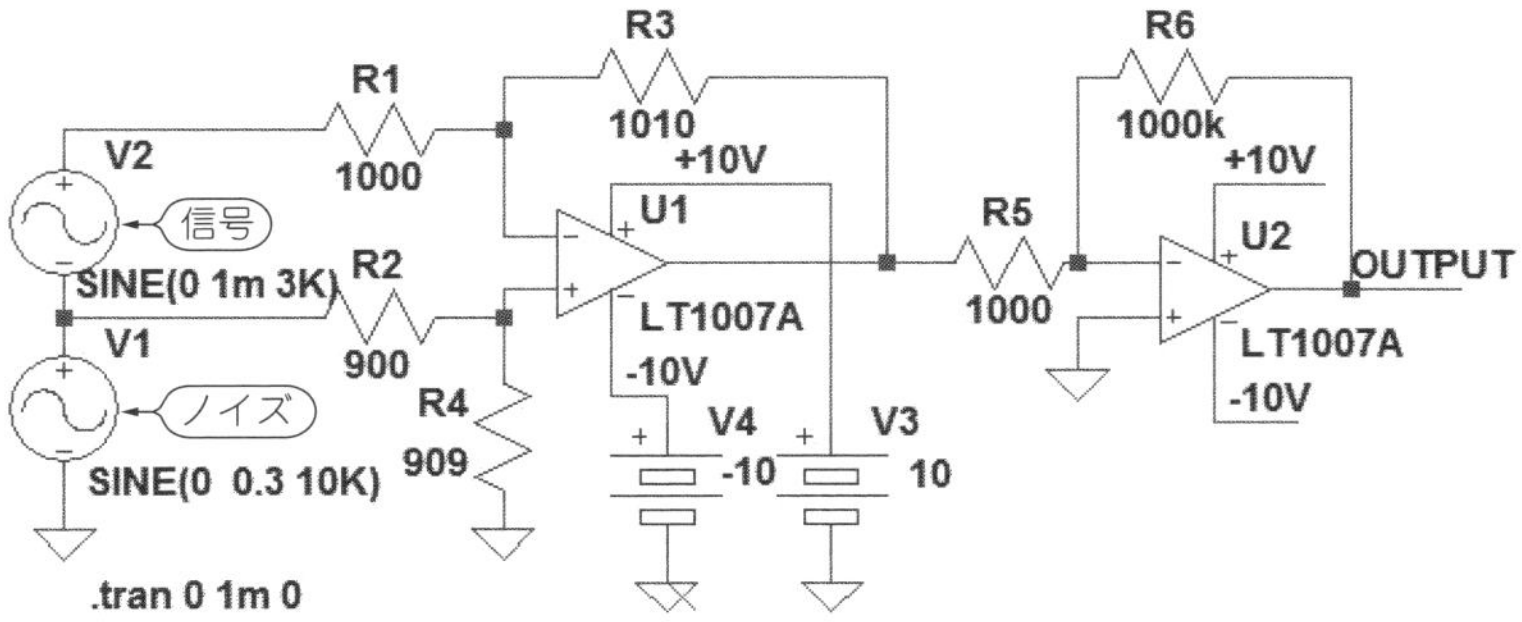

（a）回路

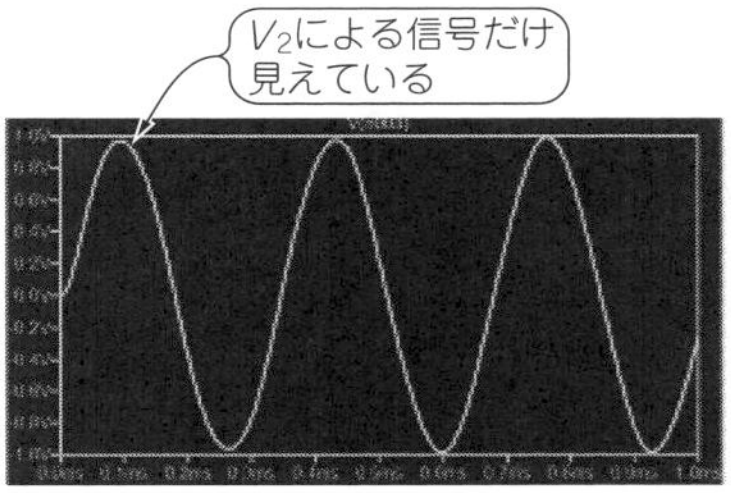

（b）出力波形

図1-3　差動の受信回路ならノイズは出力されず信号だけが出力される

▶差動の場合

図1-3(a)は信号源V_2を差動で受信する回路です．信号源V_2が信号で1 mV，3 kHzです．V_1はノイズで，先ほどより大きい0.3 V，10 kHzとしました．

出力信号を**図1-3(b)**に示します．**図1-2**のときより300倍も大きいノイズがあるにもかかわらず，出力にはノイズ成分がほとんど現れていません．

● 高いノイズ除去性能を得るには抵抗精度が必要！

アナログの差動回路で外部ノイズをどの程度減らせるかは，OPアンプ回路に使う抵抗の性能が大きく影響します．抵抗の精度が±1%のとき，同相成分は2%まで減らせます．

1桁高精度な抵抗を使えば，同相成分も1桁小さくできますが，精度0.1%の抵抗は大変高価です．高精度抵抗の代わりに，小さなセラミック基板上に複数の抵抗を並べて作成したモジュール抵抗を使います．同じ条件で作られているため，抵抗間の相対精度は0.5%程度です．

図1-3の例では，OPアンプの非反転入力につながる2つの抵抗の差は1%，反転入力につながる2つの抵抗の差も1%にしています．非反転入力の抵抗R_1と反転入力の抵抗R_2は10%差ですが，それぞれの相対精度があれば十分なノイズ除去性能が得られます．相対精度が良好なモジュール抵抗を使えば，絶対精度がなくても，高いノイズ除去性能が得られるのです．

■ ディジタル回路でも差動伝送が有効

ディジタル回路でも，**図1-4**のようにシングルエンド伝送と差動伝送があります．ディジタル回路の差動伝送受信デバイスは，通常2信号のどちらが大きいかを判断して信号が“H”か“L”かを判定します．

図1-5(a)に示すように，ノイズに強いディジタル回路といえども，しきい値より大きなノイズがあると不正な信号が発生します．しかし差動伝送であれば，ノイズは2本の信号ライン両方に載るので，差し引きの結果，出力には現れません．

〈**志田 晟**〉

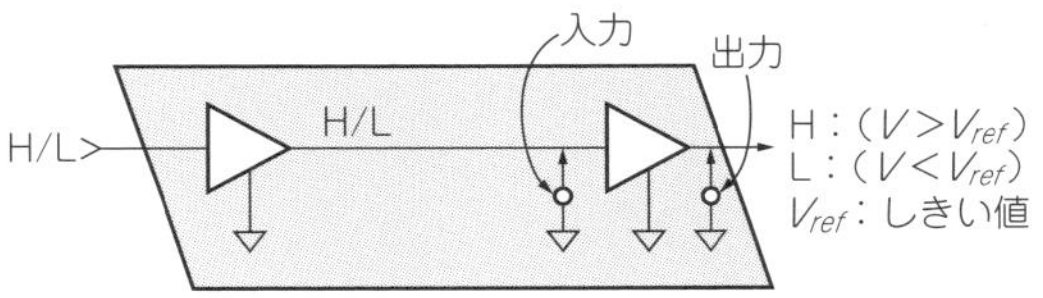

（a）シングルエンド伝送

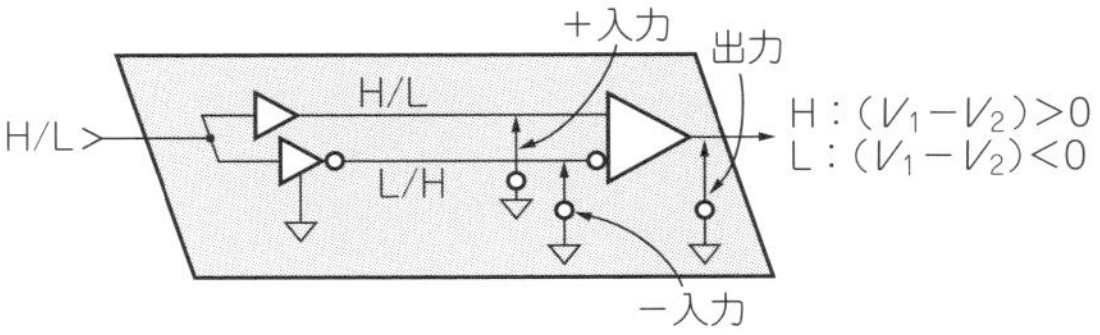

（b）差動伝送

図1-4　ディジタル回路でもシングルエンドと差動がある

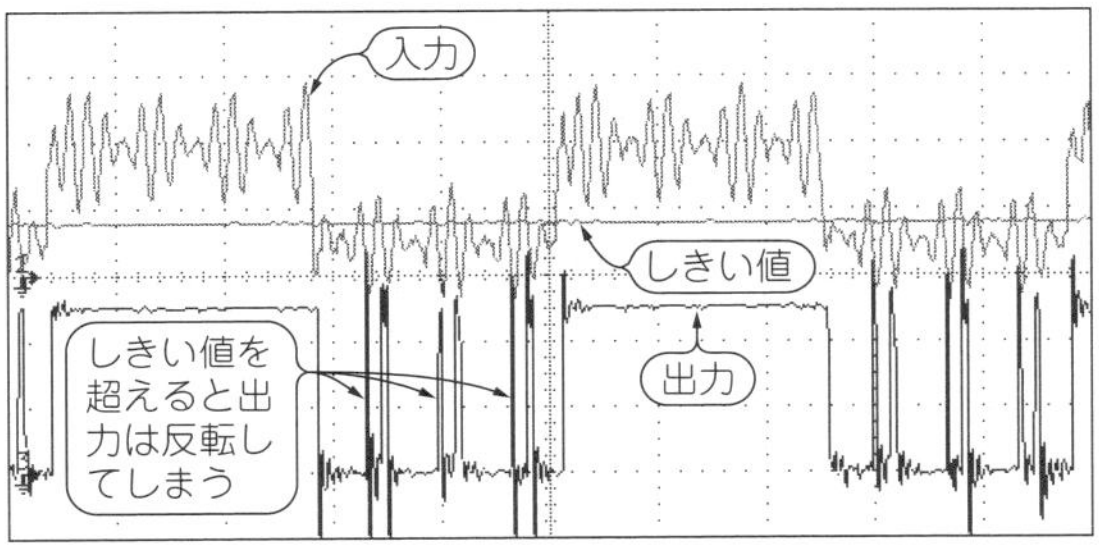

（a）シングルエンド伝送(2V/div，500ns/div)

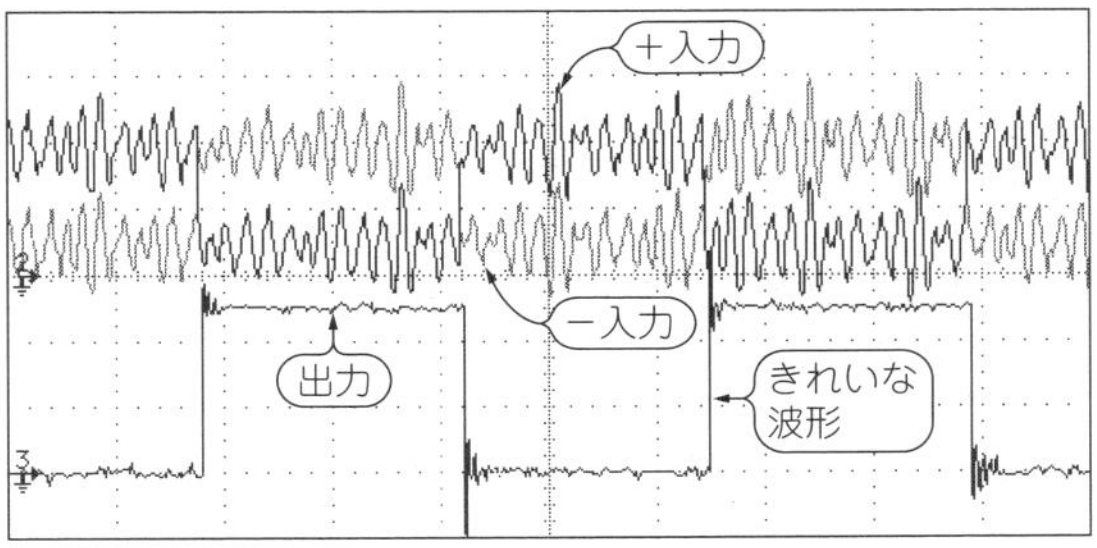

（b）差動伝送(2V/div，500ns/div)

図1-5　シングルエンド伝送では“L”であるべきところに“H”のパルスが出てしまうほど大きなノイズがあっても，差動伝送なら問題なく伝えられる

Q2 ノイズの発生メカニズムと対策を知りたい

製品テストを担当することになったのですが，静電気試験で不合格になります．静電気のようなノイズは，どういう経路で装置に影響を及ぼすのでしょうか？また，どのように対策すればよいのでしょうか？

A 電子回路の動作に悪影響を与えるノイズには，ノーマル・モードとコモン・モードの2種類があります．

● ノーマル・モード・ノイズとは

信号ライン間や電源ライン間に生じるノイズです．ノーマル・モード・ノイズは**図2-1**に示すような経路で負荷に流れ込みます．

一般的に，ノーマル・モード・ノイズは電源ラインや信号ラインに乗って外部から入ってきます．共通インピーダンスが原因で，自分の装置中の他回路の信号(自分にとってはノイズとなる)がノイズになることもあります．

● コモン・モード・ノイズとは

信号ラインやグラウンド・ラインも含む電源ラインと，大地間または金属きょう体間に発生するノイズです．ノイズ発生源からのノイズ電流が浮遊容量を通じて大地や金属きょう体と信号ラインで形成された閉回路に流れ，そこの信号回路に不平衡があると信号回路にノイズを発生させます．このようなノイズをコモン・モード・ノイズと呼んでいます．

信号とコモン・モード・ノイズの経路を**図2-2**に示します．

ノイズの発生源は，外部および内部から来るものに分かれます．外部から来るノイズは雷サージ，電気接点の火花放電，静電気放電などがあります．内部から来るノイズは，MOSFETなどスイッチング電源のスイッチング素子が出すノイズ，ディジタル回路が出すON/OFF切り替えのノイズや，自分の装置中の他回路の信号などがあります．

● ノーマル・モード・ノイズはフィルタで対策する

ノーマル・モード・ノイズは，コモン・モード・ノイズより対策が簡単です．対策を**図2-3**に示します．

(1) 他回路との共通インピーダンスを極力小さくする

発生するノイズが小さければ，影響も小さくなります．ノーマル・モード・ノイズの発生原因として，共通インピーダンスに流れる他回路の信号電流やノイズ電流があります．よって，他回路との共通インピーダンスを極力小さくすることが有効です．

(2) 信号ラインにフィルタを入れる

信号は，減衰しないように通過させる必要があります．ノイズの周波数成分だけを落とすフィルタが必要です．

● コモン・モード・ノイズはチョーク・コイルで対策する

対策を**図2-4**に示します．

(1) 信号ラインにコモン・モード・チョーク・コイルを入れる

コモン・モード・チョーク・コイルは，2つのコイ

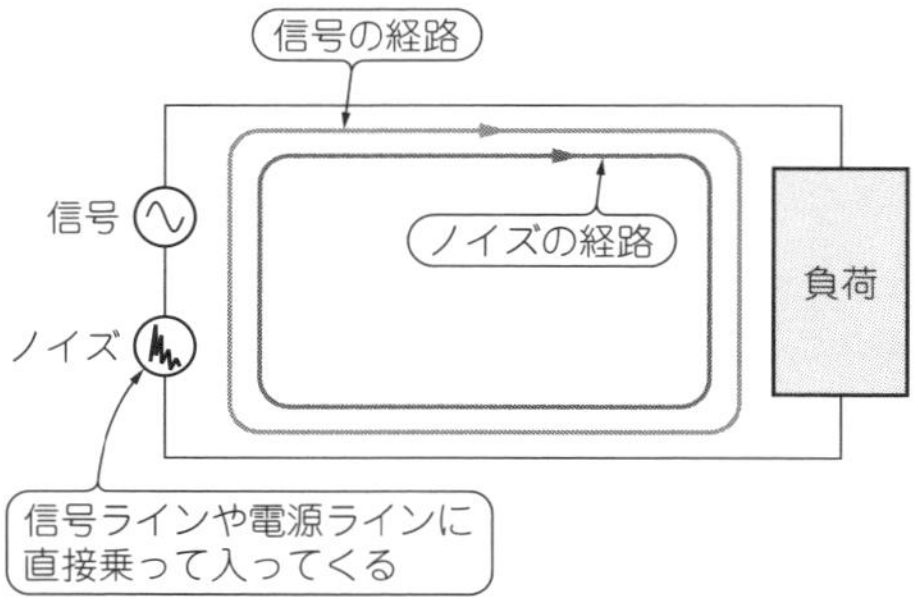

図2-1 ノーマル・モード・ノイズの伝播経路
電源ラインや信号ラインに乗って外部から入ってくることが多い

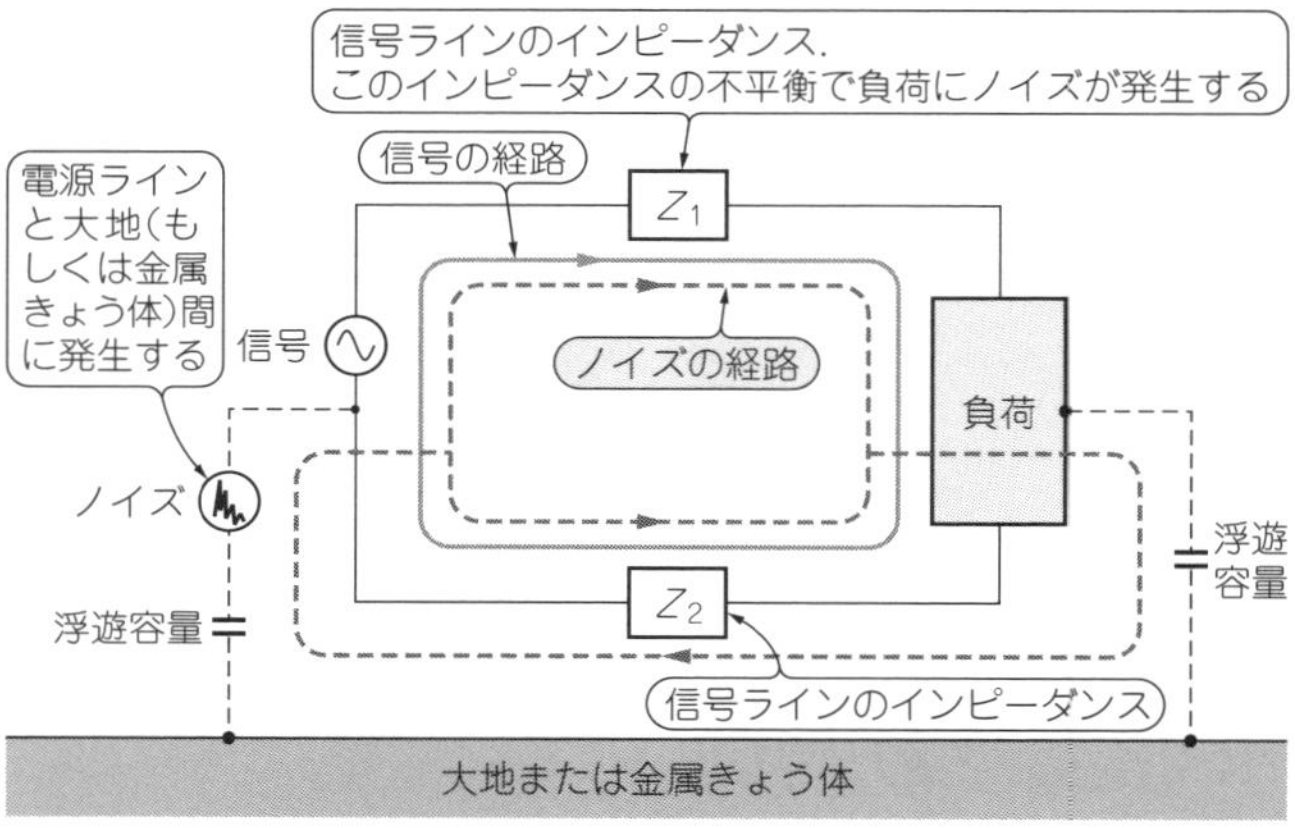

図2-2 コモン・モード・ノイズの伝播経路
信号ラインやグラウンド・ラインも含む電源ラインと，大地間および金属きょう体間に発生するノイズ

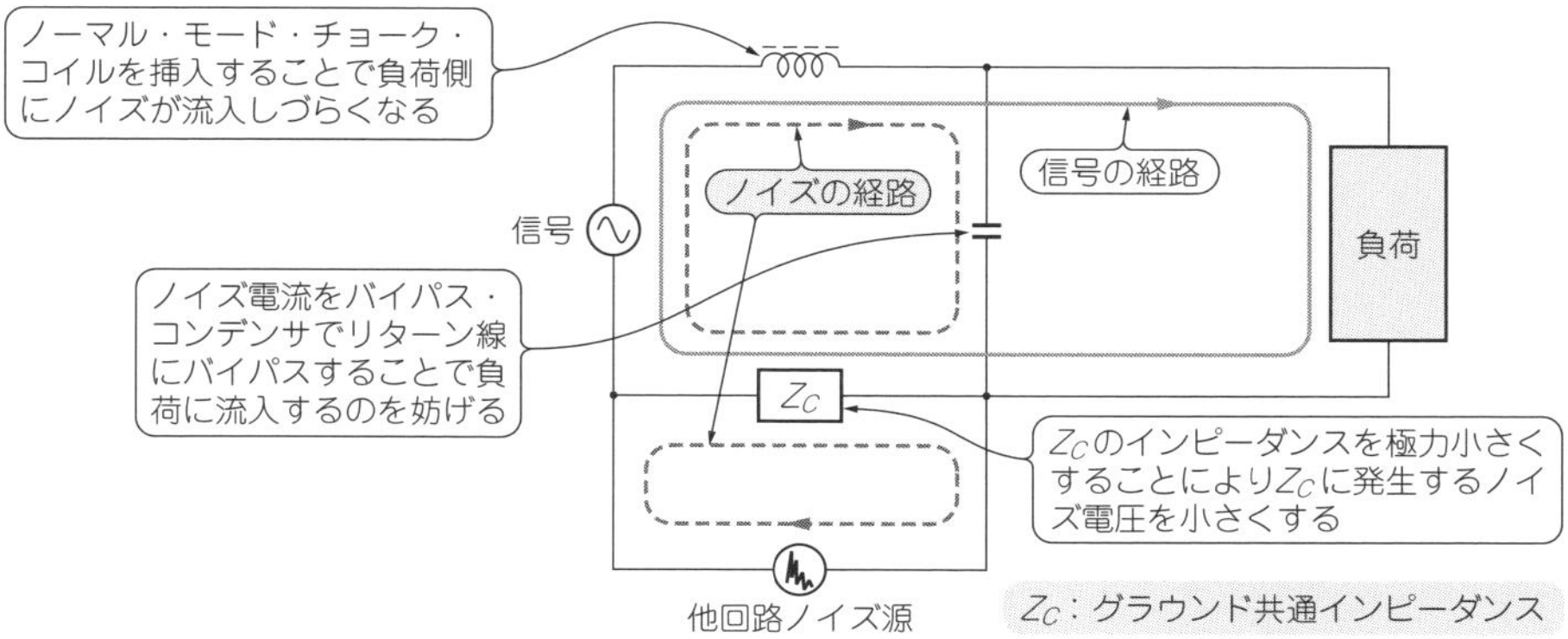

図2-3　ノーマル・モード・ノイズの対策
他回路から流れ込むノイズは共通インピーダンスを小さくして減らす．そのほかのノイズは信号ラインにフィルタを入れて減らす．信号は通過させる必要があるので，ノイズの周波数成分に合わせたフィルタが必要

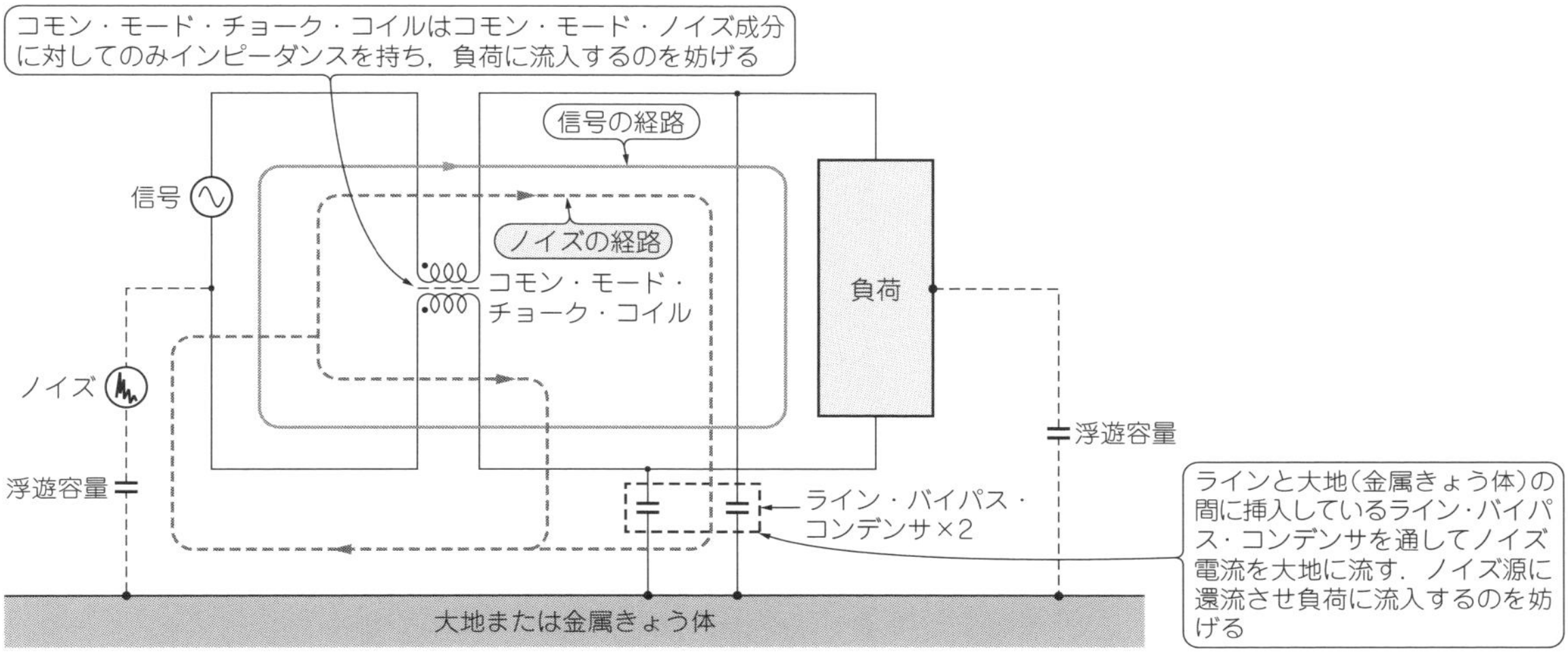

図2-4　コモン・モード・ノイズの対策
コモン・モード・チョーク・コイルは，コモン・モード・ノイズ成分のみ負荷への侵入を妨げる．バイパス・コンデンサは一度侵入したノイズを大地に還流させて侵入を防ぐ

ルの接続極性が逆になっています．ノイズ電流を負荷回路に流れにくくします．理想的なコモン・モード・チョーク・コイルは，同相信号に対して高いインピーダンスを示します．ノーマル分の信号やノイズにはインピーダンスを持ちません．よって信号は通して，コモン・モード・ノイズは通しにくくなります．

(2) 信号回路と大地(または金属きょう体)間にバイパス・コンデンサを入れる

バイパス・コンデンサを入れることで，ノイズ電流が負荷に流れる前に大地(金属きょう体)に分流させます．

(3) ノイズ発生源となる配線や部品と大地(金属きょう体)間の浮遊容量を極力少なくする

浮遊容量が小さいということは，インピーダンスが高いということなので，ノイズ電流が小さくなります．

(4) 発生源のノイズを鈍らせる

コモン・モード・ノイズの高い周波数成分は浮遊容量を通過します．発生源の波形をスナバ回路などで鈍らせて高い周波数成分を減らすと，ノイズ電流が小さくなります．

● ノイズ対策は事前に行うべし

装置内でノイズが発生していると，自分の回路が影響を受けるだけではなく，外部に流出してほかの電子機器に障害を与えます．

そうならないよう，ノイズはEMI規格で規制されています．その要求に合格する電子機器を設計しなければなりません．

〈並木 精司〉

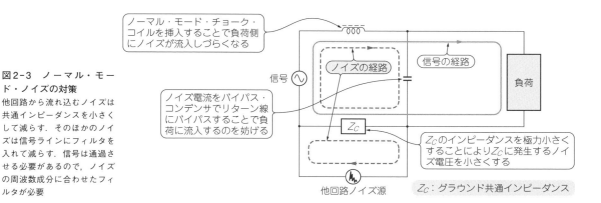

Q3 マイコンの定番シリアル・インターフェース「I²C」と「SPI」の使い分けを知りたい

A I²C(Inter-Integrated Circuit)とSPI(Serial Peripheral Interface)は，バス接続が可能な通信インターフェースです．バス接続は共通の伝送路に複数のノードが接続されるインターフェースです．

接続ノード数を自由に増やせる拡張性が，バス接続の大きな特徴です．バス使用権の調停が必要になりますが，その煩雑さを受け入れても採用するメリットがあるアプリケーションがたくさんあります．

● マルチ・マスタ対応でマイコン間の通信にピッタリのI²C

I²Cはマルチ・マスタに対応しているので，マイコン間の通信にも使えます．複数のマイコンのI²Cバスを共通にすると，マスタ・デバイス間の通信だけでなく，1つのスレーブ・デバイスに複数のマスタ・デバイスからアクセスもできます．

I²Cに対応したいろいろなセンサICがあるので，それらをバス接続するのに便利です．

● 高速な通信ができるSPI

SPIはとにかく手軽で高速です．わかりやすくシンプルな仕様になっています．シフト・レジスタの信号をそのまま外部に接続するイメージです．そのためFPGAでSPIを設計するのは難しくありません．

SPI対応のセンサなどもたくさんあり，特に高速で短距離の接続に使われます．たとえば，マイクロチップ・テクノロジのA-D/D-AコンバータとPICマイコンの接続にSPIが使われています．パラレル接続より信号線が少ないので，ICのピン数が少なくて済み，

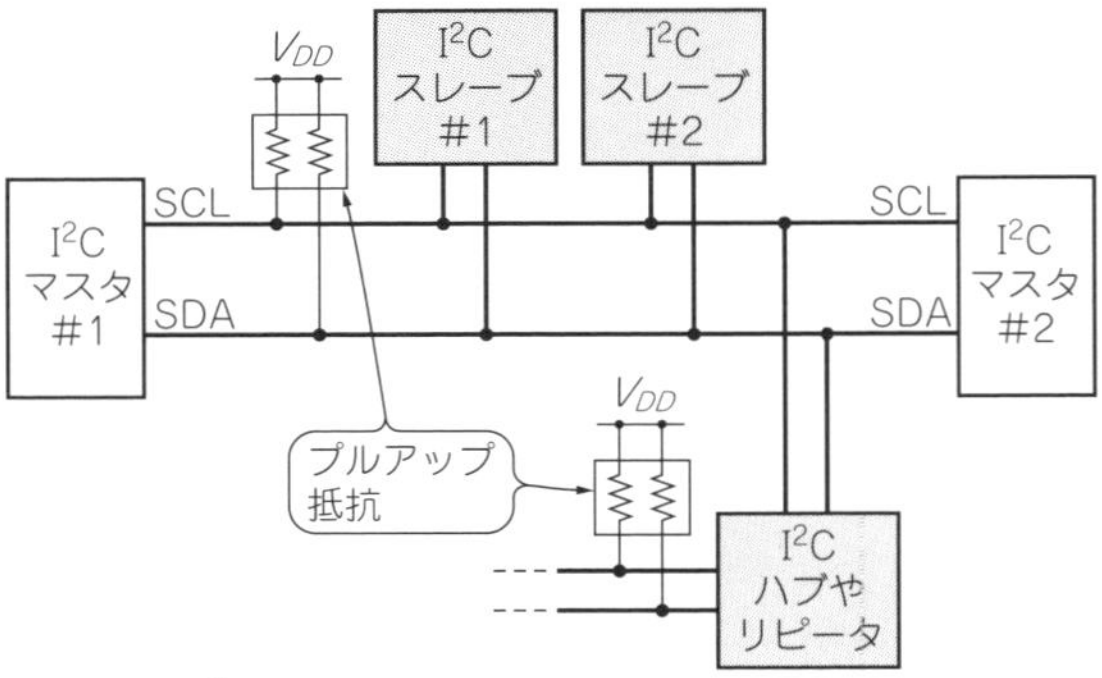

図3-1　I²Cのバス構成
リピータやマルチプレクサなどを組み合わせると複雑なトポロジに対応できる

パッケージを小さくできます．

● I²CとSPIの使い分け

SPIはマルチ・マスタに対応していないので，マルチ・マスタが必要ならI²Cを選択します．

スレーブ・デバイスを自作するなら，ボード内またはボード・ツー・ボード接続するときはSPIの方が簡単です．

ボード間をケーブルで接続する場合や接続するデバイスが多い場合は，I²Cを使う方が信号線が少なくてすみます．

■ I²Cバス

● 仕様書が公開されている

I²Cバスは電気的仕様だけでなく基本的な通信プロトコルも仕様化されていて，マルチ・マスタに対応し

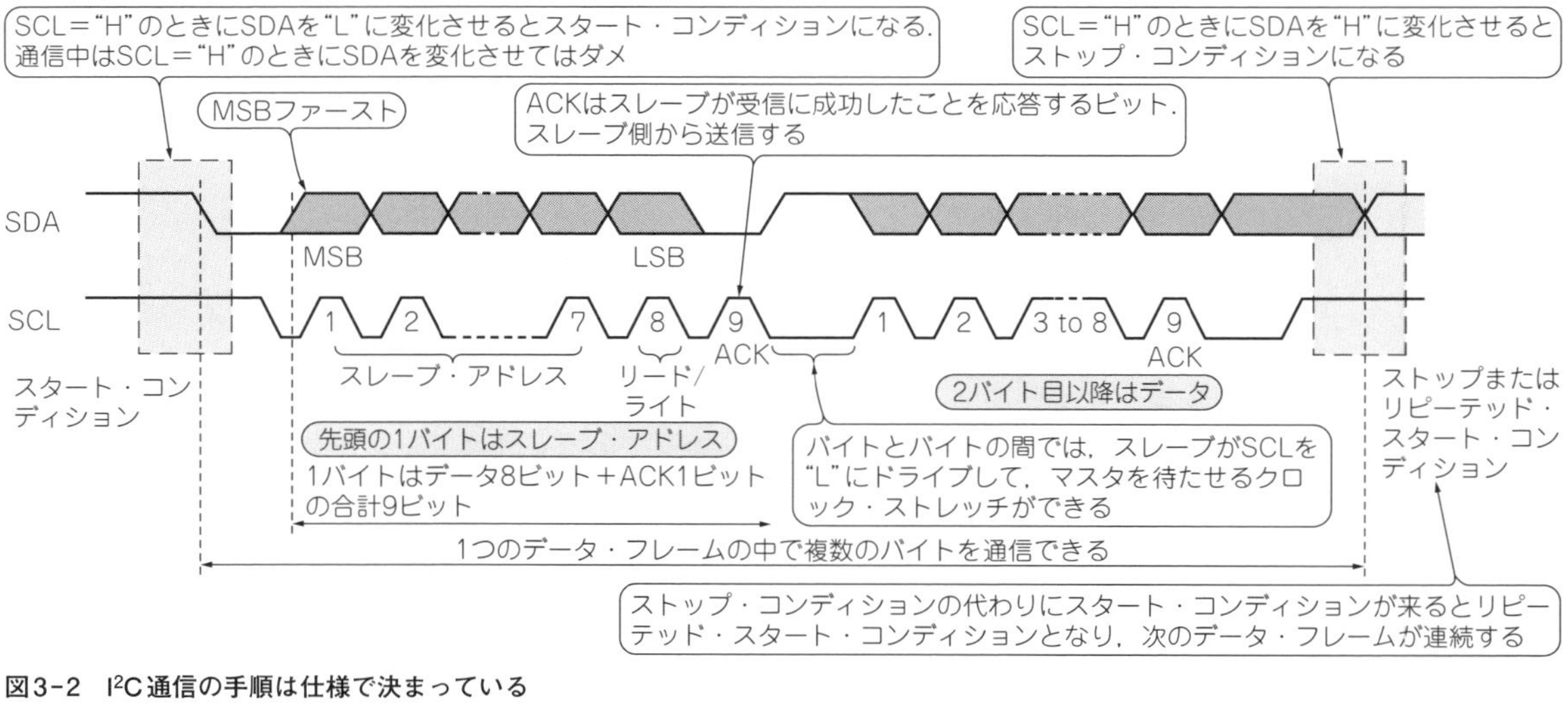

図3-2　I²C通信の手順は仕様で決まっている
スタート・コンディションからストップ・コンディションまでが一つのデータ・フレームになる

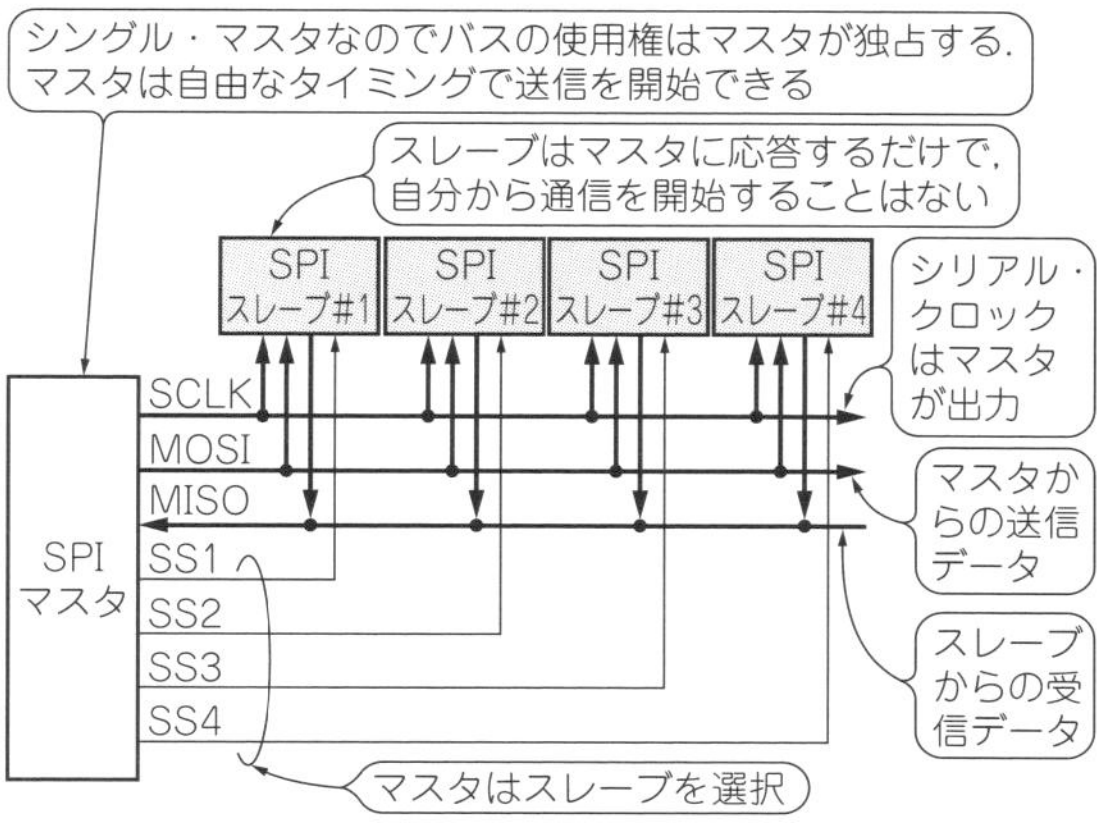

図3-3　SPIのバス構成
SPIはシングル・マスタのバス接続で，各信号線の伝送方向は固定

ています．仕様書は文献[1]に公開されています．仕様どおりに作れば，ほぼ確実に通信できます．

オープン・ドレインなので，信号線が“H”のときのノイズ・マージンが低いです．これはアクセラレータを使うと改善できます．市販されているリピータやバッファを活用するのも有効です．

● 通信速度

通信速度は，次の5種類のシリアル・データ転送が仕様化されています．

双方向：	①Standard-mode	最大100 kビット/s
	②Fast-mode	最大400 kビット/s
	③Fast-modePlus	最大1 Mビット/s
	④High-speed	最大3.4 Mビット/s
片方向：	⑤UltraFast-mode	最大5 Mビット/s

実際の通信速度は信号の立ち上がり時間に依存し，信号の立ち上がり時間は伝送路の距離や接続するノードの数に依存します．

● 2本の信号線だけで通信できる

I^2Cのもっとも単純な構成は**図3-1**のバス接続です．リピータやマルチプレクサなどを組み合わせられます．

信号線はシリアル・クロック(SCL)とシリアル・データ(SDA)の2本だけです．ノードの数が増えても必要な信号線は増えません．どちらの信号線もオープン・ドレインで駆動するので，プルアップが必要です．

SDAはSCLに同期して伝送されます．SCLが“L”の期間だけ，SDAは変化してよいという仕様です(**図3-2**)．

■ SPIバス

SPIはI^2Cのように通信速度などの詳細仕様が標準化されていません．インターフェース回路を自分で設計する場合は，自由度が高いです．

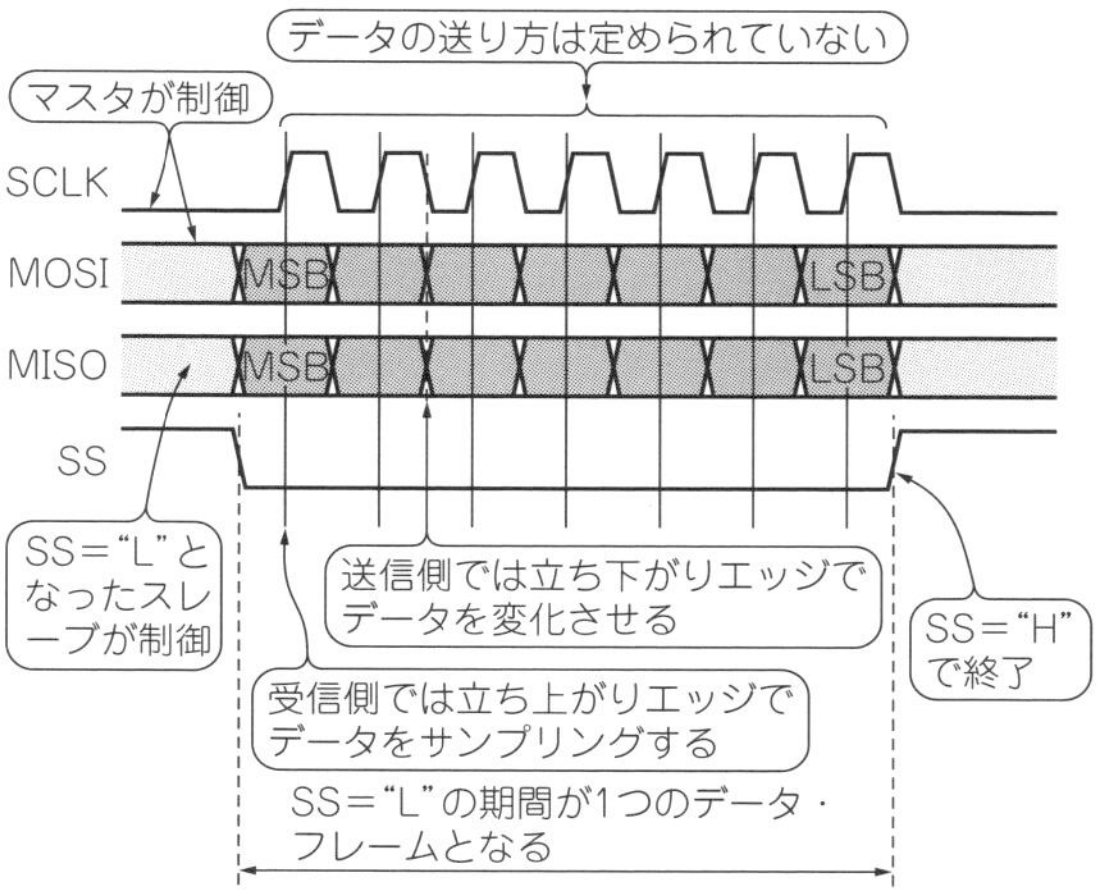

図3-4　SPI通信の手順は定められておらず，自由度が高い(SPI MODE＝0)
どのエッジでサンプリングするか，モードが4つあるのでよく確認する

たとえば，SPIはスレーブが多いほどSS信号線が増えてしまいますが，データ・フレームの中にスタート・ビット/ストップ・ビットを組み込んだり，スレーブ・アドレスを組み込んで，SSを省略できます．

● SPIの信号線

SPIでバス結線するのは以下の3つです(**図3-3**)．

①SCLK(Serial Clock)
②MOSI(Master-Out Slave In)
③MISO(Master-In Slave Out)

バス結線する3つ以外にも，スレーブを選択するSS(Slave Select)信号が必要です．SSはスレーブの数だけ必要です．たとえば，スレーブが16ノードあれば，16本のSSが必要ですので，スレーブが多い場合はそれだけ信号線が多くなります．

● 送受信する信号線が別なので全二重通信ができる

SPIはマルチ・マスタには対応していません．各信号線の方向は固定です．SCLKとMOSIとSSは常にマスタが送信します．MISOはスレーブからマスタへの受信専用です．送信と受信で信号線が分離しているため，お互いにデータを同時に送信する全二重通信ができます(**図3-4**)．

〈中　幸政〉

◆引用*文献◆

(1)* NXP Semiconductors；I^2Cバス仕様およびユーザーマニュアル UM10204, 2012年10月，https://www.nxp.com/docs/ja/user-guide/UM10204.pdf

Q4 「絶縁したまま伝送するならフォトカプラ」と言われたが，同じような機能を持つ新しい部品はあるの？

A ディジタル・アイソレータとフォトカプラは，**図4-1**のような電位差が数百～数千Vもあるシステム間で，配線を接続しないまま(アイソレーション，つまり絶縁したままで)ディジタル信号を伝送する部品です．送信側(1次側という)と受信側(2次側という)は導体での接続(配線)がありません．

フォトカプラは赤外線(光)を用いてシステム間の伝送を実現します．ディジタル・アイソレータは磁気結合で伝送を実現するタイプと，静電結合で伝送を実現するタイプがあります．

● 高速通信が得意！ディジタル・アイソレータ

磁気方式のタイプを例に説明します．構造を**図4-2**に示します．1次側，2次側はそれぞれ一般的なCMOS ICの構成なので，高速動作が可能です．

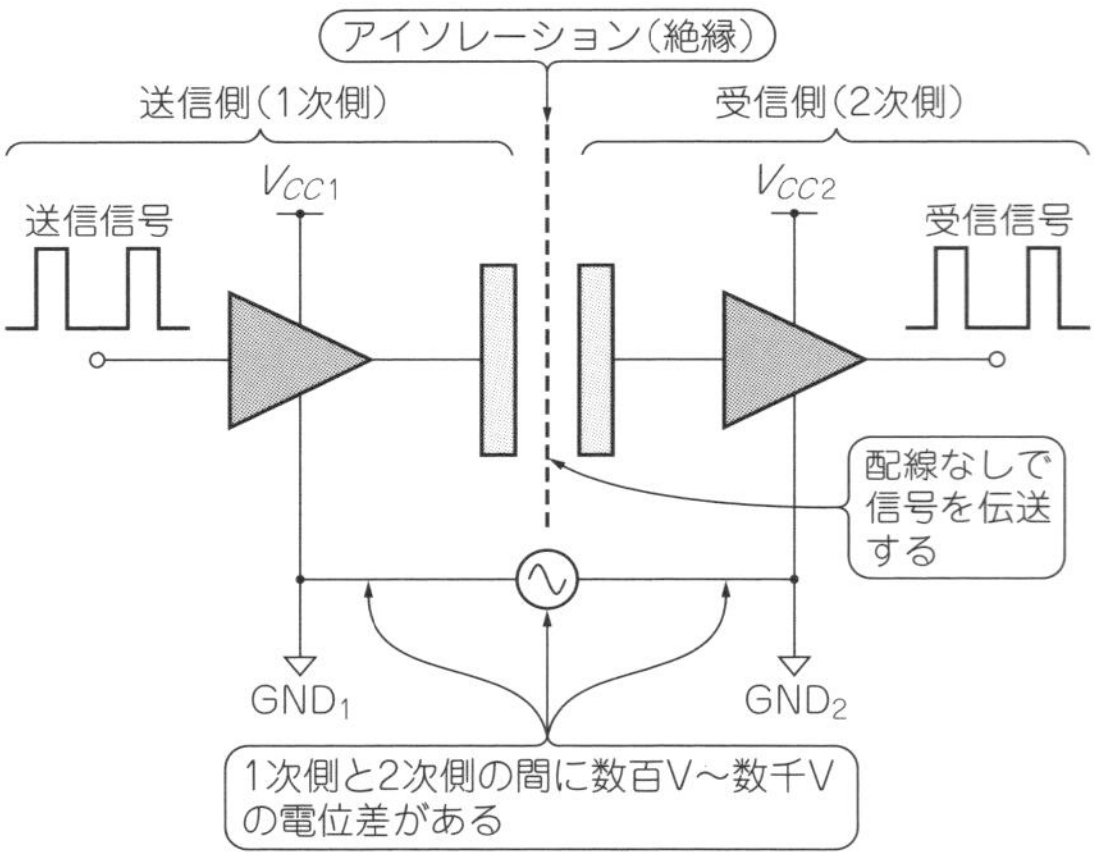

図4-1　ディジタル・アイソレータとフォトカプラのはたらき
電位差が数百～数千Vもあるシステム間でアイソレーション(絶縁)したままディジタル信号を伝送する

送信側(1次側)の回路では入力信号の“H”で高周波の搬送波をONし，“L”でOFFします．これを「ON/OFFキーイング」と呼びます．無線通信でのASKと同じ方式です．これがICのパッケージ内に構成された超小型トランス(マイクロ・トランス)で，受信側(2次側)に伝送されます．

受信側では，受信した信号を2乗検波し，“H”なのか，“L”なのかを，規定のスレッショルド電圧で判定します．

旧来はパルス伝送方式が採用されていましたが，ON/OFFキーイング方式のほうが原理的により安定に動作します．

▶メリット…高速80 Mbps＆長寿命で低消費電力

磁気方式，静電方式ともに，絶縁間の伝送速度も十分に高速です．**図4-3**はパルス伝送方式のADuM4402(アナログ・デバイセズ)で80 Mbpsで高速信号伝送をしたようすです．高速な通信が実現できています．一般的なCMOS ICの構成なので，寿命による限界がほぼありません．伝送レートが低速の場合の消費電力は，フォトカプラの数%です．伝送レートが高速になれば消費電力は上昇しますが，高速フォトカプラでの最大速度である10 Mbpsでも，消費電流は約20%です．

▶デメリット…入出力の範囲が3.3～5 Vしかない

1次側，2次側それぞれにCMOS回路が，またアイソレーション間を信号伝送させるための磁気的・容量的な回路が必要です．これらによりフォトカプラよりコストが高いです．一般的なCMOS ICの絶対最大定格が適用され，入出力の電圧範囲が3.3～5 Vに限定されます．

● 入出力電圧の範囲が広い！フォトカプラ

図4-4にフォトカプラの構造を示します．送信側で赤外LEDを光らせ，赤外光で信号を伝送します．

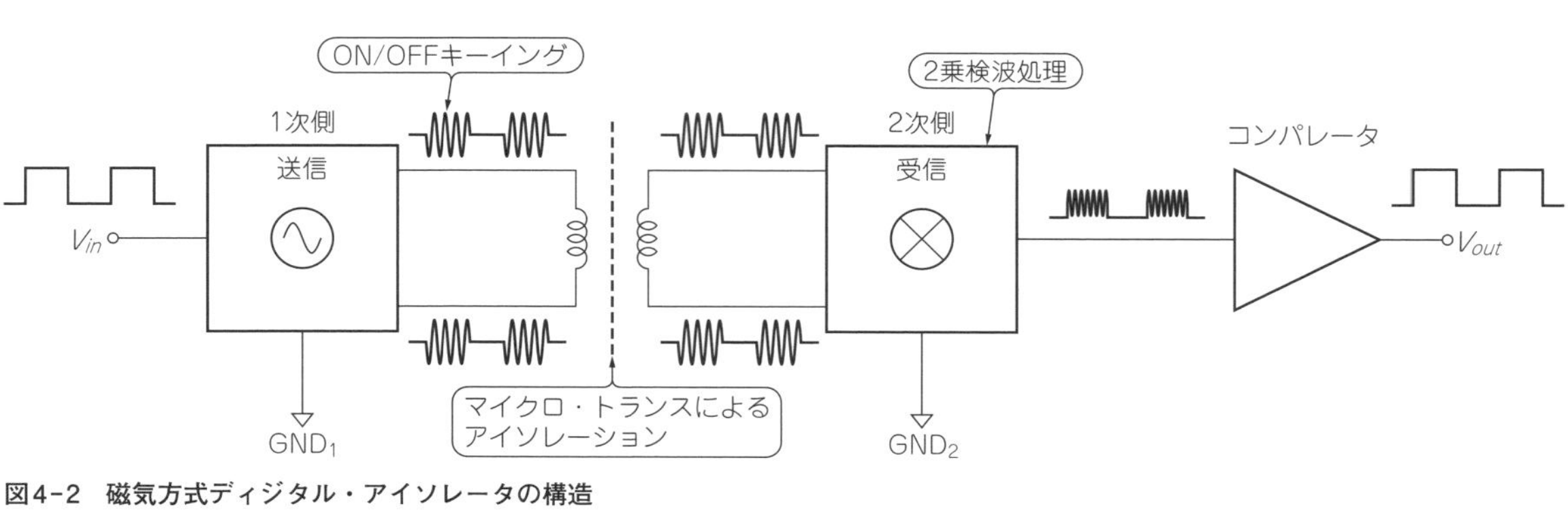

図4-2　磁気方式ディジタル・アイソレータの構造
ADuM140D/ADuM140E(アナログ・デバイセズ)など最新型のディジタル・アイソレータの動作原理

受信側は光を検出するフォトトランジスタで構成されており，受光部に光が当たることでトランジスタがONして，ディジタル信号を伝送できます．

▶メリット…低コスト&広範囲な入出力電圧

市場で古くから，大量に利用されているので，量産効果でコストが非常に低いことが魅力です．

図4-5のように，1次側のLEDに流れる電流量を抵抗の大きさで調整することで，広い範囲の電圧を入力できます．2次側のフォトトランジスタもトランジスタの耐圧の最大定格で制限されます．抵抗値を適切に選定することで，広い範囲の電源電圧で使えます．

▶デメリット…速度が遅く電力効率が悪い

LEDの赤外光をフォトトランジスタで受けるので，速度限界があります．LEDやフォトトランジスタの応答速度は数百ns程度です．そのためフォトカプラは数Mbps～10 Mbps程度が伝送速度の限界でディジタル・アイソレータより遅いです．

LEDを光らせて赤外光で信号を伝送しますが，LEDとフォトトランジスタはあまり効率が良くありません．そのため消費電力が大きいです．高速のフォトカプラではさらに多くの電流を流す必要があります．寿命の限界があります．LEDの輝度低下が主原因となるものですが，これによって動作寿命が決定します．

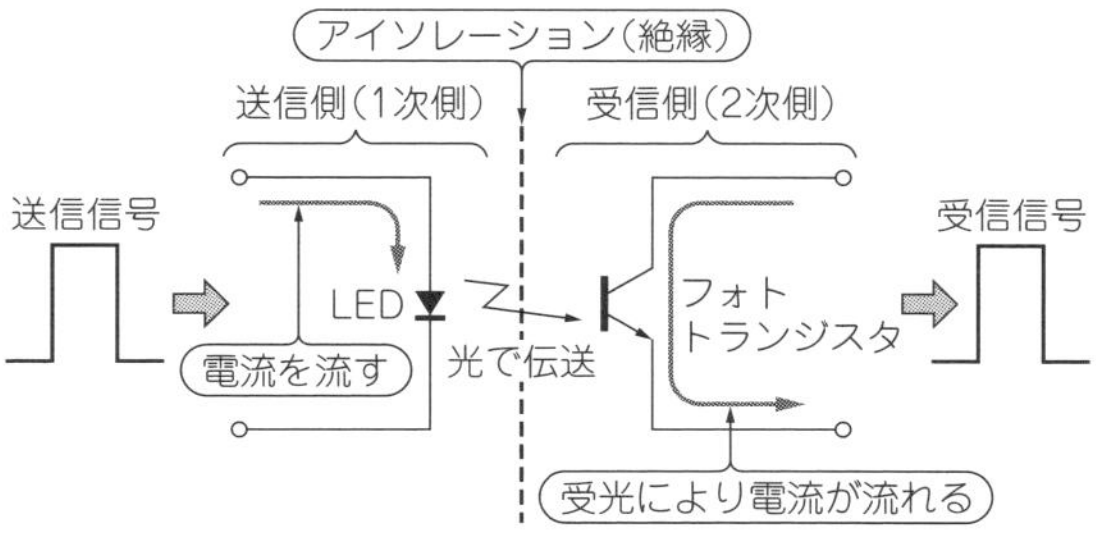

図4-4　フォトカプラの構造

● フォトカプラの実力を実験で確認

図4-6はフォトカプラTLP627(東芝)で実際に伝送実験をしてみたようすです．コレクタから出力信号を取り出す方法による結果を**図4-6(a)**に，エミッタから出力信号を取り出す方法による結果を**図4-6(b)**に示します．

▶伝送速度…4 kbpsと低速

実験に使用したのは古いフォトカプラなので，信号の応答はとても低速です．最新の高速フォトカプラであれば，より高速な伝送が可能です．

▶消費電力…ディジタル・アイソレータの約15倍

回路全体の消費電力は110 mWでした．先に実験した，ディジタル・アイソレータADuM4402で1 Mbps以下の条件であれば，消費電力は5 V時で1チャネルあたり7 mWです．ディジタル・アイソレータのほうが消費電力が低いです．

● 条件が合うならディジタル・アイソレータを使う

コストの点や広い入出力電圧が必要な場合はフォトカプラを使います．使用条件が合うのであれば，通信速度や消費電力，寿命などからディジタル・アイソレータが有利です．

〈石井 聡〉

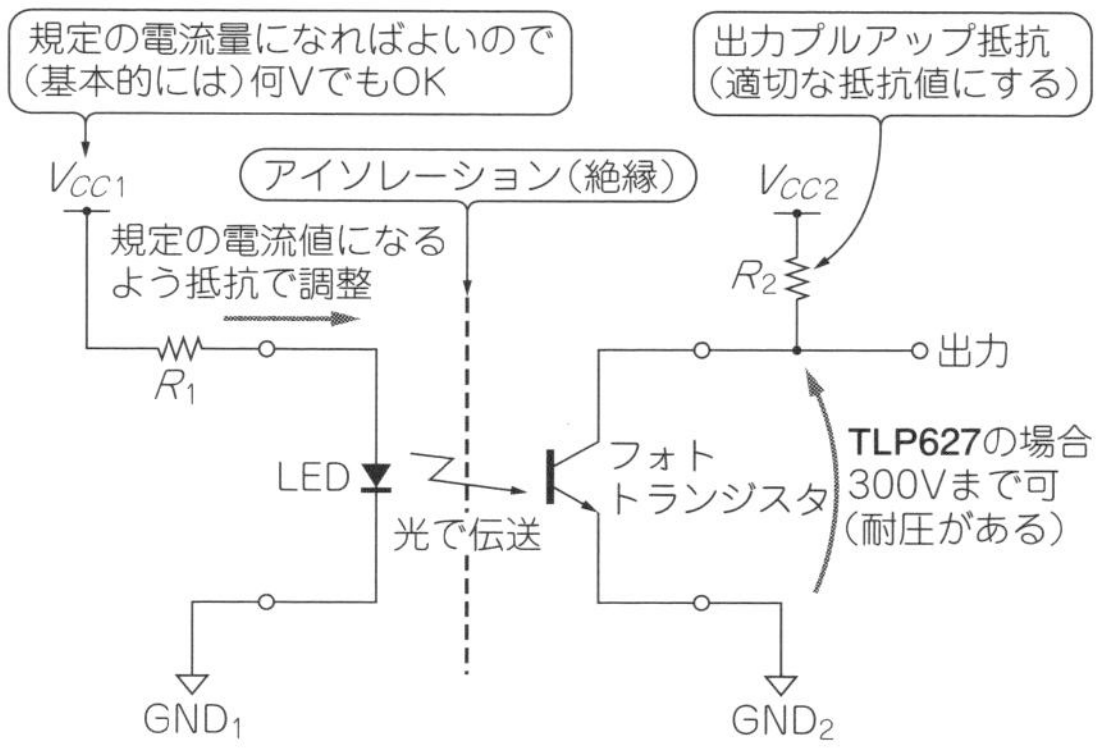

図4-5　フォトカプラは抵抗値を調整することで広い範囲の高電圧での入出力が可能になる

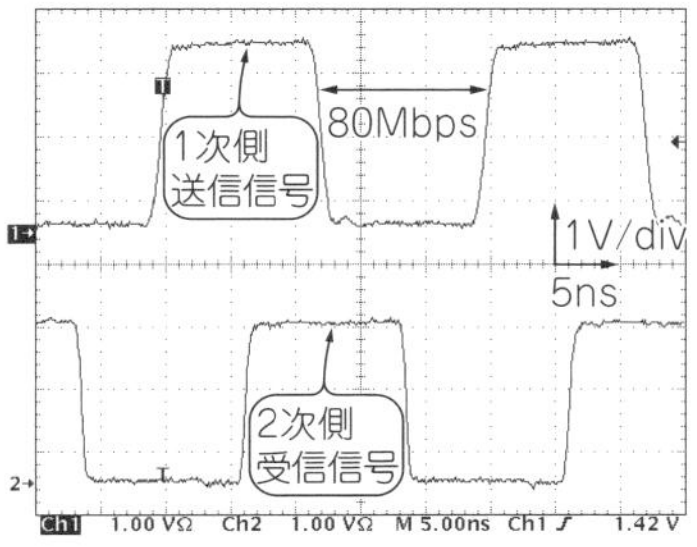

図4-3　ディジタル・アイソレータADuM4402で80 Mbpsで伝送したようす

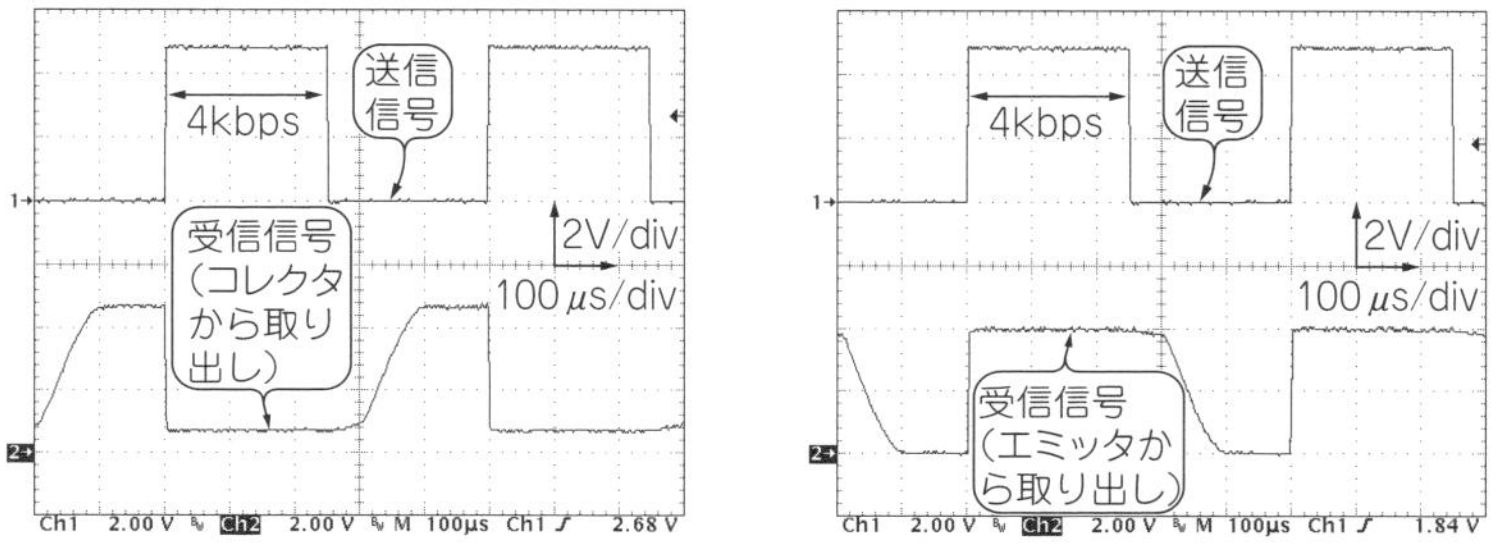

(a) コレクタから出力信号を取り出す方法

(b) エミッタから出力信号を取り出す方法

図4-6　フォトカプラTLP627で4 kbpsで伝送したようす

LED電流は12 mA，出力抵抗は470 Ω，電源は5 V

Q5 初めて無線機を設計するが，AMとFMの違いを知りたい

A 変調の方法には，正弦波の波形の振幅を変化させる振幅変調(AM：Amplitude Modulation)と周波数を変化させる周波数変調(FM：Frequency Modulation)があります．

■ AM変調回路

AMは**図5-1**のように，搬送波の大きさ，つまり振幅を変化させて変調情報を伝送するため，振幅変調と呼ばれます．変調情報で正弦波の波形振幅を可変できる回路が必要です．

● 復調方法

AMの復調(検波)には，おもに3種類の方式があります．これらの方式を基本として，ディジタル信号処理による復調回路も増えています．

① 包絡線検波(整流)方式

受信信号をダイオードとコンデンサで整流し，直流成分となる振幅値を変調情報として得る方式です．**図5-2**のように包絡線検波の回路構成はシンプルです．**図5-3**にその波形例を示します．

② 2乗検波方式

受信機内部で，受信信号を2乗する回路を通します．2乗により得られる成分(項)の一部を受信信号の振幅値として得ます．これをLPFを通すと実際の振幅値が得られます．**図5-4**にその波形例を示します．

③ 同期検波方式

受信信号と，搬送波と同じ周波数の受信機内部で作った正弦波とを乗算させることで，変調された変調情報を取り出します．乗算によって，受信信号と受信機内部での正弦波との和と差の周波数が得られ，差の周波数成分を振幅値が得られます．これにより得られる波形は，**図5-4**とかなり近いです．

● 回路構成がシンプル

AMは，なんといっても回路構成がシンプルです．受信機側では信号を整流すれば，変調情報を復調できます．ゲルマニウム・ラジオも，AMを包絡線検波で復調する方式です．

2乗検波方式や同期検波方式は，包絡線検波(整流)方式と比べて回路構成が複雑です．一方で高性能化で

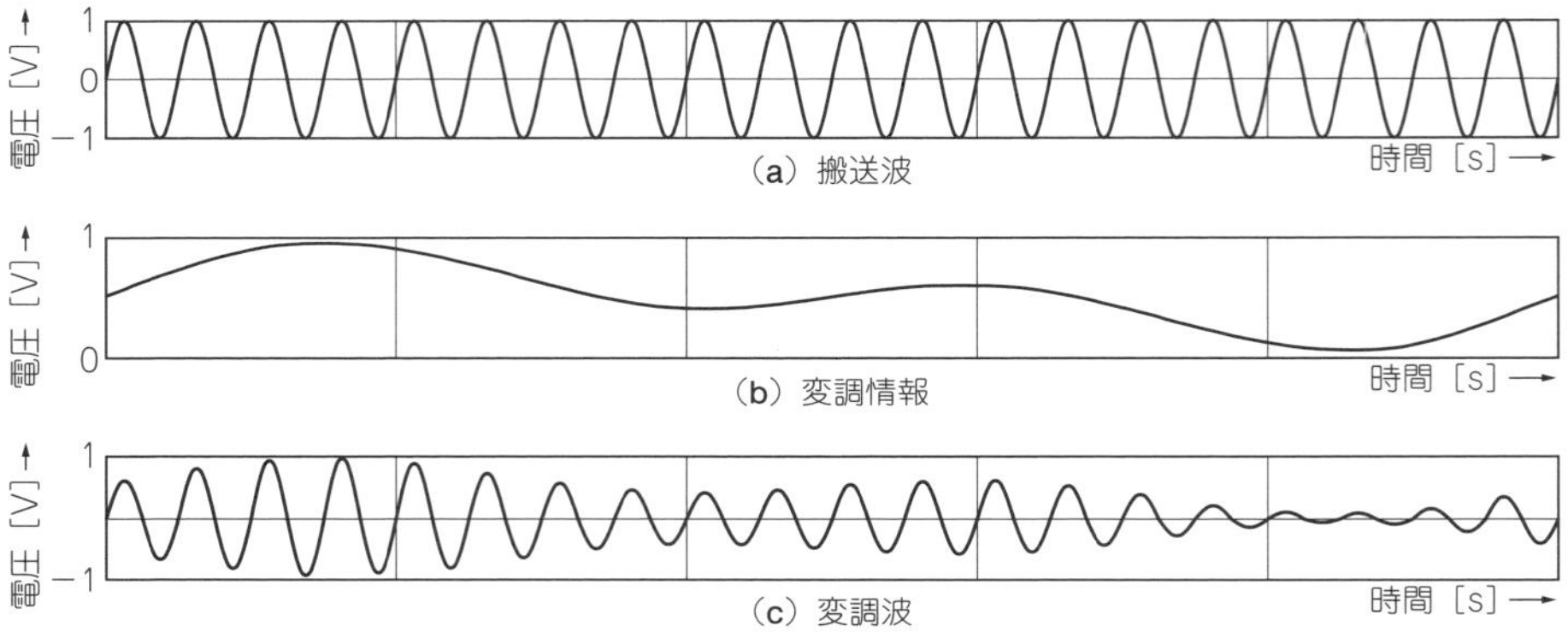

図5-1 振幅変調方式による変調波…搬送波の振幅を変化させて変調情報を伝送する

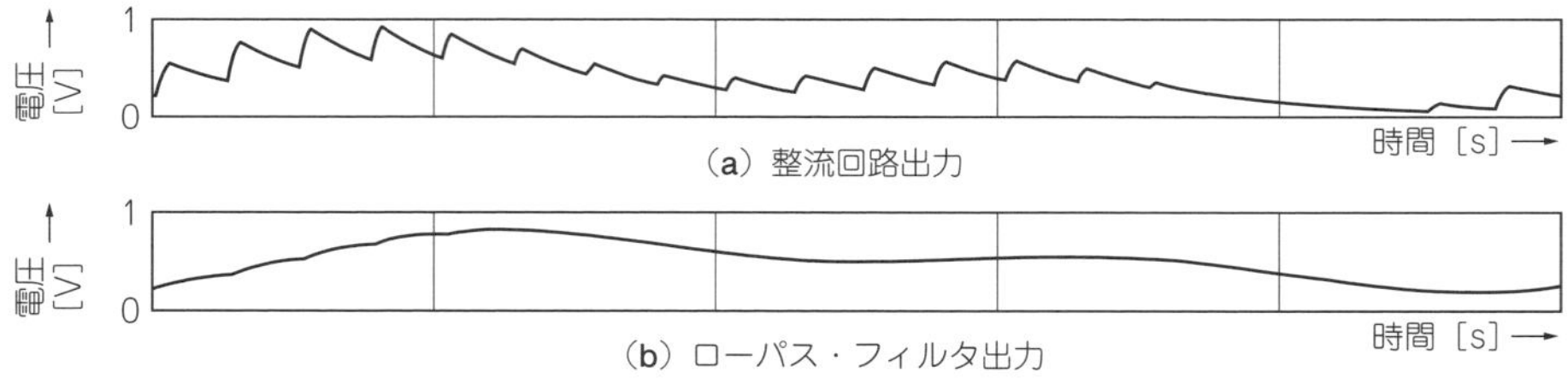

図5-3 図5-2の回路で得られる波形の例
包絡線は，変調波の各ピーク点をつないで表される波形形状．これが整流により得られた振幅値に相当する

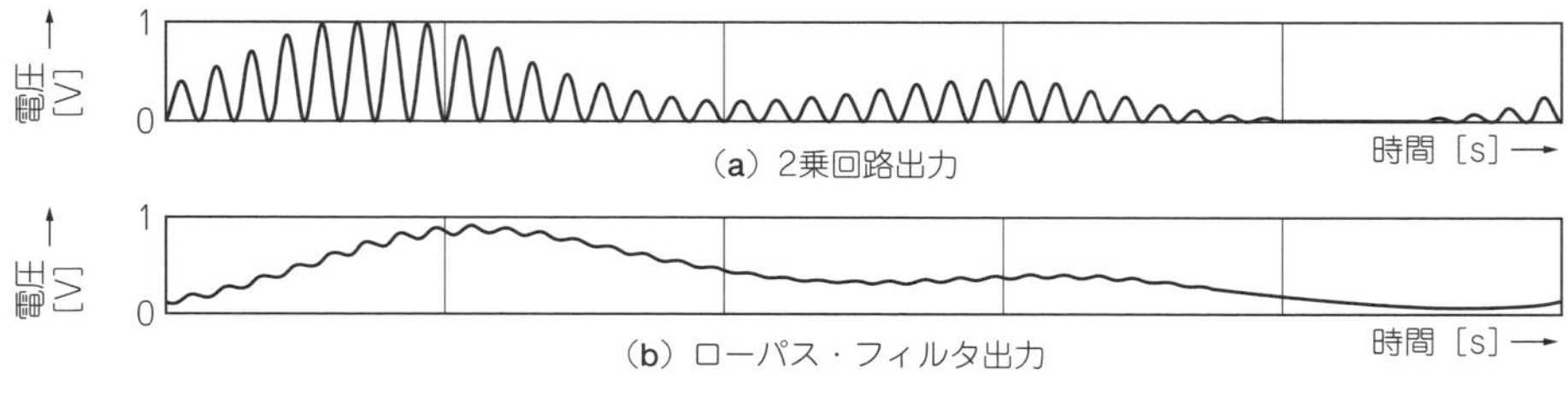

図5-4 2乗検波回路で得られる波形の例

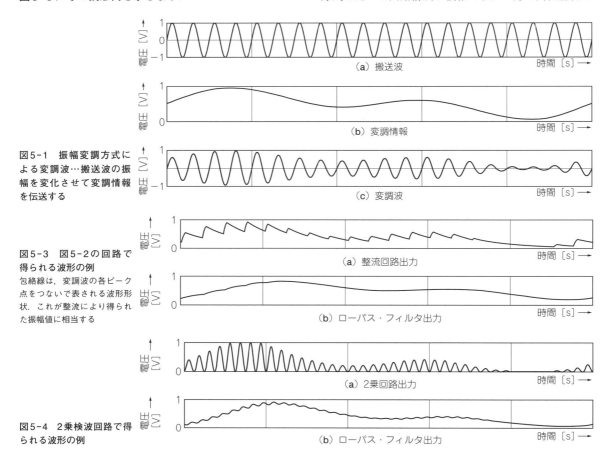

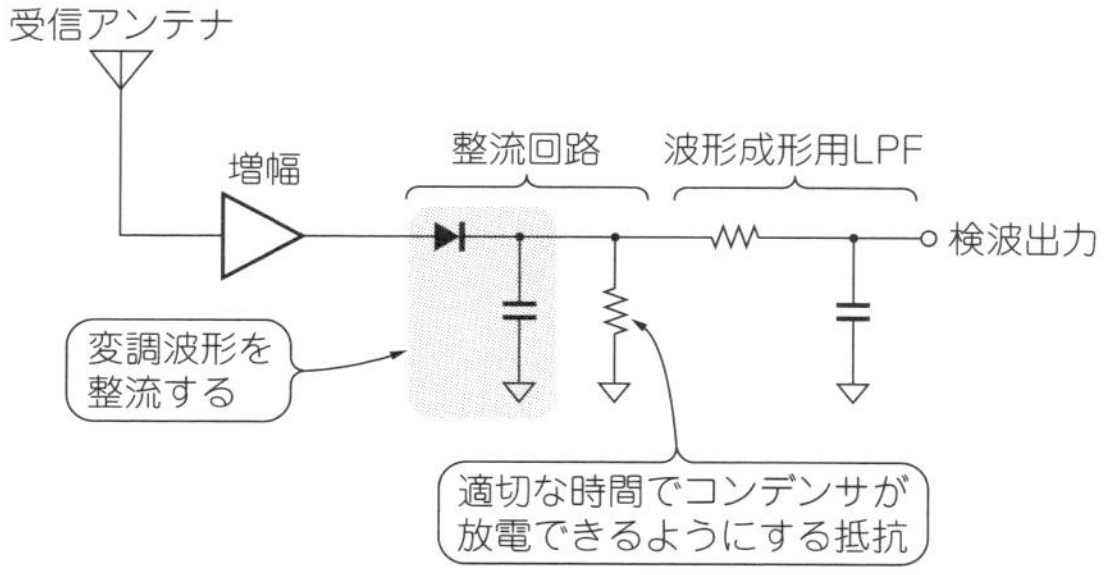

図5-2　包絡線検波(整流)方式の回路例
周波数変換やBPFなどは割愛

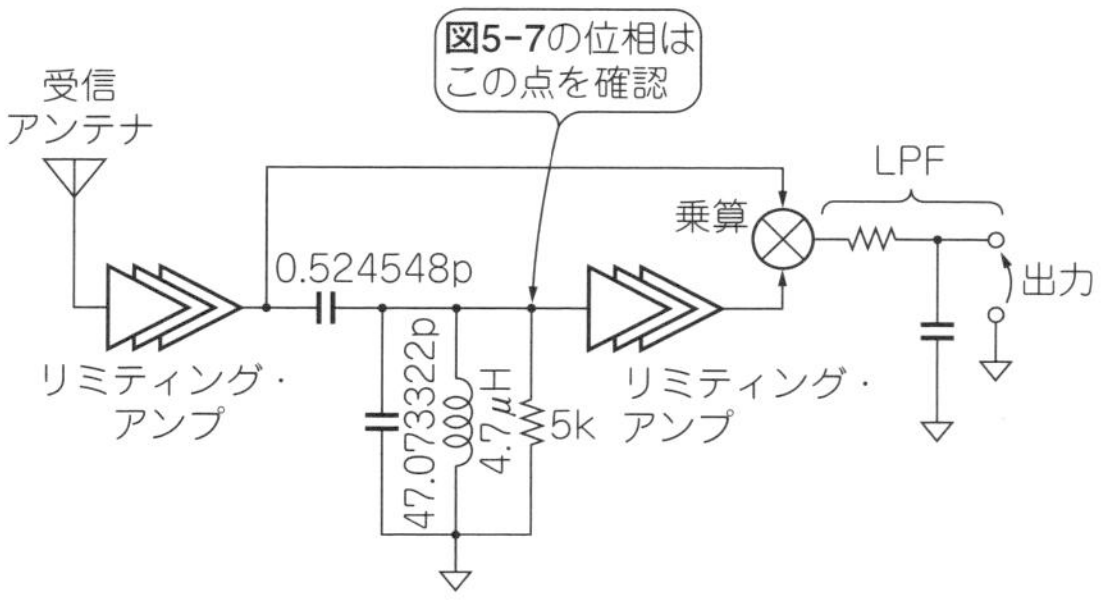

図5-6　受信信号の周波数変化を電圧に変換するクワドラチャ検波方式の回路例

きるので，音質を考えると受信方式としては有利です．

● 欠点…FMと比べて一般的に明瞭度が低い

実際のAM放送は，明瞭度があまり良くありませんが理論的には，適切な回路構成で十分な帯域と*SN*比があれば，高い明瞭度を実現できます．

ほかの電波が混入すると，それがそのまま復調された音声信号に本来の信号と一緒に現れます．

■ FM用変調回路

図5-5のように，FMは搬送波の周波数を変化させて変調情報を伝送します．変調情報を周波数変化に変換する回路が必要です．一般的には，発振回路の振動周波数を変調情報で変化させる方式が使われます．インダクタンスと容量で構成される発振回路の容量部分を可変容量ダイオードとし，そこに加える電圧によって周波数を変化させます．

● クワドラチャ検波方式(回路)の動作

FM復調回路では，変調波の周波数変化を電圧振幅に変換する必要があります．**図5-6**は，回路構成をシンプルに実現できるクワドラチャ検波方式の回路例です．リミティング・アンプにより受信信号のレベルを一定にします．この信号が回路に加わります．周波数によって位相が変化する回路を経由した信号と，もう一方にそのままの信号を用意して乗算することで，位相差を電圧の変化として取り出します．

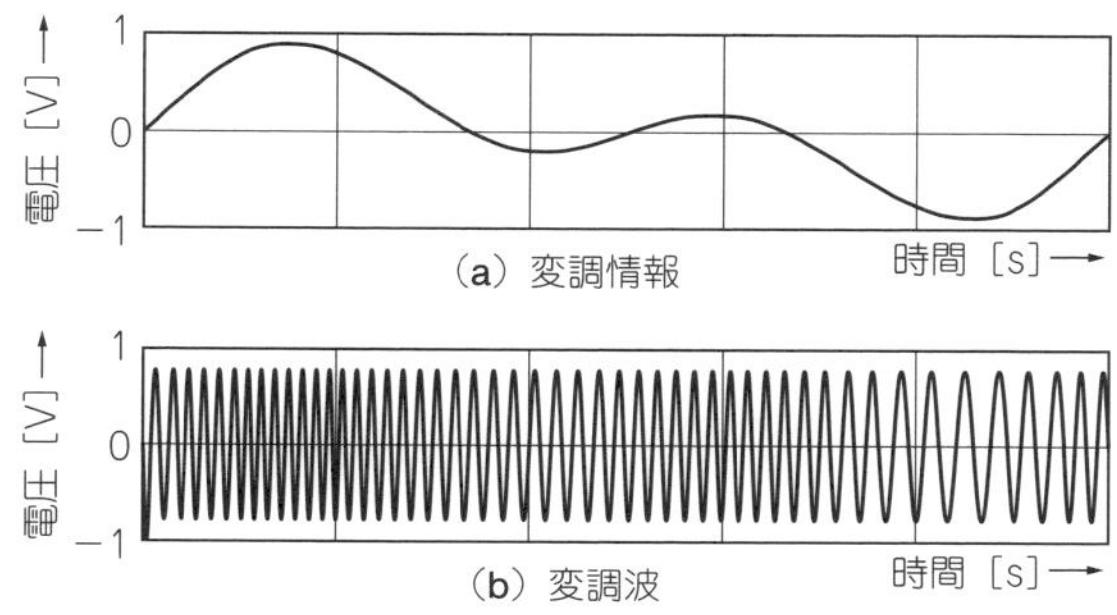

図5-5　周波数変調方式による変調波…搬送波の周波数を変化させて変調情報を伝送する

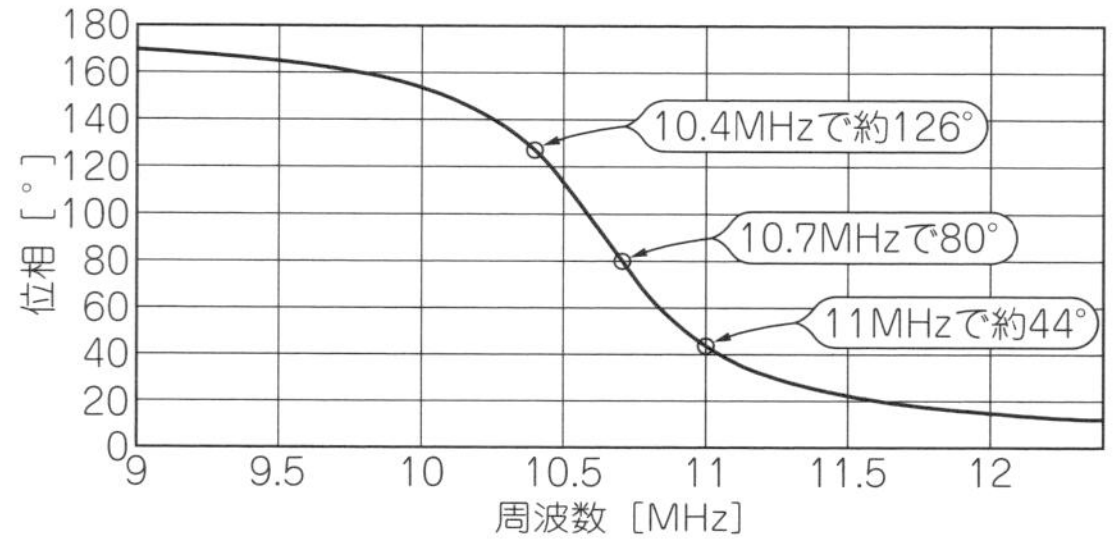

図5-7　図5-6で設定した値での周波数特性
図5-6の位相変化部で周波数の変化を電圧に変換できる．中心周波数は10.7 MHzで設定

現在，AM復調で用いられる同期検波を応用した方式とディジタル信号処理により，周波数の変化を検出し，復調回路を実現することも増えています．

● 振幅を一定にする回路により自動ゲイン調整などの回路を省略できる

電波の強度が弱くなる，つまり受信レベルが変化したときに，FM方式はリミティングにより，信号のレベルを一定化させます．回路としてもAMのように自動ゲイン調整などの複雑な回路が不要となるため，回路構成がシンプルになります．

● 周波数特性を補償する回路や振幅を制限する回路により雑音や妨害波を抑圧して高音質を実現する

FMでは，送信側で行うプリエンファシスと，受信側で行うディエンファシスという変調情報の周波数特性を変化させる技術が用いられています．これにより，変復調処理による*SN*比を改善し，より高音質が実現できます．

FM検波では，リミティング・アンプが用いられているため，同じ周波数にある弱い信号は強い信号に隠れます．弱い信号が妨害波であれば，より抑圧します．

● 欠点…AMと比べて周波数利用効率が低い

とくにFM放送の場合は，周波数変化量(偏移量)が大きく，これに広い周波数帯域が必要です．

〈石井 聡〉

6 アナログ変調とディジタル変調は何が違う？

■ アナログ変調

無線伝送する，送信したい情報(波形)は一般的に音声や画像などのアナログ信号です．アナログ変調は，アナログ信号をそのままのかたちで伝送するため，「アナログ変調」と呼びます．

● 回路がシンプル

アナログ変調は，送信したい情報(アナログ信号)自体で変調するので，ディジタル変調と比べて回路構成がシンプルです．搬送波の正弦波波形をアナログ信号で直接変化させることで変調を実現します．**図6-1**に回路構成を示します．

● 欠点① 周波数の利用効率が低い

ディジタル変調と比べて，アナログ変調は，伝達したい情報量(周波数)と，それに必要な変調波の帯域幅の比である「周波数の利用効率」が高くありません．

ディジタル変調で実現できる，「多値化」と呼ばれる一度に伝送できるビット数を増やせる技術や，高度な圧縮技術の応用とは異なります．送信したい情報(波形)自体で変調します．したがって，周波数軸上で変調波を観測したとき，その変調波の使用する周波数(占有周波数)が広がり，無線伝送に広い周波数帯域幅が必要です．占有周波数は送信したい波形の周波数に(基本的な考え方として)比例して広がります．

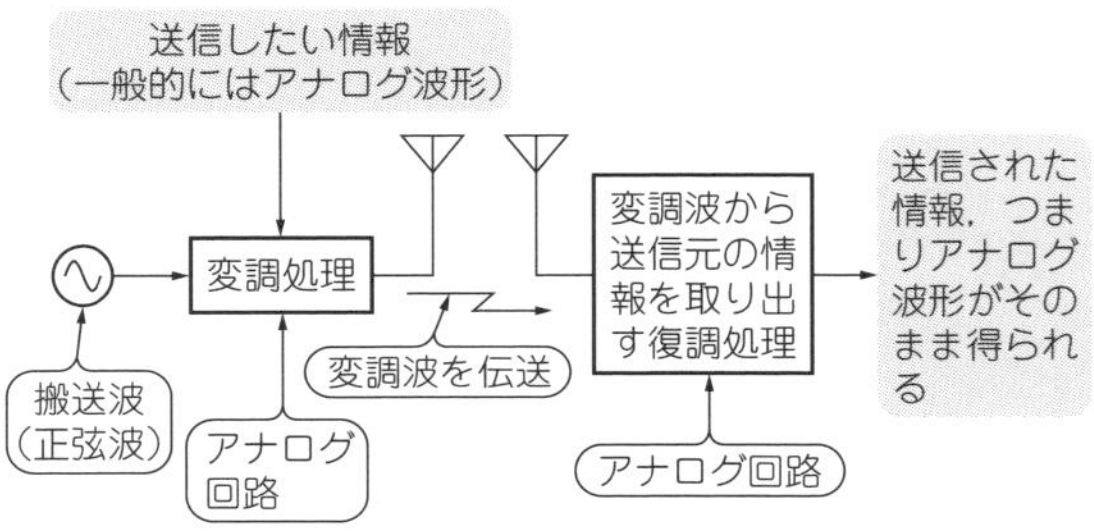

図6-1　アナログ変調は回路構成がシンプル
元の情報に戻す復調処理も記載している

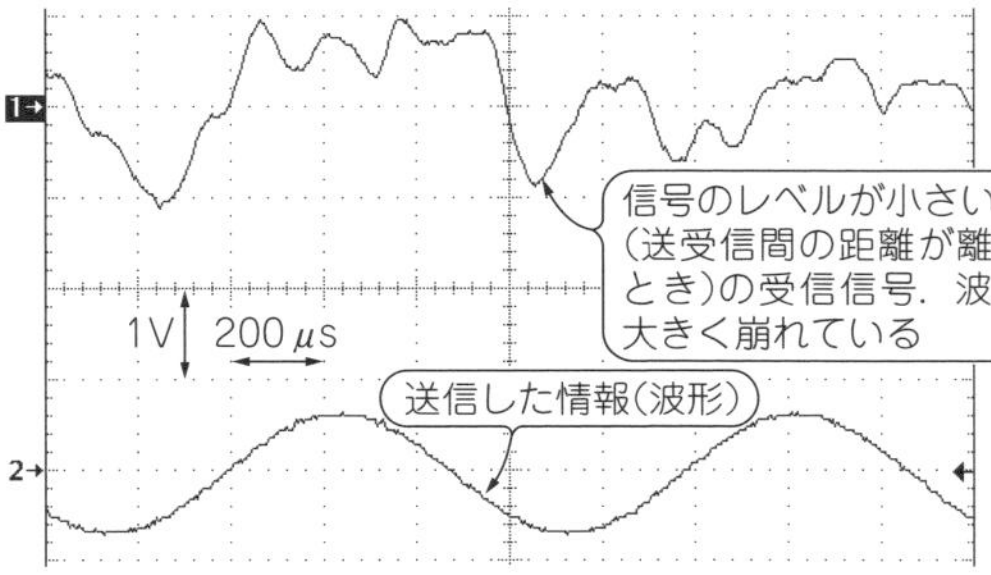

図6-2　アナログ変調は受信信号レベルが小さいと波形が大きく崩れSN比が低下する

● 欠点② 受信信号レベルが低いと，送信したい情報が正しく伝わらない

受信信号レベルが十分に大きいと(送受信の間の距離が近いとき)，受信信号波形は，送信した情報の波形形状を維持できます．

受信信号レベルが小さくなると，ノイズにより受信信号波形の形状が大きく崩れます．これにより*SN*比が低下します．

図6-2にその波形を示します．このように受信信号波形の形状が大きく崩れてしまうと，送信したい情報が正しく得られません．

● 用途

旧来のシステムでは，アナログ変調が用いられました．従来のAM放送やFM放送は，アナログ変調を用いたシステムです．AM放送では振幅変調が用いられ，FM放送では周波数変調が用いられています．

■ ディジタル変調

一般的に，送信したい情報そのものはアナログ信号です．ディジタル変調は，このアナログ信号をいったんディジタル情報に変換して，ディジタル値で伝送します．このような処理を行うので，**図6-3**のように，アナログ変調と比べて回路構成が複雑です．

● 周波数の利用効率が高い

ディジタル変調はアナログ変調と比べて周波数の利用効率が高いです．**図6-4**のような多値化を用いれば，一度に伝送できるビット数を増やすことができます．高度な情報圧縮技術も応用できます．周波数軸上で変調波を観測したとき，その波形が使用する周波数(占有周波数)を狭く維持でき，狭い帯域で伝送できます．これはディジタル化により，送信したい波形の周波数を疑似的に低下できるためです．

● 受信信号レベルが低くても，スレッショルドを超えない限りビットを誤って検出することはない

図6-5に送信信号と信号レベルが小さいとき(送受信の間の距離が離れたとき)の受信信号を示します．

受信信号レベルが小さくなると，ディジタル変調でも波形はノイズにより大きく崩れます．しかし，あるスレッショルド電圧を基準にして，ビットの中心位置でサンプリングすることによりビットのH/Lを判定

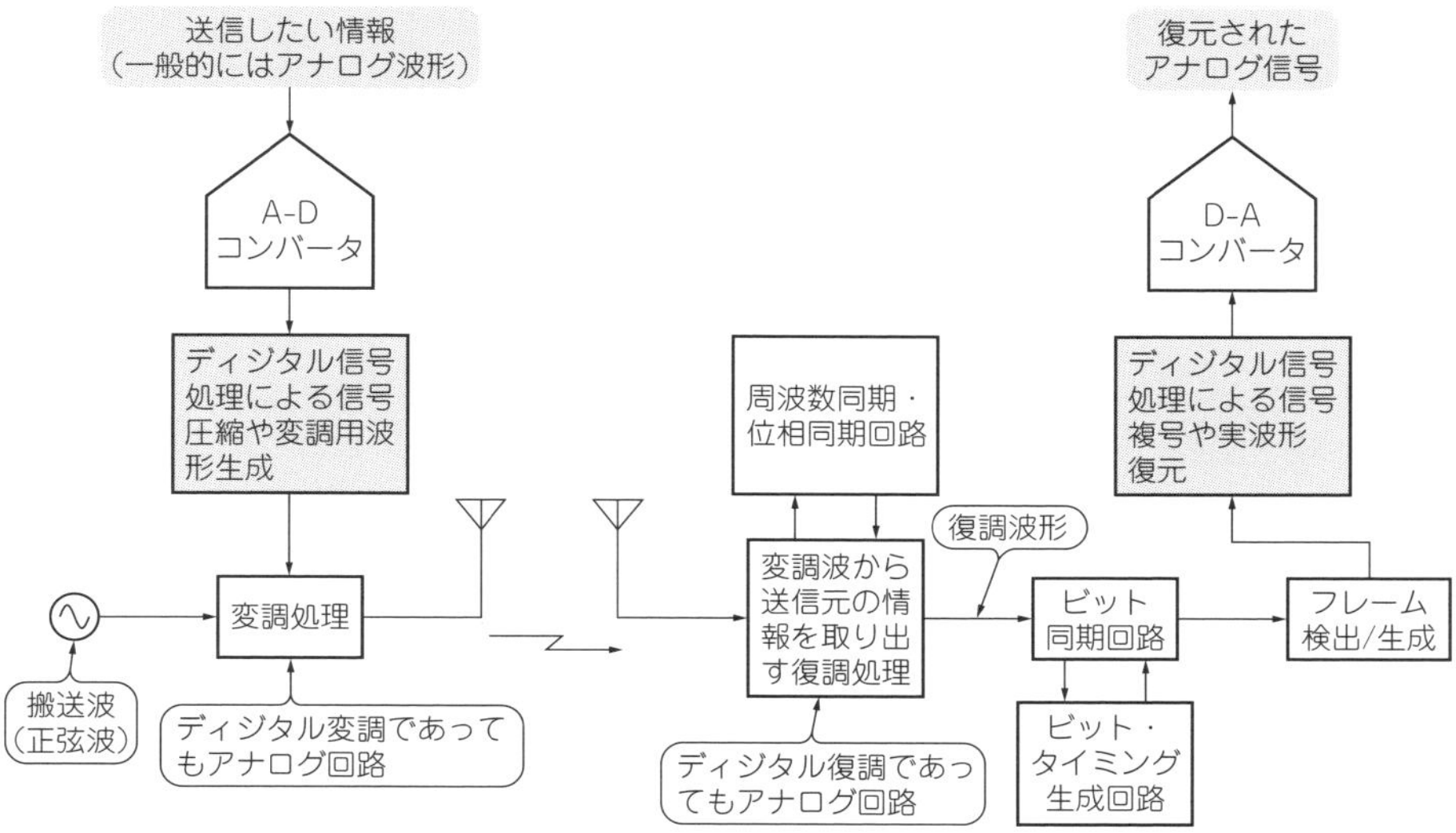

図6-3　ディジタル変調は回路構成が複雑
近年の無線通信システムでは，新規で開発される方式や，旧来システムの刷新などでは，ほぼすべてにディジタル変調が採用されている

するので，ノイズがスレッショルド電圧を超えない限り，ビットを間違って検出すること（ビット誤り）はありません．

● 欠点

ディジタル変調の場合は，送信したいアナログ信号をいったんディジタルに変換してから変調します．アナログ変調より回路構成が複雑です．

● 用途

現在のほとんどの無線システム（携帯電話，地デジ放送，無線LANなど）はディジタル変調です．

▶位相変調，振幅変調，周波数変調がある

ディジタル変調では，正弦波の位相を変化させて変調を行う位相変調（PSK）が多くのシステムで用いられています．これは，一番高い性能（ノイズが多くても正しく復調できる）を実現できるためです．

ディジタル振幅変調（ASK）は，ラジコンやETCなどで用いられています．周波数変調（FSK）は400 MHz帯や900 MHz帯での特定小電力という無線通信システムでよく用いられています．

＊　＊

ディジタル変調のほうが周波数の利用効率が高く，性能が良好です．近年の無線通信システムでは，新規で開発される方式や，旧来システムの刷新などでは，ほぼすべてにディジタル変調が採用されています．

回路構成的には，アナログ変調のほうが圧倒的に簡単に実現できます．電波法による複雑な規制もありますが，簡便に無線機器を作りたいときは，アナログ変調を用いることも可能でしょう．アマチュア無線では今でもアナログ変調が現役で用いられています．

〈**石井 聡**〉

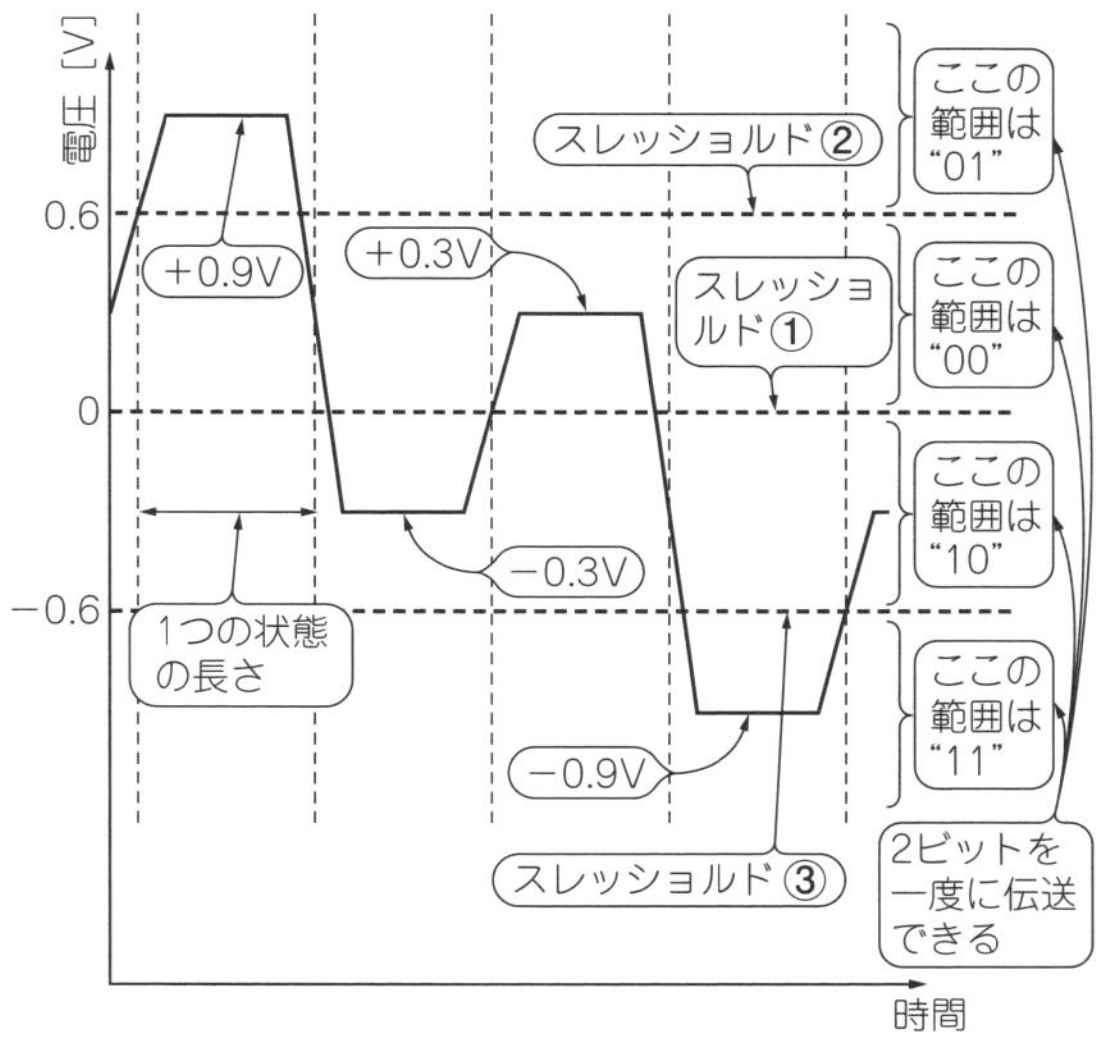

図6-4　多値化を用いれば一度に伝送できるビット数を増やせる
この例では4つの電圧状態を作って，一度に2ビット“01”，“00”，“10”，“11”を伝送できるようにしている

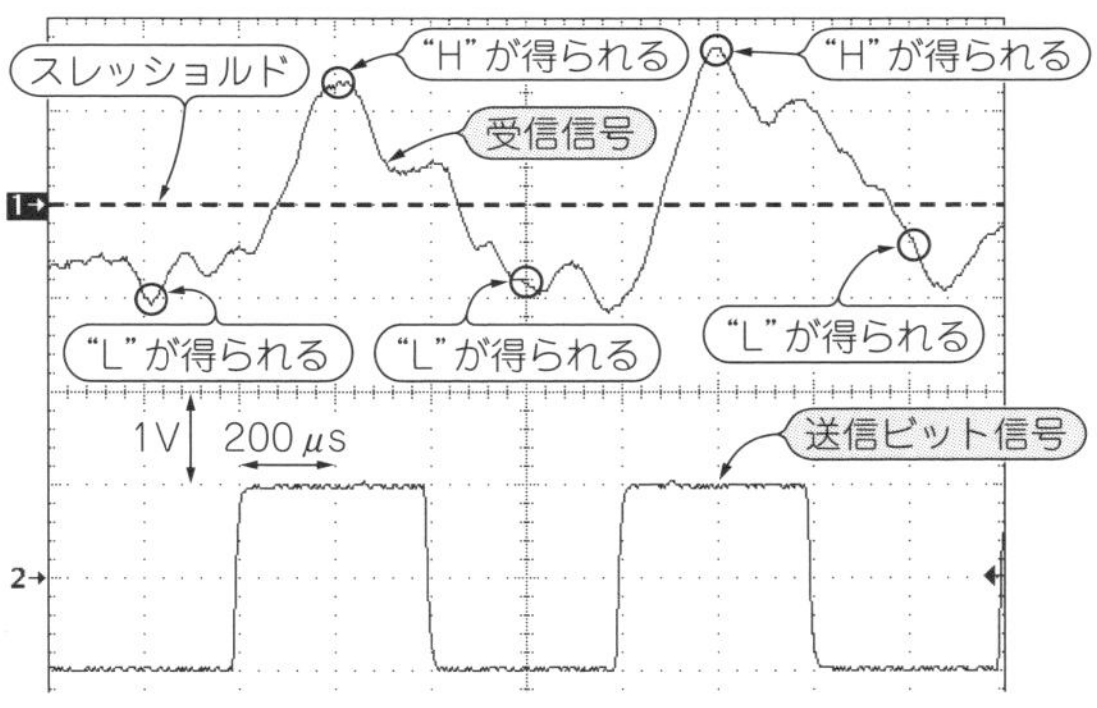

図6-5　ディジタル変調は受信信号レベルが小さく*SN*比が低下し波形が崩れてもサンプリングにより正しくビットを復号できる

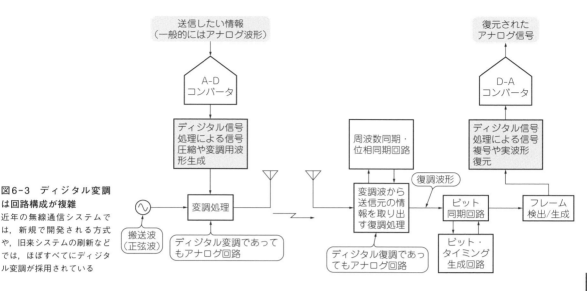

Q7 ラズベリー・パイと手作り基板を多芯ケーブルでつなぎたい．どんなケーブルを使えばいいの？

A ● 基板間の配線はフラット・ケーブルやツイスト・ケーブルがよく使われる

▶複数の線を一度につなげられるフラット・ケーブル

写真7-1にラズベリーパイのGPIOコネクタ(40ピン)に接続されているフラット・ケーブルを示します．

コネクタ付きのフラット・ケーブルは好きな長さで自作できます．14芯や40芯など，必要な信号数のフラット・ケーブルを入手し，芯数に応じた圧接工具に挟み込めば，ワンタッチでコネクタを取り付けられます．

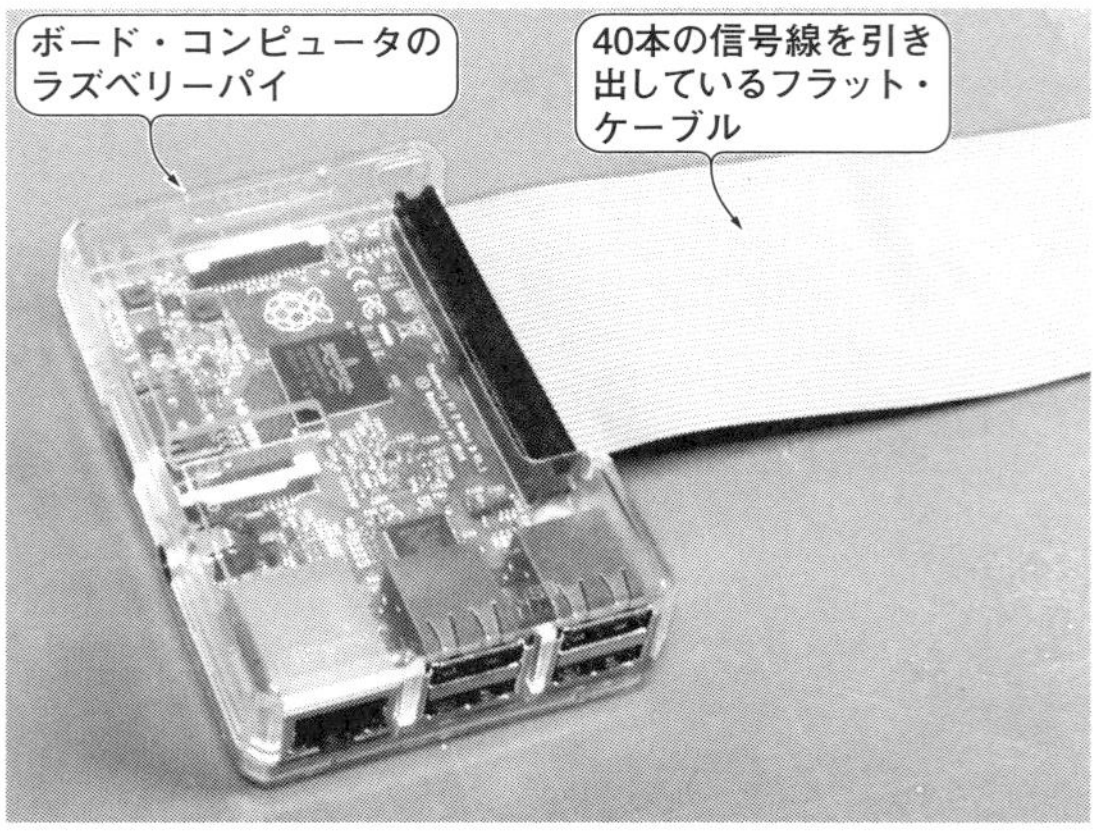

写真7-1　ラズベリーパイから信号を引き出す40芯フラット・ケーブル

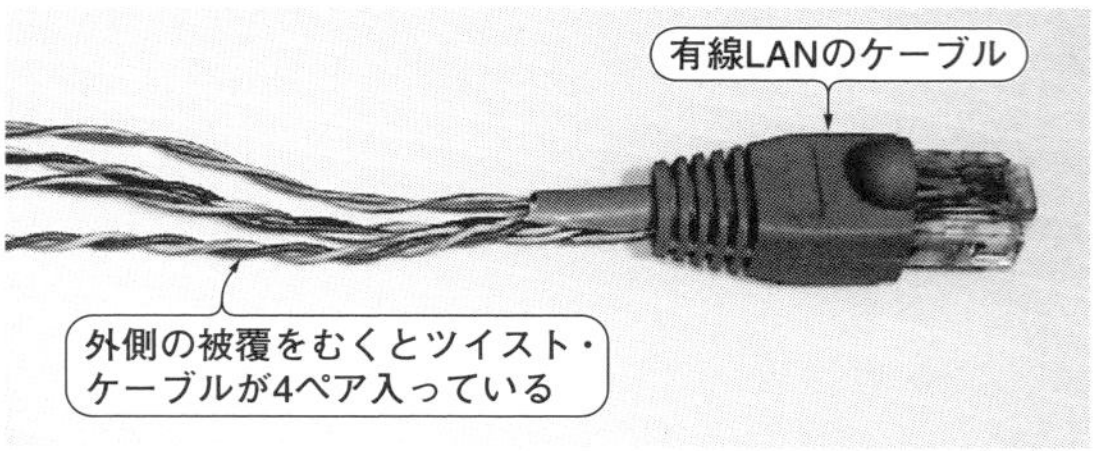

写真7-2　イーサネットのケーブルの中身はツイスト・ケーブル

▶完成品が入手しやすいツイスト・ケーブル

ツイスト・ケーブルは，コネクタ付きの既製品を使うことが多いです．例えば100BASE-Tなどのイーサネット用ケーブルです．**写真7-2**に中身を示します．

2本の被覆銅線を撚《よ》っている構造なので，必要な本数が少なければ，自分で作ることも，コネクタを使わずはんだ付けでつなぐこともできます．

● ツイスト・ケーブルのほうが伝送エラーは少ない

フラット・ケーブルは，グラウンド1本で複数の信号線を持たせることがあります．ツイスト・ケーブルの場合は，1つの信号ごとにグラウンド線(あるいはリターン線)とペアで撚るのが普通です．

ノイズへの耐性，信号が正しく伝わるかどうかでいうと，フラット・ケーブルよりツイスト・ケーブルのほうが優れています．違いを電磁界シミュレータで見てみます．

▶グラウンドの少ないフラット・ケーブルは信号同士が影響しやすい

フラット・ケーブルは**図7-1**のようにモデル化で

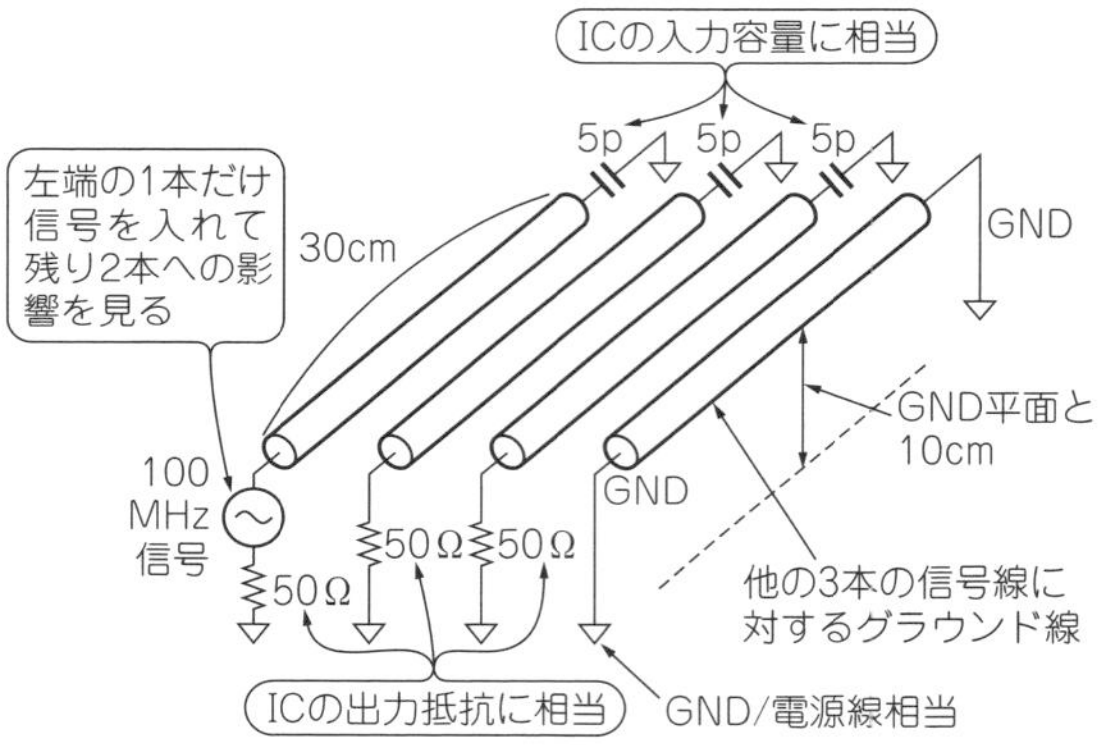

図7-1　フラット・ケーブルを電磁界シミュレーション向けにモデル化する

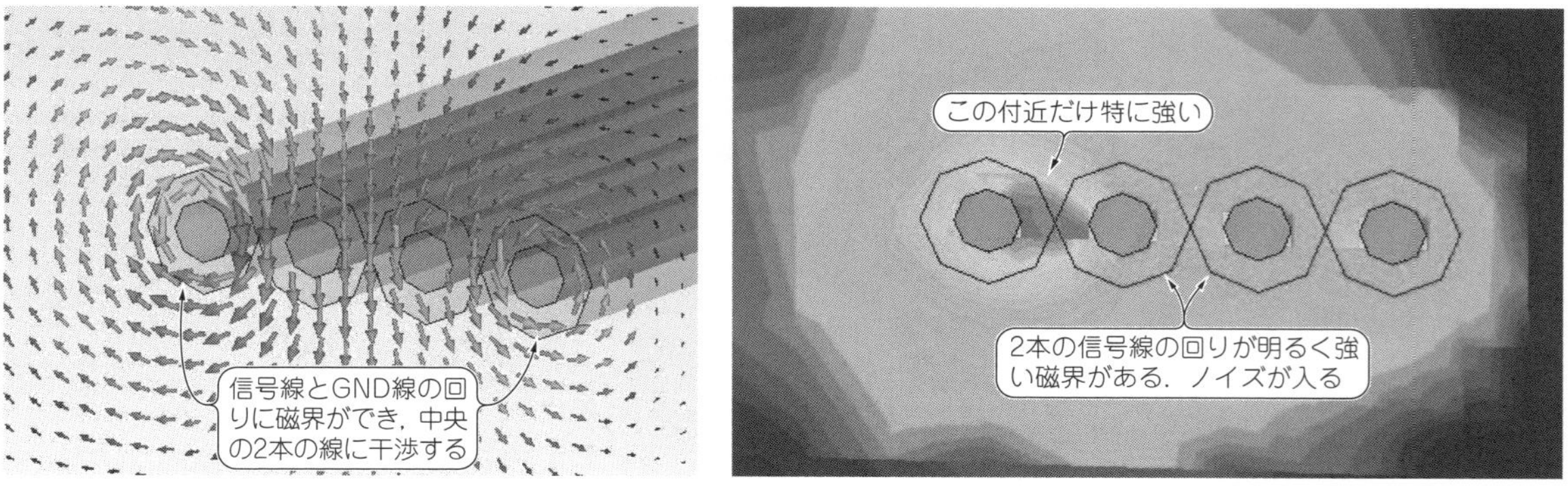

(a) 磁界ベクトル表示

(b) 磁界強度分布表示(明るい箇所は磁界が強い)

図7-2　フラット・ケーブル周囲の電磁界(シミュレーション)

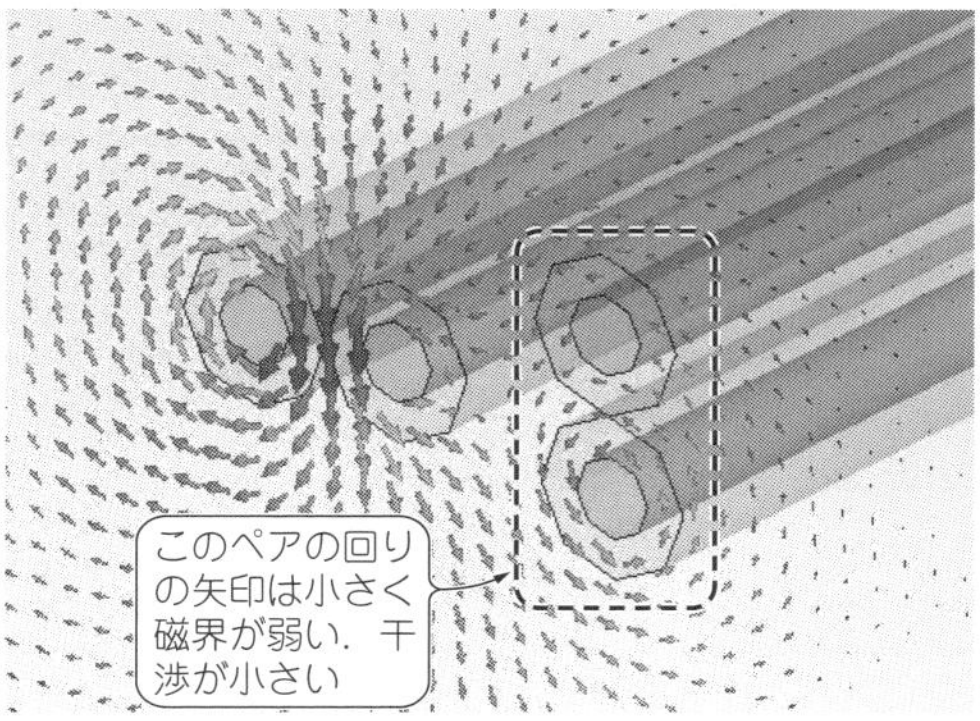

（a）磁界ベクトル

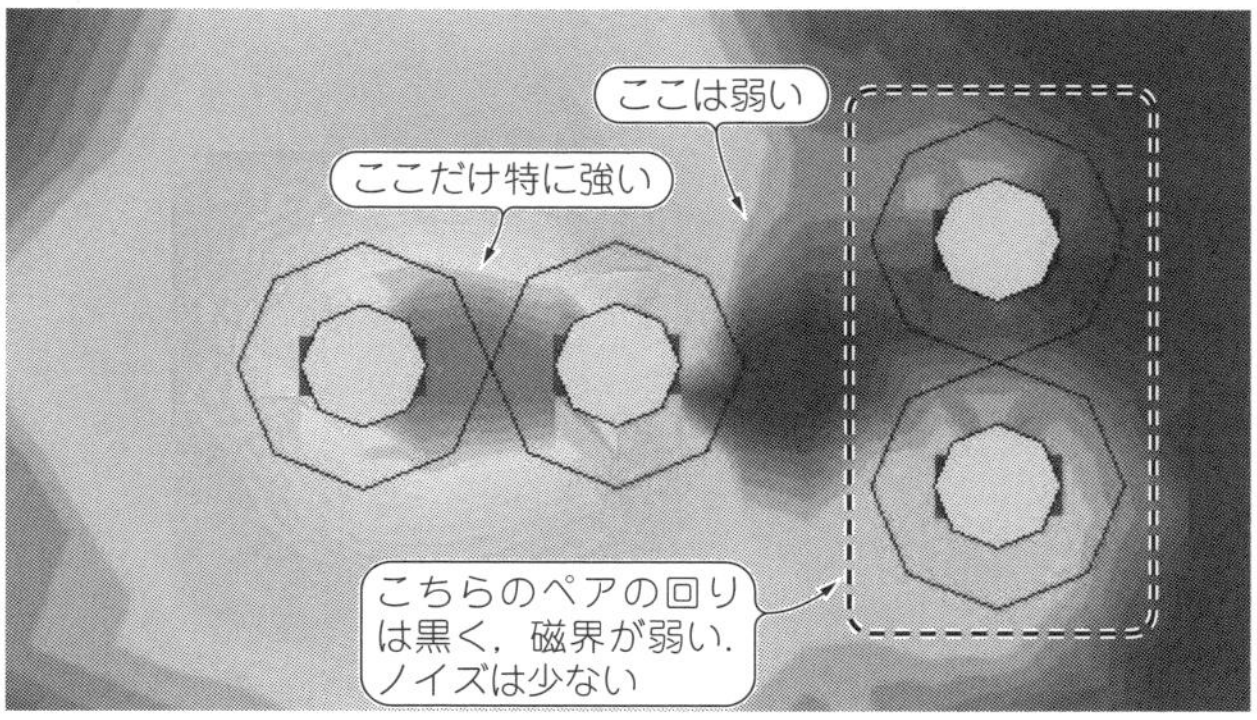

（b）磁界強度分布

図7-4　ツイスト・ケーブル周囲の電磁界（シミュレーション）

きます．左端の1本に信号を入れて，右端の1本をグラウンドに接続します．

磁界のようすをシミュレーションした結果が**図7-2**です．磁界は信号の位相で変化するので，磁界が大きくなった瞬間の磁界ベクトルを**図7-2**(**a**)に，磁界強度分布を**図7-2**(**b**)に示しています．図では2番目の線路に強く結合しています．タイミングによっては3番目の線路と強く結合します．信号同士が干渉します．

▶ツイスト・ケーブルは隣り合っていても信号同士の干渉が少ない

図7-3はツイスト・ケーブルの場合のモデルです．普通の使い方と同様に，ツイストされている線の一方を信号，他方をグラウンドとします．

図7-4が電磁界シミュレーションの結果です．信号を加えていないペア周辺の磁界は弱く，信号による影響が少ないです．

● ツイスト化したフラット・ケーブルを使うと安定・確実に伝送できる

ツイスト線のまま多数の信号線をつなげられるようにしたのが，**写真7-3**のツイスト・フラット・ケーブルです．2本ごとにツイストされています．

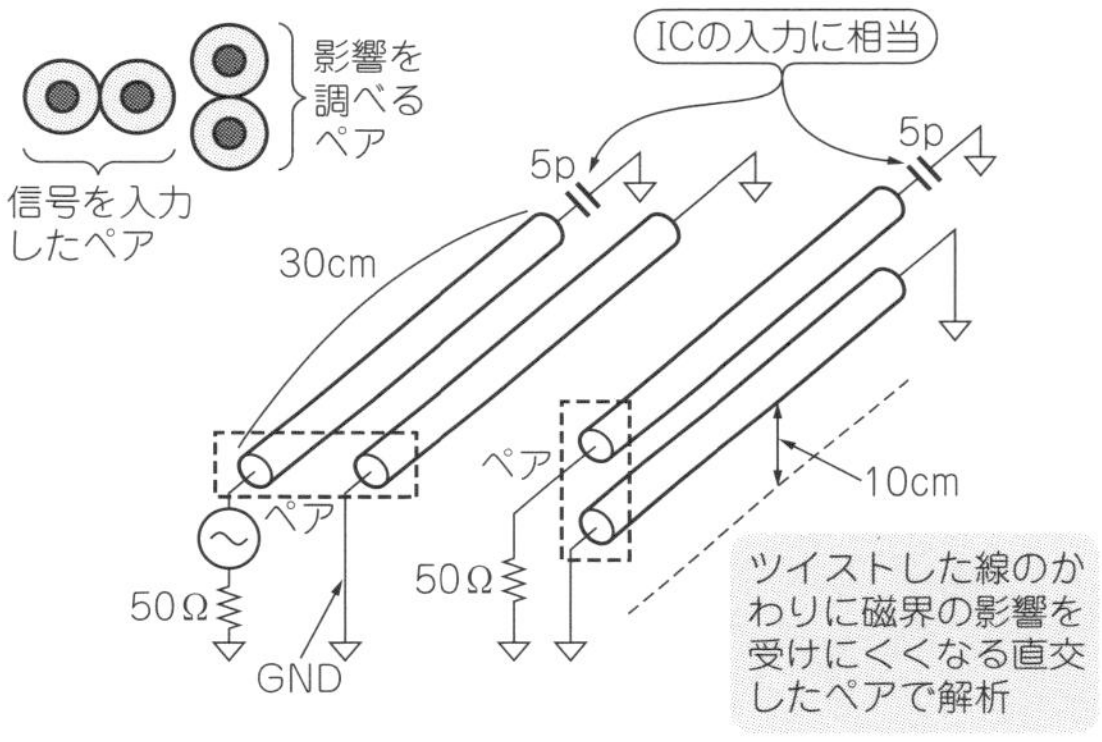

図7-3　ツイスト・ケーブルを電磁界シミュレーション向けにモデル化する

● 伝送エラーが減るフラット・ケーブルもある

フラット・ケーブルでも，隣の信号線との間にグラウンド線を配置すれば伝送エラーは減ります．

写真7-4に示すのは，IDEハード・ディスク・ドライブなどの接続に使うフラット・ケーブルです．

初期は40芯が使われていましたが，高速化に伴って伝送エラーが増えたため，信号線の間にグラウンドを1本ずつ増やした80芯のケーブルに進化しました．1本置きにグラウンドにつながる特殊なコネクタが使われています．

〈志田 晟〉

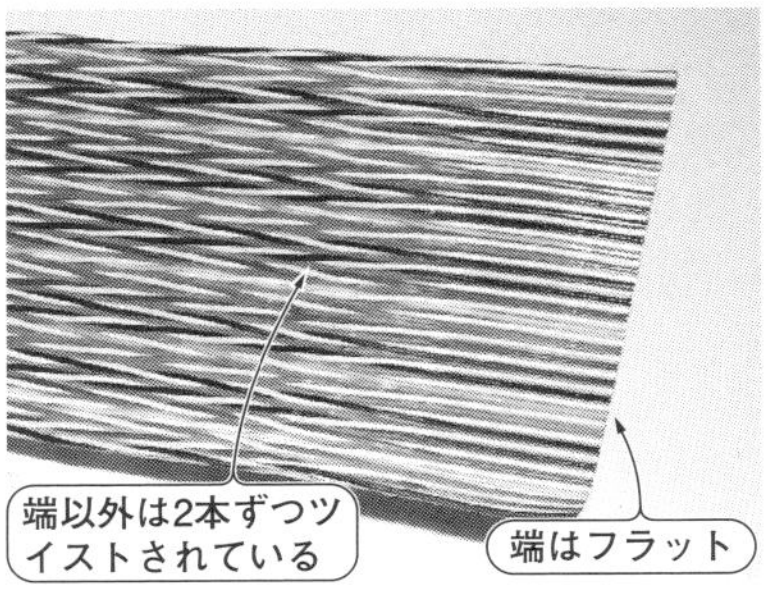

写真7-3　ツイスト・ケーブルとフラット・ケーブルのいいとこ取り！ツイスト・フラット・ケーブル

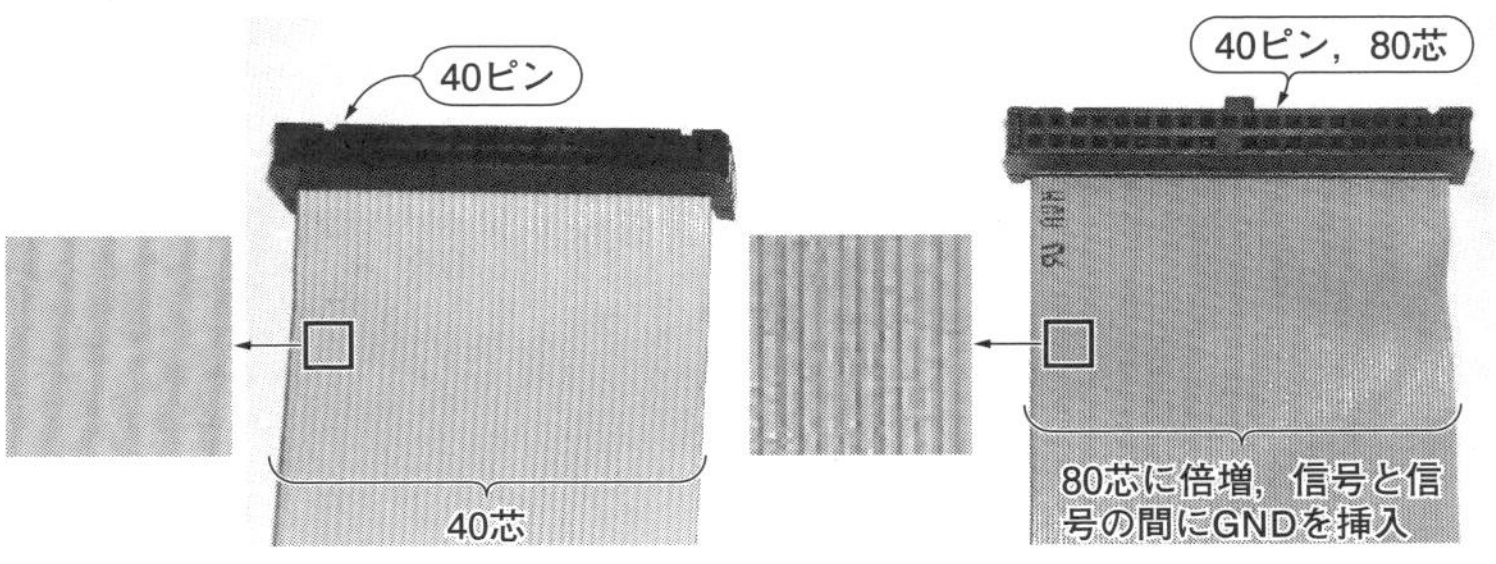

（a）旧タイプ40芯　（b）新タイプ80芯

写真7-4　信号エラー防止のために1本置きにグラウンド線が入ったフラット・ケーブル

Q8 家庭用の同軸ケーブル（75 Ω）はRF系回路の測定器に使えるの？

A 同軸ケーブルは，特性インピーダンスが75 Ωと50 Ωのものがほとんどです．同軸ケーブルは，高周波電力の送信などに使われ，損失が少ないことが要求されます．

家庭内では，テレビ信号を通す同軸線として75Ω線が使われています．テレビやCATVなどの通信系では，伝統的に75 Ωが使われています．

それら以外の一般の高周波を扱うときは，基本的に50 Ωのケーブルを使います．高周波回路の測定に使うスペクトラム・アナライザやネットワーク・アナライザでは，ほとんどの場合，特性インピーダンス50 Ωのケーブルをつないで使います．

● 同軸ケーブルの違い

写真8-1に，外部導体の内径が5 mmで特性インピーダンスが50 Ωと75 Ωの同軸ケーブルを示します．

75 Ωのケーブルのほうが内部導体の径が細くなっているのがわかります．

“5D-2V” と “5C-2V” の初めの数字は，外部導体の内径をmmで表しています．Dは特性インピーダンス50 Ω，Cは特性インピーダンス75 Ωを示します．2はポリエチレンでVは外部編組が1重の意味です．そのほかについてはJIS同軸ケーブル規格(JIS C3501)などを参照してください．

● 特性インピーダンスとは

特性インピーダンスZ_0［Ω］とは，ケーブルに高周波(数M～数十GHz)の電圧V_1［V］を加えたときに流れる電流I［A］との比を$Z_0 = V_1/I$で表したものです．

同軸線路の場合は，**図8-1**のように外部導体の内径をD［m］，内部導体の外径をd［m］とし，その間を埋める絶縁体の比誘電率がε_rのとき，同軸ケーブルの特性インピーダンスは，次式で求めることができます．

$$Z_0 = \frac{138}{\sqrt{\varepsilon_r}}\log_{10}\frac{D}{d} \quad \cdots\cdots (8\text{-}1)$$

内部絶縁体が同じときは，外部導体の内径と内部導体の外径の比D/dで決まります．外部導体の内径が太くても細くても，比を一定に作ると，同じ特性インピーダンスになります．

● 2種類の同軸ケーブルがなぜ存在するのか

高周波では表皮効果といって，伝送路導体の表面付近の導体抵抗によって損失が決まります．内部導体をできるだけ太くして，外部導体に近づければ損失が下がるわけではありません．電気信号は導体の中でなく，内部と外部導体の間の絶縁体の中を進むので，絶縁体のスペースを広くとります．内部と外部導体の表面抵抗をR_S［Ω /m］とすると同軸線路の損失P_{loss}［dB/m］は，次式で表されます．

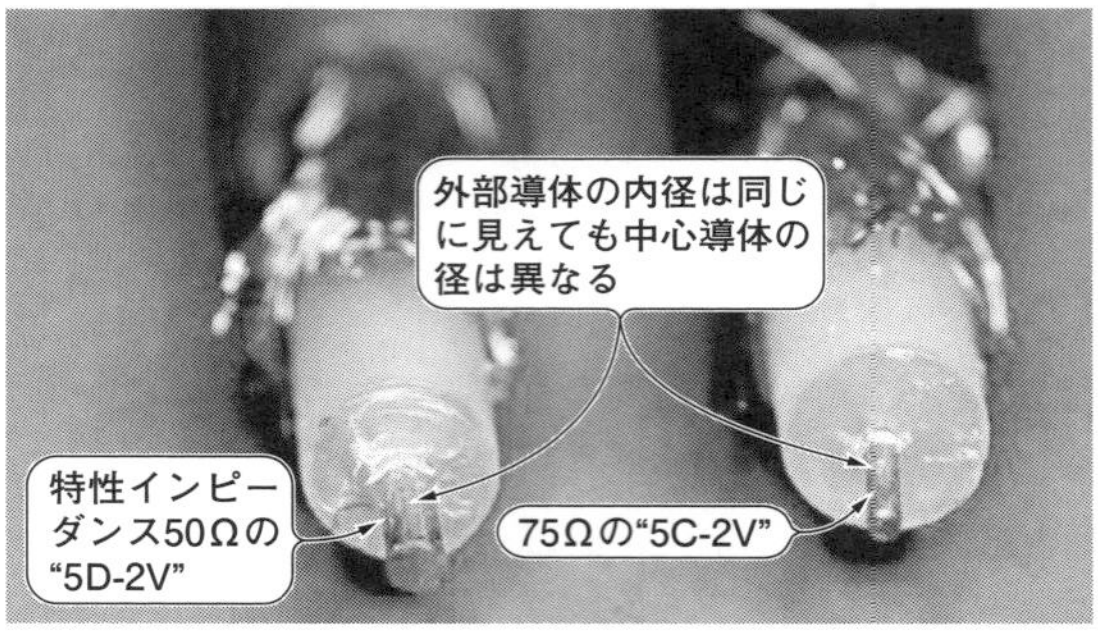

写真8-1 代表的な50 Ωと75 Ωの同軸ケーブルの内部
外部導体の内径が5 mmの同軸ケーブル

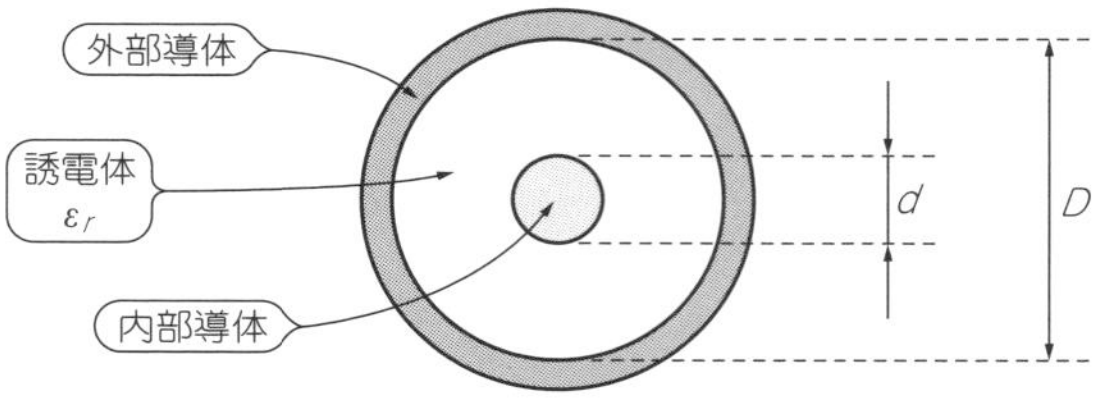

図8-1 同軸ケーブルの断面構造

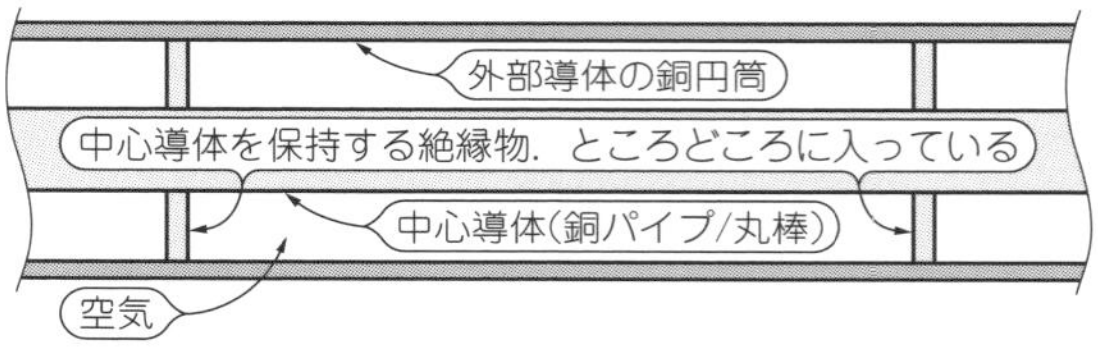

図8-2 初期の同軸伝送路は銅管内のところどころに絶縁部品を置いて内部導体を浮かした

$$P_{loss} = \frac{8.686 R_S/\mathrm{m}}{2Z_0} \quad \cdots\cdots (8\text{-}2)$$

同軸ケーブルが初めて作られたころは，ポリエチレンなどの高周波性能の良いプラスチックは発明されていなかったので，**図8-2**のような構造でした．

絶縁材が空気の場合，外部導体の内径をD，内部導体の外径をdとして$d/D \fallingdotseq 0.28$のときに伝送損失が少なくなります．このときの特性インピーダンスは約77 Ωです．x軸に特性インピーダンスを，y軸にm当たりの損失をグラフに示すと，**図8-3**の$\varepsilon_r = 1$のカーブのようになります(誘電体損失を無視した場合)．

図8-2のような構造では，少し曲げたりなどが難しいため，そのような用途に適したプラスチックであ

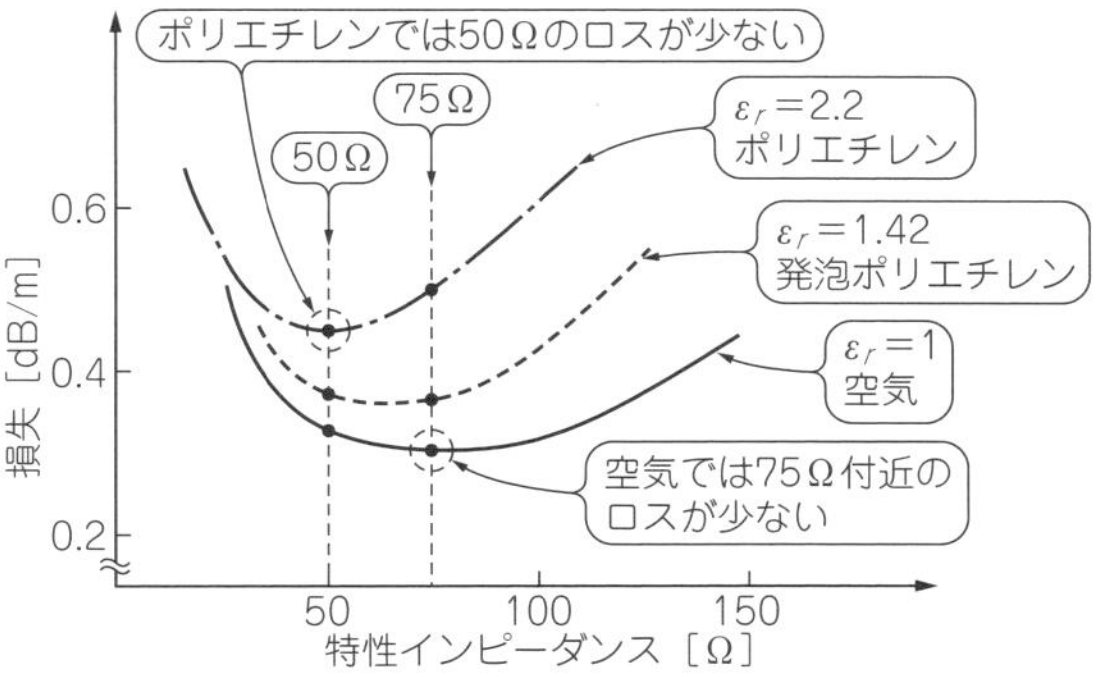

図8-3　誘電体の誘電率をパラメータとした特性インピーダンスと損失の関係

式(8-2)を基に同軸ケーブルの損失を作図した

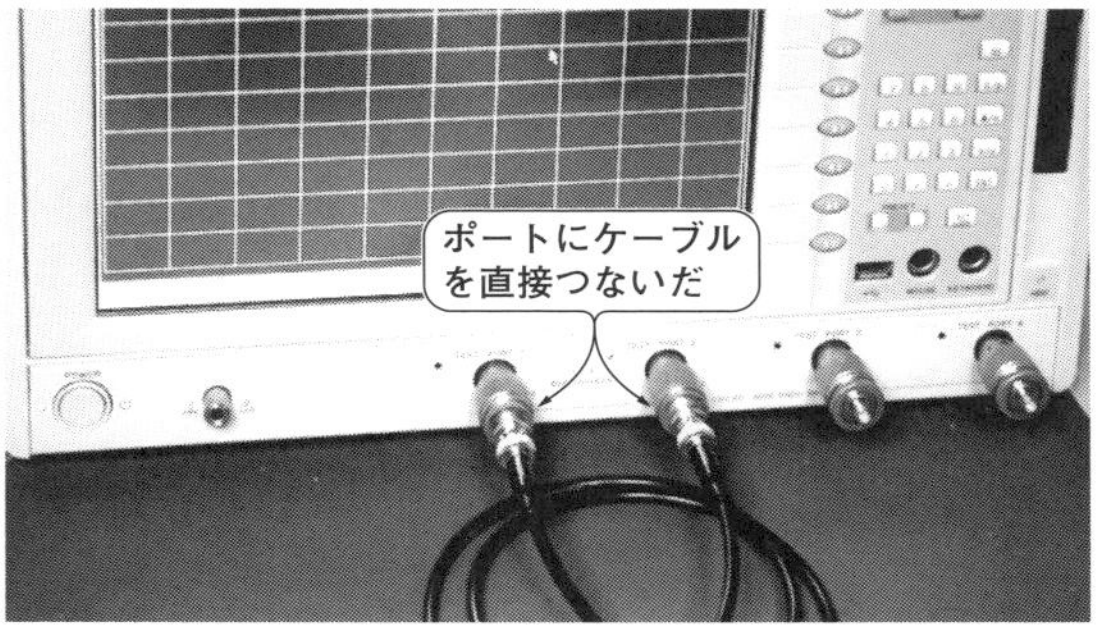

写真8-2　1 mの50Ωと75Ω同軸ケーブルの周波数特性を，50Ω機器であるネットワーク・アナライザで測定

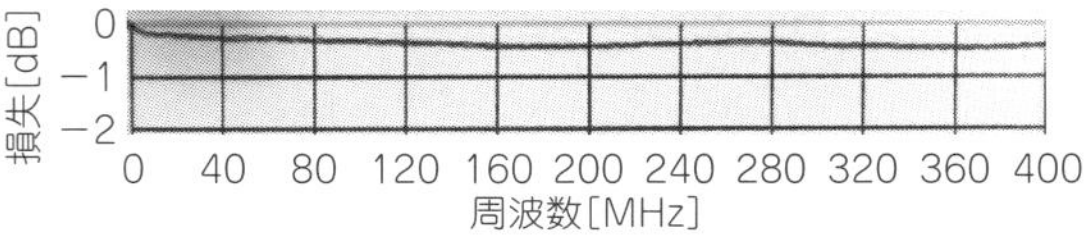

(a) 50Ωケーブル

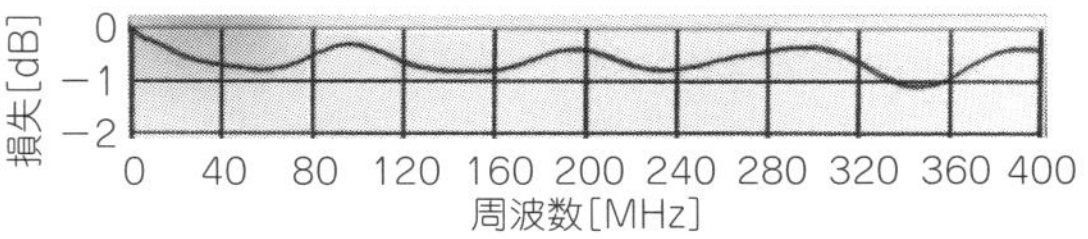

(b) 75Ωケーブル

図8-4　50Ωと75Ωケーブルの周波数特性の比較結果

50Ωは素直な特性であるが75Ωはうねった特性になる

るポリエチレンが20世紀中ごろに発明されました．d/Dは，絶縁材が空気の場合の75Ωの比率d/D≒0.29がほぼそのまま使われ，その比率で，絶縁体がポリエチレンの場合の特性インピーダンス50Ωが，同軸ケーブルの標準的な値になったという説もあります．

一方，ポリエチレンを使うようになった後も，特性インピーダンスを75Ωに保つべきとして，d/D≒0.2まで内部導体を細くした同軸も作られました．

▶アンテナ系では75Ωのケーブルが都合がよかった

八木アンテナのような空中線アンテナで受けた信号を同軸ケーブルに通せるように変換するには，77Ωのケーブルが変換に都合が良いです．そこでアンテナにつなぐケーブルとして75Ωが使われてきたという経緯があります．その流れで現在でも，テレビ受信機の入力につなぐ同軸ケーブルに75Ωが使われてきたといえます．アンテナに直接つながれないCATVなどテレビのブースタ・アンプ出力の信号も75Ωです．

▶発泡ポリエチレンで1 GHz以上は75Ωが50Ωに比べて損失が少ない

ポリエチレンの中に空気の泡を入れる発泡ポリエチレンという絶縁体が実用化されています．空気の比率を高くするとそれだけ損失は減りますが，ケーブルの曲げでつぶれやすいなどの問題が発生するので，比誘電率が約1.42にとどめた材質の同軸ケーブルが製品化されています．

図8-3では発泡ポリエチレン(ε_r≒1.42)の場合，50Ωと75Ωでは損失にほぼ差が見られません．誘電体の損失を考慮するとGHz以上では，75Ωが50Ωに比べて損失はかなり少ないです．

● 周波数が上昇しても信号をうまく伝えるために特性インピーダンスがそろったケーブルを使う

写真8-2は，同軸ケーブルの周波数特性をネットワーク・アナライザで測定しているところです．

図8-4は，長さ1 mの50Ωの同軸ケーブルと75Ω同軸ケーブルを，それぞれ50Ω入力のネットワーク・アナライザにつないで周波数特性を確認したときの結果です．**図8-4(a)**を見てわかるとおり，50Ωケーブルをつないだときは，周波数が上昇しても素直な特性になります．75Ωケーブルをつないだときは，**図8-4(b)**のようにうねった特性になります．

図8-4では，特性の変化が少ないように見えますが，実際のアンプ回路などでは，インピーダンスが50Ωからずれていることが多いです．安易に75Ωケーブルをつなぐと発振などの問題が起きます．

特性インピーダンスがそろっていないと，信号がうまく伝わりません．

これらのことから，50Ω系の回路に75Ωケーブルをつないではいけないことがわかります．

● コネクタでも性能差が出る

同軸ケーブルは同軸コネクタを端につけてつなぎます．コネクタもケーブルの特性インピーダンスと一致するものを使用します．

数百MHz以上の高い周波数では，短いコネクタでも，インピーダンスの差は回路への影響が大きくなります．N型やSMAなどの同軸コネクタの75Ω用のものに50Ωケーブルをつなぐと，75Ω側の細いコネクタ・ピンが破損します．　**〈志田 晟〉**

9 出力端子にケーブルをつなぐと発振する．なぜ？

● **原因**

負荷容量による出力段の位相回転が原因です．

汎用OPアンプのオープン・ループ出力抵抗は50～200Ωぐらいです．一方，ケーブルの静電容量は1m当たり100p～300pFぐらいあるため，**図9-1**のようにOPアンプの出力抵抗R_Oとケーブル容量C_LによるLPFが形成され，OPアンプ出力の位相が遅れます．

位相が45°遅れる周波数f_pは，例えば$R_O = 200\Omega$，$C_L = 300\,\mathrm{pF}$ならば，

$$f_p = \frac{1}{2\pi RC} \fallingdotseq \frac{1}{6.28 \times 200 \times 3 \times 10^{-10}} \fallingdotseq 2.65\,\mathrm{MHz} \quad \cdots\cdots (9\text{-}1)$$

となります．汎用OPアンプのオープン・ループ位相は，抵抗負荷時でも1M～10MHzの領域では－100～－150°ぐらい遅れるため，ケーブル容量による位相遅れが加わると安定性に深刻な影響を及ぼします．

● **対策**

安定性の低下を防ぐには，**図9-2(a)**のようにOPアンプの出力ピンとケーブルの間に直列抵抗R_Sを入れます．R_Sの値はオープン・ループ出力抵抗の1～4倍ぐらいにします．

図9-2(a)の回路はR_Sのぶんだけ閉ループ出力インピーダンスZ_Oが増加します．Z_Oを小さくしたいときは**図9-2(b)**のようにR_Sの後から負帰還をかけます．C_fは位相補償容量で，次式を満たせねばなりません．

$$C_f R_2 > C_L R_S \quad \cdots\cdots (9\text{-}2)$$

図9-2(b)の回路には閉ループ利得が＋1倍で安定性の保証されたOPアンプを使う必要があります．

高速広帯域OPアンプやエミッタ・フォロワなども，容量負荷時は安定性が大きく低下するので，ケーブルを接続するときは，必ず直列抵抗R_Sを挿入します．

〈**黒田 徹**〉

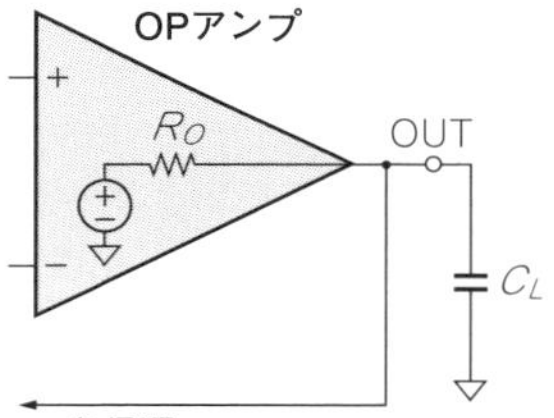

図9-1 ケーブル容量C_Lとオープン・ループ出力抵抗R_OによってLPFが形成される

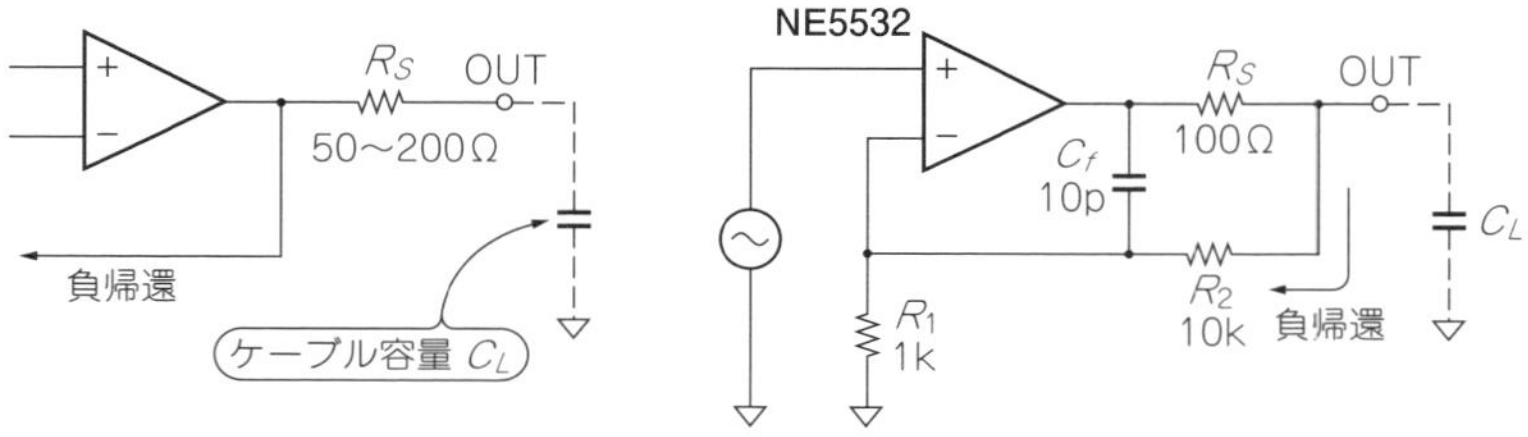

(a) R_Sを挿入すると任意の負荷容量に対して安定にできる

(b) R_Sの後から負帰還を戻すと出力インピーダンスを小さくできる．C_fは位相補償容量であり，省略できない

図9-2 ケーブル容量による発振を防ぐ対策

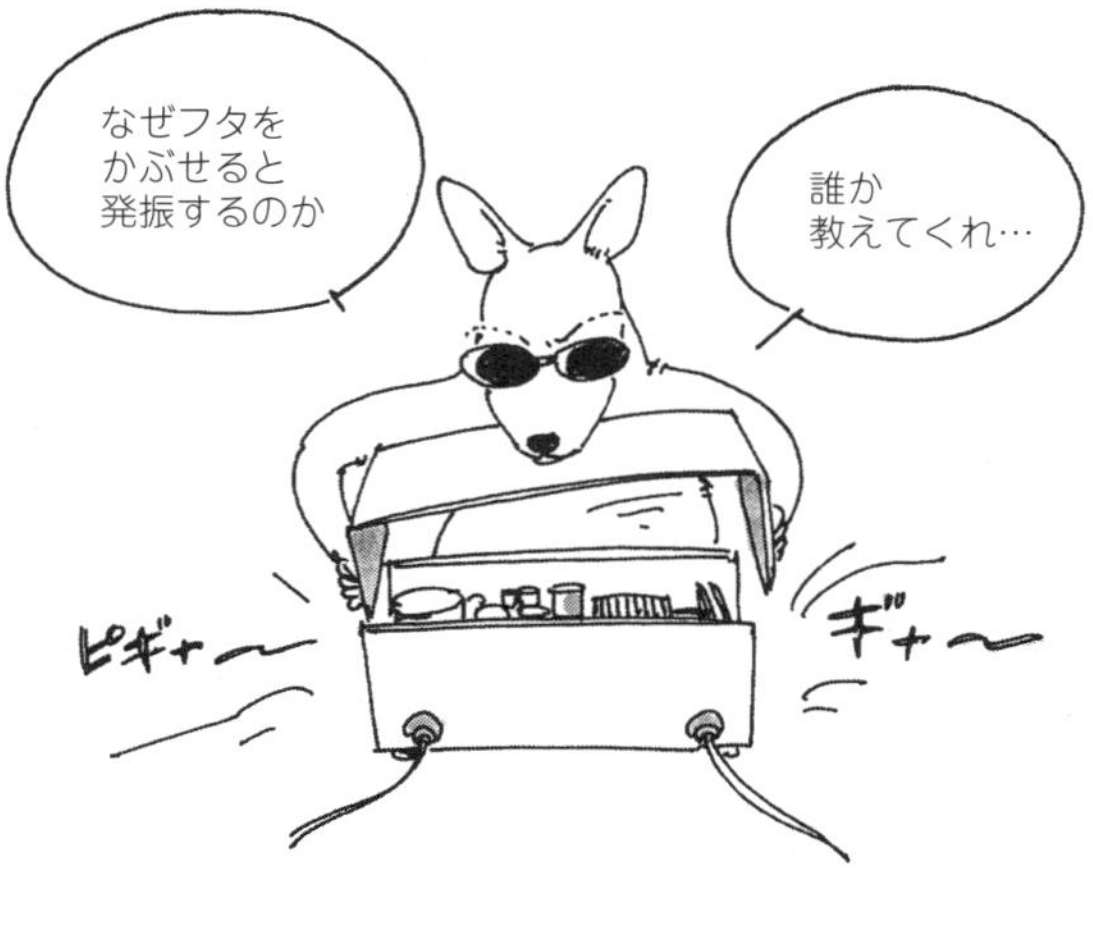

10 2つのグラウンド間に，数十Vの電位差が発生してしまう

● **症状**

同期信号を2つの違う建物から引いてきたところ，グラウンド・レベルの違いにより，AC59.6 Vの電位差がありました．接続する瞬間に火花が散るのが見えることもあります．一応，正常に動作していますが，ノイズや機器の損傷が心配です．

● **原因**

AC59.6 Vの電位差があるのに，接続しても大電流が流れているようすはありません．どちらかのグラウンドが不完全だと思われます．

一方の電源を調べてみたら，途中までグラウンド付きのコードでつながっていましたが，おおもとのコンセント側は，アースされていませんでした．

コンピュータ・システムのスイッチング電源を経由して商用AC電圧が乗ってしまったため，同期信号用の同軸ケーブルの外皮に交流電圧が現れたようです．

● **対策**

電源グラウンドをきちんとしたグラウンドに接地するのが，先決です．その後にフォトカプラで接続を切りました．同期信号の送る側の変更が難しいので，受け側だけを変更しました．

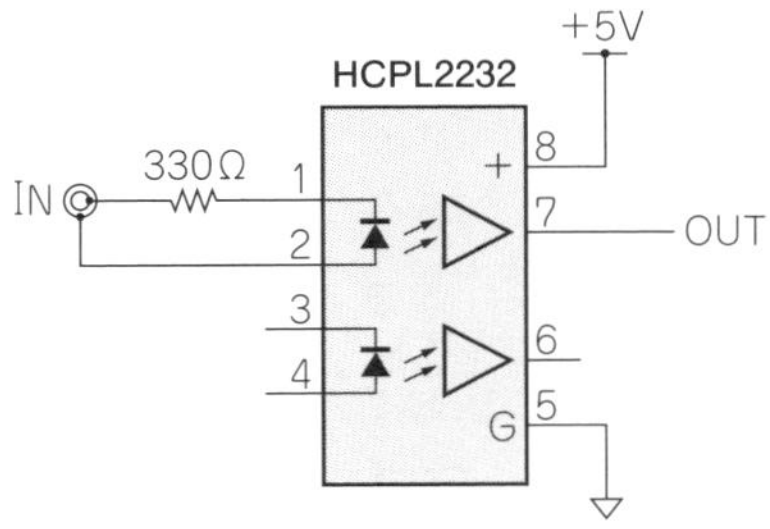

図10-1　フォトカプラによるアイソレータ

図10-1に示すように，発光電流が少なくて済むHCPL2232を使用し，入力側に330 Ω程度の抵抗を直列に接続した回路にしました．LEDの順方向電圧は1.5 V程度なので，TTLパルス信号の波高電圧が最低の2.4 Vでも3 mA程度確保されます．5 V近くだったなら，10 mAをギリギリ超えるので，直列抵抗値を510 Ω程度に増やします．

写真10-1に信号レベルが2.4 V程度ある正常時の入出力波形を示します．**写真10-2**は入力を1.7 V程度に下げたときの出力波形です．フォトカプラの受光素子がなかなかONにならないので出力信号が遅れます．いろいろ試した結果，入力が2 V以上ないと安定動作しないようです．

フォトカプラへの信号送り側はライン・ドライバのSN74128を使用しており，50 Ω終端すると2.4 Vとなるので，330 Ωの抵抗を直列接続して使用しています．地絡やグラウンド・ループの心配もなく，順調に動作しています．

写真10-2のように，200 ns程度の遅延時間が生じますが，同期信号自体が長い距離を通ってくるので，そちらで数μsの遅延時間があるため，問題にはなりません．

〈**佐藤 節夫**〉

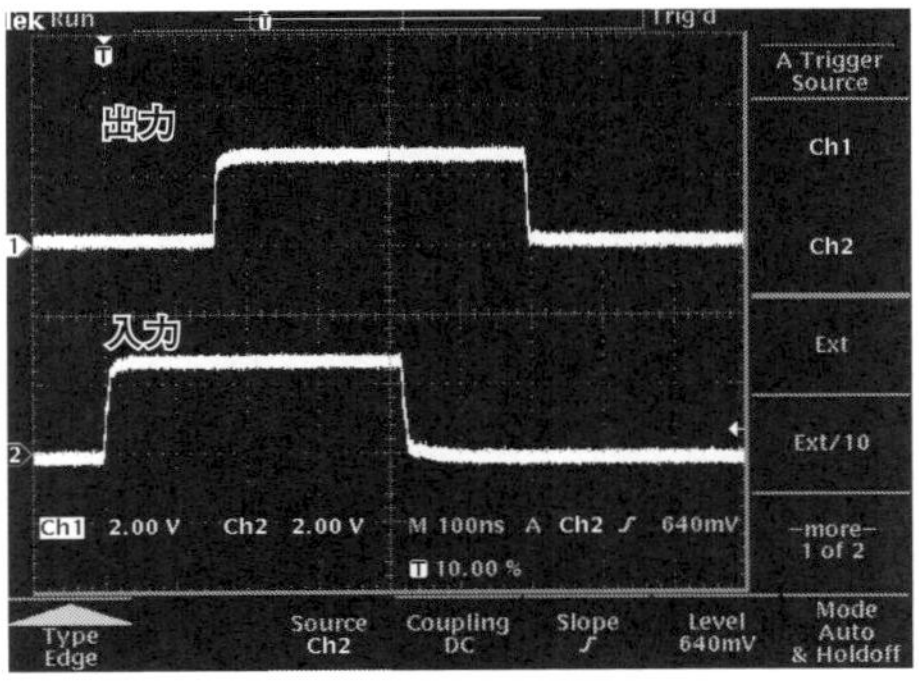

写真10-1　正常な入出力波形(100ns/div.，2V/div.)

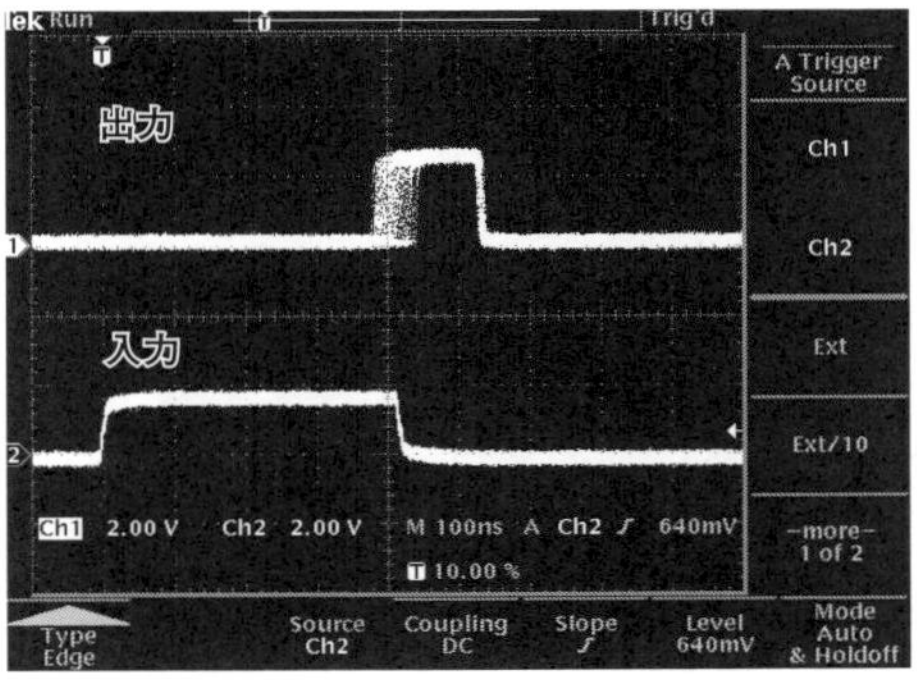

写真10-2　入力を1.7V程度にしたときの入出力波形(100ns/div.，2V/div.)

Appendix 1
アナログ回路のトラブル対策…原因追及と対策の手順

● はじめに

電子機器は，回路検討，詳細設計，評価試作，量産試作といった開発プロセスを経て製品となります．

評価試作の段階で，全回路が目標仕様を満たすことはほとんどないので，トラブルシューティングと回路修正を繰り返すことになります．また，ここを通過しても，量産試作で製品歩留まりにかかわる問題が発生します．

表1は，計測/制御システムにおける回路系統を大分類したものです．多くの電子機器にも同様にあてはまります．最近の機器は，「直列型」で，ディジタル回路とアナログ回路を組み合わせた「デジアナ混在」が一般的ですが，なかには破線で示したアンプ系だけで構成したものもあるでしょう．

直並列型やUターン型のように，システムが複雑になるにつれて問題の種類も増加します．例えば直並列型では回路間クロストーク，グラウンド・ループによるSN比の劣化，Uターン型では予期せぬ帰還ループの遅れ要素による系の振動などです．

このような問題に対し，熟練エンジニアは合理的なトラブルシューティングの手順と勘を身につけており，短時間で対処できます．勘は経験を通じて養うほかありませんが，知識は書物を読めば頭に入ります．

本稿は，基本である直列型を題材にして，効率的なトラブルシューティングの手順に紹介することにより，読者諸兄の問題解析時間の短縮をもくろんでいます．

ディジタル系とアナログ系を切り分けて解析する

デジアナ混在型の回路では，A-Dコンバータ(以下，ADC)の異常な変換データのパターン(症状)から，回路の不具合箇所をある程度は類推できます．したがって，ADCとマイコンの間に解析上の分割点を置き，問題点がソフトウェアおよびロジック系なのか，ADC周辺と前段アンプを含むアナログ系なのかを切り分けると効率の良い解析ができます．

ここでは，**表2**と**表3**を使って，症状から逆引きで不具合箇所にたどりつけるように構成しました．これら2つの表には，症状とそれに対応する優先調査テスト・ポイント(TP)を記載したので，それに沿って記事を読み進めてください．実際の現場で応用して，次第に馴れてくれば，ここに記述していない不具合要因もひらめくようになり，トラブルシューティング時間も短縮できると思います．

表1　計測/制御システムにおける回路系統の分類

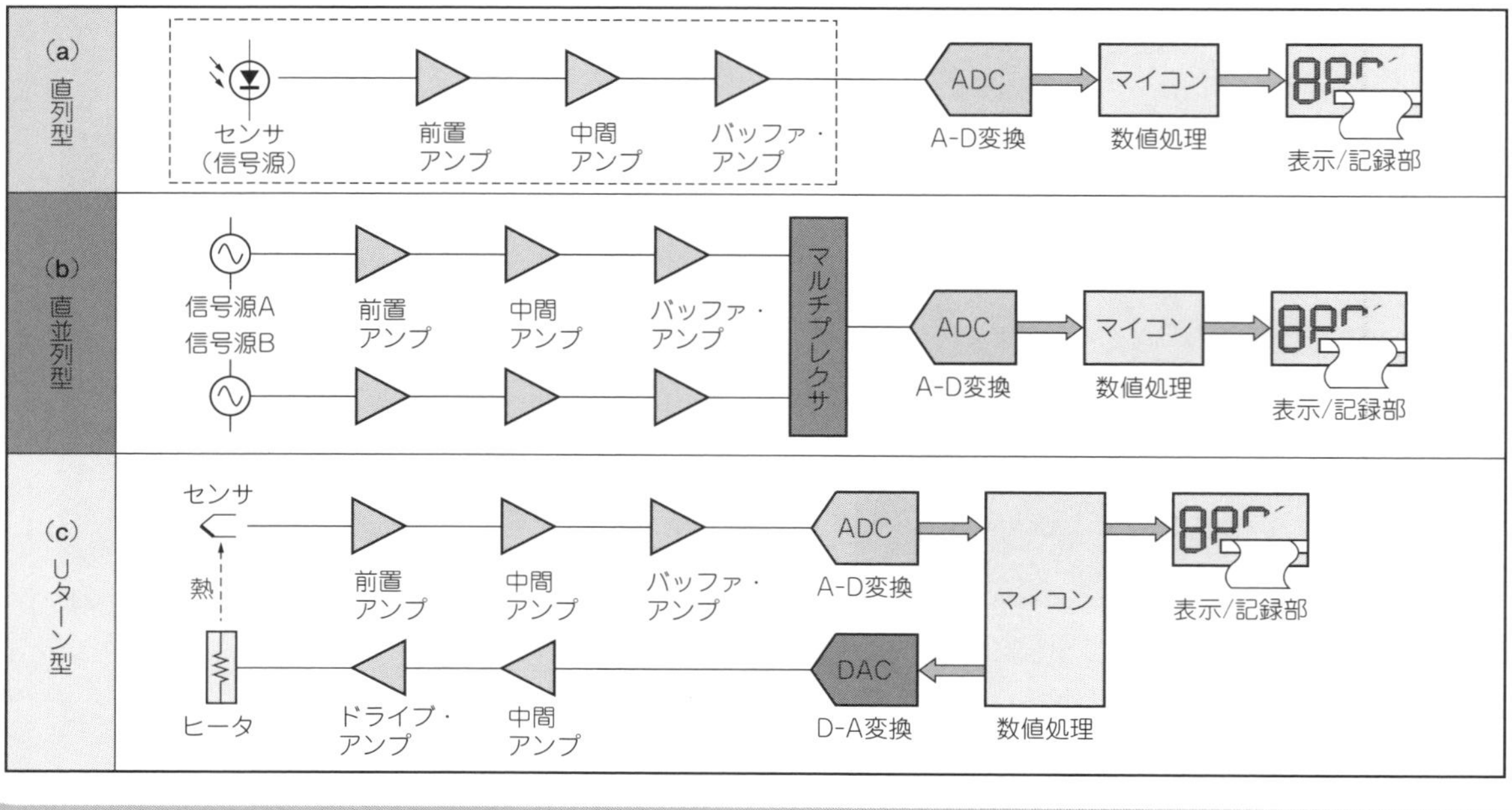

表2　ディジタル回路とアナログ回路の接点に原因がある場合の変換データの症状と不具合要因など

症例	変換データの症状		可能性の高い不具合要因		
	上位ビット	下位ビット	ハードウェア	テスト・ポイント	ソフトウェア
A	FFFFh固定		ADC周辺	TP1，TP2，TP3	データ・アドレス間違い
B	0000h固定		ADC周辺	TP1，TP2，TP3	データ・アドレス間違い
C	正常値	1が連続する	ADC周辺	TP1，TP2，TP3	−
D	特定値で固定		ADC周辺	TP1，TP2，TP3	データ・アドレス間違い
E	特定値で固定	正常値	−	−	上位ビットのデータ・アドレス間違い
F	正常値	特定値で固定	−	−	下位ビットのデータ・アドレス間違い

症状別の原因解析

● 解析対象の回路

図1の回路を題材にして解説します．この回路は一辺が4kΩのブリッジ型センサ(圧力や荷重測定用)の信号をIC_1のINA118で500倍増幅し，IC_2のOPA350でバッファしてADS8320をドライブするものです．ADCには16ビット・シリアル出力で8ピンMSOPのADS8320を選びました．

CMOSタイプで廉価版のADCは，入力部がシンプルであり，内部バッファ・アンプが入っていません．バッファ・アンプ入りの従来型ADCより扱いが難しいため，価格の魅力もさることながらトラブルも多いので，あえて例題として取り上げます．

1 ADC周辺：変換データが固定値のまま変化しない

このようなはっきりとした症状は，ADC周りのトラブルが大半です．ADCとマイコンとの通信不良，リファレンス電圧不良，ADCの入力部異常を疑い，それぞれ**TP1**，**TP2**，**TP3**を順番に調べていきます．

表3　アンプ系に原因がある場合の変換データの症状とテスト・ポイント

症例	変換データの症状		テスト・ポイント
	上位ビット	下位ビット	
G	FFxxh		TP3
H	00xxh		TP3
I	正常値	下位ビット不定	TP3
J	不定		TP3
K	正常値	特定区間で異常	TP3
L	正常値	徐々にずれる	TP3，TP4，TP5，TP6

● TP1の症状：FFFFhまたは0000h，上位ビットは正常で下位ビットは1または0が連続している

この症状では，ADCとマイコンとの通信不良が最初に考えられます．通信波形の評価にはロジック・アナライザではなく，生の波形が見られるオシロスコープを使用し，**図1**の通信ライン**TP1**を観測します．3つの信号を同時に観測したいので，オシロスコープには4ch入力程度のものを使うことが望まれます．

▶正常な波形

写真1は，ADS8320のデータ・シートに記載されたタイムチャート(**図2**)と整合する正常な通信波形です．ADS8320の場合は，DCLOCKの5個目の立ち下

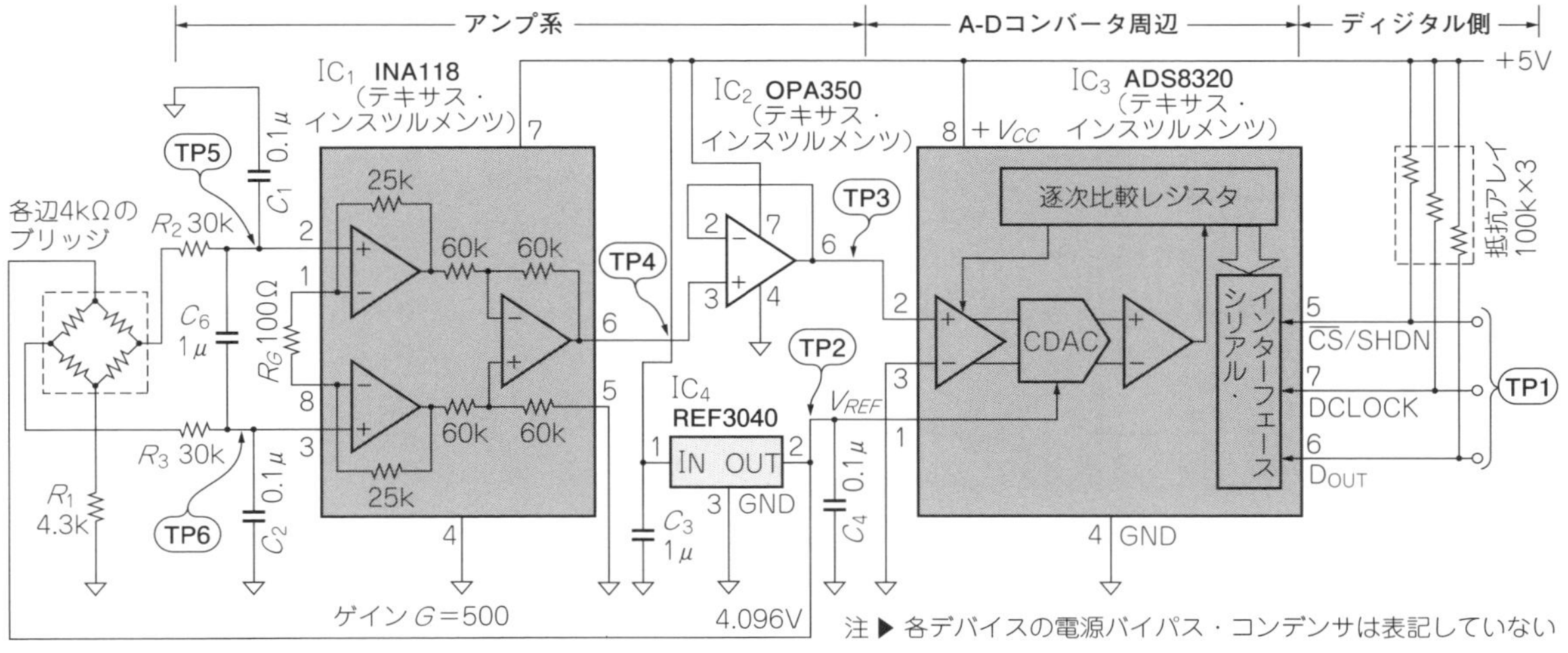

図1　題材にした回路

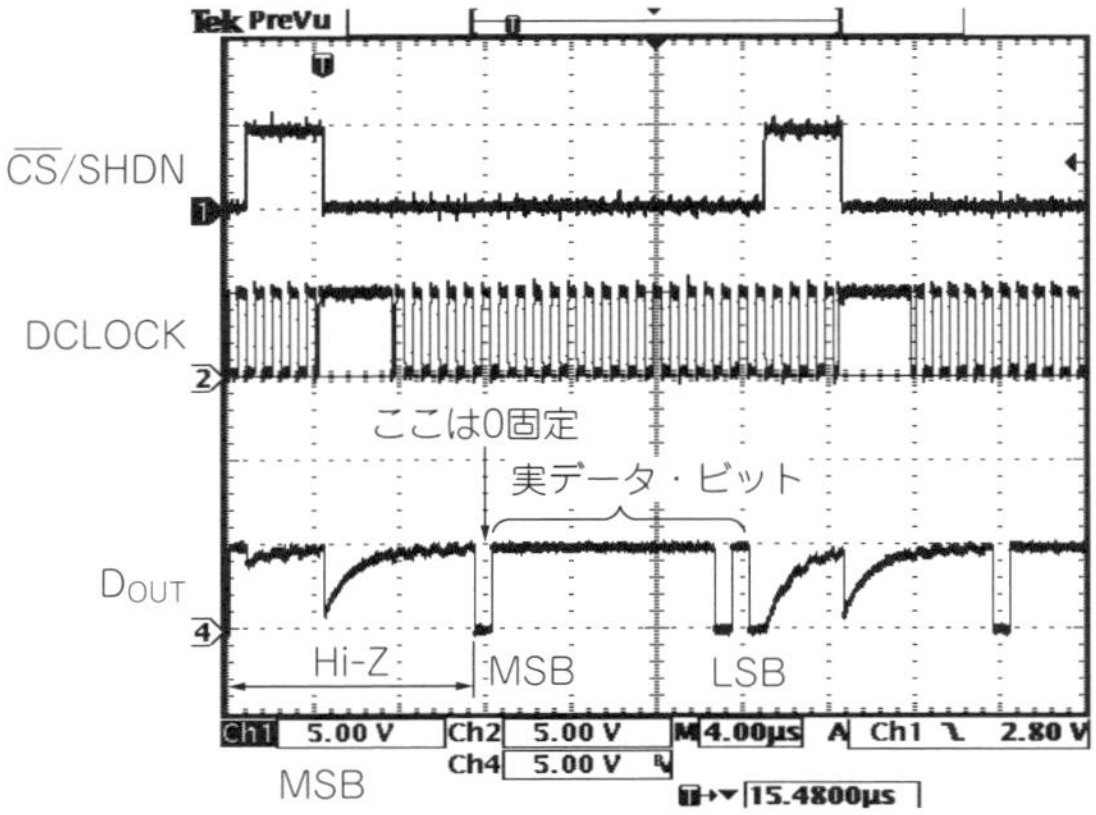

写真1　ADS8320の正常な通信波形(2 μs/div.，5 V/div.)

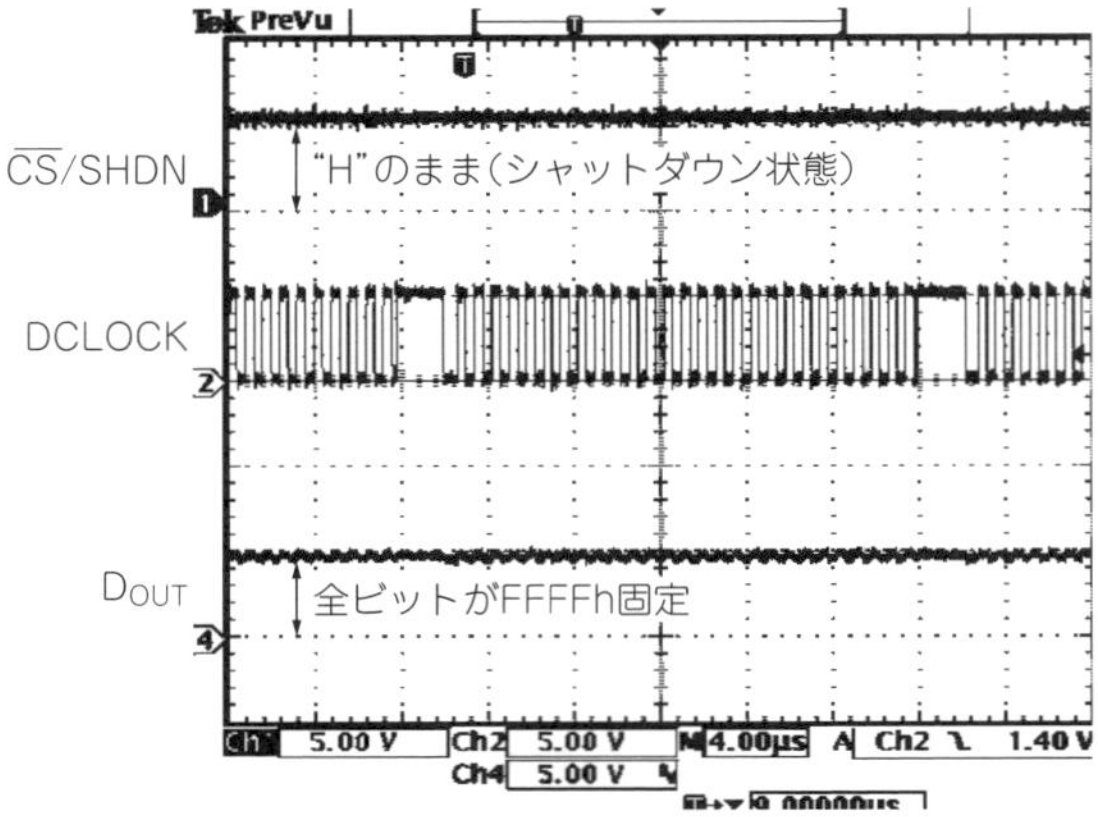

写真2　$\overline{CS}$/SHDNがソフトウェアのバグや配線ミスで"H"に固定の場合(2 μs/div.，5 V/div.)

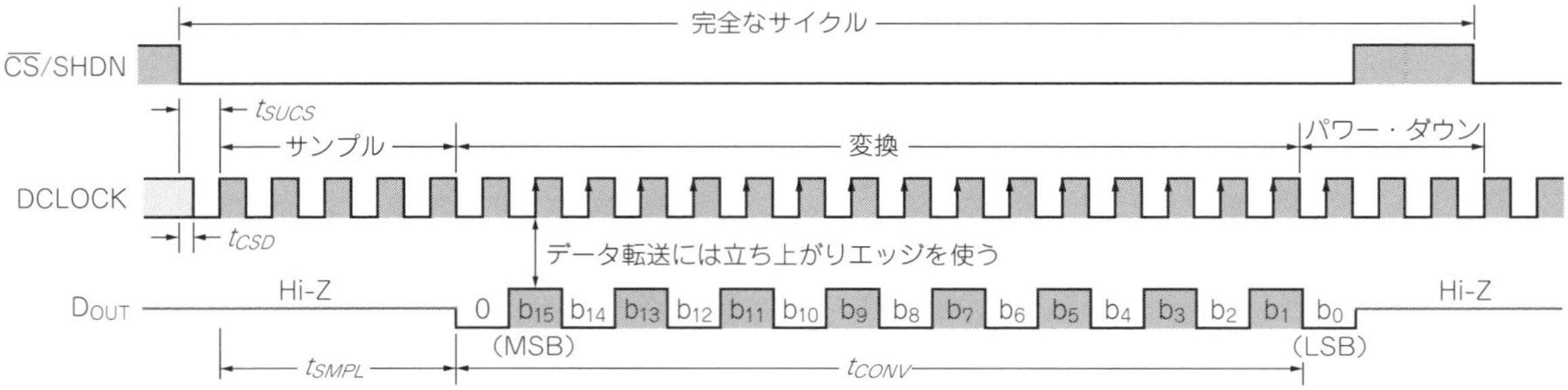

注▶(1) 16ビット変換には最小22クロック・サイクルが必要である．この図には24クロック・サイクルある．
(2) 変換の最後に$\overline{CS}$が"L"のままだと，LSBファーストの新データ・ストリームが再びシフト出力される．

図2　ADS8320のタイムチャート

がりエッジで必ず0が出ます．このビットはダミー・ビットと呼ばれ，アナログ入力に関係なく固定です．残りのビットがMSB(最上位ビット)から始まる実際の変換データです．波形を観測するときは，必ずタイムチャートを傍に置きます．

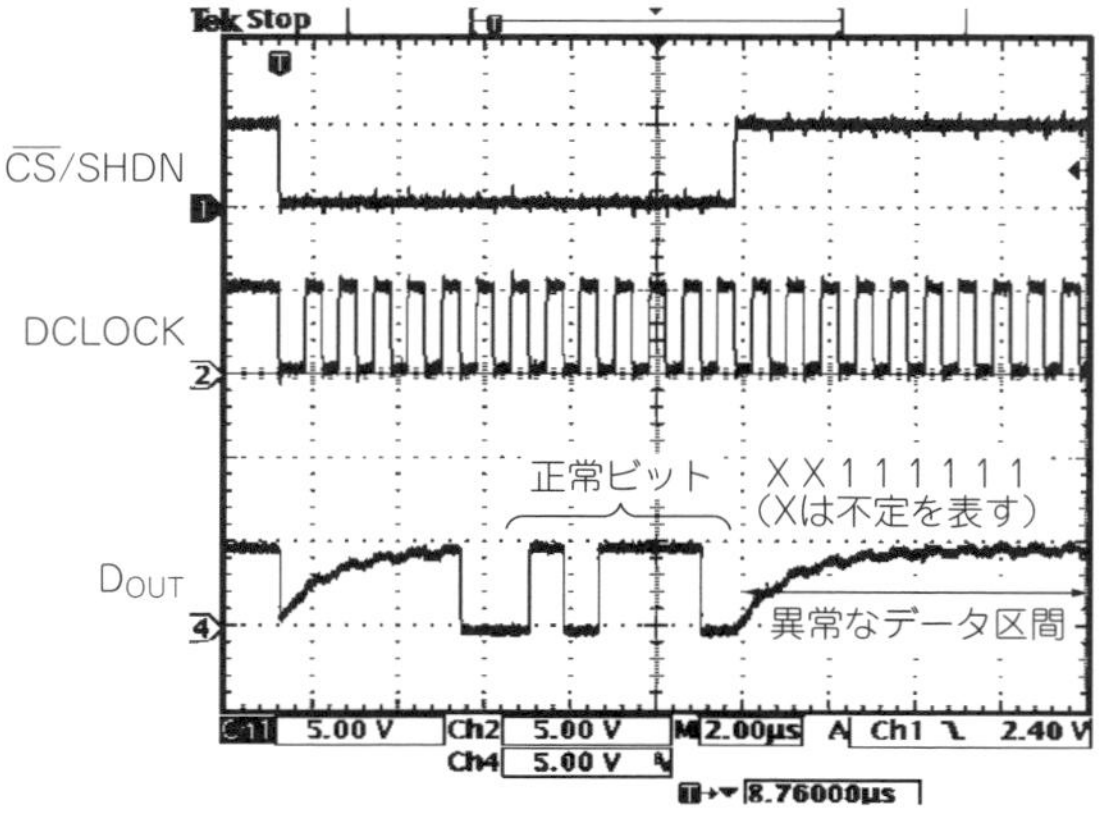

写真3　$\overline{CS}$/SHDNがソフトウェアのバグで変換途中から"H"に戻る(2 μs/div.，5 V/div.)

▶異常な波形

写真2は，$\overline{CS}$/SHDNがソフトウェアのバグや配線ミスで"H"に固定の例です．この場合ADCはシャットダウン状態になっているため，D_{OUT}はハイ・インピーダンス(Hi-Z)の状態です．**図1**ではプルアップされていますから，D_{OUT}はFFFFh固定になります．もし，プルダウンしてあれば0000h固定になります．

写真3は，$\overline{CS}$/SHDNがソフトウェアのバグで変換途中から"H"に戻る例です．このピンが"L"の間は変換データも正常値ですが，途中からシャットダウンし1が連続します．プルダウンなら0が連続します．

実際の実験現場では，ソフトウェアのバグによるこのようなトラブルも多く，コーディング・シートを眺めるより実波形を見て問題を切り分けたほうが効率的です．

● TP2の症状：FFFFhまたは0000h

TP1の波形を調べても通信に異常がない場合は，リファレンス電圧異常の可能性があるので，TP2のV_{REF}端子の電圧を調べます．

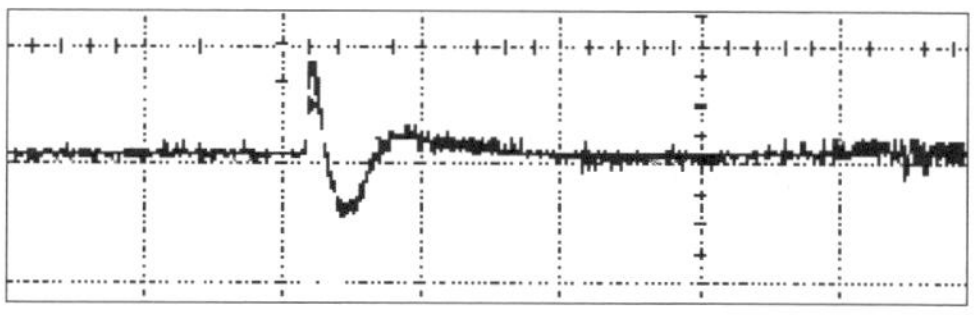

(a) ADCのチャージ・インジェクションによるIC_2出力の振らつき

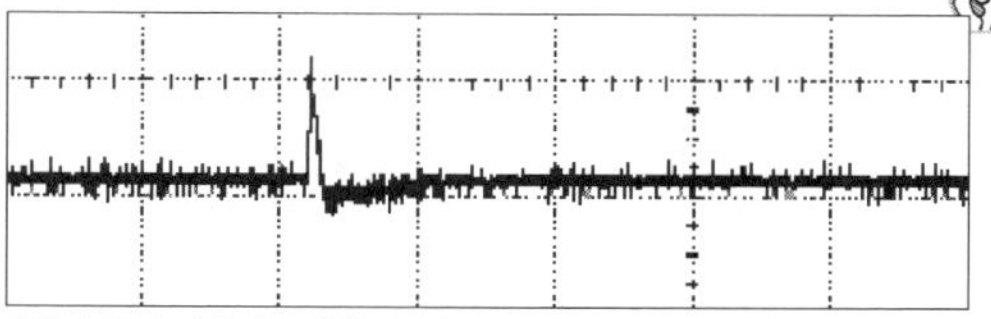

(b) IC_2とADCの間にRCフィルタを挿入して振らつきを改善した

写真4　OPアンプ(IC_2)の出力の振らつき(50 mV/div.，2 μs/div.)

▶誤配線

ADCは，リファレンス電圧を既知のフル・スケール電圧として，未知の信号電圧値を変換し特定します．したがって，V_{REF}ピンが0Vになっていると，ADCのフル・スケール入力電圧も0Vですから，ADCの入力**TP3**が+1mVでも変換データはFFFFh固定になります．この場合は，グラウンドへのショートを疑い，誤配線やはんだブリッジしていないか調査します．

▶基準電圧ICの不良

V_{REF}ピンが完全に0Vではなく，誤配線もなければ，V_{REF}を作っている基準電圧ICを交換してみます．最近のICはピン間が狭いため，測定用プローブなどでピン間を誤ってショートさせて破損させるケースがあります．

● TP3の症状：FFFFhまたは0000h

TP2のリファレンス電圧が正常な場合は，ADCの入力配線ショートの有無を調べます．OPアンプIC_1の出力が電源またはグラウンドにショートしていれば，ADCの出力コードも当然固定され，前者はFFFFh，後者なら0000hになります．

2 アンプ系：変換データの上位が固定で，下位が異常値または不定

このようなアナログ的な要素が含まれる症状は，ADCの入力部分(**TP3**)から調べます．

● TP3の症状：FFxxhや00xxhなどのように上位が固定で，下位が異常

▶誤配線

IC_2の出力が誤配線によってV_{REF}にショートしていれば，FFFFhまたはそれに近い値になります．ADCの入力オフセット電圧が正方向にずれていればFFFFh，負の方向にずれていれば“xx”はそれに応じた値になります．ADCの入力オフセット電圧とは，入力が1/2 V_{REF}(2.048 V)に対する7FFFh/8000hからの変換値のずれです．

この回路ではADCの分解能から，1ステップ当たり62.5 μVになるので，仮にオフセットが−1mVとすればFFEFhとなります．

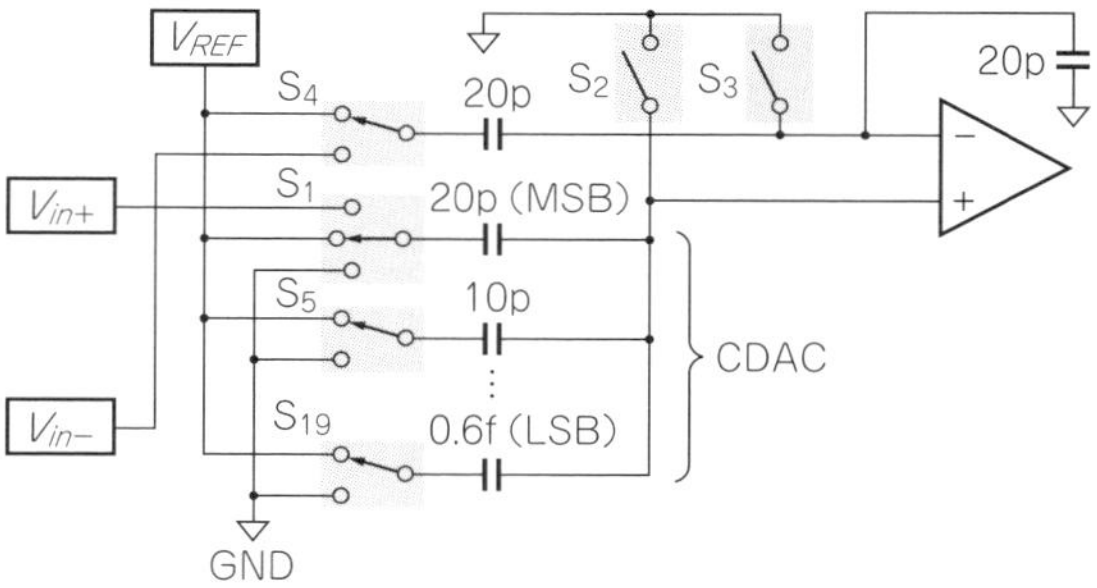

注▶(1) アクイジション期間：
S_1はV_{in+}，S_4はV_{in-}，S_2とS_3はGND
(2) 変換期間：
S_2とS_3はオープン，S_4はV_{REF}，S_1とS_5〜S_{19}はV_{REF}またはGND

図3　ADS8320の入力部の等価回路

▶アンプの破損による飽和

同様にアンプの破損による飽和状態では，アンプ出力にいくらか電位が残り，下位ビットは残留電圧の変換値となります．仮に残留電圧が10 mVだとすれば，±160 LSBですからFF5Fhや00A0hとなります．

完全な飽和値ではなく，配線に問題がない場合は，IC_2の3番ピンへの入力電圧と**TP3**に現れる出力電圧を調べ，それらが一致していなければOPアンプを交換してみます．

▶ADCの故障

また，**TP1**から**TP3**に至るまで問題点が見当たらない場合はADCの故障が考えられるので，これも良品と交換してみます．ADC内部の故障部位によってはFFFFhや0000hなどの固定した値になります．

● TP3の症状：上位ビットは正常で下位ビットが不定，または全ビットが不定

上位ビットは正常で安定しているのに，下位ビットが振らつく症状の原因には，IC_2の出力振らつき，発振，ノイズ混入が考えられます．**TP3**の波形をオシロスコープで観測して原因を見極めます．

▶チャージ・インジェクションの影響

IC_2の出力振らつきについて，**写真4**の波形で説明します．これはADS8320の入力部が**図3**のようにCMOSアナログ・スイッチとコンデンサから構成されていることに起因します．変換終了後にスイッチ

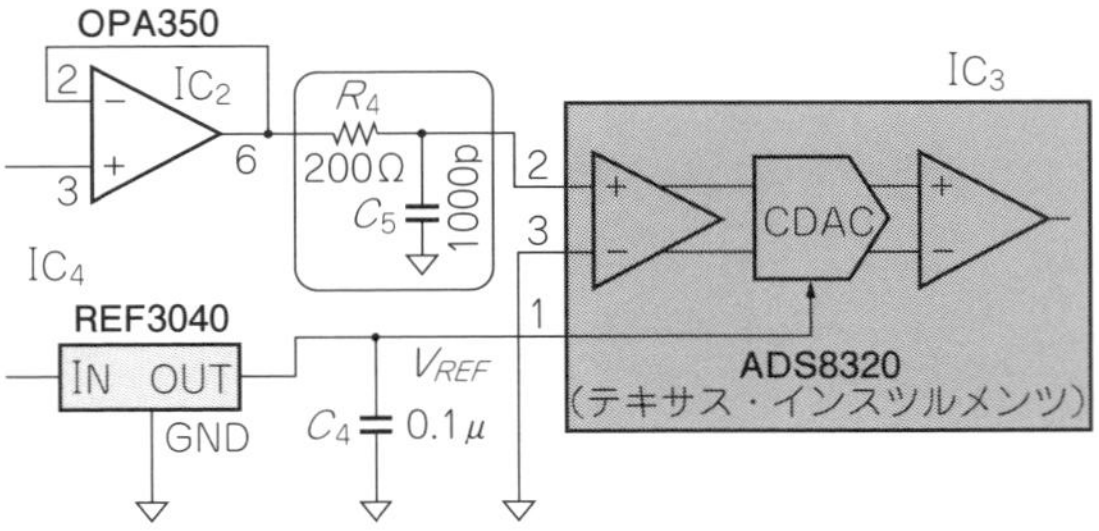

図4 IC_2とADCの間に*RC*フィルタを入れる

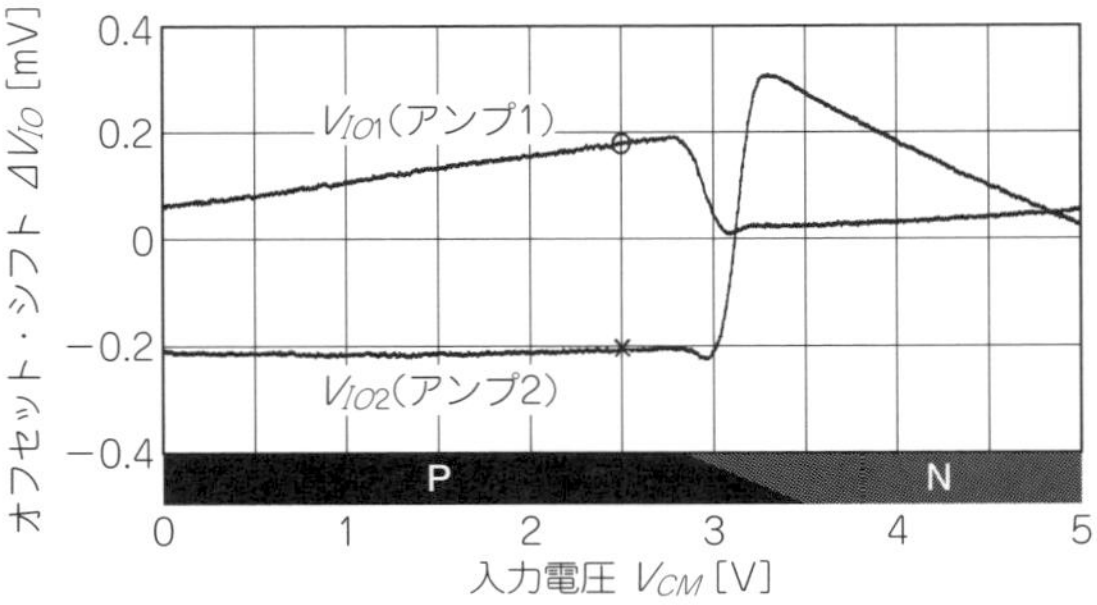

図6 OPA2350のオフセット・シフト-同相モード入力電圧特性

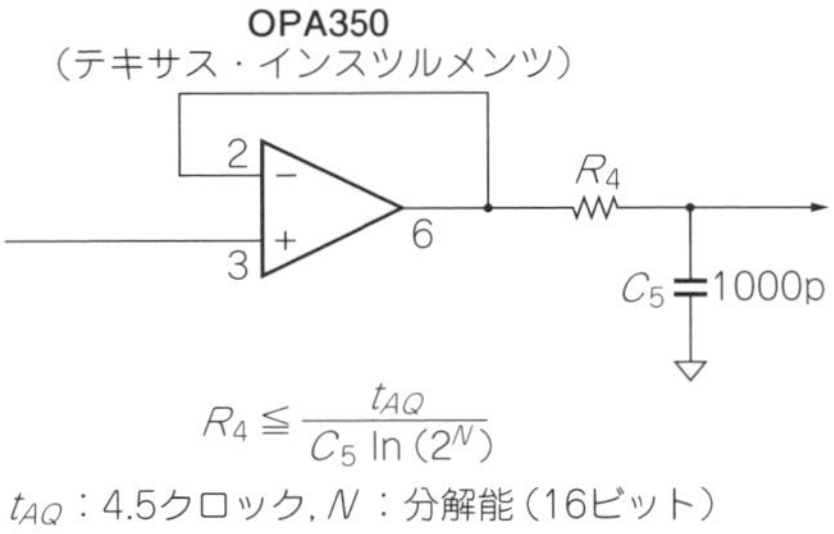

図5 変換精度を維持できるR_4の許容最大値

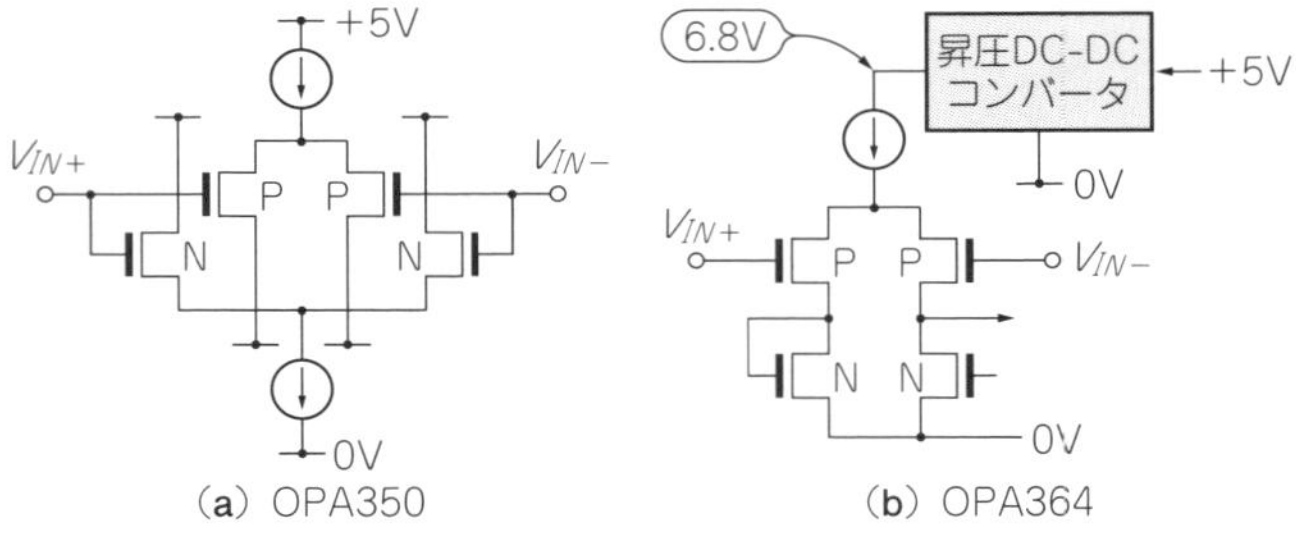

図7 CMOSレール・ツー・レールOPアンプの入力段の構成

S_1とS_4がそれぞれV_{in+}とV_{in-}に接続され，このときにアンプ出力からコンデンサへの急激な電荷移動(チャージ・インジェクション)が発生します．アンプの出力インピーダンスはゼロではありませんから，電流を供給しきれずに出力が振られます．たとえDC精度が良くても，出力短絡電流が小さく，スルー・レートの遅いアンプを使うとアンプ出力の振られ方はより増大します．

図4のようにIC_2とADCの間に*RC*フィルタを入れると，**写真4(b)**のように振らつきが改善されます．これはR_4がIC_2出力の電流を制限し，C_5によってADCへのチャージ・インジェクションを補っているためです．

▶異常発振

一方，**図4**の回路でR_4の値が小さすぎるか，またはないままで直接C_5をドライブすると，IC_2が発振します．症状は発振のレベルに応じて，「上位ビット正常で下位ビット不定」から，「全ビット不定」までさまざまです．「全ビット不定」なら，発振の可能性を最初に疑うとよいでしょう．

▶R_4の最適値

R_4を大きくすれば安全ですが，C_5への充電に時間がかかり過ぎると，今度はADCの入力が変換開始まで規定の誤差内へセトリングしなくなり，下位ビットの誤差が増大します．

図5の式は，R_1の概略最大値を知るのに便利です．式中のt_{AQ}はアクイジション・タイム(**図2**のt_{SMPL})でADS8320の場合は4.5クロック(最小)になります．ADCを50 ksps(周期20 μs)で動作させたい場合，1変換サイクルは24クロック・サイクルから構成されます．このとき1クロック・サイクルは約833 nsですから，t_{AQ}≒3.75 μsとなり，R_4は約338Ω以下に設定すればよいことになります．

● TP3の症状：特定の区間で変換データがずれる

特定区間で変換データが正常値からずれる場合は，OPアンプ(IC_2)の部分非直線性が疑われます．このような非直線性が問題視される条件として，レール・ツー・レール入力のCMOS型OPアンプと16ビット以上のADCを組み合わせた**図1**のような回路が該当します．

▶原因はレール・ツー・レール入力OPアンプの入力部の回路構成

図6はOPA2350(OPA350の2個入り)に同相モード電圧V_{CM}を加えてスイープしたグラフです．変化の顕著なチャネル(アンプ2)ではV_{CM}が3～3.2 Vでオフセット電圧V_{IO2}が0.5 mVほどずれています．12ビットのADCでは0.5LSB相当なので気づきませんが，**図1**の回路では8LSBものずれとなります．

この原因は**図7(a)**で示すOPA350の入力構造にあります．1種類のMOSFETでは全入力範囲をカバーしきれないため，図のようにPチャネルとNチャネル

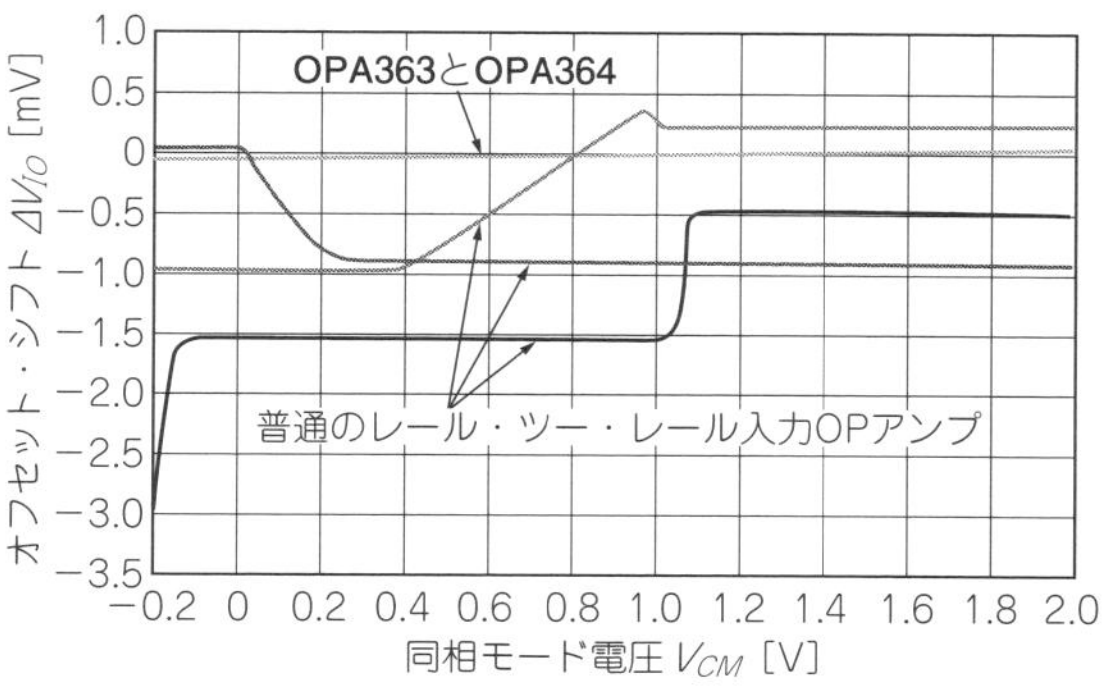

図8　OPA364のオフセット・シフト-同相モード入力電圧特性

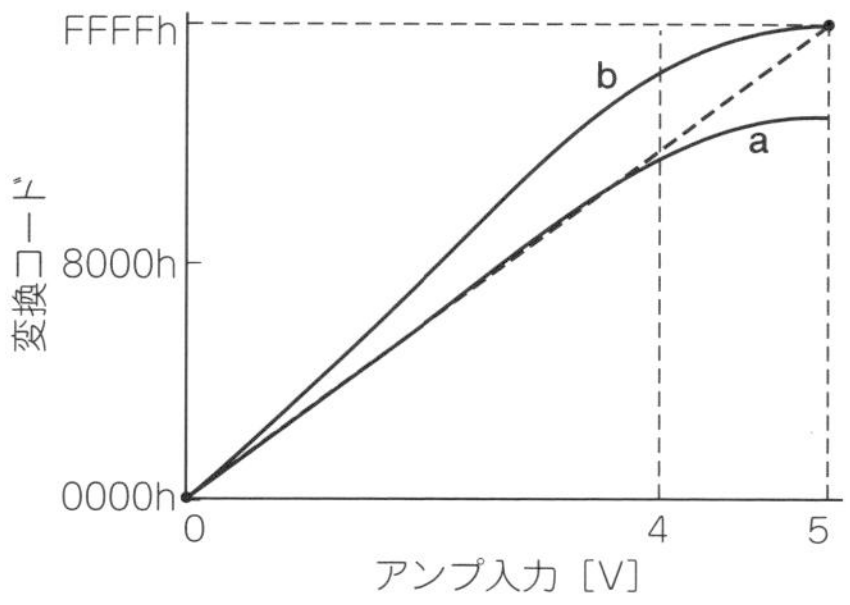

図9　アンプ入力値に対応する変換コードの実測値とスケーリングした特性

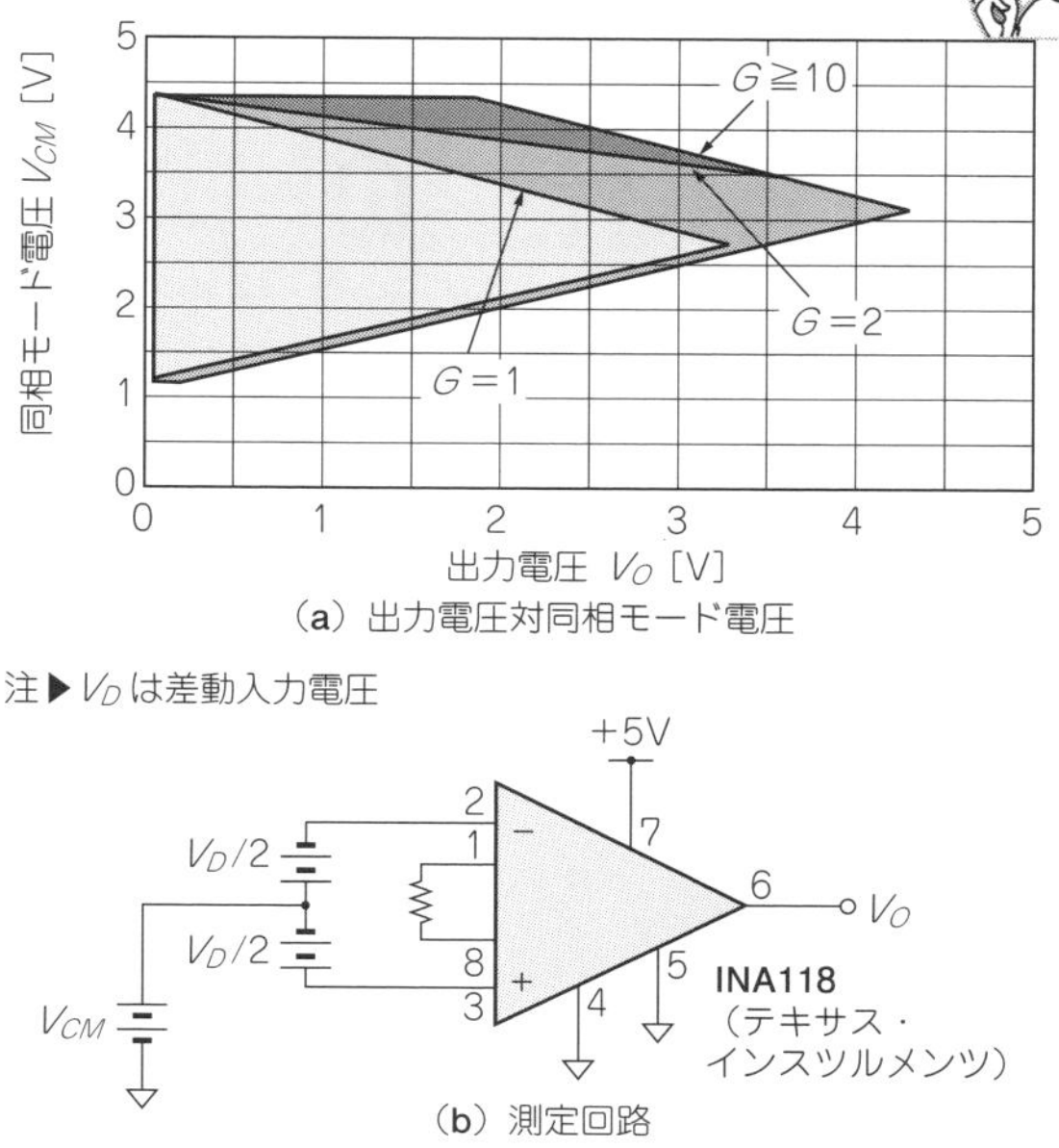

図10　INA118の同相モード入力電圧範囲-出力電圧特性

のMOSFETペアを並列接続して目的を達成しています．これらペアの初期オフセット電圧はそれぞれ異なり，**図6**のグラフ下部に示したPとNのペアの切り替わり区間でオフセットがシフトします．

現在，市場に出回っているCMOSレール・ツー・レール入力OPアンプは，大なり小なりこのシフトがあります．

▶レール・ツー・レール入力でないバイポーラ型のOPアンプか，OPA363/364に交換する

対策としては，レール・ツー・レール入力でないバイポーラ型のOPアンプ，またはOPA364に変更します．

OPA364の入力構造は**図7(b)**に示すようにPチャネルMOSで信号を受けています．これを可能にするためにDC-DCコンバータを作り込み，電源レールより+1.8V昇圧し，入力段をドライブしています．**図8**はOPA363/364とほかのCMOSレール・ツー・レール入力OPアンプの比較を表したものです．

● TP3とTP4の症状：変換データの直線性が全体に悪い

図9の**a**のグラフは，アンプ入力の増大に対して出力が4Vから飽和し始めている実際の曲線です．グラフ両端の黒丸部分をエンド・ポイントとして，ADCの変換コード0000hとFFFFhにスケーリングすると，理想直線(破線)に対して上に膨らむ放物線**b**になります．したがって，このような変換データのパターンでは，アンプの飽和を疑い，**TP3→TP4**の順で調査します．

図10に示すグラフはINA118を+5Vでドライブしたときに，同相モード入力範囲と出力振幅範囲を満たしINA118が直線的に動作できる領域(直線動作領域)を示したものです．このようなレール・ツー・レール入力でないアンプをDC直結で使用する場合は，**図1**のようにR_1を設けて信号のDCレベルをアンプが直線的に扱える入力範囲へもち上げます．

図1では，ADCのフル・スケール入力範囲をカバーできるようR_1によって3.1Vの同相モード電圧を**TP5**と**TP6**に与え，INA118の出力が4V以上振幅できるようにセットしています．したがって，**TP4**の電圧が直線的でない場合は，**TP5**と**TP6**の電圧を確認します．

〈中村 黃三〉

Appendix 2

オーディオ回路のトラブル対策…原因追及と対策の手順

昨今ではオーディオ・パワー・アンプもほとんどIC化されていますが，一部の高級HiFiアンプは今でも個別半導体を使っています．その設計はオールICアンプより難しく，試作段階では予想しないトラブルに見舞われがちです．パワー・トランジスタは，電源投入の瞬間に壊れることが多いので，トラブルが起きた時点では手遅れです．予防がなによりも大切です．

ここでは個別部品で組んだオーディオ・パワー・アンプの試作段階を題材に，トラブルの予防策や，動作を診断する手順を説明します．

トラブルの予防策

● 予防策Ⅰ：設計段階での十分な検証

SPICEシミュレーションで少なくとも次の項目を確認しましょう．

- 各部の電圧・電流
- 周波数特性
- スルー・レート
- 消費電力と最大出力電力

● 予防策Ⅱ：試作基板で検証する

完璧に設計したつもりでも，どこかに見落としがあります．試作アンプの点検や部品交換がしやすいよう，大きめのプリント基板を作ります．

電圧増幅段基板と出力段基板に分割するとテストが楽です．試作といえどもユニバーサル基板は避けましょう．ユニバーサル基板上の部品の交換は短絡事故を起こしやすいからです．プリント基板は回路設計者自身が作りましょう．配線パターンの引き回しに苦しむのは必至ですが，それによって部品数を減らそう，という気もちが湧いてくるものです．

● 予防策Ⅲ：部品実装の点検，実装上の工夫など

電解コンデンサ，トランジスタ，ダイオードの逆挿しがないか点検します．アイドリング電流調整用可変抵抗器は，時計回転方向に動かしたときアイドリング電流が増えるように実装します．

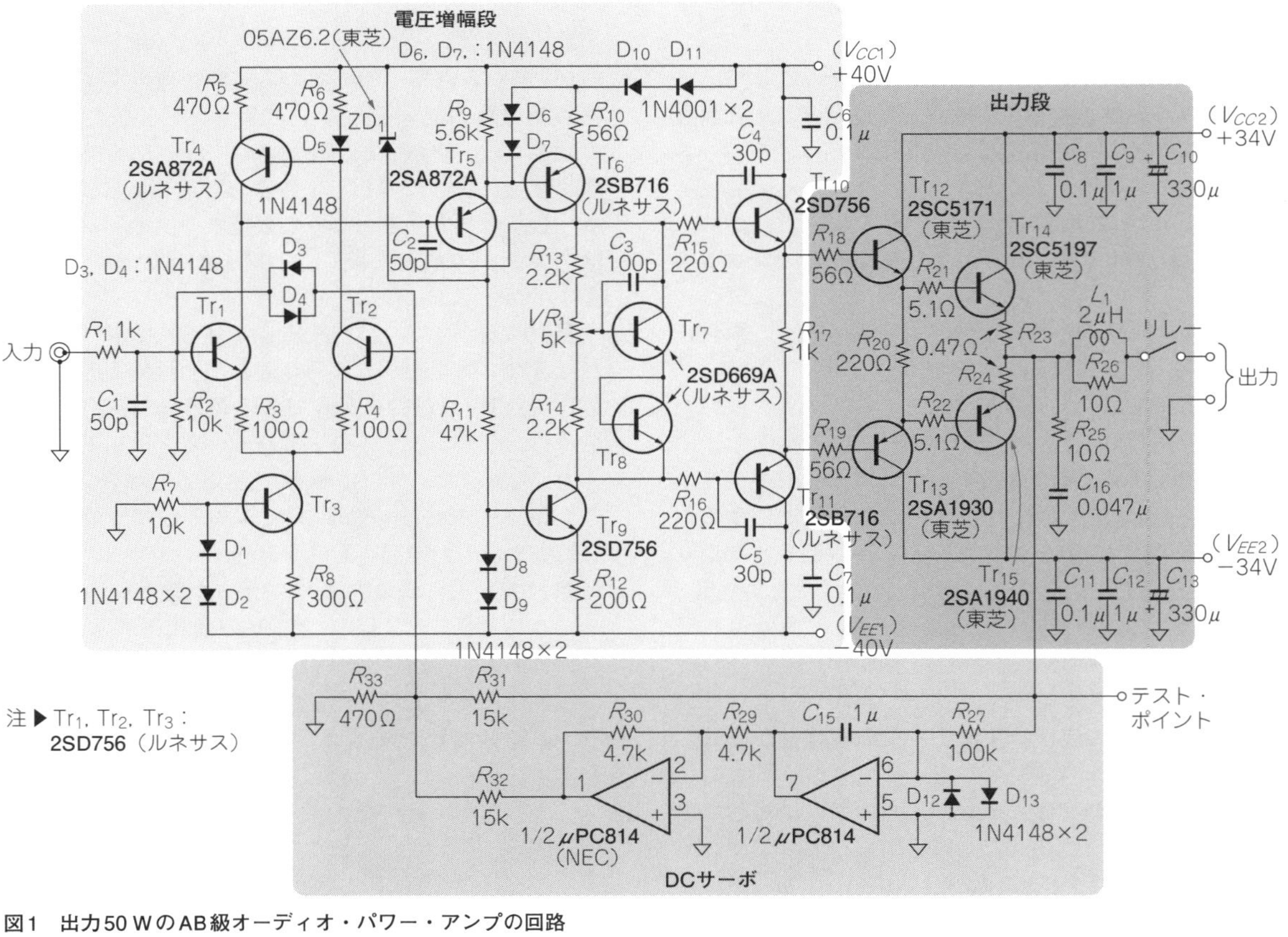

図1　出力50 WのAB級オーディオ・パワー・アンプの回路

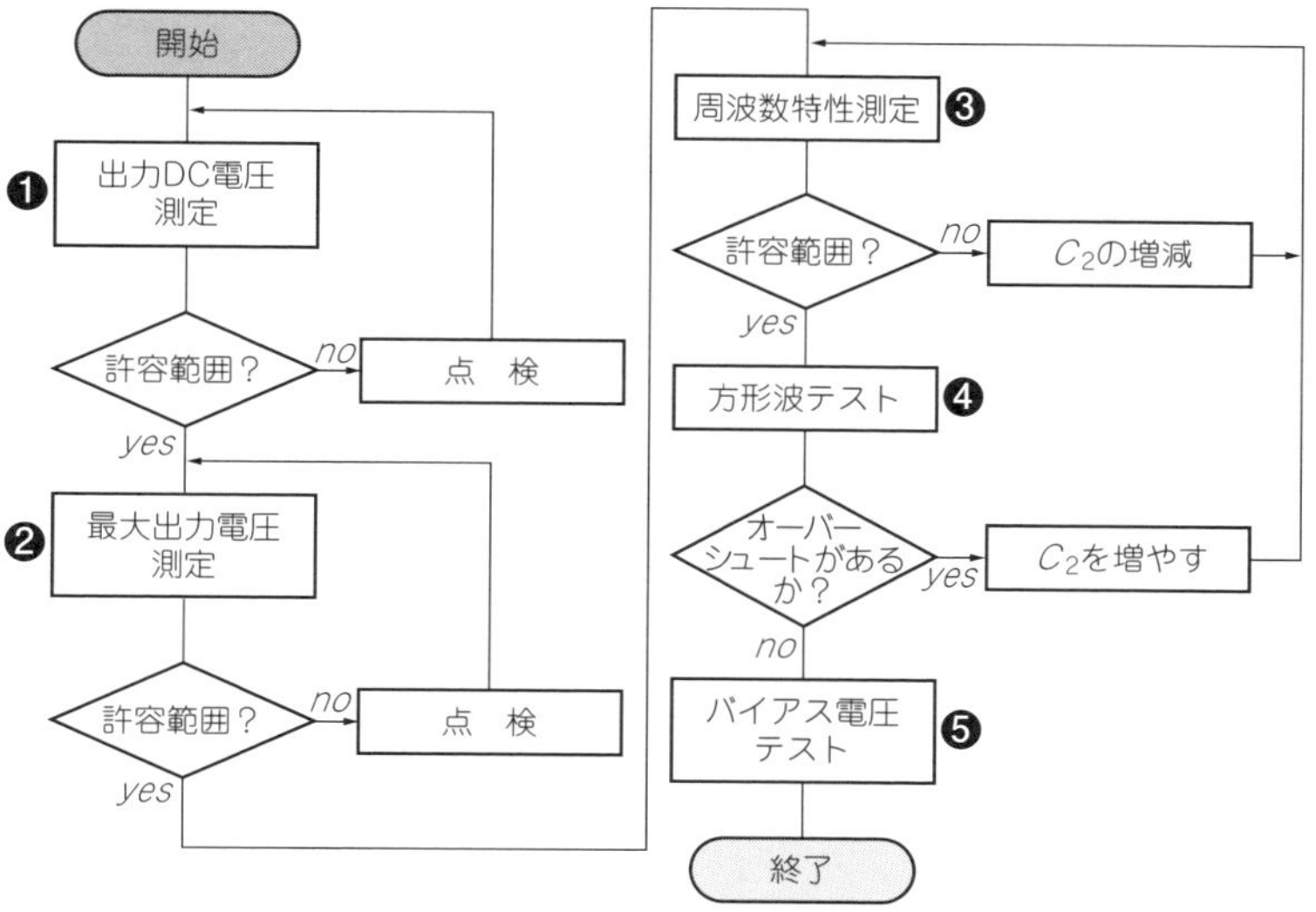

図2　予備テストのフローチャート(電圧増幅段とDCサーボ回路)

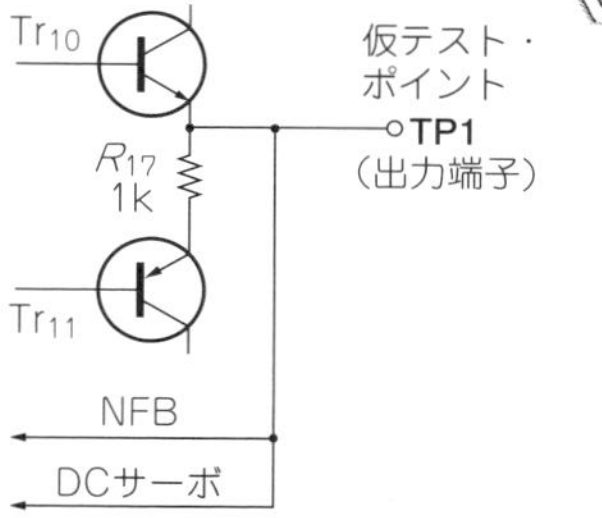

図3　出力段を切り離し電圧増幅段とDCサーボをテストする

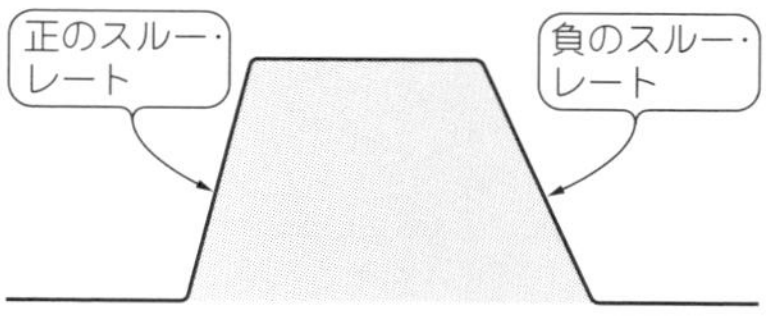

図4　方形波応答の立ち上がりより立ち下がりに時間がかかっている波形

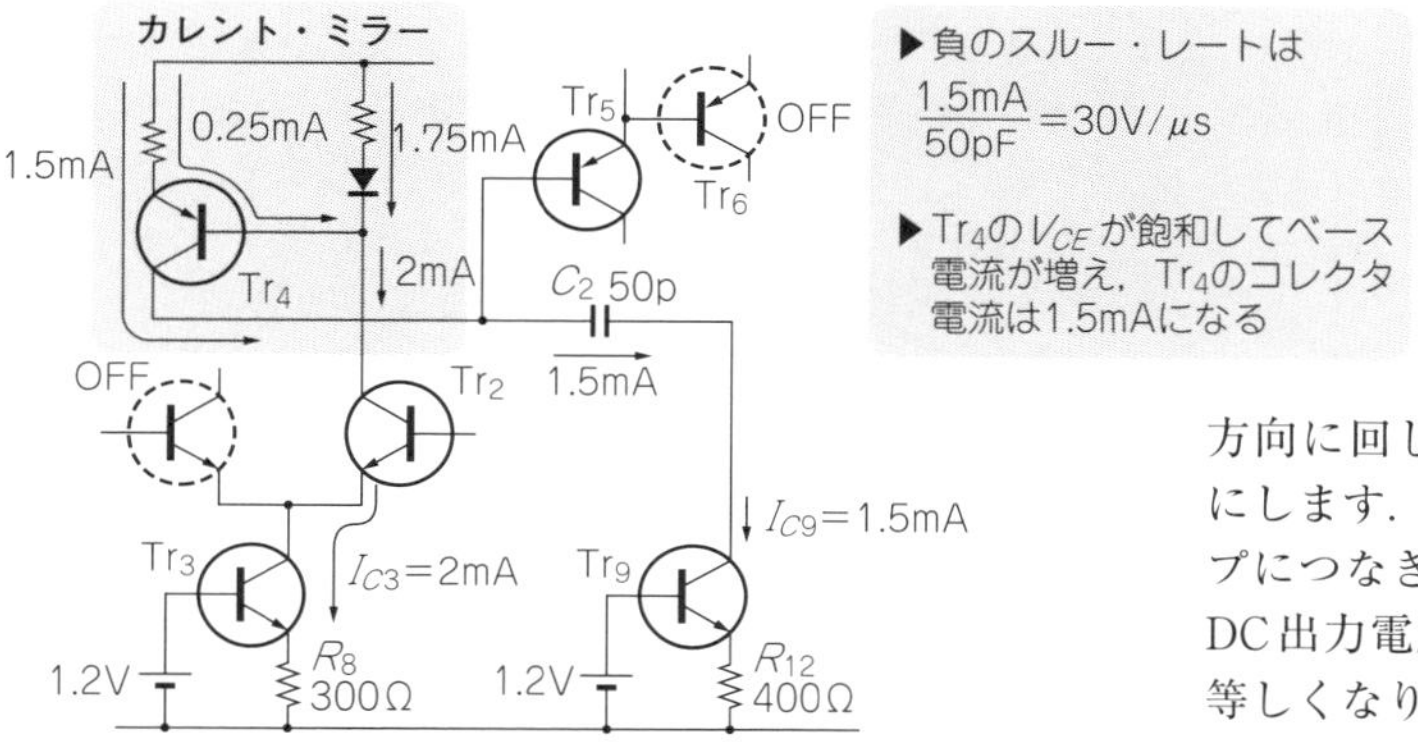

図5　I_{C3} = 2 mA，I_{C9} = 1.5 mA の場合の大振幅方形波応答の立ち下がり時の電流値

トラブルシューティングの手順

図1の50 W出力AB級アンプを例に，診断法と対処法を述べます．このパワー・アンプは全段直結なので，NFB(負帰還)を外すと動作点が狂ってしまいます．そこでNFBをかけたままで，周波数特性(f特)，ひずみ率特性，方形波応答などを測定し，トラブルの原因を推定します．まずは予備テストで大まかな動作を確認したうえで，本番テストを行います．

■ 予備テスト

図2が予備テストのフローチャートです．

❶ DC出力電圧の測定

まず，電圧増幅段とDCサーボ回路をテストします．図3のように出力段を切り離し，Tr_{10}のエミッタからNFBとDCサーボを戻します．VR_1(5 kΩ)は半時計方向に回し切り，Tr_{10}とTr_{11}のエミッタ電流を最小にします．仮テスト・ポイント(**TP1**)をオシロスコープにつなぎ，電源を投入します．回路が正常ならば，DC出力電圧はμPC814の入力オフセット電圧とほぼ等しくなります．

▶測定結果：DC出力電圧が数十mV以上ありました．

▶原因：ダイオードやトランジスタの逆挿し，PNPとNPNの取り違え，プリント・パターンのパターン切れ，ブリッジ，はんだ付け不良，抵抗のカラー・コード読み取りミスなどが考えられます．

▶対策：よく点検します．各部の実測電圧とシミュレーションの電圧を比較し，どこにミスがあるかを推理し確認します．

❷ サイン波を入力する

上記の❶がOKならば，1 kHzサイン波を入力し，出力がクリップするまでレベルを上げます．回路が正常ならば，最大出力電圧の実測値とシミュレーション値の差は1 V程度以内に収まるはずです．

❸ 周波数特性の測定

次に出力電圧を1 V_{RMS}ぐらいにして周波数特性を測定します．1 Hz～1 MHzの範囲でシミュレーションとの差が±2 dB程度以内に収まっているはずです．誤差が大きいなら位相補償容量C_2の値を加減します．

❹ 方形波テスト

20 kHzの方形波応答を観測します．まず出力が

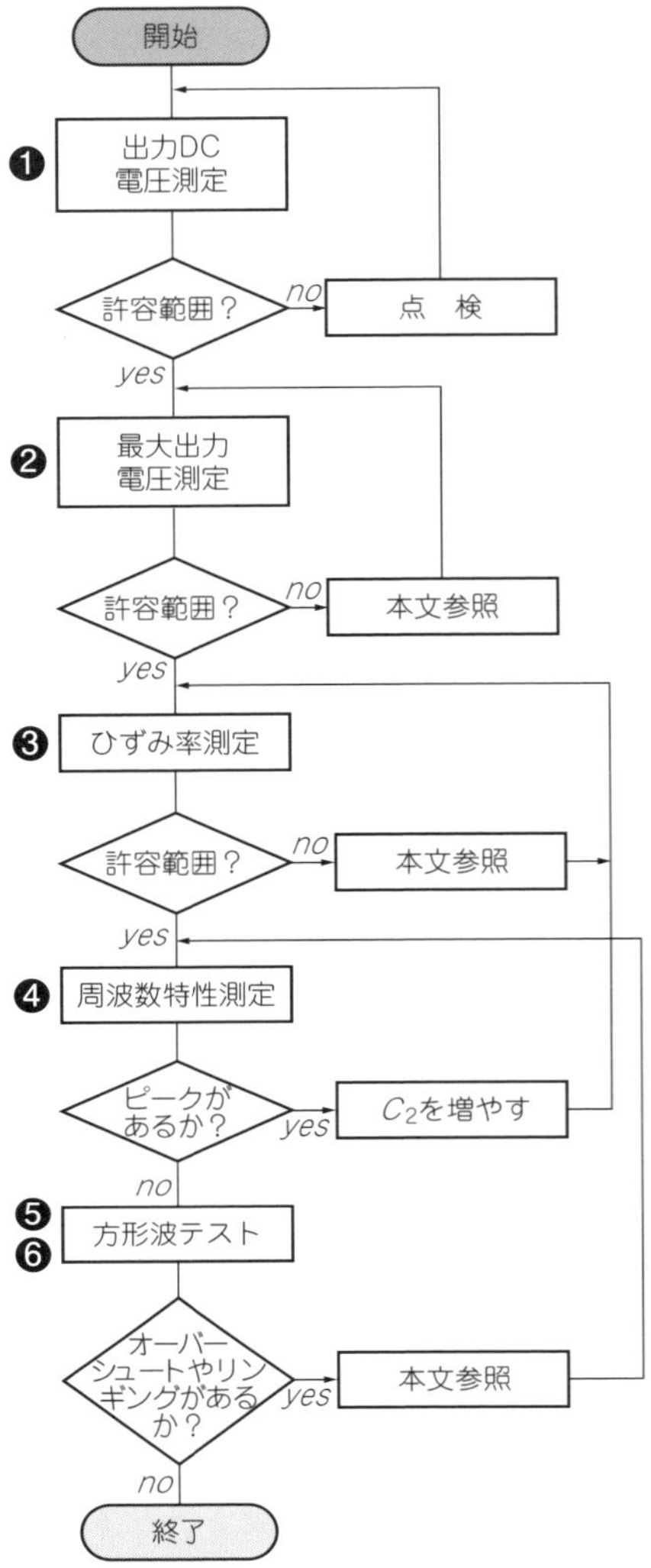

図6　本番テストのフローチャート（図1のパワー・アンプ回路用）

$1\ V_{p-p}$ でオーバーシュートがないことを確認します．次に±1 Vの20 kHz方形波を入力し，大振幅の出力波形を観測します．

▶測定結果：**図4**のように負のスルー・レートが小さい状態でした．

▶原因：定電流回路Tr_9のコレクタ電流I_{C9}が少なすぎるのが原因です．一般にスルー・レートは位相補償容量C_2とTr_3のコレクタ電流I_{C3}で決まりますが，**図5**のようにI_{C9}がI_{C3}より小さいときは，負のスルー・レートがI_{C9}によって抑えられます．

❺ アイドリング電流調整用VR_1のテスト

Tr_{10}とTr_{11}のベース間電圧が3 V以下であることを確認します．そしてVR_1を時計回転方向に動かしたとき，両ベース間の電圧が増すことを確認します．

図7
ダイオードとヒューズを電源ラインに挿入する

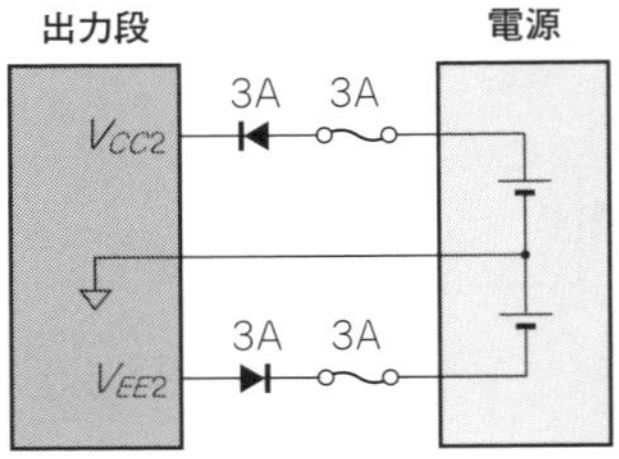

■ 本番テスト

図6が本番テストのフローチャートです．

❶ 電源投入時の出力テスト

電圧増幅段がOKならば**図1**の回路に戻します．電源の極性を間違うと悲惨なことになるので，最初は**図7**のようにダイオードとヒューズを挿入します．

アイドリング電流調整用VR_1は反時計方向に回しきっておきます．ダミー負荷抵抗8 Ωをつなぎます．出力端子をオシロスコープに接続し，オシロ画面と出力段基板の両方を睨みながら電源を投入します．

▶結果：異常電圧または発振がありました．

▶原因：ただちに電源を切って点検します．異常電圧の原因は次の可能性が高いと考えられます．

(a) 単純な間違い（逆挿しや配線ミス）
(b) 高周波域での強い発振でパワー・トランジスタが破壊された

圧増幅段だけのテストでは安定でも，出力段をつなぐと発振することがあります．怖いのはエミッタ・フォロワの発振です．

▶対策：エミッタ・フォロワの発振を止めます．具体的には，

- R_{18}，R_{19}，R_{21}，R_{22}の値を増やす
- R_{25}の値を減らす

などが有効です．ドライバ・トランジスタのアイドリング電流をむやみに大きくすると危険です．ドライバ・トランジスタはf_Tが200 MHzぐらいでC_{ob}が15～30 pFぐらいのものが無難です．もし電源投入直後に煙や焦げ臭いにおいがしたならば，R_{20}，R_{25}，R_{26}などが焼損した証拠です．パワー・トランジスタはすでに回復不可能な損傷を受けているはずです．

❷ 1 kHzサイン波を入力する

異常がなければ，アイドリング電流を50 mAぐらいに調整し，ひずみ率を測定します．

▶測定結果：最大出力が設計値より小さい値でした．

▶原因：今の場合，電源と出力段の間に保護ダイオードとヒューズがあるので多少の出力低下は当然ですが，大幅に低下するときは次の原因が考えられます．

(a) 電源のレギュレーションが悪く，大出力時に電源電圧が大きく下がる．
(b) R_{21}, R_{22}の値が過大（10 Ω以上にしないこと）

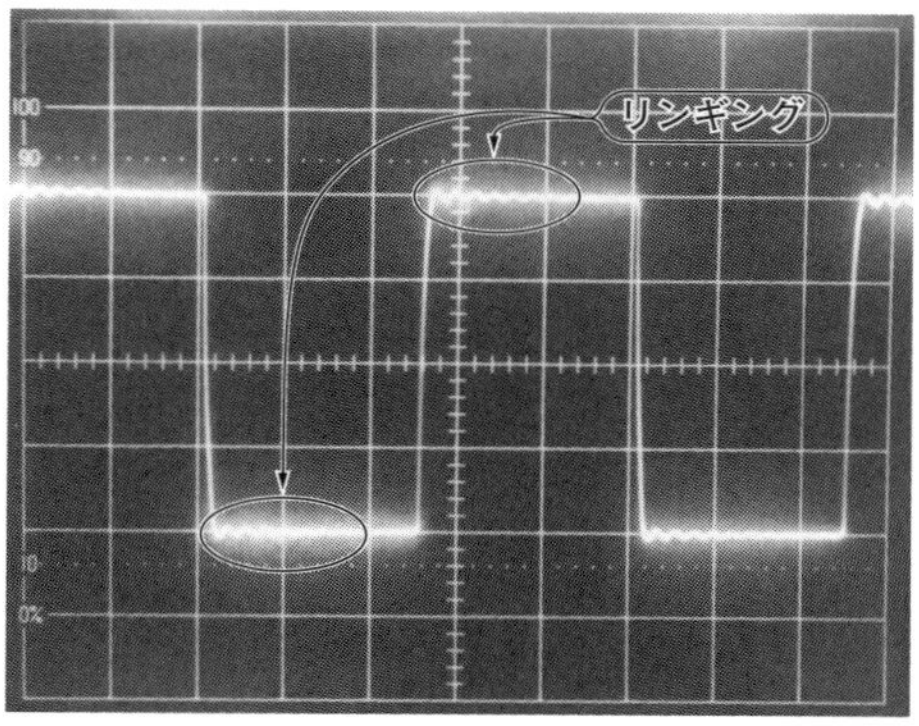

写真1　出力にリンギングがある(2 V/div., 10 μs/div.)

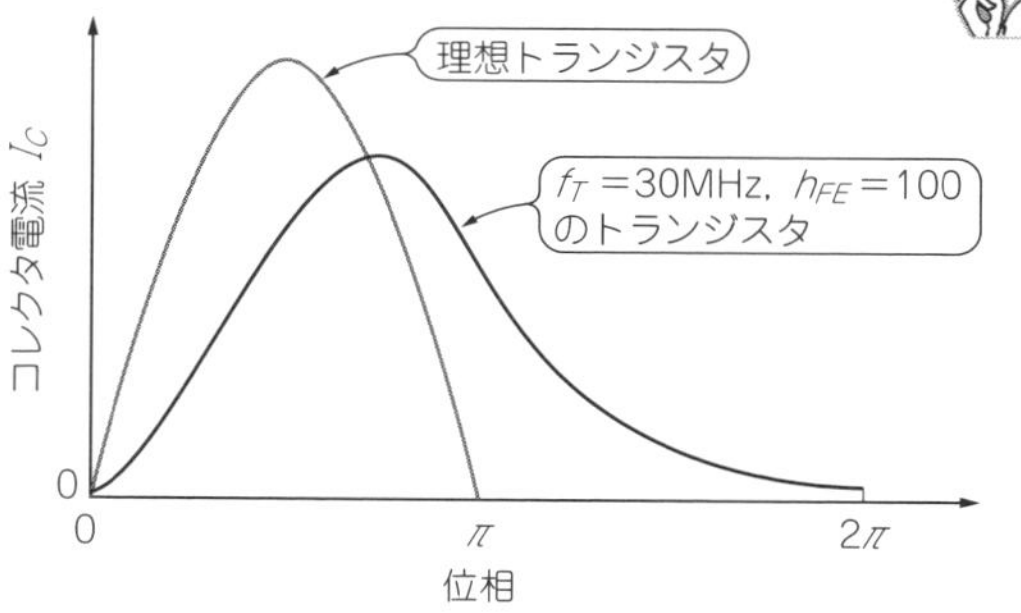

図8　AB級動作の回路を300 kHzの半波サイン波で定電流ドライブしたときのパワー・トランジスタのコレクタ電流波形

(c) ドライバ・トランジスタまたはパワー・トランジスタのコレクタ電流供給能力が不足

▶対策：原因が(a)なら電源のレギュレーションを改善します．原因が(b)なら抵抗値を下げます．原因が(c)ならトランジスタを1ランク電流供給能力の大きいものに変更します．

❸ 20 kHzのひずみ率を測定する

1 kHzのひずみ率特性に問題がなければ，**図7**のダイオードを外し，20 kHzのひずみ率を測定します．

▶測定結果1：2次ひずみが多い状態でした．

▶原因1：下記が原因として考えられます．

(a) Tr_{14}とTr_{15}の特性アンバランス
(b) パワー・トランジスタのコレクタ配線またはエミッタ配線の半波整流波形電流で発生した汚い磁束をL_1が拾っている

▶原因1の対策：原因が(a)の場合は特性のそろったペア・トランジスタと交換します．原因が(b)の場合はコイルの向きを変えます．

▶測定結果2：ひずみ率が測定中にゆっくり変動します．

▶原因2：AB級アンプは，パワー・トランジスタの接合部温度が信号とともに変化し，アイドリング電流が変動します．

▶原因2の対策：**図1**のTr_7をパワー・トランジスタに熱結合し，バイアス電圧を制御してアイドリング電流の変動を打ち消します．

しかしTr_7で検出されるのはパワー・トランジスタの接合部温度ではなく，ケース温度にすぎないので，完全なキャンセルは期待できません．そのため数W以下の出力で，クロスオーバひずみ率がパワー・トランジスタの接合部温度とともに変動します．

クロスオーバひずみの数dB程度の変動は仕方がないとあきらめましょう．

❹ 周波数特性の測定

図1のテスト・ポイントの周波数特性を測定します．

▶測定結果：高域の周波数特性が単調に減衰しません．

▶原因：位相補償容量が小さすぎるのが原因です．

❺ 方形波テスト1

20 kHzの方形波を入力し，テスト・ポイントの波形を観察します．

▶測定結果：オーバーシュートがあります．

▶原因：位相補償容量が小さすぎます．

❻ 方形波テスト2

次に負荷抵抗(8 Ω)と並列に1000 pF，3300 pF，0.01 μF，0.033 μF，0.1 μFを順次接続し，テスト・ポイントの波形を観察します．

▶測定結果：数波以上のリンギング(**写真1**)がありました．

▶原因：下記が原因として考えられます．

(a) R_{23}，R_{24}のインダクタンス成分が多い
(b) L_1の値が小さすぎる
(c) 出力段パスコンの容量不足
(d) パスコン〜パワー・トランジスタ間の距離が長い

▶対策：原因(a)の場合は無誘導型セメント抵抗に変更します．ただし，カーボン皮膜抵抗は発火の恐れがあるので厳禁です．原因(b)(c)(d)の対策は自明なので省略します．

■ まとめ

図2と**図6**に示した手順に沿えば短時間で問題点を発見できるでしょう．なお，以下の2点には十分注意してください．

注意1▶出力端子の短絡は厳禁

注意2▶100 kHz以上のフル振幅入力も厳禁

AB級動作のバイポーラ・トランジスタに高い周波数の信号を入力すると，少数キャリアの蓄積によってコレクタ電流の位相が**図8**のように遅れます．位相π〜2πの間は本来カットオフすべき期間なので，そのぶんパワー・トランジスタの電力損失が増えるので危険です．また，高い周波数ではC_{16}のインピーダンスが低下するためR_{25}が焼損します．　〈**黒田 徹**〉

Appendix 3

ディィジタル回路のトラブル対策…原因追及と対策の手順

最近のディィジタル回路設計では，PLD(プログラマブル・ロジック・デバイス)を使うことが多くなりました．このような状況では，HDLのソース・コードの品質が重要なことはいうまでもありません．

たいていの場合はPLDをプリント基板に実装し，装置に組み込んで安定に動作することが求められます．ここでは，基板に実装してからのトラブルも含めて，トラブルを未然に防ぐための留意点や，解決のヒントを紹介します．

設計から製造までの流れと各段階でのチェック

■ ステップ1：設計段階で合格基準を決める

● 検査仕様書を設計仕様書と同時に作っておこう

皆さんは設計を始める前に設計仕様書を作成すると思います．できればそれと同時に，遅くとも設計中に**図1**のような検査仕様書を作るべきだと私は考えています．さもなければ，カバレッジやテスタビリティを設計段階で考慮できませんし，製品設計と平行してテスト・ベンチの設計を進めることもできません．

また，検査仕様書は，製品やテスト・ベンチを作るときに必要となるだけでなく，検査成績表(**図2**)を作成するときにも引用されます．

検査仕様書は，製品が設計仕様書の要求事項を漏れなく満足していることを証明するための具体的手段を明らかにしたものです．したがって，設計品質を管理する意味でも，設計仕様書と同等に照査と承認を受けるのが一般的です．

● 検査仕様書の内容

内容としては，設計仕様書の仕様項目に対応して機能の確認方法や特性値の測定方法とともに，合否判定基準も記載します．合否判定基準は設計仕様書と同等であれば省略できますが，たいていの場合は別に定めます．

その理由は，設計仕様書上に記載する基準値は，想定されるあらゆる使用環境において，すべての量産品が満足する必要があるのに対して，実際のテストは再現可能な特定の環境条件において限られた台数の試作品でしかテストされないからです．

このような限られた条件下でのテスト結果だけで，あらゆる使用環境において，すべての量産品が設計仕様を満足することを高い確率で推定することが求められます．そのためには，部品のばらつきや環境影響をできるだけ正確に考慮した，適切なマージンを確保する必要があります．このマージンが，設計仕様書と検査仕様の合否判定基準が異なる理由です．

■ ステップ2：シミュレーションによるチェック

ゲート規模の小さなPLDの場合を除くと，シミュレーションをせずにいきなり基板に実装してそのまま完全に動くことはまずありえません．基板に実装する前に完全にシミュレーションするのが基本です．

しかし，現実にはそれが困難な場合も少なくありません．例えば，カバレッジ(p.127のコラム参照)をとってみても，設計段階でテスタビリティを考慮しておかないと100％に近づけることは容易ではありません．

ですから，基板実装後の動作確認作業において論理設計上の問題と思われる現象に遭遇した場合には，ソース・コードやシミュレーション結果を見直すことも現実にはあります．しかし，このような後戻りを少しでも減らすために，シミュレーション段階でできるだけカバレッジを上げる努力をしておくことが望ましいといえます．

検査仕様書

文書管理番号
作成日

品名:
図番:

承認	照査	作成

項番	設計仕様項目	検査方法	引用規格	合否判定基準

図1　検査仕様書

検査成績表

文書管理番号
作成日

品名:
図番:
判定:　合格/不合格

項番	検査項目	検査結果	添付データ	合否

図2　検査成績表

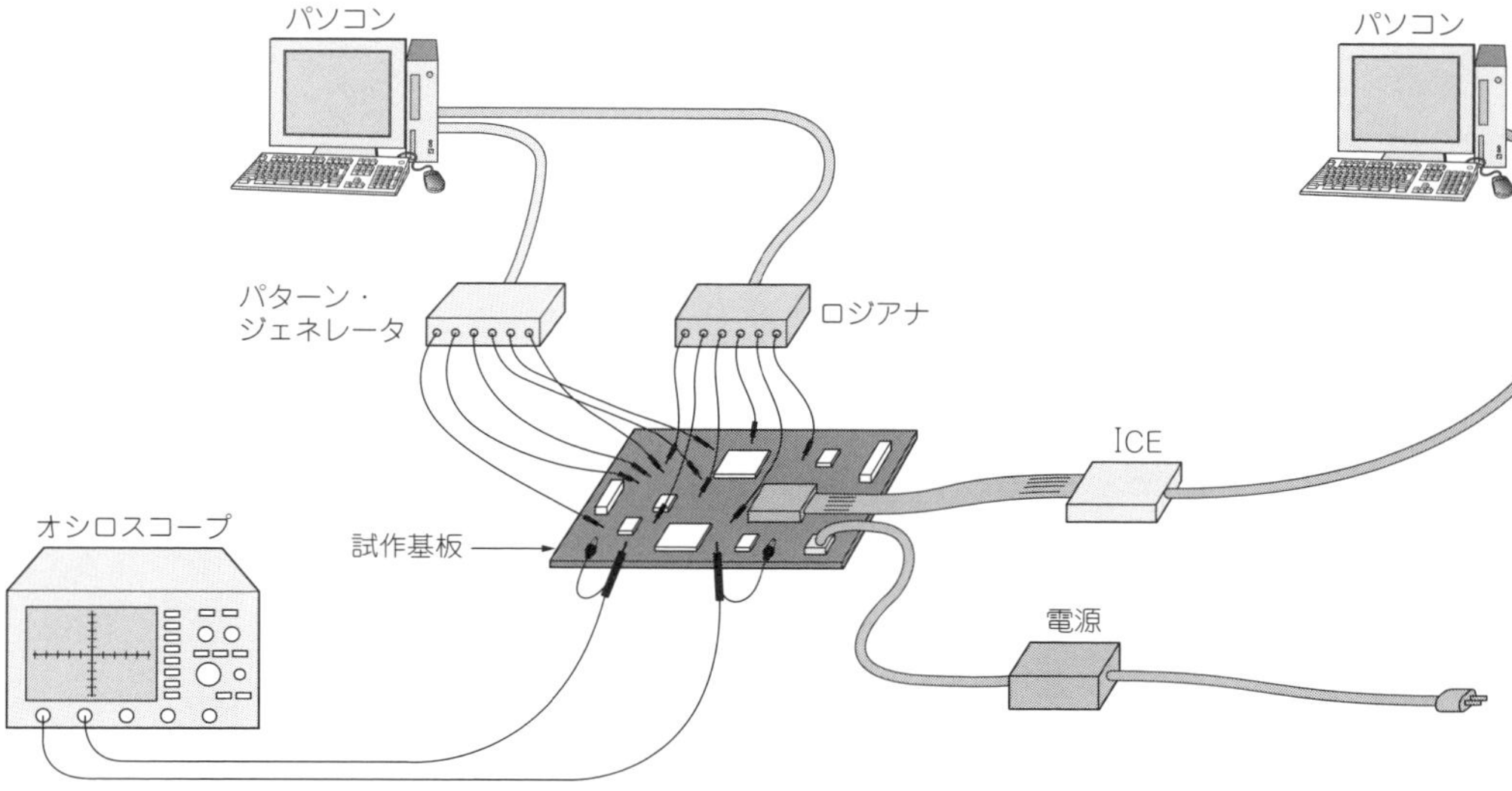

図3　テスト・ベンチの構成例

■ ステップ3：テスト・ベンチによるチェック

基板単体で回路の全機能をセルフ・テストできるケースはまれです．多くの場合は何らかの入力信号を与えて，出力信号を観測して設計仕様と照合する必要があります．PLDを基板上で動かす前にシミュレーションが必要なのと同様に，基板を装置に組み込む前に基板単体で動作を確認すべきなのは当然です．そしてこの段階では実機環境をエミュレーションする**図3**のようなテスト・ベンチが必要となります．

このテスト・ベンチは確実に動作することが必要です．そうでなければ基板のデバッグをしているのかテスト・ベンチのデバッグをしているのかわからなくなります．現実には製品とテスト・ベンチを同時に設計して同時にデバッグするケースは少なくありません．しかし，テスト・ベンチの信頼性がテスト工程の期間だけでなく，設計品質そのものに影響を与えることはいうまでもありません．テスト・ベンチはできるだけモジュール化して流用したり，市販の測定器，例えばICE，ロジアナ，パターン・ジェネレータなどを応用して，できるだけ信頼性を上げる努力をすべきです．

準備するのはハードウェアだけではありません．パターン・ジェネレータから出力する波形や，ICEからCPUの内部レジスタを設定するコマンド・プロシージャなどをあらかじめ用意しておきます．

シミュレーションにおけるテスト・ベンチ　Column 1

シミュレーションでも，周辺回路をエミュレーションするためにテスト・ベンチを記述することが一般的です．単純に周辺回路をモデリングするのではなく，入力信号を効率的に発生させたり，出力信号を期待値と照合したり，タイミング・マージンを評価して，シミュレータのリポートにメッセージを出力させるような機能も記述します．

単純なベクタの羅列でシミュレーションできる場合は，VHDLのTEXTIOを使ってファイルに入出力する方法もあります．ベクタの区切り文字にカンマを使えば，CSVファイルとしてExcelで取り扱うこともできて便利です．

ゲート規模が大きくなると，製品のコード・サイズよりもテスト・ベンチのコード・サイズのほうが大きくなることも稀ではありません．テスト・ベンチの信頼性を上げるためには，できるだけモジュール化して流用することも必要となってきます．このため，テスト・ベンチの記述においてもパラメタライズの技法を使って汎用性を高めるようになってきました．そして，製品に組み込むIP《Intellectual Property》のように，製品に組み込まないテスト・ベンチ自体もIPとしての資産価値が高まってきています．

テスト・ベンチが即席で使い捨てだった時代は，すでに終わりかけているのです．　〈中 幸政〉

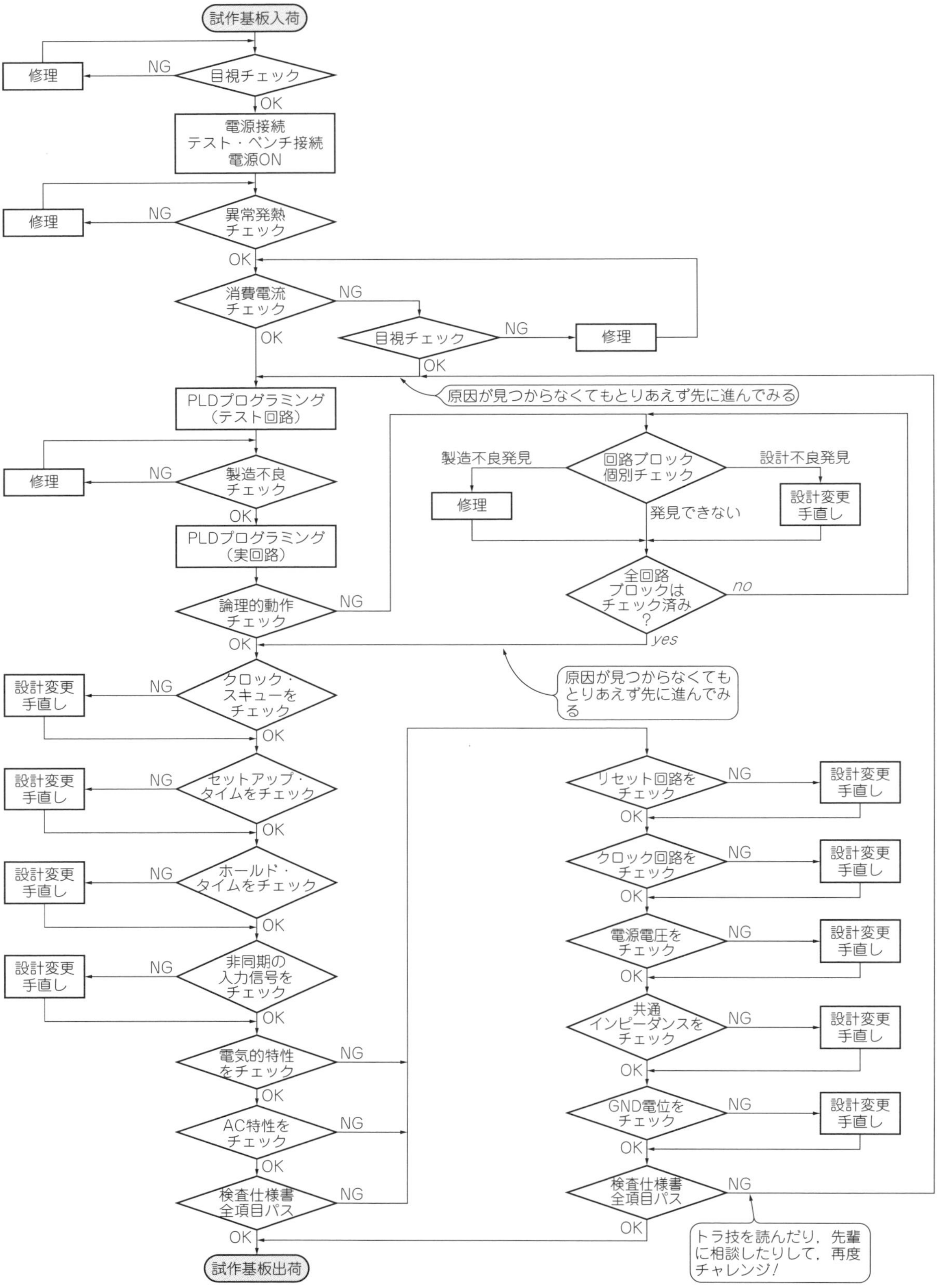

図4　試作基板入荷から試作基板出荷までの流れ

■ ステップ4：製造不良の目視検査

検査仕様書もテスト・ベンチも準備でき，待ちに待った試作基板が手元に届いたら，早速テスト・ベンチや測定器を接続して電源を投入したいところです．しかし，無用のトラブルを避けるためにも目視チェックを忘れてはいけません．

図4は試作基板入荷から試作基板出荷までの流れです．試作基板はほとんど検査されずに出荷されてくるので，製造不良は少なからず含まれています．**表1**は目視による外観検査で見つかる不具合の例です．

パターンのショートや断線を目視でチェックすることは困難ですが，少なくともはんだ付け部分のはんだ不良，はんだボール，はんだブリッジなどは全ポイントを目視チェックすべきです．また，部品の実装違いや方向間違い，位置ずれなどもチェックします．

表1　目視による外観検査で見つかる実装上の不具合の例

項　目	概略図	状態や現象	原　因
位置ずれ	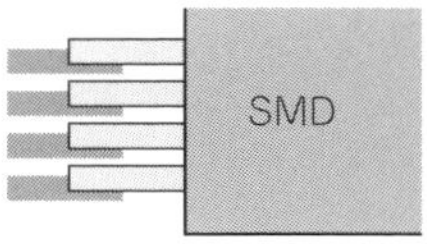	部品の端子とパッドとの相対位置がずれている状態	●搭載機の精度不足 ●部品の外形寸法公差外れ ●搬送時の振動による移動 ●リフロー時のフラックスによる移動
ブリッジ（はんだ過多）	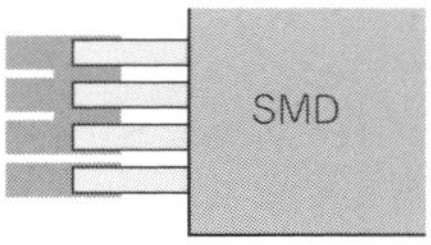	隣接するパッドや端子間にはんだが付着している状態	●はんだ量過多，はんだペースト印刷ずれ，にじみ ●部品の端子曲がり ●パッド，レジスト寸法の不適，精度不足
端子の浮き	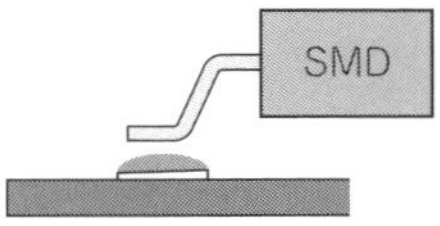	端子の浮きにより，端子とはんだが未接続の状態	●部品の端子平たん部寸法の規格外れ ●上記寸法とはんだ厚の不整合 ●搭載機の押圧調整不足 ●部品取り扱い時の端子接触による端子変形
はんだぬれ不足	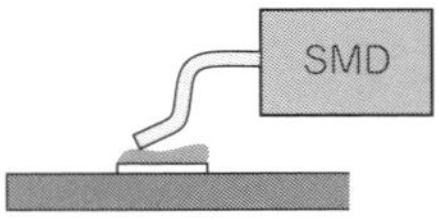	はんだがパッドや端子に十分広がらない状態	●はんだ量不足 ●はんだ付け時の熱量不足 ●パッドや部品端子のはんだぬれ不足（酸化などによる） ●はんだペーストの劣化
ウィッキング現象	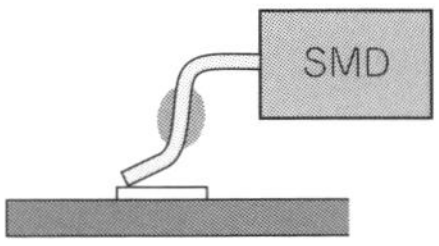	はんだが端子上部に吸い上がり，接続箇所のはんだ量不足が生じる現象	●リフロー時に基板上のパッドよりも部品の端子が急速に昇温し，はんだ溶融温度となる
マンハッタン現象（ツームストーン現象）		チップ部品などが，はんだ付け時に勝手に立ち上がる現象	●リフロー温度の不均衡 ●印刷はんだ量の不均衡 ●パッド寸法の不均衡
はんだボール	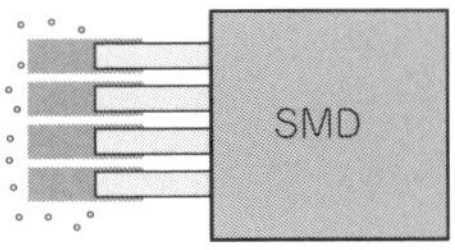	パッドや部品周囲にはんだボール（粒）が存在する状態	●はんだペースト印刷ずれ，にじみ ●はんだペーストの過熱によるだれ ●はんだペースト中の超微細粉末を除去していない
フラックス残さおよび残留物	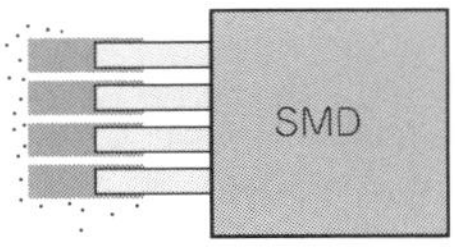	洗浄後にフラックスの残さまたは残留物が基板表面に付着している状態	●洗浄不足 ●洗浄条件が不適切（洗浄方式，洗浄液，温度，時間）

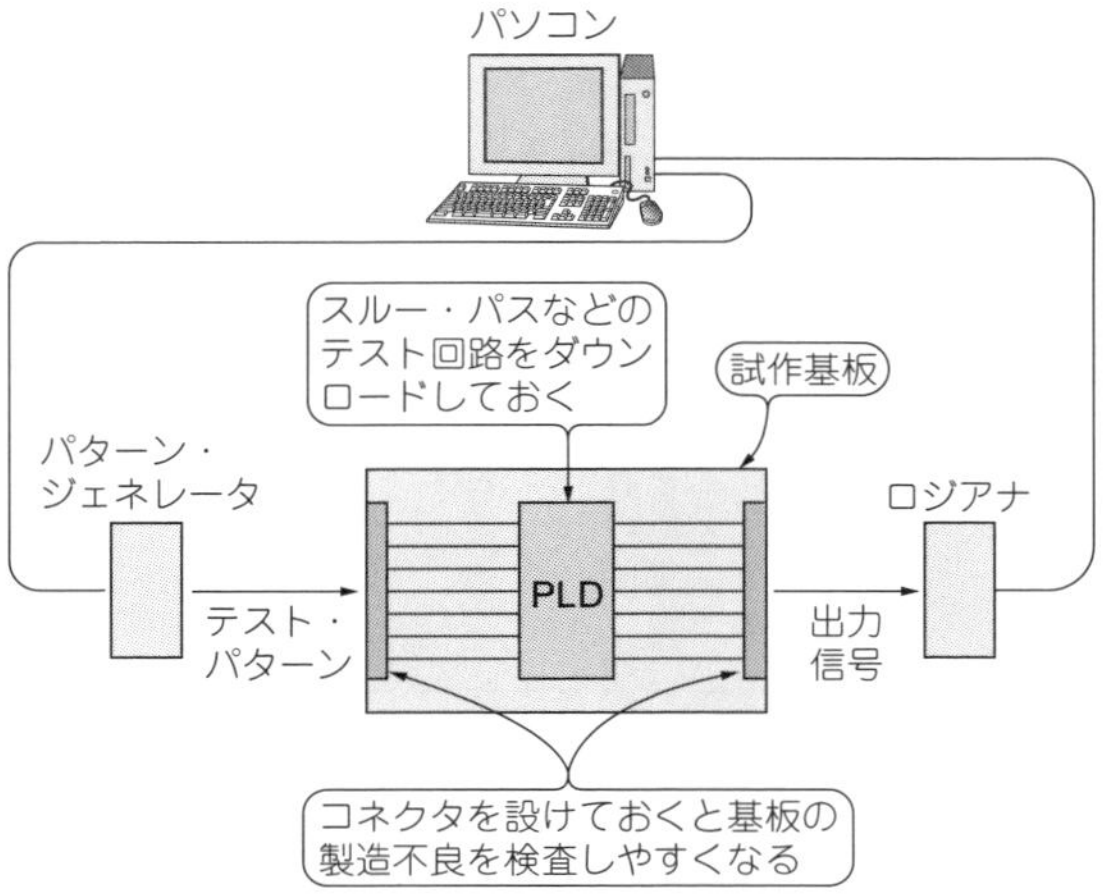

図5　製造不良の通電検査

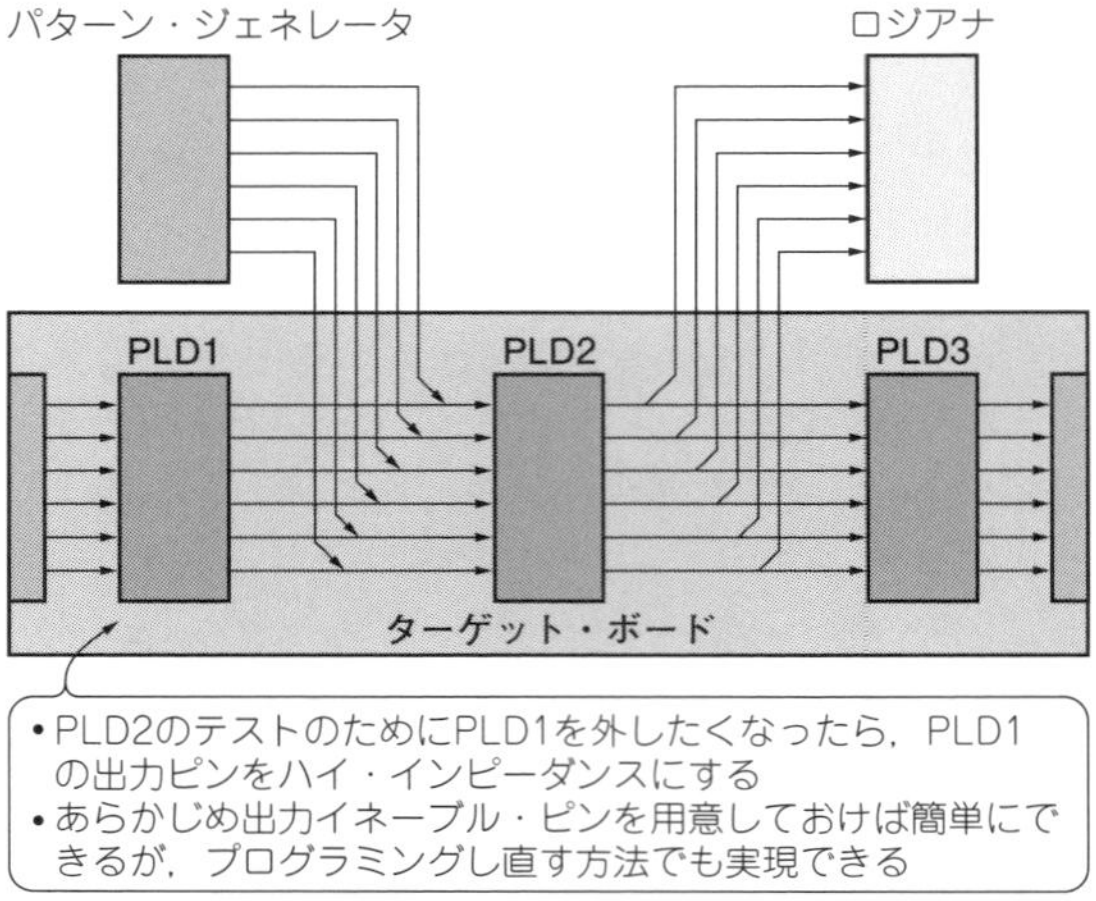

図6　回路ブロックのチェック（あらかじめ信号を注入できるように設計しておく）

このような単純な不良は，電源投入前に修復するのは簡単ですが，そのまま電源を投入してしまうと正常に動作しないだけでなく，基板にダメージを与えてしまい，修理に多くの時間と手間がかかる場合があります．また，最悪の場合は大切なテスト・ベンチや高価な測定器にダメージを与える恐れもあります．

目視チェックという単純な作業を軽視して，このようなリスクを背負うことは避けたいものです．

■ ステップ5：製造不良の通電検査

目視チェックが済んだら，いよいよ電源を投入します．まずは異常に発熱している部品がないか，消費電流が異常に大きくないかをチェックします．

その後，PLDをプログラミングするのですが，本物の回路をダウンロードする前にテスト回路をダウンロードして，**図5**のようにセットアップし，製造不良をチェックします．テスト回路として最も単純なのは，入力したデータを出力へそのまま出すだけの「スルー・パス」の回路です．また，システム・クロックを分周するカウンタの各ビットを各出力ピンに接続する回路も単純で有用です．信号を注意深く観測すれば，オープンだけでなくショートもチェックできます．

以上の作業で製造不良を完全に排除することはできませんが，ここでできる限りのことをしておくと，後で設計不良か製造不良か悩む可能性が少なくなります．

論理設計上のトラブル

■ 基本的なトラブルシューティングの順序

● 入力から出力へ，トップからボトムへ

本物の回路を動かしてトラブルに遭遇したら，まずは論理的な設計に問題がないか疑うことから始めます．シミュレーション結果と見比べながら，設計仕様どおりの入力信号を与えて，入力側から順に各ブロックの出力信号をチェックして，正常に動作していない回路ブロックを特定していきます．そして，怪しい回路ブロックを見つけたら，その回路ブロックの内部についても同じように入力側から順にチェックしていき，誤動作している回路を特定していきます．つまり，基本的なトラブルシューティングの順序は入力から出力へ，トップからボトムへとなります．

● 入力側からしらみつぶしにチェックするほうが確実

期待値と異なる出力信号を見つけたら，そこから遡って怪しい回路を探したくなるものですが，現象として見えているのは氷山の一角であることが少なくありません．一見，回り道に見えますが，入力側からしらみつぶしにチェックしていくほうが確実にすべてのバグを探し出せます．

一度ひと通りのチェックをした後であれば，出力側から遡ってピン・ポイントを狙うほうが効率的な場合もあります．しかし，チェックしていない回路ブロックが残っている段階でこのやり方をすると，かえって解決を遅らせてしまうことがあります．

● あらかじめ信号を注入できるように設計しておく

このトラブルシューティングの過程の中で，途中の回路ブロックに任意の信号を与えたいことがあります．このような場合は，ブロック間の信号線を切り離してパターン・ジェネレータで信号を与える方法も考えられます．しかし，実際にはパターンをカットするのは容易ではありませんし，2次的なトラブルが生じる恐れもあります．

もっと安全な方法としては，**図6**のようにPLDの出力ピンをハイ・インピーダンスにできるようにあらかじめ設計しておく方法です．または，もう少し手間

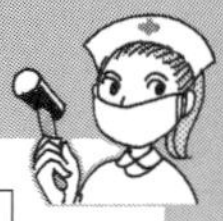

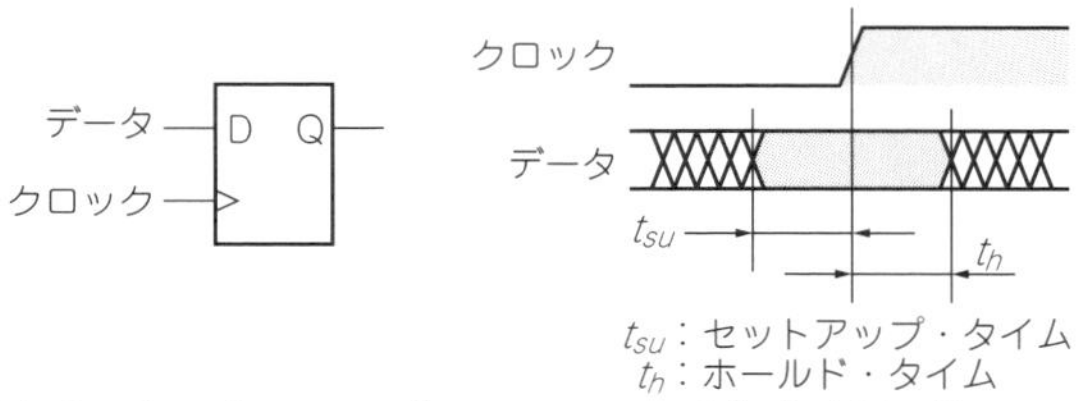

(a) Dフリップ・フロップ　(b) タイミング

図7　セットアップ・タイムとホールド・タイム

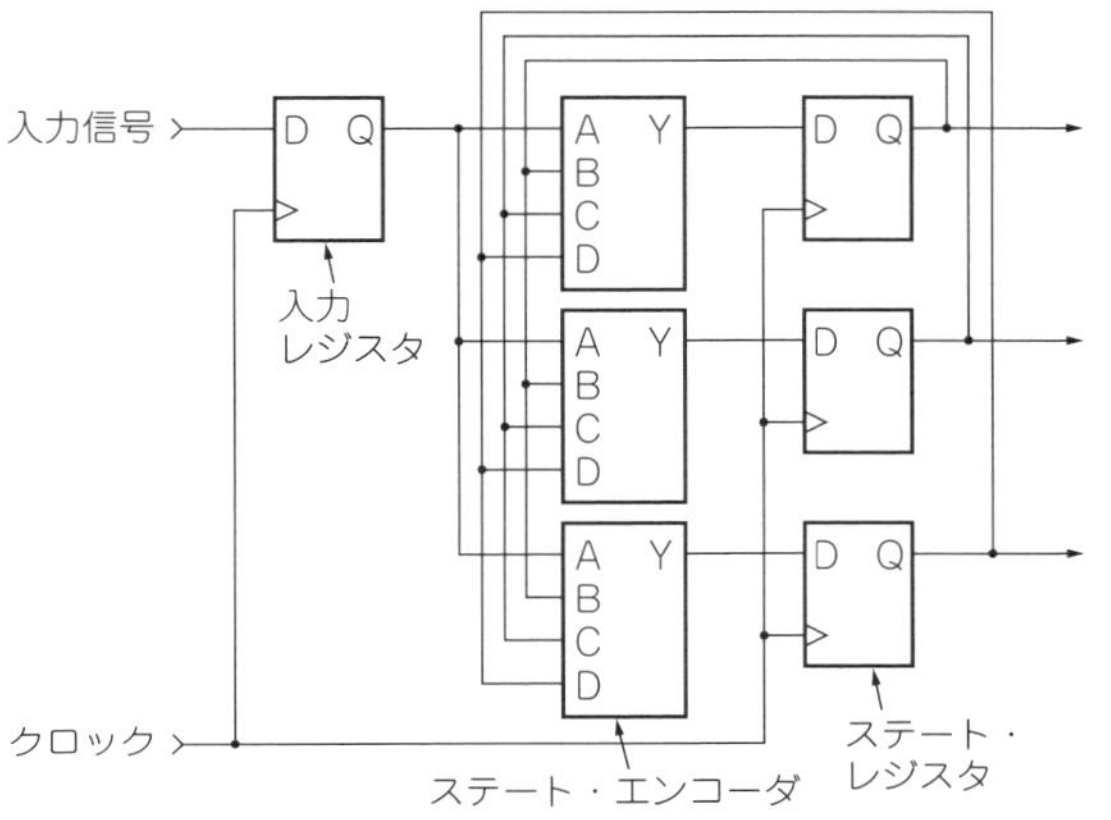

図9　非同期入力はシステム・クロックに同期させてから接続する

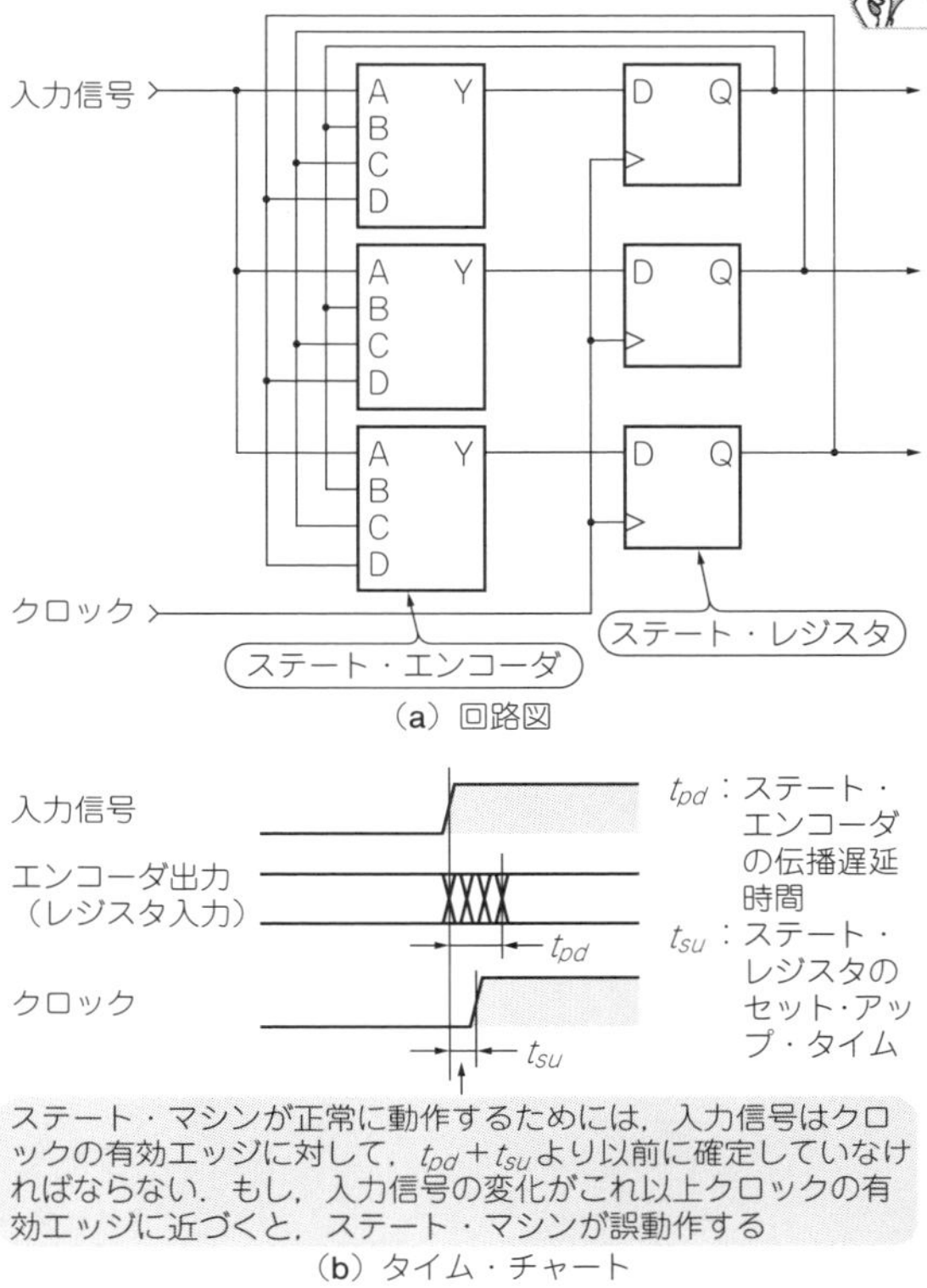

図8　ステート・マシンとその動作タイミング

がかかりますが，PLDをテスト・パターン・ジェネレータにプログラミングし直す方法もあります．後者の方法なら，PLD内部の特定の回路ブロックだけが怪しいと思われる場合，その部分だけを置き換えてみることによって，怪しい部分を絞り込んでいくこともできます．

この段階で見つかるバグはシミュレーションを厳密にすれば見つかるバグも少なくありません．しかし，シミュレーションで見つけにくいバグもあります．

■ 論理回路設計上の代表的なトラブル要因

基板での動作が安定しない，論理回路設計上の要因として代表的なものを紹介しましょう．

● クロック・スキュー

タイミング・シミュレーションを厳密に行えば，PLD内部の問題はシミュレーション段階で発見することは可能です．しかし，複数のデバイス間の接続も考慮した基板全体のタイミング・シミュレーションを完全に行うのは困難な場合もあります．

ですから，試作基板でスキュー《skew》(ずれ)を測定し，適切なマージンがあることを確認するのは，たとえトラブルに遭遇しなくても必要な作業です．

● セットアップ・タイムとホールド・タイム

図7にこれらを示します．これらもクロック・スキューと同様に，試作基板で測定して設計上のマージンが確保できているかどうかを確認します．

● 非同期の入力信号の扱い

このような入力信号は，セットアップ・タイムとホールド・タイムを保証できないので，そのまま同期回路に接続してはいけません．

セットアップ・タイムとホールド・タイムが守れなくなればレジスタの出力がレーシングを起こすだけでなく，レジスタごとに入力信号を保持する値がバラバラになります．つまり，**図8**の入力信号の変化がクロックの有効エッジに近づいた場合に，入力信号の変化前の値を保持するレジスタと変化後の値を保持するレジスタが共存してしまうということです．代表的なトラブルの症状としては，ステート・マシンが遷移条件と異なるステートに遷移したり，イリーガル・ステートに遷移したりします．

このようなトラブルを避けるためには，**図9**に示すように，非同期の入力信号は入力レジスタでシステム・クロックに同期させてから同期回路に接続するようにします．ここで注意しなければならないのは，各入力信号に対して入力レジスタは単一でなければならないということです．もし，複数のレジスタを使った

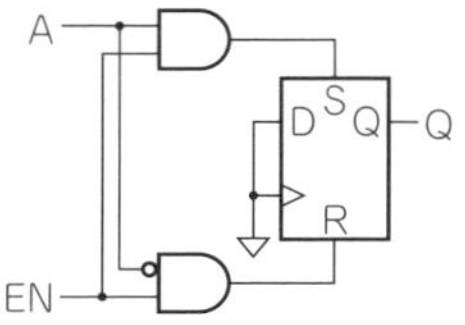

（a）回路図

```
library IEEE;
use IEEE.std_logic_1164.all;

entity LA is Port(
    EN,A : in std_logic;
    Q : out std_logic);
end LA;

architecture RTL of LA is begin
process (EN,A) begin
    if EN = '1' then Q <= A;
    end if; ←elseが省略されているので
end process;  非同期ラッチが生成されて
end RTL;      しまう
```

（b）VHDLソース

図10　非同期ラッチ

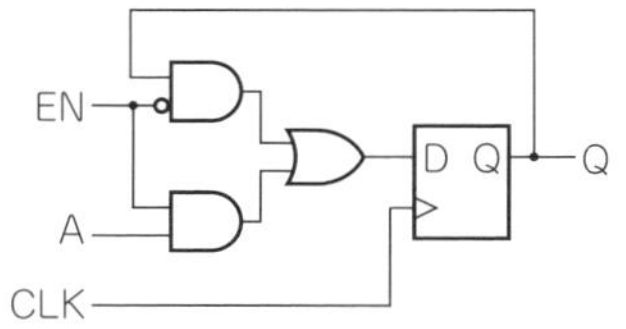

（a）回路図

```
library IEEE;
use IEEE.std_logic_1164.all;

entity LS is port(
    EN,A,CLK : in std_logic;
    Q : out std_logic);
end LS;

architecture RTL of LS is
signal Q_fb : std_logic;
begin
process (CLK) begin
    if (CLK'event and CLK = '1') then
        if EN = '1' then Q_fb <= A;
                         else Q_fb <= Q_fb;
        end if;
    end if;
end process;
Q <= Q_fb;
end RTL;
```

（b）VHDLソース

図11　同期式ラッチ

```
WARNING:Xst:737 - Found 1-bit latch for signal <q>.
    Summary:
    inferred   1 Latch(s).
```

図12　リポート・ファイルのワーニング・メッセージ

ら，レジスタごとに異なる値を保持する可能性が残りますから意味がなくなります．

● 非同期式ラッチ

図10に示す非同期式ラッチも動作が安定しなくなる要因となることがあります．意図的にラッチを合成したい場合はできるだけクロック同期式(**図11**)にします．

HDLで設計した場合はif文のelseを省略すると，論理合成ツールが非同期ラッチを生成してしまうことがあるので注意が必要です．

代表的な論理合成ツールは，リポートに**図12**のようなワーニング・メッセージを出力するので，リポートを注意深く読めば，意図せぬラッチの合成を知ることができます．

論理設計以外の設計上のトラブル

■ 実機に組み込んでから発生する代表的なトラブル原因と対策

論理設計が完璧でも，基板に実装して実機に組み込んだらいろいろなトラブルに見舞われるものです．ここでは，実機に組み込んでから発生するトラブルの原因と対策方法について，代表的なものを述べます．

論理設計上のバグは，トラブルの症状と信号を観測することによって原因を推論していきます．ここに紹介する要因は，実にいろいろな症状を引き起こすので，症状から原因を推定するのは容易ではありません．トラブルシューティングに行き詰まったら，ここで紹介するような基本的な事柄を再確認するのが問題解決のヒントになると思います．

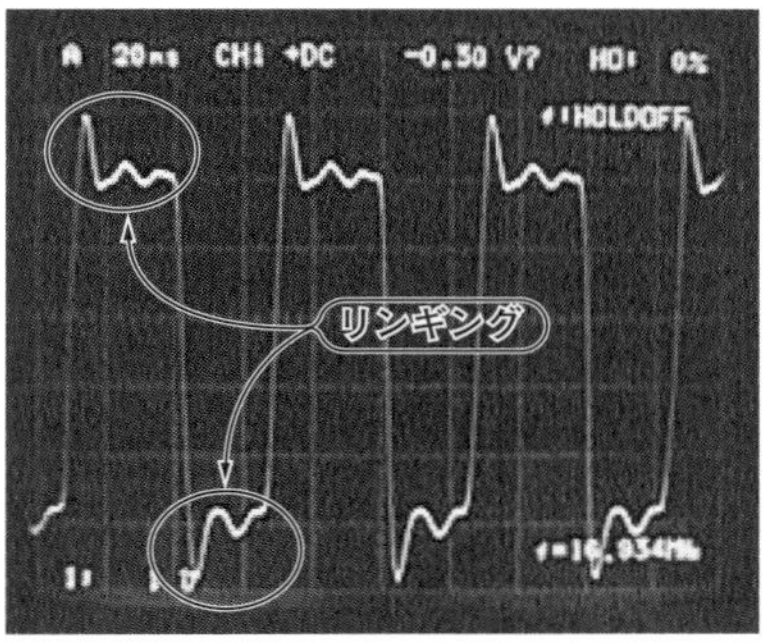

写真1 リンギングを生じたクロック波形
(20 ns/div., 1 V/div.)

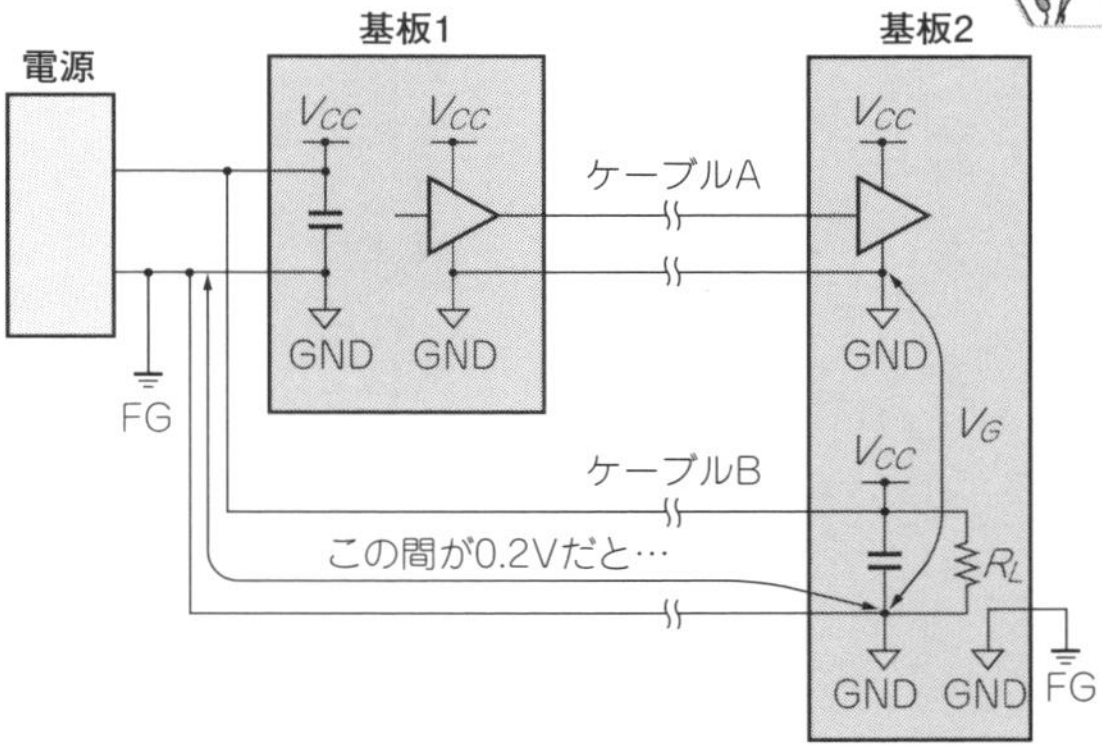

図13 共通インピーダンスによってトラブルが生じる例

1 リセットとクロック

これらは，ほとんどのディジタル回路に存在する最も基本的な信号です．

● リセット

まずはリセット回路が確実に動作しているかチェックします．

(a) パルス幅が設計どおりになっているか
(b) リセットがネゲートされるタイミングでチャッタリングが発生していないか
(c) クロストークによるノイズの重畳がないか
(d) 各デバイスの入力ピンでスキューがないか

などをチェックします．複数のリセット信号を使って，各回路ブロックをシーケンシャルに起動するように設計している場合は，各リセット信号のインターバルが設計どおりになっているかもチェックします．

また，リセット回路が最小パルス幅を考慮した設計になっていない場合は，リセットに必要なクロック数が確保できない細いリセット・パルスが発生し，回路が正常にリセットされずに，予期せぬ誤動作を引き起こすこともあります．

● クロック

一方，クロックについては発振器の起動時間をまずチェックします．当然ですが，リセットがネゲートされるよりも早く安定に発振している必要があります．

そして，リセットがネゲートされるまでに，デバイスを初期化するために必要なクロック数が十分確保できているかもチェックします．次に電圧レベルとシンメトリをチェックします．スプレッド・スペクトラムやスキュー・コントローラを使っている場合は，出力側でチェックします．

さらに各デバイスの入力ピンで**写真1**のようなリンギングが生じてないかチェックします．各入力ピンでチェックするのは，配線パターンごとに反射の状況が異なるからです．

2 電源電圧

電源周りのトラブルは意外と多いものです．また，実に多種多様の奇怪な症状を引き起こすことがよくあります．

● 電圧の許容差

まず最初にチェックすべきなのは電圧の許容差です．使用するデバイスの推奨動作条件に入っていることはもちろんです．

リセットICの動作電圧の許容差も注意が必要です．例えば，リセットICの動作電圧が4.5 ± 0.25 Vの場合，電源電圧の許容差は5 ± 0.25 Vに入っていなければなりません．

● 電圧降下による影響

通常のスイッチング電源は，5 ± 0.25 V程度の許容差をもっているので，配線の導体抵抗やコネクタの接触抵抗による電圧降下によっては，動作条件を守れなくなります．この電圧降下量は流れる電流によって変化するので，回路の消費電流の変化によって時々リセットがかかるという症状が起こってしまいます．

電源から基板までのケーブルの導体抵抗やコネクタの接触抵抗の影響をなくす方法としては，リモート・センシングができる電源を使う方法があります．しかし，一つの電源で複数の基板に電源を供給している場合には有効ではありません．このような場合は，各基板にDC-DCコンバータを載せる方法があります．

3 共通インピーダンス

● リターン電流がグラウンド電位の差異を発生させる

回路を実機に組み込むと，信号グラウンドと電源グラウンドがさまざまな経路で接続されます．また，EMI対策のために信号グラウンドや電源グラウンドをフレーム・グラウンドに多点接続する場合もあります．これらのグラウンドを流れるリターン電流が思わぬ経路を流れ，グラウンド電位の差異を発生させる要

APP3 ディジタル回路のトラブル対策…原因追及と対策の手順

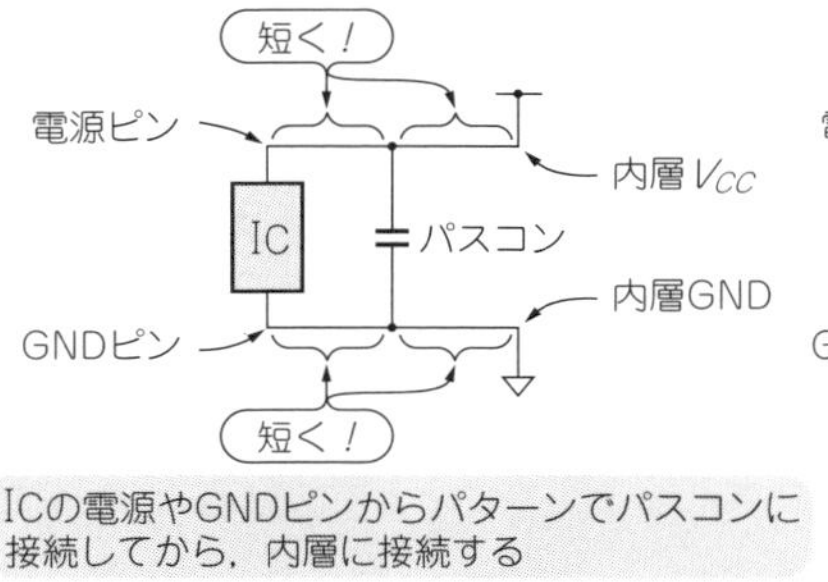

(a) パスコンとの接続方法

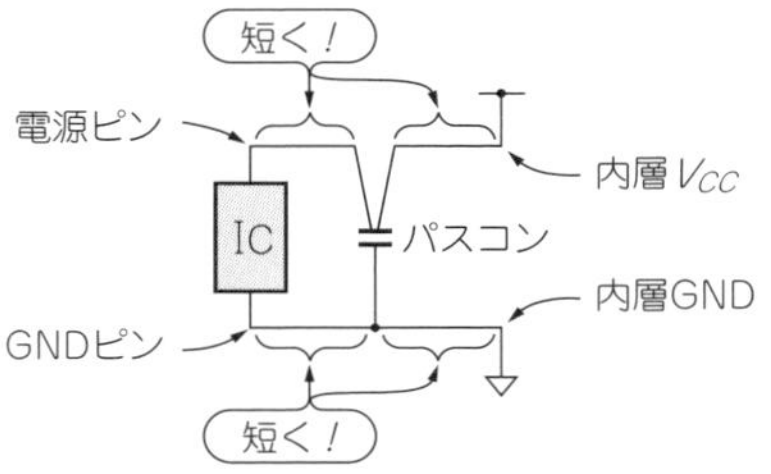

(b) 3端子コンデンサの使い方

図14 パスコンの効果的な使い方

因となる場合があります．

● **トラブルが生じる回路の例**

例えば**図13**のような回路を想定します．わかりやすくするために基板間の例を挙げていますが，同じ基板内でも同じような問題が発生する可能性があります．

図中のケーブルAは信号伝送を，ケーブルBは電源供給を目的としています．つまり，ケーブルBのV_{CC}側から流れ出た電流はケーブルBのGND側にすべて戻ってくることを期待していますし，ケーブルAの信号線を流れる電流はケーブルAのGND側を戻ってくることを期待しています．さらに，フレームには電流が流れなくて，回路全体のGND電位がフレームの電位に安定することだけを期待しています．

もし，そのとおりであれば基板1と基板2のグラウンド電位は等しくなるはずです．しかし現実にはそうなりません．当然ですがケーブルA，ケーブルB，フレームを流れる電流の値は，各々のインピーダンスに逆比例します．つまり，各々のリターン経路の電圧降下が等しくなるということです．例えば，ケーブルBのGND側の電圧降下が0.2 Vだったとすると，基板1と基板2のグラウンド電位は0.2 Vの電位差(V_G)があるということになります．もし，基板1の信号線のLレベル出力電圧と基板2のLレベル入力電圧の設計上のマージンが0.2 Vしかなかったら，実際にはマージンがないことになります．

もっと不幸な場合には，ケーブルBのGND側が接触不良を起こしても，ケーブルBのV_{CC}側から供給された電源電流はケーブルAのGND側とフレームを経由して流れてしまい，不安定ながらも回路は動いてしまいます．そして時々，再現性の低い不可解なトラブルが発生してしまうのです．

● **対策**

このようなトラブルを未然に防止するためには，ケーブルBの電圧降下を抑えるために，できるだけ太いケーブルを複数本使って接続することです．そして，接触不良のリスクを少しでも回避するために，コネクタのコンタクト数も複数にします．

4 グラウンド・バウンス

共通インピーダンスは，直流的なグラウンド電位の差異を引き起こすだけでなく，デカップリングが不十分な場合には交流的なグラウンド電位の変動も引き起こします．その代表例がグラウンド・バウンスです．

これはグラウンド電位に高い周波数のノイズ電圧が重畳する現象です．回路の動作が不安定になるだけでなく，EMIノイズの輻射レベルを悪化させる要因にもなります．

● **対策**

グラウンド・インピーダンスを低くすることと，電源インピーダンスを低くすることが対策です．前者はグラウンド・パターンの強化やフレーム・グラウンドへの多点接地など，後者はデカップリングの強化などで対策します．

具体的には**図14(a)**のようにICの電源やGNDピンを最短距離でパスコンに接続してから内層パターンに接続します．ICの電源やGNDピンが複数ある場合は，すべてのピンにパスコンを配置します．パスコンには，高周波特性の良い積層セラミック・コンデンサを使います．3端子コンデンサを使うとさらに効果的です．この場合は**図14(b)**のように使います．

検査成績表に記入する

■ 書類をまとめる

幾多のトラブルを乗り越えて設計した回路が完動したら，試作図面を修正して量産出図に備えます．しかし，これだけではまだ仕事は終わっていません．

きちんと前出の検査成績表(**図2**)に記入しましょう．検査成績表には総合判定が合格であることを一番始めに記入します．そしてその後に，その根拠として検査仕様書に定められた検査項目ごとに評価した結果と合否判定結果を順に記入していきます．さらに，添付資料としてテスト・ベンチの回路図やソース・コード，

計測器の形式と校正日，シミュレーション環境ファイルなどをまとめておきます．

ここまでやっておけば，量産移行後に万一のトラブルに遭遇しても検査漏れの再チェックに手間取ることがありませんし，テスト環境も再現できます．

■ トラブルとその解決方法を記録して財産にしよう！

最後に一番大切なことは，これまで経験したトラブルとその解決方法をノウハウとして記録しておくことです．

多くの労力と時間を使ってトラブルに取り組んだ体験は，何にも勝る貴重な財産です．ぜひとも自分自身のスキルアップに役立て，次回の設計時には同じトラブルに遭遇しないように，設計の初期段階で高い設計品質を得られるようになりたいものです．

〈中 幸政〉

用語解説　Column 2

● カバレッジ

検証がどの程度なされたかを示す指標です．本来の目的からいうと，設計仕様全体に対して機能が検証された範囲の割合を評価すべきですが，このような抽象的な定義では定量的な評価ができません．そのため，PLDの論理設計では，全体のソース・コードに対してシミュレーションが実行されたソース・コードの割合を指すことが多く，コードに対するカバレッジであることを明示するためにコード・カバレッジともいいます．

代表的なシミュレータは，カバレッジ解析リポートを出力できます．単なるパーセンテージだけでなく，ソース・コードのどの部分が実行されなかったなどのいろいろな解析機能をもっています．

● テスタビリティ

狭義にはシミュレーションの容易性をいいます．例えば，ビット数の大きなカウンタがオーバーフローしたことを検出してイベントを発生させる回路があったとします．この回路をシミュレーションするには，すべてのビットをトグルさせるために無数のクロックを必要とするため，シミュレーションに時間がかかりすぎて現実には困難です．

カウンタを特定の値にプリセットする回路を追加しておけば，少ないクロック数でオーバーフローを発生させ，後段の回路をシミュレーションできます．この例では全ビットのキャリ回路をテストできるとは限りませんが，後段の回路はテストしやすくなったので，全体としてはテスタビリティが向上したといえます．もちろん，全ビットに任意の値をロードできるようにしておけば，1ビットずつキャリ回路をテストできます．

テスタビリティは，カバレッジのように定量化する一般的な指標はなく，概念的なものである．このため，広義には，基板全体や装置全体の検査の容易性をいうこともあり，基板や装置のテスタビリティを高めるための回路をPLDに組み込むことも少なくない．このような広い範囲のテスタビリティを考慮した設計をするためには，ディジタル回路設計能力だけでなく，システム設計能力も必要となってくる．

● レーシング

レジスタのセットアップ・タイムとホールド・タイムが確保できなかった時にレジスタの出力が一時的に発振してしまう現象です．

発振している時間が短いので，同期回路では論理的な誤動作が発生することはあまりありません．しかし，後段の回路に伝播するとクロックに同期したグラウンド・バウンスを誘発するなどのトラブルが発生することがあります．

● イリーガル・ステート

ステート・ダイヤグラムで定義した各ステートに割り付けたステート・レジスタのコード以外のコードをいいます．つまり，使っていないコードのことです．例えば，ステート・ダイヤグラムで定義したステートが六つで，ステート・レジスタが三つの場合，ステート・レジスタが取り得る状態は八つあるので，二つの状態はステート・ダイヤグラムで定義されていないステートです．これをイリーガル・ステートといいます．

設計上はイリーガル・ステートに遷移することはないはずですが，万一イリーガル・ステートに遷移した場合の動作は，論理合成ツールが合成したステート・マシンのステート・エンコーダの回路に依存するので，HDLのソース・コードからは予測できません．

高い信頼性を求められる回路では，イリーガル・ステートの動作もソース・コードに記述することがあります．当然，ステート・エンコーディングを論理合成ツールに任せられないので，列挙タイプを使わずに`constant`を使って記述します．〈中 幸政〉

第8章　抵抗器のQ&A

Q1「カラー・コード」って何？

A　リード付き抵抗器には，**写真1-1**のように，カラフルな色の帯が付いているものがあり，この色の帯をカラー・コードといいます．この色の帯は抵抗値と許容差を示しています．

▶4本線の場合

第1，第2線が公称抵抗値の有効数字を示し，第3線は倍率を示します．第4線は抵抗値の許容差を示します．　例）赤赤橙金：22000 → 22 kΩ ±5%

▶5本線の場合

第1，第2，第3線が公称抵抗値の有効数字を示し，第4線は倍率を示します．第5線は抵抗値の許容差を示します．　例）黄紫緑赤茶：47500 → 47.5 kΩ ±1%

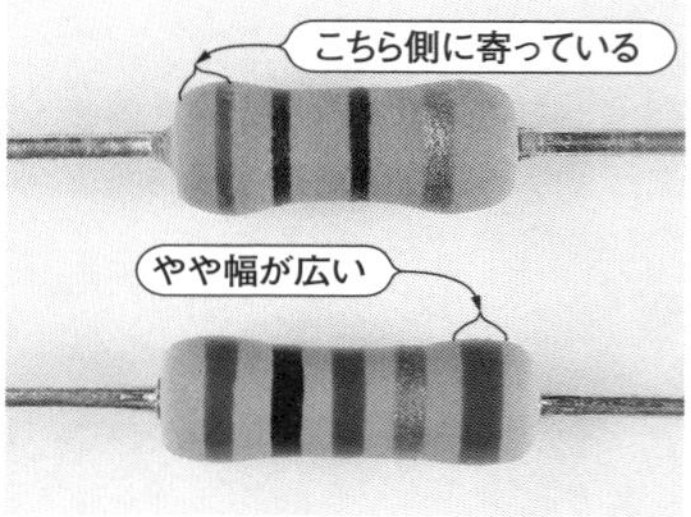

写真1-1　カラー・コードが付いた抵抗器

カラー・コードの左右どちら側が第1線かは，4本線の第1線は，第4線に比べてリード線側に寄っていることから見分けられます．5本線では，第4線と第5線の間が他の線間よりすこし広くなっています．また，第5線が少し幅広になっている場合もあります．

カラー・コード表を**表1-1**に示します．　〈守谷 敏〉

表1-1　カラー・コードと数値の対応

色	数値	倍率	許容差
黒	0	1	－
茶	1	10	± 1%
赤	2	100	± 2%
橙	3	1000	± 0.05%
黄色	4	10000	－
緑	5	100000	± 0.5%
青	6	1000000	± 0.25%
紫	7	10000000	± 0.1%
灰	8	－	－
白	9	－	－
金	－	0.1	± 5%
銀	－	0.01	± 10%
なし	－	－	± 20%

Q2 角形チップ抵抗器の表示はどのように読むの？

A　**写真2-1**のように，角形チップ抵抗器の表面には3桁ないし4桁の英数字が表示されています．この文字は抵抗値を示します．

▶3桁表示の場合

左から第1，第2数字が公称抵抗値の有効数字を示し，第3数字はそれに続く0の数を示します．Rは小数点を示し，LはmΩ単位の小数点を示します．

例）153：15000 → 15 kΩ
　　1R5：1.5 → 1.5 Ω
　　2L0：2.0 m → 2 mΩ

▶4桁表示の場合

左から第1，第2，第3数字が公称抵抗値の有効数字を示し，第4数字がそれに続く0の数を示します．Rは小数点，LはmΩ単位の小数点を示します．

例）1542：15400 → 15.4 kΩ
　　R100：0.10 → 0.1 Ω
　　2L00：2.0 → 2 mΩ

なお，小さなサイズの角形チップ抵抗器には表示のないのが一般的で，通常1005サイズ以下は表示がありません．　〈守谷 敏〉

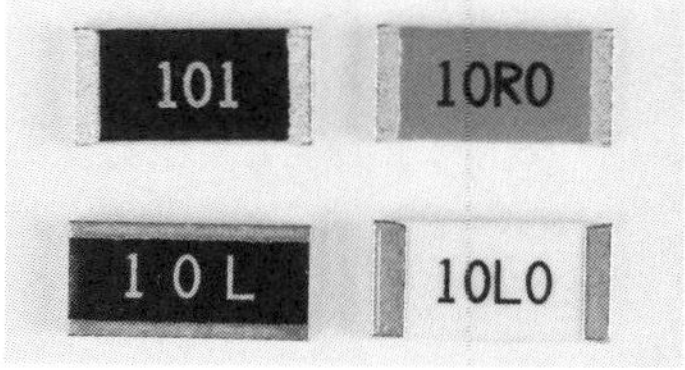

写真2-1　角形チップ抵抗器の表示例

Q3 負荷軽減（ディレーティング）曲線って何？

A 抵抗器は電力を加えることにより発熱します．抵抗器はとても小さな電熱器なのです．そのため，使用温度範囲内であっても，定格電力を100%かけると抵抗器の発熱によって搭載した基板が焦げたり，時にははんだ付けした部分が溶けたり，抵抗体が焼損して断線するといった問題が発生することがあります．

このような問題を避けるために，使用温度が高い場合は，抵抗器に加える電力を軽減して使います．

温度と負荷電力の軽減の関係を示すのが負荷軽減曲線です．抵抗器は形状，材質などによって放熱の状態が変わるので，負荷軽減曲線も抵抗器によって変わります．

図3-1の角形チップ抵抗器の例では，抵抗器の周囲温度70℃までは定格電力に対して電力を100%付加できますが，それ以上の温度では155℃で負荷が0%（無負荷）になるように，または125℃で0%（無負荷）になるように軽減曲線に沿って付加できる電力が変わります．また，定格電力に対し100%付加できる周囲温度の最高値を定格周囲温度といいます．**図3-1**の場合には，70℃が定格周囲温度となります．

〈守谷 敏〉

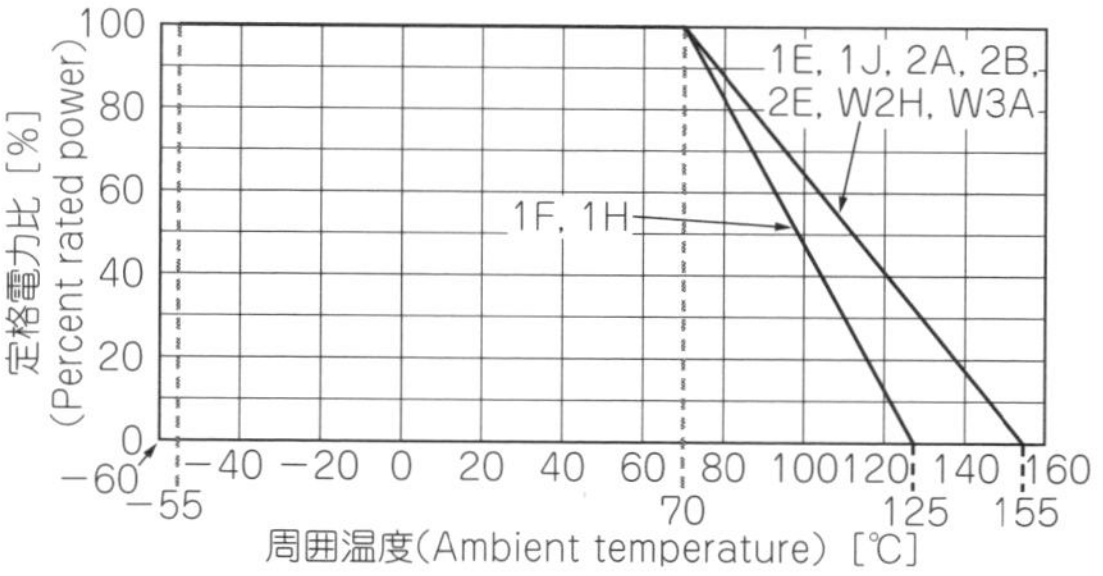

図3-1　角形チップ抵抗器の負荷軽減曲線

Q4 抵抗器の電極間にはどのくらいの電圧を印加できる？

A 抵抗器の電極間にはオームの法則に従い，次の電圧を印加することができます．

$V=\sqrt{P \times R}$
V：定格電圧［V］→**図4-1**の①
P：定格電力［W］
R：公称抵抗値［Ω］

しかし，抵抗値が高くなってくると，電極間にはかなり大きな電圧が印加されることになります．

電極間に大きな電圧が印加されると，電極間でショートしたり，抵抗体が電圧に耐えきれずに導電破壊したりといった現象が起きてしまいます．そのため，連続使用できる電圧の最高値が決められています．それが最高使用電圧（→**図4-1**の②）です．最高使用電圧は，抵抗器の種類や大きさによって，それぞれ定義されています．

また，定格電圧と最高使用電圧が等しくなるところの抵抗値を，臨界抵抗値（→**図4-1**の③）といいます．臨界抵抗値以下では計算により求めた定格電力を，それ以上では最高使用電圧を印加することができます．

〈守谷 敏〉

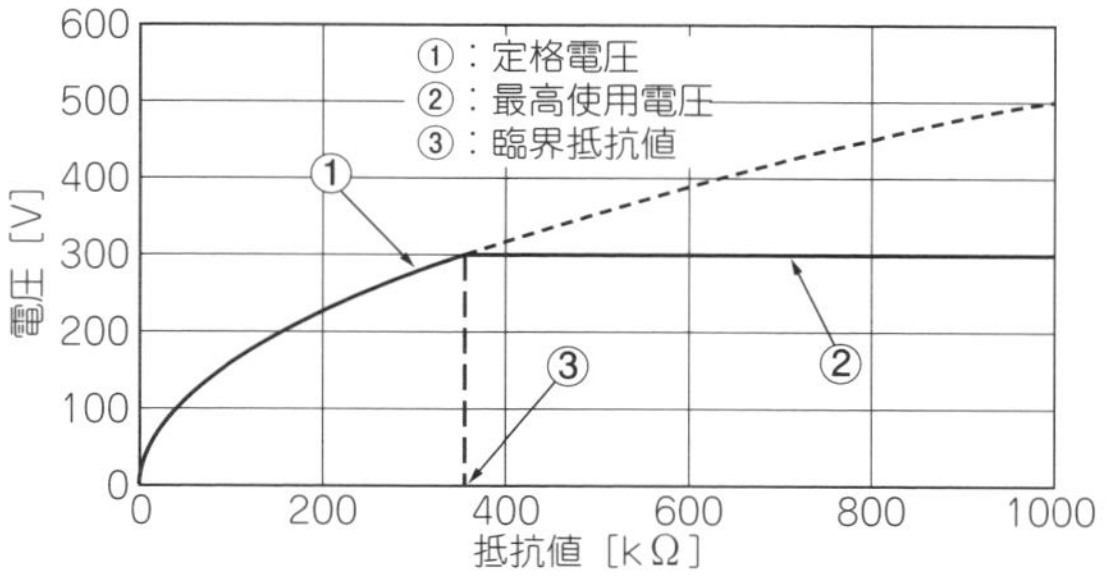

図4-1　定格電圧と最高使用電圧

5 抵抗温度係数（T.C.R.）とは？

抵抗器の抵抗値はいつも一定ではありません．温度によって抵抗値は変わります．この変化の大きさを1℃当たりの百万分率で表したものが抵抗温度係数(T.C.R.：Temperature Coefficient of Resistance)です．

$$\text{T.C.R.}(\times 10^{-6}/\text{K}) = \frac{R - R_0}{R_0} \times \frac{1}{T - T_0} \times 10^6$$

T：試験温度［℃］，T_0：基準温度［℃］
R：試験温度T［℃］における抵抗値［Ω］
R_0：基準温度T_0［℃］における抵抗値［Ω］

例えば，25℃で公称抵抗値100 kΩ，抵抗温度係数±100×10^{-6}/Kの抵抗器は，使用温度範囲－55～＋155℃では98.7 k～101.3 kΩの間で抵抗値が変化します．

抵抗温度係数は抵抗体の材質によって決まる値であり，一般的に金属皮膜は抵抗温度係数が小さな抵抗体です(**表5-1**)．

なお，この抵抗温度係数は，温度によって抵抗値が直線的に変化することを示すものではありません．

〈守谷 敏〉

表5-1　抵抗体材質によるT.C.R.の違い

抵抗体材質	T.C.R.(×10^{-6}/K)
炭素皮膜	－1300～＋350
金属皮膜	±5～±200
メタル・グレーズ皮膜	±25～±350
酸化金属皮膜	±200～±300

6 ゼロ・オーム抵抗器とはどんな抵抗器？

ゼロ・オーム抵抗器はジャンパ抵抗器ともいわれます．回路基板のパターンをクロスさせるジャンパとして使用したり，回路的に抵抗が必要ないときに抵抗値“ゼロ”として実装したり，GNDなどのパターンとパターンを接続したりするのに使用します．

ゼロ・オーム抵抗器はゼロ・オームと呼ばれるように，抵抗値表示も“ゼロ”となっていますが，実際は0ではなく数十mΩの小さな抵抗値を持っています．したがって，この抵抗器には定格電流として最大で流せる電流値が決められています．

定格電流は抵抗器のサイズによって決まりますが，最大でも数A程度ですから，大電流が流れる回路で使用するときには注意が必要です．また，回路基板のGNDパターンを接続するときには，ゼロ・オーム抵抗器で接続する場合と回路基板のパターンで接続する場合では，わずかな抵抗値の違いによりGNDパターンを流れる電流経路が異なるため，不要輻射に影響することがあるので注意が必要です．

〈赤羽 秀樹〉

7 抵抗器でどのように電流値を検出するの？

抵抗器に電流を流すと，オームの法則によって抵抗器の両端に電圧が発生します．この電圧値を抵抗値で割れば，その抵抗器に流れる電流値を知ることができます．

抵抗器で電流を検出する場合には，電流値を直接測るのではなく，抵抗器に流れた電流による電圧降下を測定して，抵抗器に流れている電流値を検出します(**図7-1**)．

電流を流したときの電圧降下を大きくすると，抵抗器での消費電力が大きくなります．特に大電流を検出する場合には，抵抗器の消費電力が大きくなるために過大な発熱が問題となります．

そのため，できる限り小さな抵抗値を使用して検出しますが，電圧降下の値が小さい場合には，差動増幅回路で検出電圧を増幅して使用します．

〈赤羽 秀樹〉

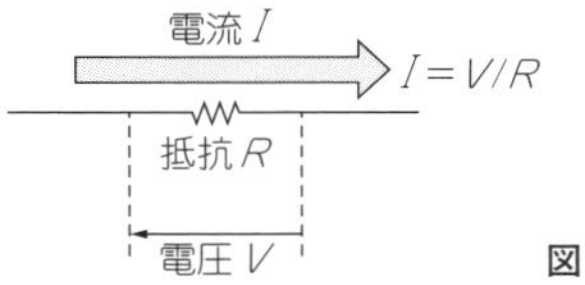

図7-1　抵抗器による電流検出

Q8 抵抗器の周波数特性について知りたい

A 周波数に対して抵抗値が変化しない抵抗器が理想的な抵抗器ですが，実際は周波数の高い領域において抵抗値が変化します．

図8-1に，厚膜タイプ角形チップ抵抗器1608サイズの周波数特性を示します．抵抗のインピーダンスの変化が抵抗値によって違っているのがわかります．抵抗値が小さい場合には，周波数が高い領域でインピーダンスが高くなり，抵抗値が大きい場合には，周波数が高い領域でインピーダンスは小さくなります．

● 抵抗器の等価回路

なぜこのような特性になるのかを抵抗器の等価回路から考えてみます．

抵抗器の簡単な等価回路のモデルは，**図8-2**のように抵抗に直列にコイルが接続され，それに対してコンデンサが並列に接続されている回路で表すことができます．実際はもっと複雑なのですが，ここではもっとも単純な等価回路で表しています．

Rは抵抗体の抵抗値，Lは抵抗器の形状で決まるインダクタンス値，Cは主に電極間の静電容量などの構造によって決まるキャパシタンス値です．抵抗値が小さい場合にはコイルのインダクタンス値が支配的になり，抵抗値が大きい場合にはコンデンサのキャパシタンス値が支配的になるため，このような周波数特性になります．

● サイズが小さいほど高周波数領域のインピーダンス変化が小さい

また，このインダクタンスLやキャパシタンスCの値は，抵抗器の構造によって決まる値であり，抵抗器のサイズが小さくなるに伴って，この値も小さくなります．

したがって，同じタイプの抵抗器では，サイズが小さいほど高い周波数領域でもインピーダンスの変化が小さくなります．

図8-3に角形チップ抵抗器のサイズ別によるインピーダンスの変化の違いを示します．サイズが小さくなると，高い周波数でのインピーダンスの変化も小さくなることがわかります．高周波回路では可能な限り小さなサイズの抵抗器を使用するか，高周波特性が良好な高周波用の抵抗器を使用するのがよいでしょう．

図8-4に高周波用角形チップ抵抗器のインピーダンス特性の例を示します．数GHz以上の高周波領域までフラットな特性を持っているので，高周波回路での使用が可能です．

〈赤羽 秀樹〉

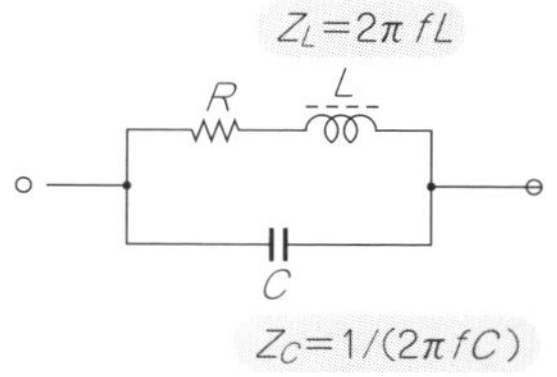

図8-2 抵抗器の等価回路

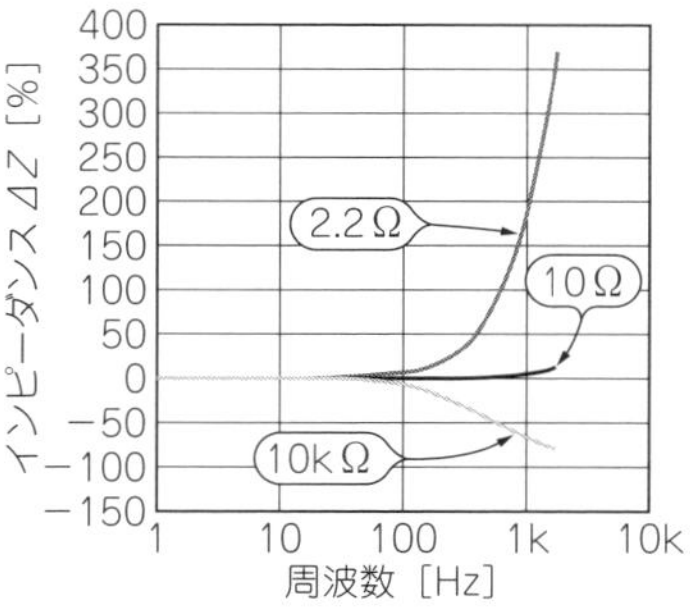

図8-1 厚膜タイプ角形チップ抵抗器(1608サイズ)**の周波数特性**

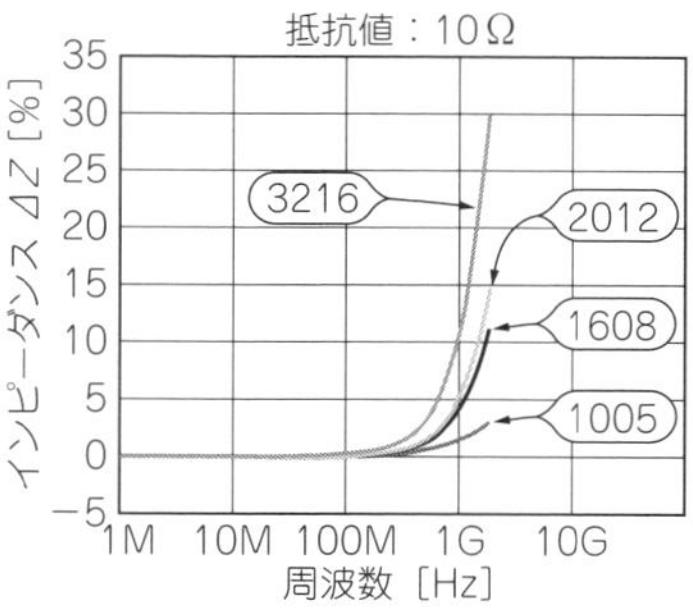

図8-3 厚膜タイプ角形チップ抵抗器のサイズ別の周波数特性

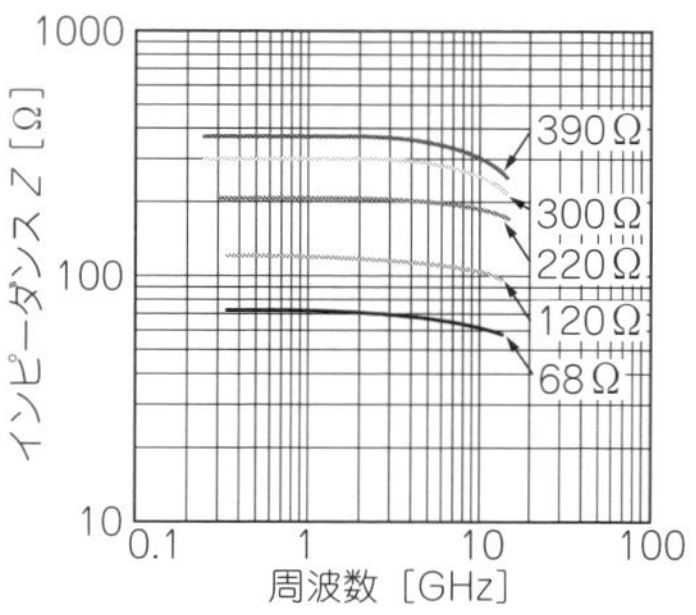

図8-4 高周波用チップ抵抗器(コーアのSHDR001)**の周波数特性**

8 抵抗器のQ&A

Q9 パルスに強い抵抗器とはどんなもの？

A パルスに強い抵抗器とは，瞬間的に大きな電力を印加しても抵抗体が損傷しにくい抵抗器です．そのためには，抵抗体の単位体積当たりに印加される電力を小さくすればよいので，抵抗体の体積が大きいことや部分的に電力が集中しないことが要求されます．同じ種類の抵抗器では抵抗体の体積が大きいほどパルスに強くなるため，サイズが大きいほうがパルスに強いといえます．

リード付きタイプの抵抗器であれば，碍子《がいし》の表面に抵抗体皮膜を形成した皮膜タイプの金属皮膜抵抗器や炭素皮膜抵抗器よりも，金属の抵抗線を碍子に巻き付けた巻き線抵抗器のほうがパルスに強いです．また，セラミックスの抵抗体を用いたソリッド・タイプのセラミックス抵抗器は，非常にパルスに強いです．

面実装タイプの抵抗器では，一般的には金属皮膜チップ抵抗器よりも抵抗体皮膜が厚い厚膜チップ抵抗器（メタル・グレーズ皮膜）のほうがパルスに強くなります．

そのほか，構造を工夫することによりパルスに強くした耐パルス厚膜チップ抵抗器もあります．また，電流検出用の金属板チップ抵抗器は，抵抗体が金属板でできており，パルスに非常に強いです．

● **用途**

瞬間的に大きな電流が流れる回路の電流制限用抵抗器や静電気（ESD：Electrostatic Discharge）が印加されやすい回路に使われます．〈赤羽 秀樹〉

Q10 高精度な抵抗器とはどんなもの？

A 高精度な抵抗器とは，一般的に抵抗値許容差とT.C.R.（抵抗温度係数）が小さい抵抗器をいいます．

表10-1に抵抗器の種類別の抵抗値許容差とT.C.R.の一般的な値を示します．抵抗値許容差は抵抗値を調整する加工により決まりますが，T.C.R.は抵抗体の種類によって決まります．金属皮膜や金属箔を抵抗体とした抵抗器は，T.C.R.が非常に小さく高精度な抵抗器といえます．

また，抵抗器は電力を印加して使用すると，時間とともに抵抗値が変化します．これを抵抗値の経時変化といい，この経時変化量も抵抗体の種類によって異なります．一般的には金属箔や金属皮膜，金属線の抵抗体は抵抗値の経時変化量が小さくなっています．電気回路で要求される精度に対して，どの抵抗器を使用すればよいかが決まってきます．

図10-1に高精度抵抗器を使用する回路例を示します．いずれも使用する抵抗器の比が決められた値になることが重要であり，抵抗値許容差が小さければ小さいほど抵抗値の比のばらつきを小さくできます．

表10-1 抵抗器の種類による抵抗値許容差とT.C.R

タイプ	種類	抵抗体	抵抗値許容差［%］	T.C.R.［×10^-6/K］
面実装タイプ	箔チップ抵抗器	金属箔	±0.01～±0.5	±0.2～±10
	薄膜チップ抵抗器	金属皮膜	±0.05～±1	±5～±100
	厚膜チップ抵抗器	メタル・グレーズ	±0.1～±20	±25～±800
リード・タイプ	箔抵抗器	金属箔	±0.001～±1	±0.2～±15
	金属皮膜抵抗器	金属皮膜	±0.01～±1	±2.5～±100
	巻き線抵抗器	金属線	±0.25～±10	±20～±500
	酸化金属抵抗器	酸化金属	±1～±5	±200～±300
	炭素皮膜抵抗器	炭素（カーボン）	±2～±5	±350～－1300

また，回路の周辺温度が変化すると抵抗値はT.C.R.によって変わってしまうので，T.C.R.の小さな抵抗器を使用すると温度ドリフトの小さな回路を設計することができます．〈赤羽 秀樹〉

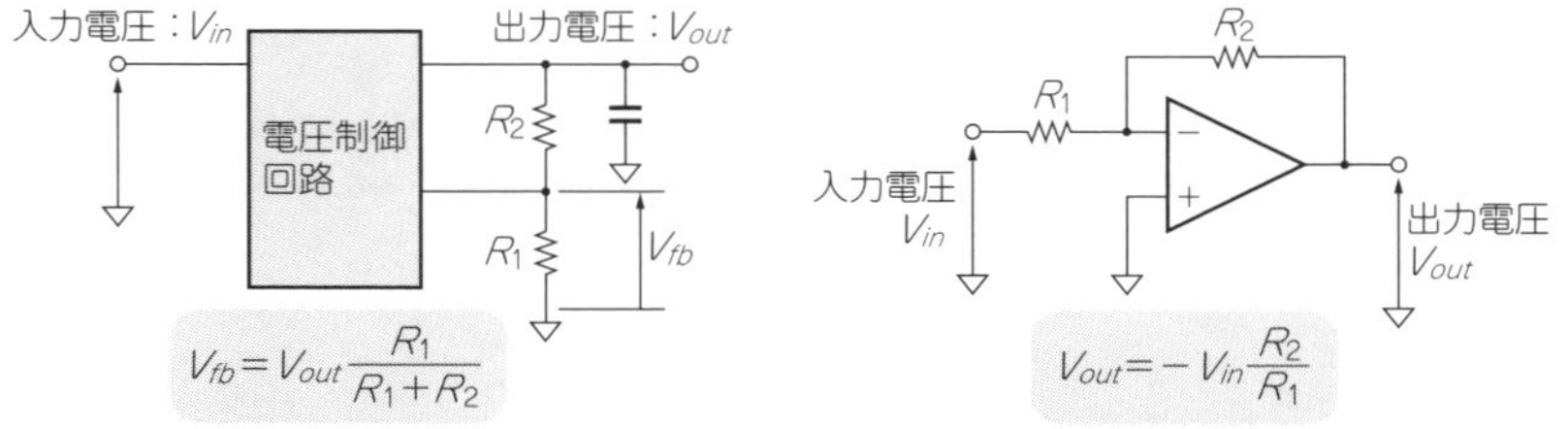

図18-1 高精度抵抗器が使用される回路例

(a) 分圧回路の例（電源電圧のフィードバック回路）

(b) 増幅回路の例（OPアンプの反転増幅回路）

Q11 相対精度を保証した高精度複合抵抗器はどのようなメリットがある？

A 高精度抵抗器には，ペア(OPアンプのペア抵抗など)や複数の抵抗を持つ高精度複合抵抗器があり，各抵抗の抵抗値許容差とT.C.R.の絶対精度および相対精度を保証しています．

抵抗値許容差の相対値を保証しているということは，分圧回路の分圧比を決める抵抗や増幅回路の増幅率を決める抵抗に使用した場合に，各抵抗値の比をより精度良く決めることができ，また，ばらつきを小さくすることができます．

T.C.R.の相対値を保証しているということは，周辺温度の変化に対して同じ割合で抵抗値が変化するので，各抵抗値の比の変化を小さくでき，回路の温度ドリフトを小さく抑えた設計ができます．

回路の精度を必要とする計測器や産業機器など，周辺温度の変化が大きい環境で使用する機器では，高精度複合抵抗器を使用すると精度の良い回路設計が可能になります．

写真11-1に高精度複合抵抗器の外観を示します．

〈赤羽 秀樹〉

(a) リード・タイプ(MRP)　(b) チップ・タイプ(CNN)　(c) モールド・タイプ(KPC)

写真11-1 いろいろな高精度複合抵抗器

Q12 チップ抵抗器の温度上昇を抑えるにはどうしたらいい？

A 抵抗器は電気エネルギを熱エネルギに変換する素子です．電力を消費させれば必ず発熱し，消費電力に比例して温度が上昇します．抵抗器の温度上昇を抑えるためには，発生した熱をよりよく放熱させる必要があります．チップ抵抗器の場合，発熱した熱の多くはチップ抵抗器の電極から回路基板の銅箔パターンへ伝達されて放熱します．

したがって，**図12-1**のように抵抗器が実装されているランド・パターンを大きくしたり，接続されているパターンの幅を広くすると放熱性が良くなり，温度上昇を抑えられます．

また，銅箔パターンの箔厚を厚くしたり，回路基板の裏面にべたパターンを形成したり，多層基板であれば内層にべたパターンを形成するなど，回路基板の熱伝導をより良くすることによって抵抗器の温度上昇を抑えられます．

最近では構造を工夫することによって放熱性を良くし，より高電力で使用できる高電力チップ抵抗器があります．**図12-2**に，高電力チップ抵抗器の例を示します．この長辺電極チップ抵抗器は長方形の長い辺に電極を形成することにより，発熱部から電極までの距離を短くできます．大きな電極によって多くの熱を回路基板に伝達でき，通常のチップ抵抗器に比べて抵抗器自身の放熱性が良くなっています．そのため，通常の同サイズのチップ抵抗器よりも定格電力を大幅にアップして使用することができます．

〈赤羽 秀樹〉

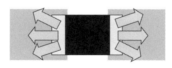

(a) 銅箔パターンが細いと放熱性が悪い　(b) 銅箔パターンが広いと放熱性が良い

図12-1 銅箔パターンによるチップ抵抗器の放熱性の違い

図12-2 長辺電極チップ抵抗器
WK73シリーズ(コーア)

13 リニア正温度係数抵抗器とはどんな抵抗器?

精度の良い抵抗器は周囲温度が変化しても抵抗値の変化が小さい，すなわち抵抗温度係数(T.C.R.)が小さいですが，リニア正温度係数抵抗器は周囲温度に対して抵抗値がほぼ比例して変化する抵抗器です.

同じような特性の素子にサーミスタがありますが，サーミスタは周囲温度の変化に対して，ある温度で急激な抵抗値変化となったり，指数関数的な抵抗値変化となります.

リニア正温度係数抵抗器は広い温度範囲においてほぼ直線的に抵抗値が変化するのが特徴です．**図13-1**にリニア正温度係数抵抗器の抵抗温度特性例を示します．抵抗温度係数は数百 $\times 10^{-6}$/K ～ 5000 $\times 10^{-6}$/K 程度があり，用途に応じて抵抗温度係数と抵抗値を選定して使用します.

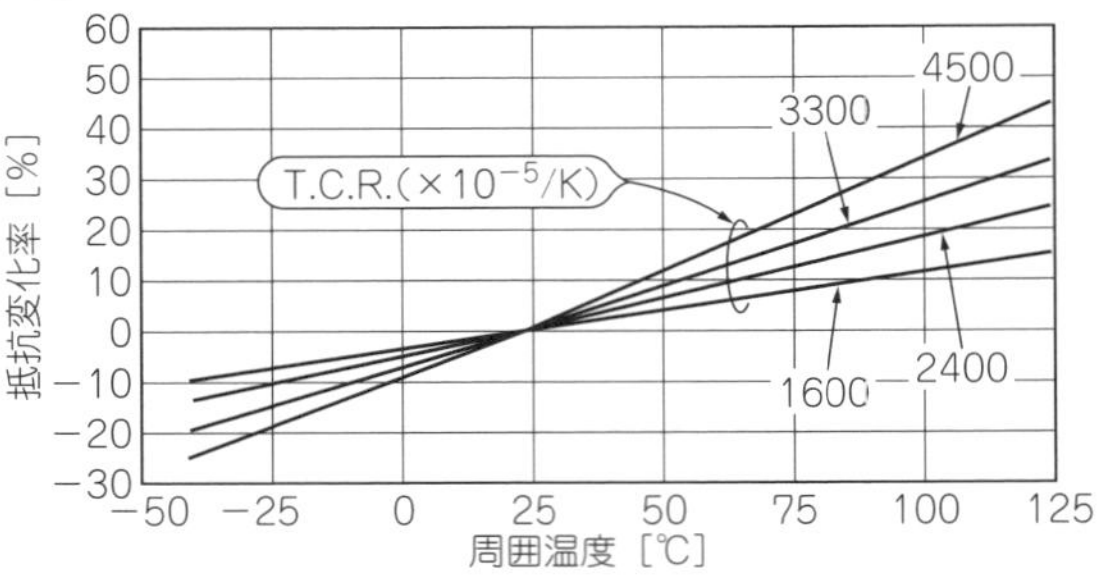

図13-1　リニア正温度係数抵抗器の抵抗温度特性の例

● **用途**

リニア正温度係数抵抗器は温度によって抵抗値が変化するので，温度の検出に使用したり，回路が温度ドリフトしてしまう場合の温度補償などに使用します.

温度検出用途では，抵抗温度係数が大きいものを使用します．温度補償用途では，温度ドリフトの程度と使用する回路によって，抵抗温度係数の値を選んで使用します.

〈赤羽 秀樹〉

14 「電蝕」ってどんな現象?

かつて学生時代に理科の実験で，水の電気分解を行ったことのある人もいるのではないでしょうか．電解質を入れた水に白金電極を入れ，電気を流すと陽極から酸素が，陰極から水素が発生するというものです．これと似た現象が抵抗器でも起こります．抵抗器の塗装の内側に，湿気を含んだ空気や水分が浸入した状態で抵抗器を使い続けると，陽極側では酸素が発生する代わりに抵抗体がイオンとなって溶け出していきます．そして最後には抵抗体がなくなり，断線してしまいます.

このようすは，電気によって抵抗体が蝕《むしば》まれていくように見えるため電蝕といい，電蝕によって引き起こされた断線を電蝕断線といいます．電蝕断線は抵抗値が高いほど発生しやすくなります．これは抵抗値が高い抵抗体は，皮膜が薄く細いパターンで形成されているため，短い時間で抵抗体が溶けてしまうからです.

電蝕は主に炭素皮膜，金属皮膜で発生します．電蝕を防ぐには，はんだ付けした後の抵抗器をよく洗浄して電解質成分を除き，抵抗器を防湿封止するなどの方法をとります．また，ほかの特性に問題がなければ，メタル・グレーズ皮膜などといったイオン化しにくい抵抗体の抵抗器に置き換えることも対策になります.

〈守谷 敏〉

15 「硫化」ってどんな現象?

メタル・グレーズ皮膜を抵抗体とした角形チップ抵抗器に発生する現象です．硫黄を含む雰囲気中で抵抗器を使用した場合に，保護膜と電極の間から硫黄が入り込み，内部電極材質の銀と反応を起こします．この反応を硫化といい，生成した硫化銀は導電性がないので抵抗器は断線してしまいます.

硫黄は温泉や火山の近くで硫化ガスとして含まれるほか，重油などの燃焼によっても発生します．また，ゴム製品は弾性や強度を確保する目的で硫黄を加えてあるものがあります(これを加硫という).

そのため，このような雰囲気や製品の近くで角形チップ抵抗器を使用する場合には，抵抗器を樹脂封止するなどの対策を施す必要があります．また，近年は内部電極材質に銀ではなく，硫化しない金属を用いた耐硫化タイプや，内部電極部分へ硫黄が入り込みにくい構造にした耐硫化タイプの角形チップ抵抗器が製品化されています.

〈守谷 敏〉

Q16 可変抵抗器を選ぶには，形と抵抗値が合っていればいいの？

A

● 可変抵抗器の使い方で性能が変わる

信号の大きさや直流レベルを調整するとき，ボリュームやトリマと呼ばれる可変抵抗器を使います．ラジオの音量ボリュームのように機器のパネルに取り付けられてツマミが付いているものもあれば，基板上に取り付けられていて，機器の出荷調整時以外は，ほとんど触ることがないものもあります．

この可変抵抗器の接続のしかたには，レオスタット接続と，ポテンショメータ接続の2つがあります．似たように見えますが，性能を引き出すには使い分けが必要です．

● 違い…接続のしかた

▶レオスタット(可変抵抗)接続

図16-1(a)のように，可変抵抗器を調整したときに，A-B間の抵抗値が変化するような接続をレオスタット接続と呼びます．

レオスタットは，真空管のフィラメントの電流を調整するために使った可変抵抗器のことです．フィラメントと直列に入れた抵抗の値を変えて電流を調整しました．

▶ポテンショメータ(電位差計)接続

図16-1(b)のように，A-B間に電圧を加えて，C-B間から電圧を取り出すようにした接続をポテンショメータ接続と呼びます．

図の等価回路のように，2本の抵抗で電圧を分圧する回路と同じです．A-B間の電圧は一定ですが，B-C間の電圧が変化します．

● 可変抵抗器の構造…抵抗体とスライダで抵抗値が決まる

図16-2に一般的な可変抵抗器の構造を示します．

セラミックなどでできた基板の上に抵抗体があり，金属製のスライダが抵抗体の上を滑ることで任意の抵抗値や分圧比に設定できます．

▶抵抗体

抵抗体は炭素皮膜，金属皮膜，金属酸化物を焼結したサーメットなどが使われています．

炭素皮膜は温度係数が大きいので，音量調整など，精度や温度変化がそれほど重要でないところに使われます．業務用音響機器には寿命が長く，摺動《しゅうどう》雑音が小さい導電プラスチック製の抵抗体などが使われます．

金属皮膜は精度が良く，温度係数が小さいのが特徴です．皮膜が薄いので，頻繁に調整するところには向きません．

基板上の小型トリマはサーメットを使ったものが多く，特性もまずまずです．

▶スライダ

スライダは音響用では炭素系のものもありますが，一般的には酸化しにくい貴金属を使って接触安定性を確保しています．

● スライダの接触抵抗が問題だ！

スライダは材質や構造を工夫して接触を安定にしていますが，抵抗体にばねで押さえつけられているだけで，そもそも動く構造なので，固定抵抗器の電極に比べると接触抵抗そのものが大きいうえに，抵抗体との接触が安定していません．

つまり，スライダ電極と直列に接触抵抗R_Sが入っています．しかも，このR_Sが不安定なのです．

▶レオスタット接続ではR_Sがもろに影響する

レオスタット接続では**図16-3**のように，A-B間の

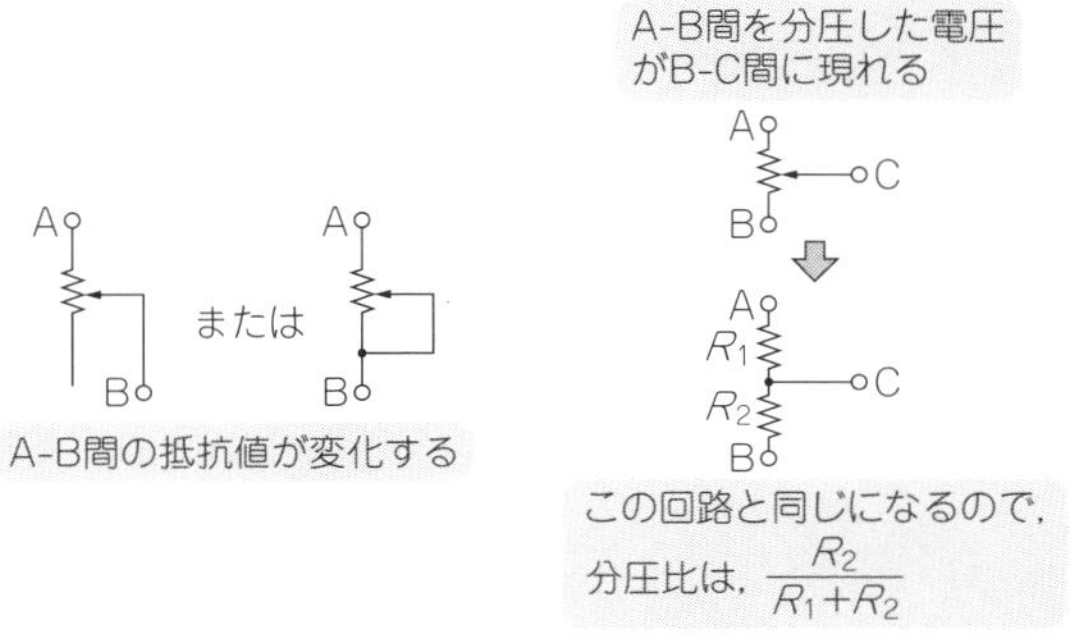

(a) レオスタット(可変抵抗)接続

(b) ポテンショメータ(分圧器)接続

図16-1 可変抵抗器には2つの接続のしかたがあり，性能が違う

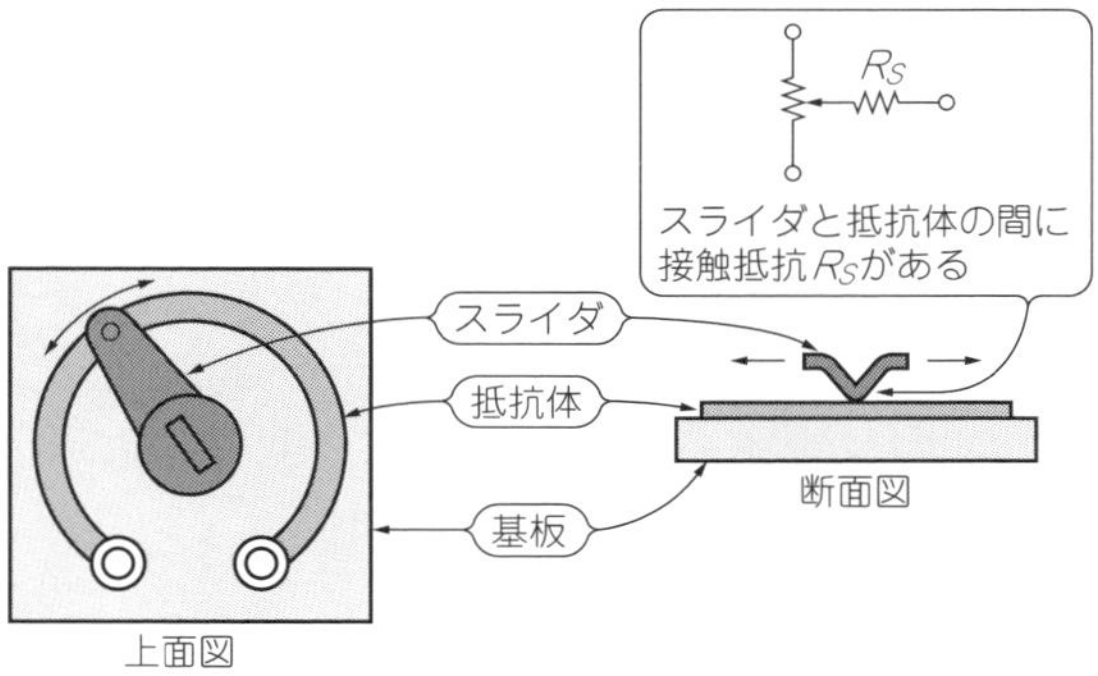

図16-2 可変抵抗器の構造

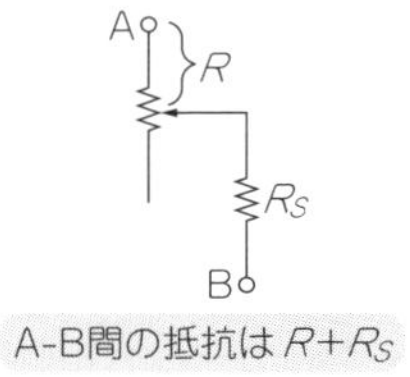

図16-3 レオスタット接続と接触抵抗R_Sの関係

正味抵抗Rにスライダの接触抵抗R_Sが直列になった合成抵抗になる

抵抗値は可変抵抗器の抵抗体の正味抵抗Rにスライダの接触抵抗R_Sが直列になった合成抵抗です.

Rが大きいときはR_Sの影響は小さいのですが，Rが小さくなるとR_Sの影響が目立ってきて，おおむね可変抵抗器の全抵抗が1 kΩ以下になるとR_Sが無視できなくなります．安価なトリマなどを使うと，基板をちょっとたたくと出力電圧がふらつきます．

● 高い精度で分圧したいならポテンショメータ接続を使うべし

分圧回路の分圧比を調整するために可変抵抗器を使う場合，**図16-4(a)**のようにレオスタット接続した可変抵抗器と固定抵抗Rを使って分圧すると，スライダの接触抵抗R_Sが分圧比に影響するため安定度が悪くなります．

その点，**図16-4(b)**のようにポテンショメータ接続にすれば，出力電圧V_{out}を受ける回路の抵抗値が高ければR_Sの影響は小さくなります．精度良く分圧したければ，なるべくポテンショメータ接続を使うほうが有利です．

● スライダに電流を流さないように回路を工夫する

OPアンプ回路で電圧ゲインや信号レベルを調整するために可変抵抗器を使うことがあります．

可変抵抗器のスライダに電流を流さなければ，不安定な接触抵抗の影響を受けません．回路を工夫して，スライダに電流を流さないような回路構成にします．OPアンプの入力端子はインピーダンスが高く，ほとんど電流が流れないため，可変抵抗器のスライダをOPアンプの入力だけに接続します．

図16-5は，反転増幅回路と非反転増幅回路で電圧ゲインを調整するために可変抵抗器を使った例です．

図16-5の上の回路は，どちらもスライダに電流が流れるので，接触抵抗R_Sの影響を受けます．

その点，**図16-5**の下の回路はスライダがOPアンプの入力端子だけに接続されているため，ほとんど電流が流れずにR_Sの影響を受けません．調整もスムーズで振動にも安定した動作をすることができます．

OPアンプ回路に可変抵抗器を使うときは，できるだけ**図16-5**の下の回路にしましょう．　**〈登地 功〉**

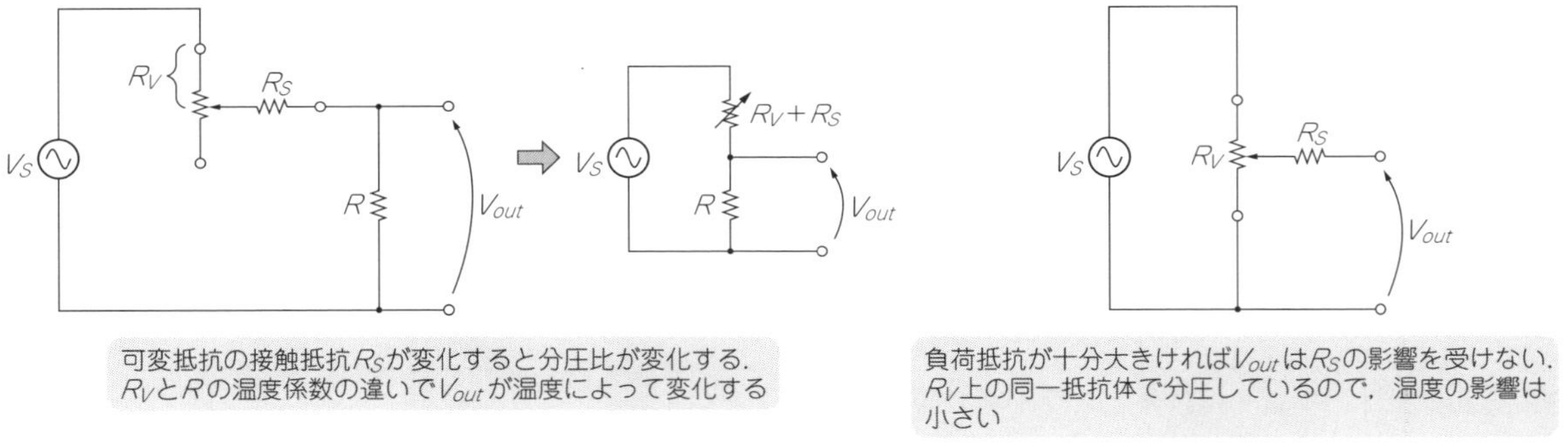

(a) レオスタット接続　(b) ポテンショメータ接続

図16-4　ポテンショメータ接続の分圧器は分圧値の温度安定度が高い

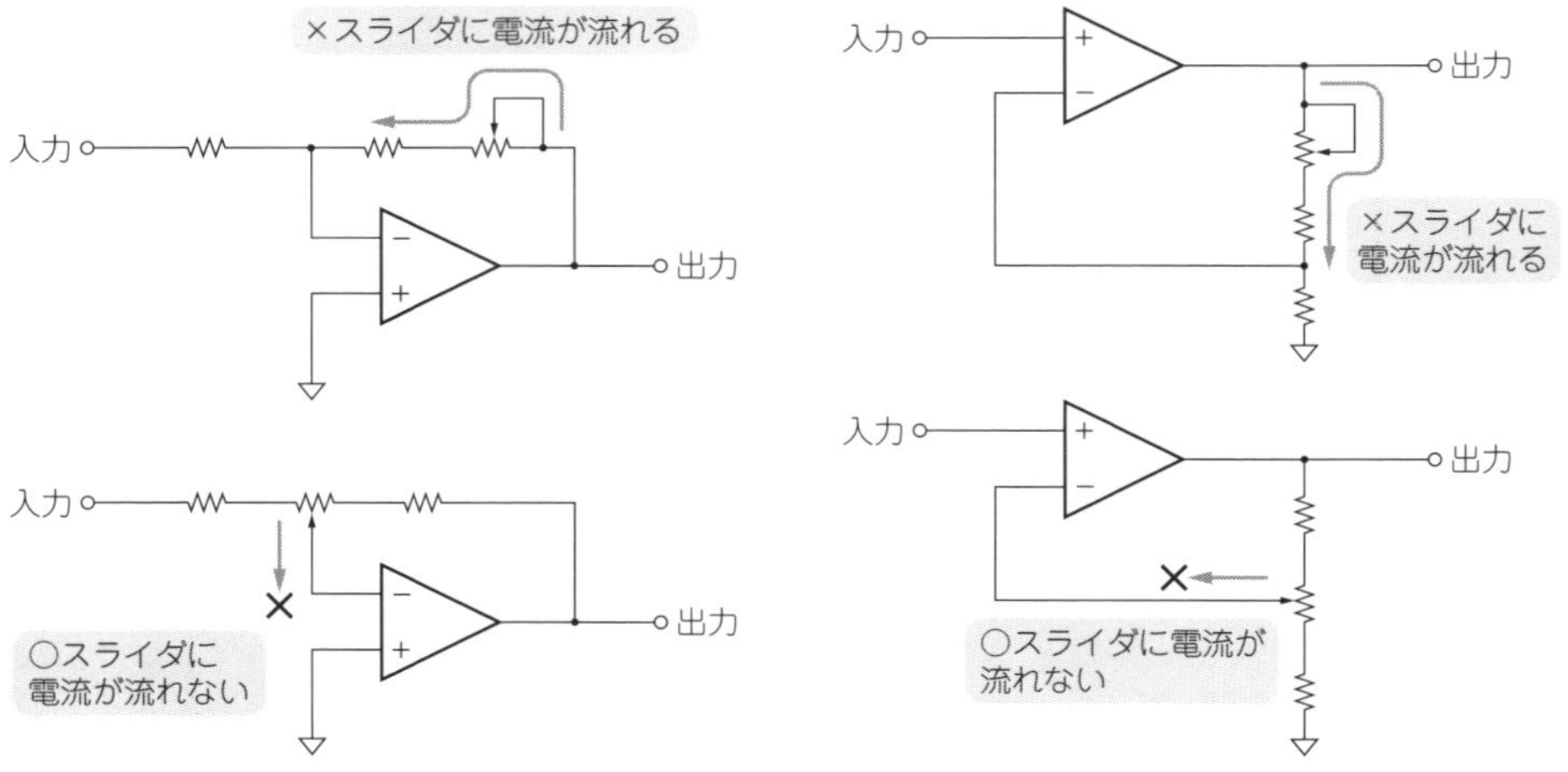

(a) 反転増幅回路　(b) 非反転増幅回路

図16-5　OPアンプ回路ではスライダを入力端子に接続すると接触抵抗R_Sの影響を受けにくくなる

第9章 コンデンサのQ&A

セラミック・コンデンサ

Q1 「セラミックス」って何？

A 「セラミックス」とは，簡単にいうと「やきもの」のことです．私たちの身近にある「やきもの」としては，茶碗や湯のみに代表される陶磁器があります．

このセラミックスには，①錆びない，②燃えない，③硬い，という優れた特徴があります．これらの特徴は金属やプラスチックにはまねのできないもので，私たちの生活のなかでも大いに役立っています．

しかし，茶碗を落とせば簡単に割れてしまうように，セラミックスは「もろい」という性質も併せ持っています．セラミックスのこの短所を克服した材料が「ファイン・セラミックス」です．

ファイン・セラミックスは，細かくて純度の高い素原料を使って1000℃以上の高温で制御された状態で焼き上げられ，原子レベルでその性能をコントロールされた，まったく新しい「やきもの」です．ファイン・セラミックスは天然には存在しない性質・性能を持たせることができます．

ファイン・セラミックスには，構造材料として使われるものと機能材料として使われるものがありますが，セラミック・コンデンサなどの電子部品には後者の機能材料が使われています．電子部品に活用されているファイン・セラミックスの種類を**図1-1**にまとめます．

〈堀 俊男〉

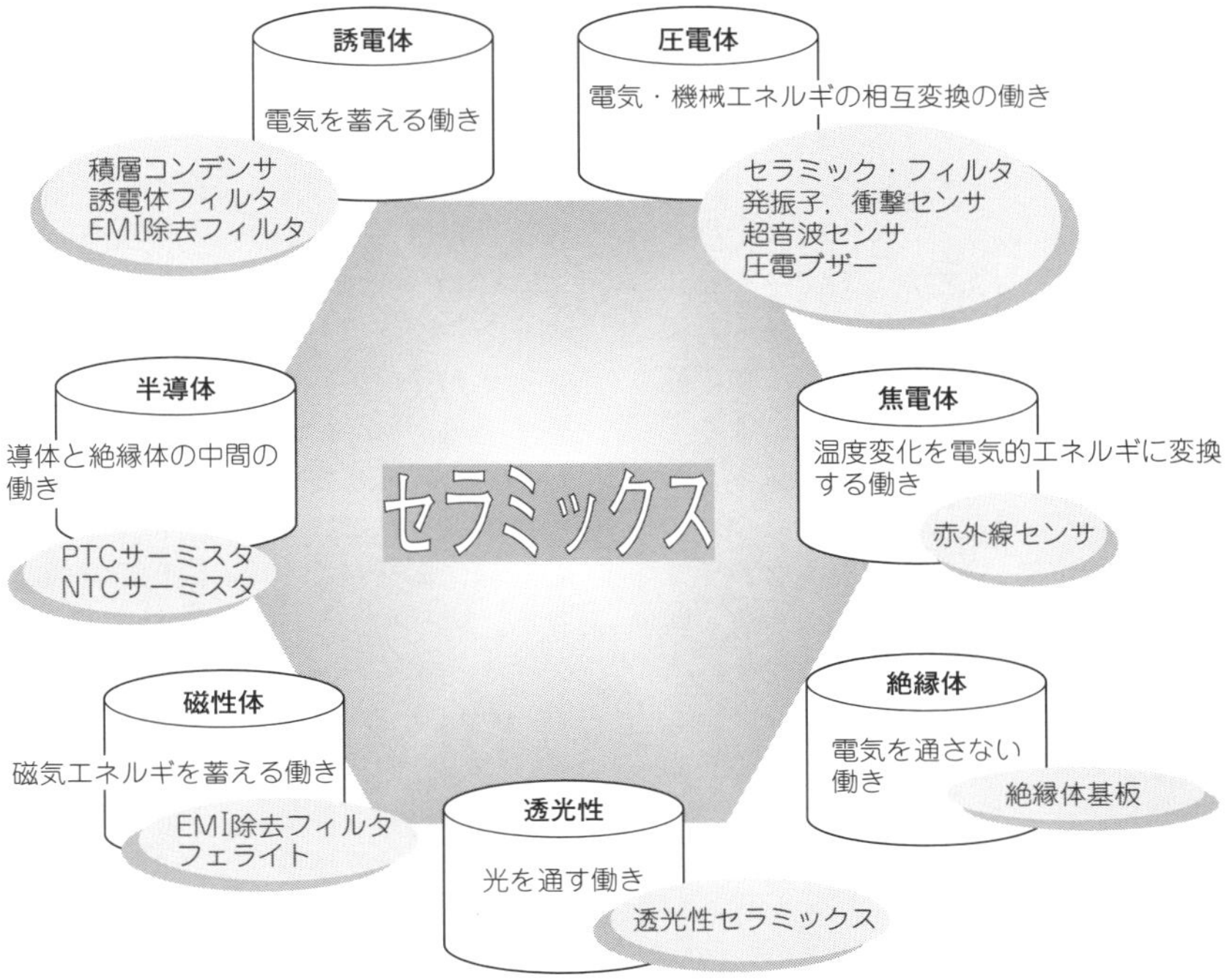

図1-1　電子部品に活用されているファイン・セラミックスの種類

Q2 セラミック・コンデンサの構造を知りたい

A　セラミック・コンデンサの代表例として，チップ積層セラミック・コンデンサが挙げられます．

チップ積層セラミック・コンデンサは，セラミック誘電体と内部電極を層状に積み重ねて一体化し，同時に焼成した上で，角柱形状の両端に外部電極を形成した外観を有しています．

層状に積み重ねられたセラミック誘電体と内部電極の各層がコンデンサ素子を構成します．外部電極によってこれらコンデンサ素子を並列に接続することで，小型でありながら大容量を得ることが可能となります．

図2-1に内部電極と外部電極の関係を示す断面図を，**図2-2**に立体構造図を示します．また，チップ積層セラミック・コンデンサの外観例を**写真2-1**に示します．

〈渋谷 光樹〉

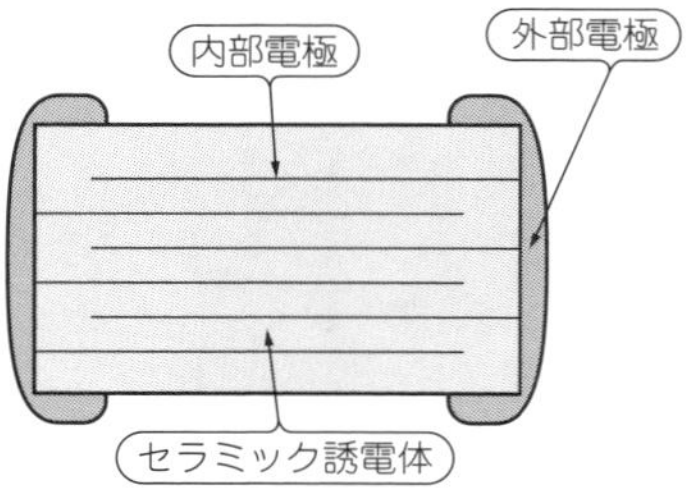

図2-1　チップ積層セラミック・コンデンサの断面図

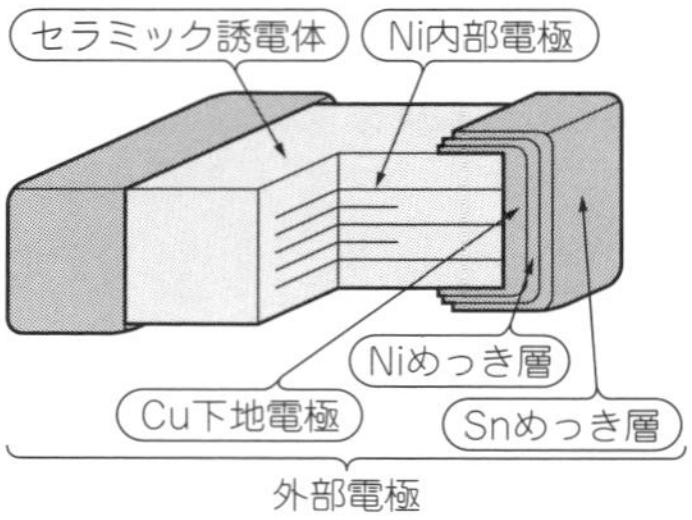

図2-2　チップ積層セラミック・コンデンサの立体構造図

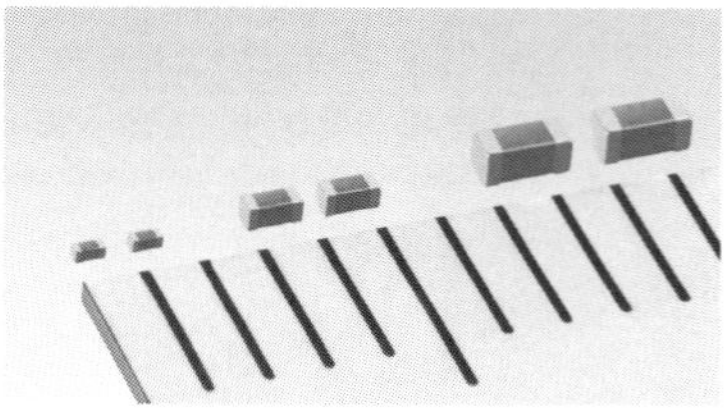

写真2-1　チップ積層セラミック・コンデンサの外観例

Q3 セラミック・コンデンサの長所と短所は？

A　セラミック・コンデンサは，ほかのコンデンサに比べて電極構造がシンプルです．このことから，寄生インダクタンスが小さく高周波特性に優れており，量産性が高いです．

セラミック誘電体は，耐熱性に優れ，耐電圧・絶縁抵抗が高く，信頼性に優れています．しかし，静電容量値や誘電正接(tan δ)《タンデルタ》値などが温度や電圧によって変化することがあります．また，過度な熱的ストレスや機械的ストレスが加わった場合は，クラックなどの破壊を起してショートに至るという面も持ち合わせています．実使用時には，それらの特徴をよく理解した上で，回路設計や実装に注意することが重要です．

各種コンデンサごとに取りうる静電容量範囲は異なるので，ここでは共通する静電容量値として1 μF品を比較します(**表3-1**)．

● セラミック・コンデンサの長所

① 各コンデンサの中で最も小型形状で，かつ高い定格電圧を実現しており，電子機器の回路における実装密度向上/信頼性向上に役立ちます．参考に，セラミック・コンデンサの1 μF品について代表的なサイズおよび定格電圧を**表3-2**に示します．

② コンデンサの持つ寄生インダクタンス成分(等価直列インダクタンス)や損失分(等価直列抵抗)が各コンデンサの中で最も小さいため，高周波におけるインピーダンスが低く抑えられています．

回路上で発生するノイズや電圧変動を抑制/除去する性能に優れています．また，フィルム・コンデンサと同様に極性がないため，回路配線時の設計自由度が高いという利点もあります．

● セラミック・コンデンサの短所

① チタン酸バリウムを主成分とする強誘電体セラミックを使っているため，比誘電率が高いという特徴があります．単位体積当たりの静電容量を大きく取得できる反面，印加電圧や温度による静電容量変化はほかのコンデンサに比べて大きくなります．

最近は，直流電圧印加状態での静電容量値を規定す

表3-1 各種コンデンサの性能比較(1 μF品)

項目	セラミック(B特性)	フィルム	アルミ電解	タンタル電解	導電性高分子
サイズ(実装面積)	◎	△	△	◎	○
サイズ(高さ)	◎	△	△	○	△
インピーダンス	◎	○	△(ESR大, ESL大)	△(ESR大)	○
容量の温度特性	○	◎	△(低温時低下)	○	○
容量の電圧依存性	△	◎	◎	◎	◎
容量の周波数特性	◎	◎	△	△	◎
極性	なし ◎	なし ◎	あり △	あり △	
耐電圧(破壊電圧)	◎	○	△	△	
寿命特性	◎	◎	△(ドライ・アップ)	◎	◎
故障時現象	△(ショート)	○(自己回復→ショート)	○(オープン, 液漏れ)	△(ショート, 発火)	○(自己回復→ショート)
はんだ耐熱	◎	△	○	◎	◎
耐湿性	◎	○	○	○	△(絶縁劣化)

▼表3-2 セラミック・コンデンサ(1 μF品)の代表的なサイズと定格電圧

サイズ	定格電圧
0603	10 Vdc
1005	35 Vdc
1608	50 Vdc
2012	100 Vdc

る暫定規格もJEITAから発行されており，セラミック・コンデンサを選定し回路設計する際に少しでも扱いやすくなるように配慮されつつあります．

② 過度なストレス(機械的/熱的/電気的)が加わった場合の破壊モードはショート不良となります．タンタル・コンデンサのように自ら発火することはありませんが，フィルム・コンデンサや機能性高分子電解コンデンサのような絶縁不良の自己修復性は有していません．もともと信頼性が高いためそのような異常時に至るケースはまれですが，実装/回路設計時の取り扱いには注意が必要です．

〈加藤 俊一〉

Q4 セラミック・コンデンサをはんだ付けするときの注意点は？

A ● リフローはんだ付け条件

チップ積層セラミック・コンデンサを急熱急冷するとクラック発生の原因になります．急熱防止には，チップ・コンデンサと取り付け基板を予熱することが有効です．はんだとチップ表面の温度差Tの推奨条件を**図4-1**に示します．

はんだ塗布量が過剰になると，基板から機械的，熱的ストレスを受けやすくなります．また，はんだ塗布が過少になると，固着力低下によるコンデンサ脱落の原因になります．適正なフィレットを形成することが重要です(**図4-2**)．

● 加熱による定格容量の変化

チップ積層セラミック・コンデンサには，高誘電率系と温度補償用があります．

高誘電率系のコンデンサは，エージング特性により初期の静電容量が経時的に低下する特性があります．しかし，はんだ付けなどによってキュリー温度以上に加熱した後，室温に戻すと，再びもとの静電容量値に回復する特性があります．

温度補償用のセラミック・コンデンサは，加熱による容量変化はありません．

〈西村 充弘/宅和 克之〉

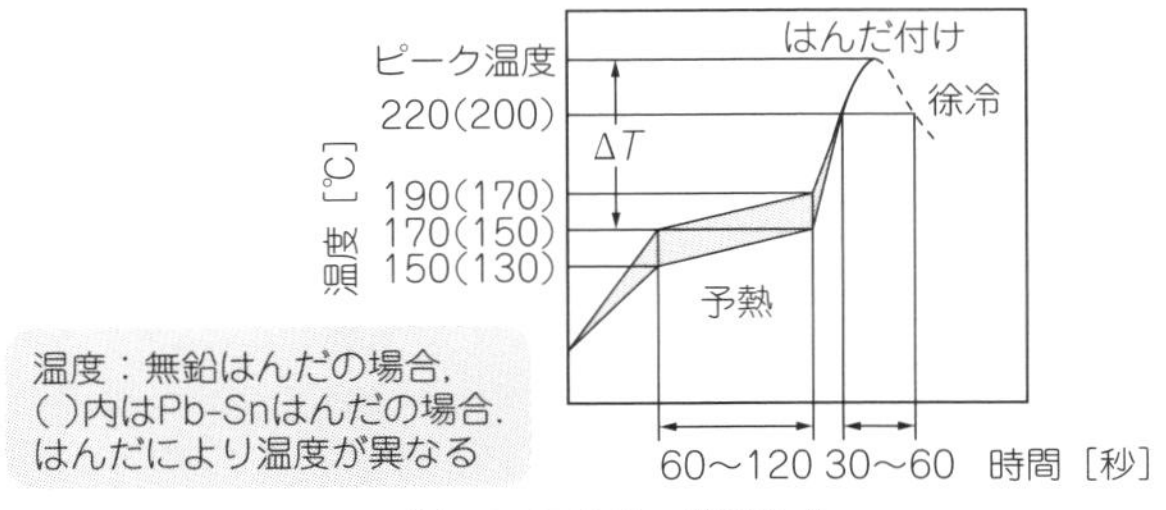

図4-1 はんだとチップ表面の温度差の推奨条件

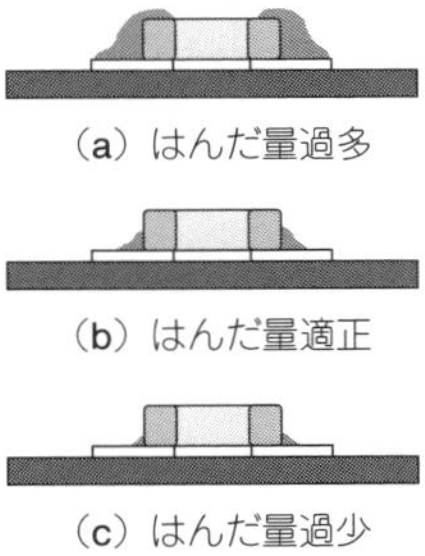

図4-2 適正なフィレットを形成することが重要

9 コンデンサのQ&A

Q5 セラミック・コンデンサにはどんな種類があるの？

A コンデンサの静電容量の定義式は，**図5-1**に示す通りです．コンデンサの静電容量Cは電極面積と誘電率に比例し，電極間に反比例します．つまり，誘電体材料（セラミックス）の比誘電率が高いほど，大容量のコンデンサが得られます．

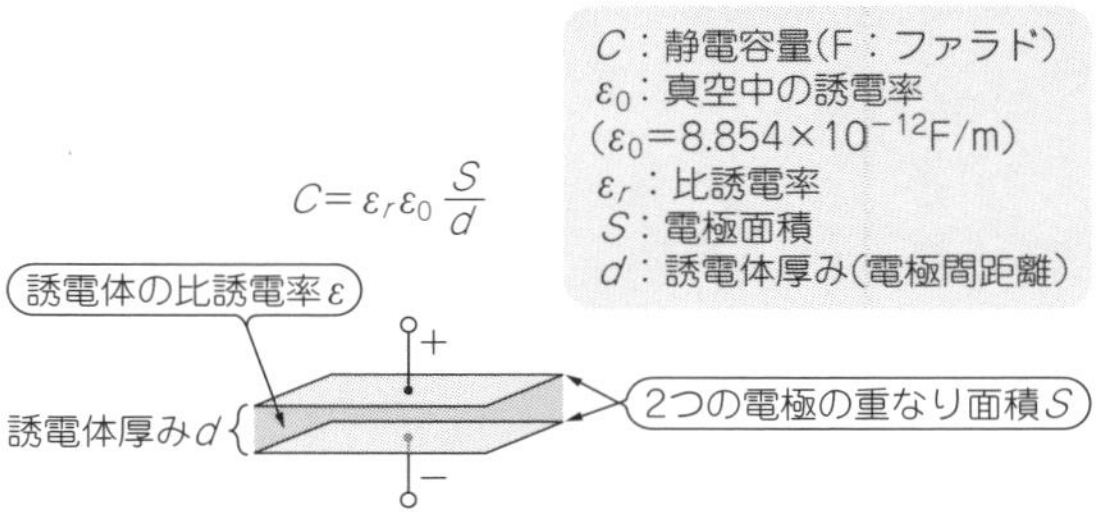

図5-1　コンデンサの容量

● 誘電体材料の種類別の特徴

セラミック・コンデンサに使用される誘電体材料は，使用目的に合った特性を持つよう調整されるため，多くの種類があります．誘電体材料の種類別の特徴を下記に記します．

▶種類1：温度補償用コンデンサ（Class1）

酸化チタンやジルコン酸カルシウムなどの常誘電体セラミックスを主原料に使っており，比誘電率は6～400程度です．温度特性の種類が多く温度補償用回路に適しています．

また，Qが高く静電容量が温度に対して安定していることから，同調回路や高精度が要求されるフィルタ回路などの高周波回路に使用されています．主に100 pF以下の製品が多く使用されています．最近は薄層化技術が進み，0.1 μF程度の容量も取得でき，フィルム・コンデンサからの置き換えも可能となっています．

▶種類2：高誘電率系コンデンサ（Class2）

主にチタン酸バリウムなどの高誘電率系のセラミックスを主原料に使っており，比誘電率は2000～10000程度です．周波数特性が優れており，広くパスコンやデカップリング回路に使用されています．

薄層化技術の進展により，10 μ～100 μFの製品が小型化されており，小型のDC-DCコンバータなど，電源の整流回路にも使用されています．一方で静電容量の電圧特性，温度特性，エージング特性を有しています．精度の高い容量値を必要とする場合は，上記特性の静電容量の変化を見込んで設計する必要があります．

〈中川 英俊〉

Q6 アナログ回路に使うコンデンサの選び方を知りたい

A ここでは，アナログ回路を一般電子機器に使用する場合を想定して，積層セラミック・コンデンサ（MLCC：Multilayer Monolithic Ceramic Capacitors）の選び方を紹介します．自動車のような安全にかかわる用途や高周波電力用途，高速無線通信・光通信関連機器に使用する場合は，メーカに問い合わせるとよいでしょう．

● 温度補償用（Class1）を選ぶ代表的回路

静電容量値が機器の動作条件を決定する回路，容量値の変動が機器の動作に影響を及ぼす回路でQ（品質係数）の高いコンデンサを必要とする回路，例えば，

- 発振回路
- 高周波増幅回路
- 各種増幅回路の発振防止用位相補償回路
- フィルタ回路

などには，CK/CJ/CH特性の温度補償系コンデンサを選びます．

また，高周波発振回路や同調回路で，回路動作の温度安定性を改善するためにコンデンサの温度特性の傾きが必要な場合があります．そのときは，各種温度特性係数（PK/PJ/PH，RK/RJ/RH）の温度補償用コンデンサを選びます．

近年の温度補償用コンデンサの容量拡大に伴い，従来フィルム・コンデンサが選択されていた，

- PLL回路のループ・フィルタ回路
- 液晶バックライト用インバータの共振回路
- オーディオ・カップリング
- 各種フィルタ回路

にも，積層セラミック・コンデンサのCK/CJ/CHやSL特性のものが選択されています．

● 高誘電率系（Class2）を選ぶ代表的回路

必要とされる周波数で低インピーダンスが必要なバイパス回路，ノイズ発生防止/吸収用としてのデカップリング回路，そして電源の平滑回路には，高周波特性に優れた高誘電率系コンデンサのB/R特性を選びます．また，カップリングやフィルタ回路にも選択可

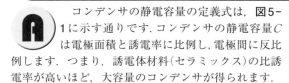

能です．

ただし，温度補償用と比較して，温度特性，DCバイアス特性，エージング特性があるので，実使用上，実効容量がどれだけ必要か確認する必要があります．そのため，静電容量値が機器の動作を決定する回路，容量値の変動が機器に影響を与える回路で使うには注意が必要です．また，圧電効果や電歪効果の懸念のある回路に関しては，メーカへ確認するのがよいでしょう．

〈白岩 則男〉

Q7 ディジタル回路に使うコンデンサの選び方を知りたい

A ディジタル回路で用いるコンデンサは，主に電源ICや負荷が動作する際の直流電源電圧の変動を制御することを目的としたバイパス(デカップリング)用です．

また，これらのバイパス・コンデンサは各能動回路(トランジスタ増幅回路やICなど)に必要とされ，負荷変動の大きさや周波数帯域によって適切な容量値を選択する必要があります．

図7-1に示すように，一般的に，セラミック・コンデンサは良好な周波数特性を持っています．

回路の周波数に合わせて高誘電率系のセラミック・コンデンサ(0.01 μ～100 μF)を複数組み合わせて使用します．低*ESL*(等価直列インダクタンス)タイプのセラミック・コンデンサが使用される場合もあります．

また，同調回路，発振回路などでは，静電容量の温度による変化が比較的直線的で，また損失も小さいという特徴を持つ温度補償用コンデンサが使用されます．

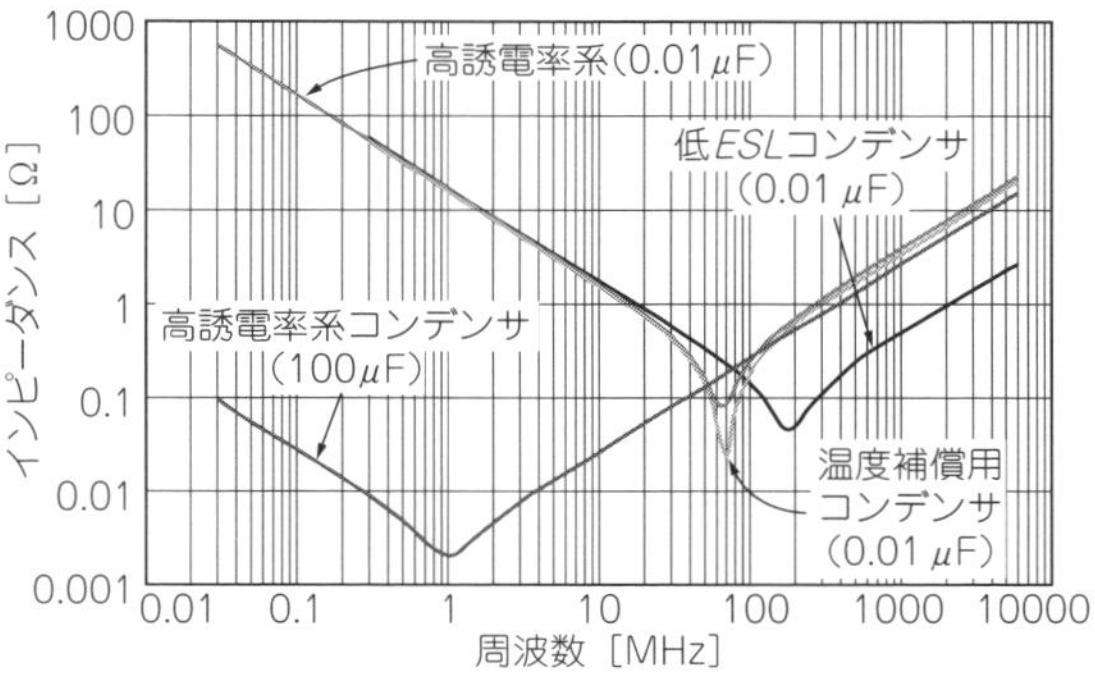

図7-1 各種コンデンサの周波数特性

温度補償用コンデンサは，容量範囲としては1 pF以下の微小容量域から0.1 μF前後の高容量域まであります．特に100 pF以下の微小容量品は，高周波回路でのマッチングやカップリング用途に使用されます．

〈筑摩 忍〉

Q8 セラミック・コンデンサには漏れ電流が流れるの？

A 積層セラミック・コンデンサの漏れ電流は，電解コンデンサなどに比べて非常に小さく，一般に漏れ電流の逆数である絶縁抵抗値で規定されています．

絶縁抵抗値の挙動について説明します．実際のコンデンサに直流電圧を印加した場合，**図8-1**に示すように直流電圧を印加した直後は充電電流と呼ばれる突入電流が流れます．徐々にコンデンサに電荷が充電されてくると，流れる電流は指数関数的に減少していきます．

漏れ電流は，吸収電流の影響が少なくなった一定時間後に流れる一定の電流です．

絶縁抵抗は，一定時間経過(例えば120秒間)後の印加電圧(定格電圧)と漏れ電流の比を表し，MΩまたはΩ･F単位で表します．

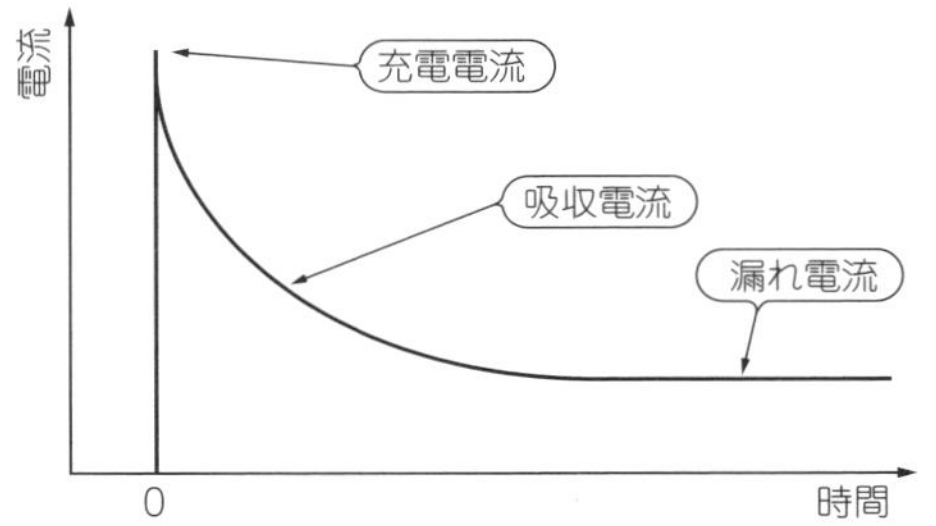

図8-1 コンデンサに直流電圧を印加した直後の電流波形

その規格値は，対象とする静電容量値によって異なっており，例えば0.047 μF以下の場合は10000 MΩ以上とし，0.047 μFより大きい場合は500Ω･F以上と，公称静電容量値と絶縁抵抗の積(*CR*積)で規定しています．

〈中川 英俊〉

9 コンデンサのQ&A

Q9 セラミック・コンデンサに寿命はあるの？

A 私たちが使っているさまざまな製品には寿命があります．一般的にその寿命特性を表すグラフとして「バスタブ・カーブ」が用いられます．このバスタブ・カーブには3つの領域（期間）があり，それぞれ「初期故障領域」，「偶発故障領域」，「磨耗故障領域」と呼んでいます．**図9-1**にバスタブ・カーブを示します．

セラミック・コンデンサの寿命特性もこのバスタブ・カーブに一致すると考えられます．以下にこれら3つの領域について説明します．

① 初期故障領域

この領域での故障は，製品に使用する材料や部品などへの異物・不良品の混入，製造工程での異物の混入，作業ミス，または実装時のダメージなど，多くの原因で所定の機能を発揮せずに短時間で破損，または機能低下を来たすような故障のことです．

② 偶発故障領域

この領域での故障は，使用材料，部品，製造工程は正常であるものの，何らかの原因で偶発的に発生する故障です．故障原因が特定できない場合が多いのですが，この領域は製品の故障率が最も低く安定している時期です．

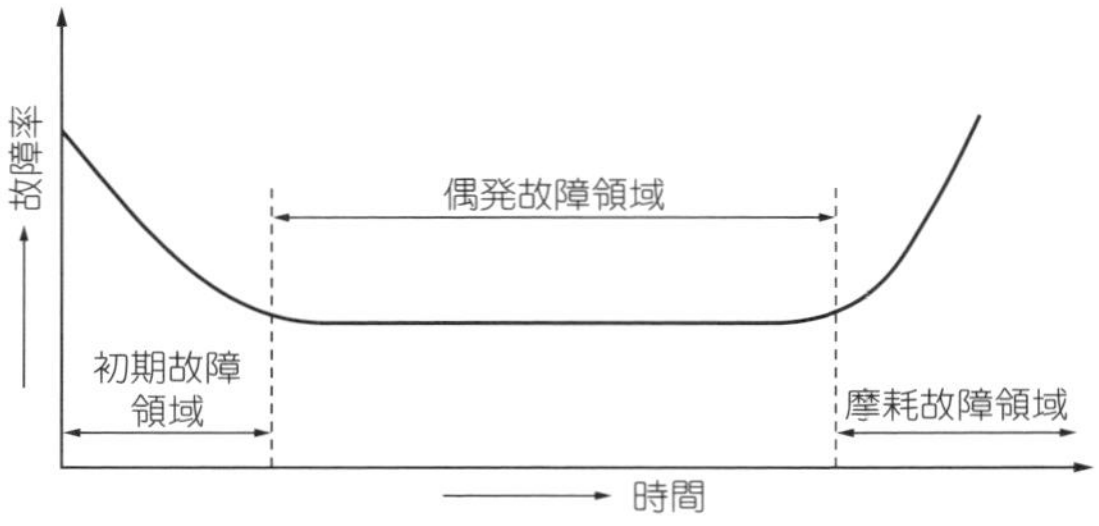

図9-1 寿命特性を表すバスタブ・カーブ

③ 摩耗故障領域

この領域での故障は，正常な使用条件下でも長時間動作させ続けると，材料が徐々に劣化して破壊に至ります．セラミック・コンデンサの場合は誘電体材料，電極材料，外装材料などの劣化により製品の機能が失われます．

しかしセラミック・コンデンサは，実使用環境では極めて安定した性能を備えています．機器の耐用年数内に摩耗故障領域に至って故障することはほとんどありません．

〈堀 俊男〉

Q10 自動車用と一般機器用では，コンデンサはどう違う？

A 自動車に対する消費者の求める製品信頼性は民生品のそれよりも高く，また期待する製品寿命も非常に長いです．必然的に自動車メーカやそこに納入する電装装置メーカは，使用する電子部品に対しても高い信頼性を求めます．

コンデンサもメーカによって手段はさまざまですが，製品設計やその目標性能，工程管理など，自動車用途向けには到達目標レベルをワンランク上位に設けている場合が多いです．

また，温度変化や静電気に対する耐性など，民生製品では一部でしか求められない自動車用途特有の要求もクリアしなければなりません．

● 自動車用は誘電体が厚い

各コンデンサ・メーカはこうした厳しい要求に応えるために民生用途品に対して設計にマージンを持たせたり，各製造工程での検査基準を特別に設けたりして高信頼性を実現しています．同じ定格電圧のコンデンサでも，自動車用途向けには誘電体の厚みを厚くするなどして絶縁性に余裕を持たせたりするのはその一例といえます．

● 自動車用は125℃での温度保証が求められる

民生製品はそのほとんどが最高使用温度85℃保証品で十分ですが，自動車用途は一般的に125℃保証まで求められています．また，エンジン直付けの回路やギア・ボックス付近など，一部125℃を超える要求も増えています．こうした要求にはセラミック原料と添加物を工夫して高温に耐える材料にしています．

● 自動車用は電極間距離をとる必要がある

民生品用途では，自動車用途と比べてより小型で安い製品が求められる傾向が相対的に強く，現在は最小で0.25 mm × 0.125 mmの製品が使われています．自動車用途では，回路内に流入するサージやESDに対してリークが起こらないようにある程度の電極間距離が必要で，コンデンサの小型品採用には慎重になっています．

〈藤井 裕也〉

Q 11 耐圧を超えた電圧を加えるとどうなる？

A

● 絶縁破壊

一般的にセラミック・コンデンサは定格電圧に対して十分に余裕を持った耐電圧性能を持っていますが，この耐電圧レベルを超えて電圧が印加されると，ある電圧で絶縁破壊を起こします．

直流，交流およびパルスなど，印加する電圧の種類によってその破壊値は異なりますが，高電圧が印加され誘電体内に局部的に弱い部分があると，そこに電界が集中して絶縁破壊が起こります．

これは，誘電体内部の局部的に弱い部分に微細なクラックが発生し，そこで電極間リークが起こり，抵抗値が数Ω～数kΩに低下してショート・モードに至るものです．

一般的に自己回復作用があるといわれているメタライズド・フィルム・コンデンサの挙動とは異なる現象です．

● 製造工程での対策

セラミック・コンデンサの絶縁破壊電圧は，電界が集中する部分の絶縁耐力によって決まります．これは誘電体，および電極の均一性，構造，形状，欠陥の有無によって左右されます．

微細な異物やピン・ホールが誘電体内部に含まれると，その部分に電界が集中することになり，結果として誘電体本来の耐電圧より低い電圧で破壊することになります．

このため，セラミック・コンデンサの製造工程では，誘電体内部のピン・ホールや異常の発生を未然に防止するために，異物混入や均一性の確保に細心の注意を払っています．

また，最終工程では定格電圧の2～3倍の電圧を印加して耐電圧試験を行い，初期故障のスクリーニングを実施しています．

＊　　＊　　＊

通常，セラミック・コンデンサやフィルム・コンデンサは，アルミ電解コンデンサやタンタル電解コンデンサに比べると，絶縁破壊電圧の定格電圧に対する余裕度が大きく，サージやパルスなどの異常電圧に対して強いという特徴があります．

各種コンデンサの直流破壊電圧の比較を**図11-1**に示します．

〈堀 俊男〉

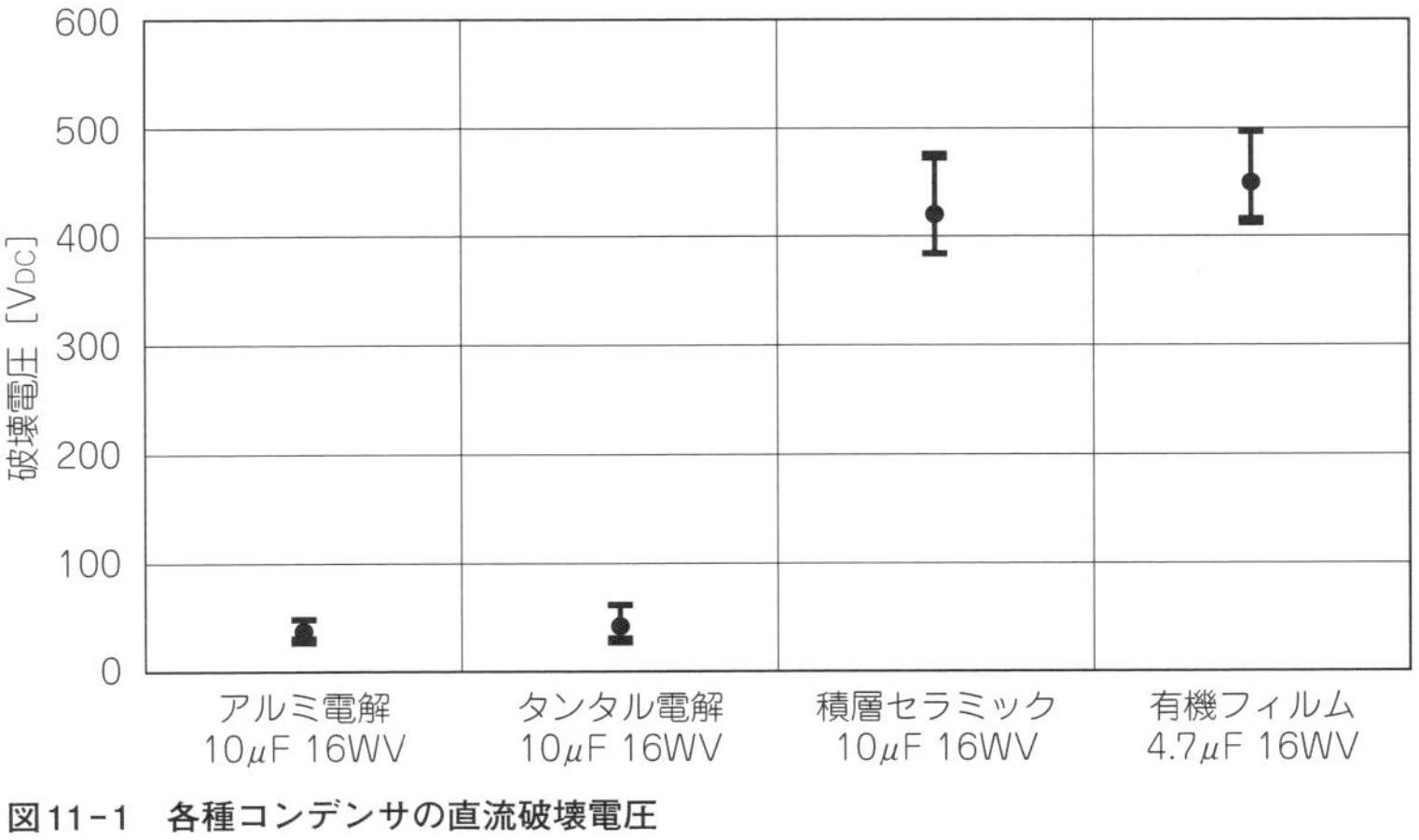

図11-1　各種コンデンサの直流破壊電圧
定格電圧(Work Voltage)16 Vの品で比較している

Q12 中高圧用コンデンサを使ったところ，実際の容量が公称値より小さいようだ．なぜ？

1k～2kVの高電圧をかけて動作する検出器の出力信号を中高圧用のカップリング・コンデンサを通して，電荷感応型アンプで取り出しましたが，インピーダンスが予想より大きくなっていました．コンデンサの実際の容量が公称値よりだいぶ小さいようです．回路を**図12-1**に示します．

検出器の測定する抵抗値が4kΩで，コンデンサの容量C = 2200pFでした．主な信号の周波数f = 1MHz程度なので，高電圧用コンデンサのインピーダンス$Z = 1/(2\pi fC) \fallingdotseq 72\,\Omega$程度です．4kΩに比べ，5%以内の誤差に収まるはずです．

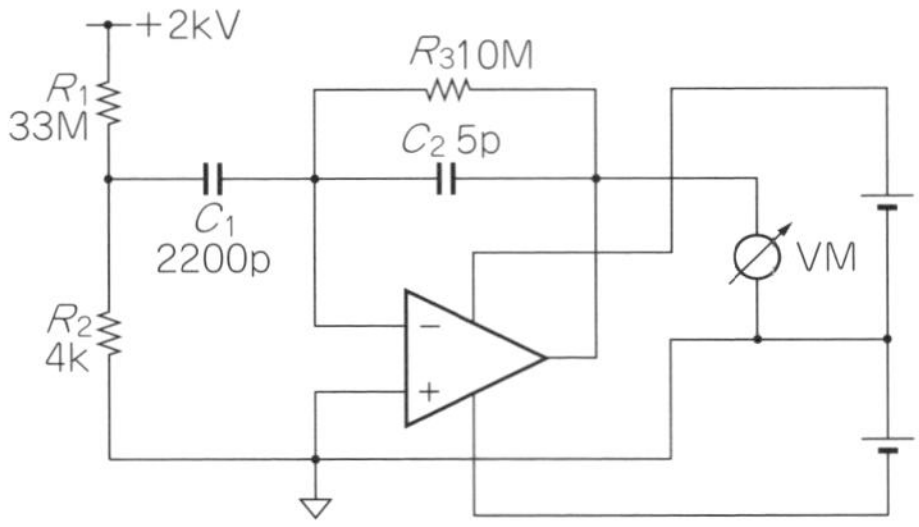

図12-1　問題が発生した回路

A

● **原因**

メーカが出しているカタログをよく見ると，セラミック・コンデンサの容量は使用状態により，かなり変化することがわかりました．使用したコンデンサはEランクであり，変化率は+20/－55%であり，最悪の場合は－55%の容量減になります．

実際の使用状況に近い**図12-2**の回路で静電容量を実測してみました．**図12-3**が測定結果です．電圧を上げていくのと，下げていくのと，2回測定しました．本当に容量が45%程度に落ちてしまいました．

カタログには，ランクによる変化率の許容範囲が書いてありました．たとえばFランクの「+30/－80%」という記述は，定格電圧近くを加えると表示容量の20%になることを意味します．

高耐圧のコンデンサになるほど，小容量になりがちで，サイズも大きくなりがちです．私は多チャネルにしたかったため，小型の積層セラミック・コンデンサを使ったのですが，部品を選定した当時は，定格電圧で公称容量は必ず確保されるものと固く信じていました．

● **対策**

電圧を加えても容量の変化の少ないランクの積層セラミック・コンデンサを見つけて，交換しました．これはRランクで変化率は+15/－15%ですから，最悪でも15%の容量減で済むはずです．カップリング・コンデンサの重要性を認識したので，容量は約2倍の4700pFにしました．

実測容量値は前出の図の通りで，電圧を上げていっても，ほとんど変化しませんでした．**写真12-1**の左側が今までのコンデンサで，右側が交換したコンデンサです．形状は大きくなりましたが，信号が予想どおりに回復しました．

〈佐藤 節夫〉

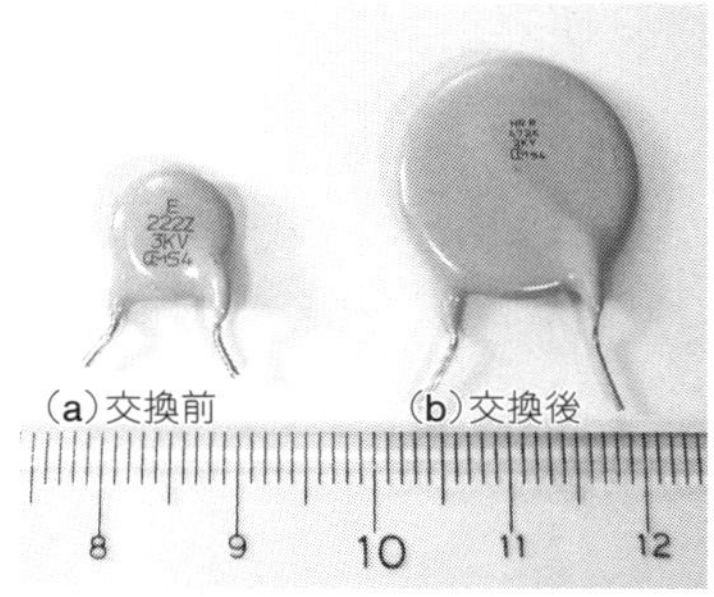

写真12-1　交換前と交換後のコンデンサ

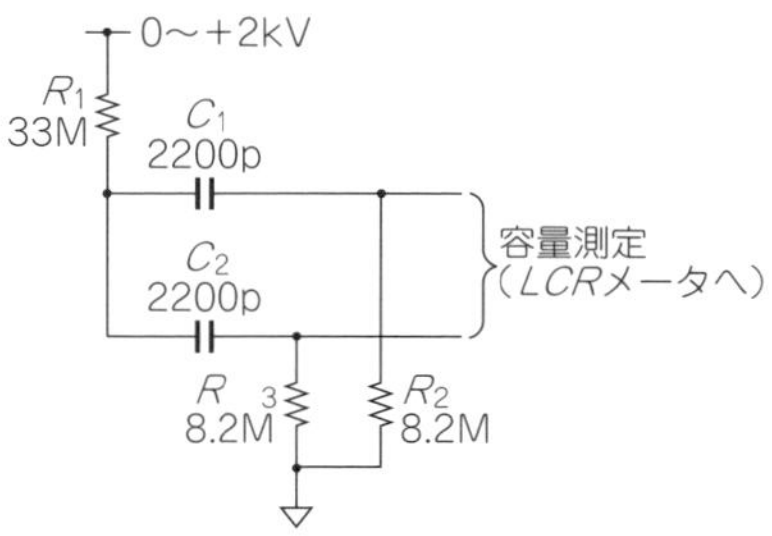

図12-2　高圧を加えながらコンデンサの容量を測定する回路

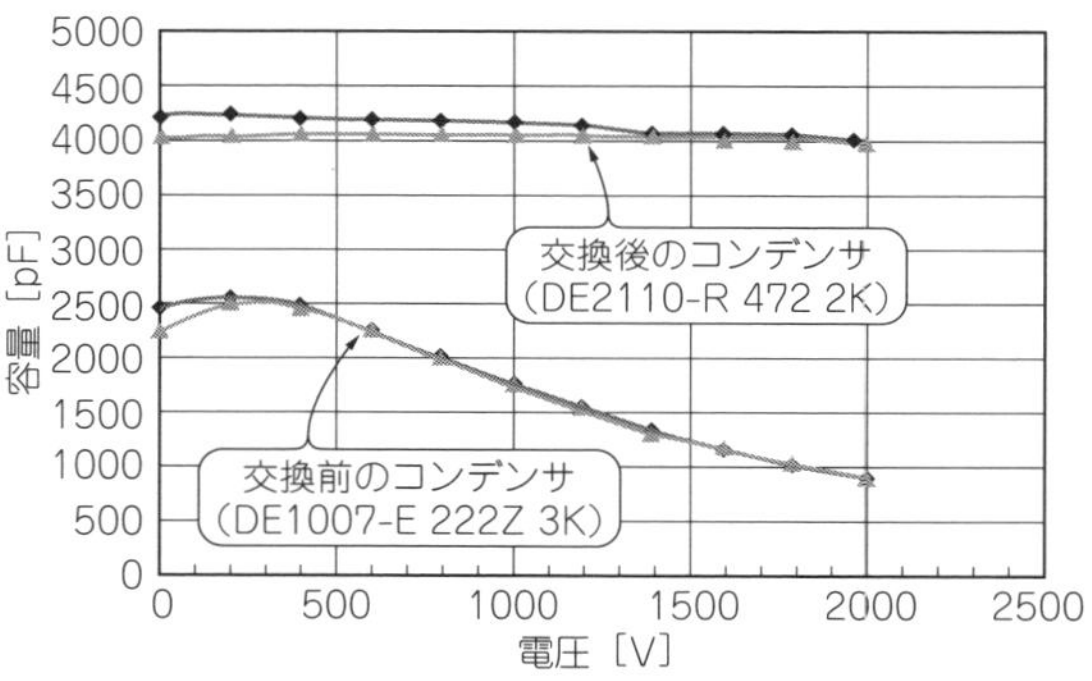

図12-3　コンデンサの静電容量の電圧特性

アルミ電解コンデンサ

Q13 アルミ電解コンデンサの構造を知りたい

A アルミ電解コンデンサの構造(原理図)を**図13-1**に示します．電解液をしみこませた電解紙をアルミ箔で挟み，電解液が漏れたり蒸散したりしないようにケースを密閉しています．陽極アルミ箔表面の極めて薄い酸化アルミニウム(Al_2O_3)膜を誘電体としています．さらにアルミ電極の表面に細かい凹凸を付けて表面積を増やしています(平面に比べて数倍～150倍程度)．コンデンサの容量は電極面積に比例し，誘電体厚さに反比例するので，体積の割に大きな容量が得られます．陽極表面の細かい凹凸に沿って陰極を密着させるため，**図13-1(b)**のように液体(電解液)を陰極としています．

電解液は溶媒と溶質(電解質)でできており，導電性がある液体です．

アルミ陽極-酸化アルミ誘電体-電解液の構造は極性をもち，ダイオードのような働きをします(**図13-2**)．つまり，一方向には絶縁体(10^6～10^7Ω/cm程度)，もう一方向には導体として働きます．

アルミ電解コンデンサの耐圧は酸化アルミニウム膜の厚さで変わり，1 nm(100万分の1 mm)で耐圧1 V程度です．極端に厚くできないので，耐圧は最大でも500 V程度です．

〈**藤田 昇**〉

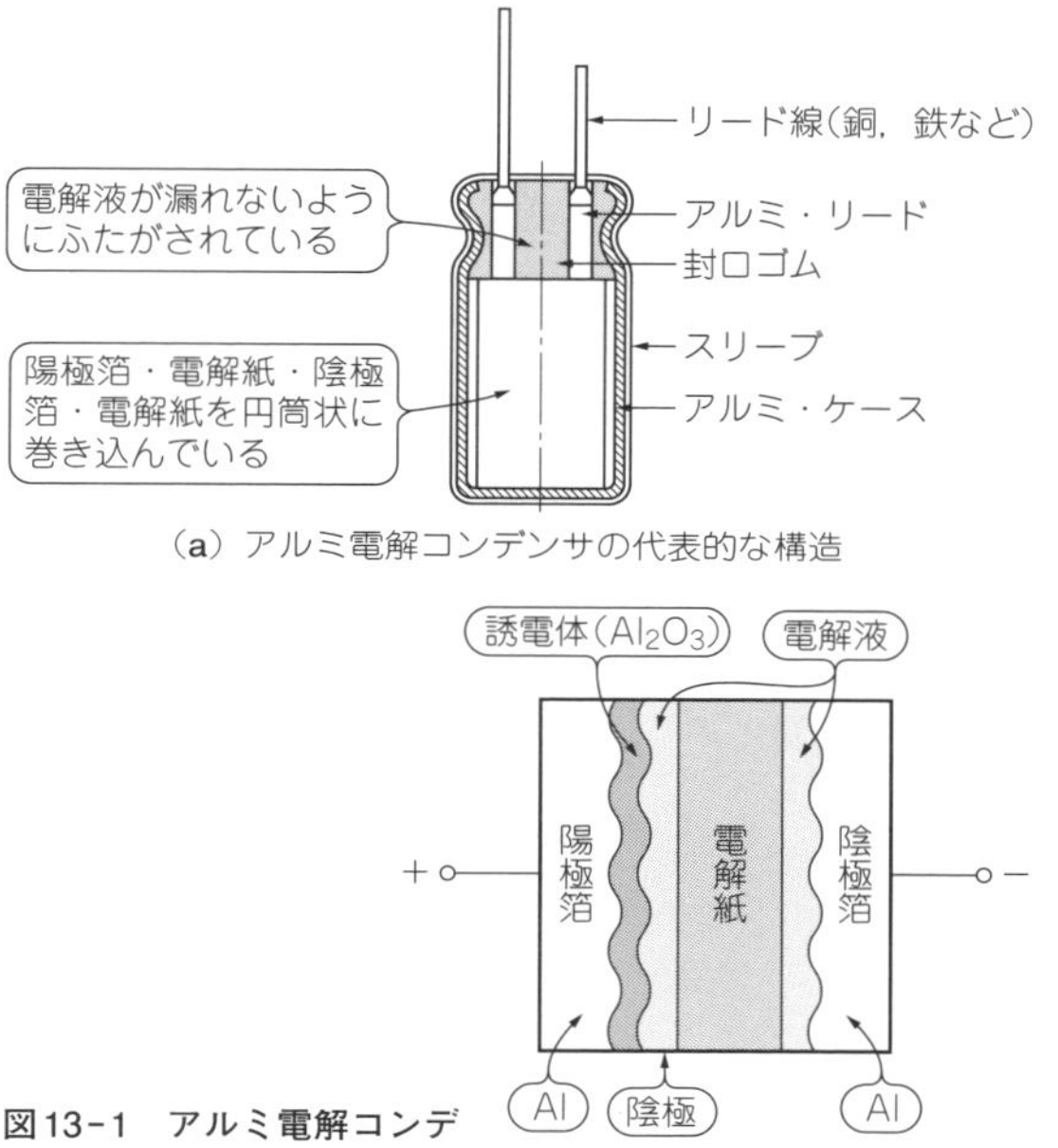

(a) アルミ電解コンデンサの代表的な構造

(b) 容量部分の拡大

図13-1 アルミ電解コンデンサの構造図

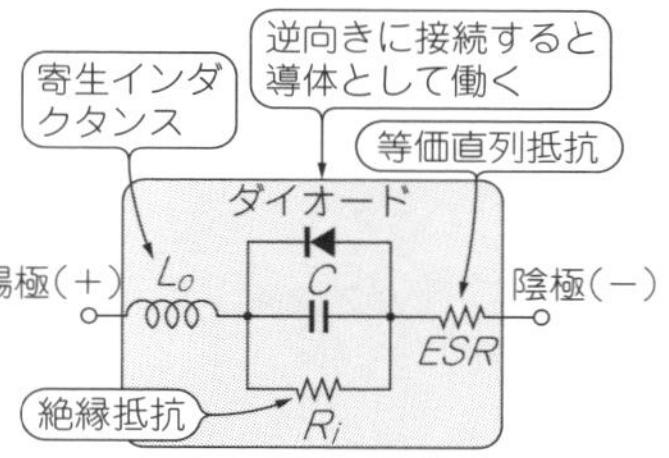

図13-2 アルミ電解コンデンサの等価回路

Q14 アルミ電解コンデンサの極性を間違えると何が起きる？

A 破裂したり液漏れしたりします．または大きく特性が劣化します．

● 逆極性接続は絶対ダメ

極性のあるアルミ電解コンデンサ(**写真14-1**)を逆接続すると電流が流れ発熱します．

温度上昇が急激だとケースの膨張や液漏れを生じ，最悪の場合は破裂に至ります．逆接続することは絶対に避けなければなりません．回路の動作上で一時的に極性が逆転するような箇所に使ってはいけません．

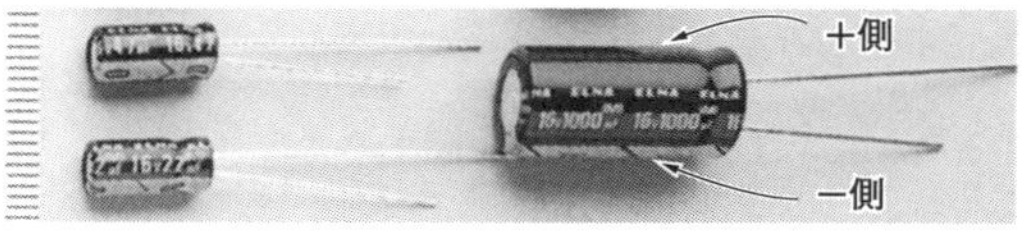

写真14-1[1] **一般にアルミ電解コンデンサは印加できる電圧の向きが決まっている**(極性がある)

● 極性を間違えても何食わぬ顔で動き続け，後でトラブルになることも…

逆電圧が数V程度の低い電圧の場合は，破壊に至らない場合があります．そのまま逆電圧を加え続けると，陰極側の酸化アルミニウム膜が成長し，しばらくすると正常の極性のように動作するようになります．

ただし，元の容量より少なくなり，*ESR*も増加します．寿命や特性が悪化しますが，見た目の変化がないので，極性逆転に気がつかない場合があります．〈**藤田 昇**〉

◆参考文献◆

(1) 三宅和司；電子部品図鑑，トランジスタ技術，1995年3月号，CQ出版社．

Q15 アルミ電解コンデンサにはどんな種類があるの？

A アルミ電解コンデンサの外観を**写真15-1**に示します．

● 有極性と両極性がある

図13-1(b)のような構造のアルミ電解コンデンサは，酸化皮膜が整流性を持つため，有極性コンデンサとなります．陽極側，陰極側の双方に酸化皮膜を形成した電極を用いると両極性コンデンサになります．

しかし，両極性コンデンサであっても小信号用であり，交流回路に使用することはできません．

● 非固体電解と固体電解がある

アルミ電解コンデンサは，電解液を用いる非固体電解コンデンサと，固体電解質を用いる固体電解コンデンサに分けられます．

非固体電解コンデンサには以下の特徴があります．

① 誘電体(アルミ酸化膜)の自己修復性がある
② 故障モードのほとんどが磨耗故障であり，ショート・モードになりにくい
③ 内部に電解液を用いているため，寿命は有限である
④ 温度変化による特性変化が大きい

固体電解コンデンサには以下の特徴があります．

① 温度変化による特性変化が小さい
② 等価直列抵抗が非固体電解コンデンサに比較して小さい
③ 実使用温度領域での寿命が長い
④ 静電容量の電圧依存性がない
⑤ 誘電体(アルミ酸化皮膜)の自己修復性がなく，故障モードはショートによる偶発不良である
⑥ 突入電流(ラッシュ電流)への対応が必要な場合がある
⑦ リフローなどの熱ストレスで漏れ電流が増大する可能性がある

〈藤井 眞治〉

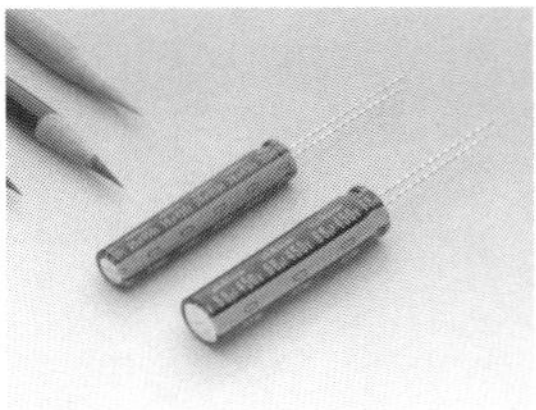
(a) 小型品

(b) 大型品

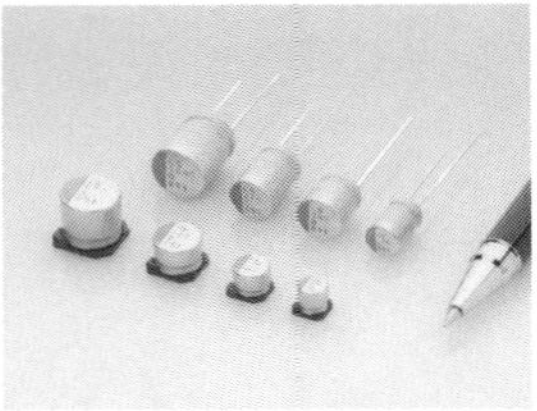
(c) 導電性高分子アルミ固体

写真15-1 アルミ電解コンデンサの外観

Q16 アルミ電解コンデンサから液のようなものが漏れているが大丈夫？

A アルミ電解コンデンサの寿命が尽きたのです．交換してください．

● 時間がたつと内部の電解液が蒸発してしまう

蒸発によって内部から電解液がなくなってしまう蒸散現象(ドライ・アップ)が主な要因です．**写真16-1**に発熱でドライ・アップしたコンデンサを示します．

蒸発の量は，電解液の性質(蒸気圧が高いと蒸発しやすい)と温度の高さに影響されます．また，ケースの密閉度によっても変わり，密閉度が高ければ蒸散量は少なくなります．寿命末期には静電容量が減少し，等価直列抵抗(*ESR*；Equivalent Series Resistance)が増加します．

はんだ付け時のフラックスや輸出入時の燻蒸剤《くんじょうざい》に含まれるハロゲン(塩素や臭素など)の侵入で電極が劣化することがあります．つまり，予測しない時期に寿命を迎えることもあるということです．

● 回路にどんな悪影響が出る？

小信号回路のバイパスやデカップリングに使っている場合は静電容量が抜け*ESR*が高くなっても，回路として性能が落ちる，または動作しなくなるだけです．

しかし，電源回路の平滑コンデンサのようにリプル電流が流れる回路に使用している場合は，*ESR*が高くなると自己発熱が多くなり，さらに*ESR*を高める方向に働きます．結果，**図16-1**のように急激な発熱や破裂に至るという危険性があります．平滑用コンデンサは体積が大きいので，液漏れや破裂は大きな2次災害につながる可能性が高くなります．

● 安全弁が働くように上部にスペースを設ける

アルミ電解コンデンサには，極端な温度上昇や爆発を避けるために，安全弁が設けられています．具体的には，アルミ・ケースの上部に筋を入れて裂けやすくして安全弁としたり，封止部に圧力弁を設けたりしています．これらの安全装置が働くためにはスペースが必要です．

もし，アルミ電解コンデンサの上部が電子機器のケースに密着していたり，封止部がプリント基板に密着していたりすると安全弁が働かず，アルミ電解コンデンサの温度と内部圧力が上昇を続けます．ケースがプラスチックでできている場合は変形や火傷，発火に至る可能性もあります．

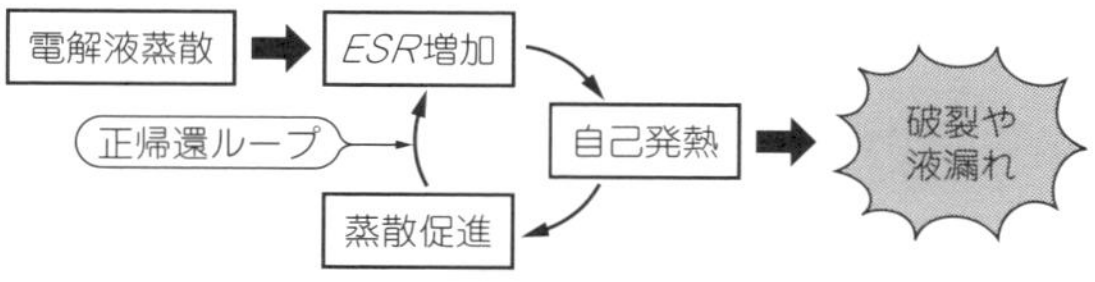

図16-1　液漏れや破裂に至るステップ

図16-2のように，アルミ電解コンデンサの圧力弁周辺には必ずスペースが必要です．必要なスペースは，電解コンデンサの大きさや安全弁の構造などによって異なります(多くは数mm程度)．

機器寿命(想定使用期間)より部品寿命のほうが長くなるように設計するのが原則です．しかし，メーカが想定した機器寿命を超えてユーザが機器を使い続けることはよくあります．　　〈**藤田 昇**〉

(a) 安全弁が開いた例　　(b) 液漏れの例

写真16-1　内部の発熱が原因でドライアップした電解コンデンサの症状

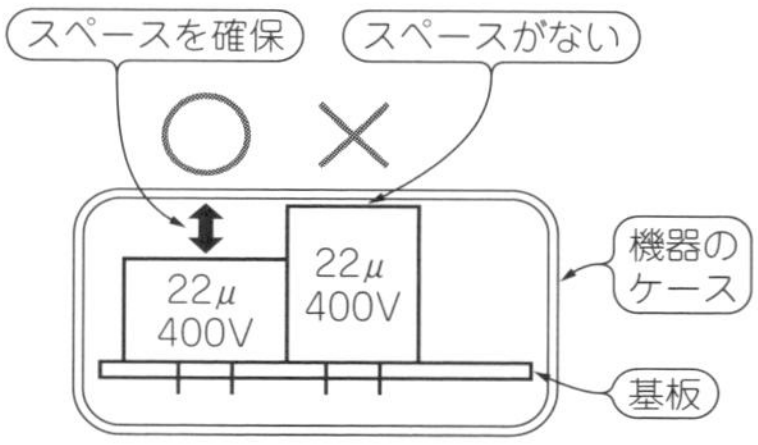

図16-2　アルミ電解コンデンサの安全弁周辺には必ずスペースを設ける
安全弁が上部にある場合

Q17 アルミ電解コンデンサの仕様書に記載されている寿命は，故障率から考えると短すぎるのでは？

あるアルミ電解コンデンサの寿命のスペックは2000時間@85℃です．動作温度を下げると10℃ 2倍則で寿命が延びるとのことですから，25℃で使ったときの寿命を計算すると，12万8千時間(約14.6年)になります．一方，アルミ電解コンデンサの故障率は10^{-7}～10^{-8}/時間程度です．この故障率を*MTBF*(Mean Time Between Failure)に換算すると1千万～1億時間になります．

*MTBF*のほうが寿命より極端に長い計算になりますが，これはなぜですか？

A *MTBF*と寿命は定義が違うので，比較はできません．

電子機器あるいは部品を単位時間(通常は1時間)動作させたときに，故障が発生する確率を故障率といいます．*MTBF*とは偶発故障期間(Q9を参照)における平均故障間隔(故障率の逆数)です．一方，部品の寿命は，製造時点から摩耗故障期間に入るときまでを指します．初期故障は，出荷前に評価試験やエージングによって排除されることが多いので，実質的には部品の偶発故障期間＝寿命と考えてよいでしょう．

寿命が明確な部品は，寿命より*MTBF*のほうが長くなるのが一般的です．*MTBF*は統計上の数値です．ある期間，多数の部品を動作させれば算出できます．例えば，寿命が1000時間のランプ1万個を100時間点灯し，切れたものが10個だとすれば，*MTBF*は10万時間になります．

● 多くの部品は寿命が不明確

アルミ電解コンデンサは時間経過による電解液の蒸散が避けられないので，明確な寿命がある部品です．同様の例として，電球や真空管(ブラウン管やマグネトロンなど)があります．これらは高温のフィラメントの蒸散や高速電子流の衝突による材料の劣化が寿命決定の主な要因です．

しかし，半導体を含めて多くの電子部品は，明確な磨耗故障を観測できません．おそらく数十年以上になると思われます．

〈藤田 昇〉

Q 18 アルミ電解コンデンサをできるだけ長期間使うにはどうしたらいいの？

電源回路の平滑コンデンサのように，大容量・高耐圧・小形で安価という条件では，**表18-1**で他のコンデンサと比較すると，アルミ電解コンデンサを使わざるを得ません．しかし，アルミ電解コンデンサには寿命があります．できるだけ長期間使用するにはどうしたらよいのでしょうか．

表18-1　平滑用コンデンサの比較

	大容量	高耐圧	低*ESR*	耐リプル	寿命	価格
アルミ電解	○	○	△	○	あり	○
タンタル電解	△	×	○	△	明確にはない	×
セラミック	×	△	○	○	明確にはない	○

A ● 長寿命タイプを低い温度で使う

アルミ電解コンデンサの寿命は，蒸発によって内部から電解液がなくなってしまう蒸散現象(ドライ・アップ)が主な要因です．部品メーカは寿命を長くするため，蒸気圧の低い電解液を採用し，ケースの強度確保・封止材の強化・封止材とケースや端子の密着度を強化しています．いずれもコストや大きさに影響します．

同じ静電容量でも用途に応じて上限温度と寿命の異なる製品が用意されています．**表18-2**は1000 μF/25 Vのリード線型アルミ電解コンデンサを比較したものです．

ドライ・アップの速さは，分子運動の激しさによります．アルミ電解コンデンサの寿命は，10℃上がるごとに半分になります(10℃ 2倍則)．

表18-2の「計算寿命」の欄は，アルミ電解コンデンサの温度を55℃としたときの寿命を，10℃ 2倍則で計算したものです．長寿命品を選び，使用温度を上限温度より下げると長期間使うことができます．

● 発熱体から遠ざける

アルミ電解コンデンサの温度は電子機器の内部温度と自己発熱で決まります．電子機器の内部温度を下げるためには機器内の発熱量を少なくし，放熱量を多くします．例えば，機器の表面積を広くする，ファンを付けるなどです．また，**図18-1**のように温度が高くなる部品(パワー・トランジスタや大電力抵抗器)のそばに取り付けることは避けます．

● アルミ電解コンデンサの自己発熱を下げる

自己発熱要因は，リプル電流か漏れ電流です．

リプル電流が流れる回路では*ESR*(Equivalent Series Resistance：等価直列抵抗)でジュール熱($W = i^2R$)が発生します．そのため，*ESR*の低いもの，あるいは許容リプル電流の大きいものを選びます．

定格電圧を加えると漏れ電流が最高値になります．回路の使用電圧の最高値に対して余裕を持った耐電圧のものを選択します(たとえば1.5～2倍程度)．

● 形状の大きいほうが寿命が長い

同じ静電容量・定格電圧のときは形の大きいほうが寿命が長い傾向があります．

容積が大きいと電解液が多くなり，蒸散までの時間が延びるからです．また，表面積が広いと放熱量が大きくなり，自己発熱による温度上昇を低減できます．

〈藤田 昇〉

表18-2　アルミ電解コンデンサ(1000 μF，耐圧25 V)を55℃で使ったときの寿命

上限温度 [℃]	寿命 [時間]	寸法 [mm]	計算寿命(55℃) [時間]
85	2000	φ 10 × 16	16000 ≒ 1.8年
105	2000	φ 10 × 16	64000 ≒ 7.3年
	5000	φ 12.5 × 20	116万 ≒ 18年
	10000	φ 10 × 25	32万 ≒ 36年
125	5000	φ 12.5 × 25	64万 ≒ 73年

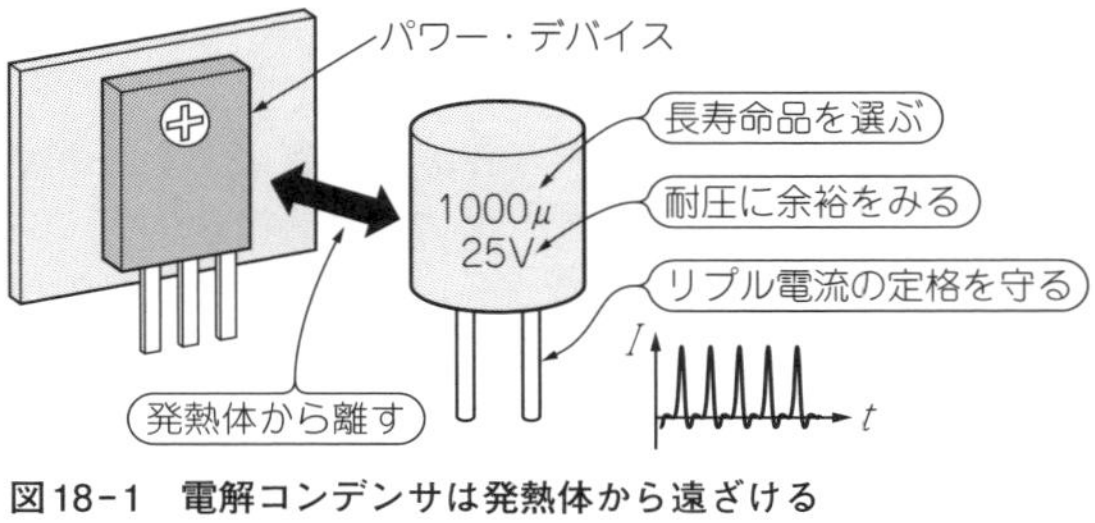

図18-1　電解コンデンサは発熱体から遠ざける

Q19 高密度実装時の注意点は？

A 近年の製品は小型化が進み，部品単体の小型化はもちろんのこと，基板実装技術の進歩から部品間クリアランスはますます縮小の方向にあります．

基本的に電解コンデンサの寿命は周囲温度条件によって決定されるので，発熱部品との距離を十分に確保して温度を下げなければなりません．次のポイントに留意することが効率良く高密度実装を目指すノウハウとなります．

● **筐体内に熱をこもらせない**

ファンなどの強制空冷手段がない場合，**図19-1**のように上方向にスリットなどを配置して熱が筐体内にこもらないような構造とします．

● **アルミ電解コンデンサは発熱部品の下方向に配置**

基板が縦方向に実装され，ファンなどの強制空冷手段がない場合，発熱部品で発生する熱は**図19-2**のように対流によって上昇していくので，コンデンサは発熱部品の下方向に配置して熱の影響を受けにくくします．

● **風の通り道の確保**

ファンなどの強制空冷手段がある場合，発熱部品とコンデンサの間の空間に風の通り道を作って発熱部品の影響を受けにくくします．

● **発熱部品との接触を避ける**

自立型の半導体部品や抵抗などの傾きやすい発熱部品は，アルミ電解コンデンサの周囲に配置しないようにします．

● **熱伝導の抑制例**

整流ダイオードと平滑コンデンサは，太く短い基板パターンで結線することが理想ですが，整流ダイオードから基板パターン（銅箔）を介して熱が伝わってきます．

図19-3のように特性上問題とならない程度にパターン・スリットを挿入し，整流ダイオードと平滑コンデンサ間の熱伝導率を低下させるとアルミ電解コンデンサの温度上昇が抑制できます．

〈藤井 眞治〉

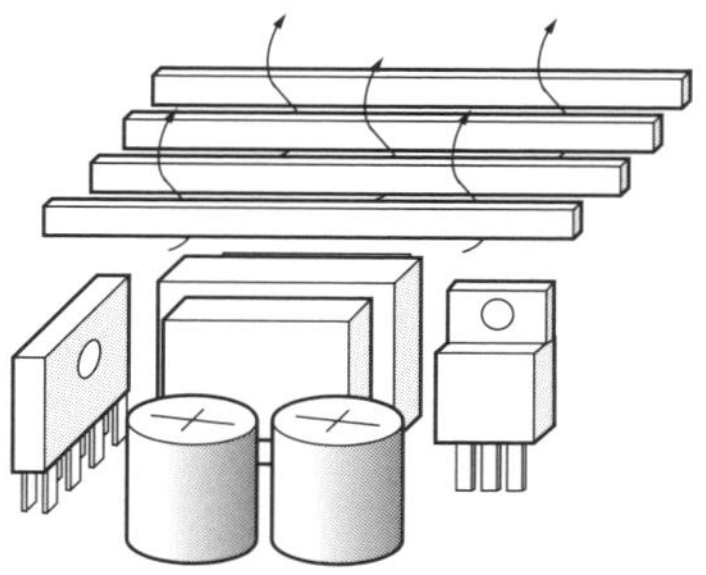

図19-1 筐体内に熱をこもらせない

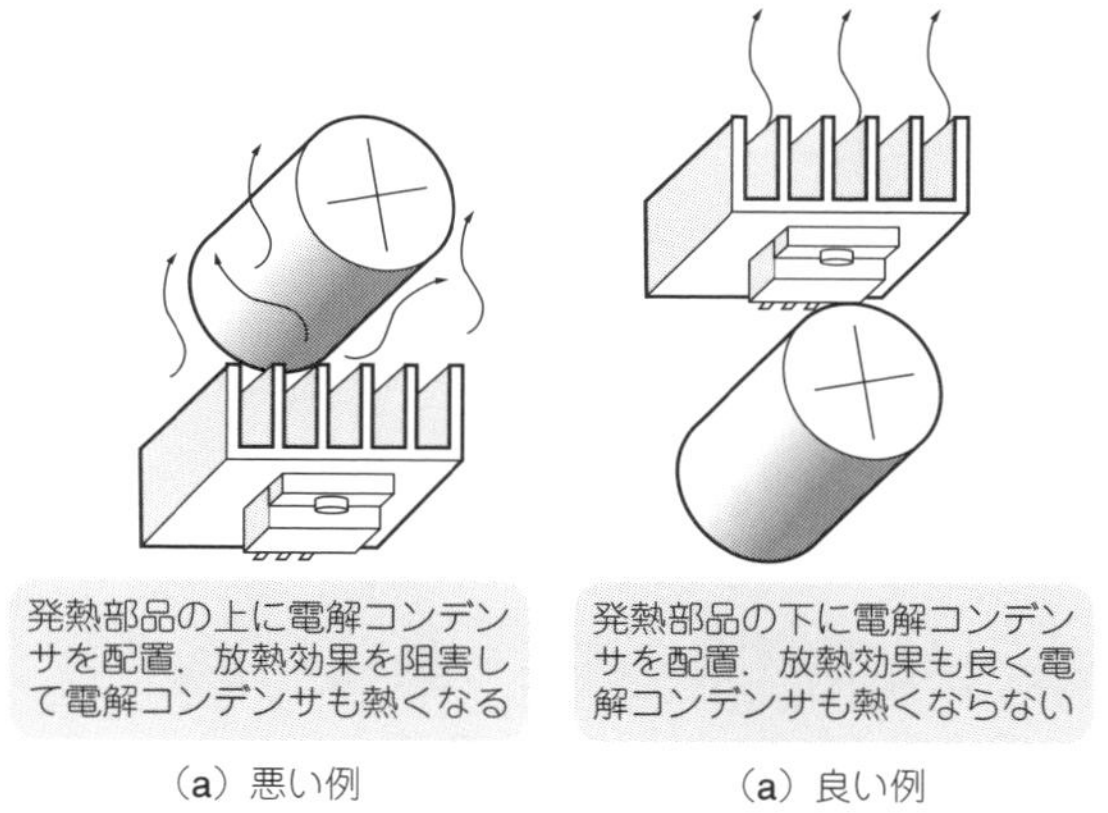
発熱部品の上に電解コンデンサを配置．放熱効果を阻害して電解コンデンサも熱くなる
(a) 悪い例
発熱部品の下に電解コンデンサを配置．放熱効果も良く電解コンデンサも熱くならない
(a) 良い例

図19-2 発熱部品と電解コンデンサの配置例

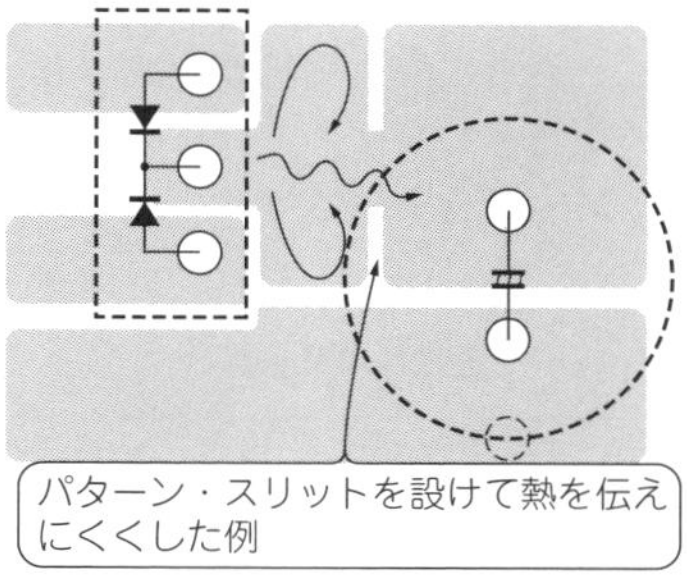
パターン・スリットを設けて熱を伝えにくくした例

図19-3 スリットを設けて熱を伝わりにくくする

9 コンデンサのQ&A

Q 20 時定数回路に使うコンデンサの選び方を知りたい

A アルミ電解コンデンサはセラミック・コンデンサやフィルム・コンデンサと比較して大容量を得やすいのですが，漏れ電流も比較的大きいことを考慮する必要があります．

電解コンデンサ内部の等価回路としては，コンデンサと並列に接続される抵抗rが存在します．したがって，充電回路では充電電流が減少して時定数が理論式よりも大きくなり，放電回路では放電電流が増加して時定数が理論式よりも小さくなります．時定数回路に使用する場合は，理論式から算出した値との誤差として現れます．

一般に，**図20-1**の充電回路では時定数が理論式よりも大きくなり，**図20-2**の放電回路では時定数が理論式よりも小さくなります．漏れ電流は電解コンデンサの品種によって異なり，経時変化や温度変化もあるので十分な設計マージンを持たせて設計します．

これらの変化要因を安定化させた「タイマ回路用」コンデンサもありますが，仕様要求精度に合致するかどうか十分な検討を行った上で使用しなければなりません．

〈藤井 眞治〉

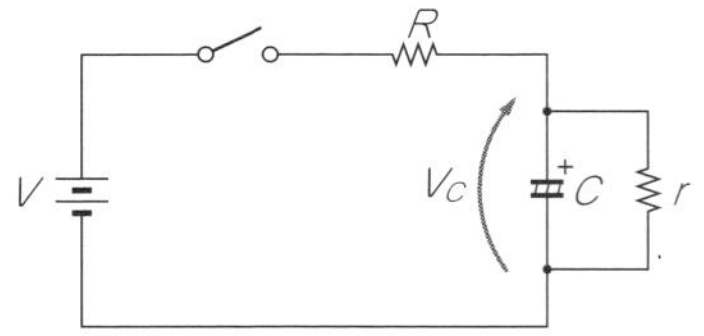

充電理論式

$$V_C = V\left(1 - e^{-\frac{t}{CR}}\right)$$

$$t_n = CR\ln\left(\frac{V}{V - V_n}\right)$$

R：充電抵抗［Ω］
C：コンデンサ容量［F］
V：電源電圧［V］
V_C：コンデンサ端子電圧［V］
V_n：規定電圧［V］
t_n：0Vから規定電圧に達する時間

図20-1　充電回路例

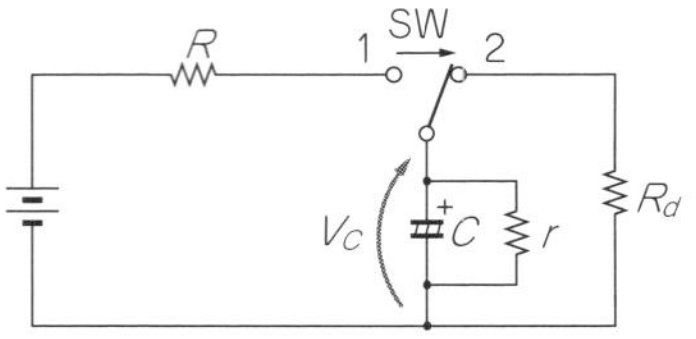

放電理論式

$$V_C = V \times e^{-\frac{t}{CR_d}}$$

$$t_n = CR_d\ln\left(\frac{V}{V_n}\right)$$

R：充電抵抗［Ω］
C：コンデンサ容量［F］
V：電源電圧［V］
V_c：コンデンサ端子電圧［V］
V_n：規定電圧［V］
t_n：SWを1→2に切り換えてVから規定電圧に達する時間

図20-2　放電回路例

Q 21 急速充放電回路に使う場合の注意点は？

A アルミ電解コンデンサを急速な充放電を伴う回路に使用した場合は，コンデンサ内の陰極の誘電体表面と電解液界面で電気化学反応により，さらに酸化皮膜が生成され，静電容量の減少とガスが発生します．ガスはコンデンサ内部にたまってケース内圧を上昇させるので，最終的には圧力弁作動状態に至ります．

ACサーボ・アンプ用電源やインバータ用電源など，電圧変動が大きく急激な充放電を頻繁に繰り返す回路にアルミ電解コンデンサを使用する場合は，陰極箔への酸化皮膜生成を抑制する対策を行った充放電対策仕様の電解コンデンサを使用してください．

充放電対策仕様品と未対策品の充放電試験結果の一例を**図21-1**に示します．

- 定格：63 V/10000 μF
- サイズ：φ 35 × 50L
- 充放電条件

印加電圧：63 V，充電抵抗：2 Ω，放電抵抗：100Ω
充放電サイクル：1秒充電，1秒放電を1サイクル

〈藤井 眞治〉

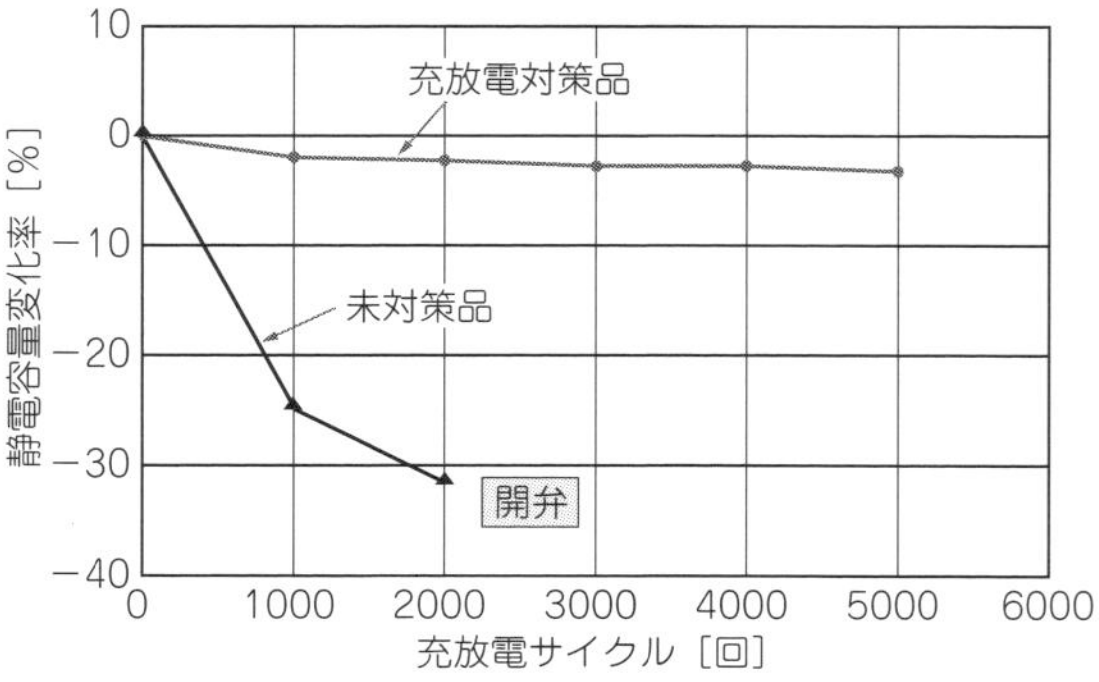

図21-1[(1)] **充放電試験結果例**

◆参考文献◆

(1) アルミ電解コンデンサテクニカルノート，2-4-3項，ニチコン㈱．
http://www.nichicon.co.jp/lib/aluminum.pdf

第10章　インダクタのQ&A

Q1「コイル」と「インダクタ」はどう違う？

A 電子部品のコイルとインダクタはまったく同じ物です．正式名称はインダクタンス回路素子です．

インダクタ・メーカの多くは製品名として「インダクタ」を使っています．海外のメーカは「Inductor」としています．また，機能を表す名称として「チョーク・コイル」「平滑コイル」なども使われています．

コイルとは，ぐるぐる巻きにした状態を指します．本章では一般名称は「インダクタ」とし，機能や形態を表すときには「コイル」を使うこともあります．

インダクタとは，導線を同心円状，または渦巻き（スパイラル）状に巻き線した電子部品です．

図1-1のように導線をコイル状にして電流を流すと磁束が発生します．そして，電流が変化すると磁束が変化し，その磁束の変化を打ち消す方向に磁束が発生して逆起電力が発生します．

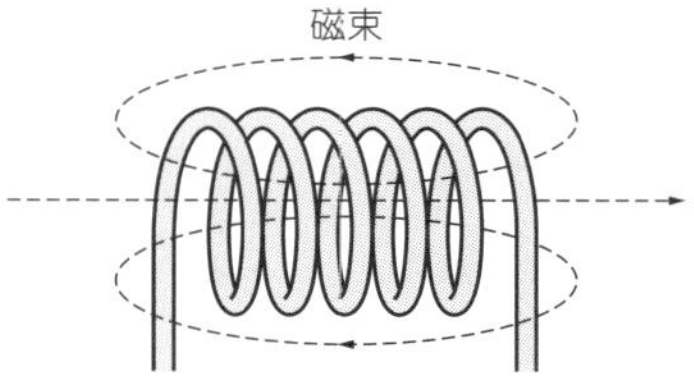

図1-1　導線をコイル状にして電流を流すと磁束が発生する

このことから，コイルは電気エネルギを磁気エネルギに変えて蓄積します．この電流の変化と起電力の比が誘導係数（インダクタンス）です．記号で表すとLで，単位はH《ヘンリー》です．式で表すと式(1-1)となります．

$L = -e(dt/dI)$ ……………………………… (1-1)

e：起電力

インダクタは，このインダクタンスLを持った回路素子といえます．〈長田 久〉

Q2 インダクタンスは何によって決まる？

A コイルのインダクタンスLは式(2-1)で表されます．

$L = k \times \mu \times n \times n \times S \times 1/l$ …… (2-1)

k：長岡係数，μ：透磁率［H/m］，
n：コイルの巻き数，S：コイル輪の面積［m^2］，
l：コイルの長さ［m］

インダクタンス（以下，L値）を大きくするには，コイルの巻き数を多くする，コイルの輪の面積を広くする，透磁率μの値を大きくする，のいずれかが有効です．

コイルの巻き数を増やすのもコイルの輪の面積を広くするのもインダクタを大型にします．大きさを変えないで大きなL値にするには，透磁率μを大きくします．μは磁束を集める力の強さのことで，**図2-1**のようにμが大きいと多くの磁束を通します．

透磁率の大きな物質を強磁性体と呼び，鉄，ニッケルなどの金属，パーマロイやセンダストなどの合金およびフェライトがあります．

フェライトは酸化鉄を主原料にして銅，マンガン，亜鉛などとともに焼き固めた磁器の一種です．コイルの輪の中にフェライトを入れることによって，空気のときに比べて数百から数千倍のインダクタンス値が得られます．フェライトは型で作り加工も簡単なことから，複雑な形状のものができ，コイルの巻き芯に多く使用されています．〈長田 久〉

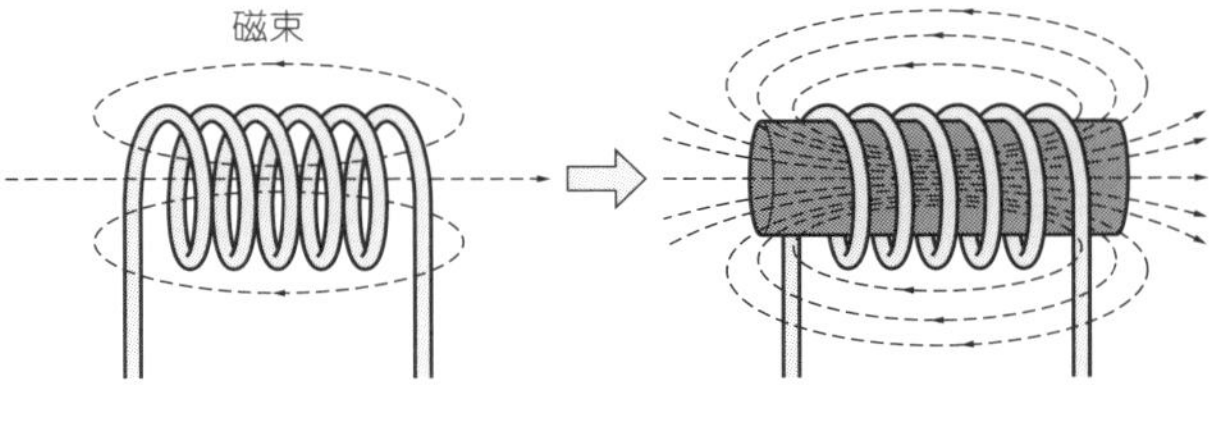

図2-1　透磁率μは磁束を集める力の強さ．透磁率μが大きいと多くの磁束を通す

3 直流と交流を流したときではどのように違う？

インダクタに直流を流しても，存在しない，すなわち短絡状態と同じです．直流は電流の値が変化せず一定なので，式(1-1)の $dt/dI = 0$ であることからもわかります．

しかし，交流のときは周波数によって特性が変わる性質を持っています．

インダクタの交流における疑似的抵抗を誘導性リアクタンスと呼び，式(3-1)で表します．

$$X_L\ [\Omega] = 2\pi fL \cdots\cdots (3\text{-}1)$$

f：周波数［Hz］

この式からわかるように，X_L は周波数が高くなれば大きな値になります．誘導性リアクタンスは，交流における疑似的抵抗で，すなわちインピーダンスです．

電子回路部品としてのインダクタは，① 電気エネルギを磁気エネルギとして蓄える，② 周波数によってインピーダンスが変化する，という性質のいずれか，または両方を利用しています．

〈長田 久〉

4 周波数が高くなるとインピーダンスはどうなる？

インダクタは導線をコイル状にするので導線や外部に接続する端子の抵抗分が存在します．また，コイルの線間には容量成分も存在します．

これらの成分を加えた等価回路は**図4-1**になります．容量成分による疑似的抵抗は容量性リアクタンスと呼びます．容量性リアクタンスは周波数が高くなるに従って小さくなります．誘導性リアクタンスは周波数が高くなるに従って大きくなりますが，ある周波数以上では容量性リアクタンスが支配的になります．

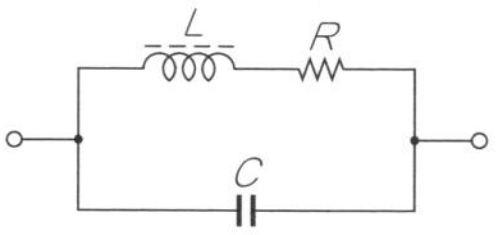

図4-1　インダクタの等価回路

すべての要素を含んだインダクタのインピーダンスの周波数特性は**図4-2**になります．　〈長田 久〉

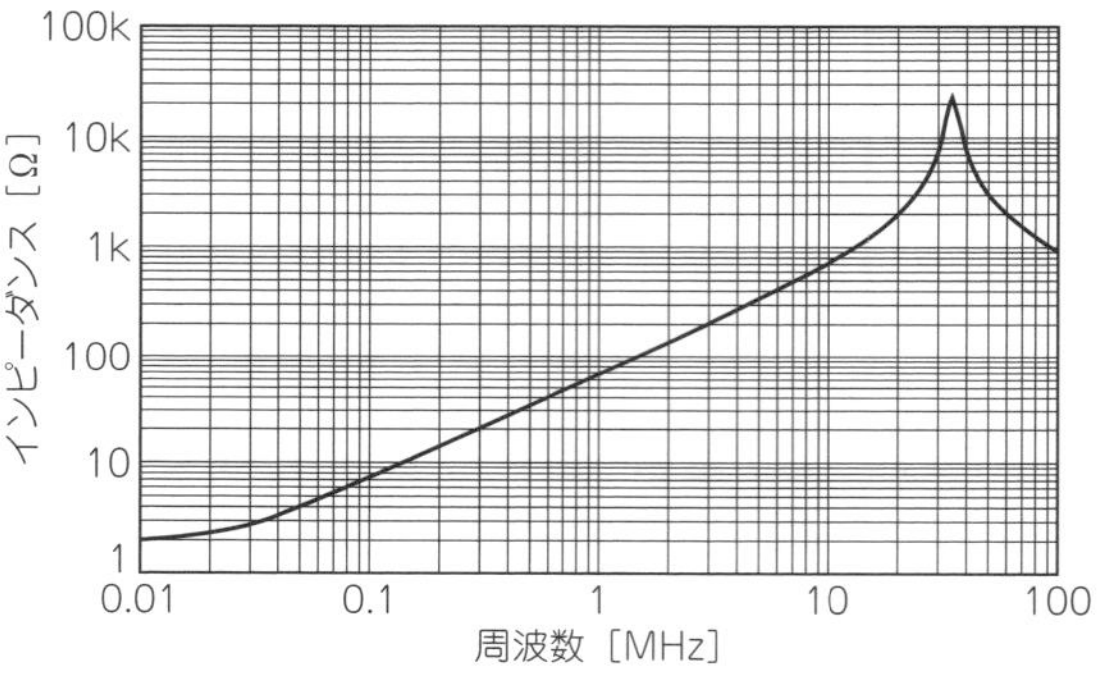

図4-2　インダクタのインピーダンスの周波数特性
（TDK製巻き線コイルNLVタイプ，10 μH）

5 インダクタの種類を知りたい

コイルを形成する方法で分類します．

● **巻き線タイプ（図5-1）**

銅線でコイルを形成したタイプです．銅線で巻き線しているので，直流抵抗が小さく，大きな電流を流すことができます．

● **積層タイプ（図5-2）**

フェライト，またはセラミックのシートに導体を印刷して積み重ねてコイルを形成したタイプです．薄型で小型なインダクタです．1個のパッケージに複数のコイルを形成できます．

● **薄膜タイプ（図5-3）**

フェライトまたはセラミックのシートに蒸着技術やスパッタリングで金属膜のコイルを形成した品種です．

半導体製造技術を応用してコイルを形成しているた

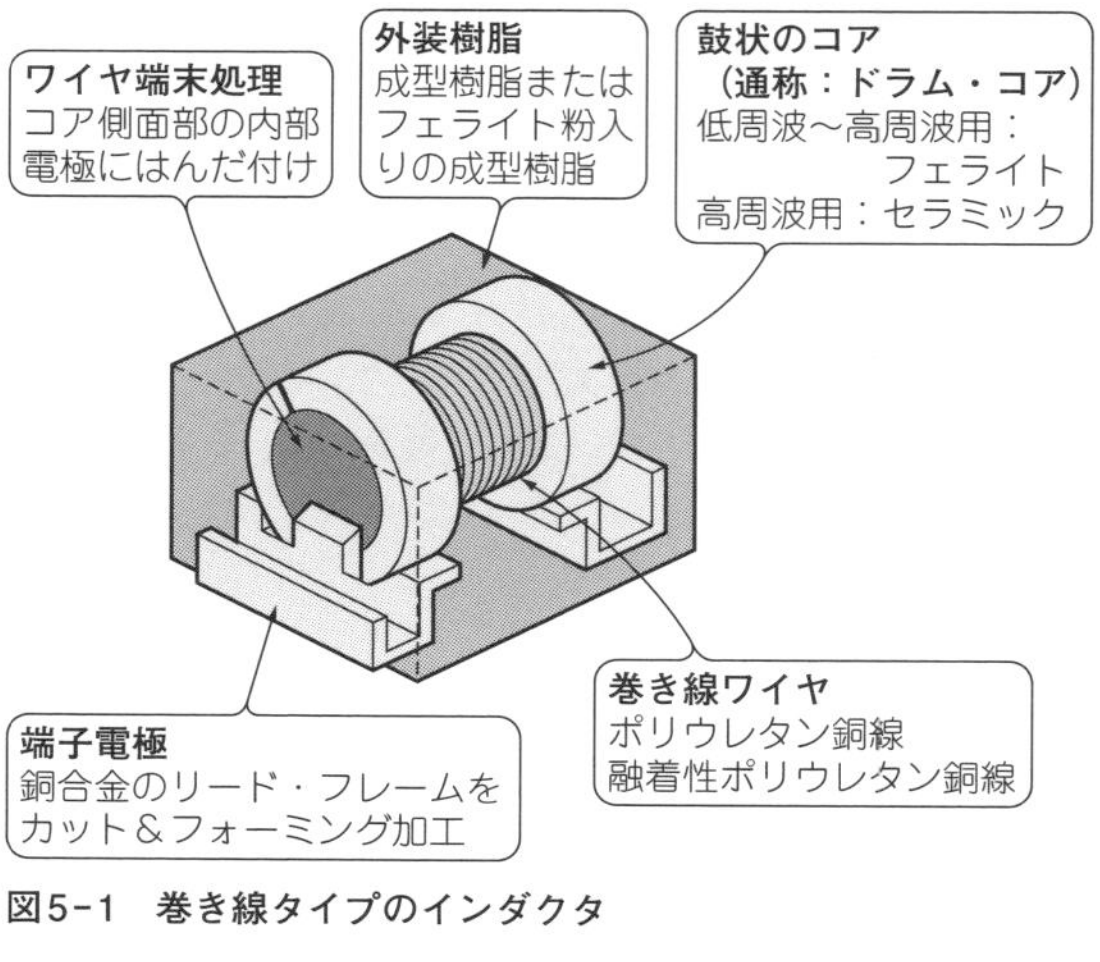

図5-1　巻き線タイプのインダクタ

め高精度で，高周波に対応できるインダクタを実現できます．1個のパッケージに複数のコイルを形成することもできます．

〈長田 久〉

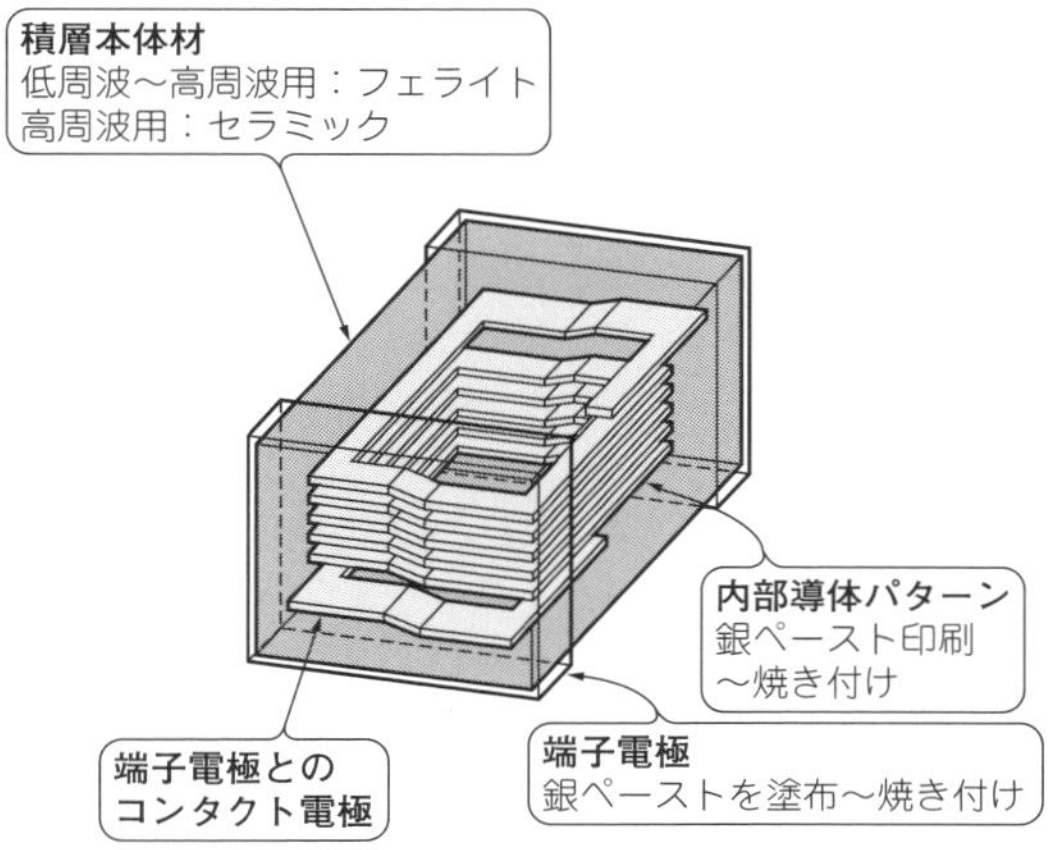

図5-2　積層タイプのインダクタ

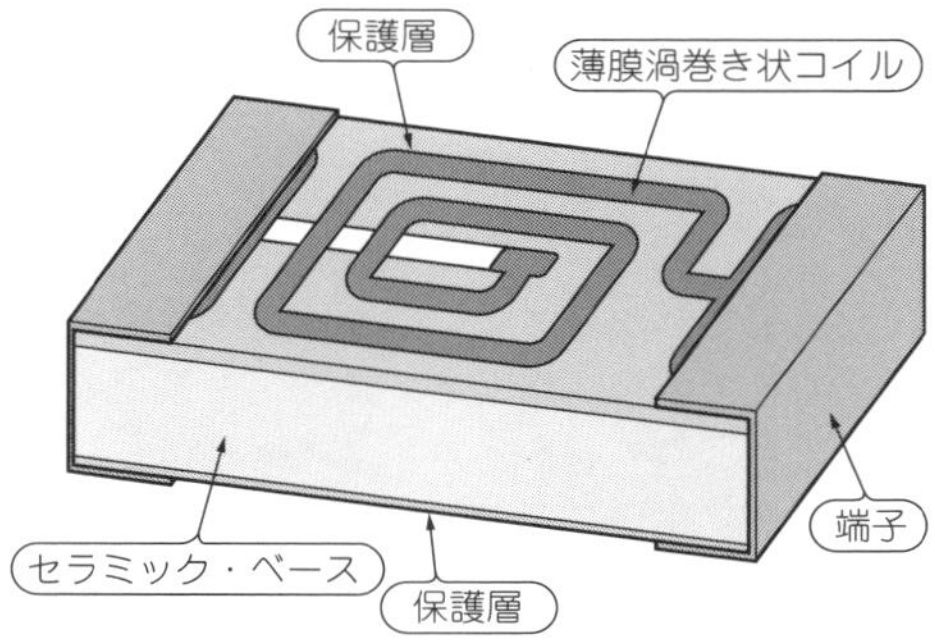

図5-3　薄膜タイプのインダクタ

6 ノイズ対策部品のビーズとインダクタの違いは？

一般のインダクタはL値を重視しています．ビーズはインピーダンス特性を重視した回路素子で，ディジタル回路のノイズ除去用として多く使用されています．

ビーズは，**図5-2**の積層タイプとまったく同じ内部構造で，製造方法もまったく同じです．違いは磁性体の材質です．インダクタは高いQのフェライトを使用し，ビーズは高周波帯で損失が大きくなるフェライトを使用しています．フェライトの高周波損失は電流を熱に変換します．ビーズは高周波帯で損失が大きいので高周波帯のノイズを除去します．

図6-1はビーズとインダクタの高周波損失特性です．ビーズの高周波損失200 Ωの周波数帯域は，約15 M～1 GHzの広帯域に広がっていますが，インダクタの高周波損失200 Ωの周波数帯域は，約300M～800 MHzの帯域です．ビーズは主にディジタル信号のような広い帯域のノイズ除去に使用し，インダクタは主に周波数が特定できるアナログ・ノイズの除去に使用します．

〈長田 久〉

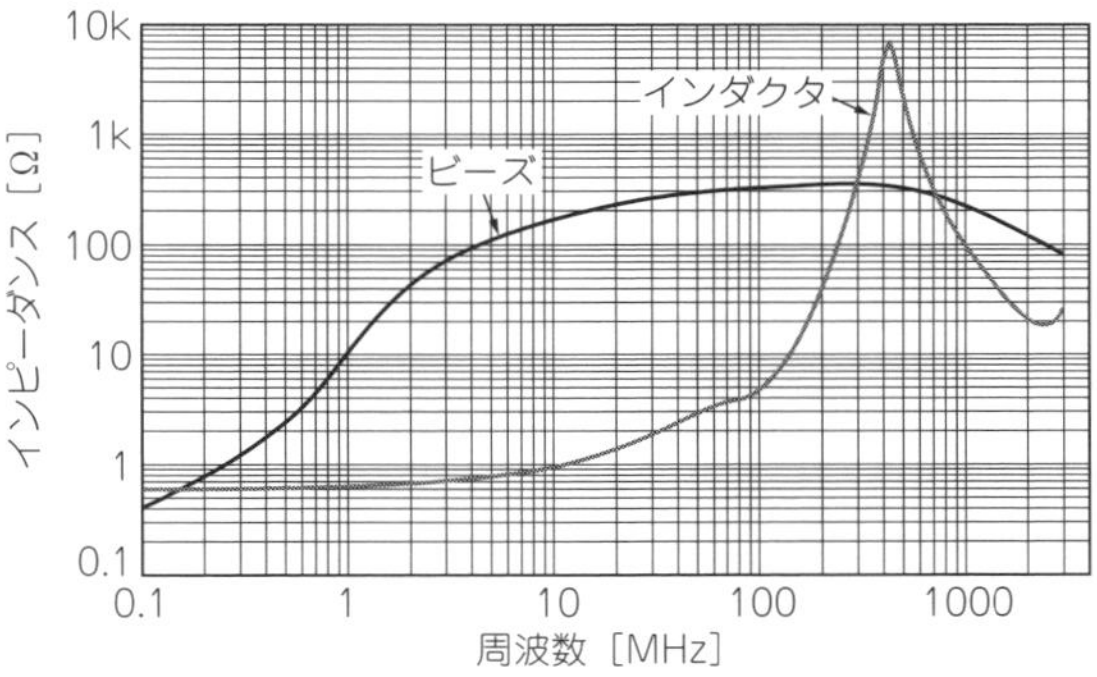

図6-1　インダクタとビーズのインピーダンスの周波数特性

7 定格電流はどうやって決めているの？

定格電流は，インダクタに流れる電流を増加させたときのL値が決められた割合だけ(例えば，電流0 A時より－10％)低下したときの電流値，または電流を増加したときに，常温からある温度(例えば＋20 ℃)まで上昇したときの電流値で決めています．

インダクタはフェライトなどの強磁性体のコアに銅線を巻き線して構成されています．銅線の太さと長さによって電気抵抗Rが決まっています．この電気抵抗Rはコイルに流れる電流を熱に変えてしまいます．この損失が銅損です．

また，磁芯である強磁性体のフェライトなどは鉄損と呼ばれる損失を持っています．鉄損は強磁性体が持つヒステリシス損と強磁性体の表面を突き抜ける磁束によって発生する渦《うず》電流損です．電流の増加によってヒステリシス損は主にL値の低下を引き起こし，銅損と渦電流損は主に発熱を引き起こします．

定格電流はL値の低下か温度上昇のどちらか，あるいはその両方，またはどちらか低い方の電流値で決めています．L値の低下する割合，上昇する温度，および決め方はメーカおよび製品によってまちまちです．電流の上昇によって問題となるのがL値の低下か発熱なのかは，用途によって違います．

〈長田 久〉

Q8 インダクタの用途による分類を知りたい

A 用途は，電源系と信号系で分類するのが一般的です．

エレクトロニクス機器は，手のひらに乗せて使う携帯電話からエアコンや電気冷蔵庫などの大型家電機器まで多種多様です．また，産業用の工作機械や自動車などのエレクトロニクス回路にも，多くのインダクタが使用されています．

これらのエレクトロニクス機器は多種多様な回路で構成されています．おおまかに機器の中身を分類すると，電気エネルギを供給する電源回路と情報や動作の信号処理回路になります．そこで，インダクタの用途は，電源系と信号系に分類します．

電源回路は，電気エネルギの供給の源であるAC電源回路と，機器内のブロックに分散されたDC電源回路に分類されます．

信号系は，音声信号(kHz帯)からマイクロ波(GHz帯)まで広い周波数帯域にわたっています．

巻き線タイプのインダクタは，AC電源回路の平滑コイルからチューナで使われる空芯コイルまでさまざまな種類があります．

積層タイプは印刷シートの材質や層数，体積の違いによって多くの種類があり，広い範囲で使用されています．例外もありますが，各コイルの特徴と用途を**表8-1**に示しました．

〈長田 久〉

表8-1 各コイルの特徴と用途

	インダクタンス値*1	直流抵抗値*2	Q*2	定格電流値*2	共振周波数*2	用途 AC電源	用途 DC電源	用途 信号系
巻き線タイプ	大	小	大	大	中	○	○	○
積層タイプ	中	大	小	小	小		○	○
薄膜タイプ	小	中	中	中	大			○

＊1：それぞれのタイプで実現できる領域の相対比較
＊2：同一インダクタンスの場合の相対的な比較

Q9 電気的特性にはどんな項目があるの？

A カタログに記載されている電気的特性(仕様)をベースに説明します．

▶インダクタンス(L値)

インダクタなので，第1番目の仕様です．一般的なエレクトロニクス機器で使用されるインダクタのL値は数nHから数mHです．

▶インダクタンスの許容差

L値の範囲を表しています．許容差と記号を**表9-1**に示します．

▶L値の測定周波数

L値は周波数によって変化するので，測定周波数を明記します．

▶Q

QはQualityのことで，高周波における損失(抵抗成分：R)に反比例します．$Q = \omega L/R$で表し，保証できる最小値を表示します．

▶Qの測定周波数

周波数によって大きく変化するので測定周波数を明記します．

▶直流抵抗

直流のときの抵抗値です．±の範囲，または，最大値を表示します．

▶共振周波数

図4-1(等価回路)に示した内部の容量値とL値で共振する周波数です．保証できる最小値を表示します．

▶定格電流

インダクタに流すことができる最大電流値です．

〈長田 久〉

表9-1 L値の許容差と記号

記号	B	C	D	F	G	J	K	M	N
許容差％	±0.1	±0.25	±0.5	±1	±2	±5	±10	±20	±30

Q10 直流重畳特性とはどんな特性？

A フェライトなどの強磁性体を磁芯にしたインダクタには，磁性体のヒステリシス特性に起因する電流対インダクタンス特性があります．

インダクタにバイアスとして直流電流を流し(重畳して)増加させるとL値が低下する特性が，直流重畳特性です．

図10-1は，フェライトが磁化されるときの特性である磁化曲線です．これをヒステリシス曲線あるいはB-H曲線と呼びます．

横軸は磁界の強さで，縦軸は磁束密度です．B-H曲線の角度がL値の大きさを決めます．インダクタに流す電流を大きくすることにより磁界の強さが増加し，それに伴って磁束密度が増加します．

磁界の強さを増加していくと傾斜は緩くなり，さらに強くすると，やがて傾斜はなくなり磁束密度の増加は止まり磁芯は磁性を失います．これを磁気飽和といいます．

図10-1中の【**a**】の領域ではL値は初期の値を維持していますが，【**b**】の領域になると傾斜角度は小さくなりL値は減少を始めます．さらに磁界を強くすると【**c**】の領域・磁気飽和になり，インダクタは空芯コイルのL値になります．

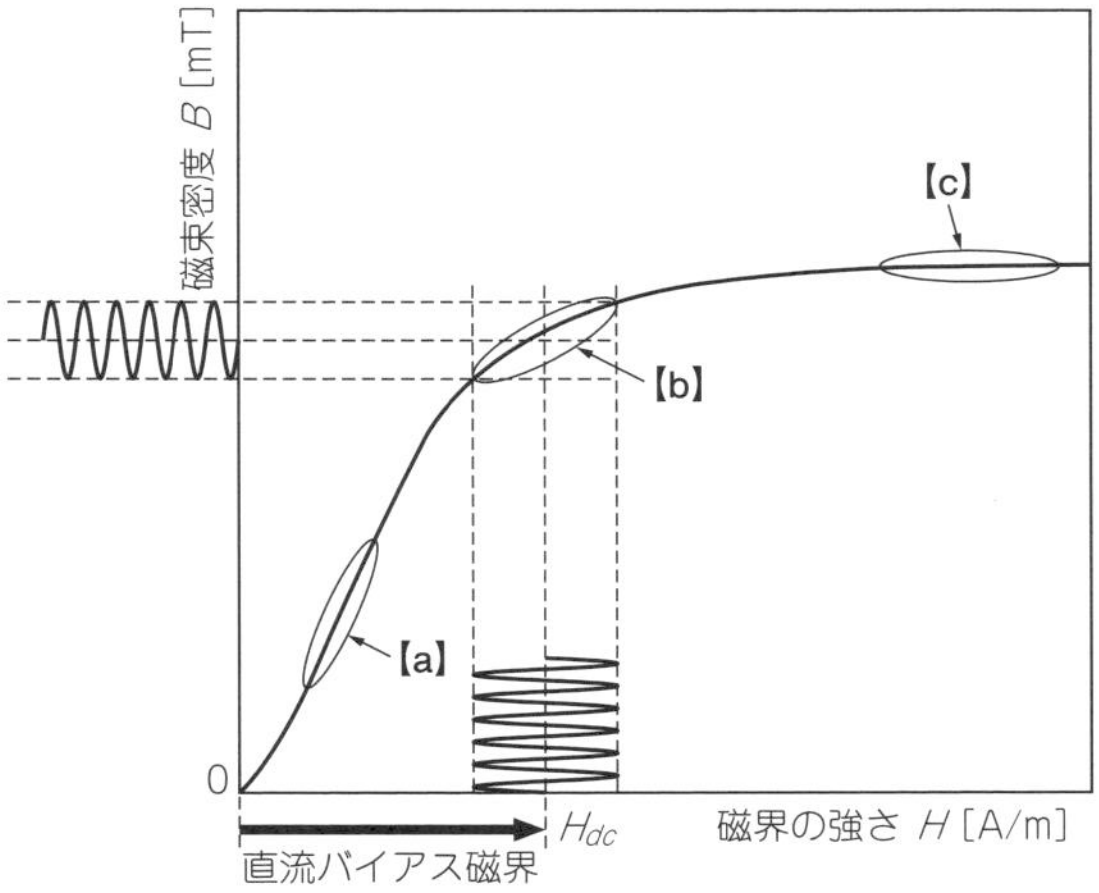

図10-1　*B-H*曲線と直流重畳特性

直流重畳特性は，インダクタの定格電流から読み取れることもあります．　〈**長田 久**〉

Q11 温度特性や直流重畳特性の入手方法を知りたい

A 一例として，TDKのWebページに掲載されている「部品特性解析ソフト(SEAT)」を紹介します．

「部品特性解析ソフト」から得られたインダクタの温度特性，直流重畳特性，およびDCバイアス電流と温度上昇の例を**図11-1**に示します．

インダクタのコア材に使用されるフェライトなどの強磁性体の透磁率μは，温度が上昇するとわずかに大きくなる傾向があります．そのために，L値の温度特性もプラスになる特性を持っています．しかし，強磁性体はある温度に達すると磁性体としての性能が消えてしまいます．この温度をキュリー点といいます．

飽和磁束密度は温度の上昇に従って小さくなり，直流重畳特性が劣化します．電流が増えていくと温度が上昇し，温度の上昇が続くと回路の断線や短絡，ICの破損などの事態に至る恐れもあります．

そこで，インダクタの選択に当たっては回路の温度および電流に対して十分に余裕のあるインダクタを選択する必要があります．そのためにも，インダクタの温度特性や直流重畳特性および直流重畳特性の温度特性などはしっかりと把握することが必要です．

〈**長田 久**〉

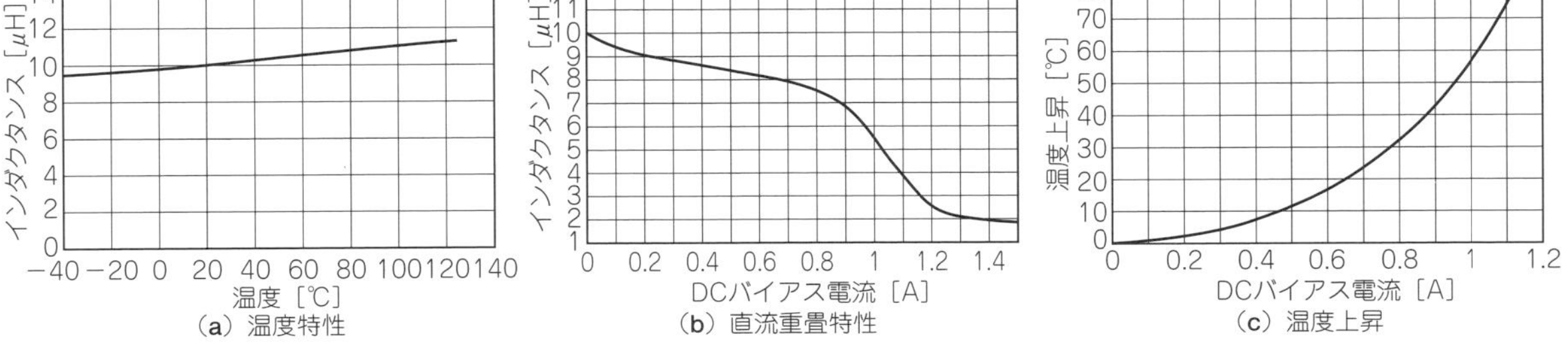

図11-1　DC-DCコンバータ用インダクタ〔VLF4012AT-100(10μH, TDK)〕の特性

部品特性解析ソフトSEATを使用

10 インダクタのQ&A

Q12 インダクタの実装上の注意点を知りたい

インダクタは磁束を発生する電子部品なので，実装するときに重要な注意点があります．

磁気シールドされていない開磁路構造の複数のインダクタを配置すると，磁気結合してクロストークが発生します．さらに，ほかのインダクタ磁性体の影響でL値が変化し，近くの金属ケースの影響でQが低下することもあります．

特に高周波回路に使用するインダクタはL値が小さいので，パターンとの結合によるL値の変化の割合が大きく，回路の特性がばらつくこともあります．

インダクタの配置は，**図12-1**に示すようにインダクタから発生する磁束の方向がそろう配置を避け，ほかの部品やパターンとの位置を十分考慮しましょう．

はんだ付けは高温にさらされます．仕様書に従って条件を設定する必要があることなどは，ほかの電子部品と同じです．

〈長田 久〉

◆ 参考文献 ◆

(1) 戸川 治朗；実験で学ぶコイルの基本動作，トランジスタ技術，2003年10月号，CQ出版社.
(2) 不動 雅之；コイルの種類と特徴，トランジスタ技術，2003年10月号，CQ出版社.
(3) 浅井 紳哉；スイッチング電源のためのコイル，トランジスタ技術，2003年10月号，CQ出版社.
(4) 市川 裕一；高周波におけるコイルの特性実験，トランジスタ技術，2003年10月号，CQ出版社.
(5) 佐藤 守男；電源回路のLC素子，TDK HOTLINE Vol.23，TDK㈱.
(6) 広川 正彦；ノイズ対策の基礎，第3回 電源系でのノイズ対策，TDK HOTLINE Vol.29，TDK㈱.
(7) Product Update File，高周波回路/高周波モジュール用積層チップインダクタ，TDK㈱.
http://www.tdk.co.jp/puf/index.htm
(8) Product Update File，電源用トランス用/チョーク用低損失・高飽和磁束密度フェライト，TDK㈱.
http://www.tdk.co.jp/puf/index.htm
(9) アプリケーション・ノートMKT08J-24，DC/DCコンバータの検討，トレックス・セミコンダクター㈱.
http://www.torex.co.jp/japanese/Data/apl/12-MKT08J-18DCDC2.pdf

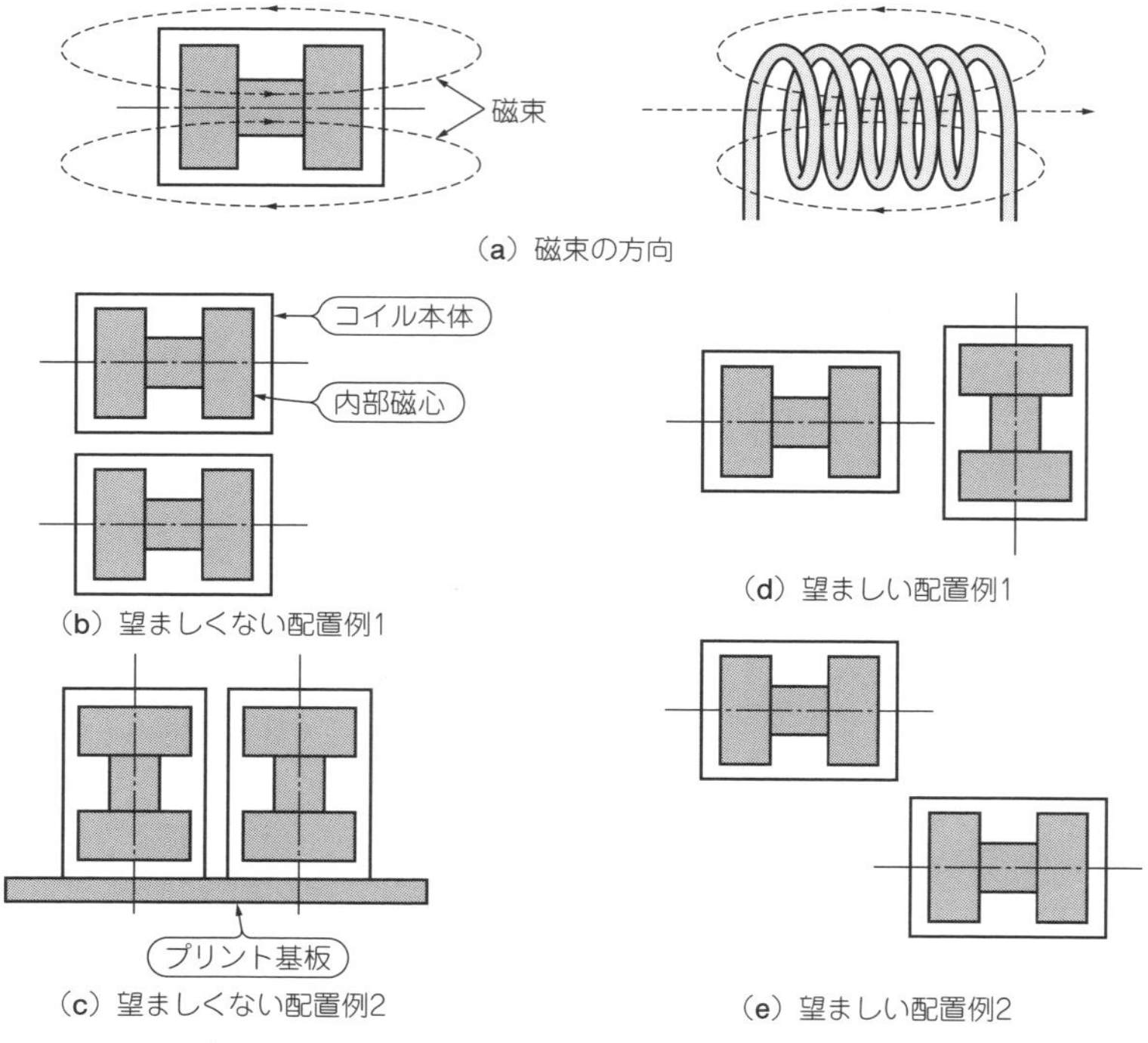

図12-1 インダクタの実装上の注意点

第11章 発振子のQ&A

Q1 セラミック発振子と水晶発振子の違いを知りたい

A 発振回路というと，トランジスタとインダクタLとコンデンサCを組み合わせた基本的なLC発振回路があります．図1-1のようにディスクリート部品を組み合わせて発振回路にする方法も有効ですが，標準ロジックICのインバータとセラミックや水晶振動子と組み合わせる発振回路が部品数も少なく作りやすいです．

● マイコン内のRC発振回路では安定な発振は難しい

マイコンなど，ある程度の規模のICでは動作基準のクロックとして，図1-2のように外部に水晶あるいはセラミックの発振素子が使われています．

IC内部にRとCを作り込んだ発振回路では，周波数の安定したクロックは得られません．専用の発振器モジュールを使うと，周波数精度0.01 %以下の非常に安定なクロックが得られますが，たいていはそこまで必要ありません．そんなときは，IC内部のインバータと，外部に付加するセラミック発振素子（写真1-1）または水晶発振素子（写真1-2）を組み合わせて作ります．

必要な安定度やクロック周波数帯域に応じて内部の発振回路を選択できるマイコンもあります（表1-1）．

● 安さのセラミック，周波数安定度の水晶

セラミック発振子と水晶発振子の仕様の違いを表1-2に示します．長期および短期安定度の値，および温度安定度は，図1-2のような回路を組んで実測した標準値です[(1)]．セラミック素子のほうが一般に安価ですが，安定度は水晶のほうが桁違いによいです．水晶発振子でもセラミック発振子とそれほど価格が変わらないものもあります．クロック性能を確保したほうがよい場合は水晶発振子を使います．

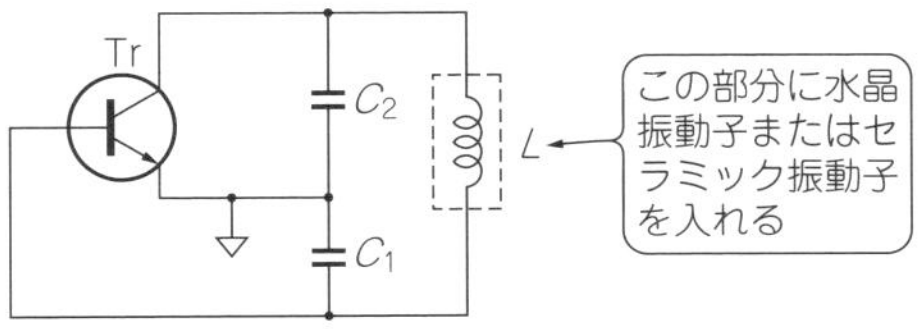

$$f \fallingdotseq \frac{1}{2\pi\sqrt{L\frac{C_1 C_2}{C_1+C_2}}}$$

図1-1　トランジスタを使った基本的なLC発振回路
（コルピッツ型）

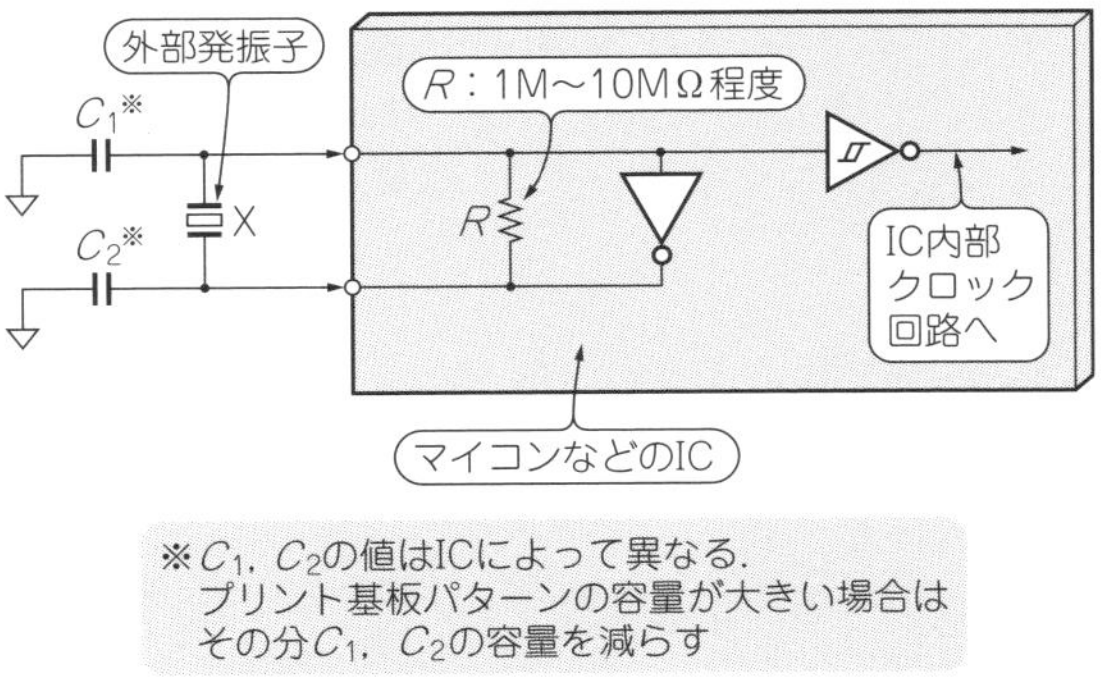

図1-2　ICに発振素子を外付けするクロック回路の例
図1-1のコルピッツ型発振回路のLをXに置き換えている

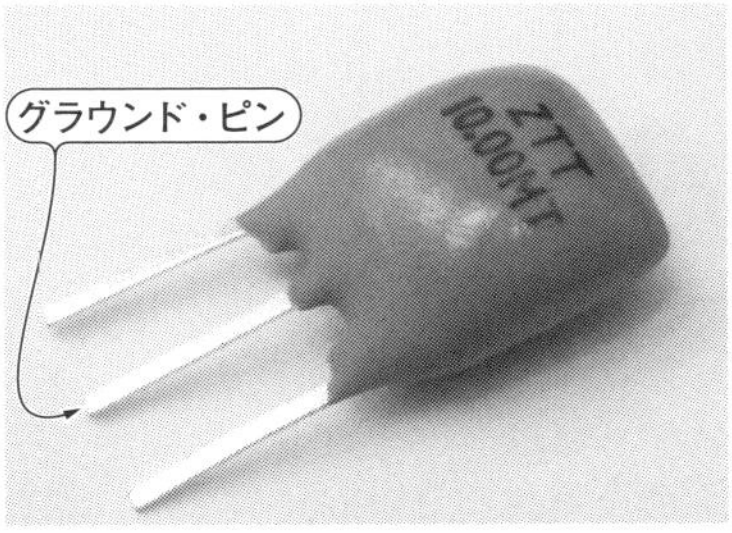

写真1-1[(1)]
セラミック発振子の例
水晶発振子では外付けするコンデンサが内蔵されているタイプ

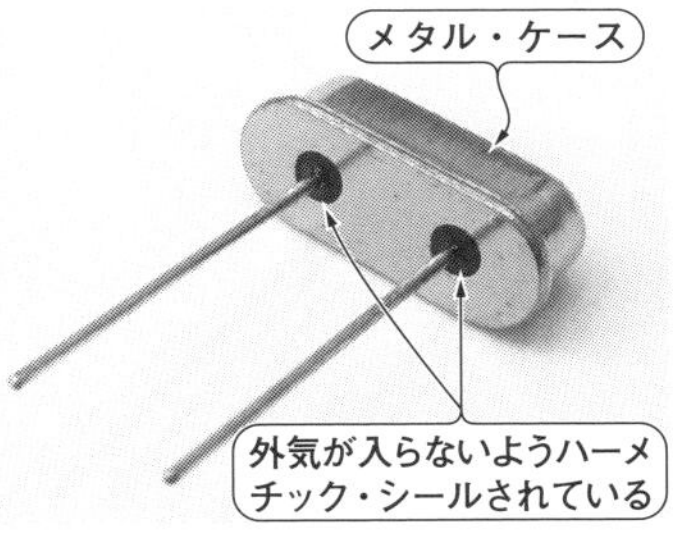

写真1-2[(1)]
水晶発振子の例

表1-1[(2)]　PIC24Fファミリのマイコンでは発振回路を選択できる
参考文献(2)より抜粋して引用

モード	内　容	周波数	発振素子
LPRC	低電力RC発振	31 kHz	IC内部CR
FRC	標準RC発振	8 MHz	IC内部CR
XT	低周波外部素子使用発振	3.5 M～10 MHz	外部水晶あるいはセラミック発振子

表1-2　セラミック発振子と水晶発振子の比較

項　目	LC発振	セラミック発振子	水晶発振子
初期周波数精度	± 2%	± 0.5%	± 0.001%
長期安定性(1000秒)	×	10^{-6}	10^{-8}
短期安定度(10秒)	×	10^{-7}	10^{-8}
温度変化	×	～100 ppm/℃	数ppm/℃
大きさ	−	数mm角	10 mm程度(数mmのものもある)
価格	−	20円から	30円から

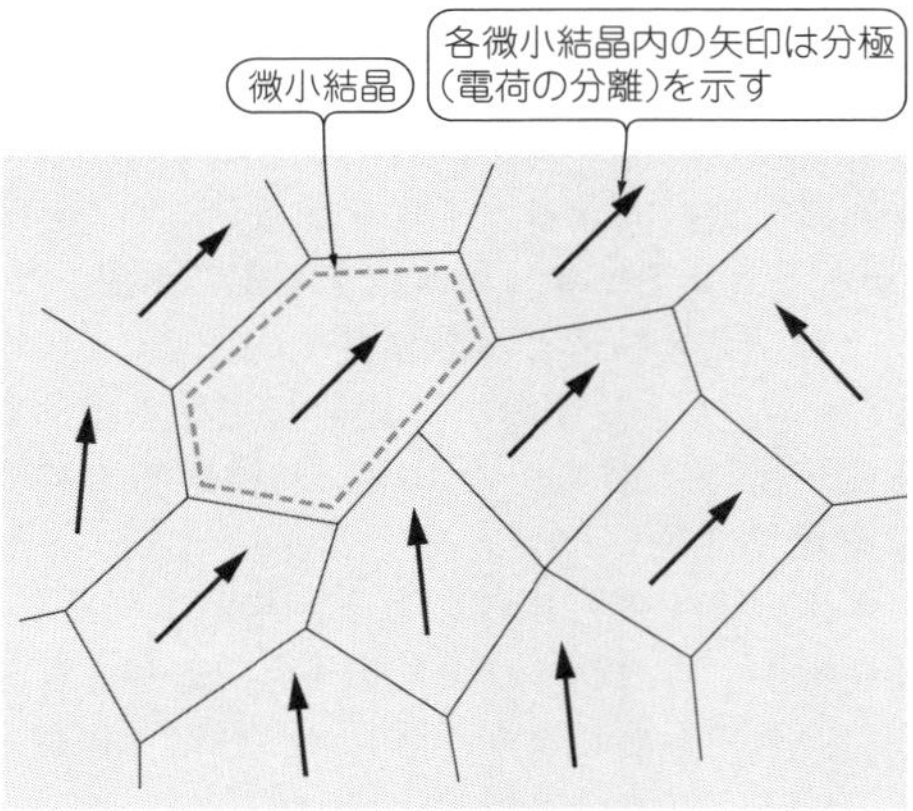

図1-3　圧電セラミックの内部微細構造(概念図)
高電圧を加えるとバラバラだった分極方向が揃う

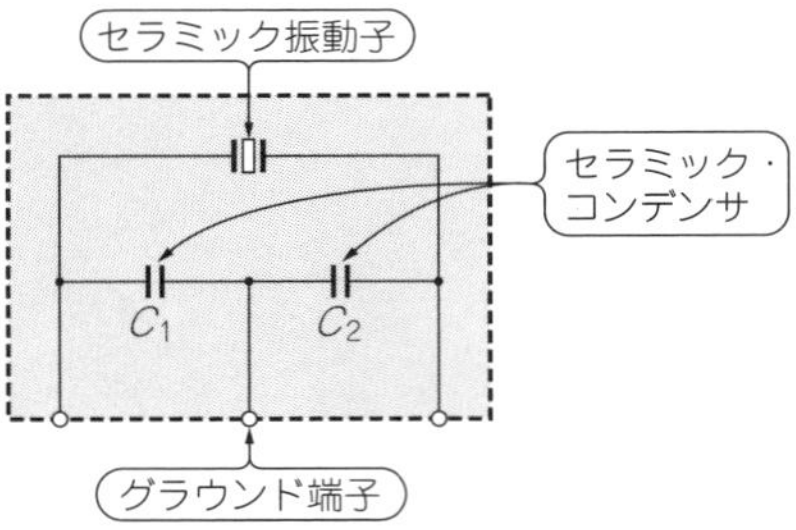

図1-4　セラミック発振子の内部回路(概念図)

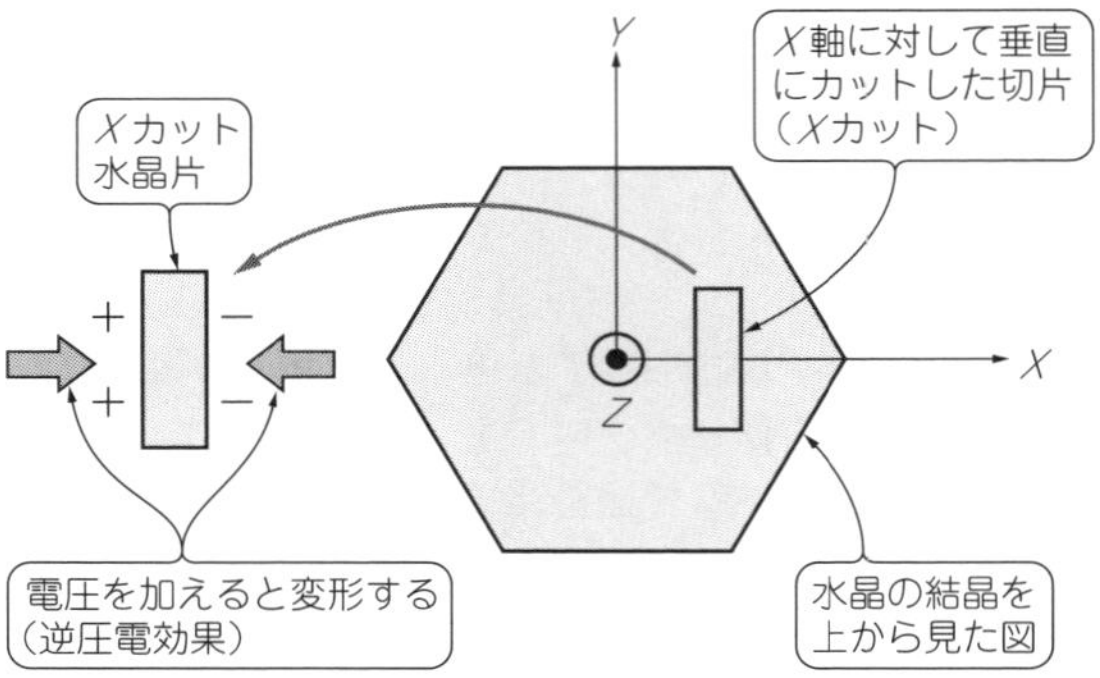

図1-5　水晶結晶から逆圧電効果のあるXカットで切り出す

● **セラミックが発振するしくみ**

写真1-1はセラミック発振子の例です．秋葉原のパーツ店で20円程度で手に入るものです．

セラミック(またはセラミックス)は，土などの無機物質を高温で焼き固めた焼き物の総称です．水晶のようにケイ素と酸素のみがきれいに結晶して構造がそろっていないので，セラミックのままでは電気を加えても振動子として働きません．セラミックの中で内部微細結晶構造内の＋と－の電荷が釣り合っていない高誘電体セラミックに高電圧をかける「分極処理」をすると，電圧を加えると形状が変化する逆圧電効果(注)を生じるようになります(**図1-3**)．

分極処理を行ったセラミックに電極を取り付けると，セラミック発振子を作ることができます．セラミックスを電極で挟むとコンデンサにもなります．発振に必要なコンデンサを作り込んだ製品(**図1-4**)も多いです．**写真1-1**はその一例で，真ん中のピンがグラウンドになっています．

● **水晶が発振するしくみ**(4)

天然の水晶は透明で6角柱の鉱物として得られる，ケイ素と酸素からできた結晶です．**図1-5**のように水晶の6角柱の方向をZ軸，それと垂直で6角形断面の角の方向をX軸として，X軸に垂直の面で切り出して作られています．切片に電圧を加えると，機械的に変形する逆圧電効果を生じます．

天然の水晶は，不純物が混じっていたり不規則な方向に結晶が混じっていたりするので量産には向きません．水晶発振子には，天然の結晶でなくカットしやすい人工的な結晶が使われています．1000気圧程度，数百℃の大型窯で人口水晶は作られます．**図1-5**の切り出し方をXカットと呼び，比較的安価な振動子はこのタイプです．Xカットより高安定な振動子が得られるATカットやSCカットは切り出し角度がXカットより複雑に回転させた軸で切り出されており，高価です．

〈志田 晟〉

注：機械的圧力を加えると電気を発生する効果は圧電効果と呼び，その逆の効果を逆圧電効果と呼ぶ．

◆**参考・引用*文献**◆

(1)* 志田 晟；プレシジョン水晶発振器の種類と評価技術，トランジスタ技術2016年2月号，CQ出版社．
(2)* DS39700A_JP，Microchip Technology Inc，2007．
(3) 村田製作所セラミック発振子Webページ，http://www.murata.com/ja-jp/products/timingdevice/ceralock
(4) 吉村 和昭，倉持 内武；これだけ！電波と周波数，2015年，秀和システム．

水晶振動子

Q 2 水晶振動子に関する用語を知りたい

A 水晶振動子の特性を表す用語を**表2-1**に，水晶振動子の等価回路を**図2-1**に示します．

〈**大川 弘（遠座坊）**〉

◆参考・引用*文献◆

(1)* 日本水晶デバイス工業会；QIAJ技術基準 QIAJ-B-012「用語 - 水晶振動子、水晶発振器、水晶フィルタ」，http://www.qiaj.jp/pages/docs/standard/QIAJ-B-012_2015.pdf

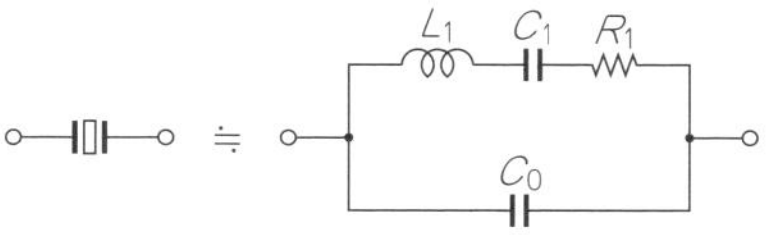

図2-1　水晶振動子の等価回路(注)

注：水晶振動子の記号は，IEC規格やJIS規格が変更されていて，現在では下記となっている．

表2-1　水晶振動子に関する主な用語(1)

用　語	記号	意　味
直列容量	C_1	等価回路の直列アームのキャパシタンス
直列インダクタンス	L_1	等価回路の直列アームのインダクタンス
直列抵抗	R_1	等価回路の直列アームの抵抗値
並列容量	C_0	等価回路の直列アームに並列接続されたキャパシタンス
共振周波数	f_r	直列共振点付近における位相零点の周波数
反共振周波数	f_a	並列共振点付近における位相零点の周波数
負荷時共振周波数	f_L	共振周波数が負荷容量によって変化した周波数
周波数	f_{nom}	公称周波数
負荷容量	C_L	水晶振動子の負荷時共振周波数を決定するための外部容量
励振レベル	DL	発振している水晶振動子の内部で消費される電力

Q 3 水晶振動子を使ったCMOS水晶発振回路とはどんな回路？

A **図3-1**が標準的な基本波CMOSインバータ水晶発振回路です．発振回路に求められる特性によって回路定数が変わり，それぞれの部品ごとに役割を持っています．

▶Inv（インバータ）

R_fを接続して反転アンプとして使用します．アンバッファ・タイプ（後述）以外は水晶発振回路に使用できません．

▶Buf（バッファ）

発振用と同じインバータを使う場合やシュミット・トリガなどを使う場合もあります．

▶R_f（帰還抵抗）

ディジタル・ゲートのインバータInvをアナログ反転アンプとして動作させるための抵抗です．

▶R_d（ダンピング抵抗）

水晶振動子がオーバートーンで発振しないようにするための抵抗です．発振周波数の3倍周波数における発振回路のゲイン（負性抵抗）を小さくして，オーバートーン発振を予防するために使用します．

▶R_x（励振電流制限抵抗）

水晶振動子に流れる励振電流が水晶振動子メーカの定める許容励振電力を超えると発振周波数が不安定になるので，励振電流を制限して発振周波数を安定させます．

主に，周波数15 MHz以上，電源電圧3.3V以上の発振回路で使用されます．抵抗類で消費する電力は非常に小さいので，1608～0603サイズのチップ抵抗が使用可能です．

▶C_{x1}, C_{x2}（タイミング・コンデンサ）

水晶振動子の電極に発生する電荷を安定して充放電させる役割と発振周波数を調整する役割があります．ほとんどの場合，CH特性のセラミック・コンデンサを使用します．

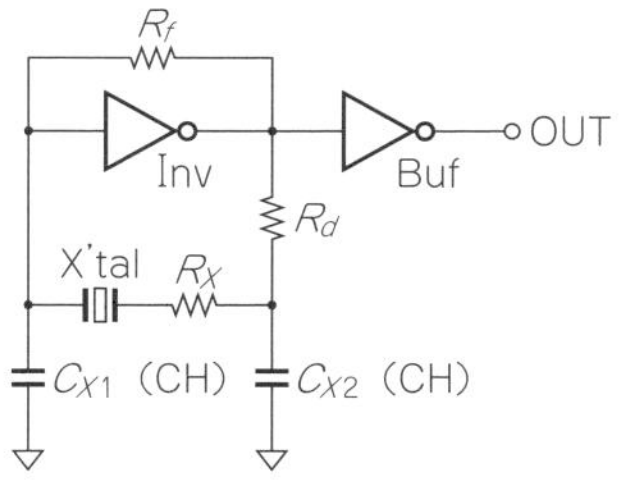

図3-1　標準的な基本波CMOSインバータ水晶発振回路

〈**大川 弘（遠座坊）**〉

Q 4 水晶発振回路の負荷容量って何？

A 水晶振動子製造時に，水晶振動子に直列接続するコンデンサや水晶発振回路の水晶振動子を接続する端子から見た容量性リアクタンス(コンデンサ成分)を，負荷容量と呼びます．

水晶振動子のインピーダンス特性と位相特性を**図4-1**に示します．負荷容量なしの状態(負荷容量＝∞)で測定した水晶振動子の直列共振点①の共振周波数f_Sや直列抵抗R_1は，負荷容量C_Lによって②の負荷時共振周波数f_Lに上昇，負荷時共振抵抗R_Lに増加する性質を持っています．

負荷容量が小さい場合には，負荷容量が大きい場合に比べてインピーダンスの増加や共振周波数の上昇が大きくなります．

「負荷容量＝12 pF」の水晶振動子を例にすると，12 pFのコンデンサを負荷容量として水晶振動子に直列接続したときに共振周波数が公称周波数になるようにメーカは製造しています．

この水晶振動子を水晶発振回路に搭載して製造時の周波数で発振させるには，水晶発振回路のICや基板パターン，搭載コンデンサなどを合計した容量値が12 pFになるように回路定数を選定します．

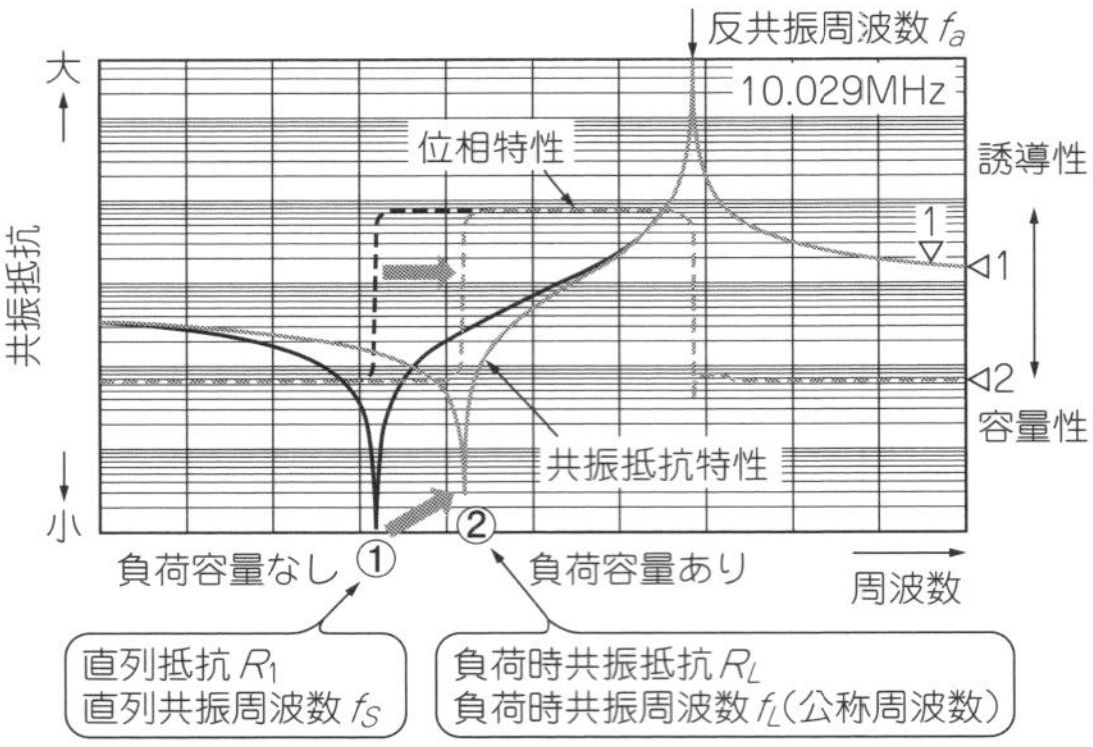

負荷容量	抵抗分	共振周波数
なし	最小	低
あり	増加	上昇

図4-1　負荷容量によるインピーダンスと位相の変化

〈**大川　弘(遠座坊)**〉

Q 5 負荷容量と発振周波数の関係を知りたい

A 水晶振動子は，**図5-1**のように負荷リアクタンスによって負荷時共振周波数f_Lが変化する特性を持っています．

負荷リアクタンスを接続しない状態(＝負荷リアクタンスが容量性でも誘導性でもない状態)で測定されたC_1とL_1が直列共振する周波数に限って共振周波数f_rと呼びます．

「負荷容量＝直列」は「負荷インダクタンス＝直列」でもあるわけですが，水晶振動子の負荷リアクタンスは一般的に負荷容量で表されるので「負荷容量＝直列」と表します．

水晶振動子は負荷容量C_Lによって発振周波数(負荷時共振周波数f_L)が変化し，次の計算式によって求められます．

$$f_L = f_r\left(\frac{C_1}{2(C_0+C_L)}+1\right)$$

f_L：負荷時共振周波数［MHz］
f_r：共振周波数［MHz］
C_1：等価回路の直列容量(等価直列容量)［fF］
C_0：並列容量［pF］　C_L：負荷容量［pF］

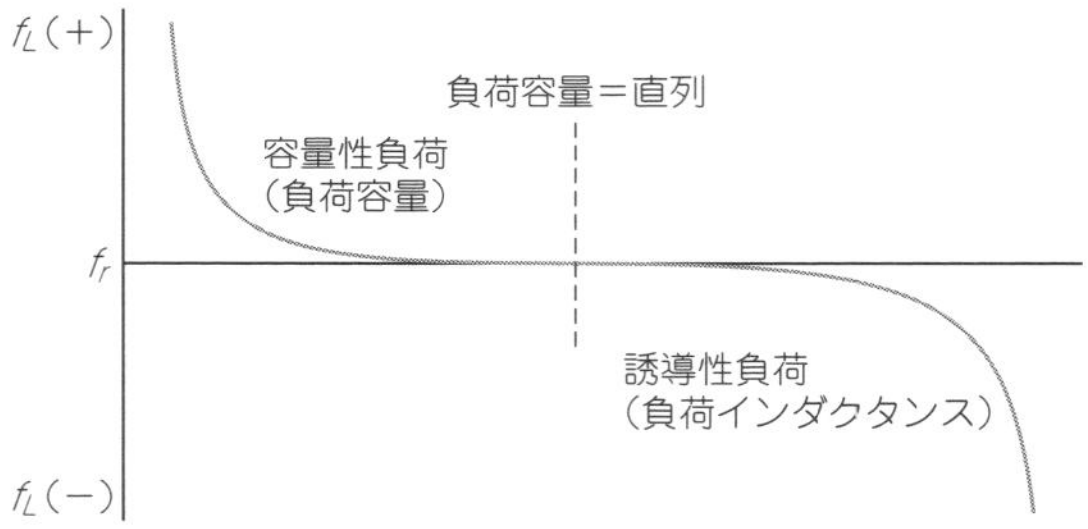

図5-1　リアクタンスと負荷時共振周波数の関係

これらのうちf_r，C_1，C_0は水晶振動子の持っている特性値です．f_rは負荷容量なしで測定された水晶振動子の共振周波数で，負荷容量C_Lは回路側が持っている特性値です．

〈**大川　弘(遠座坊)**〉

Q6 水晶発振回路の負性抵抗って何？

A 負性抵抗とは，水晶発振回路のゲインを負の抵抗値の絶対値（$|-R|$）で表した，水晶振動子を振動させるために発振回路が持っている能力です．

負性抵抗は，抵抗置換法で容易に測定できます（**図6-1**）．具体的には，リード・タイプのカーボン抵抗R_{sup}を，**図6-2**のように水晶振動子に直列接続して見かけ上の水晶振動子の負荷時共振抵抗を増加させ，R_{sup}を徐々に大きな値に交換して不発振になる直前のR_{sup}を確認し，水晶振動子の負荷時共振抵抗R_Lを加えて負性抵抗とします．

この測定方法は，おおむね100 MHz以下の周波数帯に用いられます．容易に負性抵抗を測定することができるため数多く利用されています．

〈**大川 弘（遠座坊）**〉

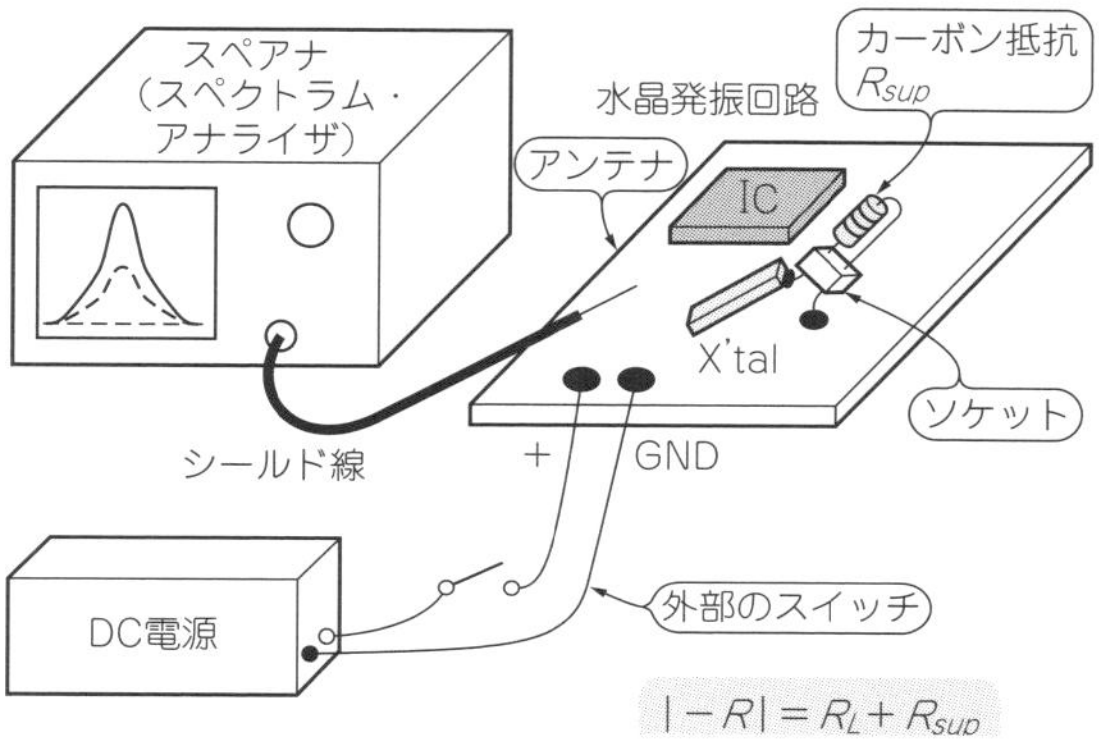

図6-1　負性抵抗の測定方法

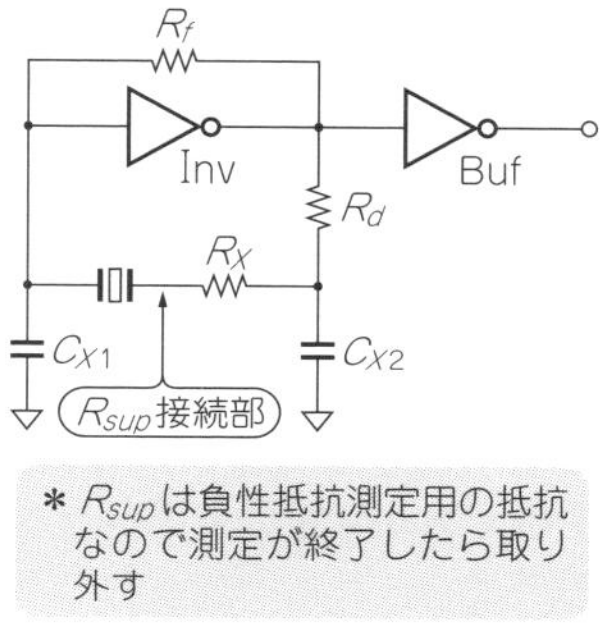

図6-2　R_{sup}の接続部分　水晶振動子の片側の端子を基板から浮かせ，その部分と基板側の水晶振動子接続部分との間に接続

Q7 負性抵抗は周波数によって変わる？

A 水晶振動子を発振させる能力（≒ゲイン≒負性抵抗）や水晶振動子の負荷時共振抵抗R_Lは周波数特性を持っています．それらの関係を**図7-1**に示します．

負性抵抗と水晶振動子の負荷時共振抵抗R_Lの比は発振余裕度（＝発振マージン）を表し，水晶振動子を発振させるための目安になります．

2つの特性同士が離れていればその比が大きくなるため，図のMidの領域（おおむね5M～12 MHz）に発振周波数を選択すると発振余裕度が大きくなります．そのほかの周波数帯にクロック周波数を選ぶ場合よりも発振回路の信頼性が増します．

負性抵抗は大きいほうが良いのですが，大き過ぎると異常発振の原因になるので好ましくありません．MHz帯の発振回路では10 kΩを上限の目安にすると異常発振などの不具合を避けることができます．

〈**大川 弘（遠座坊）**〉

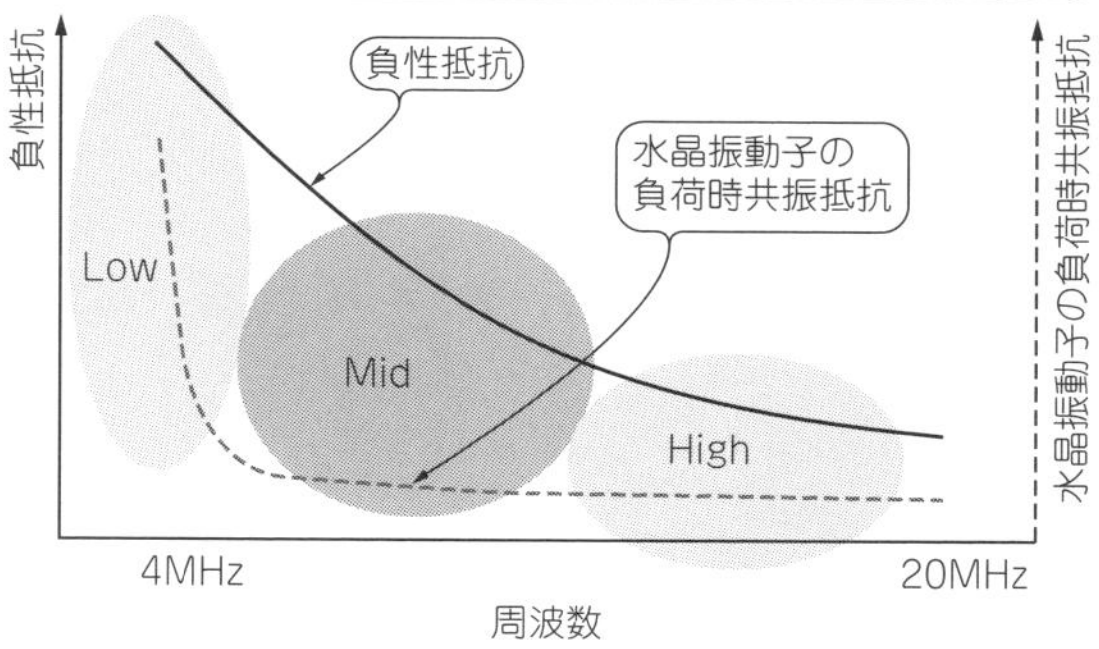

$$\text{発振余裕度} = \frac{\text{負性抵抗}}{R_L}$$

図7-1　負性抵抗と水晶振動子の負荷時共振抵抗R_Lの周波数特性概念図

Q8 CMOSインバータ水晶発振回路の設計ポイントは？

A

● 発振用インバータの選び方

CMOSインバータ発振回路は，ディジタル反転素子のインバータを発振アンプに使いますが，すべてのインバータが水晶発振回路に使用できるわけではありません(**表8-1**)．また，周波数帯に適したICを選択しなければ良好な特性を得ることはできません(**表8-2**)．

インバータにはアンバッファ・タイプとバッファ・タイプがあり，シンボル・マークは同じです．しかし，バッファ・タイプはゲインが過大なため異常発振を起こしやすいので，水晶発振回路には使用できません．

ICやLSIの電源端子には，0.01 μ～0.1 μFのパスコンを接続します．水晶発振回路の電源ラインは交流的にグラウンドと同電位でなければなりません．このコンデンサを付けないと，水晶発振回路が正常に起動しなくなるので注意しましょう．

表8-1　水晶発振回路とインバータのタイプ

タイプ	アンバッファ	バッファ
ゲイン	約20 dB	約60 dB
シンボル	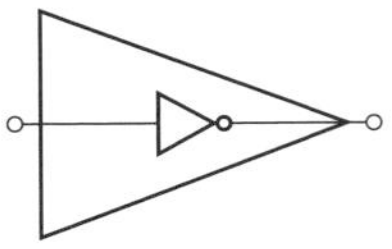	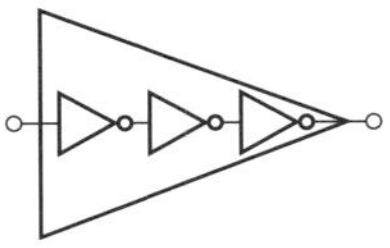
発振回路	使用可能	使用不可

表8-2　水晶発振回路用周波数帯別インバータ
(すべてアンバッファ・タイプ)

周波数帯	IC
32.768 kHz	TC4069UB，TC4SU69F，または同等品
1M～9.99 MHz	TC4069UB，TC4SU69F，または同等品
10M～19.99 MHz	TC74HCU04，TC7SU04FU，または同等品
20M～29.99 MHz	TC74VHCU04，TC7SHU04FS，または同等品
30M～40 MHz	TC7SZU04AFS，または同等品

● 負荷容量と回路定数の決定

CMOS水晶発振回路は負荷容量値によって特性が大きく変化するので，負荷容量を決定することは最も重要です．目的の周波数で水晶振動子を発振させるためには，水晶振動子の負荷容量(水晶振動子のカタログなどに記載された負荷容量値)と発振回路の負荷容量(水晶振動子を接続する端子から見た基板の容量成分の合計)を同一にする必要がありますが，入手性を考慮して最初に水晶振動子の負荷容量を決定し，次に発振回路の負荷容量や回路定数を決定します．

水晶振動子の負荷容量C_Lは12 pFや8 pFがポピュラです．CMOSインバータ発振回路に組み込んだときのC_Lは，数ppmの周波数精度が重要視される場合は8 pFよりも12 pFのほうが若干有利ですが，負性抵抗を大きくしなければならない場合は8 pFになるように設計します．

水晶振動子のC_Lと水晶発振回路のC_Lを同一にすると，周波数偏差の中心値のずれ(オフセット値)をゼロにすることができます．

これらを考慮すると，水晶振動子の負荷容量や水晶発振回路の負荷容量は**表8-3**のようになります．これを参考に回路条件を決定すると比較的簡単に発振させることができます．ただし，これらの回路定数は目安なので，実装状態やICのゲインなどに応じて調整する必要があります．

〈大川　弘(遠座坊)〉

表8-3　水晶振動子の負荷容量と水晶発振回路の負荷容量など
負荷容量は水晶振動子を購入する場合に指定する負荷容量を指す．回路に接続されたコンデンサの値を表すものではない

周波数帯	負荷容量［pF］	R_f［MΩ］	R_d［Ω］	R_x［Ω］	C_{x1}，C_{x2}［pF］
32.768 kHz	7	10	150 k	0	8
	9	10	330 k	0	12
	12.5	10	470 k	0	18
3M～4.9 MHz	8	1	560	0	12
	12	1	1 k	—	18
5M～9.9 MHz	8	1	0	0	12
	12	1	0	0	18
10M～15.9 MHz	8	1	0	150[注1]	10
16M～19.9 MHz	8	1	0	220	10
20M～29.9 MHz	8	1	180	180	10
30M～48 MHz	8	1	150	150	10

注1：SMDタイプ8.0×4.5 mmサイズ以上の水晶振動子の場合は0Ω

セラミック発振子

Q 9 セラミック発振子の動作原理を簡単に知りたい

A　セラミック発振子は，圧電セラミックスの機械的共振を利用した製品です．

セラミック発振子の基本的な使い方は，**図9-1**のような，1対の電極を設けた2端子型共振子となります．

2端子間のインピーダンス，および位相特性を測定すると**図9-2**のようになります．この図から，インピーダンスが最小となる周波数f_r(共振周波数)とインピーダンスが最大となる周波数f_a(反共振周波数)の間の周波数帯でインダクティブとなり，その他の周波数帯でキャパシティブとなる動作をしていることがわかります．

このことは，2端子型振動子の機械的振動がコイルL，コンデンサC，抵抗Rの直並列共振回路の組み合わせで等価的に置き換えて考えられることを意味します．固有周波数の近傍での電気的等価回路は，**図9-3**のように表すことができます．

f_r，f_aは圧電セラミックスの性能および形状により定まる周波数で，等価回路定数も次式により一義的に決定できます(Q_mは，機械的なQ)．

$$f_r = 1/2\pi\sqrt{L_1C_1}$$
$$f_a = 1/2\pi\sqrt{L_1C_1C_0/(C_1+C_0)}$$
$$= f_r\sqrt{1+C_1/C_0}$$
$$Q_m = 1/2\pi f_r C_1 R_1$$

いま，$f_r \leqq f \leqq f_a$なる周波数帯のみを考えると，**図9-4**のようにインピーダンス$Z = R_e + j\omega L_e (L_e \geqq 0)$となり，セラミック発振子は損失$R_e$［Ω］を持つインダクタンス$L_e$［H］として動作することになります．

〈村上 陽一〉

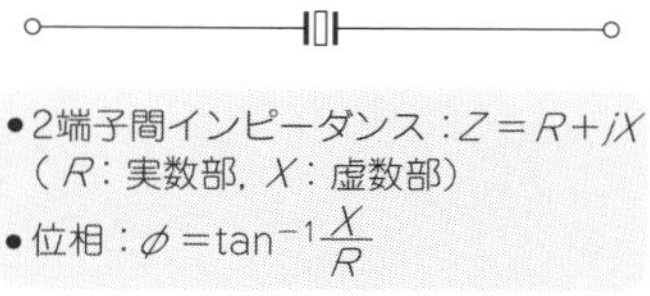

図9-1　2端子型セラミック発振子の回路記号

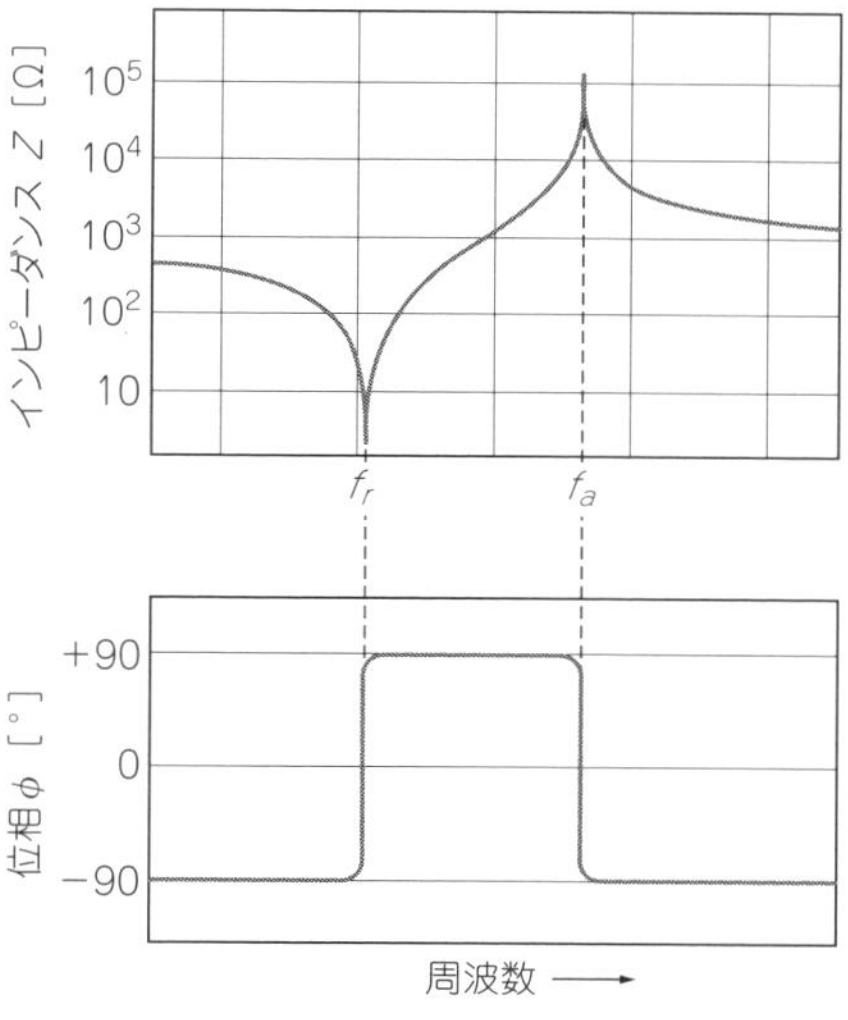

図9-2　セラミック発振子のインピーダンスと位相特性

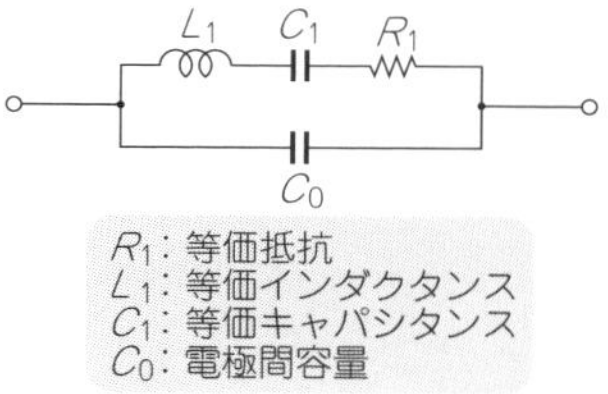

図9-3　セラミック発振子のインピーダンスと位相特性

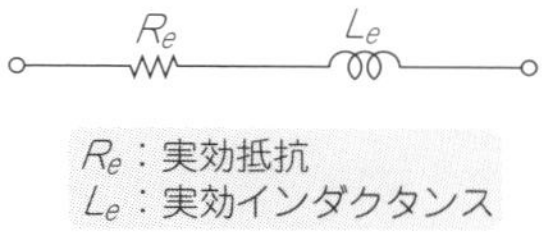

図9-4　$f_r \leqq f \leqq f_a$の周波数帯域でのセラミック発振子の等価回路

Q 10 セラミック発振子にはどんな種類があるの？

A　セラミック発振子は大きく分けて，リフロー実装に対応したSMD(Surface Mount Device；表面実装部品)タイプと，フロー実装に対応したリード・タイプがあります．

部品選択には，メーカのセレクション・ガイド(下記など)が役立ちます．

https://www.murata.com/ja-jp/products/timingdevice/ceralock/lineupgen

〈村上 陽一〉

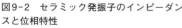

Q11 セラミック発振子の振動モードにはどんな種類があるの？

A セラミック発振子は，共振周波数によっていろいろな振動姿態(モード)が存在します．

その種類を**表11-1**に示します．なお，セラロックとして知られる村田製作所のセラミック発振子は，「厚み滑り振動」と「厚み縦振動」を使用しています．

〈村上 陽一〉

表11-1 セラミック発振子の振動モードと周波数帯域

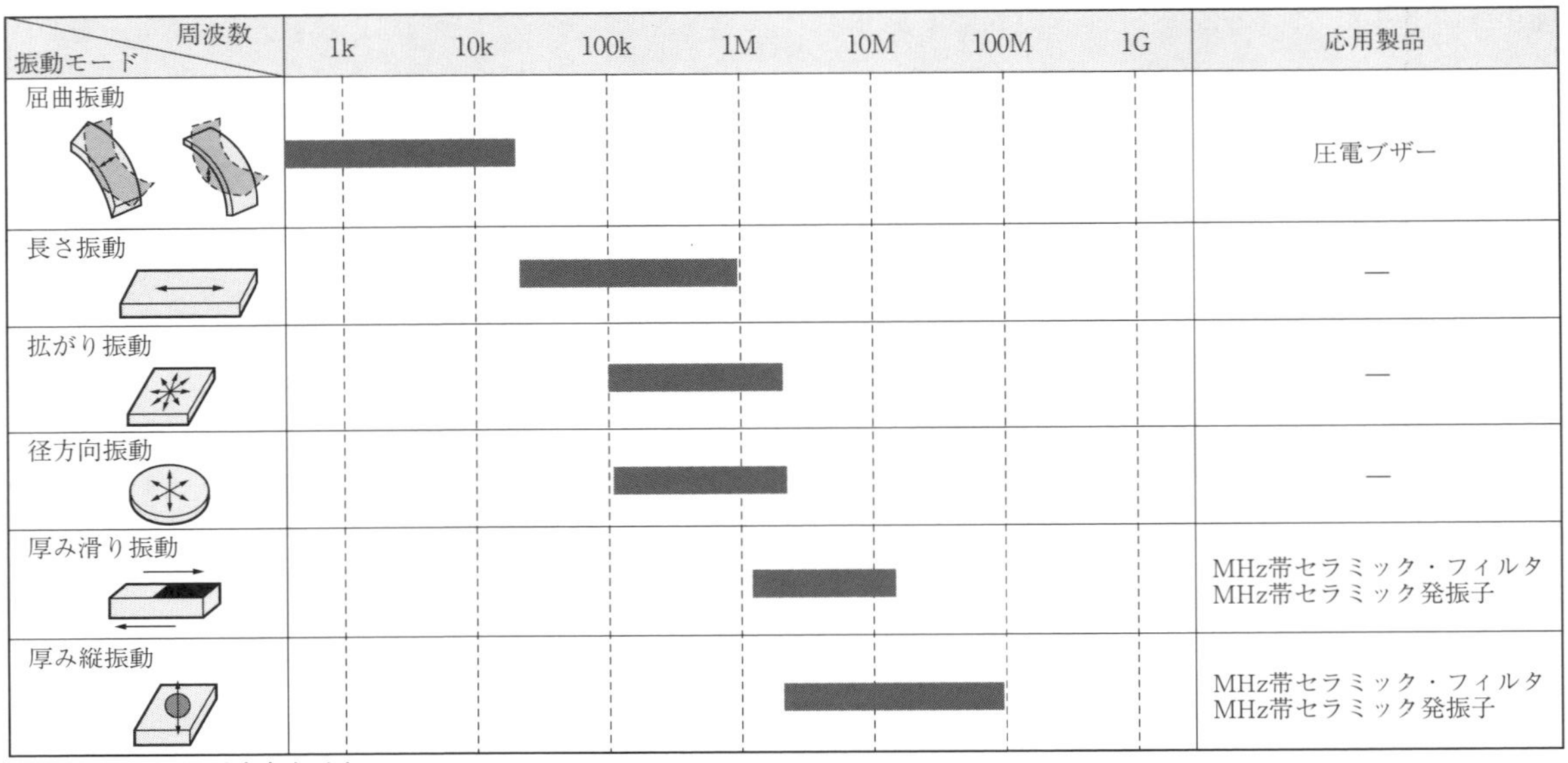

注：←→は，振動方向を示す．

Q12 発振回路の構成と回路定数の役割について知りたい

A セラミック発振子を使った発振回路の基本的な回路構成を**図12-1**に示します．

それぞれの回路定数の役割は**表12-1**のとおりです．

〈村上 陽一〉

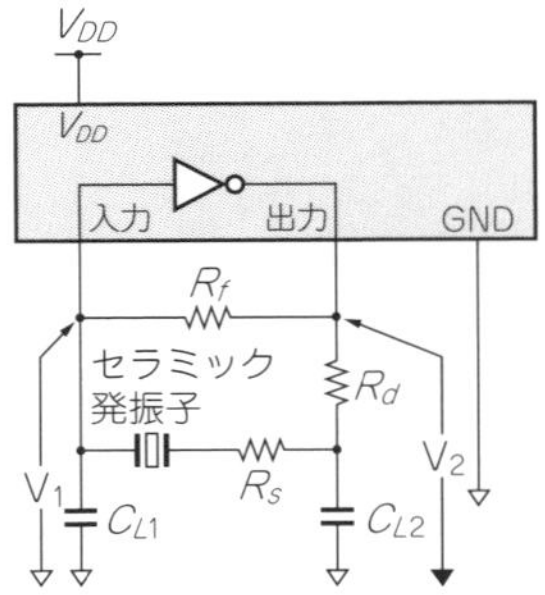

図12-1 基本的な発振回路構成

表12-1 回路定数の役割

回路部品	役　割
帰還抵抗 R_f	●インバータを反転増幅器として動作させるためのバイアス用の抵抗 ●抵抗値が大きすぎると入力側において絶縁抵抗が何らかの要因で低下した場合に発振停止を引き起こしやすくなる．このため帰還抵抗内蔵型のICでも，その値が大きい場合は外付けR_fを追加する必要がある ●抵抗値が小さすぎると増幅器としての増幅度が低下する
負荷容量 C_{L1}，C_{L2}	●発振回路の安定性，発振周波数を定める重要なパラメータであり，使用するICなどにより適切な値を選択する必要がある ●容量値が小さすぎると波形にひずみが生じ発振が不安定になり，大きすぎると発振停止しやすくなる
制限抵抗R_d	●省略される場合が多いが，負荷容量C_2とロー・パス・フィルタを形成し高域のゲインを低下させるので，高周波の異常発振を制御することができる ●入力レベルのオーバーシュートやアンダーシュートを抑えたり，消費電流低減のため発振振幅を小さくしたりしたい場合に使用されることもある

Q13 回路定数の決め方について知りたい

A 発振回路の動作を左右する因子としてはICの特性，発振子の特性，回路定数，電源電圧，温度などが挙げられます．

セラミック発振子の回路定数を決定するためには，こうした変更可能な条件を振って，回路の動的動作を実際に確認することが必要です．

例えば，ICのゲインが高すぎる場合や配線の引き回しなどによって，発振子を単なる容量素子に見立てた*CR*発振や*LC*発振が発生することがありますが，一般に行われるシミュレーションでは捕らえきれません．

このため，セラミック発振子の回路定数を決定する場合は，条件を振って実際の発振動作を確認することを推奨します．

確認内容を**表13-1**，**表13-2**にまとめます．

〈村上 陽一〉

表13-1　回路定数確認のためのパラメータ

確認パラメータ	詳細内容
電源電圧	セットとして必要な動作範囲の上下幅，センタ電圧で確認する
温度	回路を冷却/加熱して，動作を確認する
回路定数	制限抵抗や帰還抵抗，負荷容量について，値を振って確認する

表13-2　回路定数決定のための確認内容

測定項目	詳細内容
発振波形	● 発振波形が正弦波に近い波形をしているか確認する
発振振幅	● 発振振幅が十分にあるか確認する
	● オーバーシュートやアンダーシュートがICの許容値を超えていないことを確認する
発振立ち上がり波形	● 発振立ち上がり波形に異常がないか確認する ● 正常状態では，右図のような発振立ち上がり波形が確認される 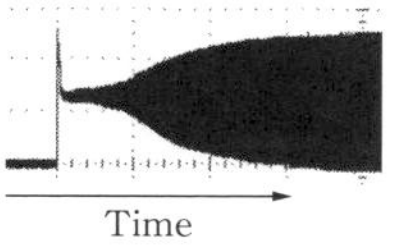

Q14 発振回路に使うコンデンサはどんな特性のものがいいの？

A 発振回路に使用するコンデンサは負荷容量による発振周波数の変動を考慮して，温度補償用で温度係数が0のタイプのコンデンサを推奨します(許容差Jタイプ，C0G特性のコンデンサを推奨する)．

〈村上 陽一〉

Q15 発振回路に使うインバータはどんなものを選べばいいの？

A セラミック発振子を使用する発振回路のインバータは，CMOS 1段インバータ(アンバッファ・タイプ，4069UB/74HCU04など)を推奨します．

それ以外の3段バッファ・タイプ(4049/4011/74HC04)やシュミット・トリガ・タイプ(74HC132)でも発振しないことはありませんが，異常発振しやすいので推奨できません．

これは，3段バッファICやシュミット・トリガICではゲインが非常に高いため，回路の*CR*や配線の*LC*による発振，あるいはリング発振(ゲートの遅延時間による発振)がセラミック発振子の波形に重畳するためです．

これらの異常発振成分は，回路定数を工夫することにより若干減らすことはできますが，完全に取り去ることはできません．

このため発振回路に使用するインバータは，1段インバータ(アンバッファ)タイプを使用します．

〈村上 陽一〉

Q16 異常発振の原因と対処方法を知りたい

A 異常発振の対策には，まずその原因を考えることが重要です．

異常発振には，大きく分けて2つの原因があります．

> ① セラミック発振子の寄生振動によるもの（スプリアス発振）
> ② 回路の配線やタイミングのずれによるもの（*CR*/*LC*発振，リング発振）

①，②を簡単に見分ける方法は，発振子の代わりに発振子の容量分に相当するコンデンサC_xを入れてみることです．②が原因ならばC_xを入れても発振します．

それぞれの対策について次に説明します．

● スプリアス発振の対策

セラミック発振子には使用する振動周波数（メイン振動）のほかに寄生振動（これをスプリアスという）が数多くあり，誤った回路定数で使用すると，寄生振動で発振することがあります．

発振周波数の約3倍あるいは約5倍の周波数で発振している場合，高域のゲインを下げるために，次の対策を行います．

(a) $C_L(C_1 = C_2)$を大きくする（発振子を内蔵容量の大きいタイプに変更する）

(b) 制限抵抗R_dを追加する

発振周波数の約1/3の周波数で発振している場合，高域のゲインを上げるか，低域のゲインを下げるために下記の対策を行います．

(c) $C_L(C_1 = C_2)$を小さくする（発振子を内蔵容量の小さいタイプに変更する）

(d) 帰還抵抗R_fを小さくする

なお，(a)～(d)すべてにおいて，対策で使用する値によっては発振停止などの不具合となるため，使用する値には注意が必要です．

● *CR*発振，*LC*発振，リング発振の対策

これらの異常発振は，セラミック発振子が容量として作用しているときの異常例です．

ICにより対策が異なるため，確立した手法はありませんが，内蔵容量の値が異なるセラミック発振子を使用するか，制限抵抗R_dを追加することで対策とすることが多いです．

〈村上 陽一〉

Q17 発振停止の対処方法を知りたい

A 最適な回路定数を使用しているにもかかわらず発振停止が起こる場合は，次の内容を確認してください．

［確認1］ インバータ動作は正常かどうか

インバータ動作が正常な場合，発振子を取り外した上でインバータ入出力電圧を確認すると，入出力ともにインバータに供給される1/2程度の電圧が印加されています．

この電圧が入出力電圧ともに1/2付近にない場合は，インバータの帰還が十分にかかっていない可能性があります．

この場合は，ICプログラムやリセット設定を再確認し，これらが問題なければ帰還抵抗R_fの見直しを行います（まずは$R_f = 1\ \mathrm{M\Omega}$を追加して再確認する）．

［確認2］ 測定条件は正しいかどうか

プローブをインバータの入力端子に接続して発振が停止する（出力端子のみ接続した場合は発振している）場合は，使用しているプローブのインピーダンスが不足している可能性があります．

この場合，プローブをハイ・インピーダンス・タイプのプローブに変更して測定を行います．すでに10 MΩ程度のプローブを使用していてこのような現象が起こる場合は，IC内蔵の帰還抵抗が非常に大きい可能性があります．この場合は，外付けで1 MΩの帰還抵抗を追加します．

また，容量が大きいプローブを使用した場合も発振が停止することがあります．発振波形の確認に使用するプローブは，できるだけ低容量の品種を使用します．

〈村上 陽一〉

Q18 発振波形の確認方法を知りたい

A 使用するオシロスコープの周波数帯域は，測定したい周波数の数倍以上あるものとします．

また，ディジタル・オシロスコープを使用する場合，サンプリング周波数は使用する発振子の周波数の2倍以上に設定します(例：4 MHzの測定には8 MHz以上のサンプリング周波数を設定する)．

使用するプローブは，できるだけ低容量，高インピーダンスのものとします(一般的に発振波形の確認用として，10 MΩ/2 pFのFETプローブを使用することが多い)．

プローブの容量は発振波形や周波数に影響を与えます．また，プローブのインピーダンスが低い場合も発振波形の正確な測定ができません．〈村上 陽一〉

Q19 基板のアートワーク上の注意点を知りたい

A 発振子の基板アートワークとして次の4点について注意が必要です．

★ 注意1

ICの入出力配線はノイズ輻射の発生源となります．配線長を短くするため，セラミック発振子をできるだけIC近くに配置します．

★ 注意2

セット周囲から輻射されるノイズは，発振およびIC動作に影響を与えます．可能な限り，発振回路と信号ラインは離して設置します．

★ 注意3

基板の浮遊容量は，異常発振(*LC*発振)や発振停止の原因になります．特に多層基板を使用する際は，IC入出力での浮遊容量が大きくなりすぎないようにします．

★ 注意4

異常発振対策など最終設計段階で回路部品の追加が必要になる場合があるので，回路評価上，不要と思われる場合でも，帰還抵抗R_f，および制限抵抗R_dのパターンは基板上に準備しておくことを推奨します．

〈村上 陽一〉

Q20 セラミック発振子のはんだ付けの注意点を知りたい

A セラミック発振子に使用している振動体(圧電素子)は，高い熱により特性が劣化することがあります．このため，特にはんだこてによる部品実装には注意が必要です．

リード部品，SMD部品のはんだ付けの注意点は以下のとおりです．

● リード部品

- 手はんだ実装

350℃/60 Wのはんだこてを使用し，基板の裏側からこてを当てます．はんだこてが直接発振子に触れないよう注意してください．

- フロー実装

260±5℃のはんだ槽に金属端子を10秒以内で浸漬させて実装します．

- リフロー実装

対象外です．

● SMD部品

- 手はんだ実装

350℃/60 Wのはんだこてを使用し，実装基板側の電極をこてで温めながら，はんだこてが直接，製品に接触しないよう実装します．

- フロー実装

リフロー専用部品なのでフロー実装は避けます．

- リフロー実装

図20-1に示す温度プロファイルを守り，2回以内で実装します．〈村上 陽一〉

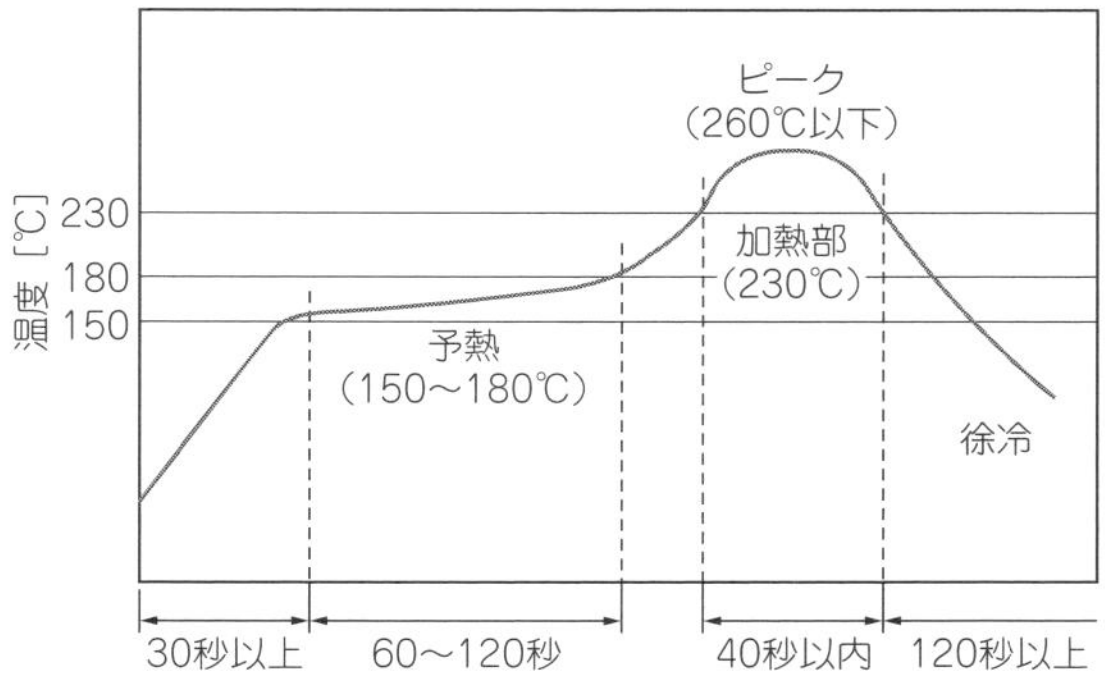

図20-1 リフロー実装の温度プロファイル

第12章 パワー・サーミスタのQ&A

Q1 パワー・サーミスタって何？

A パワー・サーミスタは負の温度係数を持つNTC(Negative Temperature Coefficient)サーミスタです．温度が上昇すると抵抗値が下がる特性を持っています(**図1-1**)．

電源投入時には大きな抵抗値で突入電流を抑制し，定常運転状態では自己発熱によって小さい抵抗値になります．

図1-2に，パワー・サーミスタによる突入電流の抑制効果を示します．これによって，効率良く電源回路に給電できます．　**〈野尻 俊幸〉**

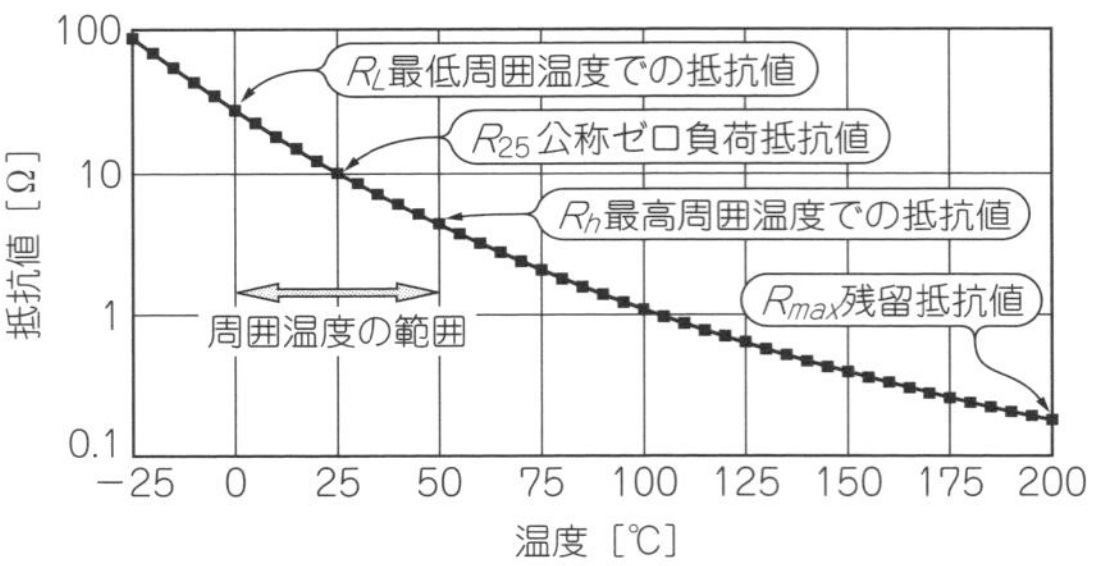

図1-1　実装高さと基板温度上昇の関係

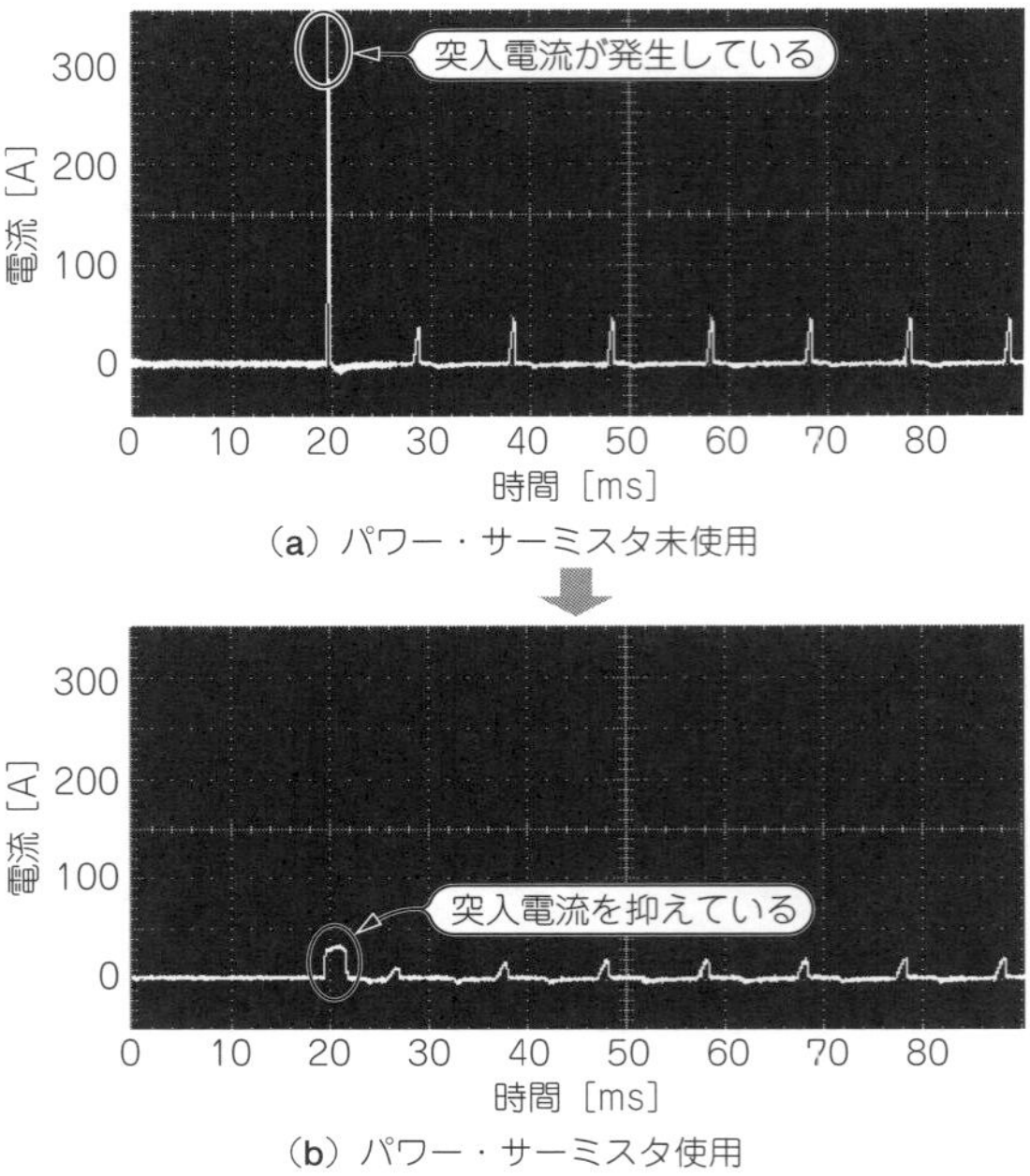

図1-2　突入電流波形

Q2 なぜ突入電流を抑制する必要があるの？

A 突入電流が大きすぎると，使用している回路部品が壊れたり，電流波形のひずみが大きくなり高調波が大きくなります．

また，電源電圧の低下によるフリッカ現象の発生や，ヒューズの溶断，ブレーカの遮断が生じたりします．さらに，突入電流が大きいと無効電力が大きくなり，発電所の能力を上げなければならなくなります．

これらの問題を解決するために，突入電流の抑制が必要です．

突入電流抑制の目的をまとめると，次のようになります．

- 回路部品の保護(電器製品の安全)
- 高調波の抑制(通信環境の保護)
- フリッカ現象の抑制(労働環境の保全)
- ブレーカが落ちないようにする(便利な生活)
- 無効電力の抑制(発電所数の抑制)

また，上記のほかに，使用する部品の小型化，ロー・コスト化，回路の省スペース化が可能になります．

突入電流の抑制は原子力発電所の数を抑制するほどの大きな効果があり，CO_2削減に大きく貢献します．

〈野尻 俊幸〉

3 パワー・サーミスタはどの程度の電源に使用できる？

● 50～250 Wクラス電源の突入電流防止回路に使用できる

表3-1に，突入電流防止回路と対応する電源のおおまかな電力対応表を示します．50～250 Wであっても，用途によってはサイリスタ(またはトライアック)方式やリレー方式が使用されている場合もあります．

また，最近のLED照明用電源回路では，0～30 Wクラスの電源にもパワー・サーミスタが使用されています．

図3-1に突入防止回路の例を，**写真3-1**に部品搭載基板の例を示します．パワー・サーミスタによる突入電流防止回路は，ほかの方式と比較すると部品点数が少なく，省スペース，少部品，ロー・コストです．また，部品点数が少ないので故障率が低くなります．

電源投入時には温度が低いために高い抵抗値によって突入電流を制限します．定常動作時は自己発熱によって温度が上昇し抵抗が低下するので，抵抗を用いた場合よりも電力損失を下げられます．

パワー・サーミスタは簡便であり，また効果的です．ただし，電源を切ってすぐに再投入した場合には，突入電流制限が働かない(サーミスタがすでに低抵抗の状態となっている)ことに注意が必要です．

〈野尻 俊幸〉

表3-1　電力による突入防止回路の使い分け

電源の電力	突入防止回路	使用する部品
0～30 W	なし	なし(抵抗器を使う場合がある)
50～250 W	パワー・サーミスタ方式	パワー・サーミスタ
300～700 W	トライアック方式	トライアック，温度ヒューズ付きセメント抵抗，トリガ回路
750 W ～	リレー方式	リレー，温度ヒューズ付きセメント抵抗，トリガ回路

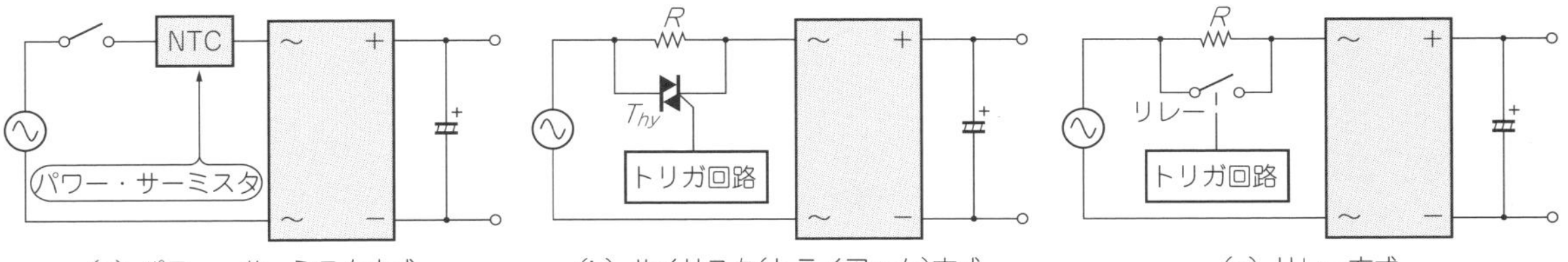

(a) パワー・サーミスタ方式　(b) サイリスタ(トライアック)方式　(c) リレー方式

図3-1　突入防止回路例

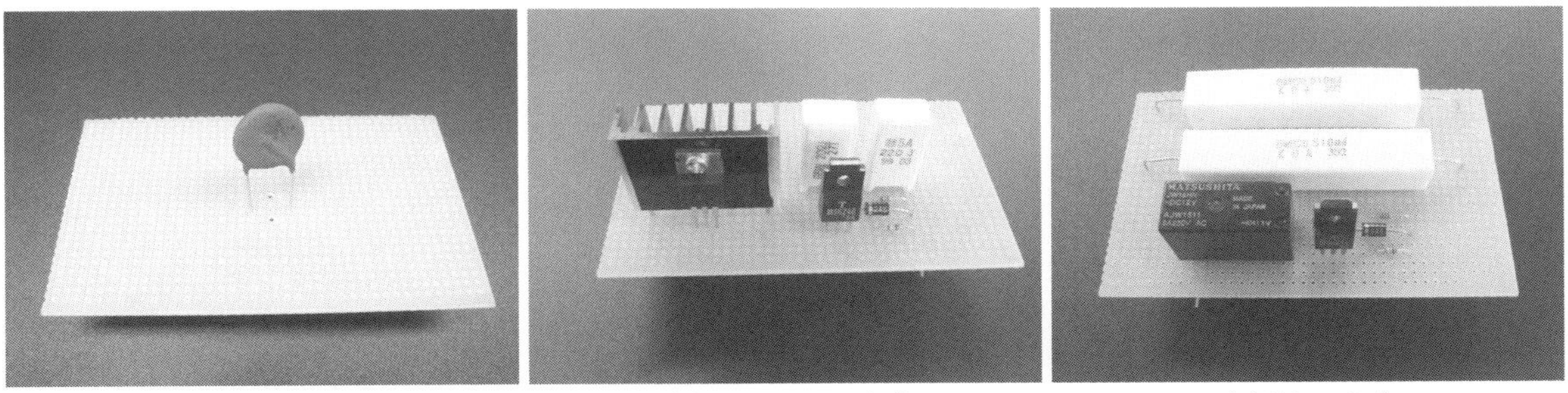

(a)パワー・サーミスタ方式　(b)トライアック方式　(c)リレー方式

写真3-1　部品実装例(パワー・サーミスタを使うと部品点数が少ない)

4 部品選定はデータシートのどこを見て選べばいいの？

A パワー・サーミスタのデータシートには，サーミスタ・メーカが必要な情報と突入防止回路の設計に必要な情報が混在して記載されています．

突入防止回路の設計に最低限必要な項目は，

① 公称ゼロ負荷抵抗値
② 最大電流
③ 最大許容コンデンサ容量
④ 残留抵抗値

の4つです．

● パワー・サーミスタの選定手順

①「公称ゼロ負荷抵抗値」R_{25}で，突入電流の中心値を計算できます．

突入電流の中心値I_rは，印加される交流のピーク電圧V_pと公称ゼロ負荷抵抗値R_{25}から，

$$I_r = V_p/R_{25}$$

とすることで，求めることができます．

②「最大電流」で，定常的に流れる電流にパワー・サーミスタが耐えられるかどうかを確認します．

③「最大許容コンデンサ容量」で，回路に接続する平滑コンデンサ，カップリング・コンデンサの容量値が問題ないか確認します．

④「残留抵抗値」R_{max}は，電源回路が定常状態で最大電流I_{max}が流れた場合に，パワー・サーミスタによる最大損失P_{max}がどれくらいになるかを次式で試算します．

表4-1　パワー・サーミスタの選定に必要な情報

No.	内　容	具体的な例
1	電源の使用温度範囲	0～50 ℃
2	基板上限温度	105 ℃
3	電源電圧範囲	85～264 V
4	定常電流	3 A
5	ピーク電流と時間	5 A，10 秒
6	検討する電源の電力	150 Wの電源
7	自然空冷，または強制空冷	自然空冷
8	接続するコンデンサ	1500 μF
9	許容できる突入電流	60 A
10	電源の内部抵抗	0.6 Ω

$$P_{max} = R_{max} \times I_{max}^2$$

⑤ 実際に検討している電源回路の基板に実装した場合，基板温度が何℃になるのかを確認します．

パワー・サーミスタは，上記の5項目を確認すれば選定が可能です．

パワー・サーミスタの選定を部品メーカに問い合わせる場合，**表4-1**の情報を伝えると，選定のアドバイスが得られます．

● 抵抗-温度特性表も参照しよう

パワー・サーミスタを選定する場合，部品メーカから抵抗-温度特性表(通称，RT表)を入手して検討します．**表4-2**は抵抗の中心値のみの記載ですが，部品メーカからは抵抗値許容差を含めた抵抗-温度特性表(RT表)が入手できるでしょう．　**〈野尻 俊幸〉**

表4-2　抵抗-温度特性表(RT表)

温　度	抵抗値			
	1 Ω品	5 Ω品	8 Ω品	10 Ω品
[℃]	[Ω]			
-20	6.5408	32.704	52.326	65.41
-10	4.0764	20.382	32.611	40.76
0	2.6300	13.150	21.040	26.30
10	1.7501	8.751	14.001	17.50
20	1.1975	5.988	9.580	11.98
25	1.0000	5.000	8.000	10.00
30	0.8401	4.201	6.721	8.40
40	0.6029	3.015	4.823	6.03
50	0.4416	2.208	3.533	4.42
60	0.3296	1.648	2.637	3.30
70	0.2502	1.251	2.002	2.50
80	0.1929	0.965	1.543	1.93
90	0.1509	0.755	1.207	1.51
100	0.1196	0.598	0.957	1.20
120	0.0779	0.390	0.623	0.78
140	0.0528	0.264	0.422	0.53
160	0.0371	0.186	0.297	0.37
180	0.0269	0.135	0.215	0.27
200	0.0201	0.101	0.161	0.20

R_L：周囲温度の下限での抵抗値(低温時に電源が立ち上がるのかを確認する抵抗値)（0℃の行）

R_{25}：公称ゼロ負荷抵抗値(突入電流の中心値を決定する抵抗値)（25℃の行）

R_h：周囲温度の上限での抵抗値(突入電流が最も大きくなる抵抗値)（50℃の行）

R_{max}：残留抵抗値(最大許容電流通電時の最大損失を計算する抵抗値)（200℃の行）

Q 5 パワー・サーミスタに必要な抵抗値はどのように算出するの？

A

● 電源回路の内部抵抗とピーク電圧，制限する突入電流から求める

最初に，**図1-2**の突入電流300 Aの場合を例にして内部抵抗R_nを計算します．検討する電源の電圧範囲がAC90～110 V_{RMS}の場合，最高電圧V_hは110 V_{RMS}です．110 Vは実効値なのでピーク電圧V_pは最高電圧V_hの$\sqrt{2}$倍になります．

ピーク電圧V_pは，

$$V_p = 1.41 \times V_h = 1.41 \times 110 = 155.6 \text{ V}$$

電源の内部抵抗R_n，突入電流をI_rとすると，ピーク電圧V_pは，

$$V_p = I_r \times R_n$$

となります．

上式から，内部抵抗R_nは，

$$R_n = V_p / I_r$$

となるので，

$$R_n = V_p / I_r = 155.6 \text{ V}/300 \text{ A} = 0.52\ \Omega$$

となります．

次に，パワー・サーミスタを使って制限する突入電流I_pからサーミスタの抵抗値を算出します．

まず，制限する突入電流I_pを決定します．

ここでは，制限する突入電流I_p = 40 Aとします．

制限する突入電流I_pは，ピーク電圧V_pと突入防止回路の抵抗値で決まります．

ここでいう突入防止回路の抵抗値は，電源の内部抵抗R_nとパワー・サーミスタの抵抗値R_hの和です．

制限する突入電流I_pは，

$$I_p = V_p / (R_h + R_n)$$
$$V_p = (R_h + R_n) \times I_p$$

したがって，

$$R_h + R_n = V_p / I_p$$

となります．

パワー・サーミスタで制限する突入電流I_p = 40 Aなので，

$$R_h + R_n = 155.6 \text{ V}/40 \text{ A} = 3.9\ \Omega$$
$$R_h = 3.9\ \Omega - 0.52\ \Omega = 3.38\ \Omega$$

となります．

この結果から，3.38 Ω以上の抵抗値であれば突入電流を40 A以下に抑制できます．

表4-2の最高周囲温度における抵抗値R_hの値を見ると，8 Ω品のR_hは3.53 Ωです．

したがって，ゼロ負荷抵抗値R_{25} = 8 Ωの抵抗値を選定すればよいことがわかります．

〈野尻 俊幸〉

Q 6 データシートにない最大許容コンデンサ容量の求め方は？

A

パワー・サーミスタの瞬時エネルギ耐量Eは，電圧が変動しても変わりません．

$$E\ [\text{J}] = (1/2) \times CV^2$$

この関係を利用して，100 V以外の許容コンデンサ容量を求めることができます．100 V時の許容コンデンサ容量C_{100}の場合の瞬時エネルギ耐量Eは，

$$E = (1/2) \times C_{100} \times V_{100}{}^2$$

未知の電圧V_Xにおける許容コンデンサ容量C_Xの場合の瞬時エネルギ耐量Eは，

$$E = (1/2) \times C_X \times V_X{}^2$$

上記の式を展開すると，

$$C100 \times V_{100}{}^2 = C_X \times V_X{}^2$$
$$C_X = (C_{100} \times V_{100}{}^2) / V_X{}^2$$
$$C_X = (C_{100} \times {}_{100}{}^2) / V_X{}^2$$

上記の式から，未知の電圧の許容コンデンサ容量が求められます．

表6-1　パワー・サーミスタのデータシートの抜粋

型　名	公称ゼロ負荷抵抗値 R_{25}(± 15%)	最大電流 (@25℃)	残留抵抗値	最大許容コンデンサ容量				瞬時エネルギ耐量
				AC 100 V	AC 120 V	AC 220 V	AC 240 V	
	[Ω]	[A]	[Ω]	[μF]	[μF]	[μF]	[μF]	[J]
5D-205	5.0	2.0	0.48	860	600	170	150	4.3
10D2-05	10.0	1.0	0.91	860	600	170	150	4.3
20D2-05	20.0	0.3	1.66	860	600	170	150	4.3
2D2-11	2	5	0.15	2700	1880	550	470	13
3D2-11	3	4	0.22	4830	3360	990	840	24
4D2-11	4	4	0.28	2880	2000	590	500	14
5D2-11	5	4	0.35	2700	1880	550	470	13
8D2-11	8	3	0.5	2700	1880	550	470	13
10D2-11	10	3.1	0.63	2880	2000	590	500	14

表6-1の10D2-05(SEMITEC)について，$V_X = 264$V のときの許容コンデンサ容量C_Xを求めてみましょう．

$$C_X = (C_{100} \times 100^2)/V_X^2$$
$$C_X = (860 \times 100^2)/264^2$$
$$= 123.39$$

したがって，AC100 Vの最大許容コンデンサ容量から264 Vの最大許容コンデンサ容量を求めると，123 μFになります． **〈野尻 俊幸〉**

Q7 基板温度を下げるにはどうしたらいい？

A ● 実装高さを高くすることで基板温度を下げることができる

図7-1の基板温度上昇のグラフは室温で実験したものです．このグラフはある程度の参考値にはなりますが，実際の回路基板では回路パターンや部品レイアウトによって放熱のようすが異なります．基板温度は，実際に連続通電の電流を流したときの温度で確認します．

また，基板温度は基板の大きさ，銅パターンの幅によっても変わります．さらに，銅パターンの幅を広くすることで，基板温度を下げられます．

周囲温度50℃で基板温度を100℃以下にする場合に許される温度上昇は50℃以下なので，実装高さ7 mmの場合の電流負荷率は50 %となります．

したがって，基板温度を100℃以下にするには定常的に連続通電される電流値を最大許容電流の50 %程度にします．

また，パワー・サーミスタの表面温度は電流負荷率が50 %でも100 ℃以上の高温になります．

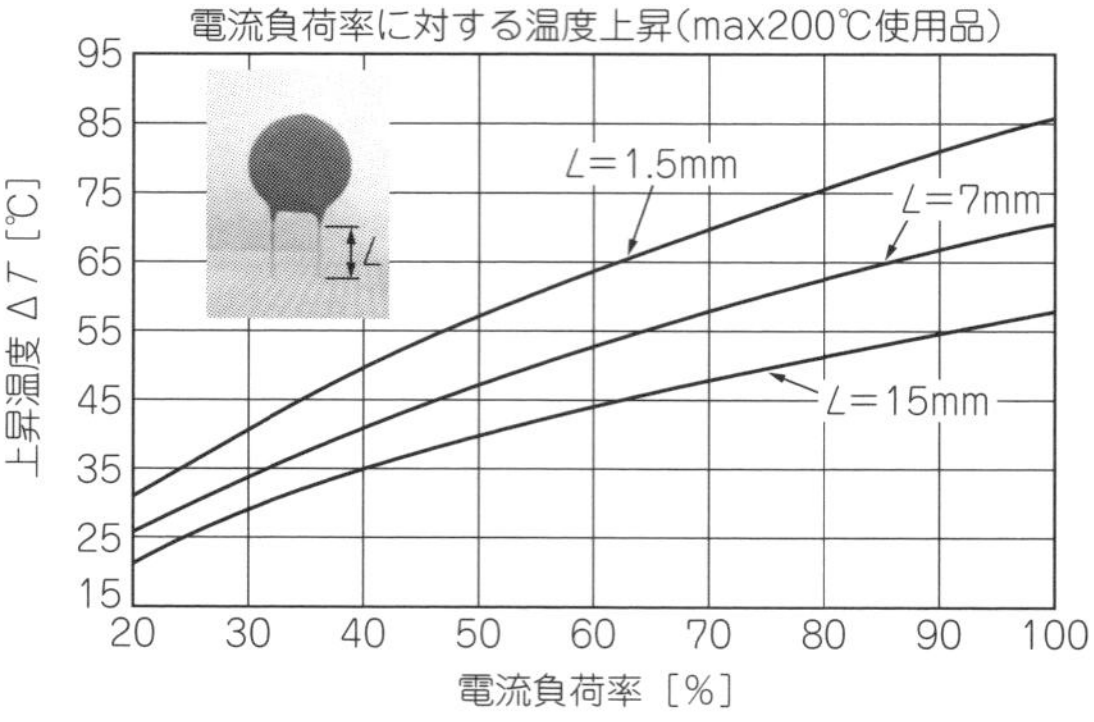

図7-1　実装高さと基板温度上昇の関係

したがって，近くに耐熱の低い部品を配置しないようにします．また，ほかの部品に接触する可能性のある場合は，倒れの対策をしてください． **〈野尻 俊幸〉**

Q8 パワー・サーミスタの最大許容電流を増やすことはできる？

A ● 外形の大きなパワー・サーミスタを選定する

最大電流を大きくするには，まず大きな外形のパワー・サーミスタを選定します．

パワー・サーミスタの外形寸法は，**図8-1**に示すように，φ5～φ22までの7種類があります．

● 抵抗値の小さいパワー・サーミスタを直列接続することで最大許容電流を増やせる

抵抗値の小さいパワー・サーミスタは最大電流が大きいので，それらを直列接続することで最大許容電流を増やせます．

例えば，抵抗値10 Ωの製品の場合，5 Ωの製品2個

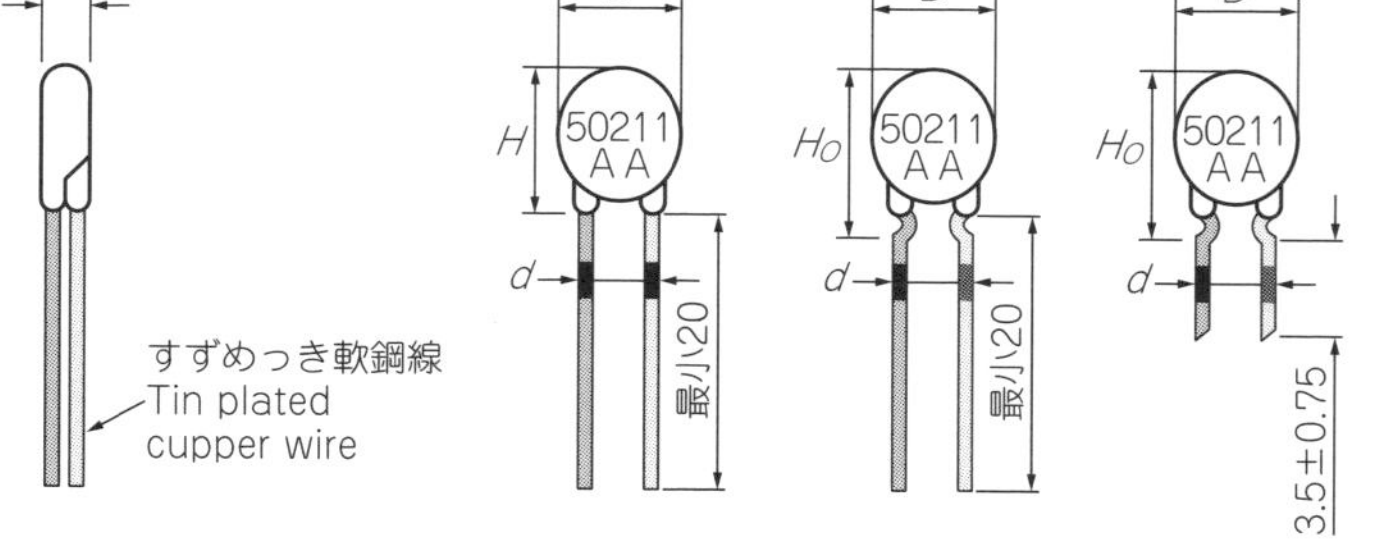

型名	D(最大値)
D2-05	8.5
D2-08	10
D2-11	11.5
D2-13	14.5
D2-15	16.5
D2-18	19.5
D2-22	23

[単位：mm]

図8-1　パワー・サーミスタの外形寸法例

を直列接続して合成抵抗を10 Ωにすると最大許容電流は大きくなります．

並列接続は，1つのパワー・サーミスタのみに電流が集中する可能性があるので，してはいけません．

パワー・サーミスタの直列接続の場合，それぞれのパワー・サーミスタには同じ電流が流れます．並列接続のように1つのパワー・サーミスタに電力が集中することはありません．直列接続は安心して使用できます．

〈野尻 俊幸〉

Q9 低温時に電源が起動しない．どうすればいいの？

A ● パワー・サーミスタと並列に抵抗器を入れる

パワー・サーミスタは，低温時には抵抗値が大きくなるため，平滑コンデンサに流れる電流が小さくなります．

すると，コンデンサへの充電が不十分となるため電源が起動しなくなることがあります．

このため，電源の使用温度範囲の下限値におけるパワー・サーミスタの抵抗値を確認する必要があります．確認には抵抗-温度特性表(RT表)を使用します．

AC100 Vの電源の場合は，低温時のパワー・サーミスタの抵抗値が20 Ωを超えると電源が起動しなくなる場合があります．

ただし，突入電流の兼ね合いからどうしても抵抗値が小さいものを選定できない場合があります．この場合，並列に抵抗器を接続することで低温時の抵抗を下げることができます．

接続する抵抗器はセメント抵抗などといった突入電流に耐えられる抵抗器を選定します．

表9-1に，並列接続した場合の抵抗-温度特性表を示します．

この表の場合，R_{25} = 8 Ωのサーミスタは，周囲温度0 ℃の下限値では低温時の起動が困難になる20Ωより大きな抵抗値を示しています．

R_{25} = 10 Ωのパワー・サーミスタと40 Ωの抵抗器の並列接続でR_{25} = 8 Ωのパワー・サーミスタを作ることができます．このパワー・サーミスタは周囲温度0 ℃の下限値における抵抗値は15.8 Ωで，低温時の起動が困難になる20 Ωより小さい抵抗にできます．

このように，パワー・サーミスタに抵抗器を並列接続することで，低温時の起動を改善できます．

〈野尻 俊幸〉

◆ 参考文献 ◆

(1) SEMITECカタログ Cat.No.112N, pp.22-23.

表9-1 抵抗器を並列接続した場合の抵抗-温度特性表(RT表)

温度 [℃]	抵抗値 [Ω] 1 Ω品	8 Ω品	10 Ω品	並列接続 T_h = 10 Ω R = 40 Ω
−20	6.5408	52.326	65.41	24.821
−10	4.0764	32.611	40.76	20.189
0	2.6300	21.040	26.30	15.867
10	1.7501	14.001	17.50	12.174
20	1.1975	9.580	11.98	9.216
25	1.0000	8.000	10.00	8.000
30	0.8401	6.721	8.40	6.943
40	0.6029	4.823	6.03	5.239
50	0.4416	3.533	4.42	3.977
60	0.3296	2.637	3.30	3.045
70	0.2502	2.002	2.50	2.355
80	0.1929	1.543	1.93	1.840
90	0.1509	1.207	1.51	1.454
100	0.1196	0.957	1.20	1.161
120	0.0779	0.623	0.78	0.764
140	0.0528	0.422	0.53	0.521
160	0.0371	0.297	0.37	0.368
180	0.0269	0.215	0.27	0.267
200	0.0201	0.161	0.20	0.200

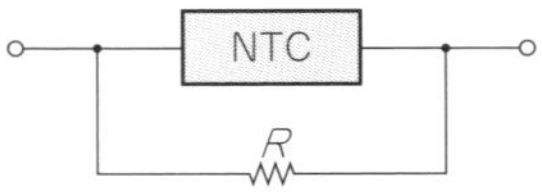

R_L：周囲温度の下限での抵抗値（0 ℃の行）

R_{25}：公称ゼロ負荷抵抗値（25 ℃の行）

R_h：周囲温度の上限での抵抗値（50 ℃の行）

R_{max}：残留抵抗値（200 ℃の行）

初出一覧

本書の下記の項目は，「トランジスタ技術」誌に掲載された記事をもとに再編集したものです．

● 第1章　増幅回路
Q1　2016年5月号，pp.90-91
Q2　2016年5月号，pp.92-93
Q3　2016年5月号，pp.102-103
Q4　2003年9月号，pp.152-153
Column 1　2016年5月号，p.91
Q5　2002年9月号，pp.157-158
Q6　2002年9月号，p.164
Q7　2002年9月号，pp.159-160

● 第2章　フィルタ＆発振回路
Q1　2016年5月号，pp.104-105
Q2　2016年5月号，pp.106-107
Q3　2016年5月号，pp.106-107
Q4　2016年5月号，pp.138-139
Q5　2016年5月号，pp.112-113
Q6　2003年9月号，pp.154-155
Q7　2002年9月号，pp.160-161

● 第3章　電源回路
Q1　2016年5月号，pp.124-125
Q2　2016年5月号，pp.114-115
Column 1　2016年5月号，p.115
Q3　2016年5月号，pp.116-117
Q4　2016年5月号，pp.118-119
Q5　2016年5月号，pp.120-121
Q6　2016年5月号，pp.122-123
Q7　2016年5月号，pp.130-131
Q8　2009年6月号，pp.72-73
Q9　2009年6月号，p.108
Q10　2009年6月号，p.90
Q11　2009年6月号，pp.90-91
Q12　2002年9月号，pp.167-168
Q13　2002年9月号，pp.169-170
Q14　2002年9月号，pp.170-171
Q15　2002年9月号，pp.171-172
Q16　2002年9月号，pp.172-173
Q17　2002年9月号，p.173
Q18　2002年9月号，pp.174-175
Q19　2002年9月号，pp.175-176
Q20　2002年9月号，pp.176-177
Q21　2002年9月号，pp.177-178

● 第4章　計測回路
Q1　2016年5月号，pp.94-95
Q2　2016年5月号，pp.98-99
Column 1　2016年5月号，p.99
Q3　2016年5月号，pp.126-127
Q4　2003年9月号，pp.153-154
Q5　2002年9月号，pp.161-162
Q6　2002年9月号，pp.162-163
Q7　2002年9月号，pp.163-164

● 第5章　オーディオ回路
Q1　2002年9月号，p.193
Q2　2002年9月号，pp.192-193
Q3　2002年9月号，pp.191-192
Q4　2002年9月号，p.194
Q5　2003年9月号，p.195
Q6　2003年9月号，pp.193-194
Q7　2002年9月号，pp.195-196
Q8　2002年9月号，p.195
Q9　2002年9月号，p.196
Q10　2002年9月号，pp.197-198
Q11　2002年9月号，pp.198-199
Q12　2002年9月号，pp.199-200
Q13　2002年9月号，pp.200-201
Q14　2002年9月号，pp.201-202

● 第6章　ディジタル回路
Q1　2002年9月号，p.143
Q2　2003年9月号，pp.140-141
Q3　2002年9月号，p.145
Q4　2002年9月号，pp.145-146
Q5　2003年9月号，p.142
Q6　2003年9月号，pp.139-140

● 第7章　伝送回路
Q1　2016年5月号，pp.140-141
Q2　2016年5月号，pp.128-129
Q3　2016年5月号，pp.144-145
Q4　2016年5月号，pp.100-101
Q5　2016年5月号，pp.132-133
Q6　2016年5月号，pp.134-135
Q7　2016年5月号，pp.142-143
Q8　2016年5月号，pp.136-137
Q9　2002年9月号，p.158
Q10　2002年9月号，p.166

Appendix 1　2003年9月号，pp.146-152

Appendix 2　2003年9月号，pp.189-193

Appendix 3　2003年9月号，pp.130-139
Column 1　2003年9月号，p.135
Column 2　2003年9月号，p.145

● 第8章　抵抗器のQ＆A
Q1　2009年6月号，p.68
Q2　2009年6月号，p.67
Q3　2009年6月号，p.69
Q4　2009年6月号，p.69
Q5　2009年6月号，p.69
Q6　2009年6月号，p.70
Q7　2009年6月号，p.72
Q8　2009年6月号，pp.70-71
Q9　2009年6月号，p.71
Q10　2009年6月号，p.74
Q11　2009年6月号，p.74
Q12　2009年6月号，p.75
Q13　2009年6月号，p.76
Q14　2009年6月号，p.70
Q15　2009年6月号，pp.75-76
Q16　2016年5月号，pp.96-97

● 第9章　コンデンサのQ&A
Q1　2009年6月号，p.80
Q2　2009年6月号，p.81
Q3　2009年6月号，pp.85-86
Q4　2009年6月号，p.82
Q5　2009年6月号，p.85
Q6　2009年6月号，p.84
Q7　2009年6月号，p.84
Q8　2009年6月号，p.83
Q9　2009年6月号，p.85
Q10　2009年6月号，p.86
Q11　2009年6月号，p.87
Q12　2002年9月号，p.165
Q13　2008年5月号，p.106
Q14　2008年5月号，p.106
Q15　2009年6月号，p.89
Q16　2008年5月号，p.107
Q17　2008年5月号，p.110
Q18　2008年5月号，p.108
Q19　2009年6月号，pp.93-94
Q20　2009年6月号，p.91
Q21　2009年6月号，p.94

● 第10章　インダクタのQ＆A
Q1　2009年6月号，p.101
Q2　2009年6月号，p.101
Q3　2009年6月号，p.102
Q4　2009年6月号，p.102
Q5　2009年6月号，pp.102-103
Q6　2009年6月号，p.106
Q7　2009年6月号，p.105
Q8　2009年6月号，p.103
Q9　2009年6月号，pp.103-104
Q10　2009年6月号，p.105
Q11　2009年6月号，pp.105-106
Q12　2009年6月号，p.109

● 第11章　発振子のQ＆A
Q1　2016年5月号，pp.110-111
Q2　2009年6月号，p.110
Q3　2009年6月号，pp.110-111
Q4　2009年6月号，pp.115-117
Q5　2009年6月号，pp.115-117
Q6　2009年6月号，pp.114-115
Q7　2009年6月号，pp.112-113
Q8　2009年6月号，pp.111-112
Q9　2009年6月号，p.119
Q10　2009年6月号，p.120
Q11　2009年6月号，pp.119-120
Q12　2009年6月号，pp.120-121
Q13　2009年6月号，pp.120-121
Q14　2009年6月号，p.121
Q15　2009年6月号，p.122
Q16　2009年6月号，pp.121-122
Q17　2009年6月号，p.122
Q18　2009年6月号，p.122
Q19　2009年6月号，p.123
Q20　2009年6月号，p.123

● 第12章　パワー・サーミスタのQ＆A
Q1　2009年6月号，p.130
Q2　2009年6月号，p.130
Q3　2009年6月号，pp.130-131
Q4　2009年6月号，pp.131-132
Q5　2009年6月号，pp.132-133
Q6　2009年6月号，pp.133-134
Q7　2009年6月号，p.134
Q8　2009年6月号，p.134
Q9　2009年6月号，p.135

索　引

〈筆者一覧〉 五十音順

赤羽 秀樹
幾島 康夫
石井 聡
石井 博昭
梅前 尚
大川 弘(遠座坊)
大中 邦彦
岡田 創一
小口 京吾
長田 久
加藤 俊一
加東 宗
黒田 徹
佐藤 節夫
志田 晟
渋谷 光樹
下間 憲行
白岩 則男
高梨 光
宅和 克之
田崎 正嗣
筑摩 忍
登地 功
中 幸政
中川 英俊
中村 黄三
並木 精司
西村 充弘
野尻 俊幸
藤井 眞治
藤井 裕也
藤田 昇
堀 俊男
松井 邦彦
村上 陽一
守谷 敏
柳川 誠介

ベスト・アンサ150! 電子回路設計ノウハウ全集

編 集 トランジスタ技術SPECIAL編集部
発行人 小澤 拓治
発行所 CQ出版株式会社
〒112-8619 東京都文京区千石4-29-14
電 話 編集 03-5395-2148
広告 03-5395-2131
販売 03-5395-2141
ISBN978-4-7898-4683-7

2018年7月1日 初版発行
2021年8月1日 第2版発行

定価は裏表紙に表示してあります
乱丁，落丁本はお取り替えします
編集担当者 島田 義人/平岡 志磨子
DTP・印刷・製本 三晃印刷株式会社
Printed in Japan